旭日

XURI

刘海泉◎著

陕西新华出版传媒集团

太白文艺出版社

图书在版编目（CIP）数据

旭日 / 刘海泉著. — 2版 . — 西安：太白文艺出
版社，2017.9（2022.3重印）
ISBN 978-7-5513-1278-3

Ⅰ. ①旭… Ⅱ. ① 刘… Ⅲ. ①长篇小说—中国—当代
Ⅳ. ①I247.5

中国版本图书馆CIP数据核字（2017）第187859号

旭日
XURI

作　　者	刘海泉
责任编辑	曹 彦 史 婷
整体设计	前程设计
出版发行	陕西新华出版传媒集团
	太 白 文 艺 出 版 社
经　　销	新华书店
印　　刷	三河市腾飞印务有限公司
开　　本	787mm×1092mm　1/16
字　　数	460千字
印　　张	28.75
版　　次	2016年7月第1版
	2017年1月第2版
印　　次	2022年3月第2次印刷
书　　号	ISBN 978-7-5513-1278-3
定　　价	69.00元

目 录
CONTENTS

第一章　巡回报告

林娜放下电话,思前想后,心情如同波涛翻滚。这次报告非同小可,它对自己对学校将会带来莫大的好处,产生莫大的影响,材料一定要写好,报告一定要成功。宣讲就要九天,一个多礼拜的时间不短呢! 应该好好把工作安排一下,不能乱了套,不能影响教学,更不能发生安全事故。

今天是农历八月初六,初九下午带材料报到。时间太紧迫了,为什么不早点通知呢? 连头带尾只有三天时间,材料啥时写? 只好熬夜了。下点苦倒无所谓,恐怕写出的材料是粗制滥造,不合领导的意,更重要的是,恐怕报告收不到应有的效果。

吃罢午饭,离上数学辅导课还有五十分钟,林娜把任侠主任和语文教研组组长刘睿、数学教研组组长王玉玉叫到她的办公室,安排自己走后的教学工作。虽说未设校委会,实际上也就等于召开校委会会议。她泡了一壶茶,放了两把白糖,把她在庄田街上买的二斤脱了青皮的湿核桃,倒在一个大碗里,放在茶几上。她给每人倒了一杯糖茶放在面前,边说边用小铁锤砸着吃核桃。

以往她开教研组长会议没有这种特殊招待,谁渴了自己倒水而已。今天这个小会却别开生面,与会者都暗暗猜想是什么原因。

除了林娜,王玉玉年龄最大,她平时也常去林娜房子跟她谈教学,拉家常,比较自由随便。她笑嘻嘻地说:“校长今天肯定有喜事,心情舒畅,用新鲜油核桃待人。”

任侠、刘睿一边吃着,一边仰面看着林娜笑。林娜笑笑:“有啥喜事嘛,怎一个愁字了得! 要写一个重要材料,没有头绪,无处着笔,请大家帮忙。”

“啥重要材料? 这个忙恐怕不好帮。”任侠说。

王玉玉说:“哎哟,校长老手旧胳膊,提笔成文,倚马可待,谁不知谁不晓,哪要人帮忙?”

林娜把镇教委打来电话让她写什么材料,啥时写好,上县做报告的事说了一遍。任侠三个听后都为她在全县做报告的事而高兴。

任侠说:“确实是比重要还重要的材料。校长办学校做出这么大的成绩,别

说在县内，就是在地区讲，也不过分。校长当劳模，全县到处讲，我们当老师的脸上也有光。"

刘睿说："的确县上有眼，选拔校长代表教育战线讲劳模先进事迹，是瞅准了人。论过去是模范，论现在是标兵，是值得全县干部职工学习的。"

王玉玉张口要说什么，林娜笑着摆了摆手，示意她不要说了。她说："你们把我捧上天，不怕掉下来粉身碎骨？可见没安好心！"

王玉玉说："这都怪你，谁叫你一辈子先进，还怪别人把你捧到天上？"说罢大家都笑了。

林娜说："咱们言归正传。请你们三个来，一是为写材料提供一些合理的意见，二是安排我走后学校的具体工作。咱就一个一个来。材料看来，非我逮笔不可。我想，我报告的内容要实事求是。成绩方面固然要讲，但不宜夸大，不能拔高；走的弯路必不可少，尤其是怎样在弯路中拐来拐去摸索前进才走到正道上来。这误入岔道寻觅出路的艰难过程，是我要讲的重点。到底走过了哪些岔路，吃了什么苦头，如何走到正道上来，我一时还想不完全。请你们几个替我想一想，以便写进材料。"

刘睿和王玉玉偏着头正在思考。任侠早想好了，说："要说在办学途中误入的歧途，有的是。由于办学第一学期差生特别多，有的语数两门成绩加起来还不到四十分，按说必须重读，可校长你只怕招不到学生，家长也不同意留级，你心一软，便由着家长的意升了级。有不少后进生把脑壳打烂也灌不进去所学知识，因此，校长急，任课老师更急，便不顾后进生已经'吃'到喉咙眼上的实际情况，硬朝嘴里塞。有的用舌头顶着不咽，硬是连打再骂逼着咽到肚里，结果不少人患了'病'。不是吗？家庭作业写到半夜三更，第二天早晨上课也打瞌睡，个别后进生几乎要精神失常了。王虎撺到学校闹事，我们永远也忘不了这一幕。后来纠正了这一错误，加强了课堂教学，作业当堂完成百分之八十。根据后进生的差异布置不同的少量的家庭作业，使他们学得轻松愉快。这就是从岔道走上正路的一个典型例子。"

刘睿说："咱们学校聘请的教师大多是新手，光凭热劲教课，正像瞎子扎毡——胡铺哩。校长亲自指导我们怎样讲课，开展赛讲活动，提高了教学水平。两学期来参加镇统考成绩良好，归根结底，还是校长的功劳。"

"啥，我的功劳？你们就没份儿？家长就没份儿？学生就没份儿？……"林娜问。

三个人谈了近一个小时，林娜看看表，离上数学辅导课只有二十分钟了，便叮咛安排她走后的教学工作："学校的一切工作都由任侠负责，两个教研组组长协助她。教学这一方面按常规进行，星期四的'诗文朗诵'比赛照常进行，刘睿具体负责安排，有不到之处同任侠商量。灶上这方面，我给炊事员叮咛，饭要按时开，要做好，菜完了抽时间上街买。任侠晚上检查住校学生按时休息。要特别叮咛的是安全，放午学和晚学轮流送学生的老师要负起责任，朝东去煤台这一路的,老师要送上火车道的岔路口,不许一个学生走铁路。任侠,你辛苦一点儿,两次放学都跟上送行的老师送到岔路口;我门上的钥匙你拿上,我到了县里给你打电话,若有急事及时告诉我。"

任侠说:"校长尽管放心。你叮咛的事,我都一一记在心里,保管做好。若有什么事,我给你去电话。"

这天晚上,林娜翻箱倒柜寻找十年前她被评为县级"教学能手"和地区"劳模"的材料,还有全县小学教师听她观摩课的教案,办学以来的教学计划和期末总结等。翻来寻去少了观摩课教案和办学第一学期期末统考镇教委发下来的成绩表。

林娜关着门,把收集到的材料细细看了一遍,用了足足一个小时。然后摊开十六开信纸,边综合分析边列提纲:先写什么,后写什么;哪些详写,哪些略写;分几部分,加什么小标题、大标题……大约一个小时列好了提纲。她想,先按这个提纲写下去,写完后再字斟句酌地修改。她一鼓作气,下笔如有神助,唰唰唰写了两个部分,然后从头看了一遍,感觉满意,个别处做了修改。这时感觉肚子有点儿饿了,便放下笔用开水冲了一小包豆奶粉,然后去灶房拿馍。幸好炊事员还没有睡,要给她炒菜擀面。她谢绝了,拿了一个冷馍回来泡着吃了,又立马写起来。她越写越有劲,越写头脑越清醒,这句还未写完,那句跟屁股从笔尖里钻出来,似乎在撺它的同伴让位。她不知不觉写完了材料,看表已是凌晨两点。真是"人逢喜事精神爽",林娜精神倍增,无半点儿倦意。她又从头到尾粗粗看了一遍,自感实在无丁点儿拔高和虚夸,只是一些字句还欠贴切,小标题有点儿笼统且文字较长。她长长嘘了口气,好像卸下了千斤重担,轻松了许多。该睡了,明天晚上再润色一下,就可以出"箱"了。

林娜去上厕所,抬头看月亮已经偏西了,洒下满院的清辉。凉风吹动着她鬓间花白的头发,她用手理了理,顿觉有点儿凉意,打了个冷战,急忙进了房子,拉灯就寝。睡下后,才觉得头有点儿晕,骨架好像散了似的,刚闭眼就打起了呼噜。

第二天早晨,她跟以往一样按时起了床,到各年级教室转了一圈,督促到校早的学生到校园里读书;早操照例检查到校人数,上课照例在教室外边走动、查看;晚上用了一个多小时,把材料修改润色好;第三天下午两点乘车去县武装部宾馆报到。

林娜坐在车上从玻璃窗朝外看,沿途沟沟峁峁和田野是一片黄绿相间的仲秋景色,不时听到各种不同鸟儿的鸣叫声,心里甜丝丝的。

她想:这次报告一定要讲得生动活泼,要生动必须熟悉材料,熟能生巧嘛!绝不能拿着材料念,念起来就很呆板了。如果能把这精神财富的种子播在听众的心田,慢慢生根发芽成长,就算我老来做了一件可喜的事。再说,通过这次报告,知名度提高了,将会对我办学的事业带来生机。

半个多小时后,班车进了站。林娜下了车,提着黑提包匆匆向武装部宾馆

走去。

　　进了三楼十三号房间，林娜看已有四个人在座，一个也不认识。那个戴眼镜的年轻后生见她进门了，接住她的手提包笑嘻嘻地问："你就是林校长吧？坐下，坐下。"随手拉了一只小方凳让她坐，还给她倒了一杯茶放在桌子上。她接过方凳坐在桌子的后侧面，说："我就是林娜。"她看那三人，两男一女，一个胖男子，坐在方凳上，肚子挺得老高，穿白短袖，浅蓝色长裤，看相貌在五十开外；另一个男子是瘦高个，两只大眼，眼珠灵活地转来转去，右手指夹一根烟正吸着，看那相貌有四十上下；那女的看脸面不到五十也差不了多少，脸黑得发光，额头突出，四颗门牙朝外撇，搁在下嘴唇的外面，穿一件白方格浅蓝短袖，灰色长裤，皮凉鞋。

　　那年轻后生指着胖子介绍说："他叫霍政民，是县民政局副局长，地区劳模。"又用嘴指着瘦高个和女人说："他叫赵明德，秦泰乡牛嘴村村主任，省级劳模。这位女同志是阿双镇面粉加工厂的郭师傅郭瑛，地区劳模。"随后介绍林娜："这是庄田镇旭日小学校长，叫林娜，地区劳模。"又介绍自己，"我是咱县组织部干事，叫陈拴子。这次劳模事迹报告由我负责，有事情言传一声，以便解决。"陈拴子介绍完毕，看了一下手表说："三点四十分，四点在武装部宾馆饭厅吃饭，饭厅在一楼对面南角拐弯处。饭后休息一会儿，五点整又在这房子开会，看大家写的材料，王部长参加会议，有重要指示。"

　　三楼十三号房间一共六人，陈拴子主持开会。王银鑫部长说："你们四人都是来自我县各行各业的劳动模范，过去和现在都做出了显著的成绩，因此，由各口推荐，组织部审核，确定为组织部举办的'劳模事迹报告会'成员。我们之所以举办这次为时九天的报告会，主要是在我县干部职工中弘扬劳模精神，爱岗敬业、开拓创新、艰苦奋斗、甘于奉献，在改革开放的浪涛中搏击前进，为我县的精神文明建设和物质文明建设贡献才华。因此，要求我们每一个同志的报告确实要感动听众，得到与会者的情感共鸣。下来，每一位同志把自己的材料念一遍，大家听后提出宝贵的意见，该加的加，该减的减，该修改的修改，首先材料要过硬……"

　　王部长讲完后，四位劳模你看他，他看你，都等别人打第一炮。民政局副局长霍政民第一个念材料，念完后，林娜第二个念，直至四人把各自的材料念完。

　　他们相互间轻描淡写地对别人的材料谈了个人的点滴意见，都认为不错，至于哪里有问题，并没有讲多少。他们共同的想法是，等待王部长的裁决。王部长听完了大家念的材料和发言，也认为材料内容充实，事实也较典型，但又指出："不过有的材料给人感觉低调，缺乏震撼力，似乎在做自我批评，恐怕要启迪听众的思想，起到示范作用，还不足……"

　　显然，这是针对林娜写的《让人生在平凡中出彩》报告材料说的。林娜点了点头，没表示态度。其他三个人也没说什么。

　　王部长临走时指出："建议林校长把材料低调处改动改动，突出感人的事迹和成绩。预祝大家报告成功！有什么事就找小陈。我这几天很忙，很抱歉，不能聆听报告。"说完就走了。

小陈给他们发了报告时间安排表，并叮咛报告时要戴奖章。明天两场报告，第一场在县政府礼堂，九点开始；第二场在南街煤炭局礼堂，下午两点开始。这是关键的两场，城里听众多，文化层次高，一定要讲好。随后安排了住宿，林娜和郭瑛住一间房子。

她俩好像久别重逢的亲姐妹一样，无拘无束地说到了家庭、工作、社会各方面。当扯到报告材料时，林娜问：

"郭瑛，你说心里话，我写的材料是不是低调？是不是事迹不典型，成绩也不突出，而把遇到的困难和阻力写得多了，因此不能打动听众？"

郭瑛说："我听后觉得，你写的材料真实感人，没有自我夸大的成分，听众会相信是真事。再说，你抓住了走弯路克服种种困难的勇气和办法，失败不灰心，不断探索，最终获得胜利，这就是最大的成绩。让我说，你不必再改动了。"

"说真的，其实，我离岗前当教师，尤其是以后办学，确实一路崎岖不平，坑坑洼洼的，掉进深坑陡洼爬出来，又掉进去又爬出来，不写这些，不讲这些，写什么讲什么？至于感人的成绩没有多少。"

郭瑛说："你讲的这些就是最感人的成绩。让我看，咱们四个唯有你的材料感人，听众一定会欢迎的。"

"你们几个的材料有你们的长处。我的材料只能这样写，听众欢迎不欢迎我倒没有多想。"两人只顾说话，林娜看手表已快凌晨一点了，从方凳上站起来说：

"睡睡睡！明天打头阵，不休息好怎么行？"

郭瑛边脱鞋上床，边笑着说："咱俩二杆子只顾谝，忘了明天的报告，说睡就睡。"

她俩头挨枕头就迷迷糊糊睡着了。

在县城举行的第一场模范事迹报告会，干部职工八点多就到会场了，座无虚席。九点钟准时报告，会场肃静，如入无人之境。听众都洗耳恭听，没有开小会的，也没有出出进进走动的。大家听着模范事迹，从灵魂深处受到感动，不由得联系到自己的工作实际，暗暗告诫自己弘扬模范精神，搞好本职工作。

主持人在话筒前说："下一个是地区劳模，庄田镇旭日私立小学校长林娜报告。大家欢迎！"

林娜在热烈的掌声中走到主席台前面的桌子正中坐下来，把话筒朝嘴跟前挪了挪，看下面黑压压的听众，几百双眼睛瞅着她，不由得心怦怦乱跳。她稍定了定神，摊开讲稿讲道："我叫林娜，庄田镇旭日私立小学负责人。我汇报的题目是《让人生在平凡中出彩》。我个人体会：在平凡的工作岗位上，只要以高度负责的态度和精神认真工作，就会做出不平凡的成绩……"

她以真实感人的事迹，在困难面前百折不回的毅力和勇气，克服困难的睿

智感悟,联系群众团结同志的良好作风,以身作则的火车头动力,朴实流利而又诙谐的语言,赢得了听众的阵阵掌声。

就在当天晚上八点许,县电视广播台向全县播出了模范事迹报告会的一部分实况。很多家庭的老老少少都坐在电视机前观看。旭日小学四年级学生石爱花看到他们的校长在主席台上满脸笑容挥动右手正在宣讲。当听到她讲"我们通过各种渠道抓后进生,后进生的学习……"便飞一样顺门朝灶房跑去,边跑边大声喊叫:"妈——快!快看我们林校长在电视里讲话哩!"由于跑得太快,没看脚下,被灶房门口地上的斧头把绊倒趴在那儿,又旋即起来跑到灶房里。妈妈正在收拾桌面上一片狼藉的碗筷,听女儿喊叫,忙问:"是不是?"

"是!"她转身又朝屋子里跑。妈妈只怕镜头一晃而过,拿着一个空菜碟子跟在女儿屁股后面,小跑进了屋子。电视中的林娜还继续讲着,她边看边说:"林校长学办得真好!上了电视啦……"

爱花说:"林校长对我们这些娃娃好得太,从来没见她伸手打过谁,总是比前比后讲道理。你有错,她叫你谈话先问你:'你认为,你都有些啥优点?'叫人听了心里热乎乎的……"

同一时间,旭日小学王玉玉老师房子坐着五名老师,也正在看电视。当看到她们的校长在台子上讲话时,大家的眼睛睁得大大的,一动不动地盯着林娜,竖起耳朵静静听着。大约有两分钟的镜头过去了,顿时房子如同水沸了一般,笑语喧哗,叽叽喳喳。

任侠说:"咱校长能在全县讲她的先进事迹,咱们当老师的脸上也有光彩。"

田玲说:"林校长上去了,咱们也能跟上沾光。好好干,以后工资保管会增加。"

王玉玉说:"田玲这话有一定的道理。我敢保证,咱校这辆'班车'以后乘车的会把车门挤坏,车里坐不下,在过道处还得加小凳子哩!坐车人多了,收钱多了,难道不增加咱们的工资?"

任侠笑笑反驳道:"张口闭口就是钱钱钱,看增加工资把人想下病了。据我看,校长回来把教学工作的螺丝还会拧得更紧,咋样使工作再上新台阶,教学质量不断提高,想想这些才是现实。"

劳模事迹报告会的成员,连续九天跑了十个乡镇,一个乡镇报告一场,连同县城两场总共报告了十二场,听众一千多人次。劳模事迹的种子撒播在他们的心田,秆秆儿粗壮、叶叶儿嫩绿的一片片苗苗,会让人啧啧称赞。

九月二十八日,林娜带着奖励的一床棉被回到了学校。她经过操场朝学校大门口走,看操场打扫得干干净净,一根柴棒一片纸屑也没有,心里说,任侠靠得住,操场比我在时还干净哩!她进了大门,清晰地听到各教室老师的讲课声和学生集体回答问题的喊声。报栏的玻璃橱窗内张贴着新报纸,里面是精选的中高年级学生大字和图画。左右两边学前班和三年级教室门前小小的椭圆形花园里盛开着各色菊花,在光照下更显得艳丽,清风吹动枝条微微颤抖,好像在欢迎主人的归来。林娜笑着朝她房门口走,心里暖洋洋的,好像人离家很久很久终于回来了,所见所闻都是亲切的。

她走到房子门口,把提包和棉被放在台沿上,开了门正要往里拿,下课的电铃响了。刘睿给四年级上语文课,第一个走出教室,一眼就看见林娜,便满脸是笑地问:"林校长回来了?"边问边大步朝她跟前走帮她拿东西。

林娜站着没动,转过身笑着应声。这当儿,好几个班级已下了课,四五个教师都围在她的房门口,林娜同她们一一握手。这时,学生一窝蜂地拥到她跟前,把她围得严严实实,那些娃娃七嘴八舌地喊叫:

"校长回来了!"

"校长吃胖了!"

"哎哟,校长得奖了!"

"还奖了床大棉被!"

"校长,我在电视里见你讲话哩!"

"校长走的这几天,我觉得都有一个月啦!"

"校长,你让我重做的数学课堂作业早都完成了,请你看!"一名学生右手把作业本举到头顶,边朝人群挤,边大声喊。

张铁蛋大声喊叫:"闪开,闪开!"上了台沿提起棉被的塑料外套提手就朝林娜房子走。田玲老师抢过林娜手里的提包也进了房子,陈涛涛早从灶房提来了一铁壶开水,腾腾腾朝校长房子门口跑。

林娜眉开眼笑地接过陈涛涛手里的铁壶,直起身子向大家挥手:"同学们好! 马上上课了,赶快进教室!"

第二章　鼓动办学

　　年过半百的林娜,脸形和气色像生了锈的铁铧,额宽下巴尖,又黄又黑。铁铧两侧的上方,是一双不知在寻觅什么东西、明溜溜地深藏在眼窝窝的大眼睛。她走路摇摇摆摆风儿也能吹倒,人问话只是点头而已。

　　林娜原是洛宜县城关小学教师,教语文课,多年来都是教高年级语文。由于教学责任心强,讲课又有良好的方法,所以教学成绩突出,曾获地区"教学教改能手"和"劳动模范"称号。她内退还不到半年,在这以前,身体还硬朗,说话有钢口,走起路来一阵风;为人和善,办事果断,学校教师都叫她"老青年"。这样一个人仅仅半年,身体同以前相比便判若两人。

　　树有根根,水有源头。林娜跟和她一个锅里搅勺把三十多年的老伴张文离婚了。这事不胫而走,凡是和他相识的人没有不知道的。按说,离婚也是常事,但他们的离婚非同寻常:虽说牙和舌头搁得再好,还有牙把舌头咬伤的时候。这两口儿却是例外,几十年来从没有红过脖子涨过脸,可以说,相亲相爱多半辈子。

　　张文是洛宜县一中语文教师,他在教学实践中摸索创立的"四步教学法",效果良好,培养了学生的自学能力,开发了智力,连续两届高考语文成绩在地区名列前茅,被评为省级优秀教师。那几年的张文老师当真是头发梢梢绑辣椒——抡红了。慕名探访者不乏其人,县教育局教研室组织全县中学教师分期分批听他的观摩课,每次听课教室都坐得满满当当。

　　他教的上届高中语文,又任这一届的班主任。班里有一女生叫黄敏,论身材有身材,论人样有人样。聪明过人,学习也是拔尖的,在班上多次考试都是一二名,尤其是好学语文,作文写得挺漂亮。可她经常叹息家贫,高中三年,就有两年咸菜馍馍不离口,只是在学生大灶上买点米汤喝。

　　有哪个老师不爱学习好的学生呢? 张文老师喜欢她,总想把这一高徒亲手培养成全县高考成绩的佼佼者,起码语文成绩在地区是前几名,他这个省级优秀教师才名实相符呢。这个黄敏天生的举止轻浮,常去张文老师房子请教语文方面的问题,开始还本分,逐渐地以异样的眼神看他。张文老师不以为然,总是耐心细致深刻地给予解答。另外,还常给她些零花钱,让她不时从灶上买些饭菜。时间长了,两人都感觉到有一根无形的线把他们拴在了一起,只是心照不宣。这根无形的线把他们越拴越近,越拴越紧。俗话说:"火见棉花没有不着的。"果然,有一天蓬松的干棉花被划着的火柴点燃了,林娜无意中碰见了这燃烧的一幕。后来,黄敏上了某高校英语系,毕业后被分配到县一中,张文老师终于同这个二十三岁的英语老师结为伉俪。

张文的亲朋密友磨破口唇劝他千万别走这条路,世上没有后悔药可吃,到那时就晚了。他把这些忠言当耳边风,刚听进去就放了出来。老伴林娜从社会、家庭、事业多方面给他比前比后,好话说了几老笼,眼泪流了几老碗,想使他的坚如磐石的心变软,重新回到她温暖的怀抱,结果希望像肥皂泡似的刚一露出水面便消失了。

林娜自从无意中碰到丈夫和黄敏烈火干柴那一幕,便发誓让它过去,不给任何人以口实,甚至永远忘得没有一点影影。俗话说:"家丑不可外扬。"说出去无异于给自己脸上抹黑。她是这样想的,也是这样做的。只不过是几个晚上枕在张文的臂弯淌着泪水水哽咽着软化劝说而已。她费尽了心机也没能把他那硬石般的心肠变软,于是便另找良药,请求张文的重要亲戚和密友去软化那块顽石,结果仍然徒劳。她走的最后一步棋是叫女儿张艳去打捞掉进爱河的爸爸,谁会想到,她的爸爸连正眼看也没看她,竟自由自在地朝爱河深处畅游。女儿一气之下,要用硫酸喷婊子(张艳对黄敏的称呼)的脸以毁容逼她自退,没想到,反而促成了他和黄敏在爱河中搂抱得更紧。

林娜看来是法儿妈死了法儿——没法儿了,咬着牙一狠心便同张文一刀两断。事后不到半月,张文和黄敏就喜结良缘了。林娜整整两天水米没沾牙,一连几天杜门谢客,足不出户。在学校老师们的劝解下,她才渐渐从抑郁中解脱出来,可身体却彻底垮了。

农历六月十三这天,天气晴朗,林娜吃了早饭强打精神去街道转转。街上人来人往,叫卖声此起彼伏。她迈着缓慢的小步溜达着,这个小摊看一眼,那个门市逗留一会儿,啥也不想买,啥也不想吃,觉得行人都在看她,唯恐碰见熟人,不由得低着头走。当走到一家卖西瓜摊子前,听到身后有人喊叫:

"林老师,来吃瓜!"她扭头一看,一个大约三十多岁的中年男子拿着一大牙儿西瓜满脸堆笑地朝她走来。她愣住了,深藏在眼窝里的无神的一双大眼睛瞅着来人,半天才开口问:

"你是?"

"我叫王小斌,你的学生。认不得了?"

"面很熟,不过——认得认得。"她怔怔地看着来人。那人把瓜朝她手里塞:"味道不错,吃吃吃!"林娜接住瓜却没吃。那人拉着她的胳膊让她坐在他卖瓜的长凳上,她坐了下来,才吃了一口瓜。

"林老师,你咋黄瘦黄瘦的? 我从背后看走路像你;要是在你前面碰着,当

真不敢认,跟以前完全是两个人。"林娜苦笑了一下,轻轻点了点头,看了看其他两个卖瓜的,一个也不认识,动了动嘴唇话到口边又咽了下去,只是弯腰低头慢慢吃西瓜。王小斌猜出了她由于陌生人在场难以启口的隐情,便微笑着说:

"林老师,他们两个都是自己人,都是卖西瓜的村民。有啥话尽说无妨,也许我会给老师解决一点困难。"

林娜无神的眼睛突然发亮了,笑了笑:"唉——一言难尽。"她停了停接着说,"我们的事,你可能知道吧?"

"啥事? 我不知道。"

林娜简要地说了她同张文离婚的原因和过程,也说了她内退将近半年了,因婚姻之事几乎从阴曹地府走了一趟,现在城关小学住着。还说了女儿张艳现在县医院当护士,娘儿俩相依为命向前过日子。又问了王小斌几个孩子,日子过得如何,现在村里担任什么工作等一些家常话。她说话声音很低,三句一停,两句一顿,那双大眼睛直愣愣地望着王小斌,好像从他身上要找出救她出苦海的良药。王小斌以同情的口气说:

"林老师,想不到你这么好的一个人竟遭受到这么大的打击,不公平不公平! 老天爷也不长眼。张文这家伙一定会遭报应,不过是迟早的事。叫我说,事已至此,不顺心的事就再别朝心里去。说句难听的话,你看,你的身体垮成啥样子了? 整天愁眉不展有了病,就是女儿再孝顺,也替不了你的痛苦。你说,是不是?"

林娜点着头:"你说的咋不是道理呢? 这些我也懂,只是……只是事不由人啊。"那两个卖西瓜的知道她是王主任小学时的老师,听了她的痛苦诉说也深表同情。一个说:"像张文那样良心叫狗吃了的人,根本不值得留恋,还是想想你今后的日子咋样过。"一个说:"你是王主任的老师,我们的王主任手眼通天,你就抱住他的腿,天大的困难都能解决。"

话刚落点,王小斌转身在他背上捶了一拳:"你快把你咴尻子夹紧,我有那么大的能耐?"那卖瓜小伙子腰挺直,肚子朝前一送,连笑带说:"好厉害!"瓜案前边一顾客抱起一个西瓜问价,他才与买瓜人搭话了。王小斌主任蹴在林娜的左侧头偏向她说:

"我有个好办法,叫你跳出苦闷坑,解开你那不由你不想的忧愁疙瘩。"

林娜看着他苦笑了笑:"能解开就好了。恐怕你——你说说我听!"

"你干脆到我们三岔沟村办一所小学,整天忙忙碌碌,不是把不如意的事忘了吗? 既给村民办了一件好事,又对你的身体有好处,何乐而不为?"

"哦,是这回事。你看我眼看要到阎王爷那里报到了,还能办学?"

"能。你教了一辈子学,就教学经验说,你过的桥比那些年轻教师走的路还要多。你的教学能力和教学水平是一流的,你对学生比对自己的亲生儿女还要关心。还有谁比我了解得清楚呢? 要不是你,我王小斌还不知道中学的大门朝南还是朝北开着呢。"

他这么一说，林娜的思绪回到了二十年前发生在学校的一件往事上。

王小斌是县南秦坪公社人，这个公社离县城八十多里路，是一个贫穷落后的边远山区，他们家就住在锅旯旮村。他父亲很能干，也识得几个字，一心想把儿子供到人前头，人人都夸小斌天生机灵，可就是不爱学习，经常逃学，为此爸爸软硬办法都用了，还是收效甚微。同时，他还常和别的孩子打架，又沾染上了小偷小摸的坏毛病，就这样磕磕绊绊总算读完了初小。

林娜当时在秦坪公社中心小学任教，教五年级语文和中低年级图画课，又担任五年级班主任。

林娜让同学们将自己的名字写在字条上夹在语文作业和作文本里，由她统一登记名字。当她翻开一本语文作业，一片有梨叶大小且不成形的纸片上，歪歪扭扭竖写着他的姓名。林老师大吃一惊，这娃实在差远了！已上五年级竟然连名字也写错了一个字，"斌"字斜钩处加了一撇，这咋能上五年级呢？经过对语、数两科的摸底考试，王小斌均为倒数第一名。数学老师说，他留到三年级，数学也未必赶得上。上黑板做题，把三乘七说成二十四。林娜把小斌的学习情况反映给校长，要求留级。校长没有同意，让她认真抓一抓，当真跟不上，再留不迟。

林娜把抓后进生的工作放在了首位。差不多每堂课都要提问后进生，让后进生上黑板做题。批改作业先改后进生的，当然，王小斌是其中之一，不过是后进生中的后进生。林老师把他作为重点，经常当面批阅他的作业。边改边讲，错题让他当面更正，还要在"更正"二字前面简单地写上错误原因，直到改对弄懂为止。每次语文作业，都给王小斌另外布置一道带拼音的写生字习题。每周星期一、三、五下午，专门给他开小灶——挤出一节课的时间辅导，在学习上给他吃偏碗饭。数学老师同样对他抓得很紧，跟林老师相比却差了一筹。

苍天不负有心人。多半学期，小斌的语文学习基本上能跟上了，由排尾站到队列的中间。由于小斌学习态度端正，把大半个心都放在学习上，以前在村里上学成天逃学、打架、小偷小摸的不良行为也转变了。家长过意不去，中秋节给林老师提了自产的多半口袋核桃，还送了两盒月饼以表谢意。

林娜一双慧眼常常能够看到王小斌黑暗王国里的一束亮光，在同学面前夸奖他、鼓励他，换来了小斌在各方面的进步，也换来了小斌对她的敬重。

转眼两个春秋过去了，在升初中的考试中，林娜和其他一名老师带队，住在县二中指定的一间房子休息。第一节考数学，考后休息三十分钟，同学们三个一堆两个一伙，七嘴八舌地争论哪道题难，哪道题容易；这道题答案是多少，那道题式子怎样列。王小斌问了平时数学学得好的两个同学，两道应用题的列式和答案，都说他做错了，可能是零分。他听后气得七窍生烟，上下牙紧紧咬在一起，双脚轮换着把一棵钵钵口粗细的杨树踢下了一小块外皮，一口气跑到休息房间，把装有笔、书、本子与复习资料的书包，朝脊背猛一甩，嗵嗵嗵地跑出门。两个同学劝他他不听，拉他拉不住，一抡胳膊大踏步走了。

　　第二节考语文,他那考场的监考老师拆发试卷时发觉少了一名考生,立刻把考场和考号报到考试办公室。播音员在喇叭上喊:喂,第六考场203号考生请赶快进考场,离答卷时间还有一分钟。

　　第一节数学考罢后,林娜和另外一个领队老师去考试办公室参加各校带队老师会议。开完会,同事去了凉粉摊吃凉粉,林娜便去了休息室,房子已空无一人。她突然听到播音员喊第六考场203号考生赶快进考场的通知,吃了一惊,这王小斌到哪儿去了?怎么还没有进考场?她疾步赶到第六考场——她校百分之八十的学生都在此考场——她问王小斌的去向。一个学生说,他数学没考好,生气可能回家了;另一个说,从校门出去了,我拉拉不住。

　　林娜问:"到现在有多长时间?"

　　"大概有十五分钟。"

　　林娜听后二话没说扭头就朝校门口跑,出了校门,上气不接下气。有两条路,一条是大路,一条是朝东拐的小道。她站在岔路口犹豫了,这娃到底朝大路走了,还是朝小路走了?她根据他个性强好面子的性格断定走了小路,便转身朝小路跑去,边跑边喊:

　　"小斌——小斌——你在阿达? 赶快回考场考试!"

　　却说王小斌出了校门,唯恐遇见熟人难堪,便顺小路大步走去。心里又气又急又恨,比猫抓了还要难受。他心乱如麻:回到家里必定要挨爸爸的耳光,反正我哄说肚子疼,不能考第二门。我对不起你,你枉费了一番心思。唉——还是回考场,瞎就瞎到底。已经迟了,迟了,算啦算啦! 两种想法在打架,胜负不分。他懊丧地一屁股蹲下去坐在路旁地塄上,两手托腮,两股眼泪顺脸流湿了手指手心。

　　他忽然听到有人喊叫的声音,歪着头竖起耳朵听是林老师叫他,喊他赶快回考场去。他觉得没脸见老师,霍地站起来顺路朝前跑,可两条腿有千斤重,说啥也不能挪动半步。这当儿,又清晰地听到林老师一声接一声地喊叫他,便反身朝来路走。林老师已站在他的面前,二话没说抓住他的胳膊转身就跑。

　　到了考场门口,林娜向监考老师说,这娃喝了些冷水肚子拧着疼,到校门外一家诊所买药来迟了。监考老师点头让赶快坐到座位上答卷。这时,其他考生开始答卷已超过二十分钟。王小斌用袖子擦了擦泪眼掏出了笔……

　　终于,王小斌被县二中初一年级录取了。

　　只说王主任建议林娜老师到他们山岔沟村办一所小学,林娜苦笑了一下:"你看我这身体瘦得像麻秆,还能办学校?"

　　王主任猛一点头,肯定地说:"能。"林娜没有表态,低着头好像在掂量担起担不起这副担子。王小斌略停了停,接下去说:"山岔沟村虽然在山沟沟,但村民都很好,通情达理,都盼着办一所小学。村里大概有四五十个学龄儿童,大半在家里耍,原因是到城里上学太远,往返将近七里;到邻村水湾上学又要过铁路,很不安全。我正筹划办学的事,想来想去找不到个好老师,就是有人想在我们村办学,到底能吃几碗干饭,我不放心,全村人也不放心!幸喜今儿个遇到你,才解开了我寻老师办学的闷疙瘩。

"要我说的话,你就挑起这副重担吧。一则,紧紧张张有个事干,就会把一切烦恼忘掉,对身体有益无害,特别是对心情不好的你有好处;二则,办学收入不会低于你的工资,想来,你的手头也不会多么宽裕,目前讲经济效益也不能不考虑;三则,这也是老有所为,叫我看,就社会名望说,你不亚于一个公办小学校长。至于困难嘛,当然会有的,但有全村人的支持,不怕!"

他用右手食指指着自己的鼻子尖说:"有你的学生我王小斌撑腰,没有翻不过去的火焰山。你说有道理不?"

林娜长长地嘘了口气,瞅着王小斌,一种自豪和钦佩的心情油然而生。昔日半人高的小学生如今担任了村主任,一心一意为村民办学校——解决娃娃上学难的问题,不愧为村民的贴心人。他言谈不凡,讲得很有道理,的的确确打动了林娜的心。

林娜离开三尺讲台只有半年光景,却几回回梦到那些天真活泼的猴娃娃,她给他们解题,批阅作业,一起唱歌游戏;又几回回梦见和同行们一起吃饭、戏耍,从梦中笑醒。说实话,同娃娃打了一辈子交道,在学校里,也感觉够烦人了,希望早退休早享福早过清静日子。可真的离开了岗位,又不时惦念那"烦人"的岁月。

林娜又转念一想:自己是风儿都能吹倒的老太婆,怎敢揽这出力不讨好的活儿?再说,腰里没铜子儿,要办起一所学校,谈何容易!答应还是不答应王小斌的请求,她的思想上下翻腾。

"小斌,让我想一想,和女儿商量商量再说。"林娜说。

"能成,我顶大一周后到你家里去,保证能听到好消息!"

一个卖瓜伙伴扯着嗓门儿喊叫:"红沙瓤赛冰糖,不甜不要钱!快买快买!完啦完啦!"边喊边把杀瓜刀子在小桌子上拍得咣咣当当响,然后猛地扔进装瓜的四轮车厢里。这个讲究是卖瓜者已经把瓜快卖完了准备回家,便会拥来很多买瓜的。

王小斌冲着那扔刀喊叫的笑骂道:"人家买不买瓜,不在你咖驴嗓门儿高低。学校问题解决了,顶卖一火车西瓜哩!"

他从四轮车厢里挑了一个足足有二十斤重的大西瓜,左手托着,右手在西瓜上敲了敲,听到发出嘭嘭的声音,便笑着送到林娜面前:"这瓜熟透了,瓤口肯定好,学生送给你。"又用手托着瓜把她送到街口,叫了辆出租车送她走了。

第三章　馍掰两半

　　林娜和张文唯有这个名叫张艳的独生女儿,地区卫校护士专业毕业后分到洛宜县医院当护士。

　　当今大凡独生子女,父母亲都当掌上明珠看待,差不多是娇生惯养。可张文对女儿张艳没有多少爱心,更谈不上"娇惯"呀,"明珠"呀。女儿待他淡如凉水,觉得有他这个爸爸和无他这个爸爸没有什么两样。

　　张艳是跟爸爸在县一中上初中的。那时,张文教高二年级两班语文,兼高二一班班主任。可能是忙于教学工作,一头扎进去无暇顾及女儿的缘故,他从不过问张艳的学习,生活上也是马马虎虎。同他关系好的老师看不过眼,指责他:带娃娃上学的老师有的是,都跟着爸爸吃住。让娃娃睡宿舍,上大灶,谁像你的样!娃长大养活你是半崖里挂门帘——没门儿。可他却说:咬得菜根,百事可做,小时过艰苦生活,对以后有莫大好处。

　　一次,张艳数学月检测考了九十分,这对平时对数学学习兴趣不浓,成绩平平的她来说,就是很大的进步。女儿喜滋滋地把试卷放在爸爸的办公桌上,明显是让他看。她想着一定会得到爸爸的表扬。可万万没有想到,爸爸瞥了一眼便推到了一边,张艳气得拉过试卷揉成纸蛋儿扔到地上,含着泪花气呼呼走出门。

　　有一次,张艳伤风感冒接连咳嗽了好几天,张文好像聋子,没有听见咳嗽声。直至老半天咳嗽不上来,憋得脸红脖子粗,她伸手要钱看病时,他才勉强掏了一元钱叫女儿到校医那里看。校医认得她是张文的女儿,赊欠了五元钱记在账本上。

　　张艳上初中二年级时,在爸爸房子常见一个身材苗条,皮肤白皙,双眼皮,一口排列整齐、大小匀称的白牙,年龄二十上下的女生,常来问爸爸语文题。爸爸总是热情耐心精细地给予辅导,那女娃总是满意地离开。学生有疑问,爸爸不厌其烦地给予释疑解惑。对这些,张艳本无可厚非,完全理解作为老师的一番苦心。但让她想不通的是,她是他的亲生女儿,又是独生女,难道连他教的学生都不如吗?爸爸对她在学习和生活上的关心,假如有他对这个女娃的三分之一,她就心满意足了。

时间长了，张艳才打听到，那有疑必问爸爸的女生是高二一班的学生黄敏，是爸爸担任班主任的班里的学生。

　　那天清早起床张艳上厕所，刚进去就听见蹲在左边坑坑的两个女生窃窃私语。一个说："你看黄敏人家在班主任眼里多吃香！"另一个说："他们之间肯定有那事。"那先说的赶忙阻拦："快把你咿嘴夹住！房内说话房外听……"张艳蹲在右边的坑坑听，因为厕所还黑咕隆咚的，没看清说话的人是光脸还是麻脸，后边说的由于声音小听得模模糊糊。

　　那两个女生咳嗽了几声，一前一后走出了厕所。几天来，在厕所听到的话总是在张艳脑子里翻腾，她在灵魂深处对爸爸产生了怀疑和厌恶之情，对黄敏更是恨之入骨。

　　一天下午，她去爸爸房子给钢笔吸水，走到门口，门闭着，隐隐听到里边有人说话，好像是女的。她贴着门仔细听，先是黄敏在说："上节课我胃疼得实在难受！硬撑到下课到你房子喝了一缸开水好些了；现在发酸想吐又吐不出来。"爸爸说："我这有一瓶胃舒宁，你先吃三粒看咋样。"张艳听到这儿，一口恶气直冲脑门，咣当一声推开门，爸爸刚好把瓶子里的三粒药倒在手心，黄敏伸手去接。张艳直挺挺站在他们面前，怒目而视黄敏："滚！"黄敏被这突如其来的行动惊得把手缩了回去。张文收了笑脸，一本正经地问女儿：

　　"学生有病给吃点儿药有啥不对？你有礼貌没有？"

　　"你对，你对！我有病咋没人给药！你不知道学生在背后咋样议论你哩！"说着转身砰一下关上门走了。

　　张艳回到家里，把她在厕所里听到的，黄敏常来房子有问题没问题都问爸爸，一天能来三四回，还有爸爸给黄敏药吃等事都告诉了妈妈。她问妈妈，自己是不是爸爸的亲女儿？爸爸是不是她的亲爸爸？林娜给女儿做了解释："别胡猜胡想，哪能不是亲的？你爸爸是省级优秀教师，当然事事都要走在前面，肯定工作忙，有些地方关照不到你，你要理解爸爸。学生有病给药吃，这有什么不对？至于学生背后议论，那也是常有的事，恐怕也是捕风捉影吧。艳儿，你别瞎想，听见了吗？"其实，她听了女儿的话，心里也有点儿疙疙瘩瘩的。

　　张文抛弃了风雨同舟多半辈子的老伴林娜，从此，一个馍掰成两半了。张文跟黄敏结了婚。张艳跟着妈妈，她同情妈妈的遭遇，劝说妈妈挺起腰杆，该吃就吃，该喝喝，该干啥就干啥。往宽处想，有女儿在身边，完全可以过活，比同爸爸在一起会过得更美满幸福。她恨爸爸老牛吃嫩草，恨爸爸给女儿带来不幸，恨爸爸把一个好端端的家弄得七零八散，更恨爸爸不要脸的小老婆黄敏（她是这样称呼的）如同洪水猛兽冲毁吞噬了她的家庭。她以为，爸爸对她冷若冰霜，完全是因为他的小老婆小婊子，黄敏是她的眼中钉肉中刺，她在心里暗暗发誓要拔掉它。想来想去，她决定毁了这小娼妇的面容，看她再骚情不！一天，她从县医院药房买了一瓶硫酸装在提包里，又买了一双条绒布鞋（她爸爸喜欢穿布鞋），抱着一个大西瓜，去了县中学。到了爸爸房子，黄敏正洗衣服，她笑问：

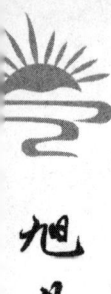

"张艳来了。"张艳也笑笑说:"我给我爸买了一双布鞋,黑条绒的,顺路抱了个西瓜。"黄敏赶忙站起来,一边用两只湿手去接张艳网兜提着的西瓜,一边微笑着说:"来了就行了,还拿啥嘛,西瓜这么沉!咋……"话未落音,张艳把一瓶硫酸便泼了过来,泼到她左边的衣领和脖子上的硫酸,顺着领口朝下流,脸上也溅了十几滴。黄敏惨叫一声倒在办公桌前面的地上,张文猛地扑了过去抓住黄敏的胳膊。当张文扑向黄敏的一刹那,张艳大踏步出了门。

张艳去公安局自首了,黄敏被拉到县医院抢救。

林娜得知女儿闯下大祸后,又是生气又是胆怯。虽说女儿替她出了气,可法律是不会饶恕的。她整天食不下咽,脚不离法院门,托人说情,前前后后花了三千多块,再说,黄敏伤势轻微,经抢救脱险。法院审判决定:受害者全部医疗费用都由伤害者付给,并拘留伤害者十五天。

星期六,张艳歇班从县医院回到家里,林娜把王小斌主任劝她在他们山岔沟村办小学的事告诉了女儿,并说明了自己想办又怕拿不下来的担忧。张艳说:

"办啥呀!'家有三斗粮,不当猴儿王',就说你跟小娃娃打了一辈子交道,还不嫌麻烦!多半辈子的人了,身子瘦得像柴棍,能支持下来?咱们的经济目前是紧张一些,不过只有两个人,够吃够喝就行了,何必自讨苦吃!办学校可不是一句两句话的事,受累受苦不说,哪来钱投资?办好办歹也难说,风险很大,你还是清清静静度过晚年是正经。"

林娜说:"没资金还算不上大困难,最紧要的是我经受了这次折磨打击,身体完全垮了,怕难担起这副担子。不办吧,盛情难却。小斌是我的学生,他如今是村主任,口口声声说,有他的支持有全村人的支持。几十个上学娃娃关在校门外,叫人听了也寒心。办吧,妈又是这个样子,办不起来,倒惹人笑话。一句话,算啦,王主任来咱家推掉就是了。"

张艳说:"推了推了!谁管那娃娃上学不上学,管好自己少生病是正经。"

林娜瞪了女儿一眼:"你说啥?你觉得娃娃没学上不可怜,可我离开学校才半年光景,总觉得生活空虚,睡梦里也常常在学校跑来跑去,弄这弄那,醒来后却在炕上睡着。这个学生,那个娃娃,还有我的一些同行,他们的笑脸不时都在我眼前晃动。"

"妈——你在学校干了一辈子,梦到老师学生很正常。我看你还有办学的念头,不过你当真不行啊,反正你再好好想想,给村主任一个答复。"

"王主任说,办了学整天忙这忙那,血脉也活了,不如意的事就会忘掉,身体就会好起来。我想他说得有道理。再说,办好了总会有些收入,山岔沟村和周围的小娃上学方便,对己对人都有好处。"林娜说。

张艳绷着脸没有说话,也在想到底能不能办学的事。老半天,林娜接着说:"我想先去山岔沟和周围砖厂、小煤窑、煤台走动走动,了解一下情况,能办就办,办不成拉倒,咋样?"

"行,先了解情况再决定吧。"

第四章　考察学情

这是个星期天,天还黑乎乎的,林娜就起床了。她洗漱完毕,打了两个荷包蛋,吃了自己烙的两张饼子,把笔和本子装在皮背包里,推车子去了山岔沟村。

山岔沟村离县城差不多有十四里路,属庄田镇管辖,坐落在街道南面竹马梁山下山岔沟口。山势为东西走向,中间好像是用巨斧劈成了两半,形成南北方向一条深沟,沟掌掌却连在一起。站在较远的正南面乍一望去,犹如分开的两条巨人的腿。腿中间从龇牙咧嘴的石崖底下流出一大股水,顺沟朝出流。由于长年累月向两边冲洗侵蚀,渐渐形成了一条丈余宽的浅小溪,小溪越流向沟口,越像蛇尾巴一般愈来愈细,最终流出沟口穿过一片玉米地注入沮河。沟口两边还有一长一短两条沟渠,同主沟形成一个大大的"小"字,因此命名山岔沟村。大沟小渠的沟口,从山脚到山腰零零散散住着六十多户人家,其中一多半是外来户,说话叽里咕噜,生活习俗也与当地人大相径庭。家户院落多是桃、苹果、枣等果树;成群的鸡鸭在沟两边坡洼注和溪流里觅食,把倒下的煤灰渣、菜叶和破鞋,臭袜子刨得乱七八糟,散发出令人作呕的酸臭味。

站在半山腰住户的院子里朝沟口前方远眺,最远处是高低起伏层峦叠嶂的山脉,山底下横着两座小村庄。庄前和两侧是庄稼地,地中间是一条沮河,河北面是县煤台,装卸煤的刺耳响声在一里开外也听得清晰。河南面是一条东西方向的铁路,像黑色巨蟒趴在那儿。铁路两边是庄稼、蔬菜地,还有两家砖瓦厂。

林娜骑车子到了山岔沟沟口,问一个拉牛饮水的老汉王主任的家在哪儿,顺他指的方向转了一个大弯,上了一面小坡,猛抬头看见小溪东边坡洼有一群孩子玩耍,个头儿最大的十二三岁,小的七八岁,大多衣裳肮脏,满手污泥扔泥蛋蛋玩。其中一个男孩把泥蛋嗖地扔到一个小女孩的衣领上,还横眉瞪眼地骂:"日你妈的黑窝窝!"那小女孩边揉眼睛边蹬腿边哭边骂。其他七八个孩子转圈儿跳着笑着嗷嗷喊叫,哭骂声被淹没了。

林娜看到这个情境,撑起自行车走下坡洼洼,从水渠最窄处绕过去把小女孩拉起来,掏出手绢擦去她衣领上的污泥和满脸泥点。那一群孩子见此情景,远远凑在一起停止了呐喊,呆呆地笑着看。小女孩收住哭声,只是一个劲儿地

抽泣。林老师想拉她去河渠洗全是带泥的手,看溪水比她的手干净不了多少,就又拿手绢给她擦,边擦边问她:"你叫什么名字,几岁了,在哪里住?"

她哽咽着说:"我叫霞……霞,九岁了。"又手指水渠左边说,"就就……就在那大树后头住。"

林娜点了点头:"好,乖娃娃,我送你回去。"又笑嘻嘻地向水渠对面半洼洼那几个孩子摆手点头,"来来来,我是给你们教学的老师。"那几个小娃娃彼此看了看,似乎是喜悦加怀疑,迟疑了一会儿,便从半洼洼溜下来站在林娜面前。

"你们念书没有?"

"没念!"那个给小女孩扔泥蛋的个头儿最高的男娃仰头利索地回答。其他的看着林娜傻笑。

"为啥不上学?"

"村里没学校,到水湾上太远。"又是高个儿男娃应声。

"像你们这么大的娃娃村里还有多少?"

一个光着身子穿着脏兮兮蓝半截裤的男娃头一摆说:"有一百。"大家都轰的一声笑了。一个小女孩说没有一百,有五六十个。

"现在,你们村要办学校了,我当老师你们上不上学?"被泥蛋打的小女孩说:"我上。"一群孩子边跑边跳边笑边喊叫:"有学校啦! 我们上学啦! 老师来了!"林娜捃着嘴笑,心想:这学校完全能办,这么多娃娃都关在校门外,够可怜了! 首先生源不成问题,学生多收,学费就多,有了铜板儿事情就好办了。

她本来是先去王主任家,却送小女孩回家去。那个叫霞霞的女孩在前面引路,林娜推着车子跟在后边,上了面土坡转了个大弯,首先看到一个敞院子最外边塄畔上长着一棵歪脖子大槐树。小女孩说:"那槐树后边就是我家。"

进了院子,林娜抬头看到两面没有挂面子的砖窑,左面堆放着一大堆苦菜猪草,右面是猪圈,窑前篱笆挡着的一个园子里是苹果树、桃树、枣树和两畦菜。猪在圈里饿得哼哼直叫。这时,从窑里出来一个老太婆,看身子在六旬以上,提着猪食桶朝猪圈走,只顾瞅猪圈,没看见林娜和小女孩。

林娜也朝猪圈走,笑问:"忙着哩? 还喂了两头大肥猪。"

老太婆听声停住脚,转身眯眼看了来人半天,是谁引着孙女,她似乎认得又不认得,放下猪食桶笑笑:"你看,我人老眼花,你是? ……"

林娜说:"我来提猪食。"她边说边抓住桶梁。老太婆说:"这脏,我提我提。"林娜夺过来提在手里走到猪槽挡板前将猪食倒在石槽里,两头大肥猪哼哼着争食吃。

她看着老太婆说:"婶,你真有本事,两个几百元在争吃哩!"老太婆说:"有屁本事,庄稼人只会下死苦,不像摇笔杆的,钱花完了又来了。"林娜说:"人说,三十六行,种庄稼为强,还是下苦的好。"老太婆说:"我看,你是坐办公室的。"林娜说:"不是,不是。"

进了屋门,林娜看屋子摆设简陋,一个老式柜,老得连漆都掉光了。一张三屉红油漆桌子,上面放着一台十四英寸电视,不知是彩色还是黑白的。门背后靠着一把擦得明光锃亮的铁锨。锅台、地面、案板和碗架都擦得干干净净。老太婆从灶台前面端来小木凳让林娜坐下,笑笑问道:

"你在哪达?咋遇上我孙女把她引回家?"

"我在庄田镇中心小学住,姓林。"接着她把在沟渠边坡洼洼上遇到一群小孩子玩泥蛋儿,一个男孩拿泥蛋把霞霞打哭,她给她擦去污泥、洗手,霞霞引她回家的事说了一遍。

老太婆微微佝偻着身子,笑眯眯地瞅着林娜说:"哦,是镇完小老师。"急忙从案上端来一大碟子红脸桃放在桌子上,又从柜里提出一个红提兜,掏了几把大红枣放在水瓢里,洗了洗,倒在一个白瓷碗里,连连说:"林老师,吃桃吃枣,自家出产的,好口头,甜得怕怕。"说着拣了一个又红又大的桃塞到了林娜手里。又转脸对孙女说:"乡下的孩子没见过世面,死囊囊的。还不快把毛巾拿来让老师擦脸!"霞霞从脸盆架上取下毛巾。老太婆一把夺过来,递给林娜:"看你热得满脸汗水,三伏天三十个火老虎,要吃人哩!"

林娜拿毛巾擦了擦脸,咯咯笑道:"您老人家这样热情倒叫我不好意思了,咱都坐,都吃,都吃。"随手给霞霞捧了一把红枣,问老太婆:"您老人家有多大年龄?"老太婆用右手大拇指和食指捏在一起,展开一个八字。林娜说:"六十八了,身体还硬朗,我就叫你婶婶吧。咱们拉一会儿家常。"

老太婆随手拉了条长凳靠炕沿坐着。

林娜说:"我原来是庄田小学教师,现在退休了,坐不住,今年,还要在你们村办一所小学,群众欢迎不?"

"办学校?好!好!盼星星盼月亮,总算盼到了。"老太婆露出豁豁牙面朝孙女笑着问:"上学去不去?你看,林老师撵到门上叫你哩,今儿个就跟林老师去。"霞霞看着林娜抿着小嘴只管点头,拉着婆婆的后衣襟两条腿乱蹦。林娜一把拉她到怀里:

"你婆叫你上学去,今天我就带你去上学,好不?"

"那……那还没到开学,开学我就上。"

"你知道,刚才在水沟半坡上的那些娃娃上学没有?"

"学校远,都没上。"

霞霞她奶一听孙女要上学,鼻子一酸两滴眼泪掉在衣襟上,向林娜诉说她永远难忘的一桩辛酸事。

"今年春上开学,她哭……哭着要去水湾上学,我没肯。"她从柜盖上拿来毛巾擦了擦眼泪,长长嘘了口气,"唉,说来话长。我有两个孙子,大的是光葫芦(男孩),再这个小女子。她爸和她妈都在小煤窑干活。她爸在井下挖煤,她妈给民工做饭,两个孙子就靠我照管。前年送老大去水湾村上学,咱村离学校来回四里多路,要过一条河,要翻火车道,娃上学可吃尽了苦头!两头不见天,我又没工夫接送。"林娜看她两眼直勾勾瞅着地面,泪花花在眼眶里打转,硬忍住

没流出来，停了老半天又说："那天放了晚学，娃翻火车道走煤台，火车停下正装煤，装满几节车厢，铁道转盘上的钢丝绳把装好的车厢朝前拉，给空车厢再装煤，转盘转着，不懂事的憨娃娃看着好玩，顺转盘上的钢丝绳朝过走，钢丝绳把娃的一条裤腿缠进去了。你想，甭说是碎娃娃，就是大人也挣扎不脱，后来身子就卷到转盘里去了。可怜我家的超超……整个肚子……都夹进去。林老师，你说，不知道把娃疼成啥样了！我一想到娃受疼，这心真像刀割一样。"说着两道泪水早已涌出眼眶顺着两腮流到脖子，哽哽咽咽说不出一句完整的话来。

"他手还紧紧……紧紧……攥着铁丝绳……"

林娜听着眼圈发红，连声说："可怜，可怜——如今咱的村有了学校，学生就近上学方便，再也不会有这种惨事了。"她逮着霞霞的小手低声柔和地问："老师教你好好念书，你长大后想干啥呢？"霞霞说："长大当老师。"一句话逗得林娜笑了，右手亲昵地抚摸着她的头。

她奶奶边笑边说："你长大能当老师也不枉奶奶养你一回。"

此时，办学的种子深深地播在林娜的心田里，在山岔沟办学的欲望冉冉升腾。心里在说，纵使有千难万险，也要办起学校。

林娜和老太婆像久别重逢的亲人，热热火火东一榔头西一棒槌拉着家常。她问了霞霞奶奶的姓名、出身、籍贯，方知道她姓田，叫田月梅，是陕北佳县人，到山岔沟村已十一个年头了。又扯到她家的人口，经济状况，种地多少，收入如何。又谈到了全村户口，学龄儿童的大概人数，村民对办学有什么看法等。田老太婆把自己知道的都辣子一行茄子一列说给林娜听。她又问了林娜的年龄、教龄，在哪些学校当过老师，家里人口多少，都干什么工作等。林娜都一一告诉她，就是没有说跟张文半路分道扬镳的事。林娜看了看手表，十一点多，时候不早了，怕王主任外出，要马上去他家。老太婆说啥也不要她走，非给她做饭不可。两人拉来扯去，林娜说："婶，这饭留着吧，下次来再吃。"田老太婆硬给她装了一塑料袋子干枣，又给衣兜里塞了几个鲜红的大桃，说天热路上吃解解渴。

老太婆引路，转眼就到了王主任家。不巧王主任外出了，她又和主任媳妇扯了半天话，了解到了有关办学的一些新情况。这媳妇姓李叫兰英，三十露头，模样儿周正，身段也长得匀称。不过，你接触她，总觉得冷冰冰的，似乎有盛气凌人之感；说话不多，像金子般贵重，唯恐别人借去不再归还。当田老太婆给她介绍林老师是小斌的老师，今儿个来找小斌专门商量办学的事，她眼皮一翻看了林娜一眼，点了一下头，一面扫地，一面说："知道了，小斌给我说了，他要请他小学时的老师林娜到村里办学，小斌回来，我告诉他就是了。"

林娜看小斌媳妇牛哄哄的，心想，她也许有什么不愉快的事，也许就是这种人。于是就没说多少话，起身告辞。临走给王主任写了个留言条，让他媳妇给他。

林娜在一周多内跑遍了山岔沟村镇木材加工厂、砖瓦厂、乡镇小煤窑、县煤台等十来个单位近百十户人家，那些坡坡洼洼、巷巷道道，田间阡陌小路，都留下了她的脚印。开始几天腰疼腿酸，脚背如同发了的面肿胀得多高，头也有点儿晕。一回到家里像散了架似的，不想吃不想喝，躺在床上浑身难受得翻来覆去直呻唤。三五天后，情况有所好转，饭量由一个馍馍吃到两个馍馍，由一碗汤面吃到两碗，腰腿硬实多了，脚背也塌下去了。

俗话说："人逢喜事精神爽。"她黑瘦的面颊上有了笑容，别人问她，这几天咋不见你的影影，到哪里去了。她笑笑回答，外出逛了几天，散散心。她暗暗告诫自己：办学八字没见一撇，可不能到处张扬，万一灭了火，叫人拿尻子笑了。所以没有把办学的事告诉她学校的老师和亲戚朋友，但到底还是有人知道了。

这天，林娜去庄田镇南川深山沟洼开办的两处小煤窑走访了一趟，收获不小。小煤窑的民工大半是外地人，相当一部分是来自外省穷乡僻壤，有三分之一的工人携带家眷外出打工，学龄儿童差不多有三四十个。父母亲为孩子上学的事而愁眉不展，到附近村子小学上学一般往返二三里路，峰回路转，崎岖坎坷，沟深树茂，很不安全，家长不放心。绝大多数家长都想把孩子全托到本镇中心小学，一少部分想全托到县城小学。对打工者来说，这可算是奢想了，是可望而不可即的事。高昂的借读费姑且不说，难的是他们在当地很少有熟人和亲朋密友。拿上钱求爷爷告奶奶，头削尖朝里钻，到头来挤扁了头，大多还是被关在校门外。

常常是开学还有二十多天，家长为子女上学就跑断了腿，操碎了心，磨破了嘴，如愿以偿的只是极少数。

林娜的到来如同大旱中降了甘霖。当她把办学目的、校址、师资、年级设置等告诉给家长，动员可预先报名以便掌握入学年级人数时，多数家长满心欢喜，基本上都报了名。林娜将详细情况一一记在本子上，并请家长们开学初先到学校看看，愿意上学的按时到校正式报名。

太阳快压山了她才回到家里，口干舌燥，泡了一壶浓茶，刚倒了一杯，王小斌骑摩托来了。彼此寒暄了几句，王小斌开口道：

"林老师，对不起，按理应先登门拜访，不料，你先我走了一步。留言条我看了，非常高兴。我向村民们说了你在山岔沟办学的消息，连日来，办学上学成了村民们的热门话题，再不熬煎娃没处上学了。听说你走了好几个单位和村子了解生源情况，上学的娃娃大概有多少？"

"只走访了你们山岔沟村几十户人家，今天又走了城关、双龙两个小煤窑，都说办学是好事，目前预报上学人数三十一人。这就是我的详细记录，你看！"林娜把记录本给了王村长，他边看边点头：

"哎呀，预报了三十多人，不少不少。人说'良好的开端是成功的一半'，这是好兆头。你的事业大有希望！"他把记录本还给林娜。

林娜说："预报不等于正式报名，预报十个，能上一半就不错了。别高兴过早，老鼠拉木锨——大头还在后头哩。校舍还不知在哪一国；桌凳呀，教学器材呀，老师呀……大大小小一串串疙瘩还在等待解开。"她瞅着王主任的脸，好像

是询问他解开疙瘩的良方。

王小斌掏出衣袋装的"红塔山"香烟,打火机嘎的一声点着,深深吸了一口,吐了个烟圈儿,身子稍稍后靠,仰面沉思了片刻,猛地端坐,一字一板地说:

"林老师,不管疙瘩多大,学生帮你解,没有钻不透的铁,你放心好了。目前,你的主要任务是了解生源情况,扩大影响,让山岔沟周围村庄和单位人人皆知咱们办学校。不怕没学生,我怕生源多校舍有限哩!校址我早给你瞅好了。一处在村口,全是新平房,间数却少;一处在村中间,有平房,间数也多。你再次来,先把地方定下。你当前手里有多少钱?"

"三千元存款,再……"

"不多不多,想办法借一部分,到银行贷一部分,先解决主要问题。"

"一套桌凳八十元,我看先购四十套,就是男人穿的婆娘鞋——前(钱)紧,几千元顶屁用!桌凳怕是目前最当紧的。"

"是。我建议先购十几套新的,我到木材加工厂联系,可暂时欠下桌凳款,明年春上开学付。大部分桌凳可采取因陋就简的原则,发动村民资助,可能陈旧些,宽窄长短不一,但可解些燃眉之急,又节省相当一部分资金,办其他要办的事。这件事也交给我,保证办得你满意!"

"好嘛!有你这些话,我一颗悬着的心就放到实处了。我办学让你费心出力,当真过意不去。"

"我当主任为村民办实事好事,你办学正好记在了我的功劳簿上,费些心出点力,我乐意。就怪你是我的老师,就怪你是全县出了名的模范教师,要不,我会请你到山岔沟办学?"

林娜笑得喘不过气来:"说来说去都怪我,我干脆收了摊子不办了,你也别想上功劳簿!"

"收摊子收摊子,怕你口头不是心头,实实在在还舍不得哩!""舍得舍得!"他们快活的笑声在房间荡漾。

一连几天,林娜都是早出晚归,她每到一家总是亲亲热热问家里人口、户主姓名、年龄、职业,家庭经济状况、几个孩子,上学娃在哪所学校,读几年级,愿不愿到她办的小学上学……重点记下住址,父母亲的姓名、职业和孩子的姓名、年龄等,密密麻麻写了两大本子。她算了算,预报到她所办学校上学的有一百四十多人了。

在走访中,家长对孩子将来在她办的学校读书持三种态度:一种是只要校址在三岔沟就去上,原因是放着眼皮底下的学校不去上,偏要去离家几里外的学校读书,脑子不是进了水?一种是观望犹豫,到上学时看情况决定。一种是一口拒绝在刚办起的学校上学。持第三种态度的人认为:新办学校在师资、教学设备等方面都很差,教好教坏还是个未知数,不能拿孩子的前途耍儿戏。

一次,她去镇木材加工厂调查走访,给一位中年女家长谈了校址在山岔沟村,离加工厂不到半里路,十分方便展腿就到,并说明了办完全小学带学前班,聘请有一定教学经验的高中以上文化程度的老师;强调私立学校是办学方向,国家大力提倡,私人办学抓得紧,只有把质量搞上去,才有生存和发展的可能,因为端的是瓷饭碗,而公立学校端的是铁饭碗,教瞎教好工资分文不少,起码打不了饭碗。林娜说:"多少国有企业倒闭,不就是这个道理吗?请你考虑,欢迎孩子到我校上学!"那妇女边打毛线,边默默地听林娜说。林娜从皮包里掏出几个红本本:小学高级教师职称证、中师毕业证、教学资格证、县级教学能手证、市级劳模证等递给她看。她细细翻阅了一遍,又送到林娜手里,低头沉思了半天,把毛线放在膝盖上:

"为啥把校址选在山岔沟村?是租赁校舍?"

"这村在周围村子和几个单位中间,四面八方的学生上学方便。目前,是租赁房屋,计划三年后盖新校舍。"

那妇女嗤之以鼻:"火车不是推的,三年未必能盖起新校舍,等你盖起,我家孩子已上中学了。"

"聘用什么样的老师?准备聘请几个?"

"七个老师,除学前班外,一个年级一个。"林娜顿了顿,"到底是几个,将来根据学生人数决定。高中以上学历,一年以上教龄的优先聘用。"

"单式还是复式上课?"

"当然是单式上课,这种授课形式时间充足,有助于提高课堂教学质量。不像复式年级相互干扰,分散学生注意力。"

"一个老师教几门主课?"

"两门。教中高年级语文,再教低年级数学;教中高年级数学,再教低年级语文。像思品、自然等课分别安排老师教。"

"这样必然是贪多嚼不烂,效果差;公立学校每个教师只教一门主课,有充足时间备课、批改作业和辅导,教学效果肯定好。"

"我认为,关键是'认真'二字,只要把事当事干,何愁教学质量不能提高?"

那媳妇一连串的问话,林娜猜她一定当过小学教师,便直截了当地问道:

"你是内行,教了几年小学?现在在哪所学校任教?"

"啥内行外行,不过当了两年娃娃头儿,那阵我还没有结婚,在秦坪公社中心小学教学。离开学校连皮十二年了,再上讲台,我看难了。"

"你看,我只顾说办学的事,竟然忘了问你贵姓?现在干啥工作?有几个娃娃上学?"

"姓黄,叫梅花,在木材加工厂工作,两个娃都在水湾小学上,大的上五年级,小的上三年级,都是班里的学习尖子,班主任很可能不让走。我是个直性子人,心里咋想,嘴里就咋说,我也不想把娃转到其他学校,换个环境,娃总有个适应过程,教好教坏先别说。"她停了手里打的毛线,歪着头看着林娜,双手搂着右膝盖笑笑,"你办学当真是好事,方便了山岔沟村和周围娃娃上学。等你的学校办起来了,抓得紧,教学质量确实高,到那时,谁还会舍近求远上学呢!"

林娜也笑着说:"你说得有道理。你愿意让孩子啥时到我校就读,啥时再来,就是不来也没关系。我请求你抽时间到我校转一转,多多指导!另外,把孩子的年龄、年级、学习情况让我记在本子上,行吗?"

"那好。"她说着,林娜记着,完毕后,林娜离开了她家。

第二天,林娜又去了山岔沟村。她认为,校址确定在这村子,村里基本上都是农户,人口多,入学儿童也多,并且大部分在家贪玩,村民们无不欢迎她在村里办学,解决了娃娃上学难的实际问题。于是她把生源的主体无形中放在了山岔沟村。她暗想,各家各户都走一走,千方百计要把学龄儿童和幼儿招收到学校,附近村庄和单位再招一些,就有一百多名学生了。狠抓教学,质量上去了,争取在三年内盖起新校舍……

林娜骑着自行车走着想着,猛抬头已到了村东头,靠路右边有一家人,砖院墙,黑漆的铁大门开着,门旁两边砌着土红色的长方形瓷砖,上面镌刻着一副隶体对联"鸿运永驻吉祥地,财源广进富贵门"。她腾地跳下车子,把车子靠在大门左边,走进大门一眼看到前面三十多米处横着一堵砖墙,中间有一个圆形的周围用条形白瓷砖砌成的门洞,其实没有门,高低大人出出进进不撞头顶,宽窄进去一辆架子车宽宽绰绰。以砖墙为界线前后分成两院:前院两侧是半新半旧砖木结构的老式瓦房,院子全是方形砖铺成,打扫得干干净净。林娜从圆形洞向里望去,正好看到离洞大约五米处是一排粉刷得白光白光的平房,听到平房内高一声低一声时而紧时而松缓的划拳声。

她在心里说,这是一家富户,够排场了!便信步走到后院,不出所料,地面全是带梅花的瓷砖砌成,一溜五间新平房,两侧各有两间新厦房。猛然看见左边厦房门口有一个十二三岁的男孩,穿着米黄色蓝道道短衫子和短裤,脚穿凉皮鞋,正弯着腰边拍皮球,边数拍打次数。林娜走到他跟前,笑嘻嘻地问:

"小同学,皮球拍得真好!你叫啥名字?"男孩收了皮球拿在手里,看看是个陌生人,半晌才回答:

"我叫张坤。"然后,转脸朝中间房子喊叫,"爸——来人啦!"随着喊声走出一个约有三十多岁的中年男子,穿着红汗衫、灰白半截裤,问道:

"刚来,有啥事?"

"你好!随便转转。"林娜随着他进了房子。把皮包放在崭新的绘有花鸟的绿色立柜上,坐在立柜对面的赭色皮沙发上。在沙发和立柜偏后的中间摆着一张蓝钢管腿子的圆形饭桌,桌面上十几样佳肴,两盒"红塔山"香烟,一瓶"五粮液"酒,还有半盘子白馍,看样子是已经吃罢了,只待收拾而已。桌子左右各坐两个中年人,"红汗衫"进门坐在上首,下首是一个中年妇女。"红汗衫"高喉咙大嗓门喊:"快收拾!茶端上来!"下首座的那妇女连连笑着说:"我来,我来,嫂子还忙着洗锅哩。"她边说边收拾杯盘。一个男的也帮着整筷子拾碗。"红汗衫"说:

"你是哪个村的?有啥事?我这个人喜欢开门见山。"林娜似乎觉得来得不

是时候,有心不说,转念又想,那进来干啥? 便开口道:

"刚才在门口玩拍球的一个男孩是……"

"我儿子,啥事?"

"我姓林,今年后季在你们村办学,听说王主任在村民大会上已打过招呼。张师有几个孩子? 上学没有?"

"知道知道,那你就是办学的林娜吧?"

"是,我叫林娜,到各家各户走走,了解村民对我办学的意见,还有学龄儿童上学情况。看来,麻烦大家的事还在后头呢。我真切希望得到全体村民的帮助和支持。"

"红汗衫"点了点头:"嗯,吃饭了吗? 没吃马上给你备饭。"

"早晨吃得迟,一点儿也不饿。"那吃席的妇女端了茶壶,拿了几个茶杯,先倒了一杯双手送给主人,他接着后放在桌面上。那妇女又倒了一杯送到林娜手里。林娜说声谢谢,喝了一口继续说:

"张师,你的孩子在哪所学校上学? 上几年级? 学习肯定很好吧?"

"我有三个孩子。两个女娃,还有你刚才见的男娃。大女儿十五岁,在省城中学上初中;二女儿十三岁,在省城朝阳小学上六年级,她们俩都在庄田街,假期补课不在家;这个男孩也在朝阳小学上三年级。学习都不错,我看了他们的通知书,门门都是 80 分以上。最好的还是二女儿,数学满分,语文 90 分,在班里排名第二。你是想让她们姐妹俩到你办的学校上学?"

"我是新办学校,条件差,不过有信心办好。你要是想叫孩子来,当然欢迎;不愿上,那就——"她的话还没落音,"红汗衫"便插话道:

"林娜,怒(应说'恕')我多言,叫我说,你别操心费神,干脆洗手不要办了,前悔容易后悔难,到时候学校办不成,落一身病何苦哩?"

"谢谢你的关心! 请教张师办不成的道理?"

"你看人家朝阳小学,老师都是大学毕业生,论人样,论口才,论知识都是上等货,谁见了谁爱。校园有十几亩地大,有花园,有草坪,有树木,还有喷泉,进了校门就同登上天堂一样。别的都不说,你不管租谁家的地方,连人家学校的厕所都不如。教室暗,上几年学个个不成瞎子了? 就说镇上、县上那些公办小学,当然不能跟人家省城里的学校相比。不过,你办的学校不论哪一方面跟那些小学比,都是乌鸦比凤凰,谁肯去上学呢?"他一口气说了一河滩,头向左右坐的几个人一摆,似乎问他们,他说得是否有道理。

一个矮个儿男人心领神会,频频点头:"对对对,我们张矿长说得完全在理,完全在理,省城学校多好! 你把两个孩子送到大城市上学,不只是学到知识,还开阔了眼界,这条路走对了。"那女客接上说:"我没见过女子,看矿长的男娃人长得帅,又聪明,好好培养,将来必定是成龙的材料。"张矿长笑得两个肩膀都在抖动:"哪里哪里,过奖了,但愿如此。在我思想上说,大学毕业后,再供他们去留洋。几个孩子,我最龙(应说'宠')爱二女儿。"

　　林娜又好气又好笑。气的是这个张矿长不让孩子到她办的小学上学，倒是小事，却把公立小学说成一朵花，把她还未办起来的私立学校说成豆腐渣。她最不能忍受的是什么租的房子连公立小学的"厕所都不如"，私立小学和公办小学相比是"乌鸦比凤凰"，教室昏暗都成"瞎子"了。好笑的是把"恕"说成"怒"，把"宠"说成"龙"，他才是睁眼瞎子。她挺了挺胸，句句话像离弦的箭直射张矿长的脑门子：

　　"张矿长，我和你只是一面之交，确实感觉到你说的话真是飞机上挂暖瓶——高水平。不过，我还有几个问题不明白，向你请教：当年在延安，毛主席办的抗大，没有桌子，学生把膝盖当桌面写字读书，照你的说法，那就是乌鸦，应该停办，为什么会培养出了很多革命志士？远的不说，我上小学的当儿，没有桌凳，用砖砌两个腿子，上面放一块木板当桌面，这样的初小不是一所两所。照你的说法，干脆关门，为什么当时差不多村村有小学？什么公办学校好，私立小学连城里公办小学的厕所都不如，那么，如今国家为啥提倡私人办学？什么公办小学的老师连人样都是上等货，我不明白，难道知识多少，把事当事与不当事，教学质量的高低，都同老师眉眼好看与不好看有关？请解释说明。"张矿长被问得张口结舌。还是在座的客人帮他下了台解了围，说他是直杆子人，心里咋想，口里就咋说，他说得虽有些道理，可场合不同，请林校长不要在意。

　　林娜冷笑着出了张矿长家的门。她心想：这个张矿长算个什么东西，不过有两个脏钱罢了！将来就是只有二十个学生，我也要办下去，不信办不好，说不定，你还会把孩子亲自送上门来哩。她又走了几家，预招了八个学生，都做了详细记录。本想到王主任家走走，看看日光翳翳，便骑自行车回家了。

　　一路上，林娜翻来覆去地想，办一所小学并非一帆风顺，有人赞成她，也有人反对她，八字没见一撇，困难已见端倪。预报在她办的小学上学的孩子，看来能来一半就算不错了。校舍还没有影儿，是好是坏，租金多少？桌凳和所需教学用具大概能用多少钱？她的存款仅仅三千元，能塞个牙缝儿罢了。尽管群众欢迎办学，王主任支持她，大头还得自己扛，到哪里去寻办学经费？

　　距离山岔沟村一里多路偏东南方向有个小村庄叫胡家沟。据说很早以前有个姓胡的庄稼人一家住在沟里，开荒种地，饲养家畜，因此取名胡家沟。这村子两山对峙，就像一把打开的钳子，沟掌山峰相连窄狭，越往出走越宽，到沟口的宽度是沟掌的一倍。从沟掌石崖罅缝里流出几股涓涓细流，在崖石底部汇合成一潭水，人们在潭水边缘挖了条渠道，水顺渠道流出来沿着沟底中间直流到沟口，又经过一块玉米地注入沮河。从沟口开始两边前后零零散散住着二十几户人家，都以种地为生，也算庄田镇一个贫穷村庄。

　　林娜第一次到村里走访，了解生源情况，预报了六名学生，由于夜幕即将降临，她只走访八户人家便回家了。

　　这天晨光熹微，她又骑自行车朝胡家沟村赶去。到沟中间半山腰一家姓张的家里，他家五口人：夫妻俩，一个老母亲，两个孩子。一个男孩十一岁，一个女孩七岁,都没进过学校门,在家玩。听林娜说,要在山岔沟村办小学,夫妻俩高兴得眉开眼笑,一声赶一声说好好好! 女的说:"原来想叫男娃到水湾学校上去,女娃年龄小,到水湾来回三里多路,怕跑不下来;如今有林老师办学,两个娃都上去,总不能像他大一样斗大的字认不了几个。"两口子和林娜拉着家常说着话,男的给倒茶,女的剥核桃。林娜打开记录本把两个娃娃的详细情况记在上面。就在她同夫妻俩亲亲热热拉家常的当儿,门外进来两男三女,板着脸半天没开腔。林娜一眼就认出了是上次她去胡家沟的两户家长,他们已经给孩子们预报了名。俗话说:"进门观脸色,出门看天色。"林娜看脸色就知道他们来大半没有好意,是寻找自己有什么事的,到底何事? 她心里没底,便笑着说说:"请坐请坐,有啥事说。"一个快嘴利舌的中年妇女问:"你办学有手续没有?"林娜回答说:"暂时还顾不上办,以后补办。""以后? 以后到啥时候,把我娃的名字勾掉,我们到其他学校上。"林娜多方解释总是解不开他们的思想疙瘩,便把那快嘴媳妇预报的孩子名字勾掉。那几个也要求勾去他们家孩子的名字。林娜也顺手勾去。他们二话没说扭头就出了门。姓张的倔声倔气地说:

"叫走叫走,林老师,他们的娃上是五八,不上是四十,离了咿红萝卜照样上席! 反正我那两个在你跟前念。"

他老婆说:"想来,你林娜办学肯定会办到手续。"转脸问儿子去不去? 儿子点点头。林娜又对夫妻俩叮咛了几句,出门去了别的家。这天收获不小,虽然勾去了五个预报名额,却又预招了九名学生,她一一都写在了本子上。

回到家里,林娜打开记录本统计了预报人数,总共七十二人,学前班二十人,一年级二十一人,二年级十九人,三年级八人,四年级三人,五年级一人。她看着各年级预报人数,眉头皱成疙瘩,四、五年级每个年级只几个学生,怎么教? 该聘多少老师? 红嘴白牙给家长答应单式上课,看来,只能是说空话了。学前班每人收一百元,只能收二千元,其他年级每生收一百五十元,收不到八千元,总共收上一万元。聘用七名老师,平均每人按二百四十元计算,发十个月工资就将近一万八千元,这对一个手头只有三千多元存款的办学者,确实是一大难题。她思前想后,靠借靠贷,就是弄到一笔相当的款子,拿什么还? 何时能还完? 办还是不办? 两种想法在搏斗。办,学生少,必然赔本;不办,砖碴拉到半坡,总不能朝后退了。别人笑,倒是小菜一碟,咋忍心那些小娃娃被关在校门外到处乱跑? 此刻霞霞和她奶奶的影子在眼前晃动,她似乎听到霞霞的哥哥被缠在拉煤车转盘铁丝绳上的惨叫,顿感撕心裂肺,情不自禁地掉下了泪水。张矿长说她办起的私立小学跟公办小学相比是乌鸦比凤凰的话,又在耳畔响起。是的,哪怕一个年级只有两三个学生也要办,乌鸦就乌鸦,总有一天乌鸦要变成凤凰。再说,真正报名上学的娃娃是多是少,现在还难以统计。无论干什么事,总是由小到大,由难到易,由不成熟到成熟,由群众的不理解到理解。刚迈开步子,就前怕老虎后怕狼,哪像个干事的! 最终她钉好了拴马桩——办!

第五章　租赁校舍

王小斌村主任自那天从林娜家回村后,便开了一次村民大会。

男女老少坐了村会议室一屋子,满怀欣喜之情倾听村主任的讲话。他动员村民们全力支持林娜办学,有钱捐钱,无钱捐物,一毛钱不嫌少,千儿八百不嫌多;一把扫帚也可以,十套桌椅更欢迎。没钱没物,出力献工,如平整校园院子,粉刷教室,修厕所等。回到家里,全家老少坐在一起商量商量,提前做准备,下次开会报名登记。

王主任最后总结:

"全体村民们! 父老兄弟姐妹们! 因为我们吃尽了子女无处上学的苦头,与其说资助林娜,还不如说自我资助。我们深刻理解,只有让子女上学学到知识,将来掌握各种劳动技能,就是当农民,也是有知识有技能的新式农民。

"补充一点,物件必须是能派得上用场的,坏了的一定要修理好。"

第二天清早天刚亮,王主任从村东头到西头按他了解的六户人家一家一户看了地方,总是不大满意。最后比较筛选了两家地方:一处在村中间,一处在村沟口。他等林娜看罢后再决定用哪一处。

王小斌家原住本县秦坪公社郭旮旯村,他上高中一年级那阵,父亲为攀一个远房亲戚,认为住在一个村里总有个照应和帮手,就迁居到了庄田镇山岔沟村。小斌高中毕业后高考落榜,从此在家务农。他为人勤劳,心眼多,村里人都说他是块好料子,人不敢做的事他敢做,不敢闯的他敢闯。干的事差不多都成功了;加上乐于给人帮忙,颇有济困扶弱之风。如村里大大小小红白喜事都离不开他,差不多都是他为头儿。谁家有了急事伸手向他借钱,即使囊空如洗,他也要从别人手里借来再给向他借钱的人。如此,在全村人的眼里,他简直是"活菩萨"了! 跟他同龄的人见面总是哥儿长哥儿短的,一句话两头叫;比他大的见面张口叫斌娃子如何如何,小娃娃都管他叫叔叔,然后才说话。当真他在村上八尺拉丈五。有人说,他有个坏毛病,爱偷着"吃食",究竟吃还是没吃,也没人见,这话只是关系好的在背后议论罢了。

前任村主任下台了,他当了这村子的村官。仅仅两个年头,他就带动全村人给各户做了水泥猪圈、安装了闭路电视、自来水进院落几件村民称心如意的实事,尤其是人人都渴望的改水工程。他们村虽说离县城不远,却是个穷山沟,住着天南海北几省人。王小斌在任职大会上发誓要让村子换新貌,要在这张白纸上画出最新最美的图画来。

全村几十户人家大多住的是土窑洞,其中三分之一是用木头顶着屋脊,遇到大暴雨或连绵秋雨,有些家户外边下大雨,屋内下小雨;外边不下了,里边还在下,担惊受怕,唯恐坍塌。谁不盼有坚固安全的砖窑住呢?可是,买砖箍窑谈何容易!王主任看在眼里急在心上,召开村民大会,会上决定拿铁路筹建处占用村上土地的三分之一(十万元)赔偿款建一座规模较大的砖瓦厂,烧砖首先给村民箍窑解决住的问题。

这天,小斌准备接林娜到村子商谈租赁校址问题,突然接到西源市农业机械制造厂一个熟人的电话,说砖机有限,让他立马前往购买(事前有联系)。王主任带了三万元请了镇砖瓦厂专门用机器制砖的徐师傅坐车七点半就进了城。吃了晚饭,找了一家中型宾馆安宿。他们住在二楼,三楼是洗浴场所,有淋浴、足浴、按摩、茶艺、棋牌。王主任说:"今晚早点休息,明天吃罢早餐八点准时到厂子;现在,我要去几个朋友家闲逛,你去还是不去?"徐师傅想,自己是生人,去了也无味,再说,昨天晚上又干了多半夜活,上下眼皮都在打架,摇头说:"我要早点睡觉。"王主任上三楼洗了澡,又去足浴间游玩。他进去后,女老板满脸堆笑说:

"你好,请坐!"他笑嘻嘻坐在立柜前面套着方格毛巾、棉布的沙发上。老板拿着价目表递到他手里:

"请看,项目价格都有。"

王主任扫了一眼笑着问:"除了上面这些,还有什么服务?"

"有有有。"老板会意地眼皮朝上一翻,张开笑口:"做保健,完毕后全身按摩总共二百元。"

老板边朝里门走,边喊叫,扭头对王主任说:"请稍等一会儿。"转眼间从里门出来三个小姑娘,一溜儿站着看这个陌生来客。

王主任霍地站起来,把这三个齐齐看了一遍,看中了中间的那个,箭溜溜的个头儿,上身穿紧身红花春绿色露肩短袖,露出了白嫩白嫩的胳膊,两个奶子像驼峰般隆起;下身是桃红软料短裤,裤腿边沿缀着闪闪发光的小银豆儿,细腰间低低系一条有椭圆形小孔儿的白色宽皮带。油光光的黑发,红红的小口,花当当的双眼皮翻上垂下,左右流盼。他如痴如呆瞅着她,那两个一扭屁股进了里门。

"哥哟——"她像黄莺似的叫了一声,猛扑上去,两条白胳膊挂在王主任的脖子上。王主任两只手从她的短袖底下钻进去搂抱着细腰,在脖子上发疯地啃来啃去……

第二天,王主任买了四条"红塔山"香烟,四斤"观音王"醇香茶叶,四瓶茅台酒,送给了他的熟人——机械厂高经理。高经理又拿出他送的一半礼物送给

了应该送的两个人,最后廉价购买了两台砖机和零配件回到了村里。

这天吃了早饭,他给媳妇打了个招呼,骑摩托去了林娜家,他觉得,离开学再有二十多天了,说啥也得抓紧时间,不然,后季开学将会是一句空话。他刚出了村,就碰到林娜骑车子朝村里走,于是同林娜又返回家。他媳妇端上来水果、花生、瓜子,又泡了热茶,摆了一茶几。他们相互寒暄了几句,嗑着瓜子就办学的事交谈起来。

王主任说:"屈指可算离开学整整二十五天,一切还是空白,全村人眼巴巴等你办好学校送娃上学哩。"

"我急得像热锅上的蚂蚁,一个人顾了这头顾不了那头。校址定在哪里?"

"就是上次我给你说的:一处在村口,房子新,间数少,院子小,学生没活动场所,恐怕房子也不够用;一处在村中间,房子多,就是陈旧一些,院子大,百十人上操宽宽展展。我看,这两处咱们都看看,最后再做决定,你说呢?"

说走就走,马上开舟。林娜只喝了半杯茶霍地站起身,便同王主任先去了村沟口,从大门外到院子再到五间平房和三间瓦房,齐齐看了一遍,好的是一出大门就是足足有一丈多宽的大路,既平坦又铺了一层灰渣,碾踏得光滑黑亮。大门、平房、瓦房都是崭新的。不理想的是院子虽是水泥硬化,却很小,顺平房横向站队,一行最多站二十几个学生就到了两头平房的房门口,别说上操,课间休息有六七十个学生活动,很可能把头碰出疙瘩。林娜和王主任都摇头表示院子狭窄,又去了村里。

"这里的房子不比街面上,一间房一孔窑洞都是二十元上下,还得看房子的大小好坏而定。你放心,反正你租得多,我看有十五六元就差不多了。"

林娜说:"你是村主任,说话管用。地方、房价,这一切我就靠你了,乘你这棵大树歇凉的日子还在后头哩!"

王主任笑着说:"只要我这棵树枝繁叶茂,你只管歇凉好了。"他们连说带笑眨眼间就到了选择校址的大门口。

木大门关闭着。王主任嘴一努,就是这院。林娜仰头看,土院墙还是新打的,顶端光溜溜无一根蒿草;院墙内靠大门处有一棵碗口粗的枣树,挂满了大绿枣;还有一棵桃树,顶端枝叶伸出墙外,枝枝杈杈结着一疙瘩一疙瘩的红脸桃子,在日照下十分鲜艳。

王主任对着大门喊叫:"婶子,还不出来迎客,给你送票子来了!"

"来了来了!"一位高个儿老婆子开了门,"我听声是斌娃子,这个是——"

"你不认得,这就是咱们村办学的林娜。"他又转头对林娜说,"她就是主家陈大婶子。"

林娜点了点头:"你好,陈婶!"抬头端详:高挑个头儿,虽说脸盘干瘦,倒还红扑扑的,头高高仰起,穿一身很合身的半新半旧的蓝衣裳,干干净净连针尖的尘点也没有,一看就知道是个利索精干的老太婆。这老太婆六十开外,说话很有钢口,干活麻利,脚底下像是抹上油一样,又轻又快。村上人都叫她仰头婆娘。

进门坐下，老婆子赶忙泡了一壶热茶，端上来一小塑料盘瓜子，看着林娜笑呵呵地说："你就是林娜，有本事哟！我还是听鑫鑫他婆说，你在村里办学，这下村里小猴娃娃就不用跑腿到外村念书了。"

林娜说："有啥本事？办学校就是为娃娃上学方便嘛。陈婶家有小孙孙上学不？"

老婆子正要开口，王主任问："你拴子的娃上几年级？学校办起来了，把娃叫回来上，保管不要你出学费。腾出你巧珍（老婆子媳妇）也可以多挣些钱。"林娜说："欢迎来上，不收学费！"

老婆子笑了："好好好！我还有两个亲戚三个娃娃，你收不收？"

"收收收，来几个收几个。不过，可要陈婶帮忙哩。"

"我一个死老婆子，能帮啥忙？"

王主任插言："能！今天就要你帮哩。租赁你的地方办学校，不就是最大的帮忙？全村人感谢你，林老师更该领你的情了。"

老婆子沉思了半天："嘿嘿嘿，要跟我拴拴商量——租赁几孔窑？"

"先有根才有梢，你只要没意见，就成功了，拴拴的事包在我身上。说老实话，沟口老李家的地方比你的新得多，就是院子稍小一点儿。可我总想给你办事，原因很简单：你家虎子才订了婚花了好几万，手头儿紧。老李家又没遇啥事，人家经济宽裕。就说租金，还不够你吃穿花用？再说，学校办起来了，娃娃唱呀跳呀的，多热闹！哪像你一个人孤孤单单守着这个大院子。我给拴拴媳妇说，把娃引回来，你只照管娃吃睡就行了。念书嘛，一展腿就到了教室，一伸脚就坐到家里炕上，这就叫方便中的方便。林老师又答应不收你一分钱学费，这送到口里的绵羊尾巴不吃。还等啥哩？！"

老婆子说："怪道人说，你是八哥嘴，饸饹床子——百眼开。我老婆子就听你的，想用几间？房子不少，就是不新，你看行不？"

"旧归旧，丑媳妇还怕三打扮哩，收拾收拾就成新的了。咱们先看看再说价吧。"

"反正给我留两孔窑或者三间房，儿子和媳妇回来还要住。剩下的都租给你。"

他们三个看了一圈儿，四孔砖窑，四间平房，两间厦子，四间牛毛毡小房。林娜无意中看见在小房的东侧半墙上有个高约一尺五寸、宽约一尺、深有八寸的长方形小窑，窑掌掌有个瓷碗，碗里装着沙，点燃着几炷香，香烟缭绕。她心里好笑，这个老婆子还信神信鬼哩！三人又慢慢踱着步子，好赖十四间，从表面看还有几成新，里面被烟熏得乌黑明亮，牛毛毡房墙壁泥皮脱落得像麻子脸一样坑坑，洼洼。院子宽宽绰绰，百十个学生上操活动都没麻达。桃树底下还有一口井，从木辘轳上缠的绳索看，水井最多有一丈多深。

看罢后，他们边吃瓜子边喝水边议。林娜问："给你老人家留两孔砖窑行不？""行！剩下都给你。""这样好赖连窑带房十二间房子了，全年租金多少元？""这个有价，人家一间房多少钱，我就是多少钱，不会给你多要。"

"婶子，自古'比的买比的卖'，人说'货值当日价'，咱们村租赁房不多，每间每月二十元，房子大一点新一点的多一些，小一点旧一点的价低一些。再说，平房砖窑价稍高一些，厦房牛毛毡房价就低多了。这几年改革开放，街镇上做生意的人多了，凡是有钱的，都在街上租房子，那当然方便。有两户卖豆芽的，还有拾破烂的，煤台捡石头的都在咱们村租房住，谈不上方便不方便了，为的是省几个钱，看来，随时都有迁走的可能，这些情况，我都摸得一清二楚。不像办学校租房最少也是好几年，满年满算，划得来。租房同买东西是一理，买得多了，价钱就低一些。林校长办学也是老汉穿的婆娘鞋——（前）钱紧。你在房价上差不多就行了。当然，不能叫你吃亏。我是一手托两家，说来说去，是给你们办好事。"

"甭磨嘴皮子了，你说了一河滩，我知道，是想把房价压到最低。林娜，你说十四间总共每个月给多少钱？我听合适不？"

"陈婶，你的房子由你说价才对。我觉得差不多就行了。"

"我说，按村上价走，砖窑平房每间二十元，总共一百六十元，厦子每间十五元，就是三十元，牛毛毡房每间十元，四间四十元，总算起来每月房价二百三十元，少算十元，就算二百二十元吧。"

王主任听后，吐了个烟圈儿，看了林娜一眼，一个劲儿笑。

林娜说："婶子，你老人家说得也在理，没出圈儿。"她看着王主任说，"让小斌说说看。"王小斌把烟头在烟缸里摁灭，忽而挺直胸脯哈哈哈只管笑：

"俗话说，'遇官司说散，遇美事说成'，我总想把事情办成，叫我说，四间牛毛毡不算价了，这样按你说的价为一百九十元，就按二百算。就算婶子对林娜办学的最大支持。娃上学照样免去学费，你看如何？"林娜偏着头看仰头老太婆的表情，她清瘦的脸上泛起笑容，瞅着林娜笑笑说：

"王母娘娘设蟠桃会请各路神仙，我也设大红甜桃请主任和林娜。"她从案上拿了个黄瓷盆塞到王小斌怀里，"我老了，你代我快上桃树拣树梢熟透熟软的大红桃摘一盆子来！"

"这怕太简单了！"王小斌拿着，边说边笑边朝出走，"行，恭敬不如从命。"一会儿摘了满满一盆子足有大人拳头大的红脸桃，林娜帮陈大婶把桃子一个个洗干净，放在盆子里搁在炕桌上，每人拿一个只咬一口，甜水水就顺着嘴角流下来，都伸出舌头去舔。

戏谑的桃宴会完毕后，王小斌以中介人的身份写了先租赁一年（两个学期）的合同，一式两份，甲乙双方都签名摁了指印，每人一份。开学后的第四天，一次性交清一个学期的租金。

林娜临走时，陈大婶再三叮咛她，别忘了买香纸以安土神，林娜一口答应。

第六章　四处筹款

　　选好了校址,租下了房子,林娜喜上眉梢,可又有一些烦恼涌上心头:手里仅仅三千元存款,就是把一分钱掰成两半用也不够塞牙缝儿,钱从哪里来呢?日子过得红火的,办有诸如食堂、商店门市等摊摊的;当上县科、股级的,这些亲朋和老同学的身影从眼前掠过。还有她走过的小煤窑、木材加工厂、县煤台等单位也钻进脑子。她心里说,向这些人和单位求援,也许能解自己燃眉之急,反正走走碰碰运气吧。这些想法刚一露头却又消失。

　　她把走访的记录本打开,一页页仔细算了算,预报的学生包括学前班幼儿总共一百三十四人,就按三分之二的人数入学计算还不到百人,每生按一百五十元标准收学杂费,最多收一万四千多元。就按聘请六个老师,每人月工资二百四十元,六人就是一万四千多元,每学期发五个月工资,得发七千多元。如此剩余不到七千元,收拾房子、买急需教学用品、笔墨纸张、电费……这日子怎么过?借的款拿什么还?她像泄了气的皮球瘪了下来,感觉两腿有千斤重,头也发晕,上床躺下,说啥也不能闭眼,跑钱的事一股脑儿涌上心头。

　　林娜走访村落单位,东家入西家出,前前后后跑了十多天,饭量比以前增加了一半,走起路来浑身是劲,但毕竟是年过半百的人,况且,瘦弱的身体还没有完全恢复,再加上熬煎资金问题,确实疲惫不堪了。她想睡一会儿,就是撵不走这事那事,思想的野马在散乱奔驰——放着安然不安然,自讨苦吃。说啥苦呀累呀,碌碡拉到半坡里,豁出命也要拉上去。干一番事业哪有一帆风顺的?除了死法都是活法,活人总不能让尿憋死,能弄到万儿八千就可以开学了。几只蚊子在她头的左上空嘤嘤——地低声飞过,后来的一只叮着她的额头,好像静脉注射时扎进针头一般疼,打断了她散乱的思绪,她扬起右手啪一声打死了。

　　第二天早晨五点半,林娜就起了床,洗漱完毕,喝了一大碗油茶,吃了在铁锅烤的两块油馍,便背着挎包去了县农业银行。

　　到银行门口,太阳才冒红,农行大门紧闭。她看了一下手表,离九点半上班时间还有一个多小时,就在门外伸腿展胳膊活动了一会儿,看街道只有疏疏落落数得清的往来行人。眨眼工夫,来了一男一女两个人,从大门缝朝里看,一个

问林娜："你知道啥时上班?"林娜手指大门左边的时间牌："你看,还有一个来小时,耐心等待吧。"那两个看了看时间牌,男的蹲在门口抽烟,女的也跟林娜一样扭腰抖胯活动身子。林娜看她的脸面和身架酷似黄敏,只不过稍老一点儿,忽而张文搂抱黄敏的影子嗖地从眼前掠过,她咬咬牙决心不去想那一幕,可是刚刚消失了的影子又在眼前晃动。由此她停止了活动给了那女人一个脊背,朝前走了几步靠在一棵槐树上,硬把那不愉快的一幕压了下去。

她心里说,今天来银行贷款,是爷爷还是奶奶不能肯定,反正这里不行那里来,绝不能空着双手回去。我虽然不认识什么张主任、王行长,但还有一个亲戚的女儿在农业银行工作,万不得已去找她,也许能贷几千元吧。更为重要的是,办学校是正经事,政府扶持,群众喜欢,不信银行不给贷款。不说多的,只要能贷到五千元就心满意足了。想到这里,林娜心里乐滋滋的,又走到银行门口,从关闭着的门缝朝里张望。

只说一九九五年的春天到立夏几个月里,林娜的丈夫张文突然待林娜如春天般的温暖,简直来了个一百八十度的大转弯。她患病吃药,他总是亲自倒水,把药放在她的掌心拍着肩膀亲昵地说:"娜娜,快吃,小心水凉了。"有时无人,还伸长脖子在她的颈上轻吻一口。她瞪他一眼嘴一撇笑笑说,看你二杆子势子,他才笑着慢慢走开。有时,她端半盆水朝院里泼,或者拿个什么并不十分重的东西,他只要看见总要跑上前夺过来责备她:"谁叫你拿的? 放下! 我来。"

张文在县中学任教,林娜在县城关小学教学,一河之隔,相距一里多路。以前十天半月才回一次家,总是给林娜说,忙得很,实在没时间回家。现在,每天两顿饭顿顿回家,就是晚上在学校住宿。林娜并不介意,她知道他的工作差不多有一半是在晚上干的,他是学校百十名老师中出了名的夜猫子。再说,年过半百的人了,分居对身体也有好处。

一天晚饭后,她因一件急事要去县中学找一位女老师,便拿着手电去中学了。事情办完后,在那位老师房子又闲谝了半天,已是十点多了,她留她住下,她执意不肯,说第二天要赶上早操,便出了门。其实,她心里是不准备去看老伴的,谁知不听话的两条腿朝老伴房子走去。张文的房子亮着灯,闭着门没有一点儿声音。她想,老张一定在专心批改作业或者看书备课,别打扰。可是,到了门口怎么能不进去呢? 她往前走了几步推开门,啊! 犹如晴天一声霹雳,简直把她惊呆了! 一个姑娘裤子全堆在脚踝骨上,那浑圆的光屁股蛋子被两只大手紧紧地搂着,如同一根嫩藤缠在一棵老橡树上,还一个劲抖动,猛地两颗头像触电似的同时转向她,呆呆地站着。林娜忽而惊觉过来,"啊——"一声发疯似的跑出门,由于脚步散乱,被门槛绊倒昏在地上……

办学期间,林娜晚上睡在床上,脑子常常萦绕着这终生难忘的丑事。她没有流泪,狠狠地咬了咬牙,奋力关闭了烟花巷回忆的大门,又接上了办学思维的线索。

　　县中学五十六岁的张文老师和本校二十四岁的黄敏老师在众人的不解中，总算如愿以偿地完婚了，在一段时间里，他们确实沉浸在甜蜜的婚窝里。俗话说，"花无百日红，人无千日好"，婚后不到半年，两人的热劲降温了，并且有了隔阂，常常为鸡毛蒜皮的小事发生口舌之争。

　　张文和黄敏是两代人，他比她大三十二岁，各人生活的时代、家庭和教养又不相同，形成了两人迥然有异的嗜好、性情。婚前，他对她在学习、生活、工作诸方面给予了异常的关心和帮助，尤其是付出了一定心血供她上完了两年英语专科学校，真是滴水能穿石，黄敏怎能不动心？这就是他们结合的缘由。结合后，彼此觉得对方有莫大的欠缺，加上手头儿紧，黄敏想要买的东西，只能口头儿说说或脑子一晃看看罢了。他们那逗趣玩乐的笑脸收敛了，取而代之的是愁眉苦脸。她感觉他是熟悉的陌生人，哪有丈夫的影子？他以为她是朵好看的花儿，哪顶吃喝花用？他也模模糊糊地感到，这场婚姻玷污了他省级优秀教师的光荣称号，给他几十年养成的工作认真吃苦，教学孜孜不倦的良好作风注入了灰色成分。阴影笼罩着他的心灵，想驱散又实在无力，整天叹息多于欢笑。

　　人大概始终在变化着，不是朝好的方面变，就是向歹的方面走。黄敏在省城上学学精了跳舞的本领，她那伴着乐曲动脖颈扭屁股的优美舞姿博得了多少舞伴的青睐。婚后，第一次去城里舞厅，她非要张文同去。张文本来不会跳舞，还不知舞厅的门朝东还是朝西。他说，他很忙，要批阅各年级送来的优秀作文，分成三个等级给予奖励；再说，他笨手笨脚没有歌舞的细胞。黄敏硬让他去不可。无奈，他只好同新媳妇一起去了。

　　舞厅里男男女女，老老少少，结对儿舞伴不下三四十对儿，他们在忽明忽灭的彩灯光照下翩翩起舞，伴随着乐曲沉浸在欢乐柔和的气氛中。黄敏年轻貌美，穿着靓丽，步履轻盈，舞姿蹁跹，邀她跳舞的接二连三，观众几乎把眼光都集中在她身上。她刚同一个西装革履三十出头的男子跳完了一场，头上汗津津的，累得气喘吁吁，便信步走到张文坐的皮椅子跟前说："好热！把我的衫子拿上。"她脱下草绿色带大红花的衫子递给他，只穿着白丝绒短袖。她在彩色转光灯下更显得雪白明亮，加上露在外面的白嫩细腻的胳膊、丰满的臀部，让一些舞伴垂涎三尺。她想坐下来静静神，尻蛋子还未挨上椅子，从侧面走来三个舞伴相邀，她一眼选中了一个眉目清秀高挑个儿的青年，微微一笑，甜甜细语说："够累的了——好，再跳一曲。"他们相互搂着对方的腰，在和谐的乐声中缓缓拧腰移步，高挑个儿抿着嘴笑笑：

　　"美女，敢问是哪个单位？"

　　"百隆商厦。"

　　"干什么工作？"

　　"大堂经理。你是哪个单位的？"

　　"黄矿煤业集团财务科。拿你衣服那老头是……"

"我们单位烧锅炉的。"她仰着头两眼瞅着舞伴两道浓黑的眉毛和雪白整齐的牙齿,显得十分高傲。他也直愣愣盯着她红桃脸蛋上那对浅浅靥窝儿,随着音乐缓缓拧腰抖胯踏着脚步离开张文大约一米远近。张文的眼光集中在他俩身上,他们彼此的问话,他都听到了。什么"百隆商厦""大堂经理"已使他吃惊、厌恶;尤其"烧锅炉的"那一句仿佛叫他吞了苍蝇,肠胃难受恶心,想吐又吐不出口;又如针猛地扎疼了他的心,他咬了咬牙目光移向了舞厅那黑暗的左角。忽而林娜的身影在眼前晃动,声音在耳畔鸣响。

五年前的冬季,张文因重感冒将近一个礼拜水米不沾牙,全是老婆林娜的照料才让他转危为安。那天,他觉得好了许多,吃了她给他做的荷包蛋,浑身暖和,腿臂添力。在老婆去学校的当儿,他想去街上中医医院看看抓些中药一扫病根儿,便去了中医院。看罢后,拿药方去药房抓药。老婆赶来了,责备他:"见病好了一点儿,就跑跑跑,药方拿来!"他笑着说:"我能自理,你回去吧。"老婆说:"见你今早喝了几口汤就认为能自理,谁放心? 快去木椅子上歇歇!"说着,把药方从他手里拿过来,在取中药处的窗口把药方送了进去。

"烧锅炉的。""谁放心?"不同的两句话像两股不同的电流传遍了他的周身,不知是热是冷。张文打了个哆嗦,拿着媳妇黄敏的衫子垂头丧气走出舞厅门。

这一老一少确实是两股道上跑的车。张文白天上课,晚上备课批改作业,怎么说也得到十二点,精疲力竭两眼打架,头只要挨着枕头就呼呼噜噜睡着了。黄敏把被子猛的揭起来边拧他的尻蛋子边骂:

"没牙还要买锅盔吃,没用的东西! 就过下这号性生活?"

"真的不行了,明天还有几节课哩。"在黄敏眼里,现在的张文同过去完全是两个人,老家伙是只会教书再屁用也没有的教书匠,是全身干骨头棍棍的老茬,没有叫人喜欢的一丁点儿。有时,她独个儿对着镜子欣赏:满头青丝披在腰间,一双会说话的眼睛在花当当的眼皮底下灵活地滚来滚去,稍微笑笑脸盘就像花儿开了,嘴角两个浅浅的酒窝最是迷人。甭说小伙子,就是老人见了,心里也像鸡毛扫过一样舒坦。她这么样一个谁见了谁爱的妙龄女子,如今……她轻轻摇了摇头,长吁短叹再不愿往下想了。从上高中起到专科毕业,张文帮助她不断进步,资助了她少说也有近万元的生活费用,这金子般的一颗心,曾使她全身的每一个毛孔都受到了感动,使她的血液都在沸腾。一桩桩往事常常涌上心头,不知何故,这些曾拨动她心弦的往事渐渐变成浮光掠影了,只剩下一些残缺的碎片片儿。

另外两个人却偷偷滑进了她的心田。一个是那天晚上同她跳舞的黄矿财务科的叫小陈的年轻人,长得多帅啊! 不低不高,不胖不瘦。时隔月余,那一口像石榴籽儿排列整齐的洁白的牙齿还撩拨着她的心。说真的,要不是那天晚上人多,她便会把舌头伸进他的嘴里幸福地舔那白牙。她也曾几回回在睡梦中搂着他的腰,拉着他那软绵绵光溜溜的手在无比喜悦中翩然起舞。

在这一个多月内，她曾去那个舞厅和别的舞厅四次寻这个心上人，可每次都是扫兴而归。她曾在大街上川流不息的人群中寻觅过，仍然没有见到他的人影儿。有时一个人坐在办公桌前发痴发呆，心里说，要是能和他同床共枕，也不枉来到世上一趟。又一想，这纯粹是胡思乱想，张文毕竟为你付出了莫大的代价，就说，黄敏呀黄敏，你疯了！

另一个是她们英语教研组的王坤老师，他是陕西师大英语系毕业，跟她同时分配到县中学的。不管是模样儿，还是业务水平，在一百多名老师中算拔尖儿。她看中他，想法儿接近他。一天晚上，她拿着一份北京海淀区出的初三英语试卷去他房子，正好只有他们两人，她轻轻把房门闭上，坐在他给她搬的木椅子上，也斜着眼睛看着他的脸，咬着舌尖儿笑嘻嘻地说：

"王老师，拦路虎把我挡住了，请你帮我赶走吧！"一面说，一面站起来低着头把试卷放在王坤面前的桌面上，那额前蓬松的乌发几乎扫着他的脸。他马上挺起胸脯也笑着应声：

"我怕帮不了你的忙，先让我看看拦路虎。"

她假惺惺指给他："就是第五道题第三小题。"

他拿在手里看着想着，轻声念着，一会儿便舒展双眉把解答的方法讲了一遍，然后指出答题的关键，以及如何突破难点，点拨启发学生积极思维，最后释疑解惑。

黄敏注视着他的脸，一面点头，一面微笑。王坤最后选择正确的答案应该是C，问黄敏还有什么意见，黄敏竖起大拇指连连称赞："高水平！高水平！既讲了做题思路方法，还示范了启发式具体引导学生解题。这可算是请教君一次，胜读十年书哇！"

王坤喜形于色，正张口想说什么，门外有人喊叫："牛子（王坤老师乳名），还没睡？"随着喊声，人已推门进来，"走走走，晓宏房子打麻将正少一人，我看你房子灯还亮着，心想肯定在哩。"

黄敏笑着说："王老师刚好给我讲完了一道难题，那你玩去吧，打扰了。"

黄敏在回房子的途中，心想，就我这模样儿也够迷住他了，若再用好话恭维他，礼物感动他，不信不动他的情。突然，什么东西砰的一声险些儿把她绊倒，她打了个趔趄站直身子低头一瞧，一块断砖在离脚一米多远处立栽着。

前面叙述林娜站在县农行门口顺门缝朝里看，里面一个人也没有，侧耳听也无动静，便转身又站在门外，焦急地等待。这时东边山峁峁那一片天红彤彤的，林娜来回踱着步子，眨眼间太阳出来了，人也渐渐来得多了，大门依旧紧闭着。她又趴在门缝朝里瞧瞧，盼望着好运降临。

开了门，她取出了一千八百元的存款，点数后用手绢裹起来小心翼翼装在内衣兜里用手再按了按，拉好暗拉锁，温和地问给她付款的营业员：

"同志，我想贷些款，行不？"

"贷款，干啥用？"

"我在庄田镇山岔沟村办了一所小学,目前手头儿实在紧,贷款办学校用。"

营业员说:"贷款要主任批,你去后边三楼一号找张主任吧。"

林娜到了张主任房子,张主任坐在椅子上边看报纸,边问有啥事?她说明了来意,恳求或多或少贷一些,一月内还款。张主任说:

"贷款要有保人,或者有存折做抵押也行,不然不贷。"

"这个,我是知道的。"林娜苦笑了一下,"没有谁给我担保,仅有一张存折刚从贵行取了钱,没有做抵押的钱。张主任,贷三五千也行,就算你对我办学的支持了。"

"这是有规定的,一百元也不能贷,请另想办法!"

"张主任,我同你商量,我知道你的难处。是这样,我写个文字东西,贷款数目、还款日期都写清楚,摁上指印后,交给你保存,行吗?"张主任板着面孔一言不发,两眼仍然盯着报纸好像在思考什么。林娜停了一会儿继续说:

"你怕我说空话,还不了吗?一定能。我估计秋季最少收百十名学生,就是一万五六千元,先还你们的贷款。请你相信,我说话是算数的。"

张行长笑了:"我不是不相信你,别多心。人都说得好听,这样的当我上过。对不起,这个忙,实在帮不了。是这样,你先想其他办法;贷款的事我们开会商量后再说。"没戏了,她心里明白这是推辞话,碰了一鼻子灰,想问张主任,她表妹今天怎么没上班,又一想,张主任已关了贷款的门,就是见了表妹也是白搭,就垂头丧气离开了张主任的办公室。

太阳已高高升起,热劲也上来了,她站在银行门口的台沿上,看表正是十一点过五分,心里茫茫然不知所措。想到几个老同事不知在家没在家,有没有钱,能不能借下。又想到两个老同学,多年没有往来,再说,往返几十里路,借不到钱又空跑一趟。想来想去,决定坐车去五十里以外新村一趟,村里有她上高中时的一个同学,近三十年没有见面,听说有二十多亩果园,年收入十几万。碰碰运气,也许借几千元不成问题。林娜想着就朝车站走去。走了一段路后又站着,想先去庄田镇煤矿办试试,这里路近,要是借到就不去新村了;借不到,明天早晨趁天凉再去。想来生产单位借几千元没麻达。虽说豆大个熟人也没有,可我前几天去矿上调查上学的娃娃还统计了八九个呢,这不就是借款的理由吗?想来不会是像农行一样猴子捞月亮一场空。这时,她热得汗衫也贴在了身上,就把衫子脱下来放进背包里,只穿着短袖,略理了理前额的头发迈开步子朝庄田镇煤矿走去。镇煤矿离街十里路,她也没坐出租车,凭"11号",不到一个小时就到煤矿了。

她进了李矿长房子。李矿长并不认识她,只见她满头汗水,短袖脊背处有碗口大一块全湿透了,紧紧贴在背上,便赶忙倒了一盆冷水,把毛巾、肥皂放在盆架上,说:

"远路来的吧?热成这个样,先洗洗,洗罢喝茶。"李矿长边说边泡糖茶。她擦了把汗,喝了一杯茶,把来意说了一遍。李矿长看她头发已经花白,面容清瘦,步行十里借钱办学校,被她的精神所感动,觉得今天见到了一位老当益壮的确实有开拓精神的巾帼老人。

"林老师,你已是大半辈子的人了,还想着干一番事业,少有少有!"俗话说,"交人交心,听话听音",林娜听李矿长说话的口气,猜想事情可能有一线希望,心里热乎乎的,她笑了笑:

"不过是不甘寂寞罢了,办了这点事。前几天,我到你们矿上家属区调查学生情况,还统计了将近十个娃娃想到我在山岔沟村办的小学上学呢。这离山岔沟近,上学方便嘛,欢迎你们矿上娃娃来上学!"

"我可以再给你动员动员,祝你的事业一帆风顺!"李矿长想到了镇政府委托他在这荒山野岭前前后后四个年头办矿的经历,尽管有镇政府的支持协助,他还是经受了千辛万苦:打矿井、修车路、盖房子、买材料……哪一桩哪一件不经他的手?大事小事,事事都得过他的脑子,真是'惺惺惜惺惺',他问了林娜什么学历,原来在哪所学校任教,办学宣传工作做得怎样,生源主要来自什么地方,最大的困难是什么,等等。林娜一字一板从她过去的任教到现在办学前前后后说了一遍,然后咽了一口茶:

"大小干一件事当真不容易,现在是碌碡拽到半坡——上也得上,不上也得上。'没有给一口,强出有了给几斗',不管借多少,我都表示谢意,并且按时还款。我知道你虽是矿长,可大有大的难处嘛,要是实在为难,就算了。"

"我答应你一件事:冬季烤火,来我们矿上拉煤,分文不要,就算是对你办学的一点儿资助。至于钱嘛,只要你办得好,要是我们手头稍有宽松,邻家之间都有帮助,甭说矿上还有娃娃去你那儿上学,就是没有一个上学的,你老远撵来了……"他一句话只说了一半,门外进来一人叫他到煤场去,开铲车装煤的不小心,铁铲把一辆拉煤车车厢撞坏了,两人对骂只打不歇。李矿长说:"林老师,你先坐,我去看看。"便大踏步同叫他的人一起出了门。

林娜一人坐着,心想:这个李矿长真会说话,冬季无代价送煤还不省近千元?好人!也不枉我跑了这一趟。要是借不到钱也无所谓,打交道还在后头呢。李矿长处理了发生的事,一进门把一沓百元票面的票子放在桌面上:

"这是三千元,你拿上吧,就算我们矿对你办学的一点儿资助。是这,你打个条子写收到庄田镇煤矿办学资助款多少就行啦。"林娜激动得热泪在眼眶里转圈儿,那颗心怦怦怦怦几乎要从胸膛里跳出来,她写好了收条填名摁指印,竟然摁到"收到"两个字上面了,逗得李矿长嘿嘿只管笑,她也哈哈哈笑得前俯后仰。

第七章　故友探望

　　林娜在县中学上初中时,有一个比亲姐妹还要亲的同学叫黄彩霞,小她三岁。在三年的学习生活中,她总是叫她娜娜姐,她也总是叫她霞霞。

　　两人形影不离,只要看到一个,就必然会见到另一个。从大灶打的菜合在一块儿吃,从家里背到学校的馍馍也倒在一个布袋里,取出一个来,你吃一半我吃一半。晚上同盖一床被,你把被子朝她那边推,她把被子朝你这边拉,一个说一个盖严盖好小心着凉。她俩在一起无话不说,几年来从未红过脸。在班里,她们都是学习尖子,门门功课都行。林娜特长语文,是语文课代表;彩霞好学数学,是数学课代表。老师很喜欢她俩。

　　彩霞家贫,初中毕业按爸爸妈妈的意见,报考师范学校上了中师;林娜毕业后在本校上了高中,从此各在一方,但两颗心仍旧连在一起,书来信往互相鼓励。

　　彩霞毕业后分配到本县县城一所完全小学任教,林娜万万没有想到,自己高考落榜了,老师和同学也觉得非常诧异:这样一个品学兼优的学生,平时大大小小的考试排名不是老大便是老二,按说,考个重点高校如同囊中取物,结果连一个普通大学也没沾边。她整整睡了两天,没吃一粒米没喝一口水,半个月没出家门。家里让她补习一年再考,她说,哪有脸再进校门? 于是就在家待了半年,正像她后来说的上了半年"家里蹲大学"。

　　那时,彩霞已当教师了,给娜娜姐写了一封信,娜娜由于自尊心十分强,到底羞于复信。第二年春上林娜被镇教育专干推荐到离她们村四十里要翻一架山的穷山沟沟当了民办教师。她一边教学,一边复习功课,原想这一年再参加高考,可命里注定上不了高校,临考时患了重病而灭了大学梦。

　　从此,她一头扑在教学工作上没命地干,八匹马也拉不回头。"苍天不负有心人",四年级八名学生参加镇抽考,二十个参考班级,她班总成绩排名为第一名。林娜在全镇出了名,被镇上评选为优秀教师,出席了县上召开的"中小学优秀教师教学经验交流报告会",获甲等教学奖。

　　在这个偏远的农村民办小学干了两年后,林娜就转为公办教师,调到柳林镇中心小学任教,教高年级语文课。她学习了外校外地的教学方法,结合个人的教学实践,经过两年的摸索实验创出了"提纲自学、启发讲析、作业小结、复习考核"四步教学法,培养了学生的自学能力,开发了智力,收到了良好的教学效果。县教研室组织全县小学教师听她的课,在全县学习推广她的科学教学方法,并推荐她到地区参加优质课赛讲。此次赛讲她获得了第二名,被评为地区教学教改能手。

第二天就要上地区赛讲时,林娜突然接到了彩霞的来信,说她儿子就是在林娜去地区这一天结婚,希望她勿误参加婚礼。

就这件事把她难住了:去赛讲吧,霞霞的儿子就是自己的儿子,人一生能结几次婚? 不去吧,赛讲是代表县教育局代表全县老师,怎能违抗? 再说,机不可失时不再来,过了这个村,便没这个店了。叫女儿代她参加婚礼,可她只是七八岁的小娃娃,丈夫张文又去外地听课了。想来想去,林娜还是决定去地区赛讲,回校后去彩霞家走一趟补上礼,说明情况,她绝不会见怪。

事后她去了彩霞家,说明了情况留下五百元门户(即礼钱),彩霞说啥也不收,说人来了就好。她临走时硬扔下三百元。彩霞对娜娜姐事后补门户这件事,心里总是疙疙瘩瘩的,不过表面还看不出来。从此,她们之间的关系比以前疏远了一些。不知是工作忙,还是真的关系不如以前亲密,总之,随着时间的流逝,她们交往逐渐淡漠,很少有书信往来,更谈不上彼此走动了。

彩霞聪明过人,眼里有活,说话办事利索干练,教课几年之后被提升为一所完全小学的教育主任,干了两年之后,又被提拔为秦泰公社完全小学校长,一干就是八年。

一九九六年春开学初,她听到调到她校的同林娜曾在一个学校工作过,并且关系还不错的一个中年女教师说,林老师很可怜! 老了老了同老汉离了婚。她的离婚不同寻常,丈夫张文同他曾教过的一名学生结了婚。为这事,她伤透了心,差不多从阴曹地府走了一趟,三分像人七分像鬼的样子。现在城关小学住着,已内退了,不过朝前混日子罢了……

彩霞听了深表同情,勾起了对往事的回忆,她决定去看望初中时最亲密的同学。不知是忙还是什么原因,一天推一天,直推到放暑假后的第五天。

这次去主要有两个内容:一是安慰,让她想开些,同女儿一起度过她的晚年,或者,身体好一些,再劝她找个老伴;一是聘请她到本校教六年级两班语文,有个事干,就会把苦恼的事渐渐忘却,更重要的是,想让她教出在全县小学升初中的语文最佳成绩来,提高她校长和学校的知名度。

林娜早出晚归整整一天头没挨枕头,觉得乏困无力。她养成了中午睡觉的习惯,要是不歇好,好像病来了一样,所以决定第二天在家休息。

这天是星期天,女儿张艳也轮到歇班回了,她知道妈妈身体不好,为了办学,费尽心机跑前跑后,不知累成啥样了,除了带给妈妈吃的神经衰弱药和降压药以外,还买了一个西瓜,称了两斤猪肉回到家。

第二天上午，张艳剁好饺子馅，同妈妈说说笑笑正包饺子，彩霞进门了。

"娜娜姐，你咋瘦得失了形啦！"彩霞说着把提的东西朝地上一搁，扑上去搂着她的肩膀。林娜被这突如其来的问话和动作惊呆了，猛然间醒悟过来，泪水涌了一眼眶模糊了视线，也搂着彩霞的一只胳膊。两个人有万语千言只是半句话也说不上来，彼此搂着足足有两分钟。

张艳只见过彩霞姨姨两次，也是十年以前了，一时没认出来。张艳把东西提到桌子上，仔细看了来人模样儿，猜想可能是妈妈常常念叨的她的老同学彩霞姨姨，便上前拉着彩霞的手说："姨，坐。"彩霞和林娜都松了手，面对面坐着。

张艳揽了一竹盘瓜子，抓了一把水果糖放在桌子上，又去切西瓜，亲手拿了两牙递到彩霞面前说："姨姨快吃，老远来天热得很，吃了就凉下来了。"

林娜和彩霞边吃边拉起了家常。

"霞霞，你看咱俩只顾说话，已经一点了，你肯定饿得难说了，先给你下饺子！"张艳听了妈妈的话，撂下擀面皮的小擀杖去生火。

彩霞看盘子里包的饺子最多够一个人吃，就拿起小擀杖边擀边说：

"其实，我不饿，早晨来时冲了两个鸡蛋还吃了一个馍。娜娜姐，咱俩包，艳艳擀饺子皮好了，包好一块儿吃。"

林娜点点头："你不饿，包完再吃也行。"

接着说了张文当班主任就怎样同黄敏钻到一块儿，外表装着对她好，实际是哄骗她，不知把多少钱都花在那婊子身上，气得她好些日子缓不过劲来。她想维持这个家庭不让破裂，苦口婆心反说正说规劝他的话能拉几车，还请亲戚朋友劝说了好几次，都没能让他回心转意。女儿气急之下用硫酸毁婊子面容，如何平息之事。

彩霞边包边听边骂黄敏，世上罕见的拆散人幸福家庭的不要脸的破鞋；又是指责张文睁着眼朝火坑里跳，总有他哭都没眼泪的时候；更是同情林娜姐暮年的悲惨遭遇，开导她木已成舟，就当张文死了，自己的身体要紧，总要活下去，别寻短见。

吃了饺子已是下午两点，午睡了两个钟头，凉下来三人又去街上溜达。跑了菜市场，林娜买了几样新鲜菜；又去最大的一家服装门市，彩霞硬给张艳买了一件短袖，林娜给彩霞的孙女买了一件粉红色连衣裙；最后，又到新华书店转了一圈，彩霞买了几本书一同回到家里。

晚饭后，屋子又闷又热，蚊子叮得人不停地打。张艳端了一张小木桌放在院子那棵钵钵口粗的杨树下，泡了一壶热茶放在上面，摆了一盘瓜子。她们三人围着小桌坐着，明月朗照，清风拂面，边嗑瓜子边聊天，声音时高时低，前十年后十年，南嗒嗒北嗒嗒无拘无束地谝着。

彩霞咽了一口热茶，看着张艳笑笑：

"我说一件事，你答应不答应？"

"啥事？只要你姨家说得在理，咋不答应？"

"我说的是正经话，姨诚聘你妈到我们学校教六年级的语文课，每周十四节，分量不重，教好就行。一来，忙忙碌碌、跑前跑后就忘了不顺心的事，身体就会一天天好起来；二来，按你妈现在的工资数发工资，这就成了两份工资，多一份总比少一份强，从经济上说，也是可观的；三来，在学校生活、工作、身体，都有我照看，比你在家里照顾方便多了。你尽管安心干你的事，要是想你妈的话，搭车来学校住一夜第二天想走就走。就这事，你先表态叫去不叫？"

　　"姨呀，你不知道我妈办学校？"

　　"你妈办学？"她吃惊地问，彩霞把目光移向林娜，似乎在责备娜娜姐这么大的事为何不给她说一声。

　　林娜笑了笑，说："是在办学校，可以说，已有八九成定下来了。"接着便一五一十把山岔沟村主任王小斌怎样劝她并支持她在他们村办学校，她怎样在一周多的时间里走访了几个村庄多少单位了解群众对她办学的看法和生源的底子，又怎么租赁了校舍和贷款借钱等事说了一遍。

　　彩霞边嗑瓜子边听边在心里估计娜娜姐已经办了学校，恐怕不会受聘去她校任教了，反正她要想方设法劝她放弃办学而去她校任教。她心里清楚：像娜娜姐这样有丰富教学经验，热心干教育事业的教师，在全县也难找到第二个的，如果她肯受聘，何愁六年级毕业统考不会获得全县前几名呢？想到这儿，她笑笑说：

　　"娜姐，办学固然是好事。叫我看，你可以同聘任教课比较一下，哪个利大弊小，何去何从，便见分晓了。"

　　林娜说："我先听听妹子的高见，再做决定。"

　　彩霞说："你受聘只教一个年级两班语文，对你来说是轻车熟路，易如反掌，而办完全小学，道路充满荆棘，犹如摸着石头过河，东摇西晃，随时都有滑倒的可能。聘请教课两份工资十拿九稳到手，办学获利，恐怕还是水中月镜中花。办得顺当，所获钱财莫过于两份工资，不顺当恐怕还要亏本，你经济拮据，拿什么还借贷之款？这事情姑且搁起，最重要的是，你经受了婚姻的折磨，身体不好，年龄又过半百，我实在担心你挑不起这副重担。要是有个三长两短——到那时，学校该办下去，还是停办？反正，姐姐得慎重考虑！"

　　林娜说："霞霞，你请我教课是一片好心。如果说，在我未打算办学以前，你聘请我，说啥我也得去。可是现在已租赁好房子，走访了近百十户人家，连三岁碎娃都知道我办学，突然收了口，难道给家长说，我要去某校教课不成？人家必定会议论我几十岁的老婆不讲信用，说话不算数。这个人，我丢不起！至于办学挣钱多少，我倒没有多考虑，只要能包住，多多少少挣点就行了。我身体状况的确不好，就是我给你说的跑前跑后真比坐下身体强多了，想来身体会逐渐壮实起来。霞霞，我看你还是另请高明吧……"

　　她话还没说完，张艳拦了话头："姨——你说的是有道理，我妈办学开始，我就不同意，五十多岁的人了，也该过几天清静日子了，更何况，她身体羸弱，如何

经得起折腾！可我妈天天念叨山岔沟那些村子的娃娃离学校远，好多在家贪玩，为了娃娃就近上学方便，非办学校不可。她决心已下，谁也动摇不了，还是办学好了。眼前就是缺少资金，姨姨能资助一点就谢天谢地了。"

彩霞以为娜娜姐说得有理，不能在办学上半途而废，也就打消了聘请她的念头，于是说：

"你的事业可以说也就是我的事业，我大力支持，回去后，最少给你拿来六千元，啥时你手头经济宽裕啥时还。另外，我把一到六年级课本教参和有关教学的一些资料找着带来，你就无须再买参考资料了，还有一些挂图、标语，我也搜集一下，能带多少就带多少。开学前几天，我来帮你安排开学工作。还有什么困难，娜娜姐尽管说，我尽力帮助你。"

林娜说："饥了给一口，强出饱了给几斗。你能借给我六千元就不错了，明年秋季一定还给你。说起困难来，其实，有王主任和群众的支持，是完全可以克服的，开始建校因陋就简，只要在教学方面不挡手就行了。另外，就是聘请像样的教师，这个我还心中无数。你回去后给姐操心看，有合适的打个电话来，我再去镇教委打个招呼，张贴广告想来就会解决的。"

"能成，我操心打听，聘请的条件是什么？"

"未婚青年最好，教过学的优先，月工资二百四十元。你看咋样？"林娜叫女儿把王小斌村主任家的电话号码写在一个小本上给彩霞，张艳抄到一个小本子上给了彩霞。彩霞装好后，又把她家和学校的座机号码留下来，说：

"我校有个老师放假前给我推荐了一名幼儿老师，原在城关小学任教，她擅长绘画音乐，只是说说罢了，也没见本人来应聘。我校后季不再设学前班了，要是她来应聘，可以推荐给你。另外，再给你打听打听其他科目教师。"

林娜说："好！一旦有好老师，你就打电话。"

彩霞说："娜姐，要下娃娃都起名报户口，你给学校起下啥名？啥时'上户口'？"

林娜说："还没有想到起名，是不是就叫三岔沟小学？'户口'的事等学校办起来再上，来个先斩后奏。"

"手续推后办可以，学校叫村名不好，给人的感觉学校是村办的，应起一个新鲜醒目体现你办学特色或目的的名字最好。"

张艳两手一拍笑着说："姨呀，那就请你起个名吧。"

林娜说："咱们都想，就按你姨指的方向起。"

彩霞仰面望着挂在蓝天上的一轮明月，微微点头思考；张艳用一根指头在小桌面上画来画去，还喃喃自语；林娜歪着头看着地面也在思考。

不到一分钟，张艳头一摆，两手抱着右膝盖笑着喊叫："我有了，就叫'前进'或'朝阳'，两个名字随便取一个。姨呀，你看行不行？"

彩霞点了点头，没有肯定也没有否定。林娜问彩霞："你一定想好了，叫啥？"

彩霞说:"虽有了名,还得推敲。姐先说。"林娜说:"'育才'或'为民',反正不大好,听你的吧!"

彩霞说:"'曙光''朝阳''旭日'这三个名字含义相同,都是早晨才出的太阳。你办学会不断发展壮大,像日升中天光芒万丈,再说,你到晚年办学,这是返老还童办一件大事,刚刚开始,必定蒸蒸日上,象征着你的年龄和事业并蒂而生。这三个名——"

她还没说完,林娜和女儿都笑着说:"好!好好好!"林娜又补充了一句:"就起名'旭日小学'吧!"

在明朗的月光下,三人爽朗的笑声划破了宁静的夜空。

夜深了,张艳用小小的扫炕笤帚把褥子扫净,枕头放好,被子拉开,给妈妈打了招呼,她去下院李老师的女儿家睡觉。林娜和彩霞进了房子脱衣拉灯就寝了。

多年未见面也不曾在一个床上睡眠的两个老同学老朋友有说不完的话儿。又是打开陈年旧货,又是摆开现今新鲜玩意儿……

彩霞说:"人生之旅还有一段路程,一个人咋个过法?常言道'一辈子守寡好受,半路里守寡难熬',有个老伴儿说说笑笑日子过得快,也有乐趣,一个人孤单寂寞,冷房难守哇!再说,有个头疼脑热,谁来照管?儿女再孝顺总没有老伴方便。况且,儿女有儿女的事,难道能整天守在老人的身边?你听妹子说,有合适的找一个是正理。娜姐,你说是不是?"

彩霞说着,林娜微闭双目听着想着,忽而心头一喜,张文的身影在眼前晃动,随之关闭了喜悦的闸门,那影子倏然消失,而被另一个陌生而又熟悉的中年男子的容貌身姿取而代之。她在黑暗中把脸转向她,长长叹了一口气:

"彩霞,你给我操的是一片好心,说得完全在理。可是,你知道不?张文做的缺德事对我的打击太重了!简直是从阴间走了一趟!我一个人和女儿过活得自由自在,决定独身走完最后的一段路,现在想的是如何把学校办起来,我觉得干这事其乐无穷……"

"娜姐说的是,目前是想方设法办好学校,个人生活的事以后再说吧……"她听到林娜话刚落音,就呼呼噜噜打起鼾了,便再未开口。自己也感觉头发昏,打了个哈欠,伸了伸胳膊也睡了。

第八章　粉刷房子

　　这天是星期六,天还黑乎乎的,林娜就起床做早饭。她煮了四个鸡蛋,是给上午干活准备的;另外打了四个葱花荷包蛋,她和女儿张艳每人吃两个,还烙了三张饼子。饭菜摆在桌子上,叫女儿起床,叫一句哼一声翻个身,又呼呼噜噜睡着了。张艳星期五从清早上班直到晚上九点多才下班,傍晚六点后接连护理了两个重危病人,回到家里吃罢晚饭已是十点半了,头挨枕头就进入了梦乡。别说她十分劳累,就是不乏不累,俗话说的"天明的瞌睡鸡大腿",那香劲确实是难叫醒的。林娜连叫三次总算叫醒了,张艳却坐在炕上披着上衣前后摇晃打盹儿,口里喃喃说:"妈——今日叫人歇一天,瞌睡得太太,明天再去收拾学校。"林娜说:"死女子,你算算日子离开学再有几天,收拾地方呀,招聘教师呀,买书买文具呀……火烧到眼眉上了,还不抓紧? 快起快起! 吃了走,今日任务重着哩!"张艳打着哈欠伸了个懒腰,硬着头皮穿好了衣服。

　　吃了早饭后,把鸡蛋和软饼装在提包里,又灌了一军用水壶茶水,林娜和女儿在太阳冒红时就上了路到县汽车站乘车去了庄田镇。她们先到一家建材门市买了两塑料桶涂料,一把钢刷子,两个滚刷;又在小摊上买了两把笤帚,都暂时放在建材门市。最后又去一家玻璃店买玻璃,林娜给老板说了每个窗框的尺寸和总窗框数,要求裁一般玻璃,因为数目大,让老板以最低价出售。双方讨价还价,总共算了二百六十元。老板说先付二百元整数,装完后再按多少多退少补。店里派专人把玻璃拉上,下午两点准时到校,估计一个人最多三个小时就可完工。

　　林娜点头同意,出了玻璃店又去了一家寿衣店买了一沓冥钱,一把香和两卷表。张艳疑惑地问妈妈:"买那些干啥?"林娜说:"房主人要安土地爷,说安了土地神与她家和咱们办学都有好处,平平安安不出事。"张艳讪讪一笑:"这老婆子,到啥年代了还信神信鬼的,叫咱白白扔了近二十元!"林娜解释:"这是一个人的信仰,花几个钱是小事,不然房主生了气以后会找咱麻达的。记着,每到一个地方都要跟近邻关系处好,何况咱还租赁人家的地方。"张艳听了只是笑。

　　林娜和女儿朝她们买东西的建材门市走,边走边挡车,挡住了一辆三轮摩托车。林娜问:"两袋涂料拉到三岔沟村多少钱?"

"十五元。"

"到三岔沟不到十里路,五元行了吧?"

"十元钱还是你的,甭说五元!"

"十元行啦,妈,坐呀!"张艳已打开车门,一只脚早伸了进去。林娜还站着同车主讨价还价:

"八元八元,行了我就上车。"车主二话没说开车走了。张艳责怪妈妈抠鼻痂子,哪里在乎两元钱,让车一溜烟去了。娘儿俩朝前走着挡着,接连开过去两辆车都是满座,张艳嘟嘟囔囔怨妈妈要是坐上刚才挡住的那车早已到半路了。忽然左侧一人拉个架子车几乎是擦着林娜身边走过,他笑着问:

"林老师,你也上街,有啥事?"林娜和女儿都扭头看,似乎在哪里见过却叫不上名。林娜笑嘻嘻答道:

"在建材门市买了些涂料刷教室墙壁,挡了几辆车都坐满人没挡住,到前边再挡。"那拉架子车的是个中年男子,他说,他是山岔沟村的,叫王小波,卖完菜朝回走,顺路给把涂料捎上。林娜很感激,同他一道到建材门市装好买的东西,拉着朝学校走去。

林娜要拉车子,王小波哪里肯?他说,小伙子空走让老婆拉,遇见人会指着脊背骂先人,硬把拉绳搭在自己的肩膀上大踏步朝前走。林娜和女儿跟在车后几乎是小跑,走得上气不接下气。他们一路说着话不知不觉走了有一半多路。张艳看表十点多,太阳升到半天上,射出千万支火箭烧得人口焦舌燥,一点风丝也没有。王小波停下车子脱了衫子塞到涂料筒中间,穿件汗衫拉着;张艳把上衣脱下搭在左胳膊弯上;林娜解开纽扣,都喊着能热死两个活人!他们吐口唾沫也被粘在口唇上。公路两旁地里的玉米叶子大多卷成长管儿,泥塘里的青蛙有气无力地叫着。正好路边有棵杨树,林娜叫王小波乘凉歇一歇。车子放在树下,她坐在车辕上,张艳背靠车厢掏出手绢揩汗。王小波腾的一声躺在满是尘土的草窝里,从裤兜里掏出烟想吸没吸,又装了进去。林娜喊女儿揩完了汗水把手绢给王小波。

就在她偏着头喊女儿时,忽然瞥见车子右前方大约不到三十米,一个不大的水洼边有一堆白亮耀眼的东西,便站起来向前走了几步,高兴地喊了起来:"啊,这么大一堆麦草!"

张艳走到妈妈跟前拿衫子,在额头搭起凉棚朝前看:"我以为是啥宝贝,原来是一堆烂麦草,把你兴成那个样。"她说着转身又向车子跟前走。

王小波一骨碌从草窝里爬起来:"麦草!好东西!有多少?"他立即从车子里取出装菜的空麻袋和林娜买东西没有用的两个蛇皮袋子,说:"林老师,你歇你的,我来装。塬上人种麦多不缺这,对咱们川里人来说,可是稀罕东西了。前几天我打炕把钱拿到手里没东西,没办法只好上山割了一捆干黄营草叶子做杂和泥,要是有麦草,谁爱热死黄天去上山?"一边说,一边朝又白又亮的麦草跑去,林娜二话没说,也跟在他尻子后面跑。张艳一边用衫子缓缓扇凉,一边看着

他们跑一边笑着,一动不动地站在架子车旁边。

"哎呀,不少!林老师,你来张口袋我装。"王小波把袋子扔到她脚下,撅着尻子朝一堆搂,两只手像铁耙子不怕烫也不怕扎。

"真是好东西!泥墙、泥锅头、冬天教室泥炉子都用得着。"林娜两只手扯开袋子口,低着头笑眯眯地说,"奇怪,这里咋会有麦草?艳艳,还不快来装?你嫌热,我和你叔难道是铁打的不知道热?"张艳听妈妈叫,把衫子扔在车里也跑下来。王小波说:"十有八九是卖鸡蛋倒的。不管是谁的,咱装就是咱的。"张艳和王小波搂着装着,满脸的汗水往下滴,不时用手在脸上擦来抹去。林娜叫女儿张袋子口,自己和王小波装。一袋子装满了,王小波一只手撑着袋子口,一只手握紧用拳头朝下擂,几家伙满满一袋子麦草再有半袋子了。另一袋也装满了,林娜学王小波的样儿,一只手逮着口朝上提,一只手把麦草朝下塞,由于用力过猛,一粒麦草屑眯了左眼,她用手揉着。

"妈,别揉,让我吹吹。"张艳把妈妈的左眼皮轻轻往上一提,猛一翻,吹了几口气,问:"还磨不磨?"妈妈眨了眨眼皮,感觉仍然很磨。她叫妈妈别动,二次又把眼皮翻开,仔细看白眼仁上面略挂血丝,那针尖大的麦草屑沾在上面。她叫妈妈别动,掏出手绢用一个角儿轻轻沾了沾,然后放开眼皮,问妈妈:"再磨不?"妈妈挤了挤眼,说:"不磨了,稍有点儿酸胀。"睁眼看女儿脸上红一块紫一块,五抹六道的;再看王小波咬牙咧嘴手逮袋子的两个角儿同时用力朝中间拉,那是在绑口。他那脸一道一道的全是汗水纵横流淌的痕迹,汗水还一滴一滴往下掉。王小波把绑好的三大袋子靠在一起,两手一拍说:"好啦!"抬头看林娜满脸黑水道道,从前额头发一直到耳朵背后稀稀疏疏沾了不少麦草,他哈哈哈笑着说:

"林老师,你头上戴着簪子是唱戏呀?我就爱看戏。"张艳边朝妈妈面前走,边笑着说:"妈!你咋弄着哩,眉眼前头发和耳朵上边都是麦草,叫我给你弄掉。"林娜边低头摇着边用手拨弄,麦草飘落下来。她说:"你看咱们三个的脸,人不像人鬼不像鬼的,快到河里洗洗好上路。"他们一路朝右拐了个弯便到了一大片石砾的小河旁,浅浅的河水流速湍急,撞击着石头叮咚作响,仿佛在给他们三人奏乐。林娜和女儿蹴在一块宽大的厚石板上洗着,王小波索性挽起裤腿,脱掉衫子和鞋跳到河中间洗起来。

"啊,凉到心尖尖上了!"张艳把头的一半伸到水里等了近一分钟,然后又抬起头,水顺头发流着,她尖着嗓子喊着笑着:"痛快!痛快!"林娜捧了美美一掬水在脸上上上下下洗着。王小波弯下身子撅着尻子把头全部放到冷冷响动的水里浸泡了半天,猛抬起头直起身扯着破锣似的嗓门喊:

"美美美!凉透了。"两只手把脸上的水抹去,扭头看到林娜和女儿哗啦哗啦痛快地洗着,又笑着敲打他那破锣:

"林老师,今日给你弄下麦草了。你放心,我回家保管再叫一个人给你把那几间瓦房窟窿眼窝全泥好,光溜溜的又好看又结实。可就是有个条件——"

张艳没等他说完便问:"啥条件?""啥条件,人都叫我王小波酒篓子,提几瓶好酒烧几个菜美美地香香地吃喝一场!以后有活,只要你嘴皮一抬,姓王的四条腿跑哩!"林娜站起身,边用手绢擦脸边说:

"好好好!行行行!"

张艳说:"好好干,提'五粮液'!"

"能成!"王小波洗罢后,蹚着水朝出走,衫子往肩膀上一搭,大踏步朝架子车前走着,老笨声唱起陕北民歌:

打碗碗花儿地畔畔上开,

把你的白脸脸调过来。

……

王小波拉着架子车,林娜和女儿跟在后边,没有一顿饭的工夫就到了学校。这当儿太阳已经稍微偏西,房主仰头老婆陈大婶已经蒸好了大米饭,她怕不够吃,又在锅里馏了几个白馍馍,然后泡了一壶热茶,取了一盒香烟放在桌子上。林娜和女儿一边喝茶一边和她拉话。王小波咧着大嘴笑着说:"还是瓮里这凉水美!"说着就拿了水瓢舀了多半瓢水咕咚咕咚一口气喝干,点了一根烟,朝炕沿上一坐,左腿搭在右腿上狠狠地吸了一口吐了个烟圈儿:

"陈婶,我今天晌午吃饭报灶了噢!"

"滚!吃屎都没多的。"陈大婶撇着嘴笑着说。

"你这里揭锅盖,我那里舀干饭,不信吃不上!"

陈婶说:"小波,我看你这娃脸比城墙还厚。"林娜和女儿听陈婶说,都笑得肚皮颤动。

陈婶边朝茶壶里倒开水,边嘻嘻哈哈接着说:"谁敢不叫你吃?你在村里八尺拉丈五,紧巴结慢巴结还巴结不上哩!"一会儿,馍馏热了。陈婶又炒了一盘醋熘洋芋丝,四个人香香吃了一顿。王小波回家叫人去了,陈婶叫林娜和她一块儿先安土地爷,然后再粉刷房子。林娜满口答应,拿着冥钱、香纸,提着一瓶子酒,跟在陈大婶身后走到土地爷小窑下面。陈大婶先作了一个揖,然后双膝跪了下去,又让林娜挨着她跪在右边。她把香纸和冥钱扔进去,倒上烧酒,一边用小木棍儿搅着,一边祈祷:"土地爷听着,今儿个向你老人家请示,林老师租我房子办学,为村里办了好事。今日动工粉刷裹泥地方,请你老人家降下吉祥,平安无事。"说完又毕恭毕敬磕了三个头,作了三个揖,在这场合,林娜也只得跟着磕头作揖。张艳远远站着看,抿着嘴儿笑,肚里说这明明是迷信,哪里有啥神神?

事后,林娜在各房间又看了看,安排女儿和她先刷砖窑,砖窑墙壁又黑又脏,旮旯全是蜘蛛网。有几处被煤烟熏得乌黑发明,好在还光滑无损。西边偏南那几间瓦房内外墙壁泥皮掉得豁豁牙牙,让王小波裹泥。陈大婶拿来一个大

木盆，一把笤帚，两根两米长短，比擀面杖稍细一点的竹竿，还有一米多长的两条棉线绳子。林娜看了问：

"大婶，拿笤帚线绳干啥吗？"陈大婶说："都有用。你是教学先生怕没干过这粉刷墙的活儿。我老婆子盖房时不只见过人家粉墙，自己还亲手干过哩。拿这线绳先把笤帚牢牢绑在竹竿上，把房子齐齐扫一遍，扫去灰尘，要不粉刷不上，就是勉强刷上，也是一道黑一道白。然后把两个滚刷都紧紧绑在两根竿的一头，刷时用滚刷把涂料搅均匀，全蘸上后轻轻在盆沿上滗一下，让多余的涂料流进盆里去，不滗就会顺着竹竿流到手上、地上，浪费涂料。刷时从上到下一滚刷挨一滚刷刷匀就行。"林娜仔细地听着点头表示说得有理。

"我年轻时用泥水刷过土窑，也见过人家用涂料刷墙刷房子，就是没干过用涂料粉刷这活。今天拜大婶为师了，不对就请指导，没吃过梨，尝尝梨到底啥滋味。"

"哎呀呀，我还成了老师的老师，不敢当，不敢当。"陈大婶笑了，"你看，我老糊涂了，咋忘了拿……"说着跑到屋里拿了两件旧衫子，一顶半新旧草帽，一个装东西的红塑料小袋子对林娜说：

"林老师，你和女子把这旧衫子穿上，你再戴上草帽，女子戴上塑料袋。要不，涂料溅得一脸一身，溅到衣服上很难洗掉，溅到眼窝就麻烦了。"

"行，我和艳艳按你说的办！"林娜换了衣服戴上草帽。艳艳十分固执，说啥也不穿那衫子，摇着头："我不穿不戴，注意一下就行了，我不信还能溅到身上，这是个出力活儿，简单得跟'一'一样，比数理化好学多了。"林娜骂道："死女子，穿上！你比牛还犟，衣服弄脏了你洗我却不会动一指头。"张艳才勉强换上了衫子，头上戴了塑料袋。林老师先把一孔窑洞按陈大婶说的重重扫了一遍，墙壁好像老爷画胡子，这里白那儿黑。这时，陈大婶搬来小板凳，林娜和她每人拿一把绑好的扫帚，先扫砖窑，一会儿打扫了两孔砖窑。陈大婶帮她娘儿俩把涂料朝房子端，她同女儿一个刷墙的这边，一个刷墙的那边，三个人都干得很起劲。

刷了不到半小时，王小波和拴柱来了，拿着瓦刀、泥板，扛着锨和镢头，拴柱剁麦草做杂和泥，小波拉土弄水，眨眼和好了一大堆泥。王小波把泥向小房端了几锨后，让拴柱先干，他到林娜和女儿粉刷的窑洞看刷得咋样。林娜只顾刷没看见王小波轻手轻脚进了门，早已站在房子里，瓮声粗气连笑带喊：

"哟，林老师能文能武，这两下还是厕所里的石头——把(屁)式！"

林娜扭头看着他笑笑说："你倒把我吓了一跳。就来你一人？泥和好了？"

"你看几个？"王小波伸出两个指头，"连我两个人已经裹泥了一大片了，只等'五粮液'喝哩。"

"说到做到，不放空炮！今晚一定在你们村食堂摆一桌香香喝一场。咱们比赛看谁完工早！"

"能成！"小波边说边朝出走，边扭头说，"只要有酒，保证早完工。"陈大婶端一脸盆涂料喘着粗气刚进门，王小波险些儿把脸盆撞倒，她笑着说道："闯王，眼窝长到脊背了！"林娜喊女儿："快把你奶奶接住！陈婶，你歇一歇，叫艳艳端，我一个刷!"张艳把滚刷靠在墙上,一步跨到陈大婶面前:"奶奶放下,我来端。"陈大婶一面端着脸盆朝前走,一面说:"不乏不乏,我端我端。众人拾柴火焰高,你娘儿俩一个端一个刷,鸡儿上架也甭想刷完。"她两腿如同神助一般腾腾腾端到窑当中地上放下来说:"干这么一点算个屁! 年轻时我从山上往稻子地里背青叶没下过百十斤。别看我老了,这两只胳膊还有的是力气,能提一桶水,还端不起一盆涂料?"林娜喊叫:"艳儿,那你就刷吧,让你奶奶再端一会儿。"张艳把滚刷放在盆里转了一圈儿,在盆沿上稍稍沥了沥,猛地举起来,涂料水流在自己脖子和上身衫子上,其中一滴溅到眼里,她大喊大叫:"妈呀! 溅到眼窝了!"便挤着眼把滚刷靠在墙上,用两只手揉来揉去。越揉越涩,挤了挤眼,啥也看不见,陈大婶逮着她的胳膊拉到家里洗了脸,给她轻轻揉眼窝,吹了几口气,张艳觉得稍有点儿磨,比刚才好多了,就又和陈大婶去刷墙。

王小波两个裹泥墙毕竟是老手旧胳膊,泥得又快又光,不到三节课的工夫就裹泥好了一间房子。他们开始裹泥第二间房子,林娜和女儿那一间顶还有一半没动滚刷,林娜给女儿说:"看来咱俩同人家泥墙比赛是输定了。你听王小波已经在第二间房子泥哩,是有意识让咱娘儿俩听他的咳嗽声、放东西声。"张艳说:"劲使大些,胳膊抢快点,不信会落在他俩的后边,咱们马上要换房子了。"张艳手里的滚刷在房顶上急速地滚前拉后,一滚刷又一滚刷,暗暗跟妈妈比赛,看谁在保证质量的前提下刷得快。一盆涂料刷完,又是一盆。陈大婶端得上气不接下气。有两根烟的工夫,一间房子完了,开始刷第二间房子。

鸟归窝鸡上架的当儿,粉刷和裹泥墙壁全都胜利完工。王小波两个好像没有泥墙似的,浑身上下没沾半点儿泥。林娜身上和脸上有十几处小白点,张艳衫子上有几大片干白涂料,脸上全是白麻点,陈大婶一个指头指着张艳,笑得露出了豁豁牙:

"女子,看你一脸白麻点,没人要你做媳妇了!"

"一辈子不嫁人才好哩,上峨眉山当尼姑去!"

"傻女子,哪有不嫁人的道理? 以后嫁个才貌双全的女婿,奶奶还等着喝你的喜酒哩!"陈大婶笑了,林娜和女儿也笑了。

山岔沟村口路旁开有一家饭馆,路上走也能听到食堂里响亮的笑声。这天晚上林娜请客,一桌三菜一汤,一荤两素,一包烟两斤烧酒,总共不上四十元。除她和女儿外,来客四人,即陈大婶、王小波和拴柱,还有王小斌村主任的媳妇(王小斌外出,林娜强硬拉来)。几个人围一桌,说说笑笑,吃吃喝喝,这顿饭吃了两个半小时。陈大婶和村主任媳妇不胜酒力,喝了张艳一杯敬酒,吃了几口菜和一个饼子,坐着闲谝了一会儿,就回家了。王小波两个喝酒划拳,高一声低一声连食堂都抬起来了。林娜本来身体不好,又是上了年纪,干了一天活儿,腿脚乏困、胳膊酸软,上下眼皮儿打架,很想睡觉了,可那两个酒篓子喝了一瓶又喝一瓶,她无奈只好陪着。他俩直到喝得脸色煞白,眼睛发直,胡说野抡,涎水外流,还要第三瓶子。林娜阻挡了老板提酒。两个人便和衣倒在食堂拐角床上。林娜结了账,同女儿到陈大婶家睡去了。

第九章　资助大会

　　王小波和拴柱两个泥墙匠人,第二天又给林娜住的房子盘了锅头,盘完后又同林娜和她女儿,还有房主陈大婶,共同把所有房子打扫干净,门窗擦洗了一遍,清除了院子的杂草,把该收拾的东西收拾起来堆放在偏僻处。玻璃店派来了两个安装玻璃的青年后生,这天上午九点准时到了学校,两个小时把所有房子的玻璃该换的换,该安装的安装,胜利完工。

　　林娜决定搬到学校住。一则便于把学校朝好的收拾,二则也方便家长来访和关心学校的群众来看。她亲自到县医院给女儿请了一周假,让女儿帮她做开学前一些具体工作。粉刷房子后的第三天,她雇了一辆卡车把所有东西搬到了学校。把在刻印馆做好的校牌挂在了大门口的右边,"旭日小学"几个美术大字映入经过门前的路人眼帘,没有不为山岔沟村有了学校而高兴的。

　　林娜刚搬来的那几天,村上的小娃娃拥到院子,走了一群又来一群。

　　他们看着林娜笑,指指点点交头接耳悄悄说:"这就是校长,姓林,厉害得很!"

　　又指着张艳说:"这个是林校长的女儿。"

　　一些闲着没事的媳妇白天到学校转一转,看一看,在地里干活的男人们大多是晚上来坐一会儿,问长问短。外单位,如小煤窑、镇砖瓦厂、煤台……也不时有人来校探访。

　　林娜提前买了一条金丝猴烟,称了一斤白毫茶叶,三斤瓜子,专门招待来客。几天来,林娜办学在村里成了男女老少谈论的热门话题,人们又是喜悦又是担忧,究竟把自己的娃娃送到哪所学校上,一部分人还三心二意,在等待和观望着。

　　这一天,王小斌村主任去村办砖瓦厂转了一圈,给厂长提了些意见,在那里吃了午饭,便直接到学校来了。

　　林娜同他到各房子看了一看,再到校门外看厕所应该修的地点。王主任说:

　　"林老师,厕所就修在校园外面,既卫生又离教室不远,我看就在窑后面大

路左边好了,不论从小门大门去上厕所都很方便。"林娜点头同意,接着问:

"男女生厕所各挖三个坑,墙打一米八,你说,大概用多少钱?"

王主任笑了:"打什么墙!到咱村砖瓦厂拉三四车半截砖不就行了,还给啥钱?村上来几个人,最多两三天就修好了。林老师,厕所这事不用你操心,反正撵开学修好就行。"

"你看,我办个学还没给群众带来一点儿益处,尽受些害。"

"话不能这样说,先苦后甜嘛,再说算不上什么苦,甜头就摆在眼皮底下。谁不说咱们村有学校是好事?解决了群众熬煎娃娃没处上学的困难,算不算益处?"

到了林校长房子,王小斌问:"距开学时间不长了,你准备得咋个样?有啥困难只管提出来,咱们商量解决。"

"我看,当务之急要做两项工作:一是购桌凳,二是招聘教师。这两项办完后,离开学就没几天了。然后到县城购置一些教学用具,像算盘、直尺、三角板、小皮球、跳绳、羽毛球之类,还有图书、教材等——毕竟那里要便宜一些,质量也好。主要就这几项,其他的暂时搁下。"

"你这个安排很好!我同意。准备买多少套桌凳?连你购买的教材、教学用品什么的,总共能花多少钱?现有多少?还差多少?"

王主任瞅着林娜,跷着二郎腿,脚尖有节奏地轻轻左右摆动着,似乎自己考虑问题周密,点滴不漏,虽然不是搞教育的。

林娜长长出了口气,低头蹙眉说:

"根据统计,打算在学校上学的各个年级,再加上学前班,大约将近百十个学生,多买几套,大概需五十套桌凳。我打问了几家木业社一套桌凳八十元,就是四五千元了。再算上当紧要买的教具、教参等,总共没八九千元不行。目前到手的现金不到五千元,还有些款,人家只是口头应承了,实际上还是画饼充饥哩。这些天,我还是为钱睡不好觉。"

"活人总不能叫尿憋死。是这,看来桌凳是主要开支,能省几个就省几个,人说省下的就是挣下的。发动村民解决一部分桌凳,就我知道,两斗、三斗桌子村上至少也有二十多张,没有屉的条桌也不下二三十张,就是资助上一半,也解决大问题了。一张新三屉桌子三百元,七八张就省两千多块,再加上些长方形条桌当课桌用,还有床板呀,日常用的水桶呀,算起来又省一笔款。省下的钱可用在教学上,这冰冻的一河水不就解开了?!"

"嗯,这是个好办法!"林娜停了一下接着说,"不知群众同意不?八字没见一撇,先给大家找下麻烦。"

"林老师,你放心,我开会做群众的思想工作。娃娃就近上学多方便,谁不支持你?一张桌子、一块床板算个屁!"

"王主任,你给大家说清楚:全是借用,明年经济一旦好转,就物归原主,最长是两个学期。"

"好,暂时借用。"王主任起身又去了砖瓦厂。

晚上,王主任召开村民会议。

他首先讲了发展教育事业的重要性,人民教师在社会上是让人羡慕的受人尊重的职业;接着讲到林娜老师在村上办学促进村文明建设,给娃娃上学带来方便;下来回顾了村上将近二三十个小娃娃被关在校门外,整天在村上乱窜戳猫追狗的事;继而讲了林校长办学的决心和遇到的各种困难;还简介了她的年龄、教龄和历年受到各级教育部门的奖励情况;最后鼓动大家积极资助办学。

他说:"林老师为咱们村办学,大家坚决支持,有钱助钱,无钱助物,多少不论。现在大家发言,把心里话朝出掏,有啥说啥。"

会场是在一孔窑洞里,男女村民坐了满满一窑,要从窑掌朝门口走,差不多得用十分钟。整孔窑洞烟雾笼罩,呛得人不断咳嗽,呼吸也感觉困难。王主任喊叫凡抽烟的把烟弄灭,不然,出去过完烟瘾再进来。那些抽烟的都停止了吃烟,人把门开大,转眼间,满窑洞烟消雾散。

大家都在想,说啥呀? 怎么说? 你看着我,我看着你,都等别人先发言。大概有抽一根烟的工夫没人吭声。

突然,坐在窑掌掌的田月梅老婆子说:"没人说成,老婆子先放头一炮! 林老师在咱村办学是做了大大的好事,咱村里这些猴娃娃这下念书就方便了,腿一展就到学校了。要是早几年有学校,我家毛……就……不会……"她哽哽咽咽再也说不下去了,泪水水早从脸蛋上滚下来。听的人有不少低下了头,尤其一些女的鼻子一酸,眼泪在眼窝里打转儿。

停了片刻她接着说:"我老婆也没啥,我报名拿十把笤帚,一把铁锨,一张两屉旧桌子。"她刚说完,会场如同一锅烧开了的水,嗵嗵嗵响起来了,乱哄哄七嘴八舌说个不停。

王主任站起来把右臂一挥:"一个一个大声说,甭像乌鸦窝戳了一扁担——叽叽喳喳乱叫唤。我看田婶就说得很好! 就照她这样说。资助有资助的理由,不资助有不资助的想法。总之,有啥说啥,畅所欲言!"

立时,会场又像给开水锅里倒了一瓢冷水,静下来了。老半天,一个中年妇女说:"办学啥也没有,还要人援助,那叫啥办学校? 不如干脆收了摊子算了。没牙吃锅盔还放不下,强吃果子不美味!"这个发言的媳妇是张有才矿长的家里,大家都知道她有钱,把两个娃送到省城一家小学上学,说的是放心话。

有些有孩子的心里暗暗骂她是王八有钱出气粗! 她刚说完,一个中年男子把烟锅在板凳上磕得吭吭响:"先问清楚,是无偿资助,还是借用? 王主任说,资助咋哩? 借用又咋哩?"

"你的意思我知道,要是援助那就是半崖上挂门帘——没门;要是借的话那还可以帮点忙。"

"林校长给我再三叮咛,叫给大家说清楚,钱物全借。一旦有偿还能力,一定还清。我想,像桌凳这些不出两学期保证归还,说不定人家经济宽裕了购置了红明红明的新桌凳,你白送人家,怕人家还不要哩。至于钱,根据各人的情况,给资助一块也不少,一百也不多,总不能说,你腰里没货,硬逼着让你掏。林校长手头一旦宽松,按数还款。咱们没钱,那些富起来的人,掏腰包资助贫困大学生上学,捐款办学校、办其他公益事业多得是。说到家,咱把东西和钱没有白出,还不是为咱的娃娃上学?甭说林校长办学校为咱们办了一件可喜的实事,就是邻家有困难张开口,恐怕咱多多少少也要给帮助一点儿。凡事想开一点儿,看远一点儿,一潭死水就流开了。"

王主任还正说着,王小波霍地站起来,高喉咙大嗓门喊道:"几张桌凳算个屎!我捐一块松木床板,一个半新旧铁炉子,一把椅子,十块钱,写上写上。不要林校长还,用坏了扔掉去屎,啥金宝银宝的!"他右手在胸前指指画画:"前两天,我和拴柱给学校泥了一天房子,不要工钱。我给林校长说了,打厕所墙可别忘了叫我,灌二斤烧酒就行了。"

王小波的一串话就像点燃了引爆线一样,使埋在地下的地雷一个接一个爆炸了。

"我资助一张三斗桌子!"

"我献两块床板!"

"我捐五十元!"

"我给学校修厕所,不要工钱!"

……

会计把村民报的钱物一一登记在本子上。

王主任最后做了总结,并且叮咛了几点:

一是凡登记的钱物都积极准备,像桌凳需要修理的必须修好,不能把破烂货送到学校,具体由杨东民木匠负责修理,村上付钱。

二是一周内必须准备好。

三是统一"献宝",具体时间等待通知。

散了会,村民们踏着月光朗照的路,听着山洼和田地里时断时续、时强时弱的鸟鸟虫虫的歌唱声,吮吸着晚风送来的缕缕清香,有说有笑地谈论村上办学的事,有的扯开嗓门儿唱几句秦腔,各朝各家走去。

第十章　张贴广告

王主任开村民动员会给学校"资助献宝"的这天晚上，林娜母女俩正在房子里忙着写招生和聘请教师广告。林娜说：

"艳儿，把红纸裁好。招生广告一张裁两半；聘请教师的一张裁成四块。妈打好稿子，咱俩都提笔写，不然一个人写要写到天亮哩。"

女儿说："我裁纸，你写。我写的毛笔字像屎尻牛牛爬过的一样能见人？我说到复印机上印上一二百张，你就是不听，你就朝天亮写吧！"

"死女子就知道花钱，自己写虽说麻烦些，一来，省几十元，二来，你瓜娃知道啥，黑字写到大红纸上醒目，看的人才多哩！"

"你写你写！"张艳嘿嘿笑了，"裁纸打糨糊是我的，我的工作完成了就睡呀，明天还要早起张贴去哩，熬得夜深了我起不来！"

"纸裁好，糨糊打好装好，锅洗了，睡去吧。听着，打糨糊一瓢水一把面，有四瓢水就行了，打成面汤样子稀稠刚好。"

母女俩一个写广告稿，一个裁纸，在闷热闷热的房间里忙活着。张艳看妈妈热得烦躁不安，自己也觉得头发闷，便把窗子打开，给妈妈倒了一杯开水放在桌子上，又去裁大红纸了。

这山岔沟不比县城里，夏季的晚上，尤其是月明星朗之夜，山上和田地里各种各样的鸟儿虫儿都在争唱，汇成了一支悦耳动听的乐曲。

当你喝了晚汤在院子里乘凉，仰望着天上亮晶晶的星星和月亮，那鸟儿虫儿的叫声飞进你的耳朵内，撩拨着你的心弦，此时此刻，一切不顺心的事都溜得没影影了。

林娜提笔正在构思广告稿，哪有心情去听鸟虫合奏的动人乐曲？她想好框架和主要内容，一挥而就两个稿子就写好了。为了准确起见，她把稿子从头至尾看了一遍，觉得有些地方还欠妥当，便字斟句酌地进行了修改。眨眼间修改好了。她摊开纸饱蘸浓墨，一会儿就写好一张招聘教师的广告。看了看，字体大小匀称，遒劲有力洒脱自如，便满意地笑了。

冰冻三尺，非一日之寒。林娜上小学就喜欢写大字，圈儿吃得最多，常在几个年级传阅。上初中后取消了写大字,可她却有个大字本,抽时间两天一张坚持不断。上高中被同学们誉为"班上第一笔"。当老师了,办板报,写标语什么的大多由她执笔,所以练就了一笔好字。她一口气写好了六张招生广告,感觉手腕儿困,腰部不适。

这当儿,女儿已装好了糨糊,把妈妈写好的广告一张张平放在地上。林娜叫女儿睡了,她洗了脸,在院子月光下走了两圈,活动了一下手腕和腰部,看陈大婶屋里已是黑灯,她溜达了一下又回到房子书写。一张又一张,连续写了十八张招生广告,十张诚聘教师广告。写好后,两眼几乎挤在一起,硬是撑着把广告折叠好放在桌子上,糨糊瓶子也跟广告放在一块儿,收拾好笔墨,看表已是两点二十了,上床头刚挨枕头就沉睡了。

第二天,天还黑乎乎的,林娜和女儿已经吃罢早饭。她给女儿说,可早不可晚,中午十二点就必须回到学校,天热倒不打紧,主要的是这几天说不定有人来校看,咱们却不在。娘儿俩一人推一辆车子,带着小笤帚、刷子、糨糊、广告高一脚低一脚踏上了去庄田街的路。

东边天发白,道路隐隐可见,她们骑上车子疾速驶去。到了汽车站门口,乘车的人们来来往往,车上的售票员眉开眼笑地问:"到县城去不?要走,快上车,再有十分钟就开车啦,车上买票。"林娜摇头摆手仰面看墙啥地方贴广告合适,看来看去乘客室大门左边无窗,地方也宽展,并且那墙上也张贴了这样那样的广告,她决定就贴在那里。她把车子撑起来一边往下取广告,一边喊女儿把车子上的小笤帚和刷子拿来。张艳低着头呆若木鸡地看着地面,动也没动站着按着车子把。林娜生气了,也同女儿一样低头骂道:

"就说你是死人!聋子!咋不动哩?"

"难受死人咧!干这……"

"有啥难受的?又不是做贼挖窟窿!快拿刷子来!"她尽管口里这样说,心里也是疙疙瘩瘩,行动上也有点儿拘束,似乎在这里干下贱的甚至是见不得人的事,同一个没有捡过破烂,而第一次去捡的人的心理相似。

她先取出一张招生广告把背面朝上平放在地上,叫女儿均匀地涂上糨糊,然后她两手提着上边两个角儿,举过头顶,抬起脚跟贴在墙上。张艳拿小笤帚从上到下轻轻扫了一遍,平展展地张贴好了。这时,立马围上来一堆人看。娘儿俩又贴了一张招聘教师的广告,贴好后又去别处了。

新旧农贸市场相交的十字路口是去两个市场必经之处,也是人过往最多的地方,林娜娘儿俩又在那里张贴广告。

她俩那拘束害羞的心,这时好了许多。林娜摊开广告,女儿刷上糨糊,几下子就贴了两张。娘儿俩仰头挺胸看贴的高低是否合适,是否端正。

这当儿,在她俩的左右早围了一堆人看广告,一个四十上下庄稼汉模样的男人说:

"哟,山岔沟有学校了,这是好事。我外甥女再不要到水湾上学来回跑五六

里的冤枉路了。"

另一个矮个儿男的说："看来是所新办的私立小学,关键就看教学质量了。不跑冤枉路了,学不到东西也是枉然。"其他看的人,有的微动口唇念着,有的听这两个人对话,点头表示赞同。张艳听了后一个男人说的话,恼在心上,她一撇嘴,鼻子哼了一声:

"新办的私立学校咋咧,比公立学校少胳膊少腿? 道理很简单,就像私人商店、食堂、诊所,照你说都要关门? 可生意那么红火,还不是事在人为?"

那人看了张艳一眼,连连点头:"你说的是说的是。"

这时,一个操四川口音的中年妇女面对林娜笑笑问道:

"你就是林校长吗? 砍脑壳的来才办起的学校来。"

"我就是林娜,学校刚办起,后季招生。你贵姓? 在哪儿住?"

"砍脑壳的来,我姓金,叫翠珍,砍脑壳的来,住在芋子沟小煤窑。离三岔沟村有七八里路,出了芋子沟口向右拐再顺大路走三里多路,就到三岔沟了。砍脑壳的来,煤窑大大小小还有七八个,我有一个女儿,今年十一岁,还没上过学来。"

"好好好,欢迎来我校上学! 我把你名字记下,有工夫的话请到学校看看。"林娜叫女儿拿笔把她的姓名记下,金翠珍轻轻拉着林娜的手示意蹲下说话,她们面对面蹲在地上。林娜说:"你回去按广告上说的,把学校的一切情况都给宣传宣传,做做有娃娃家长的思想工作,要是有七八个到我校上学的,免收你的学杂费。"金翠珍嗯了一声点了点头。

林娜接着说,"你跑了腿,磨干嘴,应得的劳心费啊。"金翠珍连连说:"知道来,砍脑壳的来,你再给我发几张广告,我拿回去让大家看,砍脑壳的来。"林娜转过头喊女儿拿五张招生广告给金翠珍,张艳从车子上取了五张卷好用线绳绑着的广告笑眯眯地送到她手里。金翠珍拿着走了几步,转过头说:"林校长,这几天,我砍脑壳来的想去学校看看。"林娜说:"来嘛,欢迎欢迎!"又去别处贴广告了。

娘儿俩在街镇人常走处共贴了两种广告十二张。剩下的又去镇砖瓦厂、小煤窑等她查访过的单位和村子贴去了。

她们在县煤台家属院墙壁上刚贴好两张,便同街镇上一样,围过来一群人看。其中一个煤台工人对林娜说,他有个女儿本届高中毕业,学习不错,在班上都是前几名学生,没想到高考差几分落榜了,现在家里闲着。她毕业后,还在一所小学实习了一个多月(替一个暂时请假的教师教课),想教书,请林校长录用。林娜让她后天,即农历七月十八来校考核最后决定。

贴完广告,已是下午一点多了,林娜同女儿在一小煤窑饭馆吃了汤面,便急急忙忙返校了。

第十一章　村民献宝

只说王小斌村主任那天晚上召开了"资助办学"的村民大会，凡是在会上表态资助的，第二天都在积极准备资助的东西，像旧桌椅面面粗糙，坑坑洼洼或者有较宽的缝隙，就用胶和石膏粉掺在一起和成稠浆，把那些地方抹平晾干，或者用调和漆把桌凳重新油漆一遍。有的把要献的东西擦洗一新，在太阳下晒干，同新的没有两样；有的把坏了枨子的板凳桌椅床板掮到田木匠家，让他拾掇；有的把资助的铁火炉、铁锨擦得又光又亮，简直同新的一样。

田月梅老婆子邻家的媳妇到她家问她：

"婶，你霞霞后季到哪达上学？"

"村上上。你月红呢？"

"月红，我还二心不定。村上当然方便，展腿就到，不过，才办的学校，我担心教得不行，只怕误了娃。我听说昨晚上开会，村主任动员大家资助学校，你去了没有？"

"去了，我还报名献笤帚、铁锨和桌子哩。"

"我说那个林校长老婆子，腰里没铜孔还干有铜孔的事，听说叫大伙儿又是资助钱，又是资助桌凳等，反正我是穷光蛋，啥也没有，啥也不给。我想来想去，还是叫我红红到水湾上去。不管咋说，人家是公办学校，又是老学校，月红在班上是前几名，语数两科统考成绩都在九十分以上。到一个新环境学习，根本不适应，条件差，教好教坏先别说。"

"哎哟哟，你好好想想。我看那林校长一满不错，最爱猴娃娃哩，教了一辈子书，还怕教不好？"

接着，她把林娜老师引她家霞霞到家让靠在自己的膝盖上亲亲热热问长问短，她给林娜烧醪糟的事说了一遍。

邻家媳妇听了说："先叫你霞霞去上一季再看，要是教得好，明年春季再叫月红上去。"

村里开罢资助动员会的第二天清早，东方泛白，田老婆子就吃了早饭洗了锅，朝东边放杂活的砖窑里走去，看看还有几把笤帚。她进了房子解开绳子数

了数只有四把了,那回林校长说,要雇七个教师,一个教师给一把,连她自己不就是八把?一个年级一把,连学前班算上,得七把,反正至少给送十五把笤帚。

她从堆起的一大堆捋过籽儿的一米多长的高粱细秆子里,抱了五大抱子放在窑门口阴凉处,拿来了专门切秆的刀子、木板、呢绒细绳子等,坐在小木凳上绑起笤帚来。她工序娴熟自如,手脚灵活有劲,边干活,边哼着儿时爱唱的陕北民歌《走西口》:"哥哥你走西口,妹妹我实在难留,手拉着哥的手,送你到大门口……"

"婆——"霞霞一蹦一跳跑到她跟前上气不接下气地说,"小平他妈漆桌子哩,说明天给学校送。你给学校送啥?"

"你干甚去咧,也没个够数。你看,婆婆在干啥哩?就送这个。快去给猪倒些食,我一个忙成两个人了。"

霞霞好像没有听见婆婆的话,右手一个指头衔在嘴里,歪着头问婆婆:

"你把咱家的折(桌)子也漆一下送给学校,送那烂桃(笤)帚哩。"婆婆看着她笑了:

"桌子给了学校,你在甚上写字?笤帚比桌子的用处大,把老师的房子扫得白白的,桌子不能扫地哇。快去倒食!你听猪饿得哼哼哼。"

霞霞还是没有动,只管说把折(桌)子漆好给学校,我在锅台上写,板头上写……婆婆扑哧一声笑了:"漆漆漆,等把笤帚绑好了。你快去!"

这时,霞霞才边拍手边连蹦带跳,从另一孔窑洞进去舀猪食去了。

说起田老婆子绑的笤帚,当真远近有名。她给自己的块块地边边都种着高粱,把籽儿碾得白亮白亮的,一粒比一粒好看,下锅喝米汤又稠又黏,简直比小米烧的米汤还好喝。一些烂籽儿掺些豆叶煮熟喂猪,一月左右就把猪喂得滚瓜溜圆。

她心儿灵手儿巧,连穗穗留一米长短,绑笤帚和锅刷子,结实耐用,看起来光溜溜,拿起来沉甸甸,敲起来响哪哪,去街上卖,刚放下就一抢而光。说真的,每年这两样的收入就一千多元,所以衣兜常有零花钱。村子里不只是跟她年龄相当的老人羡慕,连一些年轻媳妇也眼红哩。

田老婆子绑好了六把笤帚,看日影进了门已经上了炕,知道做中午饭的时间早已过了。肚子是尺寸,扁扁的了,便停下活儿,开水泡馍馍吃罢碗一摞,接着干到太阳压山又绑好了七把——这是最快的速度,一般人一个下午绑四把就不错了,晚饭后再加班绑了两把,完成了十五把的任务,整齐拿绳子勒紧,上炕睡觉不提。

开罢动员会的第二天早晨,王小斌村主任去了学校,向林娜谈了会议情况。商量决定农历七月二十日为"资助献宝日",具体做法做了详细的安排。张艳专门登记钱物,村委会委员拴柱在红字条上写资助者姓名,另一委员把写好的红字条贴在物件上。凡捐钱者在红字条上写上姓名和钱数,另外两人分类将物件摆好,让大家过目。

林娜要求举行一个简单仪式，主要内容是把钱物向大家口头公布，她讲话表示谢意。

　　七月二十日这天，林娜换上了一身干净的衣服；张艳穿上了草绿色新短袖和深蓝色新牛仔裤；帮忙的陈大婶也换上了新衣服。八点吃了早饭，三个人高高兴兴地等待着村民的到来。

　　太阳升起有一竿竿高，红朗朗照在校园里。墙内外树上呜嘤——呜嘤——呜嘤的叫声此起彼伏（三伏天鸣叫的一种蝉），远处时断时续地传来咕咕等鸟儿忽弱忽强瓮声瓮气的鸣声。

　　张艳把水桶提到井口打水，听到这些鸟儿的叫声咯咯咯笑着："妈，连鸟儿虫儿都高兴地给资助的村民们唱歌哩！"

　　"林校长，开门！"林娜听到大门外喊声和敲门声，她用指头指了一下女儿："谁把门关上的？快去！来人喊开门啦。"张艳放下水桶，就朝大门跑去，林娜后边也去了。

　　"王主任来啦！"张艳满脸堆笑，连忙去帮走在村主任前边拉着桌子和椅子的两个人。林娜看王主任身后跟着媳妇，忙笑着问："你两个都来啦！"说着也去帮忙。那抬桌子的说："不重，不重。"媳妇问：

　　"还有谁来了？"

　　"再没来人。你们最早。"林娜忽而听到录音机的响声，猛地看见王主任手里提着一台灰色椭圆形的录音机。王主任看了他媳妇一眼说：

　　"打了头一炮，功劳簿上给你们记一功。"他们说着笑着走到院子。陈大婶也正朝大门口走，看见王主任他们抬着一张红油漆三屉桌子，上面还反架着一把黄油漆新椅子，两眼笑得眯成一条细缝儿。

　　"哎哟，还贡献的是新当当的货！"

　　"对，献宝献宝，新的最好。你看，还有这个哩！"王主任把手里提的录音机朝前晃了一下。

　　"你莫听他放屁！原是一套旧桌椅，油漆了一遍，看来像新的。"媳妇说。几个人在音乐声中把桌椅放在平房门口台阶上。林娜连声叫进房坐，他们都进了房子。张艳散烟，林娜倒茶，陈大婶抓了一把瓜子软糖放在王主任媳妇手里。媳妇说："婶子，你放下，谁吃谁抓。"林娜早把一缸子热茶递了过来，媳妇接住放在茶几上。王主任喝了一口茶，吸了一口烟，吐了个圈儿说：

　　"林老师，这是我去年在县上开会掏了九十五元买的录音机，音质清晰，音量大，学校里是用得着的。你买个上操带放进去，娃娃做早操你不要再叫，省事多了。"

　　"亏你想得到，那就借我用了。"

　　"学校有这个东西唱一唱，热热闹闹的，气氛就不一样了。"抬桌椅的村委会委员拴柱接着王主任的话茬说。

　　主任媳妇又接着他的话茬："录音机就给学校了。这一套桌椅油得光光的，

能照着人影影儿,就是给你校长办公用的。前天晚上,油漆了几个钟头呢。"她从田木匠那儿弄来和好的化石胶说起,怎样把桌椅的污垢擦干净,怎样把有窟窿有缝隙的地方用洗衣粉洗来擦去,怎样把化石胶弄进去用小刀压实刮平,干了后又怎样油漆说给林娜听。

林娜边听边点头说:"你们费心了!"又叫女儿快记在登记簿上。拴柱在字条上写上了王主任的名字,写好后贴在录音机和桌椅上。

这时,王主任媳妇又掏出崭新的二百元放在茶几上,说略表心意。林娜说:"快拿上,三张桌子和录音机就不少了,还捐钱?"

王小斌媳妇说:"你嫌少是不是?"林娜刚把钱收起来,这时,院子里人声鼎沸,谈笑声、脚步声、放东西的撞击声,还有孩子打闹戏耍声汇成一片,人来人往像过庙会一样。林娜、王主任等都走出了门。

院子里男男女女老老少少,少说也有二三十人。有抬桌子床板的,也有拿铁桶、馒头、铁锨、笤帚的,也有带钱来的,你问东西放到啥地方,他问你献什么宝。王主任指挥着:所助东西按顺序一溜溜整整齐齐先放在院子里,然后去登记簿上登记,在红字条上写姓名,贴在物件上。捐助钱的,一个人收款,一个人记写。林娜眉开眼笑跑前跑后,不停地说辛苦了!麻烦了!陈大婶也帮着给来人发烟,给小娃娃发糖。孩子们大点儿的也帮着拿东西摆放,小点儿的看着忙忙活活的人们和摆在院子里的东西,小娃们三个一簇两个一堆指手画脚,望着林娜窃窃私语。那些把自己献的物件放下摆好的村民,有的在嗑瓜子,有的在抽散给的香烟,来回走动看着谁都献了些什么,谁家的好,谁家的差,边看边议论:

"猫蛋家这张松木床板还是油松的,又光又厚,正经东西!"

"王主任这一套桌椅就是漂亮!要是从木业社买,最少得掏三百元哩,还资助了一台录音机,还是主任尿得高。"

"老曹没啥送了,拿来一把锨,学校又不种地,有屁用!"一个秃头老汉说。

"你尽放屁!清除厕所、打扫垃圾,难道拿手朝出掏?"秃头只顾看铁锨上的名字,哪料身后站着老曹,顶了他一句,逗得一圈儿人大笑。

这场面这情景,比在集会上看要杂技还热闹哩!

"让开让开!你看这群猴娃娃绊在人脚底下咋咋走呀?"一群小娃娃听喊声朝两边跑去。王主任先一眼看见陕北田老婆子背一大捆笤帚,吆喝着挡住去路的孩子,边颠颠簸簸朝林娜房门口走。身后跟着她的孙女霞霞,手里提着一个在阳光下闪闪发亮的新铝壶,东张西望。王主任一步走到田老婆子面前,一面伸手接她背上的东西,一面喊:"婶子,你背十多把笤帚能背动?咋不叫谁给你捎上?"他这一喊叫,林娜放下手里的活,立马跑到田老婆子面前,同时接住那一大捆笤帚,说:

"你将近七十的老人了,还背这么大一捆笤帚?叫张艳背!"

"多好的笤帚,就拿这么多!"张艳早把那捆拉下来背在自己背上,看着田老婆子说:"奶奶,你辛苦了。我扫房子寻来寻去寻了一把秃刷刷,半天扫不完。这真是雪中送炭啰!"

田老婆子看着林娜说:"雪中送炭,我老婆子的炭不多,要不是就给你送一担。"一句话说得林娜、张艳,还有在场的其他几个人都笑得脖子粗了三分之一。

唯独王主任绷着脸说:"婶子,我知道,你玉米仓子和鸡笼中间还有一堆炭,今天资助一担,冬天学校还你十担,你看咋样?"

"你这斌娃子,有你的话,我把笤帚放下,叫人跟我到家里把剩下那一点儿炭担来。"

大家刚刚停止笑声,田老婆子这一说,又让大家笑得弯腰曲背肚子疼。张艳扑到妈妈怀里,搂着她两只胳膊把脸贴在胸前,笑得一个劲弹腿;林老师笑得满眼泪花,边拭边说:"我艳艳说,你资助笤帚很及时,并不是要你送炭,我有煤烧。"

田老婆子说:"她是你的女娃娃,我没文化理解错了。这是十五把笤帚,够使唤半年。要是用得没影儿了,我再缚。"

林娜接过霞霞手里的铝壶,左手提着,右手拉着她的手,边走边说:"婶,你当真费心了,快进房歇歇喝茶!"

田老婆子进了房子坐下,林娜先给霞霞抓了两把瓜子拿了几颗糖。她奶奶叫她出去玩儿,她一溜烟跑出去。

林娜递给田老婆子一杯茶,她喝了一口,然后放在桌子上说:"想过来想过去没个什么拿,算了算连老师房子和教室差不多得十五把笤帚,我就整整忙了一天,饭也顾不上做,和霞霞开水泡馍馍吃了两顿,天黑溜溜的才缚完了。那铝壶是霞霞她爸去年冬天买的,叫我烧水用,我舍不得一直放到尔格,送给你林校长。"

"婶,你听我说,村民资助的东西,我全是借的。比如,桌椅、床板损耗很小,使用一两个学期就物归原主了。像笤帚用一学期就'毕业'了,铝壶用一年两年恐怕也成废物了。所以,你看笤帚和铝壶共值多少钱,我给你,要不,你就把这两样拿回去吧。"

"林校长,我拿的为啥不要?这铝壶冬天放在炉子上烧水喝方便,嗓子不干了,讲课声大流利。你硬要给钱,那就给我好了,值一千元你给?"她扑哧一下笑了,"我老婆子真的爱钱,屋里老鼠都穿上绸裤了。一会儿再去两个人抬那张桌子。"满屋子的人都笑了。正笑着,主任媳妇收敛了笑脸,偏着头竖起耳朵说:"别笑了,你听你听,院子里低一声高一声好像谁在嚷仗!"

林娜等几个人都走出门,院子里不见人影儿,便拥到大门外,只见王小波穿着汗衫,光着两只又黑又粗的胳膊,背着一张半新旧红松木床板正上门口的石台阶。门外大路南边,比学校大门口还要高出两米多的土坡上站着一个约三十出头的媳妇,歪头偏脖子看着王小波骂道:"把你大(爸)的脑背去,黑了你就睡到猪圈里!二锤子货,又没娃上学,看把你骚情得给你赏个红萝卜。看你精尿

弹得炕沿响,穷得再有屎哩!……"骂得唾沫星子乱溅。

小波闭着嘴只顾往上背,背上台阶才转过身扯着破锣嗓子骂道:"给我朝回滚!想死你就言传,看我剥了你的皮!"媳妇哪里肯让半步?肚子挺得老高:"我就不回去,你剥,你剥!谁不剥不是人!"

围着看的人没有一个劝阻,有的还哈哈哈笑个不停。好像很不容易看到一场"好戏",如果不唱了,确实感到遗憾。林娜看到这个场面,气得浑身打战。她略静了静神,说:"小波,你快把床板扛回去,就说你媳妇有意见,你为啥要背来?"小波一句话也没说,只管朝大门里走。

林娜在人群中寻王主任,没有瞅着。她低声给站在她右边的女儿说:"你去院子房子找一下主任,叫他赶快来。"张艳绷着脸扭身走进大门,边走边说:"简直是泼妇!我要是小波非叫她的肉下来一块不可。"

正说着,迎面走来王主任,她对他说:"我妈在门口等你哩。"王主任看院子没人,再看张艳怒形于色,知道遇到什么不顺人意的事。忽而又碰上王小波低着头背着床板来了,只说了一句:"你先放在台阶上。"便大踏步出了大门。

他一眼就看到小波媳妇站在路那边土坡上,嘴里还骂骂咧咧,虽说声音小了许多。林娜把情况简短给王主任说了一遍。他大声喊:"离开离开!有啥好看的!已经送来东西登记上的都在教室坐着喝水,这些娃娃绊到脚底下,都滚开!"这时,人们相继离开,小娃撒腿就跑。陈大婶边朝屋子走边念念有词:"南无阿弥陀佛。"

王主任不紧不慢地走到小波媳妇的跟前,板着面孔两眼像两把锋利的刀子盯着她,半天工夫才开口:

"咋不骂哩?你骂的比唱的还好听,大人小娃这么多人都看你表演听你骂哩!"他从半坡里捡起一根有一米长短镰把粗细的橡木柴,硬朝她手里擩:

"拿上,打小波去,他扛了你家床板,出出气,我支持你。"那媳妇嘴噘得能拴住个牛,瞅着地上就是不逮那柴棍,猛地仰头不紧不慢地说:

"家里就那一块床板,天热三口人还要在上边睡,我不让他拿,那狼食把被子凉席抱起来扔在地上,背上床板就走。我不骂他,骂谁?"

"骂又不疼不痒,打才解馋,拿上!"王主任硬把木柴朝她手里擩,"人活一张脸,就那么碎碎一件事,你弄得掰尻子扬风,连三岁小娃都知道了。这一下,你脸上有光彩了?大家才知道了你是个明理、厉害的媳妇。"她闭口无言,偏着头看着地面像在想什么,王主任把手一摆:

"好了,我叫小波把你的床板马上背回去。"说完,转身就走。

小波媳妇一把拉着他的胳膊:"斌娃哥,既然背来就算了。"

王主任二话没说,转身下了土坡朝学校走。

王主任无论干啥都有心眼,难怪村上人叫他饸饹床子。他处理人与人之间的矛盾,很少讲一通大道理,而有他独到的解疙瘩的办法。

一次,村上有小两口为家庭琐事争吵,男的一气之下打了媳妇一个耳光,媳妇哪肯示弱？跳一下骂一句，还硬扯着老公去王主任家说理。

王主任正坐在炕上吃饭，小两口进了门。媳妇鼻涕一把泪一把给主任诉苦："我在这个家下的苦下了，不受的气受了，老的小的眼窝都长到尻子了，谁能看见？就这狼心狗肺的还打我。主任，你摸我脑袋，打了核桃大个疙瘩，呜呜呜……"

王主任只顾吃，一句话也没说。他吃完饭碗一撂跳下炕趿着鞋顺手从门背后拉起一把镰撺到她手里，然后猛地把她老公的腰连两只胳膊紧紧抱着说："拿镰把照脑照身上狠命打，解你满肚子的冤枉，出你满肚子的气！"媳妇咬着牙举起镰愤愤地说："我把你狗日的！"正要打时，吭一声笑了，最后小两口肩并着肩手拉着手连说带笑地回去了。

王小波背着床板进了门，正好碰上林娜。林娜说："小波，你不背，我叫人给你背到家里。"小波把床板靠在教室墙上，两手一拍头一抡扯着粗大的嗓门儿说："别理我咊二杆子，我背来再背回去，叫人嘴不笑尻子都笑了，说我怕婆娘，婆娘叫我尿一点我不敢尿两点。再说，大家都支持你办学，我两只胳膊抬个肩膀？！"

他和林娜正扯锯时，王主任走到面前摆了摆手："小波媳妇叫放下，放下好了，她正在气头上，别理她。"

事后，林娜清点：桌子二十三张，其中两屉和三屉桌子六张，床板八块，铁壶、铝壶四个，笤帚十五把，还有铁锨、斧头、案板等日常生活用品，款六百二十元。俗话说，"千里送鹅毛，礼轻人情重"，这是村民们以实际行动对学校的支持，是村民们一颗赤诚的爱心！

林娜想举行一个简单的仪式，向村民们说明钱物全是暂借，情况一旦好转必然归还，并且表示深深谢意。王主任代表村民们的意见免去了仪式，说办好学校教好娃娃就是最大的谢意。林娜把在大红纸上写的"光荣榜"贴在校门口。

林娜拿着烟，女儿端着花生瓜子，又是给散烟又是给抓瓜子，把献宝者送出校门外。

村／民／献／宝

第十二章　录用教师

　　张艳从大门出来走到林娜面前说:"妈——来了两个女娃娃找你,大概是应聘教师来了。"

　　林娜正在大门外拾倒塌的厕所砖,她两手一拍,弹去了沾在手上的泥土,转身进了校园。她看见两个个头不差上下的女娃,慢慢踱着步子看墙上贴的"光荣榜"和新做的三块水泥小黑板。她俩听到脚步声转过脸来,林娜才看清那个稍瘦一点的姑娘好气色!脸蛋儿红是红白是白,鲜嫩嫩的,花大花大的眼窝,眼珠一转像一潭明澈的水;微微笑笑,露出了像石榴一样整齐的白牙,看身材端溜溜的,有腰有杆。另一个姑娘胖胖的,茄子色的圆脸,下巴上安一张噘噘嘴,脸上没一点儿喜色。

　　那瘦个儿姑娘像水上漂着一样轻快地走到林娜面前,脸儿就像绽开的一朵花:

　　"您就是林校长? 您好!"

　　林娜笑着点点头:"你们两个刚来? 快进房子!"进了房子,那问她的姑娘一尻子塌在沙发上,那胖姑娘在她办公桌的旁边,前后瞅着寻找适合她坐的地方。林娜面对胖姑娘笑着说:"坐坐坐。"洗了手泡茶取瓜子。胖姑娘才慢吞吞挨瘦姑娘坐在沙发上。瘦姑娘笑嘻嘻说:

　　"我叫孙婧,她叫刘睿,看到招聘教师广告前来应聘。"

　　"好好好! 你俩哪里人?"

　　"我在秦镇李家庄住,她家在学校对面县煤台。我俩是同班同学,都是本届县高中毕业生。"孙婧说。

　　"哦,想起来了。我在煤台贴广告遇到一个人说,她姓刘,女儿高中毕业想教学,就是你了?"林娜看着刘睿问。

　　刘睿说:"是我。"林娜简要地介绍了学校的情况,然后又问了问她们的家庭状况,话头一转问道:

　　"你俩先说说,为什么想当老师?"刘睿瞟了孙婧一眼,却没张口,意思是要她先说。孙婧挺了挺胸脯说:"教师是人们灵魂的工程师,肩负着培养接班人的重担。再说，十年树木，百年树人，都全靠教师的辛勤汗水，所以我愿做人民教师。要当好一个教师，必须要有丰富的知识，严管学生，让学生在知识的海洋里畅游。我就谈个人一点儿看法，不对处请林老师斧正。"

她说完后端起林娜倒的茶喝了一口，又放在茶几上，眼珠一转仰头望着窑顶，似乎自以为说得流利简练，给校长起码在表达上有一个良好印象。老半天刘睿才说："我高考落榜，想补习家里经济不允许，还有一个妹妹和弟弟都上初中。我和爸爸妈妈商量当教师。"她说到这好像喉咙里有啥东西卡住了，伸长脖子"嗯"了一声，又似乎言辞刚到嘴边害怕什么而溜走没影了。又停了一会儿接着说，"当了老师，一来学的知识忘不了，二来边教边学还能提高自己。我想，只要把事当事地干，虚心向别人学习，就算是个差不多的老师了。"刘睿说完，仍旧坐在那里低着头抠指甲。

林娜听了这两个女娃娃的答话，心里暗暗评判：孙婧热情大方，口齿流利，满口比较好的普通话说得似乎有点儿唱高调，个别处用字用词有错，如把"人类"说成"人们"。刘睿诚实，答言切合实际，是个本本分分的娃娃。

下来再看看她俩的毕业证，高考成绩单，了解一下学习成绩如何。她问：

"你两个来都带有啥证件，像毕业证、高考成绩单，当学生时受到的各种奖励证书等。"孙婧拿她喝茶的杯子倒了一杯茶，双手端到林娜面前说："林校长喝茶。"林娜赶忙接住说："我自己来，你两个吃瓜子。"孙婧转身一边从放在茶几上的提包里掏证件，一边说："有有有。"翻来翻去拿出来毕业证递给林娜，口里还说着，"你看我忘性真大！想起来了，我把高考成绩单从箱子里拿出来放到箱盖上，就说朝包里装，结果忘了；不过成绩我记着……咳，真倒霉！"刘睿没吭声，掏出毕业证和高考成绩单放在林娜办公桌子上。

林娜先看孙婧的毕业证，发现照片处没有打钢印，问孙婧："你的毕业证咋没钢印？"

孙婧说："我问校长，他说可能是工作粗心的结果，这不影响你高考，等高考完毕再补钢印好了。"

刘睿低头一个劲用右手的大拇指来回搓着左手心，一句话也没有。林娜吭一声笑了。心里说，这明明是会考不合格发的无钢印毕业证，哪里是什么粗心？

她看刘睿的毕业证盖着钢印，再看她的高考成绩单总成绩是五百一十分，离文科录取分数线只差九分。心里喜滋滋的，成绩不错，看来，这娃比孙婧学习要强多了。不过，人黑模样丑。孙婧论模样、论身材，刘睿远不能比，这……她接下来问："你两个各有什么特长爱好？"

孙婧笑笑："我在学校爱学英语，在班上多次考试都是前几名。"刘睿说："我没啥特长。"

林娜说："我看你高考成绩单，语文成绩最高，肯定学得不错吧？"刘睿笑了："算不上啥爱好。"孙婧问："请问校长，课是怎样教法？吃饭住宿怎样安排？"林娜说："私立学校，老师教课一个顶一个，没多余的人。每个老师都要当班主任。

教课嘛,比如,教高年级一个年级的语文,就必须再教低年级一个年级的数学。住宿办公就是那几间瓦房,自做自吃。新办的学校条件差,万事开头难嘛,以后必然要办灶。我想,情况是会逐渐变好的,我有这个决心。工资嘛,新任教师每月二百三十元,有一年以上教龄的每月二百四十元,另外,设有奖金。这个工资数和其他一些私立小学比较还略高一点,目的是不能让老师在生活方面过于寒酸,在过得去的情况下搞好教学工作。"

刘睿和孙婧听罢都点了点头,表示没什么意见。孙婧说:"校长说得好,万事开头难,干啥事都有个过程,在校长的领导下很快会变好的。"

林娜从抽屉里取出两沓试卷,从上面各取出两份,放在桌面上。两份语文试卷,两份数学试卷,都是五年级语数《天天练》上的期末测试题。她说:"你们两个只答试卷上画红圈儿的试题,因为题量小,两门九十分钟完成,看看基础知识如何。"她两个拿着试卷分头去答。一个在林娜房子,一个在教室。林娜去门外厕所,把倒得七零八散的砖朝一块儿拾。

到时间了,两个应聘的女娃把答卷交给她,她批阅完毕,却没打分数(实际脑子记着),刘睿数学全对,语文只错了两道小题,字也写得端正,很硬实。孙婧数学只对了两道题,刚好及格,语文短胳膊多腿的字在七八个,字与字挤得压擦儿,把"大是大非"写成"大事大非"等,几处出错。林娜思忖:确实是"人不可貌相,海水不可斗量",她把她俩叫到当面,先肯定了成绩,后指出答卷中的问题。她想从众多应聘者中挑选最佳者,又担心自己是私立学校,又是初办,别说跟私立小学比较,就是同人家已办起来的同类小学相比,条件也差多了,恐怕不会有多少教师来应聘的,更谈不上择优了。一位私立学校的校长对她说,私立学校最大的困难是难聘到理想的教师,这话在她脑子回响。反正一定要录用有真才实学的人,要给学生一滴水,自己必须要有一桶水。离开学还有一星期多,不信就找不到像样的教师。想到这里,她笑着对她俩说:

"为了慎重起见,你俩回去,同家里的老老少少都商量商量。我也考虑一下,常言道,好事不要忙。一旦决定下来,就不能变更。都留下电话,从明天起,第四天我打电话通知,要是未被录用,就不打电话了,你们还可以到其他学校应聘,绝不误你们的事。"

第二天,林娜抽时间去了刘睿家通知她被录用,叮咛她做好准备,八月三十一日按时到校。刘睿全家都喜出望外。

第十三章　挚友建言

　　这天下午，林娜到厕所旁给拉砖的叮咛一定把砖摞好，以防偷盗。刚走到靠大门口处，一眼看到她和女儿贴招生广告在街上碰到的芋子沟煤矿的四川媳妇金翠珍，连忙招呼：

　　"你好！啥时从家走的？快进房子！"

　　"砍脑壳的来哟，我路过菜园子正巧遇到丫头，她给我指路，砍脑壳的来我就来了。"她们进了房子，林老师热情款待，又是给倒洗脸水，又是沏茶抓瓜子，笑呵呵地说：

　　"今日早上，门外杨树上喜鹊喳喳叫，我就说稀客必来到，当真灵验！上午送走了两位来客，又迎来你这位贵客。"

　　金翠珍说："砍脑壳的来算啥子贵客哟！"她热得额头汗津津明光光的。擦洗完毕倒了水，林娜早把热茶送到她手里，她吹了吹嫌烫，放在茶几上，打开话匣子：

　　"林校长，砍脑壳的来给你报喜哟，连我家的丫头一共八个孩子要来上学咧，砍脑壳的来。"

　　"八个？"林娜眉开眼笑，"不少不少，你立了一大功！"接着，金翠珍把她东家出西家入怎样宣传，让一个一个看广告，磨破了口唇踢坏了门槛，最终说服大家情愿让小孩到山岔沟上学的根根梢梢说了一遍。最后，她问林娜：

　　"广告上没写娃娃怎么住怎么吃？当时我砍脑壳的来也忘了问，这是家长最关心的哟！"林娜笑了："这是写广告的一个漏洞。当时，我也忘记给你叮咛，想起后迟了。眼下由学校到村上找地方，在家户托也行，你们自己做饭也可以。到明年前季学校准备全托所有离校远的学生。今年后季来不及，请家长谅解。你回去后，请给各位家长解释说明。"她听了林娜的话，频频点头："那好！我这个人，砍脑壳的来，说是积云就下雨，马上去找房子行吗？"林娜让她说，自己写，先记下了那七个来上学娃娃的姓名、年级、家长名字，然后同她一起去村子找房子。看了三家，最后定的那家是独家院，共五孔砖窑，主人占三孔，租赁两孔，一孔做饭，一孔住宿。院子里有一口压水井，用水也方便。她同主人讨价还价，林

娜以中介人的身份说定,每孔窑每月三十元定下来。临走时,林娜再三叮咛,开学前几天就要把锅灶盘起,房子收拾干净,床支好。做饭的在学生报到的前一天上岗,先试一试锅灶行不行,不行要提前拾掇,家长带孩子按时报到。同时还给她吃了"定心丸",等正式报名完毕,保证给你兑现跑腿磨嘴费,金翠珍笑眯眯地走了。

送走了金翠珍,林娜到大门外看修建厕所的进展情况。大工说:"两个小工来了一个,赶不上我砌墙,无论如何,要从村里再寻个小工,不然窝工了。"林娜想:村里正是锄二遍三遍秋庄稼的大忙时节,就是一个小工也不好寻哩。她看手表将近十二点,人家十有八九在地里干活,跑来跑去又耽误工夫,还不一定找到人。今天没有什么要做的大事,我来当小工,递砖和泥,要是两个还供不上大工,叫张艳也干。

她换了一身旧衣裳,穿了一双破布鞋,干得很起劲,抱砖头,提水泥比那个当小工的男人还要利索。大工笑着说:

"林校长,真是红萝卜调辣子——吃出没看出。我想,你是知识分子,是摇笔杆子动嘴皮子的,咋能干这又累又脏的力气活? 没想到,你这么大年纪干得又麻利又有眼色,真是文武双全!"

林娜笑了:"实际年迈体衰老不中用了。我生在农村长在农民家里,七八岁就打猪草、拾麦,稍大一点儿跟妈妈捡煤,上山打山桃、挖药材,哪一样不干? 哪一种不会? 当小工这活有啥难的,只要肯出力就行。"他们说着干着,王主任媳妇从对面坡上走来,说有个叫黄彩霞的打来电话问学校办得怎样,具体地址在哪里,给她回个电话。林娜在电话里把办学的校址和要干的工作简单说给彩霞听。彩霞说,她在街上一家电话亭,不知三岔沟在哪里,林娜说,你到街上汽车站,我骑车子亲自接你。她让女儿暂时递砖,骑了车子去了庄田街上。

林娜离开学校快到街上了,远远望见对面走来一个中年妇女,看走路的姿势像是彩霞,却又不像。她用力蹬着脚踏,车子飞一般驶去,相遇后果然是她。彩霞夺过车子推着,把装得鼓鼓的一大包东西挂在车头上。林娜问:"提包装得满满的,是啥宝贝?"彩霞说:"啥宝贝? 到学校掏出来,你就知道了。"姐妹俩一路亲亲热热说着话儿。林娜说:"自你回去二十多天里,我同女儿早出晚归,顶着烈日到山岔沟、煤台、砖瓦厂、小煤窑等村子和单位走访调查生源,在王小斌主任的帮助下租赁校舍,粉刷教室,村民资助办学,我同女儿张贴广告招生,招聘教师等。"她觉得办一件事真不容易,曲曲折折,想不到的困难都遇到了。彩霞谈了她打听教师的事,说秦关乡刘家河村有个幼师毕业二十露头的女娃,叫李萍,原在县一家幼儿园任教,能歌善舞,会两种乐器,吹得好笛子,弹得好风琴,画画儿、写毛笔字都是好样的。不知为啥跟园长合不来,后季不想在那儿干了,建议娜娜姐到她家走一趟。要是能聘到这个教师,学校的图画、唱歌就不愁没好老师了。她说:"这几年来,音乐、美术教师奇缺,好多公办小学都是凑合,私立小学就更谈不上了。"林娜听了说:"好! 这几天我抽空到刘家河去请大贤。"

说着话儿不觉就到学校了。彩霞洗了脸喝了一杯茶,屁股还没坐稳,就喊着到校园内外看看。

林娜陪同彩霞先看教室,几间房子刷得又白又光,门窗也油漆得红红亮亮的。彩霞说:"这一个教室能坐三十人左右,前边一个窗,光线有点儿暗,在前面再开一个窗就好了。"林娜点头说:"果然有些暗,我也有开窗的打算。我已同房东商量了,陈大婶说,你尽管开,总不能叫娃娃学知识变成瞎子。厕所修好就动手拾掇。"顺这一溜又慢慢朝东走,一间教室上着锁。林娜开了门,半新不旧的两斗三斗桌子、条桌、椅子、板凳、床板、水桶、笤帚等摞在房子后面南角儿,占了整个房子的四分之一,北角儿摞起二十套新油漆的桌凳床板等杂七杂八的东西。林娜说:"这些大多是山岔沟村民资助的,除过这些东西外,那天还资助了几百元哩!"彩霞看了一眼林娜说:"娜姐,这足以说明村民对办学是支持拥护的,学校办到他们心坎儿上了。俗话说,红花好看,靠绿叶扶持。你办学校是满园红花,这村民就是绿叶,绿叶会扶持得红花又红又艳。"林娜说:"将来山岔沟的学生可能要占到三分之一,当真对我支持不小,粉刷教室、泥墙泥炉子都是这村一个叫王小波、一个叫拴柱的帮忙,村主任又派了几个村民修厕所哩。我给村民说得一清二楚,等情况一旦好转,就还资助的桌凳和钱。"彩霞说:"这样做很好!但愿你的事业蒸蒸日上。学生娃匪得很,你开学初把各年级学生坐的板凳编号,号码可写在板凳面子底下。每周检查一次,桄子坏了、腿掉了,让捎回家去家长修理好了再捎到学校。这样做,损坏板凳的娃娃就很少了。不然,一个学期下来,好凳子没有几条,甚至桌面子也会用小刀挖成窟窿刻成字。你当然要修理,没有二三百元不得下来。"林娜说:"你说的是,管理这些猴娃必须要有严格的制度。你的点子稠,照你说的办。"她俩说说笑笑出了大门,看了修厕所的地方,彩霞和林娜把扔了一大堆的乱砖捡到了一起,才进门到了房子。

"霞霞,洗脸吧。洗了后,我和你再商量商量开学前要做的一些具体工作。你当了多年校长,在教学方面过的桥比我走的路还多呢,姐得拜你为师。"林娜说。

"那好,给你参谋参谋。"洗罢脸,她俩面对面坐在茶几上嗑着瓜子交谈着。彩霞从背包里掏出用线绳捆着的一小捆书放在茶几上:

"娜姐,这就是我给你带的'宝贝',一到六年级语数教学参考书,还有高年级语数教本。三至六年级思品、社会、自然教本和参考书。近年来。教材变化不大,你就不必再买参考书和高年级教本了!"林娜笑眯眯地拿起来,边看边说:"这六年级语文课本同我以前教过的课文内容基本一样,变化不大。你想得周到,当真要谢谢你了,给我省了一笔钱。"

"能省一点就省一点。"彩霞从裤兜里又掏出一沓钱,"这是四千元,你点数。"林娜感动得不知说啥好,她点了点钱数点头说:

"这就叫你受紧了。不瞒你说,我正熬煎下一步棋咋个走,这下又有棋路了。今天是星期五,我准备在下周星期二、三去西安买教学用具等,就是腰里没铜子儿,这下……"

　　"娜姐,你的事就是我的事。这点钱算啥!不过解一下姐姐燃眉之急罢了。等开学以后,要是你手头还紧,我再给你想点办法。你说钱的事,我想起来了,前几天,我从县车站搭车去西安有点事。上车前,人拥拥挤挤抢着上车占座位。我没有去凑那个热闹,站在车门外边等人上完了再上车。我亲眼看见一个五十开外的老婆子扳着车门朝上走,她身后紧跟着两个男娃,都戴凉帽,衣着整洁。一个戴着大耳环,一个脑后像小女孩一样扎着短辫也侧身朝上挤。大耳环卸下凉帽搭在老婆子的肩膀上喊:'短辫,快,快把我凉帽挤掉了,给我拿着。'猛用力几乎趴在老婆子背上,短辫右手往老婆子肩上一搭,老婆子可能感觉背上有手臂,回头看时,大耳环手伸进她的裤兜,然后腾一声两个都跳下车扬长而去。我这时上了车,看那老婆子摸裤兜不见钱了,鼻涕一把泪一把拉着颤声说:'谁把我钱偷走了?这是救命钱,小女住院的钱。不得好死!'出门办事,装钱取钱都得小心。叫贼偷去,当时不是把手挡了?尤其上下车,人多拥挤处要小心。"

　　"那两个王八蛋!老婆子可怜的,肯定她在那里掏钱叫王八蛋看见了。霞霞,咱言归正传。你看开学转眼就到,我去西安购买一些常用的教具、图书和笔墨本子等,毕竟比县里便宜,东西也是随便挑拣。我想叫你在学校给我招呼几天,主要是应聘教师,家长到校了解情况。我最多三天甚至两天就回来了。另外,麻烦你把报名册弄好,在教室外面黑板上写好报到须知,这些你都是老手旧胳膊,无须我多说。"彩霞说:"报到须知必须有报名的具体时间,收费的多少,怎么发课本、作业本等,你都得说清楚,或者写在纸上给我。"

　　林娜立马写在一张纸上看了看给了彩霞,说:"你看,还有啥没写上再添上,或者还需要加的减的,你再修改修改。"彩霞看了一遍说:"一天报名在公立学校可行,你是才办的私立小学,多报一天名,并且提前两天报,利大于弊,也许能多收几个学生。报名交费完毕后,报名处应发给课本、作业本收据,拿上收据去领书和本子。这样就防止一些个别的人朝出转来报名不交费而去领课本,这个经验我有。人家报名后没课本就不高兴,要求你弄课本,你不答应,是你校的学生,答应,课本不好找,即使书店或学校有长余课本,你有时间去买吗?"

　　林娜点头笑了:"有道理。你说的提前两天报名和发收据两点我没想到,就按你说的办。还有啥,你尽管给姐说,我虽说吃了多半辈子教书饭,却没当过掌柜的,想到这头忘了那头。"

　　"报名册还可增加电话一项。有些家里有座机,写上电话更便于同家长联系。"

　　"人家有电话,咱是个穷光蛋,不知哪一辈子能有?不过,写上也好,有急事可到王主任那儿打。"

　　"前来应聘的教师,我可以了解情况,等姐姐回来再定。"

　　"就由你定了,一定拴住千里马,别让脱缰跑了。"姐妹俩都笑了。彩霞收敛了笑容说:

　　"只要是千里马,我认准了,保管脱不了缰,你放心好了。"

第十四章　受骗上当

连两头算上,旭日小学离报名再有五天了。

第二天早晨,林娜带了五千元和女儿到镇车站乘车去了省城。

林娜知道钱来之不易,恨不得一分钱掰成两半用,因而能节省的尽量节省。她给女儿说:"艳儿,我给咱娘儿俩烙几张油饼,够两三天吃就行。再带一军用水壶茶水,在去省城的路上喝,就不要买水了。"张艳嘁着嘴顶了她几句:"省钱也不是那样个省法,你说能吃多少能喝多少? 真是屎尿都过罗哩! 你烙你吃,我不吃。"彩霞说:"娜娜姐,这叫啥省钱? 实际上是浪费了钱。你想,大热天吃干馍喝茶水,能不生病? 有病买药少说也得花几十元。用买药的钱吃饭喝水恐怕绰绰有余吧?"林娜笑了说:"现在的年轻人福里生福里长,一点儿都吃不得苦。"口里这样说,实际打消了烙馍的念头。她和彩霞想来想去,把要买的东西分类一一记在本子上,以免忘记。临出门时,唯恐不慎把钱丢了,所以分开装。林娜拿出三百元装在上衣内兜里,这是车费和吃饭喝水用的钱,其他的装在裤衩兜里,张艳内衣兜里还装有一千元。

七点半发车了。车无虚座,好像没有人一样安静。有靠在椅子上睡觉的,有看书的看报的,也有透过玻璃窗欣赏沿途自然风光的。林娜晚上只睡了六个钟头,可一点儿睡意也没有。她计划下车后直奔北大街教育书店先买优化教案设计,各种挂图,幼儿园课本,小学生日常行为规范等,然后再去朝阳路购买教学用品,最好抓紧时间一天把事办完,乘下午五点钟的车回家。一来晚上乘车凉快,二来不住旅社起码省几十元,三来早回校忙开学的事。张艳坐在妈妈前一排的座位上,专心看一本医学杂志。

啪——一声响,打破了车厢的寂静,乘客们的目光全都集中在爆响处,林娜和女儿也朝响声的地方看。一个身穿蓝衣裳的斜眼睛矮个儿的小伙子,拿着一个没盖儿的"健力宝"瓶子两只手筛糠般颤抖,低头找瓶盖儿。忽而他前一排站起来一个人,转过身子面对斜眼睛。那是个胖子,年纪约三十上下,一边脱雪白的软料衫子,一边瞪着牛蛋大的眼睛大喊大叫:

"就说你这斜眼子二屎货,没吃过猪肉连猪走也没见过,喝饮料咋喝到我脊

背衫子上了？赔五十元！"口里喊着,右手早抓住他的领口。

"对……对对……对不体(起)!"斜眼子原是个咬舌口吃的人,他结结巴巴哀求着。

"快,掏钱,要不我揍死你!"胖子抓着他的领口,把脊背湿了很大一片的衫子捧到他眼前,"你看,全湿透了!"这时从车头油箱盖上站起来一个衣冠楚楚面目清秀的年轻人,看上去二十出头。他手提一个小巧玲珑的黑皮包,走到胖子面前,拍了一下他的肩膀,柔声细语地带笑说:

"老哥,你们两个我都不认识,我说句公道话,好吗?"斜眼子眼皮朝上一翻,瞅了一眼来人没开口,胖子把捧衣衫的手也放了下来,打量着那人,等待他的公道话。那人收敛了笑容,和风细语地对胖子说:

"我看,这小伙头脑不清,他不是有意的,况且,饮料倒在你衫子上也没什么大不了的,这么热的天——恕我直言——倒给你降了温。我以为,你让他一让算了。退一步海阔天空,何必斤斤计较!"

那些乘客静静听着,看着,都缄口不语。林娜寻思:这提黑皮包的小伙子,年龄不大,说话却在理。不过洒了些饮料,哪有赔钱的理来?胖子实在有些过分!

"好,看在你的脸上算啦。"胖子把湿衫子披在肩上,转面对斜眼子说,"你要是头脑清醒,我不会饶你的。"说着,坐了下去。这当儿,黑皮包也向他的座位上走去。

斜眼子拉下脸,噘着嘴弯下身子从胖子的脚跟左侧捡起一个底边约三厘米长、两腰约四厘米长的红色三角形铁片。两手逮着,仔细端详,似乎不知是啥。眼明的胖子早已瞧见,忙问:

"是啥?让我看看。"斜眼子给了胖子,他眯着眼看了看,突然大叫:

"奖券!你走运,你走运,昨晚肯定做了好梦。奖金一万,写得清清楚楚。"他略停了片刻,两眼横扫了一下全体乘客,接着说,"前几天,我从报上看到健力宝饮料有奖,到省城南门外健身饮料有限公司去领。这个憨憨发财了,发财了哇!"

斜眼子面带笑容伸手要奖券,胖子给了他。满车乘客都把眼光集中在那铁片奖券上,或只是看,一言不发,或疑心是真是假,或窃窃私语给予褒贬。林娜暗想:这个二愣娃真有福气!我要有那个奖券该多好哇,办学何愁为钱作难。张艳早把杂志放下站起来以羡慕的目光打量着斜眼子,又不时瞅那鲜红的铁皮。这时,黑皮包又从座位上站起走到斜眼子跟前笑笑说:

"叫我辨别是真是假。"话刚落间,就将红铁皮从斜眼子手里夺了过来。斜眼子两只手在黑皮包手里乱抓,并结结巴巴说:

"给我,我去……领姜(奖),我回家没没……幼(路)费。"

"看你那屌样能领个屁!地方摸不上,就是摸到了领到手,别人也会抢走骗去。卖给我,两千元好不好?"

"不卖,要卖就卖三千块!"

"好,我出三千元!"胖子伸出三个指头。

"你要干什么?我们正在商量,你凭啥掺和!"黑皮包伸拳跃跃欲打。

"那你买吧。只要人家愿意。"胖子软了下来,愤恨的眼光从黑皮包的脸上移到斜眼脸上,腾一声坐下,掏出香烟抽起来。斜眼子说:

"不、不管谁买,都、都、都要现钱,你掏三千元卖给你。"

"别说三千,三万五万也不在话下。"黑皮包挺着胸脯、歪着头,看看斜眼子嘿嘿一笑,"可是,可是嘛——远水难解近渴,我先给你五百元。我家就在省城火车站,下车后带你到我家取钱,好吧?"

"不……不,我我要现钱。"

"你心有余悸,怕上当受骗,这也难怪,如今骗子当真不少。"黑皮包掏出手机放在耳旁,"喂,媳妇,我买了三千元一个价值万元的奖券。我身上只有五百元,你赶快准备好两千五百元,一小时后我到家取。"他停了一会儿,又打电话:

"钱嘛,在大立柜我的西服兜里。"他打完关了手机,笑嘻嘻地问斜眼子:"听见了吗?别怕,一小时后保管让你搂着钱姑娘暖腿哩。"

"不给现钱……钱……我不卖。"

"我说你这个憨憨,一口吞上屎尖子,麻花糖也换不下来,你卖现钱去吧。"黑皮包愤愤说着,慢吞吞地朝座位上走去。胖子眉开眼笑地站起来说:

"小伙子,我有一个活期存折,到前边阳县车站下车去县农行取款,不就是现钱?卖给我。"

"不……不,我要现钱。"斜眼子还是那句老话,"谁有现钱,一千元就行。一吃(只)手给我钱,一吃(只)手给奖券!"

乘客大半不动,似乎车上没有发生任何事,只有几个交头接耳说悄悄话。林娜看得真切,心里盘算:那两个没现钱,憨憨斜眼子一千元就卖,这是个大便宜,机不可失。但她却没有动,只是呆呆地坐着做着好梦。张艳半信半疑,似乎也萌生了一点欲买奖券的欲望,同妈妈一样也是没有张口走动。

斜眼子拿着鲜红的三角形奖券走到一个有五十岁左右的妇女面前,蹲下去,把那东西双手举到她胸前:

"姨,卖、卖给你。"那妇女摇头摆手说:"我没有钱,看谁有钱,给谁卖去。"

"让你二百,八百元卖给你。"那妇女听后笑了:"我只有四十元,你卖不?"斜眼这时才站起来挪动脚步走到林娜面前:

"姨……姨,便、便宜卖给你。"

"六百元卖不?"林娜问。张艳立刻凑到妈妈跟前说:"把东西拿来,我看看!"

斜眼子递到她手里。她看了正面又看反面,掩饰不住内心的喜悦。随后又给了妈妈看,林娜细细看了看,似乎厚厚一沓一百元的票子在眼前晃动。

张艳说:"只出五百元,多一分也不买。"

"一分也不加。"林娜说。斜眼子点了点头,"唉——"长长叹息了一声。林娜手伸进裤腰掏钱,张艳早把她装的一千元取出来,数了五张崭新的一百元票面的票子给了斜眼子。他便把奖券塞到张艳手里,张艳又交给妈妈。

客车照样向前疾驶,车厢里鸦雀无声。

"下车了!"坐在车头油箱盖儿上的黑皮包站起来突然喊叫。客车停下,黑皮包一个箭步跨出车门,接着胖子起身大步走到车门前也跳下车。斜眼子刚走到车门,还未来得及下车,张艳霍地站起来朝车门口冲出去,并大声喊叫:

"快关车门!别让骗子下车!"

"逮住骗子!"林娜如梦初醒,也边喊边朝车门前冲去。售票员似乎还没反应过来,斜眼子一歪身滑了下去。这时车门才关了,车仍旧开着。满车乘客像昏昏沉睡一般,谁也没吭声,只是呆呆地看着林娜娘儿俩。张艳跺着脚骂那女售票员:

"你们是一路货,谁叫你把骗子放下去的?赔我的五百元!"林娜也只管喊:"停车停车!"

售票员也不示弱:"谁是一路货?谁是一路货?我知道是骗子?该打嘴!"这时,车才停下来,并打开了车门。张艳和妈妈准备下车逮骗子。一个年龄稍大的男乘客说:"我隔窗看他们早走得没影了。再说,你娘儿俩下了车就是见了能咋,弄不好恐怕还要挨打哩。"

"算了算了,只要人安全,几百元倒是小事。"坐在林娜身后一排的一个女乘客说。林娜坐下后,脸色苍白,脑子一片空白,两眼直勾勾望着前方。张艳勉强笑了笑,装作若无其事的样子,左顾右盼,其实,心里像吞了苍蝇似的难受。

林娜娘儿俩下车后已是十一点多,她们就像吃了"苦恼丸",眉毛拧成一疙瘩,简直是霜打了的嫩叶蔫下来了,有气无力地迈着步子走出车站。

张艳说:"妈,不要生气,先去吃饭。"

林娜说:"不吃都饱了。平时舍不得花钱顶屁用,叫人一骗就是几百。你说咱娘儿俩是不是一对傻子,尽上人的当?给人说,人嘴不笑尻子都笑了!"

"有啥说的?不过几百元嘛,钱总出到世上,谁一生还不做几回错事?该吃就吃,该喝就喝,身体当紧,后头还有多少事要办呢。"

到饭馆,炒了一盘番茄辣椒。张艳大口小口吃了两个馍,喝了一碗红豆米汤。林娜勉强吃了半个馍,一碗红豆米汤喝了少半碗就放下了。

歇了半个多小时,坐公共车到了北大街教育书店,买了一至六年级语数优化教案,八套小学生日常行为规范挂图,二十三套幼儿园课本。然后又去朝阳路文具商店购了一套小学有机玻璃数学教具,算盘一个,各科挂图四十张;体育器材有篮球、排球、乒乓球、羽毛球、跳绳等;另外,又去床品批发门市批发了八床被套,作为教师节馈赠教师的纪念品。林娜点了点钱,只剩一百二十元了。

第十五章　托人留书

只说代理校长彩霞在家也忙得团团转。一个上午，只用了两个钟头就完成了报名册的任务，然后又把报名须知工笔正楷写在校园里的黑板上。房主陈大婶叮咛她午饭不要做了，就在她家吃。

做的是玉米面漏鱼，酸菜汤放上辣椒面，红红的汪汪的，漏鱼细细的长长的。

"你是福肚子，今儿个吃个稀罕，保管香得忘了生日！"

彩霞频频点头连连说好，她已是两三年没吃漏鱼了。心想，今晌午饭一定要过好瘾。彩霞连吃了三碗，肚子鼓起来，漏鱼似乎堆到喉咙眼上了，吃完饭撂下碗，嘴还想吃。她准备把砌厕所剩下的半截砖头拾到一堆，周围打扫打扫。忽然想起一件紧要事：到县新华书店托熟人留课本。

她深知开学学生转出转进，课本数目根本无法确定。短缺时，四处寻找要费很大劲，有时还未必能找到。多下课本，学校积压下来，就造成一定经济损失。旭日小学是新办的，来校报名学生大多在本校订有课本，原校多数是会给课本的。可能还有极少数领不到课本，因为原校为了留学生不给发。

另外，还有来上学的外地（如小煤窑）学生不可能从原籍领课本。这样，短缺课本数就不少了。若不给新华书店提前打招呼留下（新华书店每学期都多订百分之五的课本），如何解决课本问题呢？这事林娜姐不可能想到。林娜姐回校后还有不少事要办，不如自己帮助她办了这件事。于是彩霞骑着车子到县城去了。临走时，还让陈大婶给她把漏鱼留一小盆，回家后煎着吃最香。

到了新华书店，彩霞找到黄经理，他经常给各完全小学订课本，有时送课本，卖有关教学方面的资料，销售书，所以他同彩霞十分熟悉。每到她校，彩霞都给予方便，又以校长的身份给他销书，办了不少实事。彩霞说，她有一个十分相好的朋友办了一所小学，需要一到六年级课本，一个年级留十套，让他提出来放在他房子，见她写的条子再给课本。

黄经理笑了："你今日给我出了一道难题。你知道，每学期多购课本数是课本总数的百分之五，本身就不多。目前，要求留课本的学校在十几所，你说迟

了,没东西。"

"你说给留不给留？一句话！"彩霞板着脸注视着他,"还没到买书的时间,有啥迟的？就是今天购书,你也得给留些。不留,下次到学校,喝凉水都没有多的,别说帮你销书。"她说完又嘻嘻哈哈笑起来。

黄经理笑着问:"给你把课本留下,你刚才说叫我喝什么？"

"留下就好,叫你喝洗锅水！忙得很,拜拜！"彩霞一串笑声出了门。到了学校又饿又乏,洗罢脸去陈大婶家呼呼噜噜吃了三碗漏鱼儿。

晚上九点多,还不见林娜姐和女儿回家,彩霞心慌意乱,到大路口看了两遍,自言自语地说:想来东西买齐全了,下午五点整是到镇上的最后一趟车,肯定没赶上时间,不然早回来了。忽而一个镜头在眼前闪电般掠过:娜姐因丢钱低着头沉着脸和女儿在大街上有气无力地走着,该买的东西也没买多少。她暗暗责备自己:你胡思乱想啥呀,尽向瞎处想。那令人不愉快的镜头立时消失了。彩霞转身回到房子,寻绿纸和黄纸,找了半天没有找到,只寻了一张白纸,折叠了方方的一寸长短将近二百个小方块,裁下来盖上学校印章,就算是领课本作业本的证券。用夹子夹好放在抽屉里。忙了一天的她,这时上下眼皮儿打架,便上床睡了。

第二天上午十一点,林娜和女儿回到了学校。彩霞感觉娜姐有点儿不对劲,虽然忙着搁放所买的东西,可没有多少话,脸上也露出一丝抑郁之情。

彩霞说:"该买的差不多都买下了,往返平平安安,你好像还有啥心事不便开口,是嫌弃我没有办好你布置的任务？"

林娜叹了一口气,把她在车上如何上当受骗的事前前后后说了一遍。

彩霞说:"昨天晚上我去村口路上看了几次没有见人,就心上心下,在房子也立坐不安,总感觉有啥不祥之兆。我暗暗责备自己,这不是笑话了？会有什么事？别胡思乱想！没料到,果然出了些事。俗话说,折财免灾,事已出了,再别想别提了,今后出门小心就是。"

林娜说:"你说的是,那一阵子简直是喝了迷魂汤！几百元被骗也就算了,最使人生气的是满车几十名乘客,就咱这瓷脑上了当,这真是……"她摇头再没说下去。

彩霞说:"娜姐,你出门少,见闻不多。骗人的事何止一件两件？吃一堑长一智,牢记天上不会掉下馅饼就行了。"

张艳笑了:"对,天上不会掉馅饼的。"接着彩霞把娜姐走后在家干的事一一告诉了她,有什么不妥处可以随时纠正。林娜说:"亏你这代校长想得周到,留课本的事,我根本就没想到,也不可能想到。这下好了,不会为缺课本而发愁了。"

第十六章　设法考验

　　只说县中学英语教研组王坤老师,年纪轻轻,业务能力很强,深得校领导的器重,本组同志也羡慕不已。

　　黄敏自从心里有王坤后,总是有事没事地硬找事接近他,诸如向他请教教课方法啦,解答疑难问题啦,商量同年级(他俩都教同年级,同教英语课)成立英语兴趣小组啦等。由于接触频繁,关系一天天也就密切起来。

　　一天上罢早操,黄敏拿了二十份未批改的英语试卷去王坤房子。王坤正在给皮鞋上油,她一屁股坐在椅子上偏着头斜着眼瞅着他,咬着唇尖问:

　　"皮鞋擦得能照见人影儿是看媳妇去?"

　　"没有媳妇去看谁?"

　　"媳妇——远在天边,近在眼前。"她甜甜一笑现出了两个酒窝儿。王坤看也没有看她,淡淡一笑:

　　"有啥事儿?"

　　"没事不登门,登门必有事。"她把卷成筒的试卷在手心弹了一下,"就为这个请你帮忙。"

　　王坤还不解其意。她接着说:"今天,我请假去参加婚礼,是我最好的一个同学结婚,大概晚上才能返校,麻烦你给我改二十份卷子。"

　　"你自己晚上改还不行?"

　　"可能回来很晚,劳累一天咋有那么大精神? 明天早晨第一节就要评讲呢。"

　　"那好,放下我改。"

　　"谢谢,我走了。"黄敏把卷子放在桌子一沓书上面,转身扭头笑容可掬地向王坤扑闪扑闪着会说话的双眼,一面向他摆手,一面朝出走。

　　黄敏并没有一个最好的同学结婚,当然谈不上参加婚礼了。她想的这个法儿是考验他对她是否诚心,是否听她的话,是否爱她,把她已拴在心上。要是推辞了她的请求,她会像魔术师一样另外变个花样儿;要是答应了她的请求,她认为他就会更进一步靠近她,爱情的征途又近了一截。

黄敏确实向教导处请了假,说连续两天跑肚子,服了校医配的西药无济于事,想去县中医医院治疗。教导处批了一天假,她才拿试卷到王坤房子去。

临走时,她对张文说:"我去县城看病,午饭你就自做自吃,别等我。"

张文要陪她一起去。她说,"我又能跑能走,要你去干啥? 教你的课去!"说罢匆匆出了房门。

黄敏到县城先在一家包子店吃了两个包子,喝了一碗豆腐脑,又到县大桥广场花园溜达了一圈。

她刚挪步打算去体育场转一转,一个看上去约有三十岁上下的男子从她身旁走过,也是朝体育场方向走。

她心里暗暗惊奇:这人多帅气! 他穿一身崭新的深蓝色料子西服,上身是白亮白亮的衬衫,系着蓝色红条纹的领带,脚上是白旅游鞋。身材魁梧,肌肤白皙,面方齿皓。他偏着头看了她一眼,仍旧大踏步朝前走。她本来是打算去体育场,打打羽毛球、乒乓球之类。鬼知道跟在那陌生人的尻子后面,相距二十来米朝同一方向走。顺公路走了一段,那人朝北沿着一条巷道走去。她也向这条巷道走去。

这时,王坤和那天晚上同她跳舞的姓陈的小伙子的影子忽地从眼前掠过,相形之下似乎显得王坤和姓陈的都逊色了不少。那人从巷道尽头一大黑铁门进去了,黄敏才远远地怔怔地站在那里茫然不知所措,半天才反身走出巷道又去了体育场。

农历五月的早晨有丝丝凉意,体育场有近百人在活动。有打篮球的,打羽毛球的,也有在各种运动器械上活动腿脚的。东南角上有两项活动人最多:一处是吹着唢呐打着锣鼓扭秧歌的,男女都有,大半是中老年人。一处是打开录音机集体跳健身舞的,以中年妇女为主。黄敏先跳健身舞,越跳越没有趣味,便去扭秧歌,扭了一会儿,转了六七大圈,又感觉没有意思。

索性离开秧歌队又去北街菜市场转悠,好像没魂人儿一样,这里一停那儿一站,朝前走不多远,又反身走了回来,不知在寻觅什么。她啥菜也没买,转了一圈后又走出菜市场,准备去南街百货商厦,可不听使唤的腿脚朝南街走去。

在几家服装店出出进进,最后一家全卖的是男式衬衫、运动服、短袖、汗衫、短裤等夏季服装。她看见货架上挂着一溜几十个各种颜色各种图案的汗衫,其中一种草绿色红边儿胸前绣着一个双手高举篮球微倾身子欲投篮的健儿的汗衫吸引着她,她让售货员取下来,拿着前看后看,越看越爱;又放在自己胸前试试长短,两手扯扯两边看看宽窄。又问了售货员号码大小,最后讨价还价买了下来。

她想,爱好打球的王坤一见绝对喜欢。一次,她去他房子,他穿着已褪了色的蓝汗衫在洗头。她开玩笑说,我看你那汗衫快进坟墓了。他问,不能穿了?新三年旧三年,缝缝补补再三年嘛。今天晚上把这买的新汗衫送给他,不信不动他的情。忽然又觉得那汗衫上的运动员就是去体育场路上碰见的那帅气的男子,他从汗衫前胸钻到脑子里,她摆了一下头,那男子又从脑子里跳出来,不知跑到哪里去了。

黄敏从那服装店出来,又去水果摊子称了二斤炒花生,二斤瓜子,二斤高级软糖,搅在一块儿装到一个大塑料袋子里。另外,又以每斤三元的高价称了三斤新上市的鲜小瓜,装在一个黑色较厚的塑料袋子里;再去烟酒门市买了一条红梅香烟,跟花生和糖装在一起。这些东西总共花去了七十多元,相当于她工资的百分之八十。其实,这钱并非她的工资,而是张文给她买连衣裙的钱。

这时,她看手表已是下午四点二十分,觉得有点儿饥饿,便去饭馆吃了六两水饺,搭出租车回校了。

黄敏早晨离校后,王坤连续上了四节课,感觉有点儿累,再加上天热头也有点晕,课堂上上下眼皮在打架。吃完午饭后,他马上躺在床上想美美睡一觉,头刚挨枕头,门外有学生喊报告。他问谁?啥事?回答要作业检查哩。他很不情愿地下了床开了门,原来是高二(1)班一个女学生受英语教研组长、她的班主任侯老师的委托,收初中各年级每班上中下共十本作业交教导处检查。王老师一时慌了手脚,心里明得像镜儿一样。他所教的四个班的英语课有两个班的作业最后三次没有批改,就写了阅的,由于粗心可能这儿那儿出差错。他深知他们的组长工作细致,就像一个酷爱清洁的人穿上一身新衣裳,针尖尖的灰尘落在上边,他也会发现,在他看来,是个睁眼不认人的老家伙。自己是个新手,作业有啥麻达,碰在这硬茬茬上,教师会总结时,一旦被点名批评,那当真甚于打两个耳光哩!

王坤想到这里,说:"你先收别的班去,我一会儿亲自送到侯老师房子。"

那个女学生说:"侯老师叮咛我必须马上收来,你……"她站着没有动身。

王坤眯了眯酸涩的眼皮向那个女学生摆了一下手:"去去去!有事我承担,与你没关系。"那个学生才出了房门。

王坤把他认为各班平时英语作业质量最高的每班挑出了十本,一本本翻着看,将那些错改对,对改错的地方,一一更改过来,同时,又批阅了未改的作业。

王坤以最快的速度翻阅着批改着,午休时间总算粗针大线过了一遍。午休起床的电铃响了,他抱着作业去了侯老师房子,到了门口,门闭着,他没进去,扒着窗子朝里看不见一个人,便转身推门蹑手蹑脚地溜了进去,只见床头一张条桌上堆满了一沓又一沓作业,他立马把作业放在上面,好像盗贼偷了东西,只怕碰见人或让人看见似的,眼睛两边乜斜着出了门。

午休起来,有王坤老师一节两个班合在一起的英语辅导,他边往教室走,边低头想:真他妈的倒霉!一个午休也没闭一眼,教导处抽查作业常搞突然袭击。看来,黄敏总算走运,躲过了一关,也很难说去班上收了她的作业。今天白天,就别想眨一眼了,她那二十份试卷说啥晚饭前也要改出来,不然,怎么向她交代。

英语辅导课下了后,王坤为了提神,喝了一壶热茶,摆了一盒烟,开始批阅

那二十份试卷。天哪！他只打开四五份前后翻着看了看,大吃一惊:份份都是只改了三分之一左右,基本上只是打个"阅"字,有的连批阅的时间也没有,更无批语了。天知道,时间和批语是叫狗吃了,还是让狼叼跑了,至于改错、改对,他没有仔细看。要是把这样的作业交上去检查,保管有"奖金",更别说大会口头"表扬"了。可惜,黄老师这次失去了"良机"！不知她一天到晚都在干什么,心操在什么地方了。应该当面锣、对面鼓给她敲响警钟,让她清楚清醒过来,再不能在污淖中越陷越深。以前的谁管它！只改最后一次好了。王坤心慌意乱,一目十行,谷子麻籽一齐抓地批改着,一根接着一根吸着烟,一节课完成了黄敏交给的任务。他把作业整好放在办公桌右边的空抽屉里。刚上床就打起了呼噜。

下午不到五点,黄敏回到学校,先去办公室把东西放下。然后回到家里,张文不在,问隔壁邻家田老师,田老师说,十分钟前去会议室开教研组长会去了。她喜在心头,真是天赐良机。盥洗后,脸上擦上油质和粉质两种护肤品,头上洒上啫喱水,然后换上带红花绿叶儿转身变换颜色的超短紫色衫子,又穿上屁股蛋子上绣着两朵花儿的深蓝色牛仔裤,最后给身上喷了香水,对着镜子自我欣赏了半天,感觉漂亮极了！

心里乐滋滋地把买的东西连塑料袋子全装在一个大手提包里,去了王坤房子。这时日头刚压山,当她走到他房子门口时,听见里边有说话声,便稍停脚片刻,懊丧地转身又回她房子去了。

她和张文结婚后,学校为了照顾他俩,在住房紧张的情况下,还是给他们分了两孔窑。两孔大砖窑并肩在一块儿,处于学校北面山脚下最后一个高平台上,那里一排十二孔东西方向的窑洞全是教师住房和办公处。这两孔在最西边,一孔是张文和黄敏住宿,也是他们办公的地方,一孔是灶房。

黄敏进了房子,看张文正在翻阅一本教学参考。他立马放下,笑脸相迎:"回来了？"连忙倒洗脸水。黄敏说:"别倒,洗了。"

张文放下热水壶,在玻璃杯里放上茶叶和白糖,给她倒茶:

"吃酒席一定口渴难忍,好好喝杯糖茶！"

"其实,还不怎么渴。"她去接壶,"我自己来。"

张文说:"你歇会儿吧。"

接下来笑着问她上了多少礼,宾客多少人,坐了几席,席面是不是丰盛,她也满脸堆笑说了很多。

张文忽然想起一事,他去灶房用碗端了四个煮鸡蛋放在桌子上,拿出一个在桌面上轻轻磕了磕,剥去壳儿,把一个剥好的又白又光的像凉冷的凉粉一样的鸡蛋送到黄敏手里。

"趁热吃,我知道你爱吃煮鸡蛋。煮了几个,怕冷了连碗在热锅里放着。"

"好,亏你心里还有我。"

"没你,还会有谁？你吃吧,我去曹老师那商量本周星期五下午诗文朗诵会怎么安排。"说完就走了。黄敏吃了两个,把剩下的两个装在提包里给王坤拿着。

晚上九点半,王坤的房子里,只有他和黄敏。王坤坐在办公桌的正面,黄敏在桌子侧面坐着,提包放在紧挨床靠墙的一张条桌上了。

她滔滔不绝给他说她的同学娶了个模样儿又俊身材又苗条的好媳妇,那去的同学都说,身材和模样儿跟她是伯仲之比。她哪里相信?人家是凤凰,她才是乌鸦呢。

黄敏扑闪着会说话的大花眼瞅王坤的脸,等待他的回音。

只说张文到曹老师房子问,他把诗文朗诵安排得怎么样了,曹老师把安排拿给他看。他看后点头表示满意,只是说,把评分标准稍稍变动了一下,增加了一项,调整了各项所占分数的百分比。再扯了扯各个老师的具体分工。

前后不到半个小时,张文告辞走了。

张文沿着王坤老师那排住房的门口朝自己房子走去,当走到王坤房子窗下时,无意中听到"人家是凤凰"一句,那声音明明是黄敏的音调。

这时,天还没黑,他偏头隔窗玻璃看到两个人头,只看清黄敏的右半边脸,便身不由己地轻轻挪动脚步站在窗和门的隔墙处听。张文根本没有溜墙根的毛病,在他一生,这还是第一次。

王坤听完黄敏的话,似乎有点儿不耐烦,没有急着说话,伸开双臂打了个哈欠看着窗户,不紧不慢地说:

"我不认识你的同学,更没有见过他娶的媳妇,也许是百里挑一的好雌儿,不过,好与不好跟我有什么关系?"

黄敏把早已剥开的一颗软糖捏在右手:

"你打哈欠,我看见你一个门牙上有血,怎么回事?"

"哪里会有血?我不信!"

"真的。你张大嘴巴,我再看看。"王坤扭着头面向着她刚张大了嘴,糖早飞了进去。

黄敏笑得低头弯腰,老半天才说:"这是喜糖,会甜到你心尖尖儿上。"

张文斜侧着身子,听得清晰,看得清楚,把牙都气成骨头了。心里在骂:好家伙,都亲成这个样子了!他真想猛扑进去,却没有动。忍耐一点儿吧,等戏唱到最热闹处再说。

王坤满脸笑容嚅动着两腮嚼着糖,没有说什么。

黄敏继续说:"去的同学每人送一包糖和瓜子。我还给你买了个你如意称心的东西,你猜?又从席面上给你拿了两个煮鸡蛋。"

边说边起身从条桌上放着的布袋里取出烟和瓜子放在办公桌上,把提包捏住,歪着头咬着舌尖满面春风地问:

"谜底是什么?"

王坤说:"我咋会猜着,恐怕还是些吃的而已。"

她在半空一扬:"看看看!这个短袖真够上漂亮了!我从几十件里边挑拣

的。胸前的健儿举起篮球跳跃投篮，那姿势正和你投篮的姿势媲美。你穿上试试，咱欣赏欣赏！"

黄敏取出来哗啦一声展开，两手提着，那印着的健儿面对王坤。王坤口含还未化完的软糖看着短袖，咯咯笑得脖子粗了一圈儿：

"买这个干啥，我还有两件呢。"

"你在百忙中帮我批改试卷，我买这只不过略表我一点儿心意而已，知恩不报非君子呀。"黄敏用骚情的眼神看着王坤，恨不得一下扑到他的怀里。

情到深处，他们早已把"墙内说话墙外听"的俗话抛到了九霄云外。张文在门外看得清、听得明，肚子如吃了苍蝇一般难受，想吐又吐不出来，只是怔怔地站着。

王坤说："别说短袖。先告诉你件紧要的事：刚才英语组收作业去教导处检查，每班收上中下十本，三点全交上去了。不知你代的四个班作业交上去了没有？高二(三)班英语课代表是个女生，是她收的，你去问，要是她已去班里收了，就不说；要是没收，你还是亲自送教导处，你给的二十份试卷我改完了，你拿去好了。"王坤把摆在桌子靠窗台处的试卷推到黄敏面前，又看了一眼放在桌子上的短袖，说："谢谢！吃的东西你放下，短袖多少钱？我给你。"

张文听了王坤给买短袖钱的话，憋胀的肚子立马松了许多，又听王坤告诉检查作业的事，感觉到这场戏快煞尾了，便轻手轻脚地离开了。

黄敏先听王坤说收查作业一事，心里咯噔了一下，原因是她平时批改作业粗针大线，自知漏洞不少，况且还有不少连红点点都没见到。真的把发下去的作业收走，那在全体教师会上点名批评，是一个娃两条腿，铁定了。当王坤问她短袖价钱要付钱时，她那喜得绽开花朵的脸立马收敛了：

"一百元买的，掏钱！"王坤在裤兜掏钱，她抱起那二十份试卷一扭屁股跨出了门。

第十七章　登门聘师

　　林娜从省城返回学校后，在女儿和彩霞的协助下，忙忙活活准备着开学工作，忙得连吃饭的工夫也挤不出来。要招呼来看学校的各方面人士，要出外办这样那样的事情，要对应聘的教师进行测试……

　　几天来，到学校应聘的教师有十多人，大半是县中学近两年来高考落榜的女娃，其中也有中年妇女，还有在其他学校任教的聘用教师，嫌工资低到旭日小学应聘。林娜通过口试和笔试，衡量比较择优录用，与彩霞商量，最后决定了六名老师，四名都是高中毕业生，她们没一个有文艺特长，都不爱唱歌，不识乐谱，更不用说会什么乐器了。就画画儿说，照猫画虎也是赶鸭子上架。林娜认为，文艺对学校来说是装饰门面的，再说，跳跳唱唱学校就有了生气，它像润滑油一样给机器使用上，机器不仅不生锈，还运转自如，延长寿命。她和彩霞商量，决定一同去秦关乡刘家河村登门聘请李萍老师。

　　李萍二十三岁，是秦塬刘家河村人，上学期在县城一家幼儿园任教。她和彩霞学校叫龚敏的女音乐教师是同班同学，都毕业于省城幼师学校。

　　李萍论人样儿倒很一般，墩墩的个头儿，黑黝黝的圆脸，可弹跳吹唱，样样在班里都是拔尖儿，还画得好画儿，又写得一手漂亮的毛笔字。大凡有本事的人都骄傲一些吧，由于看不起人，很少跟同学们往来，便把自己孤立了起来，不过，和龚敏相处还不错。龚敏介绍她在县城一家幼儿园当老师，可她同园长又尿不到一个壶里，"六一"儿童节为出演节目的事跟园长美美吵了一架，尽管园长做了让步，没有把那事记在心上，她总觉得，在这儿再教下去就没味儿了。这学期还未放暑假就嘱咐龚敏给她当心找个学校。

　　龚敏向校长彩霞把李萍的情况做了介绍，再三说明她是个人才，建议聘到该校任教。彩霞当时没有表态，心想，几百名学生的一个小学，一个音乐教师足够了，于是便推荐给了旭日私立小学。彩霞答应和林娜一起去刘家河，谁知来人捎话让她赶紧回家，说多年未见面的表姐千里迢迢探亲来了，人家工作忙，等着走哩。再说，开学也没几天了，她得安排家务提前到校。

　　最后，林娜乘女儿过星期日之机到校照管一天，她一个人便去了刘家河请

李萍老师。

天还黑乎乎的林娜就起了床,洗漱后冲喝了一碗鸡蛋汤,装了两个蒸馍,挎着出门常背的民航黑皮包去镇车站买票。大约等了不到一个小时,便乘八点十分的客车出发了。

八点四十分到了丁家塬村,她下了车向一个老头打听去刘家河的路。老头告诉她,去刘家河少说还有三十多里,尽是山路,先出村朝南走到坡垴,然后顺小路下坡到王家坪,过了河朝北走不多远有一棵水瓮粗的老槐树,从树的右边再沿路上山下山就到了。

林娜笑着说:"下去了上来了,又是向左又是朝右,越说越糊涂了。"老头也笑了:"反正鼻子底下就是路,到了王家坪你再问人。"

天光亮光亮的,她大步朝坡垴走去。走了老半天还看不到塬头,一来心急,二来走头一回便有路遥之感,她在心里说,今天去,说不定是瞎子背毡——冒扑(铺)哩。谁晓得她在家没有,要是不在的话,就跑了冤枉腿。又一想,这算啥大不了的事,刘备都三顾茅庐哩。彩霞口口声声说她好,能这能那,想来是名不虚传吧。我有这个福气吗?金凤凰会落到鸡窝吗?她似乎看到一个天真活泼的女青年翩然起舞的身影,又好像听到清亮的箫管之声。

猛然脚下一绊打了个趔趄,朝前看快到塬畔了,她便加快脚步走到了坡垴。站着朝山下看:一条七拐八弯的路顺沟畔边沿,一直延伸到沟口,路左边一条大沟直通到沟口川地,这小路虽没有公路宽,但显然是人常走的路。

那沟两边是两条浅浅的、下面都朝外稍撇的半截沟。满沟满洼像波涛似的一起一伏的绿叶嫩枝绿得简直要流出水来,在光照下闪闪发亮。再仔细看,在绿叶中还夹杂着零零星星的红色野果子和各色花儿,把个沟坡山洼装扮得那样明丽美好!偶尔听到"呜嘤"的嘶哑缓慢、有气无力的叫声。林娜站在沟垴上深深吸了口散发出来的甜甜的清香味,脱口赞叹:芬香沁骨,景色迷人哇!

她俯视山下,从川地中间迂回曲折朝东流去的一条小河像一条带子,庄稼随山脚凸出凹里豁豁牙牙,宽窄不一。对面山麓下有一村庄,被一片树木笼罩着,零星露出了砖窑瓦舍,不时听到狗儿鸡儿的叫声。再平眺对面山坡,如同长蛇的小道从山脚下蜿蜒直爬到山顶。

草木丰茂郁郁葱葱,按山势起起伏伏。仰望天空,一块巨大的崭新的浅蓝色天幕笼罩着四周山川,当天挂着磨盘大的一个火球,射出了热腾腾的火焰。这时正是中午一点多,林娜沿着全是石砾的坡路朝下走,越走越热,越来越燠,脚踏在石头上好像踏在火炭上似的,隔着鞋底也烧得脚心隐隐地疼,路旁的石块也被晒得嗞嗞响,一些树叶的尖端和零星的花瓣卷了起来,深沟里和坡洼里灰蒙蒙一片像是冒着蒸气。

她脱了衫子,搭在左胳膊肘上,又用树叶嫩枝编了个绿色帽子戴在头上,还是晒得脑子疼,满头的汗水顺着两颊流到脖子灌进了领口,把一块手绢擦得湿漉漉的,拿在手里一滴滴水朝下掉。她折了一把嫩树枝叶权当扇子,走着扇着。

走了一箭之地，只觉恶心想吐，吐又吐不出来，这时暴晒变成了闷热，口干舌燥，唾了一口唾沫沾在嘴唇上，舌头似乎固定在口里难以拉动。她昏昏沉沉高一脚低一脚顺着满是石砾的山路朝下走，终于下了坡。走到桥边，听到河水哗哗流着，便踏着水草猛扑到河边，蹲下去用手掬起一捧水喝了几口，打了个饱嗝儿；又下到水里洗腿洗头，顿时浑身凉快许多，又急急忙忙上路了。不大一会儿就到了老槐树跟前，沿着右面的山路朝上走，走了一段觉得更热了，毒花花的太阳几乎能把石头晒化，脚下飞起的尘土呛得她张不开口，双眼眯成一条缝。拐了一个大弯，又端端往上爬，身上湿漉漉的，汗衫贴在肉上，突然头晕，眼前黑圈在转动，她马上扶着路左边的山崖，站了一会儿，觉得好转了一些，看到路右边有棵橡树，走到树底下，腿一软躺了下去。

林娜歇了一会儿，从提包掏出煮鸡蛋吃了一个，吃完后站起来准备走时，看到南山峁后边冒出了一大块镶着红边儿状如蘑菇的青云，转眼升到中天，布满了多半个天空。火红的天霎时阴暗下来，没有风，闷得要死。林娜知道南拐子（大红天南边突冒的黑云）的厉害，预感一场大暴雨即将到来，她想退回到村子等雨过去再走，又想，一条"长蛇"差不多走到腰部，还是快走；又想，反正已在树下，避一避再说，又觉得不能，一来枝叶根本遮挡不住暴雨，二来在大树下避雨有遭雷电的可能。要是在这蛇身的中央有什么破屋窑洞多好！她从树下起身踩着"蛇背"走，猛然间看到"蛇"的腰部，大约距她有三四米，靠右边有个一尺多高的土塄，再朝里有个小土窑窑，虽说不大，蹲两三个人倒还宽余。这种小窑，她见得多了，大半在山上，在山路旁边，那是放牧牛羊者专门打的避雨窑。她心里一喜，好！赶快朝窑里走，还未抬腿，头顶上咔嚓一声炸雷，震得她差点儿跌倒；一道电光在眼前一亮，铜钱大的雨点砸得"蛇背"上的尘土飞溅，整个天立时黑了，灰蒙蒙雾沉沉不辨东西南北。林娜使劲朝土窑跑，跑了有一丈远近，雨水像盆从天上倒下来，衣服全湿透了，贴在身上，头上的雨水直朝下淌，早已模糊了视线。"蛇腰"有桶粗一股水往下冲，两边的雨水也一股股像水蛇一样争啮着她的踝骨。落汤鸡一样的她，有眼难睁，脚踩"水蛇"，右手一个劲抹着额头和脸上的水，吃力地朝前走。离小窑口只有几尺远了，又是咔嚓一声响雷，眼前又一道电光掠过，她身不由己地打了个趔趄，差点滑倒，马上弯下身子两手按在泥水里，撅着尻子，撑硬着两条腿，在暴雨中略静了静神，长长出了口气，慢慢往右边靠小窑移动手脚，然后抓住葛蔓才爬到窑口。她钻进去转过身，一尻子坐下，浑身像散了架，背靠窑掌，前身和腿任凭倾斜的大雨点击打着。林娜这时才觉得身上冷，不由得打了几个寒战。真倒霉！明明是红天大日头，反下起暴雨。若知道今天要下雨，说啥也不会来的。

转眼雨点小多了，没一顿饭的工夫，云散雨霁，红日当空。

林娜站在窑口的草地上，脱下衫子和长裤，拧去雨水搭在树枝上，穿着背心和裤头蹲下晒太阳。半个小时，衣服差不多干了，身上也暖和了，穿上衣服又上了路，看手表正是两点十分。

　　到了刘家河村已是下午两点，离村西头不远处是一条一张弓的弯路，弓背有一条沟渠，从沟渠里走出来一个妇女，扛着一面布袋硬邦邦的不知是啥东西，从一尺来高的石塄上使劲猛一上，没能上去，反而倒退了两步，接着又上。正好碰到林娜，她边喊别急，我来拉你，边跑前去。那妇女看到是陌生的过路人，也没开口，左手逮着布袋口，把右手伸给她，把林娜一拉上了石塄，那妇女笑笑喘着气说：

　　"哎呀，腿一满疼得不行——你到哪达……"话还没说完，嗵的一声把布袋扔在地上，让林娜坐在上面，她一屁股坐在布袋旁边的草窝里。林娜没有坐，站着问：

　　"布袋是啥，扛这么多！"

　　"打的山核桃。"

　　"转过弯就是刘家河？你是这村里人？"

　　"我是这村里的。你去谁家？"

　　"我到李萍家请她当老师，你知道她在家不？"那妇女嘴唇动了动正待说话，林娜接着说，"我是离岗教师，在庄田镇山岔沟办了所小学，听说李萍是个很好的幼儿教师，翻山越岭跑几十里来聘请她。"

　　"你说的一定是萍萍娃，前儿个我还见她在家，尔格怕还在家吧。这娃娃唱得好跳得好，我们最爱听她吹笛子，字也写得好，过年谁家门上的对子不是她写的？她上半年在县城幼儿园，下半年去不去，就不知道了。我和她妈都是陕北人，是一个县一个公社的，后来都住到这刘家河。她大大（父亲）过世早了，尔格只有她妈，一个妹妹和她三口人。妹妹上中学，和姐姐一样腰软溜溜的，声滑润润的，能跳能唱，吹得好口琴。跟她姐姐吹得不差上下。她妈勤快能干有计划，是个过日子人，对人也好，一枪戳下马的直杠杠子，给人办事能就能，不能就不能。人说逮狗儿子看狗母，两个女娃娃，尤其老大跟她妈的脾性一样。"

　　她一打开话匣子就没完没了，林娜听着点着头，要帮她扛山核桃，她哪里肯，两个边走边说，到了村子，她给她指了去李萍家的门。

　　林娜到大门外，那是一个土院墙，半新半旧的木大门敞开着。大门外有一行六棵枣树，挂着零零星星的枣子。她怕有狗轻手轻脚进了大门，拿眼四周一溜，没有见狗，院子中间有个不大的方形的花园，说是花园，其中，大多种的是西红柿、辣子、黄瓜等蔬菜，有几株月季花儿，花墙上摆着等距离的擦得白亮白亮的塑料花盆，盆里开着各色花儿。花园一圈的院子比一般家的房子还要扫得干净，找不到绣花针大小的柴棒。花园右边堆着一方好像刀切一样有棱有角的劈好的柴火。抬头看三面已挂了面子的砖窑，都安着老式门新式窗。林老师正要搭声问，忽然听到吹笛子声音，听那声好像是在县城"五一"晚会上她听过的一支忘了名的情歌，同那个演奏者吹得不差上下。她立住脚步听着，喜滋滋地猜想：肯定是李萍。今天没有跑冤枉腿哇！便朝吹笛子的左边窑洞走去。

　　"人在家里？"

　　"谁？"从门里走出一个女子，手拿着笛子。林娜看她最大超不过二十岁，一脸稚气,衣裳虽旧却干净整齐。

"你就是李萍老师?"

"不是,我叫李英,她是我姐,你找她有啥事?"说着转身进中间的窑洞,"妈,来人啦!"这时,走出一个看来有五十上下的女人,她瞅着林娜问:

"你……"林娜说,"你就是李萍老师的母亲,我就到你家。"她同李母进了屋子,她把自己办学校聘请教师,彩霞向自己推荐李萍到校任幼儿老师,她顶着烈日和狂风暴雨翻山越岭,如何受热和遭大雨袭击,在村沟口遇到的陕北妇女给她引路的事说给她听。

李萍的妹妹李英也在座,李萍妈听着听着插话说:

"林老师,我看你也是有五十多岁的婆姨了,身子也干巴巴的,走几十里冒着老白雨寻老师,可真真费心了!我萍娃娃出门连今算上三天了,她不想在上半年那个幼儿园教了,出去另找学校,也不知道有门没门。临走时,她说至多三四天就回家了,想来今儿个不回来,明儿个肯定回来。你就在我家住一晚行了。"

李英也说:"住下,说不定天黑就回家了。"

林娜想,一来天晚了,两条腿又乏又困,别说几十里路,就是一里半里,一步也不想走;二来连请的老师的影影也没见,咋能空空的回去?听她娘儿俩说,李萍明天就可能回来了,那说啥也要等。

她笑着点点头:"好,我住下。"

李萍妈连笑带说:"你看我只顾说话,忘了做饭。英英,快烧水。我来切西红柿打鸡蛋,给你姨姨做臊子面。"

林娜有慢性萎缩性胃炎,本来饭量小,加上饿过了头,反倒不觉饥饿。稍稍觉得身上一阵冷一阵烧,头有点儿晕。

她帮李萍妈拿水瓢舀水,李萍妈夺过来放在水瓮板上:"林老师,你快上炕歇歇,人又不是铁打的,不信就不乏,我去给你冲一碗鸡蛋汤喝喝,暖暖,喝了睡一睡,等把饭做好了,我叫你。"林娜说:"麻烦你了。"上炕靠着被子歪躺着。

眨眼间一碗放着黑糖的蛋汤做好了,英英双手端给林娜。林娜一口气喝完,心里热乎乎的,此时才觉得身子软得像面团。心里想坐会儿,却一歪身子靠被子睡着了。

娘儿俩为了让林娜静静睡一睡,一句话也没说,轻手轻脚做着饭。饭做好了,捞了一碗面条,浇上鸡蛋西红柿臊子,叫林娜吃饭,叫了三五声没有回音,再看李娜脸色煞白。李萍妈唬得傻了眼把手放在她额头感觉烫烧,赶忙下炕,叫女儿在家不要乱跑。她一路腾腾腾请来了赤脚医生,医生的媳妇也跟着来了。那媳妇正是林娜在进村沟口遇到那背山核桃的,她说:"五十多岁的婆姨哪受得了热和冷?严重风寒感冒没麻达。"

三人进了屋,李萍妈上炕逮着林娜的手边轻轻摇着,边叫:"林老师,你醒醒,医生来了。"林娜有点儿知觉,眼窝睁了一条缝,口唇动了动,想说却没有说

出口,又闭了眼打着鼾似乎睡实了。英英吓得跑前跑后,只怕有个三长两短,她家就倒大霉了,一声接一声催医生赶快看。

这医生姓黄,叫黄狗儿。在刘家河前后几个村子常看病,医术还不错,一般病不挡手。他上炕先摸了摸头,然后取出温度计夹在她的胳肢窝,拿听诊器听了老半天,看温度表四十度,说被雨淋得了,重感冒,心脏跳得快,马上吊针。他媳妇从电壶里倒了多半碗水,他把针头放进去浸泡了一会儿,又拉出来用酒精药棉消毒擦干,配好药扎上针。

几个人守着,李萍妈心上心下,暗暗思忖:这都怪自己没让她走,要是有个三长两短,我不是戴上了红胡子?说啥走不走的,人家寻女儿当教师,找上门来没吃没喝叫人走?

黄医生似乎猜透李萍妈的心事,他说:"你放心,不会出事的。想来是老白雨浸了身,打一针就会好转过来。"

林娜走后,张艳一人在学校忙这忙那,把老师房子、教室、院子洒上水,一笤帚一笤帚齐齐扫了一遍,连旮旯也扫得白光光的。眼看快要开学了,妈妈忙了校内,又要忙校外,头一挨枕头,就呼呼噜噜睡实了。她担心妈妈劳坏了身体,到报名的紧要关头发生意外;再说,她续假已三天了,到第五天说啥也得上班。由于这样,妈妈给她布置的工作她都提前圆满完成,另外,自己看到有啥活儿要干,就主动干了,并且干得漂亮,妈妈心里愉快,她也高兴。

这天,除打扫室内外卫生以外,她还接待了来看学校问情况的家长十多人次。张艳说话口齿清晰,头头是道,被来人误认为是校长。

太阳快落山了,还是没见妈妈回来。张艳有点儿心急,心想,天还黑咕隆咚的就出了门,听说到刘家河也不过三十多里,车就坐十多里,也该回来了,咋还不见人?是不是那被聘的女娃没在家?该不会有意外发生?反正天黑总该回来吧。她到校门口看了一回,又去朝街走的路上溜达了一圈,回来后又把各教师房子的窗台、玻璃擦了擦。擦得还剩一个房子,她口渴了,就收拾了水盆抹布,洗了手脚,换上了粉红色绿花短袖坐在台阶上喝茶。

晚霞烧红了西北面的山峦,张艳喝着茶,不时朝晚霞处望去,那是去刘家河村的方向,她显然是惦念着妈妈的归来。这时从大门进来一个四五岁的小女娃说:

"姨姨,我、我妈叫你结(接)见(电)话哩。"

"谁打的电话?啥时候?"小女娃娃只是摇头。张艳拉着她的手到了王主任家。王主任媳妇说,就是你彩霞姨打的,叫你妈明天到县新华书店买课本,具体情况,你回个电话问问。

她把留的号码给了张艳,张艳拨通了电话,对方说:"书店售课本按乡镇售。明后两天先给庄田、焦坪、三合三个乡镇卖,第一天去最好。今年课本去迟了,恐怕弄不到手,千万勿误!"

张艳说:"我妈到刘家河还没回来……"对方说:"那你就去。记好,把我写的各年级购书数带上，那上面有我的名字，你可直接找黄经理，我给他再去电话。"

张艳从村主任家回到学校天已黑了，还不见妈妈回来，她骑着车子去了镇车站。每一辆车进了站，她都守在车门口眼瞅着下车的，都走光了，就是没有妈妈。她等完了最后一辆车，只好垂头丧气地回到学校。

她寻到了彩霞姨给妈妈写的书数单子，和书钱放在一起装在裤衩兜里，倒头睡了，第二天天刚亮就去了县城。

只说守在吊针旁的三个人，看看针管里滴着的药水，又看看林娜那煞白的面容，心怦怦跳。尤其是李萍妈急得搔头抓腮，又是叫林娜醒醒，又是连连说，脸上咋还是一点儿血色也没有。医生说甭急，啥都有个过程。他缓缓把听诊器从她的衫子擩进去听心脏跳动，脸上露出喜色："心脏跳动基本正常，等这两瓶吊完了，就清醒了。"慢慢地林娜口唇微微泛红，呼吸也均匀了。李萍妈逮着她的一只手，嘴搁在耳朵上说："林老师，你醒醒，好些了吧？"

"好些了。"她睁开眼看到炕上坐着两个人，靠炕沿站着两个人，有气无力地说，"我把你们搅和得不得安然。"几个人的心腾地放了下来，脸上泛起了笑容。医生笑着给守护的几个摆手，示意让她安静地躺着；又向林娜点了点头说：好好休息，再有半小时就吊完了，你就好了。林娜轻轻点了点头，大家再没说话。

针吊完了，林娜坐了起来，感觉浑身轻松了好多，就是有点儿饿。李萍妈和医生媳妇齐下手，把晾冷的菠菜汤面条倒在锅里加热后递给她吃。临走时，医生再给配了几样药，叫当时吃一次，剩下的可吃三天。明天早晨要是觉得还能好一些，就不用吊针了。

第二天天刚亮，林娜就起床了，她急得跑出跑里，离九月一日连皮算再有四天了，没有买课本，还短两套办公桌。又没见李萍的人影，要是她已找到了工作，或者没找到却不愿到她这个刚开办的学校去，这幼儿教师又去哪里寻？这是迫在眉睫的事。她越想越急，走不能走，守不能守，一会儿到大门外瞧瞧，一会儿又跑到屋子。

李萍妈说："我看见你心慌急得转圈圈儿，反正再等半天，一来你的病还没有老实强，二来我看我萍萍娃今儿个肯定回家，出门已四天了。你这个人好得太太，就叫她给你教去吧。英英，这死女子丢手就跑了，不管她，咱们吃饭。"

林娜说："别急，等英英来了再吃，我到门上看看。"李萍妈在案上收拾碗筷菜碟，准备吃饭，英英从大门外走到院子来：

"妈——你萍萍回来了。"

"回就回来，我把她抱到怀里不成？"她说着朝院子望去，林娜走到大门口，一眼就看到英英身后跟着一个女娃，个头儿比英英稍矮一点儿，也微胖一点儿，眉眼一模一样，也是黑里透红的圆脸，下身穿深蓝牛仔裤，白网球鞋，上身穿绿短袖，衫子搭在胳膊弯，满脸堆笑地看着迎面的林娜，没有开口。

林娜眉开眼笑地问:"你就是李萍,刚回来?"她一面点头,一面朝屋里走。

"妈,想你女子不? 出门四天了。"李萍问。

"哎哟哟,谁想你不听话的死猴娃娃。我先问你,寻下窝儿(工作)了没有?"

"找下了。就在县城朝阳路一家幼儿园。这家幼儿园已经办了三年了,在一条巷道里,地方窄小,管吃不管住,每月工资一百七十元。"林娜听到这里,心里怦怦跳了两下,完啦! 这次枉跑了腿,受了苦。立马垂下眼皮看着地面,却没开口,等她继续说下去。李萍接着说:"其实还没定下来,我和你商量商量,你看要是愿意,给园长去个电话。"

林娜听到李萍的话,心头的疙瘩顿时解开了一半。暗暗想,这下就不怕这女子不回心转意,不管怎样,非让这只凤凰落到我们的窝里。此时,她没有开口,等她同她妈商量,自己见机而言。

李萍妈边舀饭,边笑着骂英英是饿死鬼托生的,自己先拿了一个馍吃。李萍把菜盘子端上炕,趴在锅沿一看是红豆小米米汤,说:"我在县城坐车吃了三个包子,一碗豆腐脑,一点儿也不饿,红豆小米米汤我喝一碗好了。"四个人一边吃饭一边拉话。

这时,林娜把话头一转说起了办学的事,把她在哪个乡镇哪个村办学,学校离街镇多远,目前设几个年级,可能收多少学生,幼儿园能收多少小娃娃,共聘请几个教师,工资是二百四十元等,一件一件说给她们听。

林娜看娘儿们三人面面相觑,明显是肚里有话,当着她的面不好开口,便找了个借口说上厕所去,出了大门,去了黄医生家,她千谢万谢黄医生给她看了病,付了药费,再三叮咛以后有时间到庄田镇赶集,别忘了到山岔沟旭日小学转转。

林娜走后,母女三个高一声低一声在屋子里争辩。李英说:"县城毕竟红火,谁爱去那夹夹川山沟? 回家也不容易。再说,我去萍姐那里也方便。"

李萍说:"我心上心下拿不定主意。不去吧? 工资比县里高七十元,还有住处;去吧,是新办的学校,条件肯定差。假如停办了,不是把我撂到干山上去了?"

她还没说完,妈妈拦了话头:"我一辈子的人了,过的桥比你们走的路还多,看过的人和事,十有八九有准头。林老师是个文的武的都能来的人,心肠好。你知道不? 就为请你当老师,她跑了几十里冒着老白雨到咱家,风吹雨淋感冒了,请你黄叔才看好。咱再说,放着一月二百四十元工资不挣,去挣一百七十元? 放着有住处,去出钱租赁房子? 真个是瓷脑脑笨蛋蛋! 学校会越办越好,咋会半路里灭火? 就是空里飞的鸟鸟都要选个好枝枝做窝抱儿子哩,不要说人。萍娃,甭胡思乱想。叫妈说,你提上灯笼也难找到她这个校长。拿定主意去她们学校好了。"

娘儿三个正七嘴八舌争论着,林娜进了门。李萍一把逮着她的手说:"林校长,我答应去你校任教。"

林娜也紧紧握着李萍的手,笑着说:"欢迎欢迎!"

第十八章　省城买书

八月三十一日和九月一日,旭日小学接连两天报名,连林娜算上共八名老师。个个忙得连走路都是小跑,忙而快乐。这是她们的共同感受。林校长有生以来第一次安排部署并指导开学工作,想得全面周到,还是有这样那样的漏洞。常言说,"人逢喜事精神爽",她心里高兴,浑身是劲,跑前跑后了解情况,检查指导,发现问题及时纠正,把出现的问题降到了最低限度。

到了报名的第二天,即九月一日下午五点,报名基本结束,大局已定。学前班至六年级共报一百二十四人。三分之二交了学杂费,还有一少部分或欠一百元,或欠五十元,或全欠,总收入为一万七千六百多元。存在的问题主要是,各年级没有领到课本的学生总共二十一人,大多数是煤窑和外地生源,这些学生是随父母亲从外省或外县来的,当然事先未预订课本,而书店按预订数出售,所以没有他们的课本。一些家长找林娜,要是弄不到课本,他们就让孩子到能弄到课本的学校报名。林娜急得像热锅里的蚂蚁,给未领课本的家长说,你们放心,保证在两三天内让孩子拿到课本。她立马给新华书店打电话问,有无剩余课本,书店经理说,全部售完,一本也没有了。告诉她要购到课本只有两种办法:一是到县内其他学校寻,也许能找到一些;二是省城两家书店,一个是北大街长虹书店,一个是南大街教育书店有课本,不过,必须抓紧时间前往购买。林娜当即决定:首先,通知凡是孩子无课本的家长去各学校寻找购买,其次,她给县医院打电话让女儿再续假两天,让她和刘睿老师九月二日清早乘六点最早的班车去省城购书。不信二十一套书弄不到手。

她把女儿和刘睿老师叫到当面,谈了这两种办法。刘睿说:

"干脆上省城买。假如个别家长从其他学校买到了课本,咱们也在省城买到课本,这不是多余了。多余的怎么处理? 如果是其他东西还可以卖,课本卖不掉,不是积压下来了?"

林娜猛省:"嗯,有道理。积压课本就是积压钱。一套平均五十元,要是五六套就是几百元。去西安买,不信购不到二十一套书,难道每个书店都没有?"

张艳说:"对! 就去西安买!"

刘睿说:"告诉家长就别跑冤枉路了。明早四点起来,五点就朝车站走。"

林娜说:"拿一千五百元,坐车、吃饭,买书绰绰有余。钱你们俩分开装,用完一人装的钱再用另一人的。上下车和人多拥挤的地方要特别注意,留神小偷。吃一堑长一智,再不能像上次去省城上当受骗。真的钱被人偷了或丢了,哭都没眼泪,你俩还要沿门乞讨回学校哩。"

张艳说:"妈——还没有出门,你就说些不吉利的话!"

刘睿说:"你放心吧,我们小心在意就是,保证圆满完成任务!"

林娜点了点头:"我也四点起床,给你俩做点饭吃,然后就朝车站走,六点的车赶得上。有书没书打个电话,我就放心了。"

报名时,学杂费收了票面一百元的三张假币,四年级发课本和作业本收了两张五十元的假币,总共四百元假币。林娜十分气恼,她恨她缺少这方面的经验。事后才想到起码报名收费应借一台验钞机,并在会上强调收钱找钱一定要慎重,这样做了,不信会有假币!就是有绝对不可能这么多。现在生米已做成熟饭,收假钱的老师有过错,自己的过错就更大了,不能让收钱老师赔,引以为戒好了。

第二天,张艳和刘睿到庄田镇车站乘六点整的第一趟班车去了西安。在书店经理介绍的两个书店购买全了四、五、六年级所短的课本;一年级短十套,偏偏一套也没有。她俩心如火燎,这个书店出,那个书店入,这栋楼上,那栋楼下。加之天热,头上豆大的汗珠儿直朝下淌,只觉得腰酸腿疼。

张艳说:"买不到一年级的书,我妈骂是小事,那些碎娃娃就有到其他学校的可能。"

刘睿说:"把西安大大小小的书店跑遍,不信买不到。买不到不吃饭!"

她们走遍了南北东西四条街大大小小十几家书店,终于在一条小巷不显眼的一家小书店买到了一年级所短的十套课本。张艳和刘睿喜得又说又笑,饥饿乏困跑得没影了。

刘睿说:"再苦再累再热,反正所有课本买全了,圆满完成了任务。"张艳买了两瓶水蜜桃饮料,每人一瓶,坐在书店门口台阶阴凉处边喝边说。

张艳说:"到饭馆吃罢饭后就五点多了,恐怕赶不上回家的车了。咱们玩一玩转一转,明天早晨乘车回?"

刘睿说:"咱搭车先去城北车站,在那里吃饭。吃罢饭有车就回,万一没车,就住下明天回去。能回一定回去,一来学校工作忙,校长眼巴巴等着书;二来也省住宿费。"

张艳说:"好,那咱就乘车去城北车站。"

林娜这两天可忙坏了。刘睿老师的课她要带,还要抓全盘工作;晚上抽空还要清算各年级所收的课本费、作业本费。更叫她担心着急的是,能不能买到课本,买不够咋办,短课本的学生家长不时来学校问,课本买到没买到。

张艳和刘睿当天傍晚六点乘去洛宜县城的末班车,到了县城又坐出租车九点半回到了学校。林娜知道所欠课本全部购齐，一颗悬着的心腾地一下放下来。她满脸堆笑，去村上食堂给每人炒了一大碗素肉棍棍面。两人狼吞虎咽吃了个饱。

第二天，张艳就上班了。临走，她再三叮咛妈妈不要急，慢慢来。要休息好，晚上再忙九点半都得睡。千万要当心身体，要是大大小小有个病，谁管学校？林娜嘴上说，你放心，我几十岁的人了，还不知道身体重要？实际上不由她，干起工作来就不顾身子了。

她相信"好的开端是成功的一半"这句话的重要。开学工作杂乱，最少在十天内要理顺，为全学期教学工作奠定良好根基。要达到这一点，关键是自己要带好头。排头站得端正，后面看排头会站整齐。火车跑得快，就凭车头带。其身正，不令则行。她暗暗告诫自己：第一学期必须有个好的开端，她每天早晨提前十五分钟起床，洗漱完毕又去拉电铃。学生陆续来校了，她去每个教室督促娃娃到院子读书。琅琅的读书声在校园回荡，各个老师洗漱后先到教室看学生到校情况，然后有的才去上厕所。早操林娜按年级亲自点名，点过名又叫操。接连两个晚上开会征求意见，制定各种规章制度：教师请假制度、中考期末统考奖励办法、教师业务学习检查登记等十多种。每一晚上大多数老师已经睡下，她才上床就寝。

开学工作头绪多，杂乱如麻，林娜先抓纪律教育。她在全体教师会议上讲：一个人只要胃口好，能吃喝，小病也能顶住。纪律好就像一个人的胃口，加强纪律确实有助于搞好教学工作。假如出这样那样预料不到的事，必然影响教学工作。开展全体师生学习《小学生日常行为规范》活动，学校先开了动员会，再由各年级班主任具体抓。要求中低年级能流利地读各条，高年级要求背诵。把规范当一面镜子，时时处处照照自己的言行。学校成立通讯组，每天课间操广播表扬学规范的典型人和事。各班每天对学规范都要小结，学校两周开全体师生会总结一次。另外，各年级都要学会唱《三大纪律，八项注意》的革命歌曲，课前课后唱，放学路上唱。唱在嘴上，记在心上，体现在行动上。

林娜并非三头六臂，样样都能干，种种都想到。她指定了两个教研组长：语文教研组长张莹老师担任，数学教研组长张静老师担任，协助校长抓教学。这样稍稍减轻了她的负担。她留心观察这些老师中谁能挑起主任这担子，有意培养，在适当的时候选拔指定。

开学已两个礼拜了，教学工作基本上进入了轨道，顺顺当当，红红火火。村上人纷纷议论，办起学校就是好，村上热闹了一截子。这林校长有两下子，把学生管得顺顺当当，真是红萝卜调辣子，吃出看不出！

第十九章　开学检查

　　一天上午,林娜在房子里正专心写本学期教学计划,从门外进来三个人,他们轻手轻脚,也没搭腔。林娜唰唰唰写着刚思考成熟的一个问题,压根儿不知道有人进来。

　　"忙着哩? 你就是林校长?"林娜赶忙放下笔站了起来,看一溜儿站着三个陌生人。为首的是一个男人身子稍胖,面容白皙,看年龄四十上下,上身穿着灰色短袖,下身穿着色已褪得发白的蓝裤子,脚蹬半新的黄胶鞋。紧跟着是一个细高个、瘦长脸、面带三分笑意,给人以温文尔雅之感。最后一个二十出头,浓眉大眼,穿着时髦。林娜寻思:十有八九是转学生或者应聘来的。早饭时,她听任老师说,昨天下午她不在校,有三个人来问再招聘教师不? 今天果然又来了。这是正月十五贴门神——迟了半个月。她笑着说:

　　"请坐! 你们……"那三个人在茶几旁的长沙发上坐了下来,"黄胶鞋"坐在中间,那两个坐在两边。细高个儿指着"黄胶鞋"向林娜介绍说:

　　"这位就是咱县教育局李局长,我在局工农办叫张平,分管私立学校和幼儿园,这个年轻小伙子,是司机小党。"

　　"好好好! 第一次见面。"林娜取烟给每人递了,然后又把一盒火柴扔在茶几上,接着泡了一壶茶,倒了三杯放在他们面前,又揽了一瓷盘瓜子也放在茶几上。李局长端起茶喝了一口放下说:

　　"忙得很! 还要走几所学校,咱就免去开场白了。开学已将近两周了,今天来,主要是了解一下开学情况,有什么困难或者建议,都可以谈。"这时司机走出房子在校门前转去了。张平等局长说完,接着他的话茬:"听说你是新办的学校,叫旭日小学,有办学许可证没有?"

　　没等林娜回答,李局长说:"私立学校和幼儿园暂由工农办分管,张主任算是你们的上级,有事就找他。"林娜瞅着张平主任笑笑:"好,我们的直接领导。张主任,麻烦你的事还在后头哩。"她从烟盒里抽出一根烟送到张平主任手里,又给李局长抽了一根。张平主任掏出打火机点着说:"说啥麻烦嘛,自己应干的工作,不对之处还要请你指正。"

林娜说:"按说,应当先办许可证,可我一个人开学前大大小小不少的事,哪一种不经我手?这个手续,我时时都在心里记着,就是没工夫办理。学校也开学了,保证在后边办好。这个先斩后奏的做法,还请李局长、张主任谅解。许可证咋办?这个渠渠道道还请指教。"李局长说已经开了学,生米做成了熟饭,后边抓紧办就是。咱们先看办学情况了解一下。

林娜陪同两个领导先到各年级教室视察。他们每到一个教室,老师们都暂时停止了讲课,学生大都仰面呆看着,一时安静得像无人的空房子。李局长站在第一排桌子前面向学生挥手:"同学们,听老师讲课好了。"一个教室逗留不到两分钟便去另一教室。当他们走进三年级教室,学生齐刷刷挤满了一间平房,前排学生坐的桌子几乎挨着讲台,后排学生的脊背差不多擦着后墙,两张桌子并排对在一起,坐五个娃娃,只两旁两条过道刚好能过去学生。

李局长心里数了数几排桌子,问林娜:"三年级三十多名学生?"

林娜点头说:"三十二名。"

李局长又问前排学生:"你们天天看黑板,眼睛有什么感觉?学生们眼睛睁得大大的望着他,好像看稀罕的动物,只是笑,谁也不搭话。"

张主任弯下身子笑笑温和地说:"就是说眼睛涩不涩,疼不疼?看黑板上的字模糊不?"那些小娃娃摇头表示眼睛很好,看黑板字不模糊。

出了教室门,朝老师房子走的时候,李局长说:"各年级教室刷洗一新,安装了玻璃很好。不过教室太小,坐在第一排的学生离黑板太近,时间长了必然有损视力。像三年级人最多,教室窄小,光线有点儿暗。"

他刚说完,张主任抢先开口道:"对,教室又小又暗,像这样下去有两个学期,学生的视力就损坏了。当务之急是多开一两个窗户。"

林娜边走边听边点头:"家户住房当教室用,就等于大男人穿了婆娘鞋,又夹又紧,谈不上啥合格了。总会有这么一天,我要做合格的鞋,叫娃娃穿上不大不小,不长不短,不宽不窄,高兴得他们活蹦乱跳哩。窗子嘛,我和主家商量商量。尽量一个教室再长一个眼睛。"林娜说话幽默,把他俩都逗笑了。

张主任笑着说:"林校长可算幽默大师!"三人看了四个教师的房子,其余三间都上了锁。房子除两张桌子(一张办公,一张摆放作业)外,剩下就是床、锅灶用具和用砖支起来的脸盆架子。李局长提出办灶以便解决教师吃饭问题。林娜连连点头:"俗话说,'人是铁,饭是钢,一顿不吃害心慌',等开学工作安排就绪,就着手办灶。那时老师们的嘴,还有一部分学生的嘴,就会挂在大灶上等待饭来张口了。你们看,就这么个条件,够上艰苦了吧?"

"万事开头难嘛,会逐渐好起来的。"李局长跨出最后看的一间教师房子的门槛说。林娜又陪同他们出了大门到门外,那是一个面积大约二十平方米的平台,是用石头砌起来的,将近一人高,两侧各有上下走的七层台阶。李局长站在平台边沿上低头看着路面,然后转过头来对林娜说:

"这里有安全隐患,放学学生出了大门你拥他挤,有掉下去的可能。这个平

台最少还得增加一米多宽。重视重视，要记在心上。"

张主任也站到边沿倾身低头看了一眼，表情严肃，一字一板地说：

"安全重如泰山，李局长说的实话。赶快加宽，防患于未然！"

"这里有危险，我早想到了，放学时两名教师做护卫，提前在大门外两边保护学生一个跟着一个走，缓缓下台阶，然后跟着学生送到沟口才返回学校。私立学校在安全上出了事，我看无异于一个人患了癌症。局长说得好，下周就加宽平台。"

几个人从校园内到校园外看了一圈儿，又回到林娜的办公室。

林娜说："还有一些新置的家当请看看以饱眼福吧。"她说着从书架上取下一捆用牛皮纸裹着的东西，打开后全是教学图书。李局长和张老师略翻了翻。林娜又从床底下一个大纸箱里取出一些体育器械、娱乐用品：有篮球、乒乓球、羽毛球、跳绳、象棋、面具等。李局长和张主任摇头摆手说不看了。一个坐在茶几的这边，一个坐在茶几的那边，开始座谈。

林娜说："唉，一个公鸡能驮走的家当。教师的办公桌还有她们睡觉的床板大多都是村民资助的，还有你们看到的宽窄长短高低不一的一部分学生桌凳，也是村民们借的，白手起家，难啊！"

张主任说："毛主席说了，穷看起来是坏事，其实是好事，穷则思变嘛，一张白纸，好写最新最美的文字，好画最新最美的图画。"

"但愿如此，两年后，请来欣赏我画的新的美好的图画。"

"好好好，你好好画，我们一定来欣赏。"李局长点头笑了，张平、林娜也笑了。

林娜按汇报提纲汇报了学生总数、男女生人数、年级数……教师人数、年龄、教龄、学历、租赁房子的间数、面积、年租金等。

李局长说："简单谈谈办学的设想、思路。目前，还有什么困难和解决的办法。"

林娜说："我说话没准头，瞄到哪儿打哪儿。"她又给盘子里抓了些瓜子，把摆在他们面前的茶泼在门外一个花盆里，重新放上茶叶倒了开水放在他们面前："我决心在三年内在硬件设施方面、质量方面赶上我们庄田镇比较好的公办小学，在全镇享有声望，在全县所有私立小学名列前茅。"

李局长插话："目标很好，有何措施实现？"

"有教育局、镇教委的领导关怀，有群众和家长的呵护支持，有山岔沟村王小斌村主任把学校当村上一件大事来管的村干部，还有全体教师们的努力工作，我看没有过不去的火焰山！我这个人，你们不了解，一旦选定了要干的事，像牛拉犁一样，就是碰到硬如石头的土地，也是不回头的。

"说起思路来，八个字：脚踏实地，逐步发展。头一两年抓紧管严，通过赛讲和自修提高教师们的教学水平、文化素质。重点转变后进生。让每一个家长，特别是后进生家长真正感到他们的孩子在学习等方面都有明显进步，对学校信任满意。三四年后,要培养一批爱岗敬业,思想和业务素质在本镇要算一、二流的教师,全面提高教学质量。五六年后,生源比现在要增加三分之二,修建或买房子两院:一院教学区,一院生活区。开设微机课,电教进课堂。那时,让旭日小学真正成为群众满意的学校,家长喜欢的教师。"

李局长频频点头问:"目前还有什么困难?"

林娜长叹一声:"这个设想这个思路也不是一成不变的,从大的方面讲,就按这个步子走,有啥不妥处,还望领导指教。说起困难来,大大小小确实不少。目前,主要的困难是经费不足,外欠贷款、借款两万多元。所收学杂费,算了一笔账——老师工资发过后剩余的钱只能还一部分贷款,别说购置必要的教学器材,就日常笔墨纸张的开支也够呛了。一百多人的大家庭,一分钱掰成两半用,说少平均每天开销也在几十元,真是男人穿的婆娘鞋——前(钱)紧!"

"婆娘不穿婆娘鞋,谁穿!"张主任笑着说,"谁叫你是婆娘呢?"林娜却沉着脸皱着眉,一发而不可收,说了她办学仅仅有三千多元一个存折,去银行贷款,人家如何拒绝她。去一家小煤窑把舌头磨短了有一寸,矿长终于被打动了,资助了几千元。她的老同学借了几千元,村民资助了几百元。没少看脸,没少磨牙,总算对付着开了学。她说完话看局长的表情,对她的一席话,对她的困难到底有什么反应。

李局长点了一支烟仰面吐了个烟圈儿,不紧不慢开了腔:

"首先,我代表教育局对你在穷乡僻壤为村民办起了私立小学表示祝贺!你在办学中披荆斩棘,克服了来自四面八方的困难,这种精神值得全体教育工作者学习。"他说到这,口唇动了动而没出声,不知在想言辞,还是在考虑什么问题。

张主任插言:"可敬可佩,值得学习。"

林娜喉咙吭的一声咽了一口唾沫说:"有啥学习的? 不值得,不值得——学校以后还要靠局里这棵大树歇凉哩!"

李局长吸了一口烟话头一转:"能给你林校长解决,尽力解决,这也是我们的职责。你校经费困难是事实,不过,局里没有对私立学校这项拨款,就是有,全县十多所私立学校,想来经费宽裕的不多,该资助谁? 经费还要靠自己解决。比如,有孩子上学的单位资助些,村上多少帮些,亲朋跟前借一点儿,银行贷一点儿,总之,多渠道解决,把经费紧张变为宽松一些。"

"局长说的这几条路,我都走过了。看来还是自力更生。"林娜笑得前俯后仰。张主任从手提包取出一张表递到林校长手里,说:"这是一张情况统计表,也很简单,你一会儿填好给我。"

李局长说:

"最后再叮咛两点:一是最迟第四周要补办好许可证。学校写申请,局里研究盖章上报地区审批备案。二是买一台脚踏风琴和一台扩音机。这样唱歌声准,做广播体操,课余时间唱唱,学校就有了生气、活力。"

林娜问:"办许可证、买脚踏风琴和扩音机大概得多少钱?"

"得个三千元吧。"李局长伸出三个指头。

"天哪,天文数字!"

"其实,李局长没有说到圈儿外头,我知道,在西安买一台一般的'莺歌'牌脚踏风琴也不下千元呢。"张主任插言道。李局长看林娜面有难色,他笑了笑:

"没钱买不起,是吧?是这样,买脚踏风琴和扩音机,去县城河滨路百家乐器店和驭龙电器门市买,一来质量高,价钱也合适;二来两个老板我都熟悉。我给你写张便条,你拿上找他们好了。我看扩音机带喇叭钱不多,你就出了;脚踏风琴先出一半钱,剩余部分明年开学给。我回去有时间的话,去他们那儿一趟叮咛一下。许可证你把申请写好交到工农办,给张主任二三百让他跑腿办,办证的一切费用打发票和条子,将来算账多退少补。你年纪大了,学校也抽不开身子,加上你说的穿着婆娘鞋,这些我都想到了。能给你省的尽量省,人说省下就是挣下的,也算局里对你办学的支持。林校长,你说,行不?"

林娜紧紧握着李局长的手,连声说:"谢谢局长的关照。"

又握着张主任的手说,"你为我跑腿办手续,叫我咋个感谢你呀!"

她要请两位领导到村里食堂吃饭,他们说忙得很,今天至少还要走五所学校。李局长把写好的便条给了林娜,林娜再次表示谢意。

她送他们上了车,车缓缓向前开了三四丈远,林娜还站在校门口大路旁目送着。张主任把头从车窗伸出来看着林娜连笑带说地道:"回去吧,下次来,一定吃饭,记着上茅台酒,我们李局长有海量!"李局长让司机停下车,也把头从车窗伸出来笑着向林娜摆手:"你回去吧,好好干! 张主任和你开玩笑,别听他的!"

第二十章　黄奎探女

俗话说，"母狗不摇尾，公狗不上墙"，话丑理端。黄敏就像没魂儿一样，整天想着王坤，有事没事，只要有绣花针儿尻子后边能穿过一根线的小空隙，就不由得往王坤房子跑，十有八九是拿着糖呀、水果呀一类吃的东西去的。开始去，还避个人，看个眼色，渐渐地便无所顾忌了。王坤曾劝说过她是有丈夫的人，他和她不可能结合，真的变成两口子，别说对不起张文老师，众口铄金，大伙儿的议论他受不了，说不定还会打了饭碗哩。可是，黄敏哪能听得进去，捉着他的手，看着他的脸，咬着舌头尖儿嫩声娇气说："我爱你！我的每一个毛孔都爱你，不由我嘛！我一天不见你心慌意乱，两天不见你食不下咽，夜不能眠，三天不见就要了我的碎命了。"王坤怎能经住诱惑？加上她那模样儿，尤其是那一笑脸蛋上浅浅的酒窝儿，走起路来微微颤动的浑圆的屁股蛋子，一拧一拧的细细的腰杆儿，这几个部位打动着他的心弦，撩拨得他心神不安，当然乖乖做了黄敏的俘虏。

他们俩整天云来雾去，学校大半老师都看在眼里，私下议论：有的说，骑着毛驴看唱本——走着瞧吧，这两个骚情鬼混在一起不会有好下场！有的说，张文老家伙爱吃嫩草，快到吃尽吃光的时候了。他总有一天要落个一头挑担，一头抹担，只剩下一根光担担了。

这种事往往只是旁观者清，即"要知城里事，先问乡下人"。可"乡下人"没一个给张文老师通风报信的。不过，张文并非木头人，自从溜王坤墙根的所闻所见和黄敏隐蔽的一言一行，他清楚地知道，他们夫妻爱河之水已快干涸了，而且十分冰冷，几乎要结冰了。他为此事气到心尖尖上，又没个十分知己的朋友可以倾诉，想来想去，还是一忍为好。明教子暗教妻嘛，先从利害关系和恩义情感方面开导开导自己的媳妇；另外，暗暗窥探他和她的往来，一旦逮住把柄再说。还是黄敏有心眼，她给王坤叮咛：为了不露马脚，让人看不出来，咱俩应是多见面少说话。于是，只要在公共场合或者校内外碰面时，两个都把脸绷得紧紧的，甚至不正眼看对方，简直是陌生人擦肩而过。这样做，正好是欲盖弥彰，倒增加了人们又一层议论：装着不像，磨下不亮，狐狸尾巴露在外边了。

放罢暑假,黄敏要走娘家。张文说,同她一起走一趟,转一转看看她爸她妈。她不让他去,说什么年龄大了,身体也不大好,忙了一个学期,正是该好好休息的时候,再看看书写点儿东西是正经。

黄敏哪里是走娘家,她去了王坤家。王坤骗爸爸妈妈说黄敏是他上大学的同班同学,现在也教书,他们关系很好,她和他一样还没对象,趁假期没事游玩游玩。

她在他家住了两星期,每到吃饭时,她先给他的两个老人舀,亲自送到手里,然后再给王坤舀一碗,最后她才端碗。平时说话,未张口先带笑声,总是叔长叔短,或者姨长姨短叫不绝口,一句话两头叫。

两个老人已是年过花甲的人,常常念叨着儿子离三十不远了,还是个光棍。跟儿子说,你看谁谁比你小几岁哩,人家都抱上娃娃了。你张口闭口说早着哩,四十岁也不晚,看那时谁家的女子跟你? 现在从天上掉下一个大馅饼,老两口喜得忘了生日,认为儿子眼里有水,瞅了个好媳妇。

论人样儿,村里有十多个媳妇,黄敏是头梢子;论知识是大学生,在所有媳妇里文化是最高的;论性情比绵羊还乖,比海绵还软。自以为他们没做亏人事,上辈子把香烧到炉里了。村上人也羡慕不已,那些还没瞅下媳妇的年轻小伙子馋得直流口水。

黄敏走"娘家"后,张文一人在家,整天以书为伴,写呀看呀,又恢复了和黄敏未结婚前的生活习惯。别人送给他的"痴呆教书匠,懵懂过日人"的评价,又死灰复燃。早上六点他准时起床,走出校门顺河滨小跑一华里左右,面对青山做一套广播操,然后来回踱步吟诵古诗。返回后才生火做饭,一碟生黄瓜拌青辣椒,一壶热茶,两个馒馒,就是一顿饭。碗筷洗刷完毕,便写起早已构思好的教学论文;午休一个半小时,起床后看书;晚上不串门谝闲话,看一会儿电视,一般九点睡觉。半个月来,少了口舌磨牙,倒感觉清静、安然。

一天,张文吃了早饭,正准备撰写《板书的妙用》一篇论文,黄敏的父亲进门了。他提了一军用提包黄杏,还有半蛇皮袋子青辣子、西红柿、黄瓜等青菜。张文赶忙接住放在水瓮边,就去泡茶取烟。老头子从衣兜掏出旱烟锅锅,轻轻一举说:"我吃这个。"又朝房子四周横扫了一眼,划火柴点着烟,狠狠吸了一口: "放假多少天了?"

"就算两个礼拜。你天亮就走,来得还早。"

"七点坐车,到县城八点半,也没有转就过来了——放假咋不来转一转? 敏敏到哪儿去了?"

"她放假第二天不是去你家了?"张文瞅了他一眼,吃惊地低下头,"我在家看门,哪里也没去。"

"谁见她的影子了!"

张文点了一支烟坐在床边,吸了一口,左手托着下巴,两眼直勾勾看着地面,脑子一片空白。老半天,长长叹了口气,猜想大半是去王坤家了,口里却说:

"到哪里去了,我可说不准,她的腿由她自己。"

老头子一脸怒色,看着门口默默地抽旱烟。

房子里静得就像古庙院,两个人彼此能听到呼吸声,围绕着黄敏外出而不知去向的事,各想心事。

黄敏的父亲叫黄奎,比女婿张文大五岁,六十过头的人了。他本是安徽人,一九五二年家乡遭了水灾,二十岁的黄奎为了活命弃家出走,靠年轻气壮、一身力气给人做短工糊口。二十世纪六十年代初落户到陕北晋县镰刀湾村,一个光棍儿过活。全队几十个男劳力,一年到头唯有他出勤多、工分多。干活轻重不避,"摇耧下籽耰麦秸,扬场能使左右锨",这些庄稼汉的过硬本领,对他来说是拿手好戏。两个年头过去了,他打了两孔新土窑,安上新门窗。粮食积存了一石多,腰缠票子二百多元。说起人品,谁家有红白事不要请,他总是撵上帮忙。

两三年来,他没有和豆大个人发生口角之争。村上的人对他刮目相看:这小伙子不错,谁家女子嫁给他就跌到福窝窝了。村上那些十八九岁的女娃娃,差不多心里都装着他,没话没事硬是找话找事跟他说。

第四年,他成了家,娶了一个模样儿好,里里外外都能干的农家女。婚后一年生了一子叫狗狗,又一年生了一女叫敏敏。俗话说,"一男一女活神仙",一家四口人亲亲热热,日子过得挺红火。狗狗六岁就在村里小学上学,敏敏七岁也上了学。两个孩子听话,一个比一个灵,学习在本年级都是拔尖的。

敏敏天生的好嗓门,最喜欢唱歌跳舞,再加上模样儿俊,谁见谁爱。那年过"六一"儿童节,全公社所有的小学师生都集中在公社中心小学欢庆节日。节目比赛,敏敏苗条匀称的身材,亲亲的白脸,轻捷的动作,清脆的声调赢得了观众的青睐,还被评上了奖。

家庭祥和,有吃有穿,孩子又乖又聪明,的确算得上个幸福美满的家庭。谁会料到暖洋洋的天气下了霜,肉皮儿红是红白是白的狗狗突然脸色发黄,腿臂无力,在县医院住了十多天,吃药不见效。黄奎卖了两头猪,一副松辕木板,连积蓄的钱总共拿了三千块去了省城西安一家医院。检查诊断为白血病,这简直是晴天一声霹雳,惊得黄奎两口子失去常态。由于要交一万元的住院费,只好住在旅舍,媳妇暂时照看,他立马回家贷了几千元,又从邻居亲朋处借了几千元,勉强凑够了八千二百元,忙忙赶到医院交费住了院。

大夫对他们说,这是大病,造血功能坏了,要把体内血排完换上新鲜血液,辅助药物治疗,说少也得两万,还不敢保证治好。两口子听后傻了眼,不管咋样先按方案治,钱后边再想法子交。经将近一月的治疗,狗狗的病大有好转,黄奎两口子带着孩子欣然回了家。

可出乎预料,两个月后,狗狗的病又复发了。碰巧乡间有个法师偶尔从他家门口过,两口子请到屋里。他说,狗狗原是天宫太上老君爷的炼丹童子,犯了条规受到惩罚,背着主子下到凡间,如今要回天宫了。要想让他留在人间,必须向老君爷请罪祷告,还得拿一千元交给他,让他代他们上献老君爷,这样,狗狗

就会安然无恙了。黄奎两口子半信半疑，经法师再三怂恿，让他祈祷了一天一夜，共花销了一千二百元，结果没出一个礼拜，狗儿还是回归天宫跟主子去了。

从此，黄奎说话或者干活，呆若木鸡站着半天回不过神来，媳妇整天以泪洗面，记忆力也差了，常常丢了这个忘了那个，敏敏这时上初中一年级，也少了欢声笑语，成绩有所下降。

斗转星移，哀事随着时间被渐渐淡忘了，经济拮据却是现实。既要还所欠数千元的外债，还要生活，又要供敏敏上学，家里常常没有分文，两口子为钱不时吵嘴。敏敏下了学生灶，每周到校背着馍馍，拿两罐头瓶子咸菜，啃冷馍喝开水持续了两学期。可她学习更加刻苦，班上考试大多在一、二名，年级考试总在前五名。中考，敏敏总成绩为全县第五名，被县高中实验班录取，她的班主任就是省级优秀教师张文。

张文心里有杆秤：实验班学生将来高考升学率要达到百分之八十五以上，他教的语文单科成绩在全地区要名列前茅，最低限度学生个人语文单科成绩要有几个是地区前几名。如此，他才不愧为省级优秀教师，才不辜负学校和上级教育部门对他的信任和关怀。

张文一贯工作认真、细心，现在更是一头扑在事业上，把一个实验班抓得如花似锦，样样都在其他班级的前边，常常受到学校的表扬。高一的第二学期，他通过多次考试和平时的了解，在他教课的两个班选拔了十名语文爱好和成绩优良者成立了全校第一个"语文兴趣小组"，给他们开小灶，培养尖子，带动全面。敏敏是这十名中的一名，唯有她家境贫困，也唯有她语文学得最好，成绩最佳，是张文老师一眼看中的得意门徒。凡当老师的都喜欢学习好的学生，如批改作业，总是从几十本里边先批阅以往书写工整，答案准确的，然后才改其他作业。张文老师把这十名学生看作手掌，而敏敏便是掌上明珠。她不喊报告，可以随意出出进进张文老师房子，不打招呼可以随便翻阅他的书，至于墨水、本子等一些小学习用具，更是像拿自己的东西似的。

在生活方面，敏敏常常把自己背的馍、菜放在张文房子，在火炉上烤干后吃。隔三岔五，张文还给她从教师灶上买些花卷、包子、豆腐、肉菜等。敏敏也很勤快、爱干净，吃喝完毕，把地扫得干干净净，有时，帮张文把书和杯子摆整齐，桌面茶几抹得光明彩亮，玻璃擦得光滑亮净，还给张文洗一件、两件衣裳。张文看在眼里喜在心上，给她介绍并从图书室借有关书看，当面指导她做作业，批改作文等，曾把他指导她写的两篇作文寄到省城一家专登少儿作品的杂志社，结果发表了一篇。这一消息不胫而走，全班同学乃至全校学生都知道了，向她投去了羡慕的目光；黄敏更是飘飘然，自以为有三头六臂，在同学之上。

她从灵魂深处感激张文老师，越是靠近她的恩师。张文多次在他的课堂上当着所有学生的面表扬她，号召大家向她学习。他们的接触越来越频繁了，从纯粹的师生关系渐渐地都萌生了相爱之情。不过，双方都无邪念。班上的同学，尤其是语文兴趣小组的十名学生在背地里议论，认为人家敏敏生得聪明，学习又好,特别是语文成绩突出,哪个老师不喜欢学习好的学生?张文老师爱她,那是当然的了。

敏敏回到家里把张文老师对她如何好的许多事都说给了她爸她妈听。两个老人是正儿八经的老实农民,根本没有想到,女儿和张文之间暗恋的事,他比她大三十多岁,又是她的老师,人常说"一日为师,终身为父"嘛。他们认为,女儿幸运遇到了个好老师,对女儿关心、体贴、照顾。黄奎曾带了自产的核桃、枣子,还有红豆、绿豆去学校看望了张文两次,深表谢意。

敏敏没有辜负张文的苦心栽培,张文辛勤的汗水浇灌出了鲜艳的花朵。她以斐然成绩升到高二,又以全班第二名的总成绩步入高三。

上高二的后半学期,敏敏隐隐有了不轨之心。在她看来,张文老师虽然比她大三十多岁,比她父亲只小五岁,可她一点儿也不嫌弃。他的人品、学问、至诚善良的心,是再好不过的了。有时,她一个人坐下来呆呆地想:要是自己能嫁给这样一个人是多么幸福!可惜他是有家室的人,他的女儿已是十四五岁的人了,恐怕……她又想,管他三七二十一,只要他同意。于是,只有她和他在一块儿时,便在说话、动作、表情诸方面有意露出一些轻薄。张文以为,一个年轻女娃总不能像五六十岁的老太婆毫无生气,这正是年轻娃娃特有的让人喜欢的天性。

林娜从女儿那里得知,老伴对黄敏不错,可黄敏究竟是胖是瘦,是高是低,她还没见过一面。她认为,老伴做得很对,一个教师,而且是班主任,关心一个家庭贫苦而品学兼优的学生,教育她成长,这是应该的。至于其他的事,她压根儿没有想过,她坚信和她风雨同舟几十年的老伴张文绝不会越轨而行。

黄敏从对张文言行的轻薄转向诱惑。在她临近毕业的前夜,硬让张文吃了"禁果"。无巧不成书,这第一次吃"禁果"就让他老婆林娜碰上了。事后,张文半月有余,心神不安,他觉得,自己干了一件天大的错事,有愧于妻子女儿,有愧于省级优秀教师的称号。有时,半夜三更一个人坐在办公桌前回忆这说不清是甜是苦的一幕,一根根地抽烟,在笼罩着的烟雾中发痴发呆。

林娜遇上张文和黄敏的事后,半个多月好像丢了魂似的,往往把东西放下转个弯儿却记不起放的地方,不论干啥那影影就在眼前晃动。一个人坐着,一道道泪水朝肚子里流。她恨丈夫,真是"夫妻同床睡,人心隔肚皮";更恨黄敏,暗暗骂她是不要脸的婊子。她曾想到去学校当着师生的面唾她一脸,把她的脸抓成血渠渠,方可解心头之恨。可又一想,不宜把事弄大,这于张文不利,她要保护她几十年如一日用血泪筑起的窝儿,她女儿张艳应该有个争气的亲爸爸,不能朝自家脸上抹黑,更不能往女儿脸上抹黑,让别人羞辱和嘲笑。她要把他从污秽的泥坑拉出来,把他的全身濯洗得不存半点儿污垢。好几次半夜时分,她枕在丈夫的臂弯哭一声说一句,回忆着相伴三十多个春秋夫唱妇随的甜蜜往事。从传统的道德规范,从家庭的幸福、女儿的前途,从他们工作的利弊,方方面面语重心长地劝说丈夫走正道,再不能睁着眼窝朝臭水坑里跳。张文一边给

她擦泪水，一边也哽哽咽咽再三再四认罪，请求她宽恕他这罪恶的一次，以后哪怕有半点儿对不起她的事，任她千刀万剐也毫无怨言。

此后，在一段日子里，张文的确收敛了花心，他同黄敏深深交谈了一次，分析了在一起有弊无利，将会把他们都推进万丈深渊的悲惨结局。可黄敏是死了心的，认为她失去了青春最宝贵的东西，非嫁他不可，不然就上告。张文一听怕得要死，劝告她不要把前途当儿戏，当务之急是复习好功课，考好试，考上大学后，他可以资助部分学习生活费，毕业后一定娶她，这是张文的缓兵之计。他认为随着时间的流逝，地点的转移，环境的改变，她会慢慢淡忘他，他也会渐渐把她从心头抹去。眼前的关系要降温，要从沸点降到冰点，他下定决心要同林娜和好，回到她温暖的怀抱。

黄敏细细想了想，觉得张老师说得不无道理，于是他们感情的月下老暂时潜伏了下来。黄敏也很少到张文老师房子去，在宿舍里吃着从家里拿的冷馍，喝着开水，有时也去学生灶买饭吃。张文整天钻在题海里做题，组卷、练兵、考试、改卷，简直忙得吃饭的空也没有。张艳把看到和感觉到黄敏和爸爸突然改变的一切情况告诉给妈妈，见妈妈暗暗高兴，便把一颗悬着的心放了下来，以为爸爸从此下决心从污淖中朝出爬。

高考结束不到一个月，黄敏收到了省城外语学院的录取通知书。黄奎两口子又是兴奋又是发愁，喜的是他们拼死拼活累断筋骨供娃上学，血汗没有白流，女儿给他们争了气，添了光彩；再说，以后端上铁饭碗，还愁后半辈子没有靠头？忧的是三年学费和生活费近三万元，钱大爷与自己无缘，去哪里结识？眼下开学一次就得交清一学年七千元的学杂费，别说那么多，就是一两千元，对他这个穷家来说也得东拉西借。旧债没还完，又要欠新债，只要能欠下还算不错，黄奎两口子怕的是端着升子求爷爷告奶奶借不到一粒"米"。借到借不到反正得借，两口子出门三天没有回家，他们认为，或多或少能借到的亲戚朋友、熟人都跑到了，总共借了三千四百元。少说还差三分之一呢！他们急得眼冒火星，坐立不安，咬着牙把他心爱的一天也离不开的宝贝——生产队解散时分到的一头耕牛卖了二千八百元，学杂费差不多够了。女儿总要张口吃饭嘛，黄敏的爸爸妈妈又为饭钱发愁，就是省吃俭用，把一分钱掰成两半花，一学期下来少说也得一千多元。黄奎脑子忽而闪过张文的身影，肚里寻思这个人不错。咋不向他伸手去借，他就是手头儿紧，向别人借也比咱强多了。关于女儿黄敏和张文的丑事，黄敏的父母亲都蒙在鼓里，张文家庭的不和，他们更是不知不晓，知道的只是张文这个班主任待女儿甚好，无论是在学习方面还是生活方面都不错，他让女儿去学校一趟，买了几元的礼物提着，张文又借给了他一千五百元，就这样圆了黄敏上大学的梦。

黄敏上大学的三年里，张文去看望了几次，每次都是偷偷摸摸去的。她大概花用了他五千多元，他们又神不知鬼不觉亲热了几次。毕业的最后一年，她肚子渐渐大了，她告诉张文想生下婴儿，问他有什么意见。张文说打掉，他说，这样就保住了她的"贞操",更为重要的是,不会影响毕业工作分配。黄敏无奈只好同意,怀孕四个月的孩子被打掉了。

张文和上大学的黄敏暗中往来,林娜没有发觉,总认为他们改邪归正了,而且从表面看,张文对她比过去还要好一些,不过有一件事在她心里结成疙瘩:他的工资花用很快,家里的生活开支几乎是她掏腰包,她问他工资干啥用了? 他回答:每月八百元,月月存四百元,一年多存了七千元。刚赶上上初中时的一个老同学的孙女住院,给老同学借了五千元。老大的一个人张开口,再说,人在困难处,能不借? 林娜说,那你也得吭个声,我不问你,你就装得死气不出,林娜心里将信将疑,万万没有想到,同黄敏一刀两断的老伴又暗中跟黄敏挂钩了。

黄敏毕业后分配到母校任初中一年级四个班的英语课,她下了决心非张文不嫁,向他表示海枯石烂不变心。张文犹豫不决。不同意吧,黄敏要上告,再说送到口边的鲜嫩桃子不去吃太可惜;同意吧,辛辛苦苦建筑起来的家庭大厦一旦倒塌,将会摧毁他的一切。这就像一个烟民,明明知道吸毒将会使自己走上犯罪道路,将会使自己毁于一旦,当烟瘾发作时仍然非吸不可。他只能答应了她的追求。

黄敏把她要同张文喜结伉俪的心事告诉了爸爸妈妈,两个大人听后气得死去活来,整整劝说了一个礼拜。

妈妈说:"敏敏,你听妈说,谁家的大人还能给儿女操瞎心,我全是为你着想,你一个年轻娃娃跟一个比你大三十岁的老汉,甭说亲戚朋友,村上人尻子都笑你,真是世上再没男人了,找了个老茬茬。这些还是小事。他早早走了,丢下你一个守着冷房,到那时,后悔迟了。你张口闭口说他心好,欠他的多,欠他就给他做媳妇? 欠他多少,我和你大以后还他。"

她爸瞪着牛眼吼道:"你知道不,破人婚事如杀父,人家是有老婆儿女的人,老婆娃恨你,一碗麻子恨出两碗油来。就说你大学毕业把书从尻门子念进去咧! 你不听,结婚有你受的罪。你要跟他,以后就甭上我的门,你没有我这个老子,我也没有你这个女儿!"黄敏死了心,八匹马也没法拉回头。

再说,张文撕破了伪装,露出了真面目,他提出同林娜离婚,女儿张艳他也不要。林娜对他还存一点儿希望,托张文的哥哥劝说,他哥还扇了兄弟一个耳光,也没扇回头。张文和黄敏终于结婚了。

只说张文的办公室静悄悄的,他和岳父黄奎因黄敏外出不知去向而低头各想心事。

先是黄奎打破了沉寂,把旱烟锅装进烟袋说:"我回去了,敏敏回来迟早捎个话。"说完,稍顿了一下便站起来取提包倒装着的黄杏,张文找了个塑料袋子张开口说,少倒一点,我一个人吃不了多少,黄奎没有开口把半提包杏倒得一个不留,又把蛇皮袋子的青菜倒在瓮底下,拉着铁青的脸出了门。

张文送出校门口回到房子躺在床上唉声叹气,又续着刚才的思绪。天要下

雨,女要嫁人,这个狗日的要走,我看是早晚的事。其实,天不怪,地不怪,全怪自己。娜娜,我对不起你,我是有罪的人,你能饶恕我吗?艳艳,你爸不是人,我想你。听说娜娜在山岔沟办起小学,你这条路走对了。你的身体咋样?半年多没有见你一面了,我很想很想见见你……张文想着想着,两道辛酸的泪水从大眼角流出来经鼻子的两边直滚到嘴唇里。他忽地从床上跃起,用手背拭去口唇上的眼泪,站在镜子前照了照,看到自己苍老憔悴的面容,如同钢刷子似的稀稀落落硬茬茬的胡须,禁不住鼻子一酸,泪水又在眼窝里打转儿。他强忍住悲痛、怨恨和后悔,打开刮胡刀刮了胡须,洗了脸,换上了三年前林娜去外地小学听课时给他买的黑红横道相间的短袖,还穿了一条灰色软料裤子和塑料凉鞋,背了个军用黄提包去城里了。

他先在东街水果店里买了几斤新上市的上等苹果,因为林娜最爱吃苹果,又称了几斤香蕉。再去一家有名的服装店,给林娜买了一件黑色带花的品牌丝绵短袖,给女儿张艳买了一条粉红绿格连衣裙,胡乱吃了一大碗凉粉,乘车去了山岔沟。

第二十一章　购物办证

教育局李局长一行去旭日小学检查开学情况两周后,林娜决定按李局长说的去县城购置扩音机和脚踏风琴,同时办理办学许可证。这天是星期二,她安排好了学校工作,向她指定的助手张莹老师做了交代,乘庄田镇八点去县城的班车出发了。

林娜下了车去车站对门一家话吧给李局长打了电话,李局长在电话里说,他忙着要参加一个会议,不能脱身,他马上给两个门市老板打电话,去买就是了。另外,下午两点后去工农办办许可证,他也给张平主任说一声,让他在办公室专等。林校长先到东大街驭龙电器门市买扩音机。那是一家在县城最全也最大的电器门市,上下两层共十间房子,各种电器分类摆设,每间房子两名工作人员。买东西的人出出进进,得等待多半天才会轮到。

林娜问了工作人员上二楼中间一间房子找老板,她一脚踏进门,看见办公桌钢管椅子上坐着一人,秃顶、胖圆脸,嘴里叼着香烟,仰面同站在桌边的工作人员说话,没有看见来人。林娜走近桌旁笑问道:

"忙着哩,我找徐老板。"

"噢,你是林校长吗?""我是林娜,山岔沟村旭日小学的。"秃顶满脸是笑站了起来。连连说坐坐坐,从桌旁端来一把钢管椅子塞到她的屁股底下说:"二十分钟前李局长打来电话,我在这儿专等。十多天以前,李局长在一次宴会上已给我面谈过你要来买扩音机。"他边说边泡了一壶糖茶倒了一玻璃杯放在林娜面前:"你算是远路来客,喝喝喝,七十多元一斤的铁观音。"然后转身对身边的工作人员说:"快下去把几种扩音机摆好,任贵客挑选,后面还有几所学校要前来购买,不能远离。"那人走后,秃顶说,你喝了茶后喘口气,咱们一块儿下楼给你挑质量高的保管你满意的机子。

林娜端起茶杯喝了一口说:"徐老板,李局长介绍到贵店买机子。我完全相信你,卖给我物美价廉的东西,就算你对我校的最大支持。"

"林校长,请你放一百二十个心吧!要是质量不好,你把机子退还回来,我一分钱也不收你的。"林娜一杯茶没有喝完,就同徐老板下楼看机子。一楼左边

第二个房间玻璃柜台上一溜儿摆着六台不同牌子的扩音机，门外桌子上放着两个高音喇叭，两根花线接在中间的两个扩音机上。那个售货员从货架子上正取播放带，秃头老板和林娜进了门。老板转头看了林娜一眼说：

"这上边摆着六款不同牌子的机子，任挑任选。其实都好，差别不大，黄莺牌机子音质柔和一些，可外观是乳白色的，因这有些人不喜欢而选择其他机子。"林娜一眼就瞅见了，把那黄莺机子双手抱起来掂了掂："还重重的，我不懂机子，先听听音再说。"那售货员把一盘带放进她抱的那台机子里，然后把花线接上，便听到"南泥湾花儿香，听我唱一唱……"的歌声。林娜竖起耳朵听了听，还不放心，又出了门到外面喇叭旁听了一会儿，感觉音质清晰响亮，边朝里走，边笑嘻嘻地说："音量有点儿小，再听听其他机子吧。"老板说弹嫌的是买者，其实，这是最好的机子。又叫售货员试另一台机子让林娜听，售货员取出带又放进了一台黑色"天鹅牌"机子里，林娜听后觉得音质比刚才那台稍差一筹。老板让她再听一台机子，她摆手说，"你说'黄莺牌'好，我相信你，就买它吧，实话实说，一回生二回熟，以后我们学校买所有电器都来你这儿买，还向其他人介绍推荐。连喇叭在内，一套最低多少钱，一锤定音。"徐老板听林娜说话丁是丁卯是卯，能言会道，心里暗暗佩服，他眼珠一转：

"林校长，看在李局长的面上，也看到你新办学校的实际情况，这'黄莺牌'机子连喇叭算在一起别人买九百元，给你六百元拿走，满意了吧？"

"六百元？"林娜说，"我不少掏，就三百五十元！"

"好我的校长哩，你掏的价钱连我批发的价还不够，总不能做赔本生意嘛，你说？"

"就卖三百五十元还挣不少呢，你哄谁？我去其他电器门市转一转，返回来再说。"说罢，转身朝门口走，这是林娜买东西常用的一手。比如，去服装店买衣服，当她看上了衣服，双方讨价还价，她心里明明知道衣服能值多少钱，先挑刺找瑕疵，偏偏还价少一半钱，老板不卖。她便离开店朝出走，大概走到门口或刚出门不远，多数老板便挥手喊她来来来，算了，就按你出的价拿去吧。于是她便宜地买到了衣服。

林娜一脚刚踏出门，一脚还在门内，徐老板看着她的背影说："来来来好说好商量。"林娜转身还未走到柜台前，徐老板说："再出五十元拿去，掉泪价啊！"林娜说："你说了个反话，其实，心里像喝了蜜水甜丝丝的。"她说着从裤衩兜兜掏了半天，才掏出用手绢裹着的硬邦邦的一疙瘩票子，一张一百元，数了四张，给了徐老板。徐老板逮着钱戏谑道：

"我算收了你的命，把钱装在裤衩还用手绢裹着怕飞了不成？点了几遍，你看还多给了一张，嘿嘿嘿。"

"穷人嘛，哪能跟你大老板比，你拔一根汗毛比我腰还粗哩，就这还抠鼻痂子，三块五块不让人，硬多要了五十元。嘻嘻嘻。""你这张嘴比刀子还厉害，徐某甘拜下风。"他转笑为严肃，"林校长，说是说笑是笑，这个价确实我没卖过，别人要买,尤其是学校来买机子的人,你就说五百元好不?""明人不做暗事,多少就是多少,我不会骗人。""你别忙,"徐老板叫售货员给林娜拿了两个话筒,四盘带,一根六米长接机子和喇叭的花线,没有算钱,然后用硬纸箱装好放在柜台里。林娜说声:"先放你这,待我买了脚踏风琴和其他东西后再来取。"

她正准备走时,门外进来两个男子,一个买扩音机,一个买音响,都是边远山区的小学教师。他们问价,徐老板说:"音响有二百元的,有六百元的,质量功用多少不同。扩音机,你问这林校长,刚才她买了一个黄莺牌的,算最好的,连喇叭总共五百元。"林娜说:"对,五百元音质还不错,你看,在那儿放着。"她给他们指了一下装好的纸箱,给老板摆了一下手说谢谢,出了门。

有一顿饭工夫,她就到了百样乐器店,老板热情接待了她,亲自引她看了三间房子的各种乐器,详细介绍了三种脚踏风琴的特点、使用和保管方法,最后说了最低出售价钱,建议她买"永久牌"风琴,物美价廉。林娜不懂乐器,更不会踏风琴,只是把几种不同风琴键盘上的键条按动听音,似乎辨别不出好坏。她问老板,若有会踏风琴的最好踏些曲子听听再买,老板让她稍等一会儿。一个电话叫来了个二十多岁的女娃,同一曲子在三样风琴上各弹了一遍。林娜听后偏着头想了想决定买"永久牌",双方讨价还价最后以九百五十元出售了。林娜笑着对老板说:"新办的学校经济暂时困难,写个欠条明春开学给钱。"老板点头表示同意,说:"李局长打电话让我照顾你,看在局长的脸上行,不过,你得先给一百元定金。"林娜给了定金,提出给她用车送到学校,老板因为有送货车便答应了下午五点左右送货,林娜表示谢意。

林娜出了乐器店,感觉口渴,去一家小吃店喝了一碗醪糟,便急急忙忙去教育局办理办学许可证去了。

林娜先去找主管私立学校的张平主任。在教育局一楼遇见一人,她问张主任房子在几楼,那人说二楼靠右手朝右拐第五个房子,写着名字。她上楼走到房子门口,敲了敲门,喊了一声,没人回应,推了推门,紧紧闭着,便朝右走问其他人,一直走到头,房门全闭着。她下了楼,从左朝右一个个房子看门牌找李局长,猛然看到一间房子的门上写着李副局长室,心里一惊,原来他是副局长,门仍然关着,想问问情况——院子豆大的一个人也不见。看手表,已是下午四点多,心想奇怪,偌大一个教育局就见了那么一个人,上班时间都钻到牛尻子去了?先到外边转转过一会儿来,能办就办,办不成回校,低着头悻悻地出了教育局大门。

大门外是一条东西方向的小街道,两边多是大大小小的饭店、食堂。林娜信步朝东走,看到一家小书店,门口牌子上是新书简介。她正看着,一个人从侧面走来,拍了一下她的肩膀笑道:

"林校长,你来得正好,口福不浅,走走走,吃席去!"她转头看正是张平主任,便问:"吃啥席?我正找你有事。""走走走,边走边说。"张平拉着林娜的一只胳膊,不由分说被拉进了一家饭店。她四下一看,大厅里差不多有三四十桌,划拳声此起彼伏,说笑声在大厅回荡,七八个身穿浅蓝色红边服装的年轻女服

务员端着盘子,有的把才上的热菜往桌子上放,有的收拾吃罢了的碗碟盘子。桌面上尽是珍馐佳肴,那些妙手高厨,一碟碟都做成花虫鸟兽样儿。林娜心想,谁过事,这么大的排场!绝对不是一般的人了。我来这儿算什么,想脱身离开却没动脚。张平随手拉了一把椅子让她坐下,她还是站在那里问:"谁家过什么事?"张平说:"教育局王局长朝新屋搬,大伙给烧锅底,你来得正好。"说到这儿,嘴靠近她的耳朵压低声音说,"你有多钱给多钱,多少不论,说句实话,咱办学校还怕用不着人家?忘了问你,你找我办啥事?"林娜点了点头:"主任官高多忘事。""对对对,想起来了,你先坐席。办证有我,你尽管放心!"林娜说:"我出去一下,立马就来。"说着出了门,在一个偏僻的旮旯放松裤带从裤衩里摸出一张一百元行了礼,被主任张平领到一桌刚动筷子的席上。林娜看那一桌人三个女的,其余都是男的,也不认识。她心神不宁,看着满碗满碟大多是做成花鸟状的叫不上名字的菜肴,半天动筷子吃一小口。忽而想起她看到的某报登的一篇杂文说,那些当官的常在外面吃喝,一顿饭一头牛,看来不假。

她无意中把局长迁新居摆宴席和当官的人在外包席吃饭拉在了一起。大概她坐下不到半小时,只是吃了几口菜,张平陪着王局长看酒来了,到她面前时,张平介绍说,这是林娜林校长,在庄田镇三岔沟办起了一所小学,然后笑问林娜:"你认识王局长?"林娜只听说过教育局调来时间不长的一个姓王的局长,是正是副,是光脸麻脸她不知道。她马上站起来双手端起酒,说:"认识认识,好像我们在哪儿见过一面。"王局长点头,从张平手里接过一杯酒递到林娜面前。林娜说:"王局长,咱们碰个杯好了。"王局长点了点头,碰杯后各自一饮而尽。

林娜心里有事,觉得那一席饭吃得有一年之久。一会儿看看手表,一会儿瞅瞅张平,在椅子上拧来拧去,心里说,无论如何今天要回学校去,不知徐老板的司机等成啥样了。

恰在这时,张平到她面前说:"林校长,到门外我问你一句话。"她跟着他出了饭店门。

林娜直截了当地说:"你答应给我办学许可证,今把钱带来了,五百元给你。"

张平说:"我知道,你找我是为办证的事,好,五百就五百,不够我先垫上。你想,上地区坐车呀,住宿吃饭呀,这些都不说,要请人家,一席饭说少也得二三百元,就是一条烟也得百十元。如今办事难难难,我把发票开上,回来算账。"

林娜说:"那就拜托你了,抓紧抓紧,办好再谢。"张平说:"你吃罢酒席晚上住在局里,李局长有事外出,晚上就回局了,咱们谝谝明天早点儿走。"林娜心急如火燎一般,哪里再去吃酒席,拔腿去了徐老板门市。

林娜从乐器店走后没有半个小时,司机给顾客送货早就回店了。老板给他说,等一会儿给山岔沟小学送一台脚踏风琴,还有一台扩音机,司机等了两个多小时不见人影,正要回家,林娜来了,便拉着脚踏风琴装好扩音机和喇叭,开往旭日小学。

第二十二章　天使魔鬼

十多天后，在县城东街结缘酒店二楼一包间内，两人对坐着饮酒，人不多，席面却丰盛，十几样菜，鸡鸭鱼应有尽有，喝的是茅台酒。

这两人一个是驭龙电器门市的秃顶徐老板，一个是县教育局李副局长。一位女服务员端上来一盘热气腾腾的清蒸鲈鱼放在桌面上。徐老板两眼直视，筷子头夹起一块嫩闪闪的鱼肉送进嘴里，鼓着两腮咀嚼着：

"李局长，这味道不错，趁热吃！小弟（其实他的年龄大李副局长六岁）今晚设宴，咱兄弟俩要一醉方休，小弟当真沾了你的光了。请，请，满饮三杯！"他边嚼着，边斟满一盅酒站起来双手捧到李局长面前。

李副局长笑笑："哪有大给小敬酒之礼？"嘴里这样说着，手已接着酒盅一仰脖子把盅口朝下不见一滴酒。

徐老板说："好！喝得利酒。"连敬了三杯。又上来一盘干辣椒炒牛肉，便停止饮酒，一面吃，一面谈论生意的事。

徐老板看了李局长一眼："小弟停止营业算了一天账，这一个月可算是黄金月了。共售大大小小电器一千一百五十三件，其中，你老弟介绍推荐的将近一百件，小的不说，扩音机二十五个，电磁炉八十个……"

李副局长插言："一次在车上，张继成校长给我说，教师节他校准备给每个教职员工发一个电饼铛，想去省城购置。我劝他不必舍近求远了，县城驭龙电器门市从上海买回一批电饼铛，数目大概在几百个。我买了一个，质量不错。你们要的话，我来联系。我们的关系非同一般，他徐老板赚了钱是不会忘记你的。你们买的数量大，当然便宜，何乐而不为？校长答应了，所以才有这一大把钞票钻进你的腰包了。我不知你谢校长了没有？"

"俗话说，有恩不报非君子，哪能不谢？送了一条红塔山烟，一台二十四英寸的彩电。"徐老板夹了一个丸子送到嘴里，"最该报恩的还是你老兄，你看这个！"

他把一个黑皮夹从身子左侧拿来放在桌面上，取出厚厚的一叠票子扔到李副局长面前：

"略表心意,一万整,老弟笑纳。至于入股分红,年底算账再说。以后生意还需老兄照顾。"

"你看你,这成什么了。快拿上吧!帮这么个忙,不足挂齿。"李副局长说着笑眯眯地拿起皮夹子装到兜里。

他们吃着喝着谝着,直到晚上十二点左右,服务员收拾了一片狼藉的杯盘。徐老板喝得踉踉跄跄扶着楼梯栏杆往下走;李副局长虽说也喝得有点儿晕,却能控制自己。他只恐徐老板跌倒,捉着他的左臂一步步下了楼梯。徐老板开了饭钱,出门叫了一辆出租车送李副局长回家去了。

李副局长原名李耀光,四十三岁,初中毕业后在本村民办小学任教三年。

本公社所有小学教师都知道他在教学中的一则笑话:给四年级语文一篇课文的词语解释让人笑掉大牙,将"雪中送炭"解释成有黑有白,黑白分明,被公社中心小学期中检查小组检查出来,在全公社小学教师参加的总结汇报会上点到了,与会者笑得前俯后仰,那笑声几乎把房子震塌,主持者带笑阻止了几次,才慢慢安静了下来。从此他一蹶不振,丧失了教学信心,混一天算两晌,心想跳槽又没槽可跳。幸好那年征兵参了军,当了四年兵,转业后到本县一个偏远乡里担任武装干事,大家都称他李部长。

平时,他上身穿着半新的灰色中山服,裤子膝盖处补着同裤子颜色深浅不同的两块补丁,脚穿一双颜色褪得像死人脸似的黄胶鞋搭在木椅子档档上,鞋带耳子的边沿破烂得毛毛糙糙。

李部长外出办事,住最低档次的房间,价钱从未超过十五元,一日三餐也不过两个五元。领导多次表扬他,是把一分钱掰成两半用的节俭干部。他工作不马虎,常拣重担挑,能圆满完成任务。他跟同志相处和谐,见人嘿嘿一笑。当谈到他人如何如何,他开口闭口这也好,那也好,只管朝脸上贴金。与人共事,总是让自己吃点儿亏,别人占些便宜。这些长处,使领导信任,群众说好,曾多次被乡县两级政府评为先进工作者。一九九○年冬季征兵,从宣传报名到给应征者检查身体和政审,前前后后一个多月,李部长跑前跑后鞋底磨出了窟窿,忙得连放屁的空都没有。

他家里晚上一点还有坐客,有说情的,有送东西的,有来打麻将有意输给他的,实际是以高妙手段塞钱的,注意,凡是送东西的,他统统拒绝。工作告一段落后,乡政府召开党委会研究决定初选新兵人员,凡研究上的按票数多少排了顺序,一直排到县武装部下达的十五个名额为止。

第二天,李部长带着名单准备去县武装部参加录取新兵研究会,突然接到县张副县长的电话,让把他一个重要亲戚落选的孩子(这娃由于盗窃曾被判刑两年)写进名单上报,日后重谢。张副县长再三叮嘱,最好是排到前六名(武装部按乡上报名单顺序研究,后边的就有被筛掉的可能性)。这个电话打得李部长左右为难。不办吧,人家是常务副县长,牛皮大着哩,哪天撞到他手里,说不定被他的脚尖儿一扫就打了自己的饭碗。办吧,这是党委会决定的,该取掉谁?

怎么个取法？他搔头抓耳，无计可施，又想到恩有恩报，冤有冤报，今天给他办了事，就等于给自己筑成了朝上爬的阶梯。无毒不丈夫，要是办了，以后有的是好处，人家只要略动一下口唇，自然会逮住你的头发梢轻轻一提就上去了。想到这里，他关了房门把窗帘拉严拉着灯，拿出一张乡政府公用信笺，重抄了一份，把张副县长介绍的青年排到了第三名。将原第三名挪到最后一名，那是一个小学教师的儿子。他给李部长叮咛了两次，无论如何，把他的娃娃研究上，日后重谢，可什么东西也没送。

到这年年底，县委调整科部局级领导干部，教育局缺一名副局长，在常委会上，张副县长提议李耀光任教育局副局长之职，理由是他一来当过教师懂业务，二来以往工作积极负责是先进工作者，又有一定的组织能力，可以考查提拔。没出半年，李耀光就换了窝儿，飞到了教育局副局长的高枝儿上去了。

他上任以后，上下都处得好。屁大个事都向局长请示，芝麻大的成绩都要给局长汇报，说话做事总是揣摸局长的心。局长喜欢听的他就说，不愿听的他哑口不语。局长想办的，他猜透了积极建议；不想办的，他带头反对。局长指到哪里，他奔到哪里，奔到哪里，哪里便开花结果。所以他成了领导的得力臂膀，在局长面前八尺拉丈五。

一次，局长外出考察回来，在会上传达外地办学经验，想把本县中小学（主要是小学）改造合并，也同某县一样减轻局里负担，提高教学质量。李耀光双手赞成，于是局长为改造委员会主任，让他担任副主任，其实具体办事的掌握实权的还是他这个李副局长。

改造不到一年，就干出了洛宜县教育战线史无前例的业绩：更换了只开花不结果或结出了小小干瘪果子的教育专干、中小学校长，更显著的是，把各乡镇农村小学三年级以上的学生集中在镇中心小学就读，各校所剩的一、二年级学生，两所或者三所学校合并为一校。

在各乡镇设的初级中学也是几所并为一所，集中在比较大的乡镇，三所高中并为一所，在县城设立。

这样更新的长处是减少了老师，节约了开支，改善了办学条件，当然有助于教学质量的提高；其弊端是给群众造成了一定困难，特别是小学中高年级学生，年龄小，自理能力差，还不习惯上大灶，多数家长索性在学校周边找房子给娃娃做饭，把家里活撂了，给家庭经济带来一定的损失。

这一改革在全县反响很大，受到了市教育局的表彰，李耀光副局长被誉为"教育战线改革标兵"。

一次，他应邀列席了县委召开的反腐倡廉大会，在会上他做了慷慨激昂的发言："钱这东西生不带来死不带去，要那么多干什么？君子爱财，取之有道，如果整天钻在钱眼里，取不义之财，总有一天要陷进金钱污淖（说成'桌'）不能自拔，成为败类、罪人。同志们，千万千万警惕呀！"这次会后他又戴上了"廉洁奉公优秀干部"的帽子。

天／使／魔／鬼

他跟县城驭龙电器门市部、百样乐器店、小天使印刷厂老板们挂钩，向全县多数学校推销有关电器、音乐器材、作业本。他在教育专干和中小学校长会议上讲："学生作业本最好统一。小天使印刷厂的作业本纸张又厚又白又光，页数多，价钱也便宜，送货上门，我们当校长的、专干的要为学生着想，为家长着想，办一点儿实事嘛。"

每当开学时，小天使印刷厂一个人忙成两个人，轮换着吃饭，往往到晚上十二点才睡。每天四辆车给各乡镇中心小学送作业本。印刷厂老板就这一项，大把大把的票子塞到李副局长的腰包里去了。他吃了肉，教育专干和校长也喝一点儿腥汤，不过，量的大小不同而已。

李副局长到各校去视察也好，检查也好，从不让学校设酒桌招待，总是上学生大灶吃饭，一碗菜、一碗米汤、两个馍馍，蹲在地上跟学生边谈心，边吃喝。有时，在老师灶上吃饭围着说笑拉家常，俨然是个没有领导架子的联系群众的普通一兵。自他任副局长后，过大年门上总是贴着不变更的对联——"做人正气一身，为政清风两袖"，以此为座右铭。认识他的人看了对联，联想他平时的生活作风，啧啧赞叹：要是干部有一半像他这样，还怕风气不能好转？

"马无夜草不肥，人无外财不富"。一年来，李副局长仅从电器门市、乐器店、印刷厂，肩不动膀不摇，只凭一张嘴获得好几万元，和同级靠工资过活的干部相比，他的指头有他们的腰粗了。

"金无足赤，人无完人"，李副局长的确有他天使的一面。即如上述，他分管中小学教学工作，在精简合并学校方面费了心机，确实提高了教学质量。同时，经常到各校去听课，跟教师谈心，了解教学教改的情况，及时解决教学中存在的问题。从某种意义上说，改进了适合学情的教学方法，培养了一批骨干教师，提高了一些教师的教学能力。近两年来，他去的学校差不多占全县总数的四分之三，听课差不多有百十节次。

在教师和学生的眼里，李副局长可算得上是一位深入基层、为教师办实事、没有架子、联系群众的好领导。

第二十三章　负荆请罪

张文提着给林娜买的水果和短袖，还有给女儿张艳买的连衣裙，乘车去旭日小学看望她娘儿俩。

车驶了不到半个小时就到了山岔沟。这个村子他二十年前来过一次，只停了半天时间。在他的记忆里，这是个破旧肮脏的山沟小村庄。如今，公路从村前山脚下过，土窑洞不见了，新修的砖窑、瓦房、平房从山脚下的两边顺地势一直延伸到半山腰。张文在沟口下了车，把东西放在路边一小摞砖上，稍稍停了停，整理了一下头发，拍了拍本来没多少灰尘的衣服，蹲下掏出一块纸擦去了皮鞋上一层薄薄的尘土，等待来人问学校地址。

他不知是兴奋还是忧郁，是急切还是怯懦，心一个劲儿跳，正东张西望，看到沟口左边有一家人，想去问问，恰巧从沟里走出一个老汉担一担笼，摇摇摆摆到他跟前，他问：

"请问学校在哪？"

"顺沟朝里走有十几米远，靠右手上个石台阶就是学校，门上挂着校牌。"

张文提着东西朝沟里走，那颗心几乎要从嘴里跳出来，到了学校大门口，听到校园里闹嚷嚷的一片喊声，他知道是课间休息，想等上课后再进去，不然，学生老师来来往往碰见了总不好看。他顺着围墙朝左走，在墙根下学生老师看不见的地方回避片刻。

正走着，一个男娃娃飞也似的撵着一个女娃娃朝他跑来，那个女娃险些跟他撞个满怀，见有人拐个弯朝大路跑去，男娃紧追不舍，边撵边喊叫："你给我，给不给？"

张文向男娃摆手："甭撵了，小心摔倒。来来来，我问你一句话。"

那个男孩停住脚站着看他这个陌生人，张文把背包放在墙根下，蹲下去捉住他的小手问：

"你叫啥名字？几岁了？上几年级？"

"我叫我……我我叫王……强，"他喘着粗气断断续续说，"上、上四年级。"

"不错呀，看来小小的个头都上四年级了，多聪明的孩子！书肯定念得好。"

张文拉着他的手从背包里掏出一个苹果塞到他手里,他摇头不接,张文叫他拿上,他这才装到衬衣兜里。

张文又问:"你们的校长叫啥名字,你知道不?"

"我们的校长叫……"他偏着头想了想,"叫林娜,是个女校长。"

"她厉害不?学生怕不怕?"

"校长好得太太,我们放学,她要送好远好远,还站在火车道上看着我们走,喊叫不要乱队,小心车。那天下雨,积了一坑水,快上膝盖了,校长把十几个一、二年级小娃背过水去。"

"校长在学校哪个房子住?给你带啥课?"

"从小门进去朝西走第五个房子,牌子写着校长室,他给我没……"当啷啷!上课铃响了,他一句话说了半截扭头就跑。

张文蹲下去心想:她老有所为,干了一件正经事,一定能把学校办好。可我如今落到这地步,蹲不下站不起,跟黄敏过下去吧,活受罪!干脆一刀两断,还是结发夫妻好。当初,我鬼迷了心,吃屎了。走,到学校去。

他心里这样想着,实际上,还是蹲着动也没动,觉得林娜形象高大,而自己猥猥琐琐。

我来干啥?还蹲着不起来,走!他提着提包走上台阶,在敞开的校门口站着,只是把头伸进去左右看一眼,做贼似的唯恐有人看见他,立即把头缩回去,朝后退了一步,把脚挪了挪,整个身子都被门框和墙壁挡住了。

眼前涌现出了一旦想起来就毛骨悚然的一幕:他要同林娜离婚,林娜苦口婆心劝他的话能装几大笼,可屁用也不顶。最后林娜叫来了她的远房哥哥做最后一次劝告,因为是哥哥牵头成就了她俩的婚事,他来劝劝,也是顺理成章的事,不料八匹马也没有把他拉回头,他还捏造说,林娜这不对、那不好。她哥哥本来就是倔强脾气,一听他说妻子的话不走犁沟,使劲朝他脸上扇了个响亮的耳光,他打了个趔趄差点儿跌倒,被打得半边脸立时红涨起来。张文眼窝瞪得有鸡蛋大,射出剑一般的光,毕竟理屈,未敢还手。

林娜也在场,她看他是彻底死心了,没救的人了,对哥哥说:"算了算了,他走他的阳关道,我过我的独木桥……"从此,一个馍馍掰成了两半。

张文在大门外怔怔地站着想,她会见我吗?她会把我拒之门外吗?我今天来,是不是有些冒失?心里这样说,两腿不由得下了台阶,木然地站在那里没了主意。这当儿,从沟里顺大路走来一个妇女,他远看个头儿和走路姿势很像林娜。就像老鼠看见了猫一样转身快步朝沟口溜去。快出沟口了,他回头看那妇女从沟那边斜坡往上走。哪里是林娜?他长长嘘了口气。事情总有个过程,一口吃个蒸馍馍,一镢挖个水井,绝对不行,回回回,我看先写一封信探探口气再说。他思来想去走出了沟,挡了个车回校了。

到了房子,又悔恨自己没出息,空跑了一趟,连面也没见上。既然回来了,那就只好写信。由于心乱如麻,铺好纸拿起笔写个开头看看不行,又写个开头还是不如意,接连写了四个开头,揉了四个纸蛋儿。他索性睡一觉,脑子清醒清醒再动笔。睡下后辗转反侧,忽而想到这儿,忽而又想到那儿,硬把眼挤实还是不顶事,便一骨碌从床上翻下来又去写信。约有一个小时写好了,从头至尾仔细看了一遍,觉得还可以,就撂过了手。

一天午饭后,林娜正靠在椅背闭目休息,邮局的小黄给她送来了报纸和一封信。那封信是双挂号,她在收到单上填了名字,立即拆开信封,目光先移向署名,"张文"二字映入眼帘。当时,她的心里像打翻的五味瓶,酸辣苦甜搅在一起,强烈地上下翻滚,两手拿着信纸在抖动。她长长吸了口气,望着窗外,强迫自己镇静了下来,然后一字一字看着。

　　我给你写这封信,真是声泪俱下,我几次罢笔又几次提笔,在此,我首先向你负荆请罪,请求你拿起荆条狠狠地痛快地抽打我吧!你抽得越狠,打得越毒,越能消除你的悲愤与痛苦,我也越满意,因为我是罪人,十恶不赦的罪人啊!

林娜看着看着,眼泪模糊了视线,看到满纸都是些圈圈道道,不由得生起了淡淡的恻隐之心。心里说,我生来就没长打人的手,我也不会打你,我为什么要打你呢?你凭什么命令我打你呢?早知今日,何必当初?她掏出手绢擦了擦眼,又接着看。

　　娜,你是有眼光的,不出你的所料。你真心诚意劝我的那些忠言,如'世上没卖后悔药的,你千万别往臭泥坑跳呀!据我看,你同姓黄的结合,就是睁着眼朝污泥坑里跳,说不定有一天会呛死你的'。我后悔没听你的话,致有今日。我同她结合仅仅半年之余,开始还勉强过得去,后来每况愈下。如今是冰炭不共器,水火不相容,全凭我的忍受向前度日。她一句话两头骂成'死老汉、老家伙,屁用都没有的废物……'饭是我做,地是我扫,被是我叠,就这整天还给冷脸子,我怕别人耻笑,误学生的课,尿在我脖子的尿我洗了,拉在我脖子的屎我擦了,就这,她还不满意,常常没事寻事跟我磨牙。最近,她突然由悍妇变成了贤妻良母,这种不正常的变化,我疑心她又有新欢(有证据但不十分可靠)。看来,我们就像在空气中飘飞的肥皂泡,随时都有破灭的可能,就像你说的,我跳进了污泥坑,快要呛死了。娜娜,我朝夕相处的老伴,三十多个春秋的你,忍心眼睁睁看着被污水呛得半死不活的人而不搭救吗?

林娜看着看着,滴滴眼泪往肚里咽着,蓦然吐出一口带咸味的痰,把信纸放在膝盖上,直愣愣地瞧着地面,自言自语:这婊子心够狠了!难道张文上世亏待

了你,这一世报冤仇吗? 该死的婊子! 她静了静神,又朝下看。

> 这些天来,你的言谈时时在我脑子萦绕,你的身影时时在我眼前晃动。夜晚,我睡半夜坐半夜眼窝就睁半夜,前天晚上两点左右,硬挤着眼半醒半睡,恍惚间看见你回到咱的老家新村的土窑洞里。当时,我正洗衣服,你进门了,笑容可掬地看着我,穿着那年我在安阳市给你买的一套蓝色西服,背着一个鼓鼓的黑色旅游挎包。
>
> 我高兴得猛地站起来接你,慌急中一只脚踏进水盆,水满地流。我取下挎包问:啥好东西这么重? 这半年你在哪儿? 你笑笑:我在渭南工作,放暑假回来转转。挎包里是给你买的几本外国小说,你这个书痴可得感谢我了。
>
> 我喜得合不拢嘴,赶快杀西瓜,切开两大牙儿便放下菜刀,一手端一牙儿塞到你手里:吃吃吃! 你笑了:我长几个嘴能吃两牙儿瓜,来,你一牙儿,我一牙儿。我说好,我陪你吃了。我正张口吃时,大半个瓜瓢掉在地上。你笑得前俯后仰,我笑得肚皮疼。
>
> 忽而笑醒,孤单的我躺在黑房子的床板上,哪里是笑? 代之而起的是哽咽的哭泣声,直到破晓,半个枕头被眼泪流湿了。

林娜看着看着又笑了,她点了一下头,这个梦幻可能是真的。俗话说"一日夫妻百日恩",在一起会争争吵吵,一旦离开就又感到空虚。好歹共同生活了几十年,就无丁点儿思念? 我忙忙迫迫一整天,他根本没到我脑子去,可是,晚上也有入梦来的时候。

> 我很想艳儿。请你告诉她:我对不起她,我不配做她的父亲。我祝愿她身体健康,工作顺利,孝敬你。

> 一个失足陷进污水里的人,在挣扎着,愈陷愈深,他以时断时续的嘶哑的声音呼救,良善的宽宏大量的你必定会动心,必定会伸出手臂拉他早点儿出污泥浊水。我很想来看看你,你同意吗? 静候佳音!

林娜正专心看信,忽然,田玲老师闯进门神色慌张地说:"校长,校长! 出事了,你还不快去! 任老师端着碗吃饭,来了一个有六十多岁的老汉,不知为啥事夺了她的饭碗,高一声低一声地只打不歇,谁劝也不听,学生拥了一门口。哎呀真是!"林娜听后把信纸放在抽屉,赶紧同田玲老师一同去了任老师房子。

第二十四章　王虎闹学

林娜和田玲老师三步并作两步走到任侠老师房子门口,一群学生把房门口围得水泄不通,都仰着头看"热闹"。

他们见校长来了,轰的一声散去了大半,还有不少站着看。林娜拉着脸一摆手:"走走走!有啥看的。"那些站着看的学生扭身跑得一个也没有了。

只见一个花白头发、穿着一身中山服的男子,看上去在六旬开外。他右手紧紧抓住任老师的左胳膊,左手拿着一本作业朝门口拖,并瞪着牛眼,拉一尺长的脸吼道:"这饭,你吃不成!走,见你校长去!"说着猛地把任老师手里的饭碗夺下来,嗵的一声扔在桌面上,碗里的面汤面条有一少半被震出来。

任老师索性把筷子一扔,一尻子坐在椅子上说:"你凭啥夺我饭碗?枪毙犯人还管一顿饭哩!我天天见校长,你去叫来,我不去!"花白头发老汉凶声凶气地问:"你说十五个生字写十遍,再抄一遍课文,你是老师要写多长时间?这十来岁的娃晚上睡觉不?我看你没安好心,想要娃的命!"

任老师也不示弱:"咋!我好心做了驴肝肺!你娃多次不做家庭作业,你知道不?我认为,我做得对,就是要多布置!娃不做家庭作业,都是你娇惯的结果,你找上门来正好。"真是针尖对麦芒。

任老师办公桌的右侧站着一个小女孩,她是五年级学生,叫王倩。这个花白头发老汉是这女孩的爷爷。

林娜站在他俩中间,先面向任侠老师说:"任老师,好歹你少说一句,行不行?"任老师再没开口。

又面对王倩的爷爷说:"你是王倩的家长吧?有话请到我房子说。我看你老人家是明理人,别和年轻人一般见识。"他气呼呼地跟着林娜出了门,还转过头瞪了任侠老师一眼。

任老师靠在门上长长出了口气,两眼盯着门槛,若有所思。田玲说:"吃饭吃饭,一会儿冷成凉水了,甭生气,和那老二……"看到王倩没说出"杆子"二字,把办公桌上的半碗面端到她面前,递到任侠手里。任老师接住,扑哧一声笑了:"我才不生气哩,叫学生多做了些作业,还不是为她好?该布置的作业非布置不

可。"她吃了一口饭，看着王倩接着说，"王倩，田老师给你舀饭快端上吃，吃罢后把没完成的家庭作业继续做。"王倩噘着小嘴，看了一下饭，站着不动。

任老师把碗从田老师手里接过来，拨了半碟子粉条炒白菜，送到她手里。田老师顺手拉个方凳塞到王倩屁股底下叫坐下吃。田玲也给自己舀了一碗，任侠大口大口朝嘴里刨，她一面吃着，一面同田玲说家庭作业的事。

王倩的爷爷是山岔沟村朝东二里多路回龙沟村人，名叫王虎，儿子到外地打工杳无音信，儿媳跟一外地人私奔了。那时，王倩仅仅四岁，就只好由祖父母抚养了。本来他膝下无女，孙女又无父母，便把她当宝贝蛋蛋，长到十来岁连句重话也没说过，别说打骂了。

王倩原在水湾小学上学，课堂作业常是拖拖拉拉，当天的作业很少当天完成，家庭作业就可想而知了。后来，老师干脆不给她布置家庭作业，课堂作业能做多少就做多少，即使作业本上一个蓝墨水点也没有，老师也不批评，就当没有这个学生。乡镇中期或期末调研考试，校长和任课老师便取消她考试的资格，他们对王倩彻底放任自流了。

后来，王倩到旭日小学上学。报名那天，奶奶引她到学校报名。负责五年级报名的任侠老师看了王倩的通知书语文六十五分，明显是五十分更改后的成绩，她拿通知书去问林校长，能否把她放在四年级。林娜正看通知书，王倩的奶奶手拉着孙女进门了，她对林娜说：

"林校长，我这孙女上学期就念四年级，学得不太好，这学期叫上五年级，你看行不行？"林娜看了成绩，说不能升级。结果王倩的奶奶硬要让孙女升级，她说："在原级念，娃就没信心了，升了级只要老师抓紧，我看娃能跟上，这娃灵得很，一抓就上去了。原来的老师不抓不管，才变得懒惰。林校长，这娃就交给你了。人说'宽是害，严是爱'，你管严些，不对就打。"

林娜用手抚摸着王倩的后脑勺说："听见了没有，要不好好念书，脱了裤子把你的屁股打得青一块红一块！"

王倩上牙咬着下口唇，扑闪着双眼看着林校长点了点头。

上课不到两个礼拜，任侠就基本上掌握了大部分学生的情况。对于王倩更是了如指掌，她在全班就语数外而言，成绩在下游。这就让任侠老师苦闷不已，中期和期末乡上统考，有王倩这么几个后进生，别说拿奖金，只要不罚，就算沾光了。她暗暗下定决心，想一切办法非把王倩等几个后进生抓起来不可。林校长心知肚明，知道她收了其他学校不收的，或者必须重读却升了级的不少后进生。她认为，她办学校就是为了方便学生上学，解决群众子女上学的困难，再说，多收一个学生多一份收入，怎能把成绩差的学生拒之门外？既然招收了不少后进生，就必须把后进生的转化提到议事日程上，作为教学工作的重点和难点。只有把后进生抓上去了，成绩有所提高，群众心目中才有学校，学生才会不断增加，学校才会越办越兴旺。她多次召开全体教师会议，商讨具体抓后进生的办法，最后摸底制订了后进生转化表。

每个任课教师都向学校交了转化表，她们在狠抓后进生的起跑线上迅跑。或和家长配合抓，或开小灶，或一帮一手拉手，或面对面批改作业，或加大家庭作业量等。任侠每天下午放完学留下后进生亲自辅导，给"小锅饭"吃，还加大了家庭作业量。语数外三科都布置有家庭作业，压得后进生低头弯腰，往往三更半夜还在伏案做题，写写写，做做做，没完没了。致使课堂上多数学生尤其是后进生梦见周公。

那天晚读，任侠给王倩布置的语文家庭作业是：课文抄写一遍——那是一篇要求背诵的散文。任侠认为，口过千遍不如手过一遍，它有助于对课文的背诵和理解。生字十六个，带注音写十遍。另外，还有一篇小作文。她咬着牙给王倩发话必须完成，不然罚站，不能上课。

晚上，王倩吃了一个馍馍，婆婆给舀的红豇豆小米米汤凉在炕沿上没喝一口就做数学作业了。婆婆催了几次叫喝了再做，她说对对对，实际趴在炕桌上继续做题。大约有一个钟头，婆婆已经刷洗了锅碗，她才完成了数学作业，端起冰冷的米汤一气喝完，一口馍馍没吃，碗一撂，又去写布置的英语单词。写了没有几个，就伸长胳膊打哈欠，上下眼皮打起架来了。婆婆说："倩倩，瞌睡了就上炕睡，我看你明早晨咋能起床。"她摇摇头狠狠揉了揉眼皮还写。婆婆给她把床铺好，坐在炕上陪孙女做作业。

这时，门吱一声响，王倩的爷爷打麻将回家了。他一眼看到孙女趴在小炕桌上写作业，抬头再看墙上挂的钟表，十二点半了，气呼呼地喊：

"倩倩，你看，表眼看到一点了，快睡快睡！这些老师不知给娃布置了多少题！"

王倩边写边说："你睡你的，英语马上做完了，还有语文这大头哩。"

"啥大头小头，睡睡睡！"

"我们班主任任老师厉害得很，完不成家庭作业，罚站，在班上检讨，还拿教鞭打，谁敢不给她完成？"

王虎一声吼："睡！你班主任就是老虎，爷爷也敢拔牙，明天寻她去，非把她的脚缠小不可！就说这些老师，娃白天念一天书还不够，黑了还叫写写写，没完没了！"

"我说，你老鬼凭啥寻人家老师？还不是想让娃多学一点儿。水湾学校的老师倒好，咱娃学下个屁！"老婆边脱衣服边说。

"把你娃学得有病了，你就受活了——倩倩，作业放下睡！"他照老婆的干腿把子蹬了一脚。

"等我把生字写完了。"王倩写了五遍生字，心里也埋怨老师，一遍就会写了，非叫写十遍八遍，不知是咋想的哩！她只抄写了课文的开头一小段，觉得头晕恶心，眼皮说啥也提不起来，就上炕睡了。

第二天，语文课堂上，任侠抽查家庭作业，先查阅几个后进生的。第一个就是王倩。

她心嗵嗵乱跳，低着头在桌子上乱翻，口里说着怪咋咧，放在这儿寻不见。任侠让她找，又去查另一个的作业，看完后又来到她面前，她把作业本给了任侠，任侠一张张翻看，猛地把本子摔在她的头上，那是一本破本子，被摔成了几片片。

她气得咬着牙骂她："就做下这号作业！昨晚上偷牛去了，为啥课文才抄了那么一段？你你你……给我说！"王倩哪里敢出声？

任侠接着说，"没时间跟你磨牙，放午学后写不完，不能回家吃饭。"又叫没有检查的其他几个后进生下课后把作业交到她房子，开始讲课了。

放午学后，任侠把王倩留在教室抄写未完成的课文，还叮咛要是有加字掉字错别字或书写潦潦草草还得返工，啥时写好了才准回家。

王倩的奶奶在大门口看见不远处有学生回来了，立马回去下面条。爷爷正在案上切青辣椒，同王倩在一个班的一个男娃进了门，他说，倩倩没有完成家庭作业叫班主任留下了，啥时写完，啥时才准回家。爷爷听后，脖子的青筋突然暴了起来，歪着脖子拉着老牛叫的嗓子骂：

"他妈的，走！我去学校非把这老师的脚锯了不可！"他把菜刀一扔，带着满肚子的气趔趔趄趄出了门。老婆赶忙抓住他的左胳膊说：

"你老鬼脾气又来了，和老师有啥闹的？叫娃写作业，又不是去拔黑豆，迟吃一会儿怕啥！"

"滚！我看你想挨揍了。你晌午不吃，行不？"他把胳膊用力一甩，险些儿把老婆甩倒，一阵风似的出了家门，去了学校。

王虎先去了五年级教室，一眼瞥见王倩一个在空荡荡的教室写作业。他一把拿起本子朝桌子上放着的书包里塞，一面高喉咙大嗓门儿喊叫："是你班主任扣留你？"王倩眼泪汪汪地望着爷爷，撒娇地摆动身子噘着嘴说："写不完，老师不让吃饭。"爷爷扯起她的胳膊去了任侠老师房子。

林娜把王倩的爷爷叫到房子，拿出一盒"红梅"烟，划火柴给他点着，两手捧着一缸茶水放在他面前，笑着说："跑了多远的路，加上天热，肯定口干舌燥。俗话说，'吃烟喝茶，歇歇不乏'，这一杯白糖茶水就是给你润喉降温的，喝吧。"

王虎是个一说二打三拔毛的倔脾气，外号"挡不住"，你越硬，他比你更硬。林娜一根烟一壶茶，几句温暖话，把王虎的怒火一下子从头顶降到脚跟。他吸了口烟，长长嘘了口气，不紧不慢地说：

"林校长，咱是老粗，跟土打交道的，不会说话；又是个袖筒擩棒槌——端入端出的直杠子人。你们这些老师教娃学习，就要刀响见面，一嘴吃个胖子，这咋能行？布置的家庭作业娃能写到鸡叫，你说，这叫啥学习？这样下去，我看不出两个月，非把娃逼疯不可。这事怕你还在鼓里蒙着。这任老师放学不让娃回家吃饭，她知道饿，就说娃是铁打的肚子？"

林娜洗耳恭听，点头微笑说："我就喜欢你这直杠子人，有啥说啥。我也是一枪戳下马不会拐弯抹角的人。请问王师多大年纪？"

"就叫我王虎，六十岁露头。"

"哟，比我大八九岁，看上去不过五十出头的样子。种多少地？庄稼长得咋样，上化肥不？"

"坡地河滩地总共十五亩。"王虎肚里寻思，这林校长和我是见第一面，人说她没架子见人扑哈哈的，果真不假，"庄稼长得一般，如今粪土少，主要靠化肥。不上化肥要想多打粮，那是半崖上挂门帘——没门儿。十几亩地，说少也得一千多元化肥买。"

"好，你说得对。咱们学校开学收了不少后进生。像你的孙女王倩这样的学生，各年级都有。他们就像长得又黄又瘦的庄稼苗一样，不上化肥苗不长。不狠抓后进生学不到东西，误人子弟等于杀人父兄，我们老师的良心过不去呀！你说，是不是？"

"是，是这个理。"王虎没想到自己被套住了，他点了下头，似乎理屈，半天才开口瞅着林校长提高嗓门儿说，"把娃抓紧是对的。家庭作业太多了，娃受不了，放学总该叫娃回家吃饭，吃过饭到学校再写也行嘛，不该把娃扣下。"

"家庭作业可能多了点儿，我没有过问，这是我工作的漏洞。以后要布置作业，难度大小、作业量多少，基本符合每一个学生的实际情况就好了。你要理解老师的一片好意，恨不得一个夜晚把学生的学习赶上去。只不过操之过急，布置的作业，很可能不符合他们的实际情况。留下写作业，说不定还有别的老师，这些做法都有损学生身心健康，今后她们会改的。你不必再去寻找任老师了，以后对学校不管是哪一方面，也不管是谁有意见，尽管提，我们虚心听取，诚恳接受，最好是找我面谈。你看，我只顾说话，忘了叫倩倩吃饭。你稍等一等，我去叫娃来吃饭。"

林娜出了门，王虎也跟着走出门，站在门口望着任侠老师的房子。

任侠房子只有田玲和王倩，王倩坐在板凳上正吃着面条，听到任老师和田老师就为留她写作业的事和后进生的转变在争论。田玲说：

"侠，说句真心话，我们布置的家庭作业就是量大了，学生做到深更半夜，第二天课堂迷迷糊糊眼睛挤在一起，听不进去顶屁用。抓了这头，跑了那头，唉，还是……"

田玲说了"还是"两字，走到门口把头伸出门左右一溜不见人，又接着说，"自古法不责众。后进生成绩都没提高，校长该罚谁。咱们是老鼠钻到风箱里——两头受气。就说上次抽查后进生的作业吧，校长在总结会上批评我改得不细：一篇作文别说标点和语句章法，错别字就有几个没改出来，批语也是千人一面。一班四十多个学生，咱们既教语文又教数学，整天忙得连上厕所都是小跑，哪有时间详批细改？公办学校都是一人教一门主课，真舒服！咱是公公背着儿媳朝华山——出力不讨好。就说你多布置了些家庭作业，还不是为学生多学一点儿，转变快一点儿，家长反而撵上门寻事，很难说，校长还要在会上点名批评你哩。"

田玲的话刚落音，任侠照顶子就戳："啥两头受气不受气，只要你行得端走

得正，问心无愧就行了。你改的作文我看了，粗针大线，一点儿也不细心。最糟糕的是你们班刘琴一篇作文，就足有九个错别字没改出来，考试的'考'下面拐弯里还加了一横，发展的'展'字后边还长个尾巴，多了一撇。难怪校长在会上批评你。不管干啥都得细心，不干拉倒，干就干好。我就是这样的人。王倩她爷来寻事，校长如果在会上点名批评我，反正我还是对王倩严格要求，该布置的作业，一定布置，该辅导的一点儿也不马虎。要让我放弃不管，除非把我解聘了。"

王倩端着碗，听得清清楚楚，她激动的泪水在眼窝里打转儿，险些掉在饭碗里。他用袖子抹了一下眼泪，觉得任老师比爷爷、奶奶还要可爱，心里暗暗说：任老师，我对不起你，没有完成家庭作业让你生气，爷爷更不像话，我一定叫他给你道歉……

两个老师正说着，林娜前边进了门，王倩的爷爷后边跟进来。林娜笑笑摸着王倩的头：

"你都端上饭碗了，我迟一步叫人请走了。吃得饱饱的，好好学习。"王倩热泪盈眶扑闪着眼说：

"谢谢校长！"

"你该谢谢任老师才对。"林娜说。

"谢谢任老师，"王倩稍停了一下，又面向田玲老师，"谢谢田老师。"

"王倩，你拿什么谢呢？"林娜问。

"好好学习。"她想了想抿着小嘴笑笑。

爷爷脸上的皱纹舒展了许多，他看着任侠说：

"任老师，我是个直杠子人，刚才给你耍态度了，你甭到心里去，还是把娃学习抓紧。我是说，家庭作业少来一点儿，不要在吃饭时留下娃。娃娃肯饿，饿着肚子咋能写好作业？这事就算过去了，以后还是少布置些。"

任侠说："你放心，我不是小肚鸡肠的人，你来寻我的事，我就不管你王倩？以后照抓不误。只要把娃学习抓上去了，我就心满意足。作业嘛，今后酌情少一点儿，你放心好了。"

"你们都在，那我走了，后晌还要上地哩。"王虎边说，边朝着大门口走。

第二十五章　调查研究

　　第二天,上罢早操集合站队时,林娜点名抽查二至六年级十名后进生和五名尖子生的语数家庭作业,让他们在第一节课前交到她办公室。

　　上课了,她一本一本详细查阅交来的作业,主要检查昨天晚上的家庭作业,也随便翻看以前的,刚好一节课查阅完毕。掩卷思索,她觉得好的方面是,凡布置的都动了笔,大多数做得正确,每一次都写有做作业的日期,是哪一天星期几的家庭作业,一目了然。

　　存在的问题是量大,尤其是后进生作业,语数两门没有"拦路虎",迈开脚步顺顺当当做下去,少说也得两个小时。语文作业每课一般带拼音写生字都在十遍,她想,难道写两三遍还不会吗?这就走了冤枉路,跑了冤枉腿,不管是优生还是后进生,跳高的线绳搭在一个高度。优生稍费点儿力气轻轻松松跳过去了,而后进生跳起来被线绳缠在脚上绊倒在地,必然失去再跳的信心。

　　再说,多数学生写字飞龙走凤,头在北京,腿在浙江,远远不可跟课堂作业相比。林娜自言自语:这样做,家长当然会找上门来,要是不及时纠正,顺着弯路走下去,非陷进荆棘丛中不可。

　　下午,林娜召开了部分优生和后进生会。

　　在她的鼓励下,学生们踊跃发言,谈了她根本没有想到的一些实质性的问题,对她启发很大。

　　比如,优生后进生布置同样的作业,正像跳高把绳子搭在一个高点,优生跳了过去,后进生却被绊倒。问到量的大小和一门作业完成的大概时间,遇到"拦路虎"驱走的办法,老师怎样检查等,学生们心有余悸,相互看着默默不语。林娜开导鼓励,才打开了话匣子。说来说去,三门布置的作业加起来,最少得做三个小时,还不算解答不了的题。这些做不完作业的同学,只好硬着头皮愁眉苦脸地等待着第二天抽查作业的惩罚。

　　就布置的作业难度来说,优生后进生一个样,而且后进生的作业量大于优生,语数外都患这种毛病。其中,语文作业最为严重。如一课生字一般是十个左右,课堂作业布置写一遍,《课课练》第一道练习题就是写生字,这样写两遍,

后进生基本上都会认会写了,可家庭作业还要求写好几遍,有的班级要求写十遍。这加重了学生负担,浪费了时间。就如同吃馍,已经下咽了,却又返到嘴里,愈嚼愈无味,且发恶心。

检查完成情况,大半是任课老师指定的几个本学科学得好的学生轮流查看,至于错、对他们不管,主要是看完成多少,然后向老师汇报。老师走马观花看几本打个"阅"字,就算完事,该表扬的就表扬,该惩罚的就惩罚。

学生普遍要求家庭作业布置少一点儿,要根据学生的学习情况,会做的题不布置,不会的和重要的题布置练习。

晚上,林娜批改完了课堂作业,翻阅着她过去订的几本《陕西教育》,从中挑选了几篇她认为有助于教法和学法的文章,结合学校教学实情看着想着,在空白处和字里行间写着感受体会,寻觅良好的教法,尤其是课堂教学。

看完了几篇文章后,忽然想起《教师报》有一篇《向四十分钟要质量》的文章,一口气读了一遍,认为写得很好,说出了她想说的话,解开了她心里还未解开的一些死疙瘩。

她舒展眉头乐滋滋地仔细看第二遍,边看边想边写体会,当看到文章中"课前必须做充分的准备及准备些什么"这一段时,她略加思考,提笔在该段的空白处写了:"好!不打无准备之仗,做好准备是打好课堂胜仗的保证。"

接着朝下看,当看到"必精讲,抓住重点,突破难点,莫要面面俱到、平分力量"这一节时,她点头笑笑,在行间写了:"这是要质量的关键。"

再看下文是谈"点拨启发,引导学生积极思维释疑解惑"的一段,又在那段空白处写上:"教法十分重要,点拨要点到点子上,才会引导娃娃积极思维。"

"课堂上最少要完成布置作业的百分之四十,少一点,精一些。"她看罢这一段后,立马在段末写下"少而精,减轻学生作业负担,家庭作业的布置也应如此"的话。

文章看完后,林娜看了墙上的石英钟已是夜里一点半,觉得肚子有些空,想吃点儿东西,又懒于生火,便倒了一杯开水,掰了半个馍,剥了一根葱,吃着喝着。此时明月西斜,她感觉头重脚轻,上了床拉了开关就昏昏入睡了。

第二十六章　凤英送宝

　　第二天吃罢午饭，林娜洗脸梳头，略整了整衣服准备到本村三岔沟和学校毗邻的煤台去家访，了解一下家长对学校教学工作的意见，其中主要的一个内容是对家庭作业的看法，以便切合学情改进方法，促进教学工作。

　　她出了校门朝南往沟里走，想先去五年级石军建家去。一来，她和这学生的妈妈接触了几次比较熟悉，二来，他是品德和学习都有转变的中等学生的典型代表。然后再去两个学习都十分差的学生家里，问问娃娃在家的学习情况。

　　红朗朗的太阳当头照，不热不冷，成群的鸡鸭在沟底小溪里追逐觅食，一对公鸡在斗仗，一个将另一个的冠子啄得血肉模糊。林娜拾起一块石头扔去，正好打在那个得胜的公鸡的背上，它才朝小溪那边的坡洼上跑去。

　　林娜边转身边笑笑说："真是好斗的公鸡！"

　　猛朝前一看，对面走来一个妇女，手提包不知装的是啥东西，疙疙瘩瘩几大块。眨眼间，与她相距只有丈把远，那妇女笑呵呵地问：

　　"噢，林校长，你去哪儿？我到你学校去。"她亲热地握着林娜的手，这妇女正是石军建的妈妈，叫李凤英，给娃报名认识了林娜。

　　林娜笑着说："寻人不如碰面，我就想到你家去。"

　　"欢迎，欢迎，走走走！"她用胳膊挽着她的胳肘弯反身就走。

　　林娜说："你家还要上坡，学校近，路又平，跟我到学校去。改日再到你家拜访。"李凤英便同林娜去了学校。

　　进了房子，她把一大一小两个提包放在林娜办公桌上，林娜洗了两个甜梨和几个富士苹果端到茶几上，拿了一个大梨塞到李凤英手里："吃吃吃，水甜水甜的。"

　　李凤英立马接着，边吃边笑边说："林校长，我建建在你校还不到半学期，确实懂事了，学习也好多了。得了两个奖状，两个硬本子，一本《新华字典》，一支钢笔。你不知道那高兴劲，那天晚上，我正在灶火搭柴，他放学回家从门外放趟子跑进来，被门槛绊倒，爬起来又跑，扑到我怀里差点儿把我撞倒，搂着我的脖子仰着脸上气不接下气说：'妈，我我……我得了奖！'得了个啥奖吗？把我娃

都高兴疯了。'他站起来也没拍打上衣前襟和两个膝盖上的尘土,从书包里掏出了用白纸包着卷成筒的奖状、一本字典、一支钢笔,放在锅台上说:'就这三样。'然后把奖状打开给我念:'奖给拾金不昧的好学生石军建同学,旭日小学,一九九六年十月二十日。'念完后又递给我看。我边看边问他拾了啥东西交给学校?他说:上一周星期六下午,学校来了一个卖书卖本子卖笔的。他买了一支油笔、一支钢笔、两个数学作业本,一共五元五角,给了十元。那人准备找钱时,一群学生围着买东西乱喊乱嚷,你要这个,他要那个;他喊叫给钱,你喊叫找钱。那个人给嚷糊涂了,给他又找了十元。他说,叔,你找错了,该找四块五角,他把那十元又给了卖文具的。那人从钱布袋里数了四块五角给了他,嘴里念叨几遍说,他是好孩子,问他叫啥名字?上几年级?他说我叫石军建,上五年级了。那人硬塞给他两个大本子,他没要扭头就跑了。那人走时,给班主任任老师说了这事。任老师在全班同学面前表扬了他,还把这事记在班里的'学规范见行动'的登记簿上。"

她说着把吃完了梨的梨核扔到了门外的垃圾桶里,进了门又接着说:"姜还是老的辣,你是老师,教育有方,娃各方面比过去都有进步!"

林娜笑了:"过奖了,这件事我知道。各班主任在周总结汇报学规范的典型人和事时,班主任任侠老师做了汇报,学校在全校学规范总结会上给了表扬和奖励。"

石军建她妈说话像放开闸门的水哐哐哐哐没完没了:"我建建娃,在水湾小学上三年级时,那是收麦时节,天气正热。我家来了老家一个乡党,吃完午饭歇晌时把衫子脱掉放在柜子上。那阵我在院里喂猪,不知啥时建建进了屋掏了人家衫子里装的二百元。建建到学校大概有四十多分钟,那人起来洗了脸穿衫子不见钱的影儿了,急得在屋里屋外东瞅西寻,又不好意思给我说。我问他,像牛瞅刀子跑前跑后寻啥哩?他才说,衣兜装的二百元钱丢了,脱衫子时摸钱还在。我说,肯定是这死娃拿走了,屋里就我们三人,不是他掏走了是谁?我撵到水湾学校,建建正在房檐底下弹杏核。我哪里有好气?一脚把杏核踢了几丈远,一把攥着他的手腕,照脖子就是一巴掌:谁叫你把你叔的钱偷走!拿来给我,我非剁了你的手不可!他瞪着眼说没拿,就是没拿。我说水瓮里还跑了鳖?接着又是一个耳光,打得他面红耳赤,他乖乖脱下一只鞋,把钱拿出来。我这人脾性不好,人常说,惯娃是害娃,打是亲,骂是爱,不打不骂是大害。对娃就该是给好心不给好脸。林校长,你把咱建建抓紧管严,不对就打,严师出高徒嘛。"

林娜说:"娃要管严这不假,还是要讲道理,多教育,要叫娃娃知道,什么是错,什么是对;什么该做,什么不该做。要多表扬鼓励,要看到娃的优点,以鼓励为主。建建妈,你觉得你娃这半学期来学习咋样?家庭作业多不多?一般得多长时间能完成?压力是大是小?"

李凤英说:"学习比以前好多了,一放晚学不要你说就写家庭作业,有时把饭做好快放冷了,还不端碗。不是我说,水湾小学在抓学习方面真的是放羊了,随娃的意儿。我建建娃回到家里书包一撇,撒腿就跑着耍去了,也是把饭做好放凉了,还不见人影。"

她说到这儿,喉咙吭了一声,出门唾了口唾沫,又返回坐在椅子上,笑着继续说:"我头底下不压话,家庭作业布置得有点儿多。语数外三门作业,娃有时写到十二点多还做不完,天还黑乎乎的就起床再写一阵才上学。像这样下去,时间长了,娃身体恐怕支持不住。老师的心情我理解,总想让娃娃多学一点儿,考个好成绩,老师的脸上也有光了。可就是多了一点儿,有些题娃娃会做就可以不布置了,像语文生字、英语单词写两遍差不多会写了,就不必写七遍八遍,甚至十来遍。其实,我也教了两年学,有了我建建后再没教。我体会教师工作的辛苦,有些家长不说自己的娃娃是捣蛋锤锤,不好好学,还怪老师这,怪老师那。林校长,布置家庭作业的事,你给老师说不说无所谓,我还要亲自到给建建代课的老师那里了解娃的学习情况,提提建议。"

林娜把削好的一个苹果送到建建妈手里:"这苹果味儿不错,你吃。凤英,你心直口快,我就喜欢这号人。我不知道,你还当过猴儿王,人说门不亲行亲,今后多指点多批评,没事常来学校拉话。老师们心急,总想很快提高教学质量,转化后进生,布置的家庭作业确实有点儿多。学生、家长都有反映,学校一定会及时纠正,布置比较适当的作业。"

"从目前后进生多这个角度看,给点儿压力也无所谓,总比放手不管强。咱干过这工作,我是的的确确知道老师们的良苦用心。"

李凤英离开座位,去立柜边拿起靠在上面的一大塑料袋青菜,还有一个装得疙里疙瘩的蓝提包,笑笑说:"也没啥拿,给你和建建代课的老师装了些辣子和绿西红柿,不知道你们爱吃不?我最爱吃青柿子炒辣子,夹白蒸馍香得很!"一面说,一面给林娜小案板上倒了一堆。

林娜赶忙捏住袋口:"好了好了,真是无功受禄!"

李凤英只管倒完,说:

"吃完了叫娃再给你提,我家院大,足足有半亩地,种有茄子、辣子、西红柿、黄瓜……统共四口人,吃不完还不是烂到地里了。另外,还给你送来两样宝贝,你用得上。"

她从提包里取出一大本有一砖厚红硬皮子书,放在办公桌子上,又取出像《新华字典》大小薄厚的两本书放在桌面上。林娜顺手拿起红皮子大书,看封面是《学校教学实用全书》,林娜边笑边说好好好,边翻看目录,两部分十四篇,一部分是中学教学编,一部分是小学教学编,再粗粗翻看了内容,有理论、有实例、也有图解说明。

她连连说:"宝书!宝书!当真是宝书!这是你当年教学的工具,你必定是个呱呱叫的老师。"

凤英说:"啥呱呱叫,实际很平常。"

再看那像字典的两本书封面上是书名《新编小学数学教学方法手册》,更是

喜得合不拢嘴，说："我教了一辈子书，还没见过这本书哩，你从哪里买的？"

李凤英说："这本书是我教学的第二学期姨表哥送我的。他原来在外县一所完全中学教数学，后来考上研究生，临上学前送给了我，当真对我的教学帮助不小。后来我中途辍教了，把它锁在箱子里，整整坐了九年'禁闭'，今天解放，给你带来，就算我对你校的一点儿支持，尽一点儿心意。"

林娜把书放下，两手紧紧攥着她的手，瞅着她的脸，激动得热泪盈眶，一个劲点头，表示深深的谢意，并把这三本书包好，放在立柜里。李凤英说她再去看看班主任和给建建代课的几位老师。林娜挽着她的胳膊先去了建建的班主任老师房子。

一周内，林娜抽查了各年级上中下三十多名学生的语数外课堂作业和家庭作业，召开了二年级以上的班干部会和后进生会七八次，听取了家长对学校、特别是家庭作业布置的意见。又与多数教师促膝交谈，探讨了如何提高教学质量和后进生转化问题。

她硬是挤时间，大多是晚上改完作业，备写好教案后看关于教学教改的文章，并在文章空白处写有体会。又重点阅读了那本《学校教学实用全书》，其中着重阅读了小学教学编，如"小学课堂教学艺术""作业设置"等篇，反复琢磨了怎样提高课堂教学质量，如何转化后进生等亟待解决的教学课题。

林娜决定在第八周召开全体教师会议，研讨如何提高教师的课堂教学水平。她认为，教学质量主要是靠教师，只有千方百计提高教师的知识水平和教学能力，才能逐步提高教学质量。为了把会开好，为教学献计献策，林娜用复写纸印了发言讨论提纲，共十道题，每个老师发一份，让大家充分准备。

第二十七章　研讨校会

第八周星期二晚上七点开会。林娜谈了会议内容、宗旨,读了讨论题,鼓励大家开诚布公,畅所欲言。

每个教师都拿着复印的讨论提纲,有的看着题在蹙眉思考,有的看着地面微微点头,看样子是早已准备好了。不过,谁都不愿放第一炮,只待他人发言后再说。有的还在推敲字句,斟酌层次是否清晰,唯恐发言水平低,让别人笑话。

房子一时静得出奇,真是羊油滴在石板上—— 凉起来了。林娜鼓励有多说多,有少说少,长篇大论欢迎,一句半句也行。

只听得五年级班主任任侠老师把右手卷成话筒搁在嘴上吭了一声。

六年级语文老师张莹说:“大家注意听,任老师打第一炮了。”

任侠笑着说:“我喉咙发痒吭了一声,哪里是发言? 张莹能说会道,天生的八哥嘴,又是教研组长,满肚子的墨水,该第一个发言才对。”

大家轰一声笑了,还是没人开腔。

这当儿,林娜说:“你们都把好戏藏匿起来,逼着我这破锣嗓门先唱几句吧,就算是抛砖引玉。我先唱怎样提高教师的课堂教学艺术水平,也就是如何能让四十分钟开花结果这一折戏。”

“我积三十多年的教学经验,以为要在四十分钟课堂上结出累累硕果,老师的知识水平和教学艺术,至关重要。首先,不打无准备仗,吃透学生,吃透教材,掌握每一课每一节的重点难点。课堂上要善于提示点拨,启发学生积极思维,释疑解惑。

“这启发式教法,打个比方是什么呢? 一盆馍放在靠墙处碗架底下,四五岁的孩子饿了向妈妈要馍吃。好的妈妈是提示拿个小板凳放在案下,站在凳子上扒住案边沿伸手取馍。娃按提示引导的办法做了,手虽在盆沿上晃来晃去,却总是离馍还有那么一拃远。妈妈又启发点拨,把腿抬起来用劲往上再爬点就拿到馍了。娃按妈妈说的做了,果然拿到了馍,达到了充饥的目的。以后,馍仍旧放在那儿,妈妈在家也好,不在家也好,饥饿的孩子就可以自个儿拿馍吃了。这样做比你把馍拿来送到孩子手里让他吃好多了,起码解决了妈妈不在家,孩子

饥饿的问题。教给娃吃馍的方法,养成了自己动手独立生活的能力。

"我看我们教课就应该像这个妈妈一样,以点拨诱导的方法,启发学生积极思维,培养独立思考的自学能力,那就会提高教学质量,四十分钟就会开花结果。你们说,有道理不?"

每个老师都笑着点头表示赞同。任侠快嘴利舌问道:

"校长,请你在课堂上当一回这个妈妈,给大家做个示范?"老师们的目光都在林娜身上打转儿,有点头的,有笑的,也有说校长老手旧胳膊没问题的。林校长扫了大伙一眼。

"我其实说得七分,只做得一分,任老师把我抬到火炉上烤了。有机会的话,这个火炉我上。我想咱们大多数都是才登讲台的,因此,当务之急是开展优质课赛讲活动,相互学习,取长补短,共同提高课堂教学艺术。在游泳中学习游泳,效果好,来得快。"

"行行行!"有几个老师齐声说。

"这个活动很好,校长,你参赛不?"任侠笑笑说。

一时大家哄堂大笑。林娜接着说:"什么时候开始?赛哪些科目?具体内容是什么,需哪些评比项目?大家谈谈!有时间的话,我也参赛。"

她的话一落音,已有三年教龄的张莹老师说:

"当真,赛讲是提高课堂教学水平的好办法,人人参战,彼此扬长补短,这比公开课高出一筹。我参加过两次赛讲,一次是学校赛,一次是乡上赛。从备课到讲课,费了九牛二虎之力,不过说实话,临讲的那天晚上,我一晚都没合眼,在被窝里把要讲的内容从头到尾字斟句酌回忆了两遍,刚合上眼,天就亮了。讲罢课,大家认为是成功的,我也感觉提高了很多。我看,咱们都代语文、数学两门主课,就赛这两科吧。每个老师自选一科讲一节就行。评比条件,校长先拟好,然后再拿到会上讨论,最后决定就行。"

林娜说:"评比项目大致提一提,我下去拟好再讨论。"

"我是新手,具体说评比项目、内容等,还没那杆秤。"李萍说。

"谁叫你遗了秤锤?"任侠在李萍背上用拳头轻轻打了一下,"我说三点:普通话算个评比条件,板书算个评比条件,教法更算个重要的评比条件……"

这个还没闭嘴,那个便接上话茬,好像热砂锅里爆玉米花似的噼噼啪啪说个不停。

最后二年级班主任闫红发言:"赛讲课我不反对,要说明的是,我不参赛。"她表态后面带愧色,两只手放在膝盖上,仰头望着屋顶。

大家听了都感到愕然,心想,这赛讲本来是好事,再说是校长定的,闫红也有一年教龄了,按理她应积极支持,并热心参赛,怎么会打退堂鼓呢?田玲眼睛直勾勾瞅着她,似乎要从她身上找出不参赛的原因来;同时,自己的心怦怦跳动着,担心林校长一定会给闫红颜色看。

林娜果然严肃地问:"闫红,这就怪了。你既然赞成赛讲活动,为什么不参

赛?"闫红挺着白一块红一块的脸半天才说:

"我不会讲,讲得不好。除……除非把我抬上讲台。"

林娜看出了闫红不参赛必定有缘由,不便于在会上讲,于是递给了她下台阶的扶手:"你有什么难处下去给我谈谈,只要有道理可以不参赛。"

林娜把大家的意见进行综合分析,根据学校实际情况,决定第九周开始赛讲,每周两人,四周结束。由校长亲自制定优质课赛讲评分表,各项评比内容总共100分,还有优缺点和建议栏。一人授课,所有参赛者都是评议员,人手一份表,每一项内容都要打分,还要认真详细地填写优点、缺点和建议。

赛讲结束,由校长算出所有参赛者的成绩,前三名为优胜者,学校开全体师生大会给予物质奖励;同时,向镇教委推荐第一名参加全镇优质课赛讲。

接着,各位老师汇报了各年级开展"学规范见行动"活动的情况。林娜肯定了成绩,指出了存在的问题,强调不要以为活动搞了几周,学生的思想品德提高了,纪律加强了,涌现了不少新人新事新风尚,便是船到码头车到站,该停止了。应该是发扬成绩,使活动向纵深发展。

接下来,林娜让学前班李萍老师简要谈了一下学校文艺队的情况。

然后讨论怎样布置作业,尤其是家庭作业要不要布置。要,究竟怎样布置;不要,为什么?

任侠老师首先发言:"家庭作业非有不可。它是课堂作业的不足和补充,是后进生转化必不可少的良药,是每个老师期末统考的钥匙,为什么不布置?王倩她爷跟我吵,说什么作业多得要学生的命。真的要命?我看未必。当时,我承认布置得多了一些,后来我想并不多,所以,现在照样让学生该吃多少就吃多少,没有减量。"

"我谈一点儿不成熟的意见,说错了就当我没说,大家别笑,不过是个人的一点儿看法。"张莹老师说完了开场白,清理一下嗓门正准备开腔时,被任侠一枪戳下马:"你这个张莹说话总是婆婆妈妈的,啰啰唆唆,拖泥带水,直截了当讲好了!"大家又是哄堂大笑。

张莹抻了抻脖子说:"叫我说的话,课堂作业就够学生受的了,做得慢的到放晚学还交不上来,再布置家庭作业写到深更半夜,小娃娃咋能受了?第二天课堂上打瞌睡,所讲知识没听懂,抓了这头放了那头,顶屁用!还是裁了好。"

刘睿开口道:"我们不能忽左忽右,从一个极端走向另一个极端。家庭作业要布置,量要合适,恰到好处。不能过多,也不能没有。这同小孩子吃饭一样,过量伤胃,不足肚饥,对身体都有害。"

"开学至今,我布置的四年级语文家庭作业量就大一些,尤其是后进生量大,一些就失去了完成的信心,其中几个干脆一道题也不做,和老师顶牛,哪能说上效果,说上提高?"

"我想,今后应这样布置家庭作业:一方面预习第二天要讲授的新课,让学生在课本上把他们认为重点、难点地方画出来,不能解答的问题画出来,这样做

课堂所讲容易接受。根据学生的不同情况,布置家庭作业,可根据学生学习情况分为上中下三个等级,上等题量较大,难度较高,中等次之,下等当然就更次了。即使是重点题,学生已经掌握了,也就不必布置,不要浪费做题时间。有布置有检查有总结,才能避免家庭作业走过场。"

林娜和其他老师静静地听着,有的点头,有的抬眼看看刘睿,从内心感觉她说得有理。

张莹接着说:"以上各位老师尤其是校长的发言,给缺乏教学经验的我上了一堂生动的课。我保证在教学中学习和运用启发式教学,不断提高自己的教学水平。另外,我也同意布置家庭作业,把学生按程度分类,区别布置,题少而精,加强检查。其中,把预习新课加进去,让学生们事先看书学习,以便有助于对新知识的理解。"

剩下两个老师也表了态。最后林娜做了总结:

"家庭作业是第二课堂,它是第一课堂的补充,一定要布置。布置量的多少,要根据学生优劣和对题掌握与否而定,这同跳高一个样,能跳过一米,可把跳杆搭在一米一左右,能跳过八十厘米,跳杆搭在九十厘米左右,这样,都有勇气去跳。如果过低,可能不屑去跳了;如果过高,望而生畏,又失去跳的勇气。一般说,语数外每科题量以学生做完不超过半小时为宜。凡是已掌握的知识不布置,如语文课生字最多两遍即可,纠正以前生字写十遍八遍的不良现象。另一方面,要布置新课预习,下一堂讲授内容要告诉学生,让他们借助工具书提前预习,画出疑点,这样很有助于课堂上对新知识的理解、接受和加深。任课老师课前可按组或按人抽查作业完成情况,重点是向四十分钟要质量。"

满天星斗,月亮偏西。山岔沟村的农人和周围厂矿企业的员工们已酣然入眠。旭日小学的全体老师才开罢会回各房子,有的拉灯就寝,有的仍然在电灯下伏案备课,批改作业……

第二十八章　优质课赛

　　林娜翻阅了不少资料,回想到以前她在校、公社、县上参加赛讲评分表的内容,根据本校年轻教师多,大多数是才登讲台的实际情况,在三天之内反复修改,终于完成了"语数优质课赛讲评分表"。她用复写纸复印了六十份,然后开会发给每人八张表,对每一项评比内容都做了解释。最后抓阄排了赛讲名次,并且再三叮咛,参赛者要重视这首次赛讲课,尽最大的努力讲好,结束后要按成绩在校园张贴公布。

　　五年级语文教师刘睿开毕会回到房子,看办公桌上的钟表已是十二点半,她关上门独个儿在台灯下仔细看"语数优质课赛讲评分表"内的各项评分标准,按校长的说明解释,边看边思考每一项每一句甚至每一个字和词的含义。这不仅因为她是参赛者之一,当然必须吃透评分标准的要求,才能按各项的具体标准去授课;更重要的是,她想在这次赛讲中力争获得最佳成绩,被校评为教学能手,以便推荐到镇上参加赛讲,这就为进一步选拔参加县赛讲奠定了基础。

　　"评分表"分六大项:教学目的、教学内容、教学方法、优缺点、建议、分数。其中,主要的是教学内容和讲授方法两大项,每一项又有数条要求标准。刘老师重点看和思考的是讲授每一项要求。

　　她看到"板书字迹清晰工整,安排合理、简练、富于启发性"这一条时,忽而想起她在张庄小学实习试讲三年级语文——那时,她刚登上讲台。有一个星期,第一次担任公开课,学校全体教师,还有乡教委专门指导小学语文教学的一名干事,一共十二人听课。她暗暗告诫自己:把听课者看成一堆草,不在眼里,不在话下。讲课时昂首挺胸走上讲台,环视教室一周,看到黑压压的人头,几十双眼望着她,心怦怦地几乎要从口里跳出来。

　　稍稍镇静了片刻,她转身在黑板上写了课题。本想写在黑板中间偏上方,天晓得,那不听指挥的右手却写到腰部偏下。更让她气得要命的是,六个字是走七八十度的上坡路,简直是跷起来的一只脚。她擦掉又重写了一次,似乎比第一次更难看,真是字是黑狗,越写越丑。她唯恐耽误了时间,便开始讲课了。边讲边板书,一堂课让黑板吃得快撑破了肚皮。至于启发性,那确实是瞎子掴

毡—— 摸不着路。

幸亏她的语言表述是比较流利的普通话，翻来覆去的重复句子不多。一俊遮百丑，大家以为她是新手，第一次公开课，都不想戳伤了她的好胜心，评议是优劣各半。当看到"怎样使用点拨启发的教法，让学生积极思维，轻松快乐地掌握知识"时，她当真是低能儿了。只能使用提问题的形式，学生答不上或者回答不准确，她给以补充纠正而已。

她想：如何掌握启发式教学法，心里一片空白，要获赛讲优胜者，这不是难于上青天吗？又一想，世上无难事，只要肯登攀，不信我拿不到赛讲红旗！

她看着并轻声读着"运用启发式点拨引导学生积极思维，释疑解惑"这一条教法评分标准为十五分，是打分最高的一项，不禁蹙眉思索：这是至关重要的一条，应该重视，重视啊！她看罢"评分表"后，把它放在桌面上，对参赛的所有老师在心里做了估计评价。首先想到了张莹老师，她有几年教龄，任六年级语文和二年级数学课，兼语文教研组组长，张莹如果选了语文课，这实在是个很强的竞争对手！她讲语文课在语言表述、板书设计、教材挖掘深度三项基本功和自己比，都高出一筹。不足的是，她讲课撒胡椒面，芝麻西瓜一齐抓，重点不突出，至于启发式，也不过是提问的形式罢了。这次赛讲，她抓了第二，我是第五名，离讲课将近两个星期，还有准备和训练的时间，力争参加镇上的赛讲，讲得出众，我也许会上县参赛。其他参赛者，像田玲、任侠……虽然各有长处，也不过如此。

她想，应从这几方面着手。

首先，要选好所讲课文，是自己最拿手的戏，凡是能找到有关授课的参考资料，都要细心看阅，汲取营养，像校长说的她那本《学校教学实用全书》中的"小学教学"有关内容必须看，《陕西教育》有关文章再看看，还有《课课练》作业题等，教学参考就不用说了。课文要滚瓜烂熟，差不多到倒背如流的程度，然后根据学生接受的实际情况，对所看过的各种资料综合分析，去粗存精，写出教案。

其次，请求张莹召开教研会，让各位老师伸出援手，集思广益是很必要的。想来她这个组长不会拒绝，还可以到我的两个同学那里听听她们的意见。有时间的话，到庄田镇中心小学听一次课。据说，各校几周来都在赛讲，丰富丰富自己……

刘睿两手托腮呆呆地想着，忽然，听见门外有人敲她窗子的声音，她的思路被打断了，问："谁？请进！"

"人家睡了八觉了，就说你还坐在椅子上是想心上人？嘿嘿嘿！"任侠连说带笑推门进了房子。刘睿也从椅子上站起来朝门口走了两步：

"噢，是你。那你现在还没有睡，是想小党了吧？（小党是任侠高中毕业的同学，正同她谈恋爱）"

"谁想他？一辈子不见都不想！"她说着在刘睿的肩头轻轻砸了一拳，看见桌面上放着四年级语文课本和参考书，就拿起课本说：

"睿睿，说正经的，你准备讲哪一课，定下了没？"

"没定下。真不知该讲什么文体，该讲哪一课，你来得好，参谋参谋。"

"你哄傻子哩。我反正讲记叙文，大致算了算时间，轮我讲，差不多刚上到《十里长街送总理》这课，我想把人们对总理的爱戴、留恋、悲痛的感情充分表达出来，让这种感情传给每一个听课者，自己分数就上去了。难的是如何表达这种情感？"

"你倒先走了一步。先帮我定下要讲的课文，回头再谈你授课的感情。"刘睿说。

"四年级语文我从没教过，帮你定要讲的课文不是赶着鸭子上架？你先说说，你准备讲什么文体，具体是哪一课？"

"我想来想去，还是讲记叙文十六课《徐悲鸿励志学画》。从思想目的说，教育学生为国争光，向徐悲鸿学习，发愤读书；从要学习的写作技巧来说，情节结构严谨，前者是后者的原因，后者是前者的结果，能逐渐克服学生作文内容联系不严密的毛病，记事写人的文体讲起来生动活泼，得心应手。我就选这一课，你看行不行？"

"没有调查怎敢乱发言？让我把课文看一遍。"任侠把书翻到十六课，默默地看起来，大约有二十分钟，她把书合起来说：

"行，我看你就选这篇课文。"她把课本朝桌面上一扔，一本正经地说，"咱讲语文的一共五人，就你讲课的水平，我看再努力一下，绝对拿第一名。我预祝你成功！"

"哎哟，你把我扶得高的。咱们组长教龄又长，普通话、板书、教材挖掘、讲授方法，都是狗撵鸭子呱呱叫，我能是第一？只要不名落孙山，我就心满意足了。"刘睿笑着翻起上眼皮瞅着任侠，等她说话。

任侠把右腿蜷起放在左腿膝盖上，两手相叉搂着膝盖，嘴一撇：

"你说张莹是第一名，我看未必。她讲课拖泥带水，就像吃馍越嚼越多，不往肚子咽，看的人都恶心，不知她有啥感觉。这人就是会在校长跟前表现，你别看她见了咱们嬉皮笑脸的，其实，谁要是不管在哪一方面稍比她强，她就气得死去活来。你以后可要提防她，多长一个心眼。"

"我觉得她还可以啊。"

"可以——"任侠说，"大概是第五周周末卫生大检查，那一周是田玲的值周，她带着各班生活干事检查教室，给六年级教室（张莹是该年级班主任）打了四分。张莹就很不满意，说啥眼窝叫鸡屎糊住了，我们教室打扫得能照出人影儿，才给了四分，咱就骑着毛驴看戏本——走着瞧。当时，我在她办公室，顶了她一句：肯定你打扫得还有不到之处。一次她收各年级上中下各三本《语文天天练》作业检查，其他年级都是任课教师收来交给她的；田玲带的三年级语文是她亲自到教室收的，全是后进生作业。总结时三年级这儿有缺点，那儿有毛病，打了三分。田玲气得半夜没有睡好觉。田玲是个树叶落下都怕把头砸扁的胆

小鬼,硬是咽了这口窝囊气。"

"要是我,就叫她知道铧是铁铸的!""原来如此。"刘睿把"评分表"放在任侠面前说,"'静坐常思自己过,闲谈莫论他人非',你先详细看看这个,说说哪些是最重要的,讲课应该注意。"

任侠拿起"评分表":"我已看了好几遍了。"她看着"评分表"谈了哪几项规定给的分合适,哪些项给分过高。哪些是重点,讲课必须把握好,哪些注意一下即可。她们两个又对《徐悲鸿励志学画》这篇课文的重点、难点做了磋商,又探讨了突破难点的方法、启发点拨方式的运用……

刘睿说:"重点和难点咱俩的看法不谋而合。侠,你就如何运用启发式教学法,提示学生积极释疑的问题指导指导!"

"我能指导?"任侠照刘睿肩膀轻轻打了一拳,"别胡言乱语!咱俩共同探讨探讨吧。"

"林校长那天晚上对启发点拨做了形象的说明,值得咱们深思。我看,启发式就是不把知识全盘托出给学生,而是一步步去设法提示思维,解决疑难问题。关键是点拨在点子上,学生不得不朝那方面思考。就本课课题为例,可运用由近到远,由浅入深的提示启发方式。

"问:谁学习画画儿? 答:徐悲鸿。问:他是怎样学习画画儿的? 答:立志学习。问:立志是什么意思? 答:确立志向。问:他为什么要确立志向学画? 大半学生可能答不上来,点拨提示,认真看课文第一段,找出答案。学生看后,就会有踊跃举手的。这一问题解决了。问:怎样确立了学画的志向? 学生又答不上来。点拨启示:请认真阅读第二段,找出答案来。学生边看边思考,必然有部分学生举手回答准确。我就是这样理解启发式的,你觉得如何?"

刘睿笑了:"很好! 我学习到了如何提示点拨的方法。"

她俩看着课文,一会儿任侠是老师,启发提示,刘睿是学生思维回答。一会儿刘睿又当老师,提问讲解,任侠回答。直到她们俩说话东一榔头,西一榔头,语无伦次,上下眼皮打架,几乎抬不起头来,才散伙睡觉去了。

第二十九章　众人添柴

　　刘睿老师暗暗下定了决心：本次优质课赛讲我非攀上巍峨山巅，第一个拔到红旗不可！这个坚定信念促使着她，把《徐悲鸿励志学画》这篇课文背得滚瓜烂熟，并且阅读了十多种参考资料，还向校内外几名老师征求了意见。最后反复咀嚼，综合分析，根据自己的教学实情去粗取精，去伪存真，备下了详细的教案。她用复写纸复写了十份，送给全校每个老师一份，还送给了几个相好的同事，请大家看后提出宝贵意见。

　　邀请探讨教案的教研组会（实际是全体教师会）在刘睿老师房子召开。她笑着说：

　　"这两天气候反常老热，我叫大家吃口鲜物降降温，请多提指导意见。"大伙儿都在猜想，快到重阳节了，大不了就是苹果、梨、枣之类，这算啥鲜物？她们看刘老师先拿一块小案板放在摆放作业的桌子上，从办公桌底下拉出个化肥袋子，逮住两个角朝上一提，一个足足有十五六斤重的大西瓜滚在地上。大伙儿的目光全集中在西瓜上。

　　"这个瓜真大！"

　　"当真是鲜物！"任侠早从锅台上拿来切菜刀，"我来杀！"刘睿把瓜抱起来放在案板上。

　　任侠从中间连砍两刀切成两半，张静两手一拍：

　　"好瓢口！红沙瓢赛冰糖，先下手为强。"一半刚切下一牙儿，张静就拿起来咬了一大口："不错不错，甜到心尖尖上了。"两半瓜切完，任侠的刀还没放下，案板上再剩四牙儿了，她只怕别人吃光，刀一摔，拿起一牙儿，从这头到那头用嘴一溜，两道甜水水从嘴边往下流。

　　"吃了人的嘴软，拿了人的手短，一会儿讨论时，可要上天言好事哩。"刘睿嘿嘿嘿笑着说。

　　"我反对上天言好事，光朝脸上贴金的，把瓜放下！"任侠眨眼就吃完一牙儿，又拿起一牙儿说，"我光说瞎不说好，都把瓜放下，我来享受！"闫红扫了一眼大家，右手拿着瓜咬了一口，左手又从案板上抓起一牙儿，说："我也说短处，不

说长处。"

田玲拿着吃了一半的西瓜乘闫红不防,从她的背后猛地朝她嘴里搐去,说:"爱吃叫你吃够。"闫红头一偏,瓜瓤贴住了半个脸,还有两个黑瓜子一个沾在嘴角,一个沾在鼻子的左半边。

张莹笑得捧着半牙瓜跑出房子,任侠笑得转过身子,嘴里的瓜瓤喷了一地,刘睿右手捂着心口,直笑得满脸通红。

张莹说:"吃了瓜,甜了嘴,现在探讨会开始了。今晚这个会叫集思广益备课会,也叫帮助会。校长因事外出,临走时叮咛我召集主持会议。刘睿老师请求语文教研组同志集体帮她备写赛讲教案,实际数学组的同志也在座。大家事先都有了她备写的教案,也看了课文,希望能开诚布公谈谈,课怎样备怎样讲才会有良好效果。大家的意见肯定对睿睿有启示,同时,这对每个人的授课能力也是个提高。我看是不是先叫睿睿谈谈她如何备教案,准备怎样讲,然后大伙儿再发言?"

刘睿先谈了她诚恳邀请大家帮助她探讨赛讲课的目的和意义,接着详细谈了备教案前的准备工作,如看了多少有关资料,同某某老师共同讨论了备写教案和讲授方法等问题;听取了几个老师的课,征求了外校教同类课的老同学的意见,还问了一些同学对她平时讲课的看法和建议。

"最后才备写了赛讲课教案。"她扫视着每一个老师,诚恳地说,"我觉得,就目前我备写的教案来看,特别是在重点、难点、教材挖掘的深度,以及具体的教法、学法等方面,都存在不少问题,到底是什么问题,怎样解决,我还是摸着石头过河——心里没底。俗话说'众人拾柴火焰高',我请在座的每一个老师给我燃烧的柴堆再增添哪怕是一根柴棒,让它越烧越旺。谢谢大家!"

会场静悄悄的。门外风吹树木枝叶的沙沙声,校门前沟渠里小溪潺潺的流水声,山上鸟儿的鸣叫声,都钻进与会者的耳际。她们无意去欣赏这美妙的音乐,都在专心思考提什么意见和建议。有人微闭双目,教案上的每一句话,甚至每一个字词都像过电影似的在脑子里晃动;有人翻阅着课本或者教案皱眉筛选要言,斟酌这样备写或那样备写,究竟哪一种效果最佳;有人急得搔头抓腮,一时还看不出来教案有啥不到处,哪来柴棒添火呢?有人坐冷板凳,啥也没想,似乎与己无关,只等别人朝火堆里添柴加料。

张莹组长催谁先打第一炮:"快,抓紧时间。"她瞅着任侠说,"我看你的炮口已瞄准目标了,放吧!后面做好准备。"

"好,我先放。"任侠挺了挺胸,"睿睿备课做了充分准备,所以,教案备写得具体,目的、重点、难点、教法、学法这些都有,我认为是符合学情的。板书设计应按课文所分的四大段用小标题概括为:学画被妒、励志学画、成绩优异、转变看法。小标题是从故事情节发展的因果关系而来,因为徐悲鸿学画刻苦努力,老师看重他,所以引起一些外国学生的妒忌;因为他要为中国人争气,这一动机促使他励志学画;因为学画奋发努力,所以获得良好成绩;因为成绩优异,才使那个外国学生转变了看法。这样设计板书概括性强，文字精练，可以培养学生高度集中思维的能力；还可以启发学生由集中思维转化到分散思维，去回忆课文的每一段情节内容。"

她发言干净利落，说完就坐在那里侧耳倾听别人的意见。

刘睿一边专心听，一边把说的几个小标题在本子上记了下来。她怕记得有错，还念了一遍让任侠听。

张莹听着想着：任侠的意见的确很好，刘睿真的接受了她的看法，板书就发挥了充分作用。这一条评分标准，听课者很可能给打满分，这不成了我的对手？第一名有可能让她夺走。她虽心里不安，但仍眉开眼笑地说："很好嘛！接着说，有多少说多少。正像刘老师说的，快朝火堆添柴，一根不嫌少，扛一大捆更好。"

"我说。"大家把目光都集中到张静身上。她长长嘘了一口气，"我看，其他都备写得好，就是启发质疑的问题只是一种问答形式，应该是多种形式，如判断、选择、填空等，这样不仅避免了题型的单调，还可以培养学生多方面的思维能力，就这一点。"

刘睿立即把要点写在本子上，笑着说："张老师加了根干柴，火焰升高了，谢谢！谁再……"

她一句话还没说完，田玲老师便开了腔："我来说几句，不一定正确。对了，刘老师做参考；错了，就等于我没说。刘老师教课认真，深受学生欢迎。本次赛讲，她又做了充分准备，今天又主动请大家帮助她备好教案，就这种谦虚态度而言，很值得我学习。叫我说，她教案备写得非常好。我只有学习的份儿。至于缺点嘛，我水平低，还说不上来。"

任侠看了田玲一眼说："你刚才吃瓜并不多，咋上天言好事？"大伙儿看着田玲老师笑。

刘睿说："你只管朝我脸上搽粉，我脸并不黑；开完会还有更大更甜的西瓜招待哩，看来，你是下决心不想吃西瓜了。"

没等田玲开口，张静抢先说："我想吃西瓜，专门朝你脸上抹黑。"她的又一次发言开门见山，指出了刘睿备教案不到的地方，还以自己课堂教学实践说明授课注意的几个问题。

最后，张莹组长总结发言："这个帮助会，也是教研会，开得成功。一是刘睿老师获得了真经贵宝，二是大家相互学习备写教案，相信对每一个人的备教案讲课必有提高。像这样有实用价值的研讨会，以后要经常开，以便提高每一个老师的教学水平。"

她口里说着，心里想，刘睿是新手，课当真讲得不错，同自己难分伯仲。这次赛讲她是下了破釜沉舟的决心要争第一名，况且首次赛讲，再加上大伙儿的帮助，将来这第一名十有八九是她的了。我想获得最佳成绩，从而推荐到镇上赛讲的愿望，恐怕是水中捞月一场空了。

众／人／添／柴

于是接着说，"我对睿睿的赛讲课再补充一点意见。就拿咱们庄田镇街上的食堂来说吧，一般不大不小的中等饭馆，一年到头恐怕赚纯利最多一万出头。"她突然说起饭馆来了，大家莫名其妙，面面相觑。刘睿也不知组长的葫芦里卖的啥药，拿起笔托着腮偏着头，心中暗猜谜底。

"大家都认得车站门口卖油茶的张老汉吧？面前的牌子上写着'正宗小吃——油茶，成分有花生米、杏仁、芝麻、牛油，喝的人挤来挤去，有的连鞋都挤掉了，还没喝上。我上街，只要是早晨或傍晚，就非去喝不可。我问他每天早晚卖两次纯利能赚多少，他说二百多元。两次大概有四个钟头，就那么多钱，大家算算，一月纯利多少，一年呢？"她再次扫了大家一眼，稍稍停顿了一下："我的看法是睿睿的赛讲课可另辟蹊径，比如，作文辅导或讲评。我估计全镇赛讲可能无人选择，这同卖油茶一样，物以稀为贵嘛。搞作文，大伙儿帮助，讲好了选到镇上，很有可能被推选到县上去，这是刘睿的成绩，也是学校的光荣，何乐而不为？"

刘睿听后放下笔笑着说："我没有那讲作文的金刚钻，实在不敢揽那瓷器活儿，你讲好了。"

"我同意刘睿的意见，组长赛讲作文获校、镇第一名是十拿九稳的，你就勇敢地承担起来！"任侠瞥了张莹一眼，说话如同打机枪，嗒嗒嗒一口气说完。其他老师的眼光唰地集中在张莹的脸上，谁也没开口，只是看她怎样回答任侠和刘睿提的问题。

张莹仰面一串铜铃似的笑声之后，正儿八经地说："我才没有辅导和评讲作文的金刚钻。我建议刘老师另辟蹊径，其实没有恶意。我也知道，她差不多已准备好了，另变个点也有难处，睿睿不想变，那就按原来讲的好了。最后，我预祝刘老师赛讲成功！也祝大伙儿成功！"

第三十章　月夜练讲

　　会后,刘睿根据练讲个人授课的实际情况和学情,反复考虑了各位老师的意见和建议,对教案修改了三次才放下。她觉得,自己的语言表述同其他老师比尚差一筹,最大的缺陷是声音低,抑扬顿挫不足,普通话也差一些。于是她暗暗下定决心,非把这一课补上去不可,除了课堂加强训练外,每天晚上十一点后在办公室或找一个十分僻静的地方独自讲课四十分钟,全方位训练,提高课堂教学水平。

　　深夜,校园里静悄悄的,老师的窗户透出了亮光,也许她们都在专心致志批改作业或备写教案。刘睿的办公桌上整整齐齐摆放着两沓四年级《语文天天练习》课堂作业,最上面是一本答案准确、书写工整的优秀作业,准备第二天课堂传阅。下面那本作业只做了几道基础知识题、阅读题,而小作文一字未写。且不说答案正确与否,光看字就有钢笔写的,油笔写的,还有铅笔写的,红一下蓝一下,字歪歪扭扭,还有不少短胳膊少腿的。她气得长吁短叹:这个倪龙龙真是朽木不可雕!为他的作业几乎磨破了嘴皮子,没有半点儿进步,反而越来越倒退了。软的不行来硬的,明天非叫他……猛抬头看桌子上的钟表离十二点差二十分了,又想到了练习试讲课——便拿了教鞭和课本拉了灯关了门去操场。

　　半个月亮像在鏊子里刚烙好的一个硬麻面黄锅盔,挂在深蓝的天上,照得地面明晃晃的。在这凉爽的中秋月夜里,夜幕下的山川犹如巨大的舞台,河边青蛙嘎嘎嘎,田间小虫啾啾啾,高山鸟儿喳喳喳,竞相奏乐演唱,各显其能,争当优胜者。刘睿走出房间,步入这诗一般的夜景里。她深深吸了一口气,头脑清爽,顺着围墙朝沟里方向走,碗口粗的一棵杨树,映在墙上的影子随着清风吹动枝叶摇摆而微微抖动。刘睿笑眯眯地抬头望了望月亮,又转身看了看风移影动的景致,把教鞭靠在那有影子的墙上,右手拿着课本,略略挺了挺胸,开始了:"同学们,今天分析课文,大家打开课本。注意,我来提个问题,大家思考回答,好不好?本课可分为几段?说说你这样分的理由?"她来回踱着步子,大约等待了有半分钟又接着讲,"没人举手?我提示,可以按故事情节发展的因果关系来分。如第一段因徐悲鸿学画被妒,所以怎样?"她讲到这儿又停了一下,然后满

脸微笑给答者以肯定："好！答案准确。请你再用简练的文字概括一下每段的意思。"她又在等待回答。

"我来答！嘿嘿嘿。"一串笑声打断了她的思维,转头朝笑声看去时,从背后伸出两只手,早把她的双眼捂住。刘睿喊叫："谁,谁呀?"没有回音。两手猛一下放开,原来是任侠和田玲。她一把拉住她俩的手,笑得嘴扯到耳根上。

"原来是你两个坏蛋,吓得我——"她的话还没说完,任侠在她的肩头捶了一拳头："苍天不负有心人,赛讲第一名,雷打不脱！接着往下讲!"田玲学着刘睿的声调："答案准确,好!"然后两手搭在她的左右肩上接着说,"我两个从厕所出来听到有人讲课,心想,这么晚了,谁还在树下讲课呢? 站着仔细听了听,是你的声音,就循声走来。声音清亮,普通话绝对标准,当真比你在课堂上讲得好多了！这次赛讲,当优胜者,你是一个娃两条腿——挨了。"

刘睿说："快把你那蝇子吆远,总爱嘲笑讽刺人,你……"

任侠挡了她的话茬："我不讽刺不嘲笑,给你指毛病,你先说说拿啥招待?"

"拿这个。"刘睿把握紧的拳头朝任侠背上轻轻砸了一下。

任侠接着说："我刚听你的开场白啰唆。本堂分析课文,可分几段? 说说这样分的理由。这不是少了很多字? 什么打开课本呀,提问题大家来思考回答呀,好不好呀,都是废话。一堂课仅仅四十分钟,老师要讲、学生要练,可以说,一分一秒都贵如黄金,这就要求语言表述一定要精练,万万不能拖泥带水。还有好不好的'好'字是三声,你怎么说成四声呢?"刘睿普通话虽说一般,但不会将"好"说成四声,其实是一口痰涌上喉咙音重而成的。

刘睿只是连声说："提得好,说得对! 我接着讲,你们听。"她们俩点头同意。当她准备讲时,田玲让她稍等一会儿,跑到房子里搬来一条长凳放在刘睿的对面,她俩坐着像学生一样专心听讲。

刘睿讲着讲着,提了个问题："这一句运用什么修辞手法?"她稍停一下等待学生回答,然后说,"正确。"接着又追问："这个比喻句有什么作用?"又停了停,便直截了当说出了比喻句在这一小节的作用,接着又朝下讲。

任侠插言："这个比喻句应讲出一定的深度,可以连续由浅入深地追问,不用比喻,直截了当怎样说,学生很容易说出来。然后,你再启发追问:用比喻和不用比喻进行比较,想想哪种效果好? 好在什么地方? 这样,学生就很有把握答出比喻句的作用。"刘睿点头立即按任侠的意见重新追问启发这个比喻修辞手法。讲完了比喻句,又接着讲。刚说出"你"字,任侠又插言。田玲用胳膊肘碰了一下："让刘睿讲完再谈,你真是心急不耐老,中间插言就打断了讲课的思路。"刘睿又继续讲了下去,她声音洪亮,吐字清晰,语调高低起伏,还带着适当的手势以助说话。

她俩像学生一样专心听着,心里都暗暗吃惊:刘睿平时讲课声音低沉,话语不很流利,人感觉总有一点儿磕磕绊绊的,至于抑扬顿挫,那就更谈不上了。孰料现在语言表述进步这么快,就启发学生积极思维释疑解惑而说,也是恰到好处的。不过,语言的简练程度还差一些,课文分析还肤浅一点。

任侠思忖,这次学校优质课赛讲夺冠很有把握的就是刘睿,语文组长张莹自矜而又自信,她虽然讲得好,恐怕也要靠边站了。

劳累了一天,刘睿的眼皮也在打架,头脑发闷,便倒水洗了头,瞌睡一下子跑得无影无踪。眼睛清亮了,脑子清醒了,又伏案字斟句酌将教案改了改,直到满意为止。

刘睿连续三个晚上在那棵柳树下单独练习讲课,每次都从十一点起,十二点结束。每次讲完后,都在心里过一遍,把差的地方再记下来,下次讲时给予纠正。这样一次比一次有提高。她还打算在赛讲前利用星期天去她最好的老同学所在学校试讲一次,她在电话里把情况告诉给老同学,老同学表示热烈欢迎,并按她提出的具体要求积极准备。

就在全体教师开会专题讨论刘睿参赛课教案的那天早晨,林娜去庄田镇教委参加校长会议。会议的主要内容有三项:一、研究全镇小学期中统考;二、统考后全镇开展语数优质课赛讲活动;三、冬季取暖安全问题。会议时间一天半,结束后在镇天雅宾馆食堂会餐,晚上安排有文艺晚会,由镇文艺队、中心小学、博艺幼儿园三家合演。

林娜餐毕后看手表是五点多,心里说,回,最多半个多小时就到校了。刘睿的教案不知讨论得怎么样?学校该不会出什么问题吧?特别是纪律安全。明天是星期五,下午还有个活动——作业展览。张莹负责忙得过来?各年级是认认真真看,扬长补短,还是走马观花?镇文艺队春节在县调演中获全县一等奖,其中《二秃子打架》最受观众青睐。海报上写着这个节目,心里实在想看。可是,学校的事要紧,真的有个什么事,为了看节目耽误了,可就划不来了。想到这儿,她提着装有教委文件的皮包,推了自行车返校了。

一路上,会上的各种内容在林娜脑子里打转儿。本次期中统考安排在第十一周周末,最多半个月,眨眼间就到,考罢要按年级排名次,第一、二名还有奖。多么重要啊!要是哪个年级名落孙山,如何向家长交代?必定对我这个初办的学校是当头一棒。一切为中考让路,最迟第十一周就得停课复习考试。自然、社会、思品、图画、体育、唱歌这几门课第十一周全停,集中力量复习考试,语、数两科各年级至少考五次,第一天考,第二天讲评。加强练兵,练不出过硬本领不罢休,非考几个一、二名的年级不可!赛讲还未开始,原安排第十和第十一周,遇到中考,赛讲怎么办?有了,第十周进行四个,剩下在第十三周即中考后进行,赶上镇赛讲选拔名额就行了;要是赶不上,根据平时讲课推荐一名不就好了?真是热闹处卖母猪!又是期中考又是赛讲,忙死人了!中考过后,就要拉煤收烤火费,提前不把煤拉好,上冻后再拉煤,价钱肯定提高,要多出钱,能省就省。已半学期了,还有几千元学杂费挂在账上,到底每生收多少煤费合适?多收一点儿,有的连学杂费都清不了,拿啥交煤费?收少一点儿,煤拉不够,咋样过冬?想着想着,她猛抬头已到学校大门口了。

第三十一章　河滨捡煤

　　十月白天正短，太阳早压了山，天麻麻黑的，老师房子电灯明亮，听不到说笑声，大概都在忙着办公哩。林娜不言不语地开了房门，从热水瓶倒了一缸子水，喝了一口冰凉，便去生火烧水。张莹刚走出房子门准备上厕所，看见林娜的背影，便没吭声又走进房子。她想，校长出门一整天了，房子冰锅冷灶的，哪儿有开水？要烧还得半天。就提了她中午做饭时灌的开水去了林娜房子。

　　"校长开会回来啦？"

　　"刚刚踏进门槛，坐。"

　　"我看见你回来了，提了一壶开水，你先洗，我给你冲一壶茶。"张莹满面春风笑嘻嘻地说，一面打开壶塞往脸盆倒水，一面抬头看茶壶茶叶放在什么地方。

　　林娜忙说："哟，你还提来开水！我自己倒。"她从塑料水缸舀了一瓢冷水倒在脸盆，问道："我走了这两天，学校一切都好吧？"

　　张莹早瞅见装茶叶的盐水瓶子和茶壶，赶忙把壶放在办公桌上，把茶叶倒进去，一边泡茶一边回答：

　　"好，一切都好。昨天晚上开了全体教师会讨论了刘睿的赛讲课教案，她的教案……"原想说备得很好，不知为啥卡在喉咙最终咽到肚子里，说出口的是"大家提了不少有益的意见和改进的建议。刘睿非常欢迎，正在专心修改哩。"林娜点了点头表示满意。

　　张莹接下来说："今天下午大活动打扫了校园卫生。各年级教室和清洁区，还有老师房子都彻底打扫了一遍；六年级同学还把上厕所去的那一段低洼的路用土垫高铺上砖，以后下雨再不用绕路上厕所了。上次下雨，把我一只鞋陷进泥水里去了，不垫高怎么行？"张莹把泡好的茶倒了一杯，双手端到林娜面前。

　　"我自己来好了。"林娜喝了一口然后放下说，"张莹，我走后你做了不少工作，很好。我想到的事还没来得及做，你也想到看到而且做到了，就说去厕所那段路铺了很好，好好干……"

　　"将来请你当主任"这句话已到口边，却又咽到肚子里了。

　　"林老师在哩！"从门外进来一人问，打断了林娜的话头。她转头看是王小斌村主任,连连说:"坐坐坐!"张莹打了个招呼走了。

王主任便直截了当说:

"林老师,我给你们办了件好事:昨天我从县上回来,坐车到石牛沟村,看到村子河边草滩里有男女老少几十人不知在捡啥,身边放着架子车、笼,我叫车停下跑去一看,原来是在矸石堆里拾煤。我看矸石里差不多有百分之三十的煤,最大的足有洗脸盆大。一打听,才知道是南塬矿雇车拉运井下的矸石倒在那里,原来是石牛沟村李主任联系矿上把矸石倒在他村河边,每车出五十块钱让村民捡煤。碾盘子大的烧饼怎么让石牛沟村人独吃?我给煤矿唐经理打了电话:有害(山岔沟村山脚下南塬矿修了一段公路占了少许土地)就寻我们,有利就不给老弟言传一声,让人家在矸石堆里捡煤……他道歉不迭,说井下矸石最多再能拉十来车,这次矸石本来不多,下次一定给你们村倒,你瞅好地方就行了。我说,就你说的剩下这矸石明天拉来倒在我村西沟口马兰滩,钱的事以后再面谈,可别忘了。咱对他们矿是有好处的,他绝不会失信。本来一车出五十块,咱给他出个屁,事情完毕到食堂摆一桌,把他嘴一抹就完了。"

"让学校捡?"林娜笑着问,"学校按车数把钱出了算啦。""对!你组织师生去捡。""你心里都装着学校,谢谢你。当真我办学校,你这主任也操心得够呛了!"

"看你老师把话说到哪里去了!你办学校解决了咱们村几十娃娃上学的大事,谁不高兴?凡是我能想到的也能办到的事,尽力而为。我算了个账,一车平均捡上两千斤煤,十车还捡十来吨,今冬师生取暖就够了。说句实话——有些家长出几十元钱煤费也有困难,以后少收些烤火费,家长偷着笑哩。我看,明天干脆停一天课捡煤,捡到的煤放在一块儿,太阳落山村上派人用车拉到学校好了。"林娜喜出望外,连忙说:"好好好,明天停课,星期天补上,今天晚上开会安排。"王主任说,他还有重要事情,点了根烟抽着走了。

晚上召开了全体教师会,林娜做了全面详细的安排。她首先讲了这次捡煤的目的和意义:既可减轻家长的负担,又保障了暖暖和和度过山寒水瘦的严冬;同时,培养了学生热爱劳动的好习惯,我们何乐而不为?

接着安排早晨八点准时出发,下午七点左右返校。除学前班和一年级在校上课外,二年级以上学生和教师全部出动,一定准备好捡煤工具,像袋子、笼、车子、铁耙、镢头等。各年级班主任务必组织好,可以按人数分组捡,每组要选一名组长负责,在保证安全的前提下,多捡多拾。捡煤完毕,各年级要评选出三至五名捡煤标兵,学校总结时给予物质奖励。中午饭在现场吃,自带馍和水,要多带一点儿,以免挨饿受渴,影响捡煤。最后,林娜宣布了几条纪律,嘱咐各年级班主任,学生早晨到校后,早操和早读辅导时间上一节课,然后让学生回家吃早饭和准备要带的工具等。九点集合出发。

散会了,几个老师往厕所走的路上连说带笑。李萍说:

"咱们的校长能文能武。论教学是狗撵鸭子呱呱叫,看来,捡煤还是内行,

说啥两个齿的铁耙掏煤最好,刨石块又快又省力,叫学生尽量多寻几把。她肯定干过这活儿,不然这么清楚。"

刘睿说:"肯定干过。没吃过梨,咋知道梨的味道?明天,咱们就尝尝这梨是酸味还是甜味。"

这两个老师说得不假。

林娜四十多年前,还是上小学时就捡煤,难怪她对捡煤活路一清二楚。

林娜小时住在洛宜县一个偏僻的乡镇,这个乡镇山山岭岭沟沟岔岔都埋着煤。那时是高级社,个人和集体没有开采权,唯有两个煤矿:一个是地区行署办的,一个是县办的。山里人大多都是砍柴烧,只是极少数人烧煤,不过家家都有土炉子,冬天取暖拉上一架子车省一点就够了。毕竟拉煤要出钱,相当一些家是捡公路运煤车辆掉下的小煤块,或去矿上出的矸石堆子捡一些。冬闲,一个大人每天可捡四五笼或半架子车。日怕常算,一月就是一大堆了。

那时,林娜上高小,十四五岁,星期日同妈妈一起去离家二里多路的县办煤矿捡煤。天麻麻亮,村对面的骆驼梁山隐隐现出轮廓,娘儿俩就出门了。提兜里装几个玉米面馍馍,两瓶子水和一嘟噜大蒜,连同笼和蛇皮袋子放在自家做的小木轮车上推着去捡煤。

煤矿的块煤末子煤堆得如同小山,她们从没偷偷装过。煤窑里拉出来的矸石里面的煤有时多有时少,煤块大小也不一样,有时一大堆矸石里要捡出几个小块煤如同大海捞针。捡煤的多时一二十个人,少时几个人;煤多时,一大晌一个人可捡三四笼或一架子车;少时一般只能捡一笼或大半蛇皮袋子。石头也大小不一,小的有拳头、核桃大,大的一个人翻起来连吃奶的劲也要鼓上呢。奇怪,煤多处正是大石块堆积的地方,要想多捡,就得把压在煤身上的"石山"搬走。

开始捡煤,娜娜和妈妈都没有经验,只在面面上捡,捡来捡去,老半天还是个笼底。或者这里掏几镢,那儿刨几耙,笼里的煤还是没多大长进。时间长了,慢慢地掌握了规律,似乎娘儿俩的眼睛都长有 X 射线,石头底下哪里煤多,哪里煤少,哪里大哪里小;哪里煤黑发明,哪里煤是灰褐色还有夹石,十有八九都看得准确。尤其妈妈有眼力,当娜娜在表面乱刨时,妈妈就喊她:

"死女子就说你疯啦,跑来跑去能捡个屁来,到这儿刨。"

"来啦,来啦。"她口里应着却没有动身,仍旧在这刨一下,在那掏两耙。

"快!"妈妈急得喊叫。她走到妈妈面前,妈妈用嘴指着身边两米远处一堆石头说:"这堆石头下煤不少,你把石块搬开,就在这里捡。"

娜娜把耙子和笼往旁边一扔,弯腰翻石块,最大的有西瓜那么大,小的同饭钵大小差不多,不到十分钟便累得喘着粗气。妈疼女儿,和她一起不到半个小时,就把"石山"搬走,成了一个陷下去的坑,娘儿俩捞起铁耙,尻子对尻子,边刨边捡,一耙下去就是饭钵大的煤块,眨眼煤就同笼沿一样齐了。娜娜歪着头看着妈妈笑:

"妈，你咋猜到这矸石底下有煤？"

"长着眼又不是出气哩，煤轻石头重，煤先从车子里滚下来，被后下来的石块压住，才堆得这么高，里面当然有煤。"

小娜点了点头："我知道了，哪里石块堆得高，下面煤就多。"

那些捡煤的个个两手乌黑，脸上也全是黑道道，唱戏当包公，无须化装。多半天的工夫，他们大多数的笼、袋子、车子都装满了煤，有说有笑朝家拉运劳动果实。娜娜母女俩将煤笼和圆鼓鼓的煤袋子放在小木轮车上用绳捆紧，娜娜拉着，妈妈推着，顺着弯来拐去疙里疙瘩的土路朝回拉。

沉睡的西沟河滩醒来了。

有大卡车往来拉运矸石的呜呜声，有噼里啪啦的倒矸石声，也有捡煤人的喧哗笑语和刨煤声，王主任原决定只让学校捡，后来煤矿经理来电话说，可以出几十车矸石，要是有地方倒，全运到山岔沟村西沟河滩。王主任一口答应有多没少尽管倒，由于矸石多，他临时决定让村上人也去捡煤。

这样一来，村上的不少人带着工具拥到西沟河滩，同时，还引来了少数邻近村民、街镇上的市民等。这些人黑压压一片，散乱地撅着尻子在足足有三亩多地的石头窝里捡煤。当矸石的大车来到时，大半如触电一般突然挺直身子，一手提着装煤的笼或麻袋，一手拿着刨煤的工具，踩着凸起凹下的垫得脚心疼的石块朝车拥去，把车围得不透风，仰头望着车厢里的矸石是不是有大煤块，拿起精神鼓起勇气做好了刨捡煤的准备。

司机边朝后倒车，边伸出头来，脸拉得比驴脸还长，倔声倔气喊叫："走开走开！想死就甭动！"说着车厢自动升起，轰的一声倒了下来。这时捡煤的眼尖手快，恨爸妈只给了两只手。扬起的尘土罩得一个看到一个只是黑桩桩，都眯着眼，手在眼前扇来扇去，嘴里呸呸呸唾沫星子乱溅。

旭日小学的师生们到了捡煤场地，林娜吹了一声哨子："同学们暂时放下工具，各班按组站队！"队站好了，她快刀斩乱麻讲道："按班划块，各自管理，保证质量，安全第一。要做到三不：倒矸石时不去捡，刨煤翻石不伤身，坚守岗位不乱跑。"接着，又同各班主任凑在一起商量划分了捡煤的场地，再三叮咛在注意安全的前提下，鼓励学生多捡煤。各年级班主任又对各班学生做了具体的安排，强调了应该注意的问题。

各年级学生都到指定的地点捡煤，把个偌大的矸石堆几乎遮严了。铁耙刨煤的响声，扔石块的响声，掘出大煤块高兴的喊叫声、说笑声汇成一片声浪，在人群中间回荡。班主任有来回走动查看指导的，也有既当指挥员又当战斗员来捡煤的，也有站着背着手动嘴不动手的。林娜到这班看看那班瞧瞧，不时给力气小的翻石头刨煤。她看到五年级张铁蛋就像野鸡刨窝，几耙子刨浅浅个窝儿，看煤又少又小，便提着笼扛着耙子一溜烟儿跑到三年级地盘去刨。一耙下去挖出碗大一块煤，拿在右手在胸前晃来晃去，他们班石军建等三个同学提着

河
滨
捡
煤

蛇皮袋子满脸是笑出溜溜跑到铁蛋跟前。林娜大声喊叫：

"过来，不能去！你长耳朵没有？刚才站队，我是咋样说的？谁叫你不守岗位跑到三年级场地?!"

"那……那里煤少。"张铁蛋一猫腰脖子一缩，龇牙咧嘴笑着又回原地了。三年级班主任田玲说："你看，我只顾了捡煤，就没看见这个调皮鬼铁蛋来，叫我说就是看见，半斤也压不倒他那八两。你来得正好，多亏你校长看见了他。"

说着仰头喊："咱们班同学注意听，不许任何人走动一步，就在原地好好捡！"

林娜一声口哨："同学们都听了，捡煤必须有耐心，在一个地方安家落户，就会捡得多，这是我小时候捡煤的经验。跑来跑去，这山看着那山高，到了那山又嫌小，既捡不到煤又不安全。谁要是再乱跑就向全体同学检讨。"

任侠在铁蛋屁股上踢了一脚："你听见校长说来没有？眨眼不看你就日鬼，再乱跑就开除你的捡煤资格，站在石头窝里捡去！"

铁蛋吐了一下舌头，点头如捣蒜，口里连连说："不跑了不跑了，老师开除了我捡煤资格，咱们班就少捡煤了，你看，我捡得多快呀！"逗得老师和同学们都笑了。

林娜从三年级场地又去了六年级场地，还没走到，一眼瞥到矸石堆外东北角离矸石堆大约三丈远有一大堆矸石。心想，这堆矸石捡煤的是看不上眼的，她提了一条蛇皮袋子扛着铁耙走到那堆矸石前，搬走了脸盆大小的薄石片子，挖了有铁锅大的窝儿，果然大似拳头小如核桃的"黑金子"露出来。

林娜把耙子放在旁边，打开袋子口，两只手捡着，一块又一块扔进袋子里，眨眼就捡了多半袋子。她十指乌黑，满脸灰尘，额头爬满了亮晶晶的汗水珠儿，也顾不上擦。一阵风吹来，顿觉凉快，鬓间散乱的几根银丝被吹得一跳一跳，她似乎看到各年级教室火炉里升起了半尺来高焰腾腾的火苗，老师在暖洋洋的教室里上课，声音是那样地洪亮；学生是那样地专心听讲。她笑了，心里说，取暖问题解决了，本该每生收二十元烤火费，看来，最多收十元就行了。假使拾得多，干脆就免收了，给家长减轻一点儿负担……

"林校长，来来来，喝一杯茶，给你的兵将下令歇歇再干。"她抬头朝喊声望去，看到三四个人蹴在矸石堆南面河边一棵杨树下喝茶，认了半天，其中一个像是山岔沟村人们都叫大胡子的王老汉，名叫王全发，这人的相貌和姓名，她记得牢。他没有娃娃上学，开学却给学校捐赠了一条长凳，一张两屉桌子，所以认识了他。

"哦，原来是王叔、王婶，你们都来了。"林娜站起来看了一下手表，四点十五分，足足捡了三个钟头还没休息。她暗暗怨自己：只顾拾，忘了歇一会儿！娃娃们嫩胳膊嫩腿哪能撑住？

于是一声哨响之后喊道："到河边放工具，在树下休息！"那些娃娃听到校长的喊声，还没等班主任发话，有的带着耙子、笼，有的把工具一扔，边喊边笑边往河边树下跑。

"哎呀！蚂蚁拉倒泰山哩！你带的这些小兵小将捡的煤、少说也能装一大卡车，真个是强将手下无弱兵。甭说今冬，再捡些明后年烧火也够了。"

林娜看说话的人两根指头夹着香烟，看着自己咯咯笑，她正张口准备答话，又听他身后有人说：

"拴柱哥，你就别给校长戴二尺五了。叫我说，一个学生收二十元烤火费，还怕没煤烧？何苦受这难过！"

"小波，你就知道坐到凉窑里吃烟喝茶，和你那母老虎媳妇南嗒嗒北嗒嗒谝闲多舒坦！跑来捡煤是撑得多了不能消化！"

拴柱当头顶了一句，小波咧着扯到耳根的大嘴，边笑边朝树下走来。林娜回头看他穿着短袖短裤，油腻污土渍了一层，分不清是啥颜色。一年级班主任张静在林娜的耳朵上两手做成个喇叭状悄悄说：

"你看这人，脑子有虫哩，说话真难听！"

一溜儿三辆大车同时朝矸石堆倒车，车厢缓缓升起，石头煤块滚了下来。捡煤的扑上去有往麻袋里装的，有的索性扔掉铁耙、笼和袋子，把一大块一大块的煤摞在矸石堆外的空地里。车厢后面、两侧，甚至车厢底下，轮胎一圈都是人，为了多捡大煤块，哪里还管出危险？

司机只怕撞伤人，骂得唾沫星子乱溅："就说你们想见阎王爷了！还不走开！"

林娜连续吹了几声哨子，喊叫一切行动听指挥，站队！总算把学生收拾在了一块儿。她让各班主任把人数检查以后报上来。正在查人数时，张铁蛋背着多半袋子到林娜面前，腾的一声把袋子摞在地上，拿胳膊把额前汗水一擦，满脸全是黑道道，他大声说："校长，你看好大的煤块！"说着，逮着袋子的两个角往起猛一提，比十几斤重的西瓜还要大的几块煤滚到林娜脚前面，差一点儿砸着她的脚背。林娜却收敛了笑脸，严肃地问他：

"谁又叫你夹在大人堆里拾煤？出了事是我负责，还是班主任负责？我反复强调捡多捡少是小事，一定要听指挥注意安全，你长耳朵没有？刚才，你跑到别班捡煤，我批评了你，你忘了？说！"

铁蛋以为他捡了那么多大块煤，校长一定会在全体同学面前表扬他，哪里会想到半个好没说，反而挨了一头子，他眉毛一扬：

"都是碗大的煤块，我这不是好好的？"

"好什么，出了事就迟了！"林娜瞪了他一眼，"上百名学生都像你不听指挥拥到车后，不长眼只顾捡煤，完全有撞伤的可能。你保证你不出事，你能保证别的同学不出事？"铁蛋耷拉着头缄口不语。吐了一下舌头，脖子一缩一溜烟钻到五年级队列里。

林娜和各年级班主任在队列前左边地上蹲着开了个短会。了解了各班捡煤情况，征求了意见，对下一步的劳动做了安排。

林娜说："休息前的捡煤情况是好的。各年级在班主任的带领下，坚持在各自的地盘捡了不少煤，都搬到了堆放的地方，没有发生安全事故，很好！现在离回校最多就是三个钟头，要求同学们在注意安全的前提下，自觉遵守纪律，在各自的地盘多多捡煤，开始劳动吧！"

一声令下，同学们立刻按年级分散在矸石堆里。

太阳从西边天上往下滚了一大截，眼看就要滚到山峦背后了，在夕阳下，师生们来来往往像蚂蚁拉运食物，小袋子朝大袋子倒，笼里的往蛇皮袋子装，扛的扛，抬的抬，没吃一顿饭的工夫，堆起了有小山头那么大一堆。刚刚堆好，王主任派来的两辆三轮车就到了。王小波和拴柱，还有山岔沟村两个村民，把他们的煤袋子放下，跑来装车。

"放下！你们碎猴猴白皮嫩肉的咋能干动这活，我来了！"王小波一面朝车跟前跑，一面大声喊叫。

"林校长，让老师和学生歇一会儿，我们装！"两个司机也跳下车来打开车厢侧门子，同王小波几个装车。别看王小波瘦得像个干猴，当真是一个顶几个，他一只手逮住袋子口，一只手抠进去逮着一个角儿，抱到车门子跟前，"一二"一声喊就扔上去了。拴柱和一个司机一袋袋朝整齐摞。张莹笑着对王小波说："一大袋子煤近百十斤，我捉口，你捉角儿，咱俩抬。"

"我一个来就行！论肚子里墨水，我拜你为师，论这，你就是我的学生了。"王小波抢起一袋子扛在肩上两步就走到侧门。在车上摞袋子的拴柱说，小波虽然身瘦如柴，却是唐朝李元霸第二，恨天无把，恨地无环，力大无穷。这一说似乎给他吃了添力丸，抱起煤袋子脚底生风，跑得更快，扔得更猛了。

夕阳滚下了山巅，西天像火一般红，映得人脸上红嘟嘟的。林娜一声令下："我们现在到河边痛痛快快洗个澡，只限三十分钟，然后集合回校！"

"哇——"同学们疯了一般朝河边跑去。

第三十二章　一份检查

六年级班主任张莹老师上语文课，差不多有二十分钟时，正准备布置课堂作业，听到门外喊报告，她扭头一看，是张春娟同学站在门口，脸色阴沉，无神怯懦的双眼正同她的目光相遇。她走到门口，没好气地问道：

“为啥才来？是吃山珍海味吃得舍不得离开？”张春娟仰着脸，两眼直勾勾地望着张莹，眼泪充满了眼眶，似乎有满腹委屈而难以启齿，就是噘着嘴不张。张老师拿指头在她额上一戳，上牙紧咬下牙：

“就说你是哑巴？说！”她略停了一下，接着说，“早上放学我再三叮咛吃罢早饭抓紧时间到校，不能迟到。你长耳朵没有？屡教不改！你说说，这一周你迟到了几次？有个再一，没有个再二再三。进来！去写检查，下课交上来。”张春娟一边用手背擦眼泪，一边朝座位走去，班上同学都瞅着她。

张老师可能是一时生气，让春娟在课堂上写书面检查。春娟好像也猜着了她的心理，和其他同学一样打开了作业本听布置要做的作业，并没去写什么迟到检查。整个一上午，张老师也没问春娟写没写检查的事。下午活动，张老师整理办公桌上堆放得乱七八糟的教案、参考资料、学生作业等，猛然看见一本语文作业里夹着一张纸，那张纸的一少半露在外面，上面还密密麻麻写满了字。她顺手抽出来看：

敬爱的张老师：

当我拿起笔写检查时，眼泪滴在了纸上，心里像针扎一样难受。这一周来，我上课迟到了三次，而今天是时间最长的一次。你知道，我迟到的原因吗？在同学们面前，我没有勇气告诉你，现在，就给你说实话吧。

我妈是个麻将迷。黑天白地都泡在麻将馆里，常常不做饭，也很少给我洗衣服，哪里还抓我的学习呢？学好学坏从不过问。我放学回家有时自己做饭，有时她给我一元钱，叫我到村里代销店买方便面吃。这一元钱要吃两顿，再多一分钱也不给，我只好忍饥挨饿了。可是，她在麻将桌上一输就是几百。我真怀疑她不是我的生母，不然，怎么会

这样对待自己的女儿呢？我要是一张嘴，她就骂个没完没了，只打不歇。这个家，我实在待不下去了，想远走高飞，去哪里？我不知道。

今早放学回家，我一进门，床上的被子胡乱卷成个蛋蛋，地上到处是果皮，锅台底下是臭鞋臭袜子，冰锅冷灶的。昨天晚上我用开水泡着吃了一包方便面，在回家的路上就饿得心慌意乱，进了屋子，一疙瘩冷馍也没有。饥饿加愤怒，我一口气跑到村西头姚家麻将馆，哭着怨恨她只顾自己快活，不给我做饭，上学迟到了又要挨头子罚站。我妈从裤兜里掏出一元钱扔到地上，骂我死女子，你饿了先到代销店买一包方便面吃，这一局下来，我就回来了，你先把火生着。我也没捡地上的钱，扭头哭着跑出了门，到代销店赊了一包方便面。回到家里，端热水壶泡面，空荡荡的一滴水也没有，我生火烧水，老半天总算胡乱吃了一顿。这时候还不见妈妈的影子，我怕迟到了就朝学校走，结果真迟到了。

张老师，我不责怪你批评我。可我妈这个样子，今后，我肯定还要迟到的，再说，我学习也没劲，考试成绩也下降了。你和我妈是同学，听说你们还很好。我请求你抽时间到我家里去一趟，好好劝劝她，让她改邪归正。我爸外出打工两个多月了，可能过旧历年才回家，就是他在家里，当着我妈的面，也不敢说什么。我只得求求你了，就当为了你的不争气的学生。

敬礼

学生张春娟
十月二十日

张莹看完春娟写的检查，两眼一动不动地瞅着办公桌面，心里在说，难怪春娟学习成绩一天不如一天，连一顿按时饭都吃不上，饥一顿饱一顿的，哪会有心情学习？人家把娃当宝贝，你就这么一个女儿，狠心放弃不管，整天泡在麻将馆，哪里算得上称职的妈妈！此时，梅英同她上初中在一班里的往事，钻进了脑海。

她叫李梅英，在本县牛午初中和张莹是同班学生。全班四十多名学生，女同学占一半还多，唯有梅英的模样儿好看。她天生的好嗓门，能歌善舞，被班里推荐到学校文艺队。学校演节目她是主要舞蹈演员，因此，几乎所有师生都能叫上她的名字。美中不足的是学习很差，尤其是数学，在校三年里，考试及格的次数能数清。

上初一时，一次数学课堂上，老师在黑板上做题，边验算边问：四七是多少，大家乱喊四七二十八，唯有梅英尖着嗓子喊四七二十六。老师听见了，摆手让大家不要乱喊，让梅英一个人说。她说四七二十六，逗得同学们哄堂大笑。老师问她四七到底是多少？回答四七二十六，同学们又一次笑得前俯后仰。她好动，爱说爱笑。

一次，晚上睡觉前，一个女生洗罢脸脱鞋上炕，边拉被子边笑着说："我说个谜语大家猜，谁第一个猜对，明天我给买糖吃。姊妹七八个，合着一圈坐，脱了白裤子，收拾挨家伙。这是啥？"有说是橘子，有说是白色花瓣，一连五个人都没猜对。梅英洗了脸，对着放在桌面上的镜子，正用手在脸上上来下去搽抹"嫩肤精华霜"，她嘻嘻哈哈喊叫："我猜着了，大蒜，是不是？"

大家一想，齐声说："猜对了！猜对了！说话算话，你给梅英买糖，还要给刚才猜的人每人发十个。"

二十世纪八十年代末，乡镇初中学生基本上都来自农村，农民节俭朴实的生活作风和传统思想在孩子们的身上都有明显的体现。大部分学生不管是男是女，学习都比较踏实，语言行动也都规规矩矩，和城市中学生比起来好管教得多。而梅英虽然是农村娃，农民的本质在她身上的烙印似乎很少。她家在村子的公路边办了一家美容美发店，从外地招收了两个年轻貌美的女娃，往来客商，特别是拉煤司机常去洗头理发、休闲喝茶，生意兴旺，当然，收入可观，在村子里可算得经济冒尖户了。妈妈给她的零花钱从来没缺少过，她还常常偷偷地从钱匣子里拿走三元五元。这些钱除一部分吃嘴外，大多买了粉质和油质的搽脸化妆品，什么口红呀、眉笔呀、生发油呀，应有尽有，整天眉毛画得黑黑的弯弯的，脸蛋搽得白白的，再加上红红的口唇，自以为要多好看就多好看。走两步停一下，转头扭脖子，看左裤腿是否遮住了皮鞋后跟，又走两步回头看右裤腿右鞋跟，倘若裤腿过高过低非要提升或降低到刚好擦着皮鞋后跟边为止。上厕所蹲坑都要掏出衣兜里的小圆镜照照脸，只因把心全操在这上面，当然学习就差劲了，难怪大大小小的考试在班上都名落孙山。她有不少黄色杂志，是从街上书摊买的，一次上英语课，她把一本黄色杂志放在桌屉里正看得如痴如醉，老师提问让她回答，连声喊了她三次名字，她竟然像没长耳朵似的只顾低着头看。老师走到她面前，一把从抽屉里拉出杂志，扯一张咬着牙愤愤地向她头上边扔边骂："我叫你看！我叫你看！"直到把杂志扯完撕碎，把她骂够才接着讲课。

班主任和其他代课老师明里暗里不知给她谈了多少次话，讲了多少道理。她承认自己错了，写检查写保证以后坚决不看那些乌七八糟的东西了。真的将近两个月不再见到她"吸毒"了。不过，明显能看出她瘾发了的难受情景——课堂上、宿舍里和同学说话时，忽而紧蹙眉头，两眼发愣；忽而一句话说了前半截，忘了后半截。渐渐地，她又在"吸毒"了，不过更隐晦罢了。

初中毕业升学考试，她当然落榜。张莹被市中师录取。她们俩虽是同班同学，但一个在县东住，一个在县南住，相隔十多里，将近十年没有见面，也无书信往来。张莹上了一年中师因病辍学，待身体好转便被聘请到农村一所完全小学任教，在该校教了一个学年，又被林娜聘请教六年级语文课。

开学报名那天，梅英引女儿春娟去报名，正好是在张莹老师处领书和作业本，彼此才见了面。她们很亲热，张莹对她的老同学说，她可能是六年级班主任，将来教语文课，一定把春娟抓紧管严，当个好学生。其他方面帮不上忙，这

个忙能帮上,请老同学放心。

梅英感激不已,连连说:"姐呀,这就交给你了,麻烦你了,星期天来妹子家,我给姐包饺子吃,咱们好好谝谝。记着,王家坪村离学校一里多路,一伸腿就到了。"随后,她俩又拉了一会儿家常。

张莹问她,初中毕业后都干了些啥工作,爱人现在干什么工作?人肯定不错吧?梅英说:"一言难尽,我在西安、南京、杭州浪荡了几年,给人家卖过化妆品,大饭店当经理助手(实际是端饭上菜的服务员),还在美容美发店当过美容师,反正乱七八糟干这干那混了几年。后来回到娘家,我妈非叫我嫁给春娟她爸,说人家有钱,这好那好。当时,我死也不愿意,最后我这胳膊还是没拧过我妈的大腿,糊里糊涂嫁给他了。好姐哩,你不知道,那是个一脚踢不出来个屁,一锥子攮不出血的木头人。算我这一生倒了大霉!唉,真是命里只有八合米,走遍天下不满升。他现在在县煤矿带班(其实,是掘煤工),总算个正式工人(合同工),马马虎虎过吧。"

张莹看完了张春娟给她写的检查保证书,想到春娟母亲初中时同她在一个班的几件往事。心里说,这一周星期天一定要去春娟家,问问她的母亲到底是咋回事。一来,劝劝老同学关爱女儿,让女儿走上健康的道路;二来,也让她正确地看待打麻将,再不能陷进麻将的污泥中无力自拔。

俗话说,啥蔓蔓结啥蛋蛋,但这话未必全有道理。春娟和她妈长相相似,双眼皮,鸭蛋脸,皮肤白皙,身材苗条,可质地不同,春娟是甜苹果,她妈就是酸杏儿。

这孩子寡言少语,见人只是抿着嘴儿淡淡一笑,再也没一句半句话了。你说话她默默地听,赞成点点头,反对轻轻摇一摇头,似乎这样的动作表示省去了好多口舌是非。课间休息不少女同学蹦蹦跳跳,你追我赶,而春娟只是站着看。班上和学校文艺队没有她的份儿,"六一"儿童节小节目演出更不见她的面,在善跳善唱的同学看来这是最失意的时候,可她不以为然。

山岔沟村办起了学校,妈妈看到原先在水湾上学的本村学生不少去了旭日小学,同春娟形影不离的本村一个女生,名叫刘琴,也去旭日小学报了名,春娟给妈妈说,说她也去旭日学校上学,于是就报名了。

张莹老师第一个认识了春娟,觉得这娃还不错,又是老同学的女儿。她任六年级班主任,第三天就指定春娟担任学习委员。春娟工作负责细心,每次收课堂作业,都要在纸上写应交本子数,已交多少本,还欠几本,谁没交,啥原因。都记得清清楚楚,一本本作业本摞得整整齐齐放在老师办公桌上。

一次,张老师在课堂上让她读一段课文。她吐字清晰,抑扬顿挫,没有加字减字,普通话也好,当时就给记分册上记了九十分。后来就让她盯班上同学背诵。她作文叙事清晰、有重点,层次分明,错别字很少,几乎没有修改的词和句。张老师讲评作文差不多都把她的作文做范文,讲评后在班上传阅。正是由于她这许多长处,正式产生班干部,她便名副其实地成为学习委员了。

春娟当上正式的学习委员后，每天仍照常收送作业，似乎细心负责的程度不如过去了，一天到晚郁郁寡欢，脸上不挂一丝儿笑容，下课后，其他同学说说笑笑，她呆呆地站在那里两眼直愣愣瞅着地面，瞅着天空，好像在想什么……中考前一周，竟然迟到了三次，都是语数外主课。学校规定，把学生迟到、早退、旷课纳入教师考核，一月完毕，发工资时，从班主任工资中扣除。春娟第一次在早读的语文课堂上迟到。那天，张莹有事不在校，回校后看了值周老师的各班到校情况统计册，知道春娟早晨没有到校，早操记了迟到符号，早读记了旷课符号，数学课是迟到符号。她问数学老师才知道，课上了将近一半时间，春娟才到教室。她把春娟叫到房子，问到旷课的原因，春娟沉着脸看着她就是不开口，再问，还是一言不发，眼泪从眼角滚了下来。春娟用手背抹了一下眼泪："以后保证按时到校。"张莹想到她当班干部跑前跑后为大家服务，又是第一次没有按时到校，况且口头做了保证，也就完事了。

刚过两天，春娟下午第一节思品课又迟到了几分钟，张莹让她在全班同学面前做了检查，不过，检查也没有如实说出迟到原因。张莹万没料到，第二天吃罢早饭第一节语文课，春娟又迟到了，气得她浑身的肉都在颤动，看了检查后方知，春娟迟到完全是她的母亲所致，前两次迟到很可能也与她母亲有关，因此，决定同春娟推心置腹地谈一次话，弄清原委，到老同学家走一趟，从根子上解决春娟的问题。

星期五下午第二节自习课，张老师和春娟在自己的办公室交谈。她端起一个圆凳让春娟坐下，然后给她和春娟各倒了一杯糖茶说：

"喝！喝完后咱俩好好谈谈。"她把其中的一杯放到春娟面前的桌面上。春娟立刻站起来莞尔一笑。

"老师，我自己来。"

张莹说："春娟，你写的检查，我看了，知道了你几次迟到的原因，也知道你最近学习成绩下降的根子。你在家在校都受委屈了。我当时在气头上，也没问青红皂白批评了你，你不会记在心里吧？"

春娟说："老师批评我是应该的，我不会记在心里的。"张莹说："今天我抽空和你谈谈，我想你会把心里话一五一十告诉我的。你让我劝解你妈不要整天钻在麻将摊子里，该关心你的学习和生活，我一定做到。你该把详细情况真实地说出来，便于我跟你妈谈心。你说，是吧？"

春娟想了想，一五一十从根到梢把几次迟到的原因全部说给班主任听。说到伤心处，鼻涕一把泪一把。张莹把毛巾给她把眼泪鼻涕擦净，说她哭是懦弱，哭是没出息的表现。她洗了脸抓着张莹的手说：

"老师，我求你不要给我妈说我给你说她这不好那不对。不然，她会和我过不去的。反正你想个办法劝劝她，再不要迷在麻将上就行了。"

"你放心，你写的说的我绝对保密。我有办法劝她回心转意关心你的学业。明天是星期六，你今天晚上就给你妈说，明天下午我到你家去。"春娟点了点头。

第三十三章　梅英私奔

　　张莹走到王家坪村，接连问了三家，才到了张春娟家大门口。半新半旧的木门开着，从外面看，三孔挂了面子的砖窑，土院墙。

　　她边朝里走，边喊叫张春娟，这时，春娟从中间窑洞里出来慢慢朝张老师面前走，满眼泪痕，脸拉得长长的，有气无力地问："张老师，你来了？"张莹一边应声，一边跟在她的身后往屋里走，看她那垂头丧气的样子有点儿愕然，心想，她大概又生妈妈的气了，不过，也没有作声。进了屋子，冰锅冷灶的，床上的被子没有叠，地面上有纸屑、柴棍、尘土，似乎是几天都未曾扫过。张春娟从床边拉了个小木凳让张老师坐下，她坐在床边，两只手托着腮一声不吭，呆呆地看着地面若有所思。张莹问：

　　"你妈哩？你是和你妈吵架咧，还是哪里不舒服？"她微微摇了摇头，还是不吭声。张莹走到她面前，逮着她的小手问：

　　"娟，你给老师说，到底是咋回事？你没吃饭，我给你做。"张春娟猛地站起来扑到她的怀里，两只胳膊紧紧搂着她，脸贴着她的胸部呜呜呜哭得很伤心。张莹掏出手绢边给她擦眼泪，边劝说：

　　"别哭了，坚强一点。你不是让我来你家劝说你妈妈吗？你有啥委屈说出来，我才能想法解决，光哭有啥用处！听话，噢。"张春娟复又坐在床沿上哽哽咽咽地说：

　　"我……我妈……走……了，我我……爸前天回……来寻找……妈……两天……也没回来……我——"她一句话还没说完，又呜呜呜哭了。张莹轻轻拍着她的肩膀说：

　　"别急别生气，你慢慢说，你昨天放午学回家你妈在家不？"她还不断抽搐，张莹从绳子上拉下毛巾，给脸盆倒了些水，把毛巾揉了几把扭干，递给她，她擦洗了满是泪痕的脸。

　　"我给你做饭吃，你肯定没吃早饭。"张莹说着就到灶头生火。张春娟拉住她的胳膊说：

　　"我不饿不想吃，吃不下去——老师，你说，我咋办哩？"

"我想，你妈必定是到亲戚家去了，或者到熟人同学那里，也有可能。你爸一定会找到她，她也一定会回来……你放心好了。人是铁，饭是钢，一顿不吃就心慌。你想，连气带饿，有了病，谁管？"张莹的话暖了春娟的心，她说：

"你肯定也没吃早饭，坐下歇歇，我来做。"

"你把馍拿出来，再舀少半碗米，咱俩就烧稀饭吃馍好了。"张莹生着了火，春娟倒水，取馍、淘米，一会儿饭做好了。春娟端来一碟子咸菜，师生二人围着吃。张莹的确有点儿饿，吃完了一个馍，喝完了一碗米汤；春娟勉强吃了一个馍，把碗筷放下，说：

"你说，我妈一定会回来，我看——"

她把要说的话压在舌头底下，一个镜头在她脑子一晃而过：

开学初的一个星期天，吃罢了早饭，妈妈叫她刷锅洗碗。她挽起袖子正准备刷洗的当儿，听到大门外摩托声响，眨眼间摩托进了院子，她朝出一看，一个大约五十多岁，黑黄脸，高个儿，穿一身蓝西服的男人跳下摩托，边撑撑子边连笑带喊："吃饭没有？"话刚落音就进了门。

妈妈眉开眼笑地说："刚撂下饭碗，你吃了没有？没吃给你做。"

那人说："光拿嘴应承不行，八尺布只说不量，咋不动手！"说着把提着的两个塑料袋子展到妈妈面前说，"我吃罢后给你买了二斤油条、一斤豆浆，还热腾腾的，吃吧。"

妈妈说："这不是雨后送伞？"

那人这时好像才看见锅台边有人洗碗，猜到必定是她的女儿，忙说："女子，把碗撂下，趁热吃。"接着问她叫啥名字，在哪里上学，上几年级。她勉强回答，心想，从来都没见过这个人，咋这样热情？妈妈拿出两根油条，给了她一根。她用嘴指一指先放在案上，妈妈便放在案上一个空碗里，拿着那一根咬了一口说："味道还挺不错的。"

那人说："庄田二道街有一家麻将馆阔气得很，上下两层摆十二张桌子，机子自动的，人不动手，就把麻将洗好排顺。老板待人热情，备有烟茶瓜子，晌午还管一顿饭。张张桌子满座，打的和等待打的总有几十人。今天，我已把活安排好了，有监工负责，咱们就去玩玩吧。"

"腰里没铜子儿拿屁打！"妈妈说。

"我装了五千元，还没有你玩的？给你一千可以了吧！"妈妈一听，立刻换了一身新衣服，给脸上搽了油，口唇上抹了口红，坐在摩托上走了。

春娟气得摔碟子摔碗，喊妈妈早点回来，到学校还有事。妈妈好像没长耳朵似的，一声没吭。那人到底姓啥叫什么名字，她不知道，他用摩托带妈妈到庄田街去打麻将有多少次，她也不清楚，反正她亲眼见到了两回。春娟虽说才十三四岁，男女之间的事，她还是知道的。因此，怀疑妈妈十有八九是跟那人私奔了。张莹问她，她差不多把要说的都一五一十给老师讲了。现在，张莹安慰她，妈妈一定会回来，她怀疑回来的可能性不大，只说了"我看"两个字，又把话压到

舌根底下去了。

这梅英开始学会打麻将主要是玩耍娱乐而已。一次押三元五元,赢也不过十元八元,输也不上十元,开开心心说说笑笑;就时间而言,最多超不过三两个小时,一般都在雨天空闲时间,家里地里的活很少耽误。丈夫外出打工,三月两月不回家,她感觉空虚无聊,和女儿只是说些正经话,时间长了实在有些孤单,总想有个人说说笑笑,而打麻将正是解闷儿的场所,正像她说的消磨时间谝谝闲话,人愉快了,日子出溜溜就过去了。

"近朱者赤,近墨者黑",这话不假。

梅英在麻将场接触到了许多人,有男有女,有老有少;有本乡本土的,有外地的;有生意人、农民、工人、干部……俗话说,"赌博场里没好人",这虽不能一概而论,但确实有一些不三不四的人,他们唯钱是图,亲娘亲大也不认,输了照样得出钱。开始,梅英只是开心玩耍,打十块八块,渐渐地打三十五十,由三五十到一百,最后到二百。由空闲时间发展到把要干的家务杂活和地里活放下去麻将馆,不去心慌意乱,好像抽大烟的人上了瘾似的死去活来。从一天给女儿做三顿饭,洗衣,督促做家庭作业,到做一顿或不做,也不给洗衣服,不过问学习。从几天穿一身衣服,搽一点油到一天三换六打扮,抹口红,出门照镜子,进门镜子照了。

春娟的爸爸是个地地道道的庄稼人,老实巴交的,不知谁给他取了个绰号"张木头",在外县一家私人煤矿干活。一月三十天满出勤、不喝酒、不抽烟、不嫖赌,工资差不多全积攒起来,每月月底按时把钱给梅英寄回来。他哪里想到,老婆把钱送到了麻将场?一次他回家,在庄田街上一家服装门市碰到了村里的王老五,这王老五掏了三百元买了一件皮上衣,大小八个兜全带拉锁,漂亮极了。王老五劝他也买一件,他拿在手里摸来摸去,左看右看就是舍不得花钱。

王老五说:"张哥,我要像你一月挣几百元,少说也要买一身皮衣,穿上死了也不冤枉!人说男人是个耙,婆娘是个匣,不怕耙没齿,只怕匣没底。嫂子在麻将摊子上一输就是好几百,不知把几身皮衣都输掉了,你舍不得花钱,屎也不顶!"他笑笑还是把拿在手里的皮衣挂在原处,口里没说,心里有数,说啥都得在两年内把土院墙换成砖墙,换上大铁门,买辆车出出进进宽宽展展,再不用把煤和玉米棒子倒在大门外,让人费力朝回搬运了。同时,把院子硬化,又光又硬又平展多美气!让村上人瞧瞧,姓张的当真是个过日子的好手。

他把这一个月挣的一千多元带在身上准备交给媳妇存起来。晚上睡在床上他问媳妇:"我给你寄回来两个月工资一千九百元,你存了没有?"媳妇枕在他的胳肘弯上哭着说:"真是天有不测风云,上个月初八我猛然觉得心窝疼,一盆洗脸水也端不起,第二天就去县医院看,医生说,心脏不好,开了几盒药花了二百多元,吃了屁也没顶;接着又去省城医院看,住了四天院,吊针吃药,连车费吃饭算上,总共花了一千多元,心疼心跳才慢慢好了。"她的眼泪流湿了他的胳肘弯。他被媳妇的眼泪软化了，信以为真，说："不管咋样，病好了就是好事，钱花了再挣。这次，我带回来一千二百元，留三百元做生活费，剩下的存了，我想明年硬化院子，盖门房和换院墙。"

"我明天就去街上信用社存去，你说得对，该拾掇就拾掇。"

"英，我听人说你常打麻将，输了不少钱，是不是？"

"谁说？谁说？一个人在家闷得慌，我在村里就打了能数清的两三回，都是玩一次十元，你说，能输多钱？再说，我还有赢的时候，咋能说输了不少钱？真是放屁没响声！别人这样说，无非是叫咱俩吵嘴，他在背后笑。"

"玩玩是可以的，绝对不能有空就钻到麻将场里，上了瘾和抽大烟不差上下。甭说咱们是穷家，就是有几百万上千万的家产，也不够输。"

"这道理我懂，你放心，反正上五十元我就不打。"

"我看你还是下个狠心，不去那鬼地方好了，常在河边走，哪能不湿鞋？经常去要打小要不输我看难。"媳妇半天没吭声，头猛然摆开他的胳膊肘："不去算啦，唠唠叨叨烦死人了，睡！"

庄田镇街遇会，梅英有事无事基本上是会去赶集。一次，她从门市买了几种化妆品经过二马路，看到路里边一栋两层楼房，底层中间的一间红门紧闭，上面贴着"空房出租"四个字。她走到紧闭的红木门前时，一个年轻女娃走到门口，轻轻敲了敲门，只听那门脑上有丁零零的电铃响声，声音不大，距离近听得清晰。忽然一扇门被打开了，那女子一闪身进了门。梅英顺眼往里一瞅，几张桌子围满了人在打麻将。她边走，边心里说，这是麻将馆，两条腿便像犟牛一般不走犁沟了，刚闪过那红门又转过身走到门前，用手轻轻敲了两下，又听得电铃响，随即一扇门被打开了，她身子一扭进去了，红门立刻自动关上。

她扫了一眼房子，那是她第一次见到的最大的麻将馆。两间大房，房顶上有一横梁，地面砌着黄色带花图案的瓷砖，摆着六张麻将桌子，全是自动的，张张桌子无空座，还有不少男女围在桌子一圈当长脖子。出牌的叫喊声、麻将撞击桌面声、赢者拿到票子的笑声、输者的叹息声混杂在一起，简直胜于嘈杂的闹市！

梅英站在前门那张桌子的左侧，那又胖又矮的秃顶老板拿着一把钢管椅子笑得眼睛眯成一条缝，边把椅子朝梅英尻子底下塞，边说："请坐，提包给你寄起来，走时取。"说着给了她一个寄存的小牌子，她把提包交给他。梅英尻子刚挨上椅子，面前牌桌走了一人，未等老板开口，她就坐在了那空位上。看那三个人两男一女，男的有五十开外，女的四十露头，她不认识一个。这时机子正在洗牌，她对面坐着的那个男的两眼直勾勾地瞅着她，问：

"请问女士叫什么名字？在哪个单位工作？家在哪里？"梅英挺了挺胸脯，觉得有点儿热，两只手把没有扣纽扣的红方格外套大夹袄往两边扯开，露出了草绿色带红花的没领线衣，隆起的乳房上部直到脖颈全是露在外面的白皮细肉。她嘿嘿一笑说：

　　"我姓李叫李梅英,在家里蹲大学工作,王家坪村人。"大伙儿听了先是愣了一下,继而大笑。对面那男子停止笑声说:

　　"好个李梅英同志,说话风趣,高,高水平。"说笑间麻将早已洗好,开始揭牌。大约一节课的工夫一局结束了,梅英赢了三百元;第二局半个多小时,梅英又赢了,三百元又进了腰包。她想,不如乘胜收兵,走为上策,于是装着吃了一惊:"哎哟,不好! 在门市买了一双二百多元的皮鞋,可能连鞋盒放到水果摊子上了。对不起,我得赶快去看看。"一面说,一面起身离开了座位。

　　其中一个男子说:"你这是脱身法,雕虫小技能瞒了谁? 赢了就走啊? 不行!"梅英对面那男子说:"叫人家走吧。人家丢了东西急得像火烧一样,哪能不让寻找? 再说,后面还有等着打的人,又不误咱的事。"话刚说出口,也就是梅英朝出走了几步,一个男子就坐在她的椅子上了。她急急忙忙交了寄存小木牌,提着提包出了门。替梅英说话的那男子站起来说:"请稍等一会儿,上个厕所马上来。"说完大踏步也出了门。

　　梅英出了门,喜形于色,长长出了口气,慢慢顺着那排楼房朝前走。突然听到身后有人喊叫:"请等一等!"她停住脚转身看,来的是跟她对面打牌的那个人,他早到了她面前,色眯眯地说:"梅英同志,我猜着你赢了要走,所以替你开了通行证。你现在到底是走哪儿?"梅英说:"回家。"他说:"到王家坪少说有三里路,我骑摩托送你回去。"梅英迟疑了片刻,说:"那就谢你了。"

　　转眼到了家。梅英取烟泡茶,抽出一根烟递给到那人手里,又马上打着打火机送到烟头上。那人连连说自己来,却早嘬着烟对着打火机吸了一口。接着梅英给泡好茶的茶缸里放了三勺白糖,又端起来放在他面前的茶几上,嫣然一笑:

　　"我给你做饭,吃了再走。"

　　"谢谢! 其实,我早饭吃得晚,一点儿也不饿。"他说着环视了一下屋子:零零星星几件半新旧家具,样样摆得也不在地方,电视机套上面摆着一个玻璃茶杯,两把塑料梳子,一块抹布,一瓶没盖的药瓶子,床上两床被子摆得歪歪斜斜;案上几个碗,一双筷子,半个馍,一把菜刀,倒栽着一棵大白菜。

　　梅英嘿嘿一笑:"穷家农民嘛,公鸡能驮起的一点儿家当,你别笑话。里里外外整天忙忙碌碌,实在没工夫打扫整理房子,哪里说得上干净呢?"

　　"可以可以。你家几口人? 掌柜的干啥?"

　　"三口人,女儿上小学,她爸出外打工。敢问你贵姓? 哪里人? 现在干什么?"

　　"我姓贺叫贺光明,杭州人。当个包工头,在地区煤矿包进巷,已经干了五个月,年底可能完工。你猜一猜,这项工程能挣多少?"

　　"能挣个几万吧?"

　　"除过工人工资和给矿长等有关方面的人送钱,还有吃喝花用等,大约挣一百五十多万。"

"哎呀呀,我的天!那你真是财神爷了,那么多钱咋花得完呢。"

她笑笑立刻又抽出了第二根烟送到他手里,他接住放下,从衣兜里掏出了一盒红塔山,拆开取出一根抽,拿眼一个劲瞅她的浑身上下,梅英已觉察七八分,低着头靠着床只管抿着嘴儿笑,不时睨视的目光偷看他。

这当儿他们听到院子里喊:"梅英,你家有笼没有借用一下?"那姓贺的坐在椅子上没有动,梅英赶快出了门笑着说:"没有笼,要镬要锨尽管用。"那婆娘扭头就走。

贺光明又待了一阵,说他在二马路河南边石牛沟口租赁了一间平房,晚上大半在那里睡,闲了来玩。说着出了门,骑摩托走了。

那个老贺从梅英家走后的第十天下午四点左右,又骑摩托去了她家,带了二斤腊肉二斤羊肉。

梅英喜出望外,坐着他的摩托第二次去了二马路那家麻将馆。她同老贺仍然在一张桌子打麻将,打到晚上九点半,梅英赢了两局,输了四局——每局打一百元——输赢相互抵销,她还欠人家二百元。老贺慷慨解囊,当场掏出五百元"借"给她。她发誓要把输了的捞回来,接着又打了两局,以失败而告终。气得她咬牙切齿,不信赢不了。老贺又"借"给她五百元,打了三局全输了,才收兵下了战场。看手表正是一点三十五分,上下眼皮也在打架。老贺手气还可以,赢多输少,他劝她:"不必生气,胜败乃兵家常事,几百元算个屁!今晚输了,预兆着下次的胜利。"她苦笑着说:"但愿像你说的。"两人离开麻将馆去了一家昼夜营业的饭店,老贺请她吃了饭,用摩托带着她去了自己的住处。

那天夜里,他们同枕共欢,太阳升到半天上才起了床,老贺又用摩托把她送到家里。

从此,老贺三天五天总要去梅英家一回,用摩托车带着她去庄田镇街上麻将馆打麻将,她也十天八天去老贺房子一次,大半是晚上去,打罢麻将就住在那里。老贺给梅英买了内衣买外衣,买了冬天的衣服,又买夏天的衣服,还从省城掏了八百元买了一件高级貂皮领鹅绒大衣。天生丽质的她穿上这些衣裳更漂亮了,把个老贺迷得晕头转向。

一个星期六的下午五点多,老贺骑摩托去了梅英家,正碰上春娟在家里,便收敛了往常的轻狂劲,装出正儿八经的样子问春娟,班主任叫啥名字,六年级有多少学生?学习在班里能排几名?春娟正眼不看,给了他个脊背,到底没吭声。梅英说:"你叔问你,咋不张口?"

"我不想说!咋?"她冷冷地顶了妈妈一句。

老贺说:"娃肯定是哪里不舒服,到医院看看。"

"就是不舒服,谁舒服,你问谁去!"她背朝着他倔声倔气地蹦了一句。

"倔得死呀。"梅英训斥了春娟一句,又面向老贺道,"别跟她说。其实,我春娟学习还好,在班上数前几名,就是个性强。"

老贺说:"个性强不一定是缺点,有争强好胜心,才能不断进步。"他掏出一

张一百元放到春娟面前的桌子上，春娟轻蔑地看了一眼，嘴一撇，鼻子轻轻地哼了一声。

梅英说："她有钱，别给她。"

"那你忙，我走了。"老贺说着就出了门。这是他叫梅英去打麻将，梅英唯一的一次没有跟着去。

农历十月十四日，一辆快车从省城发出向南开往广州，第八节车厢里坐着一对恋人，都戴着墨镜。男的五十开外，穿着黑呢子大衣，女的三十上下，身穿貂皮毛领鹅绒红大衣。女的偎依在男的怀里，男的用左臂搂着她的脖颈，歪着脖子半边脸紧贴在她那油光可鉴的长发上，一会儿问她冷不冷，一会儿问她渴不渴，她好像睡得迷迷糊糊，只是微微摆头。

女人闭着双眼做起了甜蜜的梦。三室一厅的楼房里，光滑的地板像镜子一样能照出人影来；大厅的房顶安装着茶盘大的透明的玻璃灯；地上摆着真皮沙发，对面是彩电，卧室里有写字台、大小立柜、台灯。上下楼不用走了，坐着电梯转眼到了房子，又转眼到了楼下。出门坐着小汽车，多舒坦，多阔气，多快活！这梦忽而闪电似的逝去。母亲、女儿的身影从眼前一晃而过。

这正是一对私奔的情人——贺光明和李梅英。

贺光明对李梅英说，他是杭州人，在本县县办煤矿承包进巷工程，纯利可得一百多万元。其实，他到底啥情况，谁也不知。他开始外出打工，跟着一个建筑师傅当下手，几年后学了点技能却是一瓶不满半瓶子晃荡，给人做围墙、硬化院子、盖平房等修修补补的活。

到了洛宜县干了两年半的零活，嫌出力大而挣钱少，他便包了庄田镇小煤窑两层八间平房，前前后后干了一月出头，再留下粉刷的工序了。按合同中途能领取百分之二十的款额，但他暗中对管钱的副矿长说，家里有急事，只要他能领到百分之八十的款子，就送他五千元。那管钱的副矿长欣然同意，给他开支了八万元，他拿着七万五千元去了梅英家，乘出租车去了省城，连夜乘火车回老家。

就在梅英私奔的第二天上午，春娟她爸从外县小煤窑回家了。到了家门口大门上着锁。他问邻家，邻家说，两天多都没见梅英的人，不知去哪儿了。他又去村里三家麻将馆看了问了，都说这半个多月没来打麻将，也没有见面。想来想去，她不可能到娘家或亲戚家去，因为要给女儿上学做饭，便去了旭日小学问女儿春娟。春娟正上英语课，他从课堂上把春娟叫出来到大门外一僻静处问：

"你知道，你妈去了哪儿？大门锁着不见人影影。"

春娟说："爸，昨天下午我放学回家，大门和屋里门就锁着，我等了几个小时也没见我妈的影影，就去同学家住了一夜，今早晨也在同学家吃的，就上学了。说不定，她去庄田街上打麻将去了。"

"你妈这些天常去街上打麻将？"

"嗯。"

"你见她一个人去,还是跟谁一块儿去?"春娟低着头,用脚尖来回扫着地面,拉着脸老半天没吭声,似乎有话不知该说不该说。

她爸看出了女儿的心思:"你还有啥瞒着爸不说的? 是谁骂你了打你了,你受了委屈,还是你妈——"

春娟说:"有一个男人,看模样有五十多岁,我也不知道他叫啥名字,是哪里人,骑着摩托成天来家里叫我妈到庄田街上打麻将,一打就是多半天,有时一晚上不回来,光我碰到他叫我妈就有好几次。肯定又是他叫她到街上打麻将没回家。"

老张听了女儿的话,气得恨不得咬那骑摩托的一口,只是在女儿面前没有发作。平时不抽烟的他掏出一根香烟点着,吸了一口,呛得连连咳嗽了几声说:

"娟,爸给你二十块钱零花,你就在这村里你老罗叔家吃饭睡觉,我一会儿给他说一声好了。我寻你妈去,说不定今天明天还是后天回家,我要是回到咱家,到学校接你。你快上课去,给谁也不要说,听下了没有?"

春娟点了点头,把钱装到衣兜上课去了。

张木头这阵没有"木头"气了,先去村上老罗家安顿了女儿,拔腿就往庄田街走去,恨不得一步走到街上,边走边念叨:我辛辛苦苦没黑没明地干,整天钻在黑窟窿里是死了没埋的人,挣几个钱叫你扔到河里让水吹走,好狠心的婆娘!我劝你别打麻将,攒些钱修建地方,你说的比唱的都好听,谁知狗改不了吃屎。这些都搁到脑后不说,精尻子撵狼——胆大不知羞,竟然跟上别人跑,我叫你跟野男人,我要叫你知道我张木头是张铁头,非在那狗日的王八蛋脑上开个烟囱不可!骂骂叨叨不知不觉到了街上,先去铁匠铺买了一把带铁把子的一尺多长的镰刀别在裤带上,用衣襟遮盖着,一路边走边打听麻将馆的地方,跑了北街跑南街,出了这个巷道进那个巷道,走了几家麻将馆,老板一听说是寻人——便板起面孔冷言冷语让他快走,说这里根本没有你寻的那人。

老张气呼呼到车站坐车去了梅英的娘家县南和尚塬村,到村里已是下午两点多了。进了门,他丈母娘正用铁铲往炕炉子添煤,出门看天色,进门观脸色,她看女婿沉着脸站在桌子旁边半天没说一句话,放着椅子也没坐,心想,他来怕有啥不好的兆头,便袖筒擩棒槌端进端出问道:

"出了啥事,你把脸拉得一尺长? 梅英咋没来?"

"哎——也没有啥事,就是……"他腾地坐在椅子上,又不说话了。

"到底咋咧,是跟梅英吵架了?"

"吵啥架? 我两个多月都没回家,昨天上午到家,门都锁着,问邻家都说没见梅英的面。我又到学校问了春娟,她说,那天放晚学回到家里就没见她妈的人影,到第二天早晨还没回来,春娟就上学去了。我来看看到你家来没有。"

"没来没来,你俩肯定嚷仗了。"

"你是知道的,你女子爱打麻将,我寄回家的钱,差不多都叫她输光了。这

些都不说了,听人说,她……她和一个人,年纪五十上下,常在一起打麻将,跟那人跑了。"

他丈母娘听后心里咯噔一下,心想,这死女子心叫猫吃了,为她打麻将的事我没少费口舌,就是狗改不了吃屎!能跟上人跑了,不会的,不会的!不信她的心比石头还硬,好歹还有个女儿在上学,谁来管?不过,如今儿女跟人跑了的,有的是。贾家塬村不是就有个四十多岁的婆娘跟给她家箍窑的不到三十岁的窑匠跑了?听说男人和娃在县城寻到她,她不回家,硬把她捆绑着拉在架子车上。回到家里,相好的姊妹劝她死了心,不管说啥,娃大了太丢人!她说好姐哩,你说得不假,可是不由我嘛,我见了咊小伙子亲得太太。最终还是跟那窑匠跑了。这死女子要是真的跟人跑了,南北二塬是会知道的,多丢人!我和她大这老脸往哪里放!于是,她仰起头冷冰冰地说:"你听谁说?尽是瞎人放屁!肯定是你骂了她打了她,她一气之下出外躲几天,必定会回来的。反正你寻去,寻不到人,我和你也没完没了。听下了没有?"

"不用你老人家说,我肯定寻,在庄田镇街上这家麻将馆出,那家麻将馆入,问了这个问那个,就是不见人的影儿。你说,叫我到哪里找去?"

"哪里找?找的地方找,寻不见齐齐寻,不信她能上了天!"

张木头憋了一肚子气,尻子一拧出了门。

他又去了一个亲戚家,仍然不见梅英的影子,也没有给亲戚说寻人的事。

第二天吃罢早饭,又到庄田街寻觅打听,当然没有任何结果。他想,十有八九是跟那人跑了,还是回家,去慢慢打问那狗日的名字,在啥地方干啥活,哪里人,总会有人知道的,等摸清了底细撵上门去,必定能逮住这王八蛋。现在寻找是瞎子捐毡——胡铺(扑)。

再说,张老师在梅英家正给春娟宽心,让她耐心等等,爸爸回来,妈妈就回来了。正说着话儿,张木头进了门。

春娟忙问:"我妈回来了吗?"老张满脸愁云摇了摇头一屁股塌在板凳上长吁短叹。春娟用手拭了一下眼泪,给她爸介绍了张老师。

张莹问:"你现在打算咋办?"

老张说:"鸟儿飞过去都有个影子,不信她跟那龟儿子跑了,没有人看见?不信打问不出来龟儿子是个干啥的,叫啥名字在啥地方住?等问清楚了撵到他家里,背都要背回来!"说罢眼泪从两腮直流到脖子,呜呜呜哭起来,惹得春娟也哭个不停。

"你说得在理,调查清楚再寻不迟。梅英八成跟那人私奔了,当今骗子不少,甜言蜜语把你哄到手,先给你一点儿甜头,让你跟上他转,引到家里就变了脸,千方百计折磨你,你想走走不了,不走受不了。咱们庄田镇跟人私奔的媳妇、女子都有,大多没有好的结果,偷跑回来的也有。依我看,梅英肯定上当了,说不定她自己会回来的。事情已经出了,你也不必生气,心放宽。你是个老实人,慢慢来,该吃就吃该喝就喝,熬煎也没有用。要是把你身体弄垮了,或者有个三长两短,正好给人家做了一锅好饭。再说,你还有女儿呢！你打算把春娟怎么安顿?"

张木头抹掉泪水,长叹一声嘴唇动了动,想说什么又没说,他从心眼里感激张老师。因为她句句说得都在理,确实说出了他的心里话。想说几句感谢的话,一时又没言辞,可怜巴巴地看着张莹,拉着嘶哑的声音说:"山岔沟村有我一个朋友,我已把春娟安顿在他家了。她妈到底回不回来也说不定,到下学期再做打算。"

张莹说:"我和梅英是初中同学,你们的女儿就是我的女儿。再说,我还是春娟的班主任,有责任关爱她。这娃挺聪明,担任班干部工作负责,学习也踏实,各方面在班上都是好样的。我来是劝说梅英改邪归正的,没有想到,她居然扔下女儿跟人私奔了。"

春娟听着听着,眼泪在眼窝里打转儿,却没流出来,紧咬着口唇,望着门外在想什么。

张木头一挺腰杆说:"三岁小娃离了他妈都能活,别说我女儿已经十几岁了,权当她妈死了!"

张莹说:"咱就言归正传,就由我带着春娟吧。她同我一起吃一起住,一个人要生火,两个人也要生火,一个十几岁的女娃能吃多少?有我吃的,就有她吃的。我一个人一个房子,晚上就睡在我那儿,也有助于她的学习。你觉得如何?"

"那好,那好!"张木头喜展双眉,"那我就放心了,不过,我担心会不会影响你的工作,又要叫你受麻烦,恐怕——春娟,你老师说,你听见了没有?"

春娟搂着张莹的胳膊,叫了一声:

"老师……"泪水早已涌流出来。

张木头对女儿嘱咐了三点:一是听老师的话,二是要勤快,三是要好好学习。他立马从衣兜掏出三百元给张老师,说先交一百元伙食费,剩下二百就算是女儿的住宿费和张老师的操心费。张老师只拿了伙食费,住宿操心费断然拒绝了。

第三十四章　刘睿请教

刘睿老师在庄田镇一家电话亭给城关一小的老同学打电话,打算第二天星期日到她那里玩,请她看自己备写的赛讲教案。可是老同学回家了,她快快地去了车站准备乘车回校。

刘睿一脚踏进候车室大门,迎面碰见镇中心小学王蓉老师。

王蓉拉着她的手说:"告诉你一件事,我校廉玲老师明天上午九点语文公开课,你听不听?"

刘睿说:"天赐良机,哪有不去的?是几年级?就在你们学校?""三年级,在学校讲授。"

"廉玲你不认识?有四十多岁,二十多年的教龄,教语文课真有一手!叫我看,起码在咱们镇上是数一数二的。你听了就知道了。今晚就住在我那里,咱俩好好谝谝。"

刘睿和王蓉是一个村的人,王蓉大她七岁,有六年教龄,一直在庄田镇中心小学任教。原教四年级语文,现在执教五年级数学。

王蓉熬了一小锅红枣小米汤,烙了两张饼子,她俩热热火火吃了饭,又边嗑瓜子边谝闲传。大约有半个小时的光景,刘睿说:"蓉蓉姐,把瓜子收拾起来,请你指导指导我备写的赛讲课教案!"

"哎哟,你把我当雄鹰,其实是个'姑姑等'(一种鸟),教案拿来我看,学习学习嘛!"

王蓉看了有两页,把教案放在桌面上,又拿起课本看了起来,看完了要讲的课文,又拿起教案看。她时而微笑,时而点头。教案看了两遍,又把参考重看了一遍。大概看了一个小时,王蓉从内容到教法,从语言表达到板书,从重点难点到一般叙述,从进课堂到出课堂,大大小小方方面面都谈了自己的意见和建议。她强调这只是个人的看法,让刘睿可根据自己的教学实际,该用的用,不用的放弃,该改进的改进。

刘睿听着,思考着,整理着,改进的地方铭记心里,说:"还是蓉蓉姐水平高,真心实意帮了我。我参赛如能获第一名,妹子请你吃饭!"

"我爱吃鸡,你就炖一只鸡谢姐好了。"刘睿笑笑说:"好!"

躺在床上,刘睿翻来覆去不能合眼。

恍惚间回教室里听课,执教的是廉玲老师,一个中年妇女,留着学生发型,面容和善,衣着整齐。她的语言表述是那么流畅,普通话是那么标准,板书是那么工整。她挥动教鞭在黑板上轻轻一磕:同学们朝这儿看,我写了一个"夜"字,谁能在它的前面加一个字,后面加两个字,给本段组成四个字的小标题,可将本段内容集中概括起来? 思考一分钟回答。

教室里骚动起来了。有相互之间小声讨论的;有抬头跃跃欲试想回答的;有蹾在凳子上左手按着桌面,早把右手举在耳畔的。

"请回答!"廉老师一声喊。立刻有几十只手举过头顶。廉老师让把手放下来,叫了一个没有举手的小女孩回答,她答:"晚上找医。"

"答得对,你再想一想具体是什么时间,把'晚上'去掉,另换一个表示时间的词。"

"我换我换!"这时另一个学生再也按捺不住了,手举得更高声音也更大。

廉老师还是让小女孩继续回答。小女孩不紧不慢地答道:"半夜找医。""好! 请你再把'找'换上一个请求的字。"小女孩又回答:"半夜求医。"廉老师让大家鼓掌表扬,并且在记分册上记了九十五分。

刘睿点着头心里说:有启发性,追问点拨在节骨眼上,可取可取。忽而廉老师变成了自己,站在讲台上讲课,似乎在座的有一半是她教的四年级学生。她也运用启发式提问一个学生,可是无论她想什么办法,那学生就是不答,这当儿,另外一个男生放肆地走上讲台,站在讲桌右端面向全体学生和听课者大声喊:"别吵了! 安静! 我来答题!"谁听他的,顿时,喊声、笑声、走动声混杂在一起,课堂变成一窝蜂了。

刘睿一面跺脚,一面摆手,一面喊:"全都坐下!"由于喊声过猛过大,一口痰涌上来堵在喉咙。

她被惊觉后发现自己还躺在床上,翻身吐了一口唾沫,说:"我做了一梦。"便把梦境说给王蓉听。

王蓉说:"真是日有所思,夜有所梦,你把心全操在赛讲课上了,我敢说你的这次赛讲课,第一名是十拿九稳了。"

第二天早上九点正式开始上公开课。三年级教室后面坐着学校全体教师,镇教委主任和辅导小学教学的李法富老师也在听课。他们都提前到了教室,教导处一名老师给听课老师发了课本和打印的廉老师备写的教案。上课铃响后,廉老师一手拿着课本、教案,一手拿着教鞭进了门。刘睿一眼看到廉老师左腿一撅一撇,她面向全体学生和听课者点了下头;学生喊老师好,她又点了下头。这时,同学和听课者都坐下来。刘睿看她模样有四十开外,黝黑的脸上还有少许麻点,一头齐耳根的短发,中等个儿。刘睿心里咯噔一下,这同我昨晚梦中的廉老师却是判若两人。

她课文分析是那样的深邃,使讲课浅尝辄止者受到了很大启示;提示点拨是那样在点子上,就像跳杆放在最适当的高度,跳者争先恐后,跃跃欲试;双边活动是那样分配恰当,使听者感到安排合理,多少均匀;重点难点把握得是那样准确,犹似高山平川造化和谐、自然;示范朗诵是那样流畅自如,如行云流水。课堂安静时,如月夜万籁俱静,活跃时,似瀑布飞流直下。

同学们如同被一艘大船载着,处处别开生面,时时新鲜生辉;听课者眼看黑板,半张着口,如痴如醉,就像遨游在时而风平浪静、时而波涛翻滚的知识海洋里。大家无不暗暗赞叹:讲得多好哇! 这真是堂"快乐启发式"的优质公开课!

刘睿老师忘记了自己是听课者,几次想走到同学们面前,跟他们一起读课文,甚至举手回答所提的问题。下课了,她才如梦初醒。四十分钟公开课完毕后,学校通知晚上六点例会评议。刘睿原想听听老师的评议,不料评议课在晚上,只好打消了听评议课的念头。

王蓉问:"你觉得这节课讲得咋样?"

"讲得好,不愧是县级教学能手,有好多方面是我应该学习的。"

"你说说哪些方面是你该学的? 我听听咱俩的看法是否相同,另外,还有什么不足之处,也谈谈。"

"说来也怪,"刘睿扑哧一声笑了,"昨天晚上,我翻来覆去睡不着,又是想到这又是想到那,刚闭眼就梦到廉老师讲课,人也漂亮,课也讲得生动自然,尤其是让学生总结一段的小标题,运用启发点拨的方式解决了答案。没想到,廉老师还是这么个样,可怜那腿……"

还没等到刘睿具体谈她讲课的长处和不足,王蓉插话说:"什么样儿? 心好又有本事的多得是。《巴黎圣母院》中的卡西摩多模样够丑了,心灵却美得像一朵花;《三国演义》中的庞统眉眼难看,却有同孔明差不多一样的才干。"

"咱们俩说着说着就离了谱了。"刘睿拦了她的话,王蓉笑了笑再没往下说。刘睿接着说:"课文内容挖掘透彻,学生都掌握了应掌握的知识。语言表述准确简练,同学生谈话有趣味性,总是由浅到深,由近及远,点拨启发都在点子上。难怪学生发言踊跃,课堂气氛浓。板书文字少而精,有启发性和美感。别的不说,就这几方面就可以做我的老师了。至于不到处,说心里话,初出茅庐的我,还看不出来。"

"让我看,像这样的水平要拿到地区讲,未必获最佳成绩。"王蓉说,"虽然讲得很好。要知道天外有天,人上有人。我总觉得,双边活动过多,学生隐性思维,特别是隐性集中思维少,而发散思维多。你说,是不?"

刘睿微微点了点头,却没正面回答,略停了一下说:"一屁股蹲下去差不多有一个小时了。"抬起胳膊看了一下手表,再差五分钟就十一点了,她要马上请教廉老师,看看她的教案。她请求王蓉引荐她去见廉老师。

"她这人平易近人,也善解人意,不需要我引你去见她。要去就马上去,说不定,人家有事你就见不到了。她住在二楼东边第三个房子,看门牌就知道。"

刘睿看那第三个房子门牌子上写着名字,门关着,就轻轻敲了敲门,不见动静。趴在窗子上踮起脚后跟隔玻璃看,廉老师侧着身面西睡觉。她想,不能影响休息,等她醒来再说,于是在门外站着等待。大约半个钟头过去了,忽然,她听到房子有响动,于是敲了敲门:"廉老师在吗?"

　　"谁?请进!"

　　刘睿站在茶几左侧,廉老师看着她面熟,好像在哪里见过又叫不上名字,笑着说:"坐坐坐,你是——想起来了,刚才你还听我的课了,是吧,你叫啥名字?"

　　"对,我听了你的课。我叫刘睿,山岔沟旭日小学的。"

　　"同行见同行,知心话儿装一筐。你有啥事尽管说。来,先喝杯糖茶!"廉老师一面说,一面取杯子泡茶。

　　刘睿笑笑说:"廉老师说话真风趣!我不渴,快坐下。"廉老师把她按在沙发床上,从立柜里端出一盘花生瓜子放在茶几上:"不喝茶,总不能跟瓜子打气憋吧?"刘睿抓了几个瓜子嗑着,看对面墙上挂着一张《中国地图》,两边竖挂着"书山有路勤为径,学海无涯苦作舟"的一副对联。再朝里离对联大约三十厘米处是玻璃门的小立柜,隔着玻璃清晰地看到上中下三层全是书。窗子下是办公桌,上面堆着足有半尺高的两沓作业,紧靠窗台墙下是墨水瓶,一个铜墨盒子、青瓷笔筒,笔筒内插满了铅笔、油笔、毛笔等,挨笔筒摞着四本字典、词典,还有教本。样样摆放合适,件件整齐清洁。

　　刘睿说:"今天前来向你取经!"

　　下面要说的还未张口,廉老师截了话头,看了她一眼,扑哧一声笑了:"我又不是如来佛祖,哪有真经?"

　　"没有真的,假的也行。"

　　"我有个规定:要取经先上礼,方能获得。这个礼就是你听了课后发现有什么缺点,开诚布公说出来,就是送给我的礼物,请讲!"

　　"我是初出茅庐,实实在在没有教学经验!"刘睿言语少,但说出的话也常逗人发笑。她觉得,廉老师似乎是熟悉的老朋友,便坦然地说:"今天恭恭敬敬拜你为师,哪有学生说老师的不是?我认为,你这节公开课从上到下从左到右方方面面都是我该学习的。最后再给你送点礼——瑕疵。"

　　廉老师被逗笑了,点了点头:"反正少说些过五关斩六将的褒语,我喜欢听喝米汤尿一炕的贬言,这样,下次就注意少喝米汤了。"

　　"好,就说尿一炕吧。"刘睿将王蓉评论她不足处的话说了出来,才算过了关。

　　廉老师问:"你先说说,对他人的教学经验如何学习?"

　　"当然是取人之长,补己之短,"刘睿仰面略加思考说,"在教学实践中逐渐掌握。"

　　"好!"廉老师又问,"你的说法有点儿笼统,具体谈谈怎样取人长处,补己之短?"

　　"不用说,照人家的经验去做。"

　　"一成不变地学习,照猫画虎? 我以为这种学法有很大的缺陷。二十世纪七十年代农业学大寨,咱们县上不少生产队学大寨的样儿,收了社员的自留地,美其名曰学习大寨,首先要割掉资本主义尾巴,致使社员无菜吃,去街上买菜没钱没时间,只好光吃粮食了。其实,学大寨是要学习大寨人艰苦奋斗、自力更生的创业精神,并非人家干啥,你就干啥,因为各自的情况有异。再说,在日常生活中,人与人同患一种病,这种药对这个人的病有特效,对另一个就不一定有疗效了,原因是各人的体质不同。"

　　"学习他人的教学方法不能生搬硬套,也要从自己教学的实际情况出发,把那些好的经验同自己的教学实际相结合,探索出适合自己教学实践的教学方法来。"

　　"以前,我到外地听了不少名家的课,也看了一些教学教改的文章,由于我生吞活剥他人经验碰了钉子,后来才逐渐走上了正确的学习途径。刘老师,你想想,有道理不?"

　　"有理有理!"刘睿微笑着一个劲点头,"廉老师像是舵手,拨正了我学习之舟的航向。"刘睿对她肃然起敬,觉得面前坐着的是一个不仅有丰富的教学经验,名副其实的教学能手,并且是理论水平极高的人。什么模样儿不好看,腿脚拐撇,这些看法早跑到爪哇国去了。

　　刘睿说:"廉老师,请你指导一下赛讲课怎样才能讲好?"

　　"看来,你是参加赛讲课了,学校的、镇上的还是县上的?"

　　"不敢奢望镇上、县上,是我们学校的赛讲活动。"

　　"赛不赛讲课该是一个样,重要的是平时要讲好每一节课。平时讲好了,也就为赛讲课的成功打下了根基。"

　　"这一点,我明白,平常讲课马马虎虎,赛讲要取得优胜,是一句空话。"

　　"每讲一节课,在课前都想到好的效果和获得这个效果的具体做法。比如,学生必须掌握哪些知识,开发什么智力,培养什么爱好兴趣等,你这样想过吗?"

　　"想是想过,单元教学目的清楚,每一节就笼统多了。到底怎样才能产生好的效果,请廉老师具体谈谈你的体会。"

　　"要有良好的效果,我不敢说。我讲课从大的方面说,重点抓两个方面。一是备课,二是讲课。备课是讲好课、获得良好效果的基础,从某种意义上讲,它决定着讲好一节课的百分之八十。备案要吃透教材,吃透学生。教材要十分娴熟,几乎能背下去,熟能生巧嘛。教材吃透了,一些巧妙的教法与学法便油然而生。备案可参考各种有关资料,汲取精华;与教材难点重点融为一体,反复咀嚼,结合学情,这样水到渠成,就会以很快的速度、简练的笔墨写出有价值的教案。吃透学生就是要掌握学生的学习接受情况,运用适合学情的教法传授知识,掌握技能。这同跳高运动相似,你知道跳者只能跳过一米二,可将跳杆略放高点,即一米三左右,在良好的指导下,跳者十有八九一跃而过。若不先了解情况,将跳杆放得过高,跳者可能望而生畏;放得过低,可能产生不屑一跳的心理,结果放弃去跳了。"

刘睿点头说:"讲得形象,说理明白。"她给廉老师倒了一杯水,毕恭毕敬地递上去说:"口干舌燥,快喝!"

廉老师喝了半杯放在茶几上继续说:"关于教学方法,我认为教无定法,根据学情随机应变。说有的话,最根本的是启发点拨学生积极思维,开发智力,培养兴趣和自学能力。我现在教三年级两班语文课,运用的是快乐启发谈话式教学法。这还是在实验阶段,不到之处尚待改进。谢谢刘老师!"她端起那半杯开水一口气喝完。

刘睿以钦佩感激的目光注视着她:

"与君一席话,胜读十年书。今天是我难忘的日子,回校后搞教学实验,一个学期下来总会有收效的。以后还要麻烦你多多指导。"

"凡事不要操之过急,慢慢来。就算某种实验符合学情,是正确的,学生也还有个适应过程,很可能在一段时间里,学生学习成绩反而会下降,然后逐渐提升。"

她说着,从抽屉里找出一本《五年级语文优化教案》和一本《发展素质教育》两本书,让刘睿抽时间看看。刘睿如获至宝,用报纸裹好装在背包里,又把教案拿出来让廉老师指导,不知是廉老师一席话使她不好意思请教,还是什么,又把教案装了进去说:"咱们就认个忘年交朋友吧,以后常来常往,姨姨不会嫌弃吧!"

"好!姨姨祝你教学相长!"廉老师打开立柜的两扇门,拿出一个大塑料袋子,取出一个红边粉色枕巾和草绿色带荷花的单人床单,笑笑说:"这两件东西是今年教师节的慰问品,送给你做个纪念好了。"

刘睿傻了眼:"姨姨还是……你用吧,我今天啥也没有给你……"

廉玲送刘睿出了校门,依依不舍地分手了。

第三十五章　首次统考

　　第九周星期日晚例会,林娜首先宣读了镇教委关于期中统考的安排意见,然后又根据教委的安排具体谈了本校在统考前的复习考试工作。在座的七名老师静心屏气听着,各自思考怎样去迎接新的艰巨任务。

　　林娜说:"本次统考我校是首次参加,它决定着我校在全镇的声誉高低,决定着家长对学校的看法,决定着下学期生源的数量。我们要高度重视,向家长交一份满意的答卷! 向镇政府和教委报喜! 现在谈谈具体安排,有不妥处,或不到的地方,请大家提出来!"

　　"为了考试复习工作的顺利进行,解决出现的这样那样的问题,切实复习和考好统考的科目,学校成立三人复习考试小组——我和两个教研组长。"

　　"下周星期一停课复习,星期六结束,星期日休息。除复习考试的语数常识(包括思品、自然、社会)外,其他课一律停止,早操照常。"随即人手一张发了"复习考试安排表"。老师们都拿着看。

　　她接下来说,"语数两科,复习一天,考一天,按安排复习考试,改卷评卷,考试时间九十分钟,今天复习明天考;隔一天下午改卷评卷,这样可以考五次。常识,星期六复习考试一次,下午改评试卷。"

　　"试卷现有三份,一是《天天练》中的考试卷,一是《优化参考教案》中的考试卷,一是《学习与资源》中的考试卷;其余各任课教师自己组题组卷。"

　　语文教研组组长张莹插话说:"校长深入教学,没有教语数课,却对这些资料了如指掌。我组保证语数两科考五次,其中组好两次试卷,仔细批阅,成绩在教室公布。"其他老师只是点头而已。

　　"任课教师监所任科目,一定要监严,发现有作弊行为,试卷按零分计算。监考老师不能看书看报,或做其他事。试卷批阅要细致,不允许将错改对,或将对改错;作文批阅要求有简短中肯的评语。成绩登记上册,最后要算出每生语数常识三科总分,名次在校园张贴公布。试卷阅后要及时发到学生手里,要求将错题更正,任课老师把更正后的试卷收集起来再次批阅,直到改对为止。试卷要妥善保存。复习考试小组随时抽查,及时小结。"

"学前班继续上课,星期六考语文、数学,由李萍老师负责。最后,我再把《教师奖惩办法》宣读一遍,大家注意听。"林娜说完后,让大家发言。

会场凝固了,安静得彼此呼吸的声音也听得清晰。有的在咀嚼林娜的发言,哪些是老师应该重视和做到的,哪些是要求学生做的;有的在思考林娜还有哪些方面没有谈到,谈到的有无不切实际的地方,应该说些什么和怎样说,才有利于复习考试,并且让林娜愉快接受,也让老师们欢迎;有的想到一点问题,又唯恐谈不到点子上而惹人发笑,细心推敲谈话的层次和重点,以及语言的组织;有的啥也没想,脑子一片空白,根本不准备发言,只是坐冷板凳听别人说罢了。

林娜看会场冷清,鼓励大家说:"谁打第一炮……"

她还没说完,张莹说:"校长对复习考试的安排全面而具体,点滴不漏而有重点,我坚决支持,切实照办!"

她刚说完,张静接着说:"我也同意林校长的部署,保证把复习考试工作搞好!"接下来又有两个老师表了态。

突然听到一句"我谈点建议"的话,大家把目光都转向讲话的人,她是任侠老师。"应该取消三科考试总平均成绩后三名同学的统考资格,一则免得拖住各年级在统考中排名次的后腿,二则也免得拉下各任课教师的统考平均成绩。不然,我看所有老师各科统考的平均成绩都会名落孙山,且不说获奖是竹篮子打水一场空,受处罚是雷打不脱了。"

林娜听后微微地点了一下头,好像表示同意任侠的意见,继而又轻轻地摇着头,似乎觉得意见还有欠妥之处:"好!大家发表看法,葫芦里还装着啥宝,尽管倒。"坐在短凳上的田玲老师心怦怦怦跳了几下,心里说,大家都同意校长的安排,就你任侠提意见,不识时务。

闫红说:"任侠提出的问题值得考虑,后进生多,确实是咱校生源的一个显著特点,让他们全部去统考,肯定影响各科平均成绩,给学校打了个耳光,给任课老师脸上抹了黑。我同意任侠的意见,取消在校复习考试个人总平均成绩后三名学生的统考资格。"

刘睿说:"不让后三名去统考,家长肯定有意见,寻到学校就麻烦了。还是让考,统考后学校算各科平均成绩时,可将后三名的分数去掉——我们有向教委交的统考花名册——这样做,任课老师的成绩就不会受到影响。"

林娜听后插话:"这个办法只是有利于任课老师,教委给各科排名次,当然算后三名的成绩,咱校还不是像任侠说的要挨耳光?不妥不妥,要想个两全其美,对学校对老师都有好处的办法来。"

会场又冷清起来,大眼瞅小眼,没有人发言。老半天,数学教研组组长张静开了腔:"我想了个两全其美的办法,既不让学校背黑锅,也不让老师们的脸上抹黑。统考时,带队的向监考老师多要一份试卷(一般订有多余试卷),咱们多复印几份,让筛下来的后进生在校答卷,咱们改,当然,这些后进生成绩教委就不会算进去,对学校排名不受影响,他们的家长也不会有意见。"

林娜心里说,这个法倒还可行,外表却绷着脸低着头紧锁眉头,猛一仰头问:"谁还有什么好'钥匙'开这把'锁',再拿出来试试?"大家说没有钥匙了,会议便结束了。

会议结束后,已是十一点钟,林娜觉得有点儿饿,随便泡了一包方便面充饥,然后推开纸取出笔墨,书写了"统考动员会"的会场横额和"以真实成绩向家长恩师汇报""为校争誉,为家长争光,为师争气,为己争名"的大字标语,放在地上晾着。第二天上完早操后召开了师生统考动员会。

会上,林娜宣读了教委统考安排文件,讲了学校复习考试的部署。其中,特别强调了同学们要注意的问题,各任课教师务必把评卷作为重点,对学生更改过的试卷必须再批阅,真正让学生把错题弄通弄懂。统考结束后,学校召开师生颁奖大会。最后全体同学像宣誓似的面对教室外面墙壁上贴的标语,同校长一起大声读了一遍作为结束。

第十周复习考试是一派繁忙紧张景象。老师们上厕所都是小跑,唯恐耽误了时间;各任课老师为了抓紧时间辅导、考试、组卷阅卷,停止了做饭,索性从街镇馍店买了一个礼拜的馍,有的还买了几天吃的咸菜;眼窝睁开忙到天黑,晚上十二点甚至凌晨一点还有人伏案工作。

林娜除亲临考场检查外,还抽查学生改过的试卷。有时把答错题更改对的学生叫到当面让重做一遍,了解是否照抄他人答案,是否真正掌握。她清早提前半小时起来,晚上十二点多才熄灯。

第十一周星期一镇统考开始,每天考一个、两个年级。

星期一下午放了晚学,五年级陈爱花回到家里,一脚踏进门,把书包朝炕上一甩,趴在炕沿上呜呜呜哭起来。

她奶奶正在案上切菜,放下刀赶快走到跟前,摇着她的肩膀问爱花:"我娃为啥哭?""呜呜呜呜!"爱花越哭声越大,跺着脚不吭声。

"是谁打你骂你了?说出来奶奶寻她去,给我娃出气。甭哭甭哭!"

这时,爸爸和妈妈从地里回来进了门,见女儿大声哭,妈妈说:"爱花,看你长得快有妈妈高了,就知道哭,真没出息!你又不是哑巴,快给妈妈说是谁欺负你了,还是哪儿不舒服?"

她停了哭声,哽哽咽咽说:"任……任老师……不不……要我……到镇上……统考。"

"是你的班主任?"

"是、是……"

妈妈拿毛巾一面给女儿擦鼻涕眼泪,一面问:"慢慢说,啥时候统考?为啥不让你去?"

"明天就去考,她说,我在校考试平均分在班里是倒数第三名,取消考试资格。"

"平均成绩是多少?"爸爸问。

"42分。"

"去她姨的！为啥不让考？人家交一百八十元学费,咱是两个九十,又没少一分钱！寻学校去,叫她知道老娘也不是省油的灯！"爱花妈妈骂骂叨叨。

这陈爱花原是陈家沟村人,从山岔沟朝西走两里路就到村子。全家五口人:爷爷、奶奶、爸爸和妈妈,除种田外,主要副业是养花,由爷爷和奶奶管理,老两口整天忙得连饭也顾不上吃,培土、上肥、浇水、剪枝……

爱花是个独苗苗,全家人当宝贝,还在襁褓时也不让哭一声。为此,爷爷想了个办法,扯了一绺儿一丈长的红布,把她绑在自己的背上干活,她就不哭了。她整天看到的是各色形状各异的花儿,听到的是管理花儿的话。她只要一张开嘴准备哭时,爷爷或奶奶折一枝花朵塞到她手里,她立马哭相变成笑脸,牙牙学语,所以给她起名叫爱花。

三四岁时,爱花就跟爷爷和奶奶在花房里玩耍,不仅是耳濡目染,还动着小手端空花盆,提着洒壶喷花浇叶,有时把花儿枝条撞坏,有时把洒壶的水喷得满地流。到五六岁时,她就学到了不少养花的技能,爷爷奶奶满脸堆笑,喜出望外,觉得她可助爷爷奶奶一臂之力。

六岁那年,爱花到水湾小学上学。她从一年级到四年级第一学期,学习虽不算中上等,总还过得去。她聪明伶俐,就是没有踏实劲儿,有点儿浮躁。在四年级的第二学期,因患贫血症在县医院住院治疗个把月,返校后功课落了下来,尤其是数学课如同听天书一般。任课教师不仅不给她补课,反而责怪她学习是蜻蜓点水,深不下去。爱花也是抱着破罐子破摔的想法,对学习任何功课都没有兴趣,一天比一天退步。

期末,她硬着头皮参加了统考,结果语、数、常识三科总成绩不到100分,没一科及格。

后季转到旭日小学就读,按理是绝对不能升级。爱花的妈妈给林校长瞎说好说,又是女儿年龄大了,又是那天统考恰巧患感冒,题没答好,又是让老师抓严抓紧,又是她督促在家里学习做作业。林娜看爱花长得灵眉灵眼的,只要认真抓,也许会赶上去,便答应报到五年级。

"去时好好和校长说,高声和低语一个样,我知道你是踢踢骡子。只要让娃去参加统考就行了,以后还要在人家学校上学,弄撑了,有啥好处?"她爸说。

"走了穿红的,还有穿绿的,离了红萝卜,照样上菜！"妈妈边洗脸,边拉着脸说,"哪里没有学校上了?"她换了衣服,匆匆吃了晚饭,骑车子就去了旭日小学。

暮色沉沉,任侠老师刚拉开电灯准备把整理成册的试卷再翻阅一下,然后送校长查阅,忽然一中年妇女站在面前,目光灼灼看着自己,劈头问:

"为啥取消了我爱花的统考资格?"

"为啥,你问你女儿好了。"

"你怎么这样说话！"她双目圆睁盯着任侠,"我是在问你,干下的好事！"

"什么好事坏事,你嘴放干净一点！"任侠绷着脸,声音并不比爱花妈低,针

尖对麦芒。

她略停了一下，继续说，"这次复习考试，爱花总平均成绩42分，语数常识平均分数都不及格，全班倒数第三名。按学校规定倒数后三名都取消考试资格。"

"你们的规定是错误的，不及格不能全怪学生，难道老师没有责任？为啥关在门外不让统考？"

"说到责任，我在你女儿身上没少下功夫，恨不得叫她门门都考百分。你知道，自己的娃属啥的？说实在的放到三年级也未必能考及格，三天两后响就想吃个胖子，半崖上挂门帘——没门儿。你怕还在鼓里蒙着，统考不及格必然拉学校的名次，拉任课老师的名次，罚老师的钱，你出吗？"

她一连串的话如打机关枪，爱花妈一时词穷，想了想：寻校长去，反正我娃非统考不可！屁股一拧寻校长去了。走后，任侠扑哧一声笑了："我不知撞了哪一路小鬼，上次王倩她爷找上门来闹了一场；今天又来了这个婆娘。不给一点儿颜色，她会猪婆踏进萝卜窖，下次有啥事还会来。"

爱花妈坐在办公桌一端侧面的短凳上，林娜倒了一杯茶送到她手里。她放在桌面上，在任侠面前生的气，现在似乎降了一半，问林娜："到底为啥不让我家爱花统考？"

"咱们学校的学生后进生多，各年级都有那么几个本该不能升级，家长求爷爷告奶奶非升不可的，说孩子年龄大了，又说在原校已经上了一年，只要老师抓紧，肯定能跟上。学校没有严格把关就升上去了，半学期要转化过来，其实是空话。"

爱花妈说："同水湾小学比较，当真爱花进步不小。在水湾学校那年，回到家里饭碗一撂，就跑得没影影了，死等活等才做家庭作业；写的字东倒西歪，短胳膊短腿，可现在不要你动嘴自己写作业，字也比以前工整了。"

"爱花妈，"林娜让她喝茶，接着说，"半学期来，不光是你爱花，还有其他后进生，可以说，在教课老师手把手的辅导下——如当面批改作业，每天下午抽三十分钟补课，让学习好的学生和后进生结成对子，开展一帮一活动等。后进生学习态度端正了，成绩逐渐提高了。不过，要真正赶上中等学生，还得有个过程。你爱花，我知道聪明伶俐，我看到期末时完全可以参加统考，这次就不必让她去了。"

"我这个人是直杠子，说话不会转弯抹角，学校取消她考试资格，放晚学回到家里哭得鼻涕一把泪一把，像泪人一样，谁见了谁伤心。她说，不让我统考把人都丢尽了，不想念了，要念就到水湾学校去。你还是让娃去考吧！就是考个鸡蛋，我也不怪学校，不怪老师。"

林娜思前想后，似乎觉得自己理亏，教委通知明明叫全体学生参加考试，学校取消后进生考试资格，这不是同教委的规定背道而驰吗？如果让后进生去考试，教委排名次必然是倒数，这对新办学校是当头一棒，当然影响学校的声誉。

再说,学校订有教学奖惩办法,规定期中和期末统考哪一科平均成绩在全镇排倒数后三名者,扣罚任课教师工资,必定影响教师情绪……

她冷静想了想说:"学校采取这么个办法,你听听行不？教委统考都多订几份试卷,各年级带队老师要一份,然后复印几份拿回学校,让不参加统考的后进生在学校答卷,学校批阅,这同在镇上考试一样,只是地点不同罢了。批阅后的试卷让后进生带回家让家长看,家长填写意见,这比在镇上考试家长看不到孩子的答卷好多了。为啥非要去镇上考呢？"

爱花妈虽然听林校长说得有理,却总觉得,不让女儿统考她们一家人脸上不光彩,村上人会另眼相看的。事已如此,她只好骑车子回去了。

翌日,任侠老师领五年级去统考,教委贺主任让她给林娜捎话,务必在当天下午三点准时到教委办公室,有事商谈。

教委贺主任见了林娜,谈及有学生家长来教委反映学生参加统考的事,让她具体说说情况。林娜解释说:"那些考试很少及格的特后进生统考,必然影响平均成绩,如果学校名次排到倒数一、二名,不仅给学校带来不良声誉,还使任课教师受到处罚,因此,让特后进生在校答统考试卷。"

贺主任严肃批评了林娜:"统考文件明明白白写着,学生应全部参加考试,你校这种做法实际是作弊行为,性质是严重的。现在还有三个年级未考,一定要全部参加。"林娜点头答应。贺主任再三叮咛:写一份保证书好了。这样,这件事就算收了场。

星期一下午三点整,旭日小学召开了期中统考总结会,除全体师生参加外,还邀请了教委专管业务辅导的段永福老师、山岔沟村主任王小斌。

会场设在三、四年级教室门前,会场上面的白布横额上写着"期中统考总结会"几个大字,两侧贴着"团结奋进铲除黑锅底,发奋努力跃上新台阶"的对联,对联两边插着红旗,中央摆着四张长条桌,从左到右放着奖品,依次是《新华字典》、硬皮笔记本、钢笔、油笔、铅笔和奖状。中间摆放着扩大机、话筒。

段老师和王主任、林娜坐在主席台中间,获奖老师坐在两侧,获奖学生、获奖老师在两边面对着全体学生。

在高音喇叭播放的庄严的《义勇军进行曲》国歌声中,全体师生起立。

颁奖开始了,林校长总结汇报了本校期中统考情况。四年级语文平均成绩为全镇二十个班级的第四名,二年级数学为全镇二十四个班级的第六名,五年级语文为二十个班级的第七名,三年级语文为全镇二十五个班级的倒数第二名,六年级语文为全镇十九个班级的倒数第一名。任课教师分别是刘睿、田玲、任侠、张莹等几位老师,其他年级的语、数、常识平均成绩均在中间名次。

林娜宣读了四年级语文、二年级数学、五年级语文三科获奖老师所任科目的平均分数和名次,同学们一阵震破耳膜的掌声,淹没了林娜的讲话。

掌声过后,林娜接着讲:"现在宣读各年级总分平均成绩在全镇前五名的同学分数、名次,后进生成绩显著提高者的分数、名次。"又是一阵暴雨般的鼓

掌声。

最后宣读了三年级语文、六年级语文老师所任科目的分数名次。林娜说："从客观上说，我校后进生多，每个年级后进生要占五分之一强。从主观上说，新老师多，只凭蛮干、苦干，缺少一个'巧'字，没有掌握良好的教法和学法，所以本次统考不理想。从教学实际情况看，能获得这样的成绩，还是可以的。后半学期在狠抓学生，转化后进生的基础上改进教学方法，向四十分钟课堂教学要质量，苦干加巧干！"林娜代表全体师生向关爱支持学校的单位和个人表示深切的谢意，对获奖老师和同学，尤其是对后进生成绩显著提高的获奖者表示祝贺，又是一阵雷鸣般的掌声。

开始颁奖。先给取得优异成绩的老师颁奖，再给前五名学生颁奖，最后给成绩有显著提高的后进生颁奖。

下来，王小斌村主任讲道："我首先对所有获奖的老师、同学表示热烈的祝贺！山岔沟村民对旭日小学有支持援助，但远远不够。今后一定要同呼吸共患难，把学校的困难当作村上的困难，学校获得良好声誉，也就是村上的声誉。我们坚信旭日小学今后发奋努力，一定会跃上新的台阶！"

接着，获奖老师代表讲了话，获奖学生代表讲了话，成绩提高代表王倩也讲了话。

会议在全体师生的歌声中结束。

第三十六章　借刀杀人

学校工作总是一环套一环,环环相连,像长江后浪推前浪,朝前翻滚。期中统考刚结束,大家还没喘过气来,为了提高老师们的教课水平和能力,又向四十分钟要质量,开展了优秀课赛讲活动。

开罢中考总结会的当天晚上,全体老师在数学教研组长张静房子开会安排赛讲活动。最后讨论决定,第十二周星期二开始,第十三周星期三结束。只赛语数两科,每个老师都教两门主课,任选一门参赛,随堂讲授一节。除校长外,一共七人参赛,每人发七张优质课赛讲评分表,每次拿出一份,听完课后按表各项要求打分,并在优缺点和建议栏内写出意见,最后交校长按成绩排名次。推荐第一名去镇上参赛,学校奖励前三名。

按什么顺序赛讲,有的说,从低年级开始,有的说从高年级开始,大多数同意抓阄。林娜按顺序在七小块纸上写了号,揉成纸蛋,拿一根指头搅了几搅。开始抓了,大伙儿围成了一圈,两眼直勾勾地盯着纸蛋,满脸是笑。这个说,快,谁先下手;那个说,抓得早才能抓到后面的号,抓得迟说不定会抓一、二号。

任侠说:"先下手为强,后下手遭殃,管他三七二十一,我先抓一个。"说着轻快地拿起一个立马打开,高兴地喊叫:"嫽嫽嫽,是个六号,正合我心意。"她把拆开的纸片朝大家一晃。

刘睿看了一眼纸片上的确是个六字,说:"你真幸运,我来抓个七号。"边说边拿起一个拆开一看是二号,生气地跺着脚,"昨天晚上没做好梦,抓了个二号!"

这时,没抓号的老师你看她,她瞅你,没人下手了。田玲说:"还是快抓,不然五号七号被人抓走了,剩下的就是前面的了。说啥我也不在前面讲,学学别人的长处,在自己的课堂上运用才是有益处的。"她手指颤抖着好像逮蝎子似的慢慢朝纸蛋伸去,快接触纸蛋了,眼窝一挤牙一咬抓起一个,不知因何又放了下去。闫红说:"摸阄不悔,摸阄不悔,拿起来!"还没等她去拿,张莹笑着早把那放下去的纸蛋闪电似的抓起来扔到田玲的手心里。田玲心怦怦跳了两下,谨慎小心地打开,惊叫一声:"哎呀! 是个一号,倒霉、倒霉!"一眨眼,剩下的四个纸蛋

全被抓光,其中,张莹抓了个五号。

田玲说:"张莹姐姐求求你,咱们换一下号,你教研组长应该带头先讲,承你的情,让妹子学了大家的好经验再讲吧。"张莹说:"谁规定教研组长先讲?你问问大家同意不?"任侠说:"周瑜打黄盖——愿打愿挨,干我们啥事。"李萍跟声说:"田玲说出来了,看你好意思不?"

张莹说:"反和正一样,迟和早相同,都得讲,有啥好换的?"大家都笑了,林娜笑得喘不过气来。任侠又开腔了:"我说,田玲你真没出息,第一个讲又不是跳火海,上刀山,怕什么?"田玲再没有张口,若有所思地坐在沙发上。

在赛讲课的这一周里,旭日小学的教学工作紧张而有秩序,全体参赛老师或明或暗都在积极准备,她们认真听取他人的讲授,汲取营养,借鉴有益的东西,在各自课堂这块实验田里"实验";备写教案大多参考与讲课有关的资料,基本上按"评分表"中各项评分标准要求一遍甚至数遍备写教案。有时为一句话反复推敲,直至满意为止。有的为一种教法、学法和其他老师研究探讨,在"实验田"实验,不断改进。她们心里明白,要在旭日小学站稳脚跟,课讲得好是重要资本,谁不想力争上游?要是赛讲名落孙山,"吃饭碗"在这所学校是不是能端牢,就是个问号了。

林娜每听罢一节赛讲课,都把"评分表"收起来折叠好放在办公桌靠墙那个抽屉里。她接连听了四个老师的课,觉得比平时讲课要好得多,好像一块玉石一样,虽说某一处还有瑕疵,毕竟晶莹透明的部分熠熠生辉。

林娜暗暗高兴,赛讲活动每学期进行一次的话,有两个学年度教师的教学水平将会大大提高,教学质量必会不断上新台阶。

第十三周星期四下午,是赛讲课刚结束后的第二天,林娜接到了镇教委的通知,星期六上午务必要上报参加镇优质课赛讲活动人名单,参赛者一名。这天晚上,她算赛讲课成绩。七沓"评分表",一人一沓,算罢两名老师的成绩后,她取出第三沓刘睿老师的"评分表",先看了评语和建议,再看成绩栏内的分数,从上边数起第四张"评分表"打了两个分数:第一个用三道斜短线画去,还看得清原是九十五分,旁边又打了个七十分。难道会把总分加错?她把各项得分加了两遍都是九十五分,看听课者是田玲。心想,她竟糊涂到这种地步,把正确的改成错误的,竟然比原来少二十多分!想来想去觉得蹊跷。再看下面几张没有涂改,总成绩都是九十分上下,同前面几张每张的总成绩差不多。心里想,这个七十分显然太低,是不符合实际的。刘睿本次赛讲确实讲得好,在几个老师中是拔尖的,虽然还有这样那样的短处。到底是田玲改的还是谁改的,她还难以肯定,低头沉思了半天,自言自语道:"前面各项分数,加起来仍旧是画去的九十五分,怎么会改成七十分呢?"反正非弄个水落石出不可。她便把田玲叫来,说:"你先看看这张'评分表'。"

"怪事,谁改了我打的分数?"

"不是你,是谁?"

"我?"她的头轰地一声像爆炸似的,眼前黑圈由小到大向两边扩散,惊得半响说不上一句话来。略静了静神,吞吞吐吐地说:"校长,你……把各项分数加起来,看是画画……去的分,还是改改……后的分数?"

"我已经算了,应该是画去的九十五分。"

"校长,你想想,我怎么会把对的改成错的?"

"那你仔细辨认一下,字体像谁的? 说说平时谁和刘睿有矛盾?"林娜想了想,半天才开口。田玲哭丧着脸长长出了一口气,拿着"评分表"看了半天,她想到任侠,又想到张莹,却没说出任侠来,心口怦怦乱跳,说:"张莹写'七'字拐把处总有一提,再说——"林娜问:"再说啥?"接下去她声音压得很低,似乎只有自己能听见:"谁不知道她是笑面虎? 表面上嘻嘻哈哈怪好的,心里边不怀好意。统考刘睿教的语文获全镇第四名,差一点儿把她气死。"

"咋个气法? 你具体说说。"

"我说了,你无论如何也不能告诉其他老师,更不能让张莹知道。不然,我在学校就难待下去。""你尽管放心好了,我不会告诉任何人,这点小常识,我懂。""她到处给几个老师说刘睿语文统考成绩是假的。她在统考前去秦太乡中心小学她的同学那里弄到一份统考试卷,说人家早一周统考,和咱镇用同一试卷。回校后关起教室门给她班学生讲了一个钟头,才换来个第四名。"田玲还想说什么,动了动嘴唇把话咽了下去。

林娜问:"张莹这样说,听的老师有啥反应? 你有啥看法?"

"当时多数没有表态,只是任侠说不可能,不可能! 刘睿不是那号人。我和刘睿常共事,她肚子里有几根蛔虫,我都看得清楚,知道她不是弄虚作假的人。再说,她在语文统考前根本就没离开学校,谁给她送统考试卷?"

"我看你还有话要讲,就大胆讲吧! 窝在肚子里胀。"林娜说。

田玲声音稍稍提高了一点说:"前天星期二,李萍说,她去你房子拿录音机给学前班放歌,看见张莹在你房子从办公桌抽屉拉出一卷好像是试卷又像是赛讲'评分表',见她进来了笑着说没粉笔了,我拿一盒,说着拿了一盒粉笔走了。李萍看她神情慌张,从放在作业本的桌子上拿录音机时,发现她把语文《教学参考》和一本学生作业放在桌子上。李萍也没说啥,提着机子出了门。你叫李萍来问问,可别说我说的,就说有人看见。我看这改分数的事十有八九与张莹有关。"林娜这时忽然想起昨天早晨她抹桌子,条桌面上放着书和一本作业。她没有细看,以为是自己把书和学生作业随便放在那里,顺便拿起来放到办公桌靠门那个抽屉里。于是便拉开抽屉,果然有一本书一本作业,取出看是六年级语文《教学参考》和六年级一个后进生的语文课堂作业,参考的左下角写着张莹的名字。这时,她才确信是张莹偷改了田玲"评分表"的总分数,不禁在心里骂道:卑鄙! 不改自己的"评分表",而去改别人的,不是借刀杀人是什么!

林娜趁热打铁把张莹叫到房子,一枪戳下马:

"你干的好事,看看这个。"

借／刀／杀／人

"这表咋哩?"张莹看林娜脸色不对,接过"评分表",心突突跳了两下,外表装得很平静,看了一会儿问:"是不是总分有问题?咋画掉一个又写一个?"

"装下不像,磨下不亮,你问自己好了。"林娜圆睁双眼看她。

"哎哟,我疯咧,咋会改人家的分数?这、这是田玲的'评分表',是不是她算错了,又算了一遍把错的改过来了?"

"不是把错的改过来,而是把对的改错。请你看看这个书和这本作业本是谁的?"张莹支支吾吾说不上个所以然,感觉眼前一黑,心几乎要从嘴里跳出来,完啦,车翻了!

张莹任语文教研组组长,学校要求每周必须听本组老师一至二节语文课。一次刘睿请她听自己一节分析课,她欣然答应。刘睿讲的是《晏子使楚》,课前做了充分准备,同组长一起听课的共三人。听罢课后,都从内心认为,这节课讲得条分缕析,重点突出,尤其板书设计简练,有助于学生对全文的回顾和主要人物性格的理解,当然也存在不少问题。其他两个老师都为刘睿讲得好而高兴,似乎是她们自己讲了一节满意的课。原因是她们都是初出茅庐的新手,关系又好,有惺惺惜惺惺之意。刘睿说,听了课后有啥不到处,欢迎批评。那两个毫不客气地指出了她们认为存在的问题,也全面地说出了她讲课的长处,因为她俩知道刘睿脾性是不指出缺点会嘴噘脸吊的。

张莹却不然,当着刘睿的面把这堂课夸了又夸,似乎每一句话都是一朵鲜艳的花,别说在自己学校,在全镇甚至全县小学语文教师中,都是数一数二的。说到缺点时,她摇摇头说,水平低还没看出来。刘睿听了她的评议后,不但没有感到满意和兴奋,反而吞了苍蝇似的难受。

张莹暗想:我教语文课近三个年头了,在旭日小学除林校长可算是老教师了,又担任语文教研组长,恐怕有一天会让刘睿取而代之。再说,镇教委在期中统考后开展赛讲活动,参赛者从各校推荐,刘睿被推荐的可能性很大,这不是掺了她的行?憋着这一肚子的闷气何时能消呢?甭着急,慢慢来,机会成熟,非把这个眼中钉拔掉不可!

学校开展优质课赛讲活动,刘睿请求张莹开一次教研组会,帮她备好赛讲课,修改好赛讲教案。在会上,各位老师肯定了她的教案的优点,提出了不少中肯的建议,她深表谢意。张莹却让她另辟蹊径——搞作文讲评,说刘睿作文辅导和讲评,她听学生反映是狗撵鸭子呱呱叫。学校推荐到镇上,镇上再推荐到县上没麻达。刘睿认为自己作文教学没有经验,况且分析课文的教案刚备好,变来变去只有坏处没有好处,婉言拒绝了她的意见。张莹一气未消,又添一气,看见刘睿的影子都想唾一口唾沫。

镇期中统考,刘睿所教四年级语文为全镇第四名;张莹教的六年级语文为全镇倒数名次,数学为中间名次。学校按校奖惩办法奖罚了她俩。一边是奖励,一边是处罚,泾渭分明。学校开考试总结会那天,张莹请病假没有参加。当她看了教委发给各校的成绩统计公布表,知道她教的六年级语文平均52.4分,是全镇倒数名次时,气得眼冒火星,浑身打战,破口大骂那些改试卷的瞎了眼:"作文我是猜到的,还让学生写了一遍,居然名次排到后边,我非去镇上查卷子不可!"实际上她并未去。她对统考语数成绩排在镇前几名的老师恨得咬牙切齿,尤其对刘睿恨得要命,可外表亲亲热热,总是说,这不光是她自己的骄傲,更是学校的光荣和骄傲,就我个人说,脸上也有光彩。她在教师中散布流言蜚语,无形中给刘睿抹了黑:说她统考前从同学那里得到一份试卷,给学生提前讲了一遍,所以成绩才名列全镇第四。这事传到刘睿耳内,她嘿嘿一笑,我才不管别人把屎盆朝我头上扣,肚子没冷病不怕吃西瓜,爱咋样说,就咋样说去吧。这反而加深了大家对刘睿的敬意。

学校语数优质课赛讲活动开始了。刘睿是第二个讲的,她的课文分析不论是知识的深度,还是教法、学法的改进都赢得了听课者的好评,林娜也赞不绝口。

在这个赛讲课堂上,大家已从内心确定了她是第一名,是镇赛讲的推荐选送者,尽管后面还有大多数老师未讲课。张莹更是出乎意料,一个步入讲堂只有半学期的她,居然讲出这样的水平实属罕见,可肚子里头一阵又一阵难受,简直是喝了一缸醋!她拿着"评分表",思前想后难打分数。她想,其他人打得分再高,只要有一个人打个最低分,你刘睿绝不会是一、二名,这个第一名非我莫属。那时,就可以推荐到镇上参赛了,讲得好又上县,为以后转正打下了基础。给刘睿每项平均少打五分,总成绩在六十分到六十五分即可。忽而又觉得不对头,这不是自我暴露吗?林校长是个细心人,当她看了我的"评分表",每一项分数这样低,会认为我不合实际,有意贬低别人……有了,等机会改别人的"评分表"分数。所以,她基本上按实情给其他老师每一项评分少打了几分,最后算总成绩平均九十分。

赛讲课完毕后的第二天下午,张莹坐在房子门口正看六年级语文《教学参考》,班上一个女同学交了语文课堂作业,她放在腿上继续看。忽然看见林娜去五年级上思想品德课,便迫不及待地朝校长房子走,眼看不见一个人影,真是天赐良机。校长门闭着未上锁,她进了门,把参考书和作业本放在放作业的条桌上,径直拉开办公桌靠墙的那个抽屉。她把刘睿的"评分表"找着,放在桌面上,翻到田玲听课的那张表时,看平均分是 92 分,拿蓝笔画了两条斜线,在旁边写了 72 分,然后又折好把那沓"评分表"放到抽屉里。自己做贼心虚,她从窗玻璃朝外看院子没人,正准备走时,李萍进来了,她似笑非笑地说:"你看我糊里糊涂不知道没粉笔了,不知校长把粉笔放在啥地方,半天没找到,原来在窗台上放着。"顺手拿了几根,身子一趔,双腿像拌蒜似的跑出门,险些儿被门槛绊倒。

《教学参考》和作业本扔在条桌上,慌忙中忘记拿走,留下了破绽。聪明的张莹只改了总分,而忘记变动各项的分数,当然,各项合计分与改后的总分不符。难怪林娜断定不是田玲所为,是有人嫁祸于她罢了。

张莹一面哽哽咽咽流着泪水,一面说着,前因后果,蹄蹄爪爪一股脑儿道了

出来。她眼泪汪汪地望着林娜说：

"校长，你能原谅我吗？请你给我一次机会，我一定一定改掉这坏毛病。如果再犯错误，我就主动背上铺盖卷儿走我的路。呜呜……"

"给你一次机会，希望你说到做到，关键是做到！"林娜思量张莹做了错事，我宽恕、谅解，她必然感恩。再说，我掌握着把柄，以后她必定会努力工作的。至于毛病会改不会改，会改到什么程度，主要取决她自己了。想到这，她接着说，"你一定要认识问题的严重性，衣服烂了小口不补，大口尺五，到那时再补，就难了。你说是不？"张莹用手背擦了一下眼泪，长长嘘了口气，两眼望着地，老半天张口说：

"校长，你对我很好，我对不起你，我要重新做人。就是——"

"就是啥？舌头底下别压话，尽管讲。"

"我生就有一种毛病——别人不管什么只要比我强，我就看他不顺眼，就生他的气，这就是我犯错误的根子，你说，咋样改？"

"这个根子就是嫉妒，治嫉妒病的良药就是生气不如争气。"林娜严肃地看着张莹说，"所谓争气，就是追究自己不如人的地方在哪里，千方百计地找到它，然后奋起直追，赶上被妒忌者，还会有气生吗？难道生自己比人强的气吗？明明不如人，却裹足不前，就会气上加气，总看别人不顺眼，说严重一点儿，必然产生害人之心。远的不说，你这次的所作所为就是证明。本次统考你带的六年级语文成绩，可以说是名落孙山，你找到你的根源没有？"

"我水平低，教得不好，下半学期要努力提高自己的教学水平。"

"你其实还未找到真正的根源。我认为，你教学华而不实，下功夫不到，尤其对后进生抓得不紧，辅导不力，致使统考成绩为倒数名次。你想想，六年级明年前季就毕业了，要是升学，别说落在后边，考个中间名次，旭日小学就准备关门了。你说说，我讲得有道理不？"

"有道理，下功夫不到，尤其是对后进生。"她轻轻点头，忽而仰起脸以哀求的目光望着林娜，"校长放心，我保证把后进生抓起来，期末统考语文成绩在中上等，达不到这个名次，下学期我就再不进旭日小学的门了。"她稍停了一下继续说，"我请求校长把我改分数的这件事——"说到这里又停了下来。

"这事怎样？"

"保密。要不，我怎么在学校待下去？"

"完全遵从你的意见。但是你必须写一份检查材料。重点是挖你错误的根源，改正的具体措施，另外，再制订一份你后半学期六年级语文教学计划，用什么方法达到什么目标，要写清。如何抓后进生的措施要详细。一周以内交给我。"

张莹拭干眼泪，轻轻地点了点头。

第三十七章　深情厚谊

　　话分两头。旭日小学开统考总结会的那天下午放了学,五年级学生王倩把奖给她的《新华字典》、硬皮大本子和钢笔装在书包里,把奖状缓缓卷起来,用一张报纸裹着,中间绑了红头绳,竖放在书包的左角,然后,又小心翼翼地把书包带子系牢。回家的路上脚底生风,恨不得一步走到家里,早把其他同学远远抛在后面。她跑一段路,走一段路。

　　眨眼到了自家大门口,奶奶提一小笼晒干了的野菊花——准备装枕头。据说枕上凉,可治头晕——往家里走,听大门外孙女接二连三地喊叫爷爷!奶奶!奶奶回头看王倩眉开眼笑发疯似的从大门外飞跑回来,猛地扑到奶奶怀里张开胳膊搂住腰,将老人撞得打了个趔趄,野菊花撒了一地。

　　"疯子!啥把你高兴的那个样子?"

　　"得奖啦!我得奖啦!"王倩扭动着身子,两条腿活蹦乱跳,仰面望着奶奶,脸盘像绽开的花朵。

　　"那好!奖了个啥?快叫奶奶看看!"王倩放开胳膊拉着奶奶的手进了屋子,也没顾上揽撒在地上的野菊花。她先把奖状拿出来放在桌子上,继而忙解开书包带子取出奖品放在桌子上。奶奶识几个字,拿起字典舒展双臂念,王倩两只手逮着奖状的两端,将正面送到奶奶眼前让她念,奶奶刚念出"奖给"两字,王倩她爷爷进门了。

　　"还有啥哩?还奖了啥东西?"

　　"字典、钢笔、大红硬皮本子。"王倩捧着,一件件拿给爷爷看。爷爷满脸皱纹舒展开来,笑得露出豁豁牙说:

　　"好!好!这是你上学几年来头一次得奖。有展叶!有展叶!得给我娃买一辆自行车,骑上上学方便。人都说,林校长的学校办得好,把娃抓得紧!"

　　王倩拦了他的话头,一面向奶奶说:"你说统考我得了奖,给我买双网球运动鞋,明天就买啊!"

　　奶奶嘿嘿笑了:

　　"买买买,给你买。"

深/情/厚/谊

189

"买！一双鞋子值几个钱？倩倩,好好念,你看,你大姑的女子大学毕业分到县城工作,一月一千多块,你长大有了工作挣了钱,爷爷花不花,先不说,你就有花不完的钱,没了没了又来了,流不尽的水。"

"知道知道,期末统考再拿一张奖状回来,奶奶快把奖状贴到墙上!"王倩连蹦带跳地说。

"那你——"奶奶把脸朝老汉说,"你生火,我去代销店买一卷透明胶带,把……"没等奶奶把话说完,王倩飞一般跑出了门,转眼买来了透明胶带给了奶奶。王倩跪在柜盖上,两只手逮着奖状的两个角儿,按在离柜盖大约有八十厘米高的墙上,问奶奶端不端,奶奶站在柜中间端详了半天说:

"左角再朝上稍提一点。"王倩提高了有半厘米,奶奶喊叫:"行了,行了。"这当儿,爷爷说他挖了一个下午的红萝卜,两腿又困又乏,泡了一壶浓茶放在炕墙上,拉起了旱烟锅子上了炕,吧嗒吧嗒抽几口烟,喝一杯茶和孙女拉话。奖状贴好了,奶奶生火做饭,王倩刮土豆皮。爷爷喝了口茶,把茶放在炕墙上,吸了口烟说:

"倩倩,你班主任是个好老师,上一次为你写家庭作业的事,我做得有些过头,夺了人家的饭碗拉着去寻校长,还粗言粗语照顶子骂了几句,想起来,真不该!可任老师没到心上去,对娃该管就管,该抓就抓,抓出了成绩就好!"

"谁像你这二杆子货?人家任老师有知识,看得远,想得开,要是我当老师根本不抓你娃,早放了羊,还能得奖?"

王倩把刮好的一个土豆放到凉水盆里说:"任老师好得很,从我爷上次去学校以后,对我更好了,好几次把我叫去当面改,哪道题错了,反反复复讲得一清二楚,直到听懂为止。有一次,她把饭舀好放在桌子上,又去改作业,恰巧我从她门口过,她看见了把我叫进去,原来正批改我的作业,她用指头指着我更正后的一道题,说:你的脑子叫狗吃了,这道题给你讲了几遍,你说?我说,讲了三遍。她说,那为啥还能改错?又给我详细讲了一遍,从墨水瓶里拉出蘸水笔让我坐下再改。我刚捉住笔,她忽然站起来,伸开手说,再改错就是一耳光。我认为,当真要挨耳光了,吓得头一偏,她却把手放下笑了,看着我把那道题做对,打了对号才去端碗。"

"难怪我娃考了个好成绩,全靠老师手把手辅导。"奶奶边擀面边说。

"我看你近日家庭作业不多了,成绩却提高了,咋回事?"爷爷问。

王倩说:"我们老师说,学习要有个'苦'字和个'巧'字,'巧'就是要掌握良好的学习方法,有预习法、讨论法、过电影法。"

"你给奶奶讲讲,你任老师咋说的?你是咋做的?"

"每天都需要抽时间把第二天老师要讲的新内容看一遍,把自己不理解的认为难点重点的东西记在脑子里,课堂听讲不仅容易接受,而且能抓住重点、突破难点,这个就叫预习法。我大多在晚上预习新课,这就是很重要的一道家庭作业。讨论法就是任老师说的学习途中遇到的'拦路虎',和同学们一起赶,人多力大有办法,差不多就把虎赶跑了。以前我遇到拦路虎,一个人赶,赶来赶去还是挡着去路;现在我们成立了个'打虎队',大伙儿一块儿赶,当然学习道路畅通了。每天晚上脱了衣服睡在床上,我就把当天讲的语文、数学的主要知识回忆一遍。它的好处就是巩固记忆,这就是过电影。"

爷爷听后把烟锅脑在炕墙上磕得当当响:"这任老师,我当时总认为,她和我一样是个躁躁脾气,原来教学生学习的点子这么多,真是红萝卜调辣子——吃出没看出。"

"你的本事除了骂人就是吃烟,把烟灰弹到炕墙上,你扫!"奶奶把话又转折过来,"名师出高徒,有这样的好老师教,还怕我娃不能成才?"

"老婆,吃米不忘种谷人,就这几天抽个空到学校看看校长和娃的班主任。把咱们的红薯、南瓜,还有干核桃、干枣、梨、苹果拿上,你说,咋样?"

"行,凡是给娃教课的老师都有份儿!"

"好,能成!"王倩高兴得两手一拍跳了起来。

赛讲课结束后的一个星期日,林娜从庄田镇汽车站乘车去双坪乡政府参加老同学儿子的婚礼。她上车后,看乘客不多,在左排中间找了个座位坐下,从提包里取出一张报纸看。和她靠近的座位上坐着一个穿蓝西服的年轻妇女。一会儿,上来了一个身着红方格线衣,上面套着黑色皮夹克的中年妇女,眼睛四下一扫,显然是找座。看林娜那里有个空位子,正准备挨她坐,蓝西服笑着说:"是你,到哪儿去?来,和妹子坐在一块儿,将近一年没见面了,谝一谝。"皮夹克笑笑挨蓝西服坐下去,问:

"你吃啥山珍海味了又白又胖,比原先更漂亮了。"

"还不是馍馍米汤,漂亮个啥!"她说,"到张庄村去看我大姑,住了几天。晓花他爸打电话催我回家装苹果,再不能待下去了。"

"你晓花上几年级?学习咋样?"

"上四年级,说起学习来提不起摊子,看起来灵灵的女娃,就是不踏实。你娃上几年级?"

"今年考到隆泰中学上初一,学习一般。如果考不上大学,就只能回家修地球了,反正当大人的把心操到就行了。"

"娃娃学习好坏,与老师有很大的关系。我大姑的孙子叫铁蛋,今年十三岁,在山岔沟旭日小学上学。这是今年后季才办起来的一所私立完全小学,校长姓林,全校除校长外七个教师。听我大姑说,这次镇上统考,前五名就占了四个年级,铁蛋那个年级——五年级语文就考到前五名,张庄村都轰动了,谁不夸谁不赞?当真了不起!"

林娜听了,心里好像喝了蜜水一样甜丝丝的,满脸是笑,忽而心里一动:何不借此机会问问这年轻媳妇是否听到张庄村学生家长、村民对学校的意见?她把报纸放在膝盖上,转身对那年轻媳妇说:

"我就是山岔沟村人,也有个小孙女在旭日小学念书,昨天上午开家长会,

我去了,校长汇报前半学期教学工作,是有几个年级考了全镇前五名,其中四年级语文是第四名,校长也谈了存在的具体问题,说开学初一个阶段,家庭作业布置量大,学生压力重;有个别老师教育学生简单急躁,有严重体罚学生的现象,家长很有意见;学校教学设备简陋,给学生的学习带来不少困难等。你听到你姑家里人,还有村上人,对学校有啥意见?"

年轻媳妇偏着头想了想说:"对了。我姑父说教室太小,光线暗淡。时间长了,对学生的视力有损。"

林娜说:"说得很对。我孙女上三年级,三十多个娃娃在一间房子里,桌子中间的过道有一尺宽窄,娃娃出出进进都要斜侧着身子。人说,万事开头难,才办的学校嘛,租赁的房子。一两年后,想来学校有了钱,一定会盖新校舍。"

那个穿着皮夹克的妇女说:

"光说人家考得好,不把事当事的干,会有好成绩?过去大寨陈永贵说,打铁先要本身硬;又说火车跑得快,全凭车头带。这学校的校长肯定事事都走在前面。老师看校长的样,当然把工作抓得紧,难怪教学质量高!"

年轻媳妇说:"你知道这学校怎样抓后进生?像铁蛋原先统考语文五十分,数学特别差,才三十五分。去年我到我大姑家,从他的书包里拿出语文课本,两个角儿卷成筒,书中间一条长口子直通到书脊梁上,成绩好坏,就可想而知了。这次我要他的课本看,他立马从书包拉出语文、数学课本来,都用牛皮纸包着角儿平平展展,书腰硬邦邦。我说,你今年出息了,再也不见那揉成牛肉丝的书了。他说新书发到手,任老师买了七八张牛皮纸,裁开发给她班同学让自己包好,班主任统一写上名字。一月检查两次,谁敢把书弄脏揉破?半学期了,就跟新书一样。这个学校的老师真够上负责任了。听我大姑说,铁蛋上一年级时,还能跟上,考试门门差不多都是七八十分。上了三年级就倒退了,期末考试数学就没及格过,语文刚到及格线上。回到家里不做家庭作业,为这没少挨打。老师也叫了家长几回,让家庭和学校同抓共管,反正效果不大。今年后季转到旭日小学,半学期就有了明显进步。究竟有啥奇妙的办法?你离学校近,听你说,也常去校长那里串门,肯定知道不少。"

林娜笑笑说:"说奇妙也不奇妙,说不奇妙也奇妙。开家长会时校长汇报,学校后进生多,每个年级最差的学生就有五六个,学校都是该上原年级而家长吵着闹着非升级不行,说啥娃年龄大了,只要学校抓紧,学习是会赶上的,老师心软就答应升级了。还有几个学生学习极差又是捣蛋鬼,其他学校开除了,也到旭日小学报名,校长说,她看娃小,又干不了啥活,你不收他,不要他,总不能甩到社会上变成混混吧?她就收下了。说句难听话,都怪学校揽了破瓷器。后进生多的学校就只得下功夫抓,先是考试摸底,各门课——主要是语文、数学——都拟订了后进生转化表:有啥抓法、达到的效果等。各老师批改作业,先改后进生的,课堂提问答题也先提问后进生,开展帮后进生活动,让学习好的和后进生结成对子,帮助他们学习;老师抽空挤时间给后进生面对面辅导,和家庭结合起来抓,一月两月到后进生家,给家长汇报在校学习情况,了解在家里做家庭作业等情况。后进生不管在学习上还是其他方面稍有进步,班主任和任课老师都会给予表扬,进步较快较大的,学校给予奖励。你两个想想,像这样抓后进生,还有啥抓不起来的?"

皮夹克直起腰杆赞不绝口:"真是点子稠方法多,下了苦功夫!难怪人家学校期中统考考出几个前五名。"年轻妇女轻轻点头:"这些我相信,我碰见了张庄村几个熟人,都说他娃在这个学校念书,算瞅对了,反正娃知道学了,不像以前打的骂的叫看书、写作业了。我回去和他爸商量商量,明年也把我晓花转到旭日小学。听说有个刘老师还是张老师,教学教得最好,就是总爱打娃,我娃长到十二岁了,我没打过一回。生怕——"

皮夹克搅了她的话头:"好妹子哩。俗话说,打是亲骂是爱,不打不骂要变坏。再说,老师打娃也很正常嘛,打娃还不是为娃好?我就给老师说,不对就照尻蛋子打,我不会见怪的。我娃上小学就没少挨打,不打不行。我不怕妹子笑话,不好好学习还是小事,整天戳猫逗狗的。一次在课堂上,他把螃蟹从同学的领口放进去,人家是个女娃,吓得直叫唤。老师气得浑身打战,二话没说拉到讲台上一顿饱打,从此治了他的病!"

林娜听了扑哧一声笑了:"旭日小学也有老师打学生的事,我们村上有个学生就是不灵醒,名字叫老闷,光在三年级就蹲了三年。老师骂他榆木疙瘩。一次,一道数学题做了三遍还是错的,数学老师一面用教鞭朝脊背打,一面骂你这个不开窍的榆木疙瘩,再做一遍要是还是错的,我非吃你的肉不可!从这以后,学生就叫他榆木疙瘩了。学校知道了这件事情,在教师会上狠狠地批评了老师。叫我说,娃娃还是要多奖励。至于打,打了皮肉,思想的疙瘩照样难解开。当然,家长有时生气了也打娃,还不要说老师,人说会打打百下,不会打打一下,千万不能朝娃的头上和胳膊上打,要是打出个毛病来,后悔也来不及了。"

那两个妇女点头表示说得没错。林娜看着年轻妇女又说,"明年把你女子转到旭日小学,路就走对了。学校说明年前季办灶,解决远处学生吃饭住宿问题,学生会越来越多,说不定要上二百了。"

"招够了恐怕门不好进啊。"年轻妇女瞟了皮夹克一眼。

"今年放寒假前,你就给林校长打个招呼,也就是早报名,不信进不了门。"皮夹克说。

"对,提前报名。就算人招够了,你来寻我老婆子,她林校长看我邻家的面子,也要把你娃收下。"林娜嘿嘿笑了,两个妇女也笑了。

"谁下车?高速路口到了!"售票员一声喊,她们才中断了谈话。

这天下午,王倩的爷爷王虎和老伴去旭日小学看望任侠老师和林校长。

王虎肩膀上搭着系在一起的两个大提包,一个吊在胸前,一个吊在背上,手里还提一箱花生牛奶;老婆一手提着装得满满的一提包梨,一手提着同老汉一样的一箱牛奶,眉开眼笑地朝任侠老师房子走去。

任侠正洗衣服,只听有人高喉咙粗嗓门儿问:

"任老师,洗衣服哩!"她抬头看,顿时愣住了,忽而反应过来。

"王倩她爷,你——"

"也没啥。"王虎顺手把东西放在桌子腿前,老婆也把提包和奶放在那儿。王虎直截了当地说,"拿了些水果和青菜,看你来了。"任侠一面用毛巾擦手,一面笑着说:"坐坐坐!拿这么多东西呀!还来看我呀!"

老婆说:"任老师,我给你洗衣服。"

任侠说:"哎呀呀,你是客人,叫你洗,成啥话咧!"

"哎哟,我在屋里啥活不干?再说,你为了王倩的学习,把心都操碎了,我遇到这儿给你洗洗衣服算个啥?"老婆说。

任侠一面说,哪能叫你洗?一面把洗衣盆端到床底下,又从抽屉里取出一包烟,抽出一根递到王虎手里。王虎把旱烟锅子掏出来说:"我就抽这个,纸烟烧烘烘的没劲。"任侠从水壶里倒了两缸子开水,每缸子放了半把白糖端到他俩面前。然后拉着老婆的手硬让她坐在椅子上,又把水递到手里。老婆喝了一口放在桌子上,从桌子腿前提起那个硬硬实实滚圆滚圆的提包说:

"任老师,这是自家的梨,水甜水甜的,你先吃一个。"说着取出一个比茶碗口还大的黄梨塞到她手里,又去解老汉拿的那个背包。

王虎喝了一口水说:"我来解。"嘁着烟锅子蹲在地上边解系带,边嘿嘿笑着说,"这两包一包是枣,一包是核桃,也是自家种的。再没啥好东西。给你倒下!"任侠啃了一口梨,甜水水从嘴角流了下来,甜到心尖尖。老汉从案上拉了一个揉面的洋瓷盆,就倒了满满一盆,还剩下半提包,说剩下的这个给林校长,再寻个布袋把核桃倒一半。

老婆说:"这两箱奶,给你一箱,再给校长一箱。娃这回统考成绩不错,还在总结会上讲了话。你不知道,把我倩倩高兴得又蹦又跳,那天放完学回到家里,搂着我又是叫看奖品、奖状,又是催我快贴奖状。"

老汉说:"王倩念了几年书,这回得奖是新媳妇坐轿——头一回,都是你们老师的功劳。拿了这点儿自家出产的水果,就算是我们老两口的一点儿心意。"

老婆又接了老汉的话茬:"我倩倩回到家里总是说,她班主任这好那好,你当真是个难得的好老师!她爷人老了,斗大的字不识一个,开学初为娃家庭作业的事给了你个下不去,多亏你知书明理,根本没放到心上去,谢谢老师呀!"

任侠说:"王倩她爷到学校来没错,那阵家庭作业是多一些,其他家长也有反映。后来重视了课堂教学,讲究了教学方法,学生的家庭作业负担减轻了,教学质量才提高了。王倩学习有较大的进步,可以说,是全校后进生中转化较好的一个,所以这次统考对她来说,能考那样的成绩,就算不错了,更重要的是,由不爱学习到学习比较踏实,作业拖拉到能按时完成,书写潦草到工整。林校长准备把她作为后进生典型给予鼓励。以后我们经常联系,只要娃娃有进步,各方面都表现很好,你们家长愉快,老师更是高兴。再不要拿这拿那了,水果我收下，这箱奶——你老人家年龄大了，提回去吧！"

"来了谁？说得这么热闹！"林娜进了门。

"校长来了，坐！就说到你房子去哩。"王虎把椅子送到林娜面前，林娜坐了下来，还没张口问，任侠给她做了介绍。

"比钵钵还要大，少见少见！"林娜接过老汉拿过来的梨，咬了一口，甜水水从嘴角往下流。

"这是自己种的，还有枣、核桃，"老汉指着提包说，"给任老师倒了一些，这半袋你拿上。"

老婆说："林校长，咱们是初次见面，看你也是年过半百的人了，干下这大的事业，不容易呢。学校办得好，我们来看望你和老师，把娃一个一个领到了路上。"

王虎说："火车跑得快，全靠车头带。老师都是在你的带领下，把娃给教好了。这两箱奶，一箱给任老师，一箱给你。"

林娜说："家长把娃送到学校受教育，我们有责任把娃娃教好，水果带了这么多来，那就让老师都尝尝，分享你两位老人的一片心意，奶，你还是提回家吧。"

"林校长，你是嫌少？千里路上送毛，礼轻情意重！"老汉心情激动，忘记了说"鹅"字，逗得老婆、林娜和任侠哈哈大笑。

第三十八章 祈求复婚

再说,张文拿着东西去旭日小学看望前妻林娜,自知理亏,在校门外踌躇了半天又返回了中学。当天晚上,给林娜写了一封信。林娜收到后,一则忙于教学,二则灵魂深处虽有同情张文的因素,但更多的是对他的厌恶和记恨,尚未回信。张文以焦虑的心情等待了半个多月仍杳无音信,于是在一段日子里关闭了思念林娜的闸门,但这闸门随着时间慢慢松动,时闭时开。当敞开时,他的心又飞到林娜身上。他一个人时,总是想着,尽管自己走错了路,毕竟是"一日夫妻百日恩",他似乎窥探到林娜的内心深处确有怜惜自己的一分情感,便决定再到旭日小学去一次。又想,要是没有任何结果,这就无路可走了。想来想去,想到林娜的老同学彩霞,这人人品不错,求她去旭日小学劝劝林娜;或者,和自己一同去,也许能打动她的情,从而达到破镜重圆的目的。

这天是星期六,十月八日,张文穿了件十年前林娜外出听课给他买的皮外套,拿着上次给林娜买的丝绸短袖,另外,还买了一双皮鞋,给女儿张艳买了一双侧面开口带拉锁的高跟鞋。给彩霞提了一箱核桃花生牛奶、一包点心、一瓶西凤酒,去了秦泰小学。

晚上八点多,在彩霞的办公室里,张文把他结婚后一年多黄敏怎样骂他,怎样没事寻事同他过不去;和学校英语老师王坤怎样明来暗去钻到一块儿,曾被他抓到把柄等等叙说一遍。张文说到伤心处,泪水直朝出淌,说不出完整的一句话。

彩霞问:"那你想咋办?"

"咋办? 俗话说,担不起放下。我想——"

"你想怎样?"彩霞明知故问,"我听听你的打算。"

"我想复婚,世上有复婚的事。"他把头低了下来几乎夹在两个膝盖间,稍停片刻,又把头仰起来面向彩霞,"你是她的好朋友,我想请你劝劝娜娜。"

"劝劝她? 你同娜娜生活了几十年就不知道她的脾气? 她是决定了的事情或说出去的话,即使是错的十匹马也拉不回头的人。我怎么能劝说她心回意转? 多半是要碰钉子。"

"我想,我们一个锅里搅勺把几十年,即使我有千日的不好,还有一日的好,总会换来她的同情心吧。只要她同意了,女儿的话就好说了。"

"说真的,开学初我到学校去,还向娜娜提起你俩的事,试探她有无和好的心,她说,她劝你不要抛弃娘儿俩,把一个好端端的家庭弄得七零八散。好话说尽了,嘴唇磨破了,眼泪流干了,都没拴住你的心。她早就料到你受难过后悔的日子不会有多远,现在看来,她是对的。当时,她说为婚事从阴间走了一趟,险些儿送了命,如今已是多半截入了土的人,就是来一个神仙似的男人,她也要过独身清静的日子了。"

张文两道无声的泪水从苍老的满是皱纹的脸上流到下巴,好半天没有说话。彩霞被他的可怜相动了心,更同情的是林娜,早有撮合他们复婚的想法,便答应张文同他一块儿去旭日小学。

她告诉张文,在林娜面前多回忆多叙往事旧恩,以打动她心;以气愤心情罗列黄敏一件件过错,以唤起她对黄敏的憎恶之情;真心诚意地承认自己当时的魔鬼心理,上了贼船的后悔之心,以动她的恻隐之意。我随机应变从中说和,也许会使你们破镜重圆。俗话说,是媒不是媒,总得七八回,你这事比说媒要难好几倍。这次只要有一线希望,就算成功迈出一步。

张文掏出手绢拭干眼泪:"还是你想得周到,就按你说的办好了。"

星期天,旭日小学的校园安静了许多。大部分老师不是回家就是外出玩耍,还有几个在洗衣服、看书学习。林娜正在聚精会神地查阅星期六放午学时收来的三至六年级上中下学生的二十几本作文,彩霞和张文进了门。

林娜笑脸相迎,自然是泡茶、取烟,拿出花生、瓜子。林娜抽出一根烟递给张文,张文立马从椅子上站了起来,双手接着笑容可掬地说:"我自己来,自己来。"林娜又拿了一把瓜子递到彩霞手里。这会儿,张文吸了一口烟笑笑说:"你们两个先坐,我出去到校园转转。"边说边起身走了。他先看了教室,教室的门全锁着,他趴在窗台上隔玻璃朝里看,墙壁刷得又白又亮,桌凳摆放整齐,桌面干干净净,黑板也擦得没一点儿粉笔末的痕迹,每个教室的教鞭都挂在黑板的前侧面,比黑板低十厘米左右。教室的两侧墙上贴着《小学生守则》。

看罢教室,他又转到老师的房子,只有两个门开着,一个没有人,一个里面的老师正洗衣服。张文走到门口,那老师让进房坐,他坐下问老师贵姓? 回答姓李。李老师问:"你是——""我也是老师,寻你们校长有点儿事。"他们再拉了几句有关学校的闲话,张文便起身到校门外。他第一次到旭日小学站脚的地方上下看了一眼,又转身面对学校,仰头看到一面鲜艳的红旗在校门上空随风飘扬,满肚子不知是甜味还是辣味,暗暗称赞,林娜这步棋走对了,万莫想到,她年过半百干出这等事业! 而自己如今走到这步田地……

张文出门后,彩霞问到学校的一些情况。林娜自豪地谈了三个年级排到了全镇前五名,其中四年级语文考到第四。还告诉她,冬季来临前,全校学生在矸石堆里拾了将近十吨煤,减轻了家长的负担,解决了取暖问题。又提到开展了

优质课赛讲活动,提高了教师们的教学水平。

姐妹俩正无拘无束地说着话儿,林娜突然转了话题:"我算卦是灵先生,你今天来的主要意图是当说客,对不?"林娜从抽屉里取出张文上次给她写的信给彩霞看,彩霞展开信纸默默地看着,把信还给林娜。

这时张文进了门,自个儿坐在刚才坐的椅子上。彩霞盯着他没有开口,林娜板着面孔一本正经地看手里拿的一本杂志,老半天静悄悄的,好像房子无人似的。

还是张文打破了沉寂的空气,他看着彩霞说:"我没料想到,你娜娜姐老有所为,办学校造福一方。刚才,我大致转了一圈看了看,教室内外打扫得就同抹布抹过一样,不见指甲盖大的一片纸屑,教室里的教鞭都挂在黑板前侧面一定的地方,黑板擦得一根线头那么大的粉笔痕迹也没有,这小小的细节说明,你娜姐管教有方。校门口垒的方方正正的那堆煤,我看少说也有八九吨,未入冬前就做好了取暖准备,计划周到,计划周到。"

林娜拦了张文的话头,眼睛看着杂志说:

"张文,我不需要你给我戴二尺五高帽子,我怕压扁了头。校园打扫干净这是学生扫的,教鞭放在该放地方,也是学生放的。至于捡了那么一堆煤,未雨绸缪嘛,免得没本事的我临时手忙脚乱。"张文听后屁股在椅子上拧来拧去,半天不知说什么好。彩霞看他那尴尬相,把话岔开:"娜姐,张文其实说的是心里话。你年纪大了,身体也不好,能办一所学校,而且办得不错,不容易啊!你俩将近一年没见面了,应该坐下来好好拉拉家常——张文,你先说说,你离开我娜娜姐后日子过得怎么样,心情如何?"

张文长长叹了口气:"说来话长。我没有一天不想你娜姐,有几次梦见和她在一起有说有笑,往事一桩桩、一件件整日在心头萦绕。我曾梦到,她在医院药房给我取药,让我坐着,唯恐取药的人多把我挤倒;也曾梦到,她从外地听课回家给我买了几本外国小说,我高兴得一手拿着书,一手拍着她的肩膀,赞不绝口!昨晚我梦见她回到庄田小学我们住了十几年的房子,我二话没说,就去街上买了一个二十几斤重的黑皮西瓜,杀开给她一大牙儿,她还没吃完,我又塞给她一牙儿,她笑得瓜瓤喷了我一手说:二杆子货,我长几张嘴……"

彩霞说:"一日夫妻百日恩嘛,何况你俩做了大半辈子的夫妻,怎么能不梦到呢?"

"你别相信他的鬼话,完全是编造的。"林娜把杂志放在膝盖上,"我一个老婆子,他会梦到吗?天天梦到的才是他心爱的一朵花黄敏罢了。"

彩霞说:"张文,你老实说,你天天晚上都梦到谁?真的梦到,也说给我和娜娜姐听听。"

"对,也好多次梦到了黄敏,黄敏和学校英语组王坤有染,有事没事就往他那里跑,曾经被我当面碰见,气得我肺都要炸了。为了挽救她,我明里暗里比前比后嘴皮子都磨破了,结果等于零。整天拉着脸没事寻事。一天到晚没有三顿饱饭,倒有三顿饱气,这日子实实在在一天也过不下去了。反正说到天上掉在地上,都怪我眼瞎了。我向娜娜请罪!我请你狠狠地打我,打得你解了心头之恨为止!"张文说着说着,泪水又流下来。

彩霞在肚子里笑,外表却把脸绷着。林娜开了腔:"现在你张文才尝到了黄连的苦味。当时,我怎么劝你来!你哥打你耳光,还记得吧?这叫自讨苦吃!俗话说,前悔容易后悔难,你就好好受好了。现在,你说要我打你!我生来就不会打人,今天来打你?笑话!你究竟患什么病了?哪里疼哪里痒,就直截了当说好了,无须绕弯子兜圈子浪费时间了。"

张文以痛苦的表情和充满了祈求的目光望着林娜:"你就看在咱们风雨同舟几十年,而今掉在污泥之中的我的脸上,救我一次吧!要不,我就离坟墓不远了。"说到这儿,他瞥了彩霞一眼,彩霞立刻说:"你两个好好谈谈吧。"便暂时回避了。

她刚刚跨出门,张文立即跪倒在林娜的脚下,声泪俱下地说:"娜娜,你就饶恕了我吧!我有千日的不好,还有一日的好,看到以前我们相亲相爱的面上,让破镜重圆。你不答应我,我会永远跪着。"

林娜的心咯噔动了一下,逮住他的右手腕,一股暖流传遍了每一个毛孔。她眼圈儿湿润了,眼泪从脸颊流了下来。

"你起来坐着,我给你说。"林娜说。张文站了起来坐在椅子上,用手背拭了拭泪眼。

林娜掏出手绢擦去了脸颊的泪痕说:"你冷静考虑考虑,也是年过半百的人了,身子当紧,工作当紧,更不能失去理智,去寻短见。如今你是有家室的人,尽管你同黄敏之间碰碰撞撞,她毕竟年轻,你用满腔热忱去关爱她,一定会融化她那像冰块一样的心。俗话说,牙和舌头相处那么好,还有咬着的时候。哪一对夫妻之间没有矛盾?想办法解决,才是正经。我们已经离婚,再重新结合,岂不让人笑掉大牙?一个有妇之夫背着妻子另寻配偶,这是违法的行为,难道你眼睁睁去触犯法律?再说,我整天忙于教学工作,哪有时间考虑这些事呢?为这事我绞尽了脑汁,受尽了折磨,几乎变成狂人,从阴曹地府走了一趟,刚刚过着清静安宁的日子,又自找苦吃,难道我脑子进了水不成?"

她的话刚落音,只听门外有人喊:"谁说娜娜姐脑子进了水,谁说自找苦吃?是找甜吃哩!"说着进了门,原来彩霞在校门口溜了一圈儿,张文和林娜只顾了说话,没看见她站在门外窗台下听,林娜说的她差不多全听到了。

彩霞坐在沙发上说:"张文,娜姐,你俩说了许多心里话,现在让我把你们的思想沟通一下。以前不痛快的事,咱就不提了,让它过去吧。就说眼前,从张文这一方面讲,的的确确同黄敏是两股道上跑的车,黄敏另有所恋,可以说,彻底变了心;张文受尽了气,与其说是两口子,还不如说是仇人了。他一心一意要复婚,想来是经过认真考虑的。"

她又面向张文说,"你先做个保证。"

张文说:"复婚后我一定给娜娜幸福,若存二心,五雷轰顶!"彩霞说:"今天我在当面,请你写一纸,摁上指印,我来保存。"张文按他说的写好并摁了指印交给彩霞,彩霞念了一遍让林娜看。她板着面孔没有说话也没有看。彩霞继续说:

"复婚的事世上有的是,别人是不会笑话的。不过,必须同黄分手后再履行复婚手续,这就名正言顺了。张文即将到退休年龄,也完全可以内退,同娜姐一起办学,这不是得力的助手吗? 退一步说,'少年夫妻老来伴',你老来还有个伴,热热火火的,总比孑然一身好多了。孤独寂寞的滋味不好受哇! 再说……"一句话吐出了两个字,张艳背着大背包神不知鬼不觉地站在他三人的面前。张文一下子愣住了,不知是激动还是自卑,脸唰地红到脖根,心嗵嗵跳了两下,略静了静神,站起来走到女儿身边帮她拿背上的背包,张艳把胳膊向后一抡,转过身子瞪着眼拉着脸,冲着他倔声倔气地问:

"你来干啥? 讨厌!"

"我……我看你……"张文结结巴巴地说,"艳儿,我……我对……对不起……你……"

彩霞赶忙上前拽住张艳的胳膊,边拉边说:"有理不打上门客,再有错,毕竟还是你爸,你坐下有话慢慢说。"

张艳快嘴利舌说了一溜头:"我没有他这爸,他也没有我这女儿。把我妈害得险些送了命,让我在人前抬不起头,说不起话……"

林娜说:"这个场面都看见了,我还有啥话可说? 张文,我劝你死了心,免得站在这儿都难受、伤心。"

张文仰面大喊一声"天啊!"倒在地上不省人事……

第三十九章　盗窃风波

　　林娜和女儿张艳开学前去省城购买教具和图书等,在车上受骗上当,被骗了五百元钱。

　　那三个骗子,一个是胖子,着白软料衫子,为老大;一个二十出头,西装革履,为老二;一个斜眼睛,说话口吃,吐字不清,着粗布蓝衫,为老三。他们都是洛宜县城人,结伙偷盗、行骗、抢劫,干这事已有三年,所获不义钱财,除一起吃喝嫖赌之外,剩下的一半归老大胖子所有,另一半老二和老三平分。活动的主要场所是在长途车上,不少乘客都被偷窃和诈骗。

　　一村民和媳妇赶集卖小猪,六头小猪共卖了一千二百元,喜得合不拢嘴,拿了一千元到服装店买呢料大衣。偏偏被斜眼睛老三在牲口市场盯住,他凑在胖子老大耳朵上悄悄说:今天走运,我清清楚楚看见那男的把卖小猪的钱给了媳妇,她装到左边裤兜去了,听说去买大衣。这送到口边的肥肉不吃还等啥哩?老大和老二咬了咬耳朵,低声叽咕了几句,便跟在那媳妇的屁股后面,相距一丈远近。走到一个人群拥拥挤挤的巷道口,这三人快步跟了上去,身子紧贴媳妇的脊背准备下手。那媳妇左手插在装钱的裤兜里捏着钱,就是不松手。胖子老大计上心来,手捏鼻子用力擤鼻涕,然后抹在这媳妇的右肩衫子上面,大喊大叫这媳妇脏死人了!这右肩膀上的鼻涕沾了我一胳膊。那媳妇停住脚步,从裤兜腾出左手来,抓紧右肩衫子朝前朝上拉,同时,把头扭向右肩看。就在那一瞬间,西装老二把她左边裤兜里的钱掏走了。胖子笑着说:“嫂子,让我拿手绢给你擦。”那媳妇刚走出拥挤的人浪,猛然想到刚刚发生的一幕有些蹊跷,左手立马揣进裤兜,钱已不翼而飞了。她头上好像被人重击了一锤,两腿发软,坐在地上一把鼻涕一把泪喊叫:“断子绝孙的不得好死!”

　　有一回,在县城车站卖饭摊子上,胖子在一张桌子上铺一块红布,上面放一个竹筒,里面装着十个纸蛋。胖子拿起竹筒边摇边瞅过往行人边叫喊:“抓阄赢钱,谁抓谁抓!剥开纸蛋画着加号,抓者赢,一次奖一百元;画减号,抓者输,一次掏五十元。要说明的是抓者先押一百元押金,输赢最后押金归还本人。”一群人围着看,却无人动手。忽而从人群中挤进一个小伙,脸上黑肉一疙瘩一疙瘩,

眼窝有点儿斜，大喊："我来试试。"胖子从桌子上拿起竹筒给了他，并且说，先押一百元放在桌子上。他把一张一百元押金放在桌子上，摇了摇竹筒，摸出一个纸蛋，剥开是加号，胖子给他奖了一百元。他又连续摇了两次，抓了两回都是加号，胖子唉声叹气连押金一共给他掏了四百元。那小伙笑眯眯地走了。

十分钟左右，一个身穿蓝西服很帅的年轻小伙二话没说拿起竹筒摇起来。胖子夺过竹筒让他掏押金，他掏了一百元，也抓了三次，全部都是加号，胖子每次都给奖一百元，最后连押金拿着四百元，气昂昂地挤开人群走了。

这时，一个看模样有六旬上下的老者喊叫："我老汉试试。"说着把一百元押金放在桌子上，刚拿起竹筒，胖子夺过来说筒里没有纸蛋，再放十几个，放好后把筒递给老汉。他轻轻一摇，小心谨慎地摸了一个，剥开是减号，只好掏了五十元放在桌子上。他不服输，又接连摸了三次都是减号，垂头丧气地又掏了一百五十元，把竹筒狠狠扔在地上。说时迟那时快，胖子嗖的一声扯起红布一溜烟走了。老汉跟尻子撵去，边撵边喊叫："上当了！上当了！快快快，逮骗子！"

其实，开始抓阄那两个是胖子的同伙，充托儿引诱人抓阄而已。胖子将竹筒从老汉手里夺过来，放进去的纸蛋全是减号，老汉怎能不输呢？

一天，胖子老大等三人中途乘省城开往庄田镇的长途客车，在车上，他们变换了多种行骗术，可没豆大个人上当，闷闷不乐地在终点庄田车站下了车。这时已是下午了，他们肚饥口渴，便去车站西边一家饭馆就餐。在一间小客厅，买了几瓶啤酒，叫了几个菜边吃边谝，胖子老大说：

"臊了臊了，碰见老婆尿了！坐了一天车，连个钱角儿也没弄到手。咳！"

斜眼老三说："大哥，不必生气。走了穿红的，却来了穿绿的，说不定最近还会钓个大鲨鱼哩！"

西装老二吃了一口红烧肉，边嚼边说："我想到了一笔钱财，若弄到手，咱兄弟们一年的花用就不愁了。"

老大问："哪里来的钱财？"

"山岔沟村张有财你们认识不？"西装老二喝了一口啤酒，举起左手在胸前一摆说，"他有几千万元的家产。"

胖子老大说："听说过，这姓张的在咱县上都是冒尖户，当真是条大鲨鱼！人我不认识。你和他熟吗？"

"人我见过，他们家，我也去过一次。"西装老二说到这里，揭开门帘伸出半个身子说："这里有客，墙内说话墙外听。"他附在胖子的耳朵上嘀嘀咕咕如此如此。胖子频频点头："可以，就这样办。"西装又凑近斜眼的耳朵说了一遍，斜眼喊叫："说走就走，马上开舟。"

三人吃罢算了饭钱，乘出租车前往山岔沟村。到村口下了车，正是掌灯时候，顺沟口朝里走了不远到了旭日小学大门口。大门敞开着，看见两个教师房子的灯光亮着。胖子看到大门口挂的校牌说：

"这里是学校，我原以为就是张有财家，快到地方了不？"西服说："顺沟再朝里走,在东头路右边,他们家比学校阔气多了,马上就到。"吸一根纸烟的工夫,他们就到了张金虎矿长家大门口,这时,天已黑咕隆咚的了。西服老二说:"老大、老三,你俩先在门外等着,我先进去探个消息。"西服从铁大门左边那扇未关闭的小门进去,右面房门口还放着他第一次到张家看到的钢管梯子。他走到院中间的圆形门洞处,看到正屋灯光明亮着,吃酒猜拳声吵吵嚷嚷,推测最少也有七八个人,便腰一猫一溜烟跑出大门。

西装把观察的情况说给老大和老三,三人商量时机不成熟,改日再说。决定离开山岔沟村夜宿庄田镇。

当时正是七点多,旭日小学教师在林娜房子开会,胖子等三人返回经过学校门口,看大门和小门都开着,只有中间一间房子亮着灯光,便让斜眼沿着亮着灯光的那一溜房子的墙根朝东走,斜眼躲在大门口放哨,胖子和西装走进没有上锁的几个房间,放开胆子打开抽屉、箱子,在被褥底下寻钱,总共盗得三百二十元,新衣两套,新休闲白网球鞋一双,菜油两壶,照原样把门闭好,悄然离去。

学校开完会已是九点多,第二天上早操,也正是各年级站队点名查人数的时候,林娜在抽屉里刚把哨子拿到手,还没走出门,铁蛋和王龙在门口喊报告,一齐说,我俩捡到一把匕首,边说边把一把明晃晃的足足有半尺多长的刀子放到林娜面前。

林娜的心咯噔跳了一下,心想,多半是哪个学生丢的,若查出来,非严肃处理不可。便问:"在哪里捡的? 就你俩看见? 铁蛋,你先说。"

铁蛋说:"我和王龙上厕所,看见厕所石塄底下明晃晃的,不知是啥,跳下去才看见是一把匕首。"

王龙说:"说不定是谁带着不小心丢了。"

林娜问:"你发现哪个人带匕首?"铁蛋抢着说,六年级张强前几天拿匕首在路上削苹果吃,我亲眼见的,就是这把。林娜略停了一下,说不要声张出去,把匕首放在抽屉里,同他两个一齐出了门。

上完操,林娜到房子准备叫张强了解一下关于匕首的事。

任侠老师进来了:"校长,我的大袄不见了,里边还装一百多元。我去箱子取大袄,箱子盖得好好的,我取钥匙开时,锁子还在上面锁着,我把锁子一拽,箱盖的合页连销子都在空里吊着,才知道贼把箱盖的合页撬开,偷了东西,又把合页和销子安好。别说我没注意看,就是看也看不出来,贼撬开合页偷东西,谁知道啥时溜进学校偷走了东西?"

林娜说:"你没问,还有谁把东西丢了?"正说着,李萍老师噘着嘴拉着脸进了门说:

"校长,我刚才发现油壶不见了,才灌了一塑料壶五斤油,吃了两回就找不见了,怪事? 真的叫贼偷走了不成?"

任侠说:"我一百多元钱在箱子放着,也叫贼偷了。你昨天下午没有看油壶在不?"

"在呀，昨天晚上，我还倒油炒白菜，明明记得放在炉子后边的桌子上嘛。百分之百是昨天晚上咱们开会时贼进了房子，开会时我没锁门，你锁门没有？"

"没有，门闭着。"林娜听任侠、李萍说，都没锁门，也想起学校大门小门当时也未锁，致使盗贼进了学校。

此时，田玲心惊肉跳地把她穿的衫子和裤子的衣兜摸了摸，空空如也，方知自己也被偷了。她立时头晕眼花，拖着沉重的腿去找任侠了，迎面碰到张莹，张莹看她面色煞白，问："你的脸怎么一点儿血色没有，又黄又白？"

"你来！"田玲摆了摆手，告诉她，昨晚学校有贼了。张莹惊慌地说："还有这事？你再翻翻看，还丢了啥东西没有，我也回去查一查！"边说边出了门。

张莹先把米油锅灶看了一圈都在那里放着，又把箱子打开，衣服整整齐齐地没有动，摸摸上衣兜里的钱仍然还在，心里立马放松了。忽然一个念头涌上她的脑门：哼！就说我也被盗了，谁知道？她四下里一瞧，忙把少半壶油提到锅台左角旮旯里，用柴和生火的废纸盖住，独说独念还丢失了八十元。贼跑了，不让你校长赔，叫过路的掏腰包不成？这当儿，她出了门边朝田玲房子走，边拉着声说："倒霉倒霉！我八十元钱还有一壶油也被贼偷了，你说——"一句话才说了两个字，便踏进了田玲房子的门槛。林娜、田玲、李萍、任侠几个人正在谈论这个事。张莹装得愁眉苦脸，简单地说了她被偷的钱物。几个人又去了她的房子。这时所有老师都被惊动了，全集中在张莹房子，你一句她一句谈论被盗的事。

林娜说："现在看被盗已成事实。一、任侠你们几个把被偷的钱物如实地写出来，要写详细具体：比如，油是几斤，衣服是单是棉，是新是旧，什么料，钱是多少，写好后交给我。二、只是老师知道就行了，不需要告诉学生，免得人心惶惶，造成混乱，影响教学。三、我和你们心情一样沉重，偷了你们，也就是偷了我，不能因此而影响上课。四、我把清单和写的情况带上，上午抽时间送到镇派出所报案。五、从今天起，值周老师负责每晚七点准时锁大门；自己管好自己的门户，上课时，房子门要上锁，防患于未然。这五条记下了吗？"

"记下了。"大家说。

张莹懒洋洋地走进六年级教室站在讲台上，两手按着课桌的两个角，满脸愁云地看着全体同学，半天才开口说："同学们，学校发生了一件想不到的事，昨天晚上，几个老师被贼偷了，有粮有油，有衣裳有钱。毛贼盗了我一壶菜油，八十元钱；八十元呢，差不多是我工资的三分之一，拿什么生活啊！少不了把嘴挂起来。"

同学们在下面叽叽喳喳，议论不休。有个叫田荣的大个儿男生霍地站起来，问："逮住贼了没有？"

张莹说："没逮住，让贼溜走了。"

王强说："总不能让老师饿着肚子上课啊。"

"校长说她等派出所破案以后再说。你们别吵了，自己看课文好了。"张莹说罢,离开教室去了学前班找李萍老师。

林娜从田玲房子出来去了厕所,厕所位于用石块砌成的长方形石台上,仔细看,地面上有大人的脚印。她推测盗贼从石台朝下跳用力过猛,致使匕首脱身掉在下面,十有八九不是学生遗失的。这把匕首肯定与盗贼有密切关系。她回到房子马上叫来张强问,张强哭着说,他并没有匕首。

林娜把任侠等四人的清单写在一张信纸上,并写了一份我校被盗的情况反映。第二节课上了有五六分钟,她听到有几个年级的教室学生们乱喊乱叫,便去查看。学前班、三年级、五年级、六年级教室不见老师的人影儿。学前班小娃娃围成三堆,你用铅笔戳他的脊背,他抡起书包打你的头,夹杂着哭啼声乱成一窝蜂了。三、五年级虽有嘈杂的说话声,却都坐在原位写字看书。唯有六年级教室乌烟瘴气,你追他撵,在教室跑前跑后,黑板上用粉笔歪歪斜斜地写着"给老师赔钱"几个大字,还有两个男生跑到五年级教室,叫几个同学到大门外打瓦(民间一种小孩玩耍的传统游戏)。林娜走进六年级教室看到这混乱场面,气得浑身打战,问谁在黑板上写的字?没有一个人吭声。她就走到讲台上大声训斥:"不要乱跑!坐好!我有话讲。"那些乱跑乱走的学生归回座位,几十双眼睛望着她等待说话,她也瞅着他们好半天没有开口。

"老师叫贼偷了,为啥不给老师赔偿?"有个叫田英的学生一开口,就如一石激起千层浪,几个同学争先恐后说,我们班主任午饭就要挂起嘴了!应该给老师马上发钱发米发油!

你一言我一语,七嘴八舌乱喊叫。林娜猛一挥手:"谁让你们乌鸦窝里戳了一扁担——乱叫乱喊?一个一个有次序发言!"结果却没有一人说话了。林娜气得脸像茄子颜色:我明明叮咛过张莹不要告诉学生,你偏和我唱对台戏,你葫芦里装的啥药?那就把事实真相告诉同学们吧,她说:

"同学们,被偷老师的心情和同学们还有我的心情是同样气愤、难受、沉重,被盗的钱物,学校保证按价补偿,绝对不能影响老师的情绪和生活,影响大家的学习。不过,事情总有个过程,派出所来人要看现场,要调查分析案情,暂时能不能破案,还是个问题,我们应该亡羊补牢,预防这种事情再次发生。你们不好好学习,在教室乱跑,能解决问题吗?对得起老师和爸爸妈妈吗?符合《小学生日常行为规范》的要求吗?老师现在开会,不许任何人出教室门,自己看书学习。班干部切实负起责任,谁再乱吵乱跑,班长和学习委员及时给我汇报,在全校师生面前做检讨。"

张莹在她们班点火煽风后,让学生自习,她去了学前班给李萍老师点了一炮,两个一路又走进三年级教室给田玲说到任侠房子说两句话,田玲点头让她俩先走,她立马就到。到了任侠房子门上着锁,李萍到一年级教室,任侠正上数学课,她在任侠耳边低声说了两句,便一同出了教室门,这时,几个老师全集中在任侠房子。张莹说:

"我的面和油都叫偷了,午饭只好饿肚子。你们咋样?"

任侠快嘴利舌驳道："你和肚子打别扭,三天不吃饭,才算你是英雄——我的粮油没有丢,你尽管吃。"

"吃饭事小。"张莹一抬眼说,"我是说,咱们本来工资就少得可怜,把一分钱掰成两半用,有时不到发工资就光溜溜子了。校长是老板,咱们给她干,捉不到贼让她出了,当然也是天经地义的。是不是?"

任侠说："校长出也应该,但不能刀响就要吃面。真正破不了案,抓不到贼,那时校长再出也不迟,真的要鸡尻子掏蛋吃不成?"

田玲说："说怪校长也不怪校长,贼要偷谁也没法!"

"怎么不怪校长?"张莹说,"学校大门主要是她关她开,昨晚开会前,要是锁好门,不信贼能飞进来!"任侠说："张静也有责任,她是值周,要是把责任负起来,关了门,也不至于开会有这倒霉事。"

田玲走到门口,把头伸出门,眼睛左右一扫说："多一事不如少一事,叫我说再别拉上张静,把一件事弄成几件事。你们坐,三年级有几个捣蛋锤锤,我不在当面就翻天了。"说完拔腿就走,刚跨出门槛就同林娜碰面了,差点儿就撞到她怀里。

林娜问："张莹几个都在这里? 你甭走。"

"在。"田玲又转身同林娜进了房子。张莹面朝门躺在床上,李萍坐在办公桌前面椅子上,拿一张报纸看,任侠站在右边墙根下,正在争论谁该给失盗者赔偿钱的事。

林娜进了门,问道："你们为啥不上课? 在这儿干什么?"

三个人面面相觑,噤若寒蝉。林娜继续说,"你们去教室看看,学生把房子要抬起来了,特别是六年级,简直乱成一窝蜂!"她略停了停说:"你们还坐着不动! 就是有天大的事,下课后再说。"没等她把话说完,田玲早溜出了门。

李萍说："校长,我们的工资本来低,凑合着够一月花用;有时离发工资还有半个月,就囊空如洗了。我的意思是,能不能给每个老师再涨点钱。"

林娜快刀斩乱麻说了一溜头:"打了碟子论碟子,打了碗论碗,你说的话简直是胡拉被子乱撒毡! 涨不涨工资不是今天谈论的话题。学前班碎娃不懂事,你不在课堂,谁伤了谁,你负完全责任。朝教室走!"

她又大声喊张莹、任侠:"走走走,朝教室走! 不许误了学生功课! 谁午饭挂起了嘴,我管饭,一天两天无所谓。偷盗的钱物暂时不给补偿,等派出所来人调查清楚以后,再做决定,还是我说的老话。"她话还没落音,任侠已腾腾腾走出门,房子里只剩林娜和张莹两个,眼对眼相互瞅着,谁也没开口。

"报告!"六年级班长吴婷没经许可就进了门,上气不接下气地说:"王龙领着两个男生从小门出去不知干啥去了,刘辉在黑板上画人头,还有几个在教室捉迷藏。管他们,他们不听……"林娜跨出门朝六年级教室走,张莹也跟着出去了,迎面就碰见王龙等三个学生在教室门口传小皮球。

林娜大声喊:"谁让你出来玩? 简直没王法了! 朝里走,老师上课了。"

王龙头一偏，嬉皮笑脸地说："玩一会儿嘛！"

啪的一声响，张莹走到王龙面前，照脖子就是一个耳光："你疯了！我去任侠老师房子问一道题的答案，你们就趁我不在出来，有纪律没有？"

她绷着脸喘着粗气，略停了一下继续问："我临走给你们怎么说的？是让你们离开教室乱跑乱走吗？"王龙等仨学生愣在那儿一动不动。张莹又伸臂展手做出要打的姿势，他们才慢吞吞朝教室走去。林娜正要说什么，刚走进教室的班长吴婷又飞跑出教室，迎面碰到班主任和校长，慌慌张张说不好了！三人赶忙走进教室。

林娜和张莹跟着吴婷飞快走进六年级教室，天哪！整个房子尘土纸屑乱飞，呼喊声几乎把房子震塌。刘鹏拿着一根挂横幅的竹竿在空里抡得飞转，大喊："闪开闪开，让老爷过来！"王军把白布横幅踩在脚下，把上面贴着的"向家长恩师汇报真实成绩"的大字撕下来扯成细绺儿向空中抛去。这个横幅原是期中统考在校复习考试做的，用竹竿在二、三年级教室窗台的两个角上撑着，王军和刘鹏扯到了六年级教室里。其他学生见班主任和校长进来了，腾腾腾相互冲撞归回座位。王军和刘鹏只顾玩弄横幅，哪里看见进来人，只是觉得突然间鸦雀无声，等他们看到了班主任和校长，张莹的耳光早落在脖子上。

林娜说："朝我房子走！你们俩！"他俩走了出去，林娜跟在他俩后边，边走边掉过头对张莹说："你后边来到我房子开会。"

林娜房子坐着全体老师，刘鹏和王军站在办公桌右边靠门口处，低着头两臂垂下。房子静得出奇，呼吸声几乎都能听到。大概两分钟后，林娜从墙上取下"教师奖罚办法"念道："第七条，上课迟到或早退五分钟扣罚二元，造成不良影响扣罚五至十元。这是大家讨论并通过的制度，违纪必须按制度办理。今天上课为什么随便离开课堂？聚集在一起到底干什么？你们都长眼睛看见了没有？简直乱成一窝蜂！尤其是六年级，有走出教室打球的，有在黑板上乱写乱画的，更使人气愤的是——"她盯着刘鹏和王军半天，才继续说，"这两个现世活宝竟然把撑在二、三年级教室窗台上的横幅取下来，把竹竿抽掉在教室乱跑乱打，把字撕碎抛得满天飞，是疯子！是土匪！造成了极坏的影响！我要按规定扣罚张莹本月工资十元。现在，你们说说，究竟在任侠房子研究什么国家大事？"

田玲拉着颤颤声说："我正上课，任侠说，马上到她房子去，有急事。我去后，李萍和张莹都在房子。"

她瞥了张莹一眼，接着说，"我要知道她说失窃的事，用烧酒盘子请我，我也不去。我没有坚守岗位，罚我多少，我心甘情愿。我一时糊涂，今后不管干啥事，自己要有主见。"

任侠说："张莹说，被贼偷了她们几个的钱和东西，尤其是钱，应该让校长立马兑现赔偿。当时我说了没啥吃我管饭，事情总有个过程，哪有刀响就吃面的理！我刚说罢，校长就来了。校长说了几句话，随即我就到了教室，五年级学生

还安安静静地自学。"

林娜瞥了张莹一眼，说："六年级学生乱得不可收拾？张莹，你谈谈原因。"

张莹嘴唇嚅动了一下，想说却没张口。任侠说："我离开课堂，这是早退的一种表现，按制度办事，该扣多少扣多少，我没意见。"

李萍说："我正上课，张莹来叫我，说让贼偷得一光二净，你还有心上课？做题遇到拦路虎，咱到任侠房子研究打虎的办法。你去五年级教室喊她一声，快点到她房子。我叫任侠一同到了房子。原来并不是研究学习上的难题，而是商量让校长立即给被盗老师赔钱的事。我一时头脑发热，还建议校长给每个老师涨工资。先不说涨不涨的事，提这个建议就不是时候。我错了，我心甘情愿受批评。"

林娜看了张莹一眼，意思是该轮到你发言了。

张莹心里盘算：她们都把事情推到我身上，我该怎么说呢？眼下只好做自我批评。再说，我本没有被盗，要是让她们知道了，这脸往哪儿放呢？不管三七二十一，过了这一关，再说那一关的话。

想到这里，她说："我的东西丢失后，心里很难过，真的一分钱也没有了，一时想不通，鬼迷了心，怂恿其他老师一起向校长要钱，离开课堂，致使课堂纪律混乱，我错了，学校的任何处罚，我都接受。另外，我也恳切希望全体教师帮助我改正错误。"

林娜气得脸色发白，严肃地说："发现被偷后，我察看了贼遗失匕首的现场，叫学生了解情况，统计了大家被盗的钱物，写了清单和情况反映，准备第二节课送交镇派出所，这就是学校不管吗？不管怎样说，学校给被盗老师会有一定补偿。不过，现时不可能。说句不该说的话，学校能完全轻信你们所报的钱物的多少吗？派出所破案总有个调查研究，最后才能水落石出。这点连小娃娃都懂得的道理，咱们不懂？张老师，写一份检查午饭后交来，散会！"

且说胖子老大三人离开包子店在街道溜了一圈儿，看没"生意"，便钻到中心街一家麻将馆打了四五个钟头的麻将，又在一家食堂吃了饭，吹了一阵牛，太阳压山时去了山岔沟村。

进村时已是黑麻乎乎的，他们在村口大路上溜达了一会儿，便到了张矿长家门口。西服老二对进路出路都很熟悉，他对胖子说："大门已经关了，前院西边有三间瓦房，靠大门处有一条一米多宽的巷道，咱们上了墙顺墙溜下去就到巷道了，进了院子就潜藏在紧靠大门的房子里，再见机行事。"

老大和老三身子紧挨外墙，西服攀上他俩的肩膀，两只胳膊搭在墙头上，牢牢抓住驴脊梁般的墙顶，一纵身上去了。然后，骑在上面，向墙外弯下身，逮住斜眼老三的手，下面胖子朝上扶着，一齐用力拉了上去。然后他们两个一人抓着胖子一只手，喊"一二"，胖子也上去了。三人顺墙溜下去，恰好那间房门敞开着，他们便藏在一堆木板后面。

大约有四十多分钟，西装从房子出来，蹑手蹑脚走到隔墙圆洞的右边，伸长脖子朝内看,中间正房灯光明亮,电视里人声鼎沸,却听不到其他声响。他静静地等了半天,从正房门内走出四个人,其中一个是老太婆,出了正屋门朝东拐走进一间房子,拉开了电灯。另外三个人朝门洞走,西服唯恐被发现,趴在紧靠门洞右边砖墙墙根下,屏住呼吸,看那三个都是三十多岁的中年妇女,其中一个是张矿长媳妇,那两个不认识。三个女人边说边走,西装听到关大门的声音,见矿长媳妇转身经过门洞去了中间正屋房子。

西服长长嘘了一口气,爬起来靠墙根蹲着,还不到动手的机会,蹲了一会儿又直起身子像猫溜雀儿似的悄悄地溜到老大、老三躲藏的房子,把情况告诉了他俩。老大说:"我实在等得心烦意乱,一个臭婆娘怕个屄!"

"大哥,别慌,咱们的目的是要把'生意'做成,莽撞行事必败。"西服打开手电看了一下表,"十一点二十,这个时辰村上人未必都睡了。现在动手,人还没睡,行动不方便,如果喊叫起来惊动邻居,咱们别说得不到钱物,恐怕人已成了瓮中之鳖了。等那媳妇睡实了,大概就是十二点多,这才是最佳时机。"

老大说:"好,他娘的再耐心蹲一个钟头,事必成功。"西服又去了原地方等待,老大、老三仍旧潜藏在那间房子里。

夜半时分,万籁俱寂,天黑得像反扣的铁锅一样,厚厚的乌云把星星和月亮遮得严严实实。胖子等三贼手执利刃,戴着面具,拿着绳子、手电等大步走到张矿长家门口。胖子老大用万能钥匙拧开了门,矿长媳妇虽说脱衣就寝了,可辗转反侧不能闭眼,忽然听到门响,她一惊用被子把头蒙起来,知道是贼来了,又忽地坐起,大喊大叫:"抓贼!半夜三更开门啦!"隔壁睡着的张矿长母亲也被惊醒了,壮着胆穿了衣服下了床,拉着电灯去开门,可说啥也拉不动。她哪里知道斜眼老三早把拉手用铁丝绑在钢筋棍上,拧得紧紧的,哪里能拉动!

"再喊,宰了你!"胖子咬着牙学着四川话对矿长媳妇说。西服拿手电在屋子照了一圈,光亮射在她的脸上,她猛地睁眼看床头站着两个蒙面人:一个手举短刀,刀尖对着她的鼻尖,有一拃远近;另一个一手打着手电,一手拿着棍和细绳索。拿手电的学着河南腔说:

"你甭害怕,拿十万元来,俺绝不伤你性命。"

"我没有那么多的钱。"矿长媳妇横了心,硬着头皮说,"你饶我一命,箱子只有五千元,我——我给你取。"说着下了床,两腿发麻发软,跌倒跪在地上。西服捉住她胳膊,边朝起拉,边用河南话说:

"俺们保证你人身安全,放心好了。赶快取,省得我们翻箱倒柜搜。"

胖子又用四川话说:"娘的,要说谎,搜出的钱多,就要你的命!"说着用匕首背在她的脖子打了一下,然后刀尖指着她的脸。她吓得打了个冷战,断断续续地说:"不敢……说谎,就就就……是……"她拿钥匙打开箱子,取出了一沓票子,胖子夺过来扔到西服手里。

且说张矿长她妈拉门拉不开,知道贼们做了手脚,她本是一个饱经沧桑的老者,先是有点儿吃惊,随即就镇静下来,一边嚷着开门,一边朝床对面三斗桌

子走去,疾速压了座机的号码,压低声音给王小斌村主任打了电话。打完电话后,仍旧喊开门,还用脚不断踢门。

矿长媳妇身子全瘫了,坐在床头两只手筛糠似的,眼睁睁看着两个盗贼把箱子、大立柜的衣服被子扔了一地在搜寻。西服老二用河南口音对胖子说:"撤,事不宜久。"胖子不以为然,仍然在乱翻一气。

王主任开完村委会回到家里刚准备脱衣睡觉,电话响起来,便跳下去抓起听筒,对方说:

"我家有贼,快!"

"你是有财家?"

"是!"

王主任立马给镇110打了电话,随即跑出门,叫了王小波和村委会三个人,个个拿着棍棒、镰刀等奔向张矿长家。王主任安排一人候在大门西边紧靠前房的巷道处,防止贼越墙逃跑,同时,进大门后从里边上锁,准备逮个瓮中之鳖。王小波爬上盗贼进院子的墙头,骑在上面,弯下身子把另外两个拉了上去,腾腾腾地跳下墙。三人紧随王小波,刚跑过中间隔墙圆门洞处,迎面碰上三个盗贼。王主任等三人的手电光亮照得三个贼睁不开眼,王小波抢起铁锨,只一下就把其中一个打倒在地上,剩下两个手执匕首从圆门洞冲了出去径直向着巷道墙跑去。"放下刀子!"一声喊,其中一个被电棒击中,腾地一下倒在地上,另一个乖乖地把刀子扔在地上举起双手。当几个贼冲出圆门洞时,警车已经到了张矿长家大门口,从车上跳下三个警察,正好在前院中央与大伙儿相遇,便把几个贼押到前院,塞进警车回镇派出所了。

旭日小学那天早晨的风波平息后,林娜去镇派出所交了学校教师被盗的情况反映材料、匕首和清单。派出所派了一名警察来学校了解了盗窃情况,又去捡到匕首的地方进行了察看,让校长耐心等待,一旦有线索,抓住盗贼再通知学校。

第二天中午,派出所通知林校长、张矿长媳妇和其他被盗的人去派出所认领部分被盗钱物。林娜一眼就认出了是在车上骗了她五百元的那三个盗贼,气得眼冒火星,走到胖子老大面前,伸手要打,被所长拉住了。

第四十章　根源何在

偷盗风波过后,学校的教学秩序恢复了正常,学校规定星期日晚八点召开全体老师例会,主要总结上一周工作和安排下一周的教学工作。

其他小学都过大礼拜(五天教学日),而旭日小学却过小礼拜(五天半,星期六上半天课)。

星期六放午学后,有的老师回家,有的串亲戚,有的逛街买东西。林娜星期六下午做家务,星期天是她最忙的一天。同平时一样,六点准时起床,洗漱完毕后便伏案工作了。桌面上堆放着好几沓语数课堂作业、大字本,一、二年级拼音本,老师教案、单元测试试卷等,抽查这些必须在星期日晚例会前检查完毕,量大面宽,这也是她一周内最辛苦、最忙碌、最紧张的一天。

抽查的办法是预先不打招呼,正像老师们说的"突然袭击"。星期六放午学站好了队,林娜点名要抽查的学生的作业,各班学习委员协助班主任在五分钟内收集起来送校长办公室,校长一本本清数。有时抽查好的,有时抽查差的,可有一条是明确的,每周必查各年级语数两科确定转化的后进生作业。

查阅时,她面前放着笔记本,边看边记,优点和存在问题都记在本子上,以便检查完毕进行总结。她尻子一蹲下去,最少一个钟头,困了喝杯茶提提精神,或到院子里散散步,又回房子戴着石头花镜一本本看。

这一周是期中统考后的第三周,林娜抽查了二、四、六年级数学单元考试试卷和部分同学的《数学天天练》;三年级中每个年级抽查上中下学生各两份试卷,了解老师批阅是否细心正确,学生哪类题型答得好,哪类题型解答较差,根源何在,错题是否更正,老师是否再批阅。

她一边看着,一边在本子上记着:老师全批全改,错题都能更正。二、四年级对更正过的题再批阅,四年级试卷还有简短的鼓励性批语,六年级语文试卷错题更正了的是两份,更正后老师未再批阅。共同存在的问题是,选做题只有二年级两份试卷做对,剩下的试卷选做题全做错;二、四年级学生都更正了,老师也批阅了,六年级试卷未更正选做题。林娜心里说:六年级是毕业班,比其他年级更要抓紧,教课更应该认真细致,可这个张静全是嘴劲,说得比唱得还好

听,尽是哄我老婆子哩!照这样下去,升学考试不名落孙山才怪哩。这次得严肃批评批评她……

下面又看二、四、六年级的《数学天天练》。看到六年级时,拿起了一本名叫向建华的《数学天天练》。封皮还干干净净,打开看,开头做了十页,教师全批全改,只是更正的错题未再批改。从十一页起,连续六页未见一滴蓝水点点,接下来又做了两页半,未见批阅的丁点儿红水痕迹,后面又有几页只是零敲碎打做了两道小题。林娜越看越气,啪的一声把本子摔到靠墙的桌子角上,心里说:张静,撤了你的教研组长,今晚在全体教师面前检查,我非叫你知道,铧是铁铸的不可。这当儿她觉得饥肠辘辘,想擀些面片吃。刚站起身来向灶火走了两步,转脸又看摆着的大堆作业,心里说,连做带吃一顿饭最少也得一个半小时,到晚上开会看不完,咋办? 还是查看完毕再做饭,暂时吃块馍馍好了。她从装辣子的提兜里拣了一个又老又硬的辣椒在水里洗了洗,端来盐盒,一口辣椒一口馍,喝了一杯热茶,又伏案查看《数学天天练》了。

晚上八点,各个老师房子都闭上了眼睛,静悄悄在沉睡中了。林娜房子却睁着明亮的眼睛,七个老师围着茶几坐成了半个椭圆形。

林娜坐在她办公椅子上,桌子上摆放着抽查过的试卷和作业,刘睿老师做记录。林娜扫了大家一眼,把记录本放在抽屉里,凭熟悉的准确无误的记忆,条分缕析地先谈了试卷和《数学天天练》批改的优点,表扬了闫红不论试卷还是《数学天天练》批阅详细,准确性高,同时,把学生改正的错题又能重新批阅,还打有简短的鼓励性评语,如"优良""有进步""再努力"等。按"奖惩办法"的规定,本月给闫红奖励十元。

其他老师都向闫红投去了有赞许羡慕的,也有妒忌不满的目光。闫红说:"其实,我是做了我应该做的本分工作,就试卷批阅和作业批改而言,还存在不少问题,有待今后改进。"接下来,大家又汇报检查中发现的问题。当按年级汇报到六年级时,林娜把几份试卷和向建华同学的《数学天天练》摊在茶几上,让所有老师看,实际上没一个人翻阅。林娜谈到试卷学生未更改做错了的选做题,《数学天天练》两个文字题未做,做了的老师基本上未改,而向建华最为突出。她两眼直盯着张静,张静把头埋在两膝之间,一声不吭。其他老师你看我,我看你,谁也没吭声。老半天,任侠拿了两份试卷,刘睿拿了两本作业,大略翻了翻就放在茶几上,办公室寂静无声。

"张老师,你自己看看!"林娜把六年级几份试卷和《数学天天练》扔到她面前茶几上,"学生没做题,姑且不说,做了的,你为什么不改?"

"他不做,我有啥办法? 总不能是牛不喝水强按头。"

"不做,你是干啥的?"林娜忽地站起来,"先说这个——为啥不改?"

"前几天我请假了。到校后又有当天布置的作业,改不过来。"

"没改在前,请假在后,跟开车的尻子塌下去一遍就是几个钟头,那就有工夫了? 扣罚本月工资五十元。"张静一听,猛地站起来,一扭屁股一阵风出了门。

"静静,你听我说……"张莹边喊叫边,跟屁子撵出去,已经不见人影影了。林娜愤愤地说:

"散会!撤掉张静的教研组组长职务!"

开学初招聘教师的那几天,登门应聘的人接二连三,凡被聘的教师都分配了应教的语、数两门主课,只是短缺一名六年级数学老师。

林娜积三十多年教学经验,教毕业班数学,必须是教龄在一年以上的老师,这是最基本的条件,不然就不合格,哪怕是大学本科学历。由于她坚持这一个硬条件,好几个应聘者都被拒之门外。离开学再有两天了,二语、六数还是空白,急得她坐立不安。

这天清早,她刚刷了牙,准备泡一包方便面吃后去镇中心小学和镇教委,托校长和教委主任找个像样的六年级数学老师。哪想到,这时来了个年轻女子,鸭蛋脸,皮肤白嫩白嫩的,身材苗苗条条,衣着整洁,看模样儿不过二十三四岁,没等校长开口,就把背着的一个黑皮包朝桌子上一放,露出整齐雪白的牙齿问:

"你是林校长?"

"是。"林娜笑容可掬地忙说,"坐坐坐,我去倒茶。"

"谢谢,清早不喝。"她坐在椅子上问,"听说你校招聘老师,人够了不?"

"招聘招聘。"林娜一句话末了,那女子就从皮包里取出三个红本本给她看。

毕业证:学生张静,性别,女,现年二十二岁,系陕西宜彬县人,于一九九五年五月在我校中师部学习期满,成绩合格,准予毕业。

教师资格证书:持证人张静,性别女,出生于一九七二年十月,资格名类:小学教师。

荣誉证:张静同志在我镇一九九五年春季六年级期末数学统考获第二名,成绩突出,以资鼓励。

林娜看后,把本本交给了张静,频频点头,笑着连声说:"好好好!"

林娜从家庭住址、人口、上学、特长、在天桥镇中心小学任教等方面都详细询问。张静口齿清晰,回答得体。林娜满心喜欢,暗暗高兴聘到了一名称心如意的数学教师。

林娜把聘请教师的事情看得很重要。她认为,一个低能的教师要提高教学质量,那是天方夜谭。教师要德才兼备,不仅仅看文凭,看这样那样的荣誉证书,还要试讲、考试。试讲四十分钟,主要看基本功,即语言表述、讲授方法、知识水平各方面。语、数两科任选一门试讲和考试,试卷是小学升初中模拟题。林娜看了张静开门的三把"金钥匙",打心眼里满意,再有一口流利标准的普通话,人也热情大方,模样儿也秀气,便免去了进门槛——试讲和考试,当场聘用,月薪二百六十元,教六年级数学和二年级语文课,兼任二年级班主任。

其实,张静的"荣誉证"只是表面镀了一层金,而质地为铁。林娜怎么会知道呢?张静在天桥镇中心小学任六年级数学课,如同穿了一双夹脚的新鞋,脚趾头被磨破,曾想脱掉却没有脱,忍痛穿着。

在张静看来,那是一双别人都想穿却没有穿到的新鞋,痛就痛吧,还是穿上显眼。一九九五年前季天桥镇期末统考,在复习的途中遇到荆棘,她并没有请别人帮她除掉,而是绕道而行,所以,学生只能在试卷畅通无阻的途中行走。

统考前两天,与本镇毗邻的外镇中心小学有她的一个同学,同她唱同一出戏——教六年级数学课。她给张静打来电话:"两镇中期统考六年级语、数试卷相同,我们刚考完,你们要是未考,可来看看我拿到的一份试卷。"张静如获至宝,立马取回试卷。晚上熬夜把题做了一遍(其中选做题做错),第二天,把所有的应用题和自己认为大多数学生解答还比较困难的题讲了一遍,叮咛学生全部弄懂。第三天,就参加了本镇统考,她带的那个毕业班数学成绩虽说无满分,但大多数都在八九十分,平均成绩为全镇六年级第二名。

镇教委召开统考总结大会,邀请张静参加,获奖金一百元,还颁发了荣誉证书。真是捣鬼有效!这个秘密,只有她和她的同学心知肚明。

学校工作两头忙乱头绪多。旭日小学开学后的两周内,林娜给教师们布置了好多"作业",根据学校的教学工作计划和规章制度,制订班主任工作计划呀,学科安排呀,如何抓学生的思想品德呀,后进生转化安排呀等,张静往往是第一个交卷。一天晚上,她把数学教案给林娜看,请她把一、二页的进度表看看,有不妥处修改修改。林娜看进度表中单元测试、难点、重点、教法和学法等,眉目分明,让人一目了然,当场给予肯定,还自责工作忙乱,将语、数教学进度表这一重要"作业"忘记了布置。她在教师会上表扬了张静,还把她制定的数学进度表传阅,要求大家必须补写这一"作业"。张静可算得上"眼色学校"毕业的高才生,凡事都看校长眼色,不贸然行事,深得林娜信任。某天大活动,她去林娜房子,林娜正伏案检查一、三、五年级十几本后进生《数学天天练》作业,边看边说:

"忙得人团团转,晚上要召开一、三、五年级语、数任课老师确定各年级后进生人数的会议,这几本作业看了一半。教委主任迟不来早不来,偏偏在晚读时间来,还得先看卫生打扫得咋个样。"

"校长,我来帮你看剩下的作业,情况写在本子上,等放晚学了,我向你汇报。"张静说。

"那也行,麻烦你了,要看仔细。"张静便代林娜查看作业。

第四周,张静被任命为数学教研组组长。俗话说,"花无百日艳,人无千日好",张静所做的一件事引起了林娜的不满。林娜只教四、五、六年级的思品和社会课,主要是利用比较充足的时间督导教学工作。她常在各年级教室外走动,有时站在窗口听讲,抬起脚后跟隔玻璃朝里看学生是否认真听课,老师是否认真讲课。那天上午第三节课,她从三年级教室转到二年级教室窗台底下,听里面吵声很大,似乎还夹杂着时粗时细的打鼾声,就把两手搭在窗台上踮起脚跟朝里看,学生有做作业的、画画的、也有乱窜的……张静趴在讲桌上偏着头,脸朝外半张着嘴枕在胳膊上,正处在酣梦间,鼾声时断时续。

林娜走进教室,真是一鹞进林,百鸟绝音,教室里顿时静悄悄的。听她鼾声

愈来愈大,遂走到讲桌旁逮住她的胳膊前后摇晃,逗得学生大笑。张静从梦中醒来,睁眼看林娜站在面前,满脸涨红,慌忙站起身:

"咳,你看我该死,咋睡着了。昨晚备课改试卷到两点才睡。"说到这里,面向学生喊,"赶快做作业,下课收,不能少一本,听见没有?"林娜心里不高兴,却没开口,向学生摆了一下手,便走出了教室。

林娜多年来养成夜猫子的习惯,好多工作是在晚上完成,差不多是大半老师房间的灯闭上了眼睛,她才就寝。张静晚上睡得也很迟,林娜总以为和自己一样是在工作,很可能是当天的作业没有改完,或者在备写教案什么的。因工作劳累,课堂上偶然小睡一次,两次也不算啥大不了的事,今后只要注意就行。她没有叫她谈话,也没有给一个老师讲,心想督促她早一点儿睡眠就可以了。从此,林娜夜晚更留神那些关灯晚的老师,叫大家熄灯休息。

一天晚上,林娜工作完毕,时针已指十二点,全身困乏无力,头也有点儿晕,就出了房门,在院子里走动走动,做短暂的休息。

忽而看到张静房子的灯还亮着,就走到门口揭起门帘,一脚踏进去。一个镜头扑入眼帘:张静坐在一个年轻小伙子的怀里,那小伙子的双手从她胳肢窝伸过去摸着胸部,在她鬓间狂吻。见校长进了门,他们惊呆了,四只眼睛直勾勾地瞅着她,一动不动。林娜也吃惊地站在那儿,随即猛醒过来扭头就走。

第二天晚上十一点许,张静到校长房子汇报"工作",她仰头挺胸坐在椅子上。林娜板着脸,双眼就像两把匕首逼视着她,一声不吭。大约有五分钟,张静被逼得低头缩脑,老半天才开口:

"校长,是我错了,你就——就原谅我这一次吧,千万甭给人说,我豁出命给你干好工作。"

"那男的是哪里人?干啥工作?叫啥名字?"

"他叫唐小毛,开出租车,天桥镇坪墙村人。"张静以委屈和哀求的语调低声说,"我们正在谈着哩。"林娜把挂在墙上的生活纪律制度取下来递到她手里,她仿佛接着一条活蛇拉动着手,吸溜了一下鼻子,挤出了两滴眼泪。林娜说:"把第三条念出来。"她结结巴巴念道:"除星期日外,不许在校谈情说爱,违纪一次扣罚工资二十元,经教育不听者解聘。"

张静拿着它看着地面拉着脸在想什么,忽而仰头望着林娜说:"我到校半学期多过去了,总是把你当父母亲一样看待。今天,我要说几句不顺耳的话,不知该说不该说?"

"对与不对,你尽管说。"

"九十年代的年轻人讲开放嘛,在一起有啥大不了的事嘛,传统思想要改变一下嘛……"

她还要说下去,林娜截了话头:"开放开放,搂搂抱抱滚在一起就叫开放?真是精尻子撵狼——胆大不知羞。我就是讲传统,非讲不可。我一而再、再而三谈到过男大当婚,女大当嫁,这是人之常情。我也有女儿,和你们一般大小,

当然也要找对象了。问题是如何正确对待婚事,你想没想到过?咱校七个老师全是女的,只有一个结了婚,要是在工作期间都谈恋爱,课上不上?作业改不改?不说全部,有一半人坠入爱河,那些小伙子拥进来整天乱糟糟的,还像个学校?他们一尻子蹲下去就是几个小时,金条也哄不走,皮鞭抽不跑,南嗒嗒北嗒嗒说个没完没了,影响不影响工作?就拿你说,六年级《数学天天练》、月考试卷批改都存在问题,远不及二、四年级的,你说,根源何在?恐怕心全操在那个小伙子身上了。"张静两眼直愣愣地瞅着地面,默不作声。林娜继续说:"家长把娃送到学校,我们忙自己的事而不尽职尽责管教学生,教学质量低,生源减少,不出一学期学校就砸了锅,老师们打了饭碗,是不是咱们就彻底舒服了?"

张静低着头,喃喃地说:"你说的很有道理,这些方面,我的确没有想到,今后一定改。不过,唐小毛和我是初中同学,我们俩真心相爱,我敢保证,他没有什么问题,也绝对不会做出对不起你和影响教学工作的事……"

"好,我相信你,谈情说爱只能放在星期天。一句话,还是不能影响教学工作。"林娜说。

这个唐小毛两周来几乎每天晚上八点多,也就是在九点关校门前悄悄溜进张静房子。人多眼多,早被田玲和李萍看见,田玲又告诉给刘睿,就这样,你传她,她传你,没有人不知道的了。只是林娜蒙在鼓里,她去张静房子,第一次才发现了大家所知道的秘密。

第四十一章　一场闹剧

农历十月二十五,是张静最丢人最气愤的一天,也是林娜在办学过程中遇到的一次较大的风浪。

这天中午放学后,有的老师吃罢饭,撂下饭碗躺在床上休息,有的在洗刷碗筷,也有的在批改作业。林娜同任侠在房子下跳棋,猛然听到某老师房子摔碟子撂碗的刺耳声,还夹杂着拉家具凳子倒地的哗啦声,随即变成粗野的谩骂和撕心裂肺的号叫。林娜和任侠冲出房门,略停了一下脚步,朝张静房子奔去。

"卖板子的!你挨上受活嘛!我今天非把你的板子撕成绺绺不可!"一个胖媳妇头发绑着两个短刷刷,上身穿着红绿相间的方格衫子,下身穿着蓝色牛仔裤。举着小方凳同张静扭在一起拉前扯后。张静哪里是她的对手,被推得直往后退,几乎跌倒,喘着粗气喊:"校长……快,泼、泼……妇……"一碗面条倒了一长溜子,打成两半的破碗一大半在炉子左侧,那少一半扣在桌子腿旁。

林娜沉着脸瞪着眼粗声倔气地喊道:"你是啥人?打到学校来了!扔下凳子朝出走!"

"短刷刷"似乎没长耳朵,小方凳仍然在张静头上晃荡。任侠一步上前,一把抓住凳子使劲夺。那胖媳妇又猛然掐住张静的脖子,满脸血迹的张静抓住她的两个短刷刷推前扯后,双方都使尽了吃奶的劲。任侠使劲掰她的手,林娜两手抓住她的手腕用力扯,才把短刷刷拉开。

任侠逮住她的一只胳膊,边往外扯,边说:

"走走走,到校长房子去,有话好好说,到底为啥事?"

"卖板子事!掏锤子事!""短刷刷"一面被扯着朝前走,一面回头看着张静骂。张静脸色煞白,紧闭着茄子色的双唇坐在床边不说话,浑身筛糠般地抖动。

这当儿,学生也陆续到了学校,把张静房门堵得水泄不通,互相拥挤着看热闹。早从房子跑出几个老师来,两个帮任侠推着"短刷刷"的脊背朝校长房子走。刘睿喝散了围着门口的学生,走进张静房子去劝说宽心。林娜房子里,那"短刷刷"坐在板凳上怒气未消,急促的呼吸使她胸腹部起起伏伏。

任侠朝脸盆倒了瓢水,把毛巾扔到里面说:

　　"你把脸先洗一洗,有事给我们校长说,她会处理好的,你看,学生站了一门口,咱总还得顾个脸面嘛。"

　　"我叫人脚底下鞁,腿板夹,还顾脸?""短刷刷"边骂边转身出了房门朝大门疾步走去,边走还边转过身子高喉咙大嗓子骂张静,夹杂着一句半句地骂唐小毛。

　　这个唐小毛,二十六岁,长得很帅,田汉镇寺乐村人。平时经营一辆昌河车搞出租,主要跑田汉镇、庄田镇、县城。上初中时,母亲患糖尿病去世,留下他和一个小妹依靠爸爸种地过活,日子虽然清贫,总算吃穿不愁,爸爸也没续弦。初中毕业后,他经熟人介绍在一家私人小煤窑干地面活,由于心灵吃苦又听指挥,很得矿长赏识。干了一年后,月工资由四百元提到八百元。几年后,积攒了两万多元,日子转过来了,这时,他也是二十三岁的小伙子了。

　　一天,父子俩在家吃罢晚饭,他爸问:

　　"毛娃,你在外头这几年瞅下个合适的没有?"

　　"没有,还小着哩。"

　　"小? 八十岁没人跟了! 你这个年龄该有个媳妇了。这些年,我屋里婆娘屋外汉,真是受够了,你看村东头你王叔家的珍珍行不?"

　　"不行。"

　　"为啥?"

　　"不知道。"他说完,一扭屁股出了门。

　　这小毛生性寡言少语,说话倔声倔气,跟女性相处总是没话,使对方觉得他像个木头人,缺少柔情蜜意。其实,他有火热的心肠,只是别人觉得冷若冰霜。他脑子够数,心也灵,不管干啥看一看试一试,差不多就掌握十之六七了。了解的人认为,他是个好小伙儿,不了解的人认为,他是个愣头愣脑的老木头。跟女娃谈恋爱,有的甚至误认为他可能"短一相电"。两年来,同三个女娃谈,开始两头热,最后变成剃头担子——一头热了,还是一个光棍。

　　和他一个村的王珍珍姑娘,他们穿开裆裤时就在一起玩,拔嫩草草芽芽儿,跳光碾盘盘儿,灌屎尿牛儿,上小学同到校同回家,谁肚子有几条蛔虫,彼此都知道得清楚。上六年级,珍珍的妈妈由于难产去阴间了,珍珍从此辍学在家跟弟弟和爸爸过活,爸爸想再续一个,人家看他有两个娃,就打退堂鼓了。当然一半家务的重担就落到珍珍的肩上。她在家做饭、劈柴、喂猪,在外帮爸爸下种、锄草、收庄稼,有时还赶集上会买卖东西,俨然是个掌柜的了。她爸爸是个务瓜能手,早在生产队时,就给队里种了几亩西瓜,年年丰产卖好价。队散后,她家靠公路边分了三亩沙土地,接连两年务了三亩西瓜,在她爸的指教下,培土、掐蔓、留瓜……样样技术都掌握了。赶集和串乡卖瓜、算账、提秤、收钱、付钱,又精又快又利索,比常赶集买卖东西的男性不知要强多少了。本村和邻村的人投去了赞许和羡慕的目光,私下议论,谁家娶她做媳妇,就算积了八辈子德把香烧到炉里了。人说"女大十八变,越变越好看",可珍珍随着年龄的增长却越来越丑了,可能是风里来雨里去,也可能是里里外外担子重,反正脸黑得像茄子,发亮发明,站在她面前能照出影影来。别人给她起了个外号"黑女子"。

话说小毛一扭屁股跑出门,他爸气得干瞪眼。等他晚上回家了,他爸平心静气说道:

"毛娃,珍珍确实是好对象,里里外外一把手,对咱这个家来说再好不过了。只要人家愿意,娶回家不出一年半载,票子就把你能裹严了,还怕没钱花?甭失主意,噢!"

"好个屁,难看死了!"

"不知人家愿意不愿意,你却嫌这嫌那,画上的人倒好看,你咋不叫下来!哼,嫌人家不好,都没有撒泡尿把你照照。只要珍珍同意,你要也得要,不要也得要。"

"愿意,你要去!"

"嘴硬!"他爸照儿子脖子就是一个耳光。小毛站着没有动,龇牙咧嘴地小声骂叨。他爸气得两眼冒火,去灶火拉煤铲,小毛踏得地面响,赌气又出了门。爸爸看自己是法儿妈死了法儿——没法儿了,就去村里找了个老女人,绰号"八哥嘴"的去说服儿子。这"八哥嘴"给小毛比前比后:"珍珍人样虽说一般,跟你比稍差一点儿,可当真是上炕的针线,下炕的杂饭,里里外外,啥不会干?娶回家不出两年,你家的老鼠都要穿绸挂缎哩。你人长得情一些,论本事,我看你远远不如珍珍,再说,她长相也不是丑八怪,猛一看一般,细看越看越好看,像一株'黑牡丹'。人没本事,光长得好能顶饭吃?能顶钱用?远的不说,就说咱村栓狗媳妇,在村里人样儿可算是头梢子了,就是懒得要命,不是饿都不想张嘴,油瓶子倒了,都懒得弯腰扶,为这三天两头栓狗跟她吵架,就说你小毛不知道?气得栓狗死去活来。从你家里说,你妈去世后,你爸一半婆娘一半汉,好不容易把你拉扯大,不吃的苦都吃了,不受的罪都受了,还不是为了你这个儿子?你要是违背了你爸的意愿,良心能下去?能对得起老人?听说你谈了两个都是剃头担子——你这一头热,原谅我说话带刺,恐怕你也是'次品货',人家嫌弃吧?自古是'金娃配银娃,西葫芦配南瓜',给你个金娃娃,你不要,傻瓜傻瓜!说真的,多少小伙子都伸长脖子眼睁睁瞅着这株'黑牡丹',你不抓紧挖,就叫人家挖走了,那时后悔也来不及了。我先问了珍珍和她爸都愿意,就看你了。"

小毛说:"让我再想一想。"他按"八哥嘴"说的翻来覆去想了半夜,那嫌弃珍珍的硬块终于变软,最后消平了,同意了,似乎把嫌弃的种子埋在了心田的最深处。于是,连订婚再结婚花了两万元,办了终身大事。

婚后,珍珍担起了家庭内外担子的三分之二,比做女子时更勤快更精明。小毛本来言语少,身懒一些,媳妇替他挑担子减轻了他不少负担,他说啥也很难寻出她的麻达,只是嫌她说话粗野,小两口相处还好。她赶集回来总要给他买两盒香烟,他外出总要给她买点儿瓜子、水果什么的;她煮两个鸡蛋总给他留一个;他给自己买双手套,总要给她买双鞋袜。婚后头一年,她和小毛商量把靠

公路边上的四亩玉米地改种西瓜,一亩收入顶三亩玉米,小毛说:"有你这个务瓜能手,能成。"她和公公商量,公公说:"我出力,你技术指导,保管务成挣大票子。"这下珍珍有用武之地了,为了管理经营方便,在地头盖了一间半简易房,两口子在那儿吃,在那儿睡,还箍了一个水泥池子储备水和大粪。小毛雇了一辆三轮车,把镇上不少单位厕所的大粪拉回来倒进池子,再加了一定数量的水。瓜儿扯蔓了,小两口一担担一桶桶浇灌了两遍。锄草、喷药、打掐、压蔓……忙得两头不见天,硬是抽空吃个饭。辛勤的耕耘换来了丰硕的果实,开园时睡着满地"胖娃娃",哪个不是二十多斤?论口味又沙又甜,吃过多半天,口里还有甜味道。到街上卖一抢而空,每天到地里批发的瓜贩子一溜一串。四亩瓜换回近五百张"大团结",这对一个只有三口人的家庭,钱把身子裹严还有剩余。全村人差不多都害红眼病了。翌年,珍珍跟她爸务瓜,给小毛掏了两万多元买了一辆昌河车搞出租了。

那天挨打的张静老师,家在离县城六里紧靠川道公路的一个小村庄,她中师毕业后,县上对她们这一级没有分配,当然是自找饭碗了。

由在县教育局教研室工作的一个远房亲戚的介绍,她被招聘到庄田镇中心小学任教,教六年级两个班的数学。学校离她家三十多里,坐车就到家门口了,她每周星期五下午五点就乘车回家。

有一次,她在车站等了半个多小时还不见车的影子,急得转圈前后张望,忽然从站北头中心街开来一辆昌河出租车,她边喊边跑边招手,车停下后她上了车。

"到哪儿去?"司机问。

"县城。"张静眼皮朝上一翻,心想,这个司机好面熟,便看着他笑嘻嘻地问,"你——你叫……"

"叫啥?"他也嘿嘿嘿笑了,"你不认识我,我却认得你,当干部的眼高,咋能认识咱这出力下苦的人?"

"谁是干部?我是打工的。你——你、你叫唐——小——毛,对不?"

"对,还没忘记老同学。"他扑哧笑了,手握方向盘,眼看前方,车已缓缓行驶,两人打开了话匣子,嗒嗒嗒没完没了。

"咱们在初一(3)班,你在靠窗子那一排最前面坐,老实巴交的,课堂提问,你弯腰低头像个黄豆芽儿,就是不回答,我说的没错吧?"

"没错。你爱跳爱唱,说话嗒嗒嗒,一些男生给你起了个外号'机关枪',是不?"

"是是是,好记性!哎,我问你,有娃没有?"

"没结婚,哪来的娃?你结婚了没?"

"没对象,和谁结?还是单干户。"这时,路边一个妇女招手,车停下来,人上了车,张静和小毛的谈话也中止了。张静同唐小毛在县中初一同过一年学,后来,她转到秦泰镇初级中学去了,从此六个年头再没有见面。

到家门口了,张静掏出车钱给小毛,小毛说:"你是大款,掏一百元吧,这太少了。"张静笑着说:"谢谢老同学。"把钱又装到衣兜里。从此,张静有好几次碰上小毛的车,仍旧不掏分文乘坐。小毛也到镇中心小学去了几次,每次都买些水果、花生、瓜子之类。这样,他们俩的关系也渐渐亲密了。

一次,星期五傍晚六点左右,张静从庄田镇车站乘小毛的车去到县城一个同学家里玩。到了县城,太阳已走完了一天的路程,小毛请她到一家火锅店吃火锅,吃罢后,又是他出钱进了一家宾馆干了那事。有人说,女人那大门一旦打开,就很难关闭了;男人那红头骡子一旦脱缰,就很难拴住了。从此以后,他俩或在外或在学校暗地里云来雾去。时间久了,学校有人觉察,总算那一学期挨到头,张静被解聘了。

那一段日子里,小毛有时夜不归宿,珍珍问他,他少不了骗她说在县城拉人呀,运货呀,修理车呀,等等。珍珍觉得有点儿蹊跷,怀疑是不是有女娃勾住他了,又马上否定了自己的想法。

张静被解聘的那个假期,一天,珍珍到庄田镇中心小学任教的表姐家串亲,无意中表姐给她戳透了蒙着的鼓皮:"你家小毛同我校张静有染,谁不知道? 老师们当戏唱了。"

她听了气得浑身打战,才想到他有时晚上不回家,原来是叫婊子缠住了。表姐开导她:"已经是过去的事了,姓张的也被撵出学校了,就算了了一桩事。想来小毛今后也会回心转意,何必去寻事? 于你脸上也没光。别生气,气坏身子还得看病花钱,回去你就装着没事人一样,啥话都别提起,好好过日子,以后留神一点儿就是了。"

暑假里,小毛和张静断了往来的明线,隐藏的暗线仍旧紧紧系着两颗心。他闭上眼,她的音容笑貌就在他眼前晃来晃去;她在梦中见到了他,笑得咯咯咯。秋季开学,张静被旭日小学聘用,小毛每周有两三个晚上把车开往山岔沟村,停放在沟口离学校一百多米的公路旁,去学校同她约会。有时,把车停在街上一家旅社院里,骑自行车去学校。常常是天麻麻黑到她房子,关大门前才快快离去。有几个晚上没走,第二天早晨开了大门,趁人不注意做贼似的溜出去。俗话说,"要叫人不知,除非己莫为",慢慢地其他老师都知道了,只是瞒着林娜。

一天,珍珍去山岔沟她上小学时一个同学家里,哄同学说,村里某人贩瓜欠她二百多元瓜钱,抽空要账来了。晚上,她藏在旭日小学大门对面半坡里一堆干柴后面,从八点一直等到十点,大门里虽然有人出出进进,却不见小毛的影子。她原来打算等小毛进了大门后,再进去闹个天翻地覆,这个想法像肥皂泡似的破灭了。珍珍回到同学家里住了一晚,第二天帮同学收了半天豆子,越想越生气,明明是事实,为什么还等呢? 吃罢午饭撂下碗,就跑到学校大闹了一场。

第四十二章 宽容帮助

张静经受了那场狂风骤雨后，就像霜打了的茄子蔫了，像放了气的皮球瘪了。虽说也吃也喝，也讲课辅导批改作业，毕竟伤了元气，没精打采，见人很少说话。心想，泼妇闹了这一场，自己颜面扫地，倒算不了什么，给这个办起没有多久的学校造成了不良影响，林校长必定要撵自己走了。又一想，一不做，二不休，我们彼此相爱，为什么不能生活在一起呢？非把这泼妇撂到干山上不可！该吃就吃，该玩就玩，有什么丢人丧德的？

她想着想着从大门走出去，一个人靠在厕所右边的一棵杨树上，遥望东面山巅上升起的圆月。月光清冷，寒风嗖嗖，这正是十一月十四日晚上，她只穿了一身单薄的线衣，冷风砭骨，不觉打了个寒战。转身准备回房子，一双手捂住了她的眼睛，她问："谁？"没有应声，只听到笑声。一会儿手松了，任侠站在她的背后，伸手拍着她的肩膀说：

"这么冷的天，站在这儿想啥？"

"不想啥，坐得发闷，清醒清醒。"张静逮着任侠的双手，以恳求的可怜的目光注视着，似乎想从她身上寻求思想解脱的良方。

任侠说："回房子去，小心着凉。"拉着她到了自己房子。

张静说："侠侠，咱们相处多半学期了，关系很好，在一起啥话不说，啥事不做？你说说，我在学校咋能待下去？校长肯定要打发我走了。"

"你可别胡思乱想，只要你把工作搞好，校长其实是宽宏大量的，未必解雇你。叫我说，你和唐小毛的事，实际全怪你。他是有妇之夫，你是女子娃，好女婿多得拿鞭子赶哩，看上姓唐的什么，只不过是人长得帅气一点儿吧，再有什么本事？他媳妇来闹事，也很自然。要得公道，打个颠倒。假如你是唐小毛的媳妇，女婿有外遇，你气不气？恐怕恨不得把第三者杀了。过去的事已经过去了，不要再想，不要再提了，你年轻轻的身体当紧，前途当紧，叫我说，你目前要做到三点：一是跟唐小毛一刀两断，彻底断绝关系，不能有半点儿藕断丝连。二是凡事要想开，不要认为这一次自己颜面扫地，丢了最大的人，整天愁眉不展。人说，病从忧来。有病咋办？花钱事小，身体还要受亏。三是努力工作，就当没有发生任何事一样,比以前还要更吃苦更积极,这样才能得到校长的谅解。"

张静点点头,老半天长长出了口气说:

"侠,你是我的知心朋友,我给你说句真话:我见了那小伙子亲得怕怕,实在不能克制自己。既然我把人丢尽了,就丢到底,反正我是死了心的,非他不嫁。"

"前面是一条深沟,你睁着眼不顾命地朝下跳,谁也没有办法了。世上没有卖后悔药的,我劝你三思而行……"

本来,林娜对张静教学华而不实就不满意,再加上违反了教师纪律制度,同有妇之夫混在一起,致使珍珍到校闹得一塌糊涂,损坏了学校的名誉,给她这个校长脸上抹了黑,气得一个晚上没有睡好觉,下决心另聘六年级数学老师。

她托了好几个人,找了两个,一个是从未教过学的高考落榜的女娃,一个是虽有两年教龄,却从未教过高年级数学,身边还有一个刚过周岁的女儿。这两人都被她婉言谢绝了。

从闹事那天算起,一周已经过去了,还未聘到一个她心满意足的数学老师,急得她像热锅里的蚂蚁。她又想,离放寒假只有一个月了,就是聘请到一个教过毕业班数学的好老师,学生不适应,也是枉然。张静知识水平还是不错的,教六年级完全可以胜任。毛病是粗针大线,有些马虎,再加上心不在焉,受唐小毛的影响,课没教好,再说,她还是个年轻娃娃,社会经验少,谁能没错?如果体贴她,宽恕她,只要悔改,就让她把毕业班数学教到底。

一天晚上十点多,林娜同张静在房子促膝谈心,她说:

"张静,你还未婚,你的所作所为跨越了不可逾越的道德鸿沟,再说,唐小毛是有妇之夫,你这是拆散挑拨人家的婚姻,把个人的幸福建筑在别人的痛苦上,这总是不好的!况且,你不一定会有幸福。至于违反学校制定的纪律制度,姑且搁起,难怪唐小毛媳妇到校闹事,这一点儿你应该认识到自己的确错了。要下最大的决心改正,在行动上而不是在口头上与唐小毛决裂。人非圣贤,孰能无过?只要能改,过去的就让它过去吧,我是既往不咎。另外,在临近放假的这将近一个月的时间里,带好班,教好课,力争期末镇统考获得可喜成绩。带好带坏这毕业班的数学你是教定了的,中途是不会变的。好有好的名声,坏有坏的名声,你是摆不脱。我希望你放下包袱,轻装上阵……"

张静听校长没有撵她走的意思,一颗沉重的心立刻轻松了许多,满腹的忧虑烟消云散,挺胸抬头说:"校长,我保证痛改前非,带好班级教好课,将功补过,报答你对我的宽容爱护。"

第四十三章　末考宣传

　　转眼，临放假再有两周了，为迎接期末统考，各年级都在紧张地复习和校内考试，老师们组题制卷、监考、批阅试卷、精心讲评、登记成绩，两头不见天，多数忙于工作没空做饭，从馍店买馍馍吃，有时连菜也没有，一口开水一口馍，这里吃罢，那里就逮笔看书。学生在校园里相互探讨问题，为一个答案，争得面红耳赤。早晨，天还黑乎乎的，不少中、高年级学生已到了学校，在教室里或看书，或背书。晨光熹微，校园内、大门外到处是学习的情景，呈现出一派紧张繁忙的学习氛围。

　　星期二早饭后，林娜正在看刘睿老师整理好的四份四年级语文试卷，听得门外有人连笑带问：

　　"林校长在哩?"她仰起头，来人已进了门，原来是本村张有才矿长，她赶忙站起身。又有两个孩子跟在张矿长屁股后面，个头儿高一点儿的是个女孩，穿桃红呢绒半身大衣，翻毛赤色皮棉鞋，细皮嫩肉，秀里秀气。比女孩低半头的是个男孩，穿狐皮翻领黑半身大衣，蓝毛呢裤，白运动鞋。林娜一眼就认出了是她第一次到张矿长家遇到的那个男孩。这两个孩子一进门就坐在茶几后面的长沙发上，东瞅西看房子的摆设。林娜笑笑说：

　　"财神爷驾到，有失远迎，坐坐坐!"

　　"哪里哪里，林校长办学远近有名，听说镇里期中统考，你们学校前五名就占了几个年级，了不起，了不起!"张矿长伸出大拇指有说有笑。

　　"有几个年级实际没有考好，还存在着许多问题有待解决。"

　　"林校长，今天来求你办一件事。"他指着两个孩子说，"这个是我的二女儿，叫张婧，十四岁，上六年级了。这个是老小，叫张坤，十一岁，上三年级。他们都在省城一家私立小学念书。学校已放了寒假，昨天我接回来。从通知书看，两个成绩都很好，拿出来让校长看看!"两个孩子把通知书给了林娜，林娜先看了张坤的通知书：语文 95 分，数学 100 分，英语 92 分……门门都在 90 分以上，还看了操行评语，尽是优点。接着又看了张婧的：语文 98 分，数学 100 分，英语 100 分……门门都是 95 分以上，又看了操行评语，句句都是好好好。她边看边想,张矿长究竟是要干什么?一时还摸不来热冷。她把通知书还给两个孩子说:"成绩优良,操行也好,是一对好学生啊。"

张矿长听了喜滋滋的,继续说:"人说'真金子不怕火炼',我想让孩子参加本镇期末统考,看看成绩是不是通知书上写的那么好。麻烦校长把娃就当你校学生报上去,看来,是不会拉你们的成绩,也许会为学校争光,校长看,行不?"

"咱们都是邻家,人说'远亲不如近邻',保不定有事还要你财神爷帮忙,有啥不行的?把孩子的出生年月、姓名都写下,上报考试花名册用。"林娜说着,把两个娃的名字记在了本子上。

随后他们又拉了一会儿家常话,张矿长问了学校被盗的情况,说大家都是受害者,捉住了贼,大快人心!林娜建议他招个住户,给家人壮个胆,以防不测。张矿长表示感谢,说他常在外,也想到了不收房费找一家人住,就是离街镇远,那些做生意的,外出打工的家属都不愿来,正在想办法寻找。扯了一阵闲话,张矿长带着孩子笑眯眯地回家了。

期末统考结束后的第二天,林娜就去镇教委取汇总表和各年级的成绩册,当看到张婧和张坤的分数时,十分吃惊,张婧语数英语常识四门其中两门不及格——数学56分,常识45分,语文、英语虽然及格了,都是70分左右。张坤四门,只有数学为75分,其余都不及格。他们与旭日小学六年级和三年级其他考生比较,成绩全处于下等。她想,这所私立学校简直是骗子,骗了人家的钱财,贻误了人家的孩子,这个成绩要如实向张矿长汇报。

张矿长在林娜房子看了两个孩子的统考成绩,手里拿着分数册,像筛糠似的颤抖,气得破口大骂:

"狗日的校长、班主任全是骗子!说我这两个娃学习品德都是班上的尖子,只要好好培养,必定成同(把"栋"说成"同")梁之材。几门不及格这就是尖子?是放屁!是屁话!"张矿长一屁股蹲下去,椅子腿吱一声险些倒塌。

林娜说:"别生气,孩子都小,只要以后努力,成绩是会提高的,我看孩子通知书上的成绩那么高,就有点儿怀疑。有些私立学校为了多收学生,让人说他们学校教学质量高,自己出题制卷、改卷,有意提高分数,哄骗学生和家长,这种事并不罕见。这比不得统一考试,试卷从外地订,没拆卷以前,谁也不知道是什么题,同时,抽有关人员把试卷送到外地批阅,这个成绩一般来说是真实的。再说,成绩高低并不能完全决定学生的学习优劣,只不过是检查考核学习的一种手段,还得全面去看学生。你说是不,张矿长?"

"我相信这统考成绩是真的,通知书上的成绩是假的。一个学期这两个娃光学费和生活费差不多花了五千元,又啥参考书呀,月考单元考试卷呀,图书资料费呀,反正我也说不上名堂,这也收费,那也收费,乱七八糟又得两三千元。合起来将近上万元了!出钱多少我不说,只要娃学到东西,人心也好受,谁知屁也没学下。明年朝阳小学设宴席请我也不去,上当只是一次。林校长,我今就给这俩娃提前把名报了,在你这里上学。"

边说边从裤兜掏出一千元放在林娜的办公桌上。这时,语文教研组组长张莹拿着两张大表和一个小本子进了门。

"校长,根据汇总表已经算好各个老师奖罚的钱数,请你过目,不对处,我和刘睿、任侠另算。"

"放下,你先去。"张莹刚走到院子,林娜喊,"回来。"她转身又进了房子。林娜从抽屉里取出各年级统考成绩登记花名册,说:"把各年级总分前五名和后三名都算出来,要细心算准,今晚上九点左右能交来不?"

"放心,能!"张莹说完就拿着花名册出了门。林娜看着张矿长笑了:"有钱人当真不一样,腰一趄就是一大沓票子。那些没钱的家长有的前半个月才把赊的学费交清。提前报名行,钱是不能收的。到报名时再交学费不迟,万儿八千你尽管交,我照收不误。"她把钱硬塞到张矿长的裤兜,张矿长连连道谢,出了房门走了。

放寒假的前一天晚上八时许,即农历腊月十二,王小斌主任在林娜房子一边翻看统考汇总表和本校各年级考试花名册,一边听林娜谈期末本校统考情况。林娜说:"咱校四个年级获全镇统考前五名,四年级语文平均成绩90分,带课教师刘睿全镇第一名;二年级数学平均成绩95.6分,带课教师任侠全镇第二名;五年级数学平均成绩90分,带课教师田玲第三名;五年级语文平均成绩83分,带课教师任侠全镇第五名,倒数三名全排除了,剩下的都是中上等名次。"

"不错不错,总共六个年级,就有四个年级在前五名,值得庆贺! 一分辛苦一分甜嘛,该奖励的一定奖励。"王主任说。

林娜接着说:"当真老师费了心,出了力,流了汗,最突出的是刘睿老师,她不仅教课认真细心,在教学方法改革方面也走在其他老师的前边,奖金明春开学典礼上兑现,分文不欠。你知道咱们学校一个显著的特点是后进生多,所以本学期的教学是把后进生的转化工作放在了首位,是解决的主要矛盾。各年级开学初,语数外三科确定了狠抓的后进生将近五十名,期末统考成绩不同程度都有提高。就这三科说,绝大多数都及格了,有一部分已跃为中等成绩了。举个最典型的例子,五年级王倩,就是我给你说的,他爷爷嫌家庭作业布置量大,跟班主任语文老师任侠闹了一场。她不计前嫌,改进了作业布置的办法,抓后进生比以前更严了。王倩的学习不断进步,期中统考成绩就有提高,这次期末考试,语文87分、数学83分、外语75分,一跃而成为上等分数。假如不狠抓后进生的转化,他们必然拖成绩的后腿,哪会有几个年级在前几名呢?"

"这一招厉害,应该对那些学得好的后进生也给予奖励。"

"对。抓后进生有显著成绩的任课老师也要给予奖励。我有一个想法跟你交换一下意见。"

"啥想法?"

"我想在放寒假之前,也就是这几天,到庄田街上大张旗鼓宣传咱旭日小学期末统考情况,也是向全镇人民汇报教学工作,以提高咱校的知名度,为下学期学生增加打好基础,也借此听一听群众的意见,改进教学工作。你觉得,行不行?"

"能成能成,好办法!你准备怎样搞?"

"我还没有想到具体的办法,想弄十多米长的大横幅,印上'热烈祝贺旭日小学在 1996 年秋季镇期末统考中获得优异成绩'的大字,挂在电杆上,赶集群众和过往行人都会一目了然。"

"能成!"王主任点燃了一根香烟吸了一大口说,"叫我说,要搞就搞得红红火火,越隆重影响越大。叫庄田镇家喻户晓,人人皆知,实际也花不了多少钱。"

"咋个隆重法,说说我听。"

"印几百份传单,简要写上学校创办概况,镇期末统考情况等。村上准备一辆三轮车,拉上敲锣打鼓的乐器队,再雇一辆昌河车,安装上高音喇叭,把全体教师拉上,安排两名老师宣读传单,其他的专门沿路散发。车辆从车站出发经中心街再到河滨路返回,缓缓而行,大约一个多小时就结束了。另外,把横幅挂在中心街中间,这样做声势浩大,宣传力度强,明年前季学生说不定会上三百哩。"

林娜听后又是点头又是喜笑地说:"还是你想得全面,完了后学校请大家在街上吃顿便饭,两辆车大概得多少钱?"

"车你就甭管,前前后后不到两个钟头,能出多少钱? 你只出雇的昌河车就行了。我看也不需管饭了,早晨吃罢饭出发,最多两小时就回来了,还吃什么饭? 对,后天是腊月十五会,赶得正好。"

"传单和横幅印字,我明天上街办,挂横幅、车辆、乐器等,麻烦你负责安排办理好了。"

"后天九点准时吃饭,十点车辆到校一起去街上。那时会正圆了,12 点差不多就结束了。好,咱们分头准备。"

十五早晨,太阳冒红,一辆三轮车和一辆昌河车开向旭日小学,三轮上五个人:两个五十开外的陕北老汉头裹白毛巾,上身都穿着没面子羊皮袄,一人手拿一个铜喇叭,王小波专门擂鼓,胳肢窝夹着绑红绸子的鼓槌,抽出一个照张老汉的皮袄上连打带说:"老张,吹一个《兰花花》听听。"张老汉说:"喇叭冻住了,哪里吹得动?"敲铜铙的拴柱嘿嘿笑笑说:"看《兰花花》把你想死了,没你咧!"逗得大家都笑了。张老汉的孙子铁蛋吵着嚷着也要跟爷爷去,村主任让他在乐队里敲小钹儿。他高兴得一跳三尺高,第一个拿着小钹儿爬上车就拍打起来。拍打了一路,手冻得僵硬,把钹儿放在鼓上面,手揣到袖子里取暖。王小波叫张老汉吹歌,他嫌冻不吹,铁蛋说不吹我来吹,乘爷爷不注意一把夺过喇叭噙到嘴里"唧——"一声长鸣,惹得几个人都哈哈大笑。笑声还未停止,三轮车和昌河车就开进了学校院子。

他们跳下车,进了林娜房子。老师们都集中在那里,一切都准备就绪,大家动手把横幅、传单、绳子、扩音机、高音喇叭等都拿到昌河车上。王小波和拴柱、

王主任把高音喇叭系在车头顶上,把线从打开缝隙的右窗玻璃拉进去接在扩音机上,试了一下没问题,就全部搬上了车。王主任叮咛大家都得听林娜指挥,把这个宣传仗打好。

庄田镇是逢一逢五的会,腊月十五是年这边再有三个会的第一个会,过后再有二十一日和二十五日两个会了,所以人们都忙着办年货。卖服装的、卖年画的、卖肉的、卖水果的、卖蔬菜的、卖熟食的……大街小巷叫卖声此起彼伏,尤其是中心街两边摊贩一家挤着一家,街道里往来行人几乎是一个挨在一个的脊背上,有人鞋后跟被踏倒,休想再把鞋穿好,只好趿着鞋向前艰难地挪动步子。大肚子婆娘和奶娃媳妇站在摊贩前,眼巴巴地看着等待人流过去,人流中即使有块金宝,也不敢去捡,只怕把肚子里的胎儿挤掉,只怕把奶挤瘪挤流。

当两辆车开到中心街东头的车站时,林娜看表是十点半,让车停在旅馆门口,派拴柱和王小波去中心街中间挂横幅。他俩好不容易在人流中东挤西撞,到了中心街当腰,费了好大的劲才把横幅挂在合适的地方,那金色的大字在阳光照射下清晰鲜亮,闪闪发光。

街道往来行人无不仰面看横幅,大多还念上一两遍,都说山岔沟这个小村子谁办的学校,竟然有好几个年级在期末统考中排全镇前五名,了不起! 也有认得林校长的从心底里佩服她,说她办学质量高,有孩子要上学的暗暗想,明年春上干脆把娃送到旭日小学去,就是多出几个钱也划得来。

队伍按林娜安排,三轮车在前,昌河车在后缓缓行驶。两个吹唢呐的把喇叭口翘起朝着前方,两腮忽而鼓起像嘴两边塞了小瓜,忽而变瘪变扁如放了气的篮球,声响冲天而起,压住了锣鼓声。无数只眼睛都瞅着包白毛巾的陕北乐人,无数只耳朵在享受着美妙的乐声。拴柱一会儿弯腰低头把两个铙在腹部敲打,一会儿仰头挺胸把铙举过头顶拍打。王小波怎肯落后? 更是大显身手了,鼓槌从两鬓朝外撇着,倏上倏下乍看犹如龙戏水,细看又似凤穿花。咚咚咚的响声震得人耳膜发麻,挥动的鼓槌看得人眼花缭乱。小铁蛋也学着拴柱的样儿拍打铙忽上忽下,时左时右使劲拍打着,张着嘴一个劲儿笑。人流朝两边分,车从中间开,忽然车停下来,乐器声戛然而止,高音喇叭在播送传单里的内容。

"乡亲们好! 庄田镇旭日小学创办于1996年秋季,设有学前班和一至六年级,共有学生一百三十名,教师八名。

"学校在县教育局和镇教委的领导下,在山岔沟村民以及各界人士的关怀支持下,在全体师生的奋发拼搏下,学校本学期期末统考——四年级语文获全镇第一名,二年级数学获全镇第二名,五年级数学获全镇第三名的优良成绩。一批后进生成绩显著提高。为此,特向全镇人民、外地驻镇单位和有关人士、学生家长报喜!

"为了深耕细耘喜结硕果,再接再厉铸造辉煌,学校诚恳希望广大家长提出宝贵意见和建议。"

刘睿老师的清脆嗓音,多半条街上的人都听得清晰,有三三两两议论这个旭日小学,说是这姓林的女校长的确办学有方。

广播完毕,又吹起唢呐,这时林娜率领几名教师分两组分别在街道两边散发传单,那些商店饭馆、大摊小贩的人,一个劲喊:"给我一张,给我一张!"李萍老师刚把一张发到一个媳妇手里,那媳妇逮了一个角儿,不防一个中年男子逮着另一个角儿,把传单扯成了两半。两个人吵了起来。李萍赶快给他俩每人发了一张,他们才走开了。

林娜好不容易从人丛中挤到街道东边一家专卖调料的门市口,几十双胳膊向她伸来要传单。她手里拿的三十多份眨眼间被一扫而空。她正从提包里朝出掏时,从调料门市出来一个中年妇女,连跑带喊叫:

"林娜,我到底碰见你了!砍脑壳的来。"她亲热地抓住校长的手,"我的小子考试很好,差不多都是八九十分,你办学可真有一手,砍脑壳的来。"

"金翠珍,两个多月没见面了……"林娜一语未完,金翠珍又拦了话头接着说:"前天他爹接小子回来,砍脑壳的来光作业本子摞起来就有一尺多高,我翻着看了看,都写得满满的砍脑壳的来。在我们老家放假后除课本外最多有两三本带回家的作业,砍脑壳的来不知把作业扔他娘的到哪儿去了。林校长,你给我发几张传单,让我带回家也宣传宣传!"

林娜有个规定:各任课老师必须把写完的作业收起来保管好,放假返还给学生带回家去,这是向家长汇报学习成绩的一个重要方面,务必落实。她给学生反复讲:千万不能写完一本扔一本,到放假一本作业也留不下来。假期复习功课翻翻看看,它就是离你最近的老师。如果能长期保存就更有意义——当你走上工作岗位翻阅你小学时的作业,你肯定会吃一惊:哦,这就是我儿时写的作业?

林娜周围围了一堆人,她给每人发了一份后,硬挤过人群又取了十多张,给了金翠珍。

第四十四章　开学之前

出溜溜一个寒假到了末梢,离正月十九日开学再有一个礼拜了,林娜又忙起来了:打报名册、报名券证,在黑板上写报名须知,到县新华书店购买课本,找木匠收拾损坏的桌凳,寻人粉刷教室,张贴开学通知⋯⋯

由于张静老师申请辞职,镇教委又推荐三个应聘老师,经筛选最后确定聘请了一名三十多岁的中年女老师,名叫王玉玉。

她是林娜的好友彩霞推荐的,听彩霞说,她是县高中毕业,当学生时,班上同学公认是"数学王",教毕业班数学,升学考试数学成绩良好。那年升学考试有一道选做题相当难,考生几乎没有做对的。当时,几个数学教师在一起做那道题,都被难倒。后来玉玉做了几遍做了出来,大家对她刮目相看。以后,因为坐月子无人照管孩子,便离开了学校。如今孩子已上一年级,又想重操旧业,她托彩霞寻个学校,彩霞便介绍给了林娜。

林娜相信老同学说的,没有经过试讲、考试,就直截了当聘用了王玉玉。王玉玉提出要带孩子上学的事,林娜满口应承,并且免去了她要交的学杂费。

开学前的几天里,到学校"视察"的人连续不断,有本地人,也有外地人。有工人、农民,也有干部和做生意的。有些骑自行车、摩托,也有少数开小车来的,而多数是徒步到校。

一少部分人看了学校了解了办学情况后,让林娜把孩子名字记下来,回家再商量报名的事。个别人要求提前交学杂费。

还有些人觉得学校条件差:几个年级的教室都在窑洞里,光线暗淡影响孩子的视力,操场面积小,活动受限制等。这样的条件,教学质量却那么高,真有点儿不可思议。但事实明摆着,谁也推翻不了,因而他们的孩子该不该在旭日小学上学,还二心不定。

又有人想把孩子全托在学校,听校长说,正在筹备办灶,吃住都可以解决,究竟全托的学生有多少,住宿条件咋样,伙食是不是像样,所有这些还是个未知数,人们怀着骑着毛驴看唱本——走着瞧的想法,离校而去。

林娜寻思她办学一个学期,正如一块玉石,虽有瑕,说啥也遮不住它晶莹光彩的本质。

期末统考取得令人欣喜的成绩,加上放寒假前在庄田镇的宣传,不敢说是家喻户晓,也有相当一部分人是心知肚明的。这样一来,学生会大大增加。学生增加了,教室不够怎么办?

新生中必定有部分远路或外乡、外地的孩子,当然需要办灶。办灶和住宿的房子如何解决? 这都是火烧眉毛的事,开学前一定要摆顺弄好。

她想到了张有才矿长家前院后院有好几间房子,前院陈旧一些是瓦房,后院最后有四间都是新平房,闲着无人住,租赁下来不就是一河冻结的冰块融化了? 不行,那里离学校远,做灶房和住宅还可以,做教室不便于管理。

忽而又想到在学校北面和学校紧靠的邻居家有五间平房,租赁给三家人住着。听说房东在县上什么单位,为什么不去找主人商量商量,让这三家搬迁到其他地方,要是学校全部租赁下来,一切问题不就迎刃而解了吗?

她想着想着,脚步早离开房子出了大门,进了那个院子,干柴、煤屑、鸡屎满院都是,简直没有踏脚处。看门窗还有七八成新,面子倒也洁白光滑。进了几家屋子看了看,墙壁全是黑褐色,只是房顶有几处露出了白色底子,就像从煤窑里出来卸掉安全帽只有额头干净满脸乌黑的下井者一样。这三户一户是铁匠,两户是泡豆芽菜的。

问清了房主叫陈有明,在县刑警队工作,林娜立马乘车去了县城,到了房主家里以后,把租赁房子的原因说了一遍。陈有明犹豫着:

"五间全租给你可以,人说,招客容易起客难,恐怕开学时搬不走,你是否可以朝后缓十来天?"

"从明天算起离正月十九日还有六天,三天内就要搬走。我让王主任帮他们几家找地方,说不定明天就可以找到。村上的闲地方多得是,再有七家八家也住不完,而学生上课吃饭那是一天也不能朝后推的。"

陈有明点点头说:"那你先回去,我明天吃了早饭回去。"

"你没有什么要紧的事,今天咱一块儿走,还得由你打发客户了。我看现在咱们就在你办公室写好租赁合同,我回去事多说不定就摞起了。"

陈有明和林娜商议写了租房合同。五间平房每间每月四十元,全年十二个月两次交清,一次在春季开学初,一次在秋季开学初。林娜和他乘车一起回到村里,陈有明同三家住户谈了要把房子租给学校,让他们自行想办法另找房子,按合同期限到去年年底,过罢年这半个月就不收房费了。

林娜也对他们说:"对不起,按说,咱们都是邻居,不是房主要赶你们走,原因是这几间房紧靠学校,学校使用方便,也就算你们对学校的支持。因为正月十九就要报名,说啥你们最迟在十六日就要搬出去,我还得拾掇地方嘛。你们自己找房子,我让村主任也帮你们找。一句话,商商量量把事办好就行。"话是开心的钥匙,他们听得顺耳,点头同意。

林娜立刻到王主任家,给他谈了这几天来不少人来校"视察"想让孩子上学

的事,她估计本学期学生会大大增加,想全托学生,已经赁了陈有明的五间平房,请求他给那三户在村上另找房子和派几个人粉刷房子、盘锅灶、支床等,特别说明学校给付工钱。

王主任两手一拍笑着连连说:"能来那么多人看学校,想让娃念书,这与咱们去年放寒假时去街上大力宣传有一定关系,当然,更重要的还是你办学有方,教学质量高。好好干,大有奔头!看来,学生差不多要上三百了。干几年,盖新校舍没麻达。陈有明的地方全租下来很好很好,学生吃住都方便。你放心,今天给那三家人把地方瞅好,明天就搬。后天去五个人,不够再多去几个收拾房子盘锅灶,反正开学前一天的十八日要万事俱备,只等学生了,你看,咋个样?"

林娜笑了,想了想说:"说来容易做来难,还要麻烦你干一件大事,你猜?"王主任偏着头略加思索,睁大眼说:

"盘锅灶的砖,咱砖瓦厂有的是,不过,要买五六袋子成品涂料,没钱可以暂时赊下。"

"我说的是床板、桌凳,抽个空,我跟你到木材加工厂,或哪个木业社看看,先赊十套桌凳和十块床板拉回来,开学后根据学生多少和全托人数再买。"

从正月十四到十八,整整忙活了五天,五间平房粉刷一新,一间做灶房,两间住宿,两间做教室。柴火堆起来放在大门口的左边墙根底下,院子打扫得又净又光,锅灶盘了起来,还贴上白瓷砖。房子全摆上新桌凳,只待开学报名了。

第四十五章　生源之争

正月十八日上午,全体教师都到了学校,打扫房子,晾晒被褥,生火取暖,人人忙得不可开交。林娜也让女儿张艳请了两天假,帮她忙活开学工作。晚上七点召开了全体教师会议,主要内容是布置安排十九日、二十日两天报名工作。林娜把印好的预交书费单子发给各年级班主任,然后又公布了年级课本种数和总价、作业本的本数和总价、课本和作业本的总价格,让班主任写在预交书费的单子上。报名程序和具体负责各项工作的教师同上学期开学报名基本相同。各班主任在自己办公室发放课本和作业本,按预交书费的名单多退少补。林校长专门请镇教委王敏老师负责报名,张艳负责收费和发领取课本和作业本的券票。家长报名后,再发给券票,拿上券票方能去领课本、作业本。林娜负责全盘,处理报名中遇到的各种问题。散会前,林娜反复叮咛要注意的事项。

山岔沟村有个中年妇女叫魏云芳,被林娜雇为炊事员。她四十岁出头,干活利索,人又干净,平时衣着整齐,浑身上下连个污渍也没有。根据林娜的安排,她十七日上午去庄田镇街里买了些辣椒、土豆、红萝卜、莲花白、芹菜、粉条,还称了几斤猪肉,买了些调料便匆匆回校了。下午煮肉切菜,还把案板、碗筷、桌子、凳子、橱柜齐齐洗了一遍,抹得干干净净,摆得整整齐齐。林娜说得清楚,十八日午饭四点吃,全体老师都到校,大致按十个人的饭做。人常说,第一印象很重要。她想,绝不能让那些老师第一次见到她就落个窝囊鬼的看法,她让校长明白她的确是个干净麻利的炊事员。她用发酵粉把面和好放在火炉旁,心里寻思:明天中午吃素包子,喝小米红豆米汤,炒五个菜,非叫校长和老师们夸我不可。

正月十九日早晨八点,太阳好像一个巨大的电灯泡悬挂在东边瓦蓝瓦蓝的天上。旭日小学在阳光的照射下亮堂堂、暖洋洋的,高音喇叭播放着优美动听的乐曲,在山岔沟村子远近的地方都能听到。村子也显得有了生气。各个教师各执其事坐在房子等待报名、领取课本和作业本,林娜在办公室茶几上摆了几盒香烟,一瓷盘玻璃杯子,烧好了开水,等待着来报名的家长休息、吸烟喝茶。

八点过后,报名的人们陆陆续续来到学校。小小的校园里,人们按报名顺序跑前跑后给孩子报名。报名交费处、领取书和本子处,总是围着一群人。尤

其是报名交费处，报名老师用一张条桌挡在门口，紧挨条桌是个三屉办公桌子，桌面上放着验钞机，一个桌屉专门放钱，一个桌屉专门放券票，一个桌屉专门放着裁好的打欠学杂费的条子和印泥。原在校学生和转来的新生混在一起报名，显得混乱，办事人员也忙不过来。林娜立马决定分开报，在广播上说："家长同志们，请注意听几条规定：一、原在校生凡一次交清学杂费者先报名，欠学杂费者后面报名；二、凡转来新生十九日下午和二十日上午报名，课本在原来学校领取。转出学生二十日下午办理转学手续。"

这两条规定好像给报名者打了"疏散剂"似的，拥挤的人群立即一个跟着一个很有次序地交费、领课本、作业本，不过代之而来的是一些报名者的怨气。

"还是有钱人尿得高，人家报罢了名才轮到咱们这些人，唉——"

"就说你把钱放着生儿子哩，欠学杂费迟早都要给人家，有头发还装秃子？"

"三点后转来的新生才报名，就得等几个小时，把人急得团团转。反正就今儿一天，就怕人报满了。"

"等几个钟头倒是小菜一碟，我怕转来的人多了最后把咱撂到干山上，也说不定。"

两点半，林娜查了一下报名册，原学生差不多报过百分之九十了，便决定吃午饭，饭后开始接收转来报到新生。这时，炊事员魏云芳提着热包子和辣子水水到林娜和每个老师房子送饭。每个人发四个热腾腾的菜包子，她给灌辣子水，问："包子味道咋个样？"任侠咬了一口，点头笑笑说："咸淡刚好，香喷喷的，有滋有味，吃了这个想那个。林校长眼里有水，请了这个高厨！"

林娜房子和校园里少说也有二十几个家长心焦意乱地等待下午三点钟的到来。上午从木材加工厂来了一个家长叫黄梅花，带着两个孩子，大的叫张平，是个男孩，原在水湾小学上五年级；小的叫张敏，是个女孩，在水湾小学上三年级。她想把两个孩子转到旭日小学就读。这黄梅花和林娜本有一面之交。刚开始办学时，林娜为了摸清周围村子和单位上学娃娃的多少，也是为了宣传办学预招学生，曾去了镇木材加工厂。到了她家，和黄梅花谈话一个多小时，答复了她提出的有关教学方面的许多问题，并且记下了两个孩子的年龄、名字和学校、年级。黄梅花当时告诉林校长，两个娃娃在水湾小学读书，都是班上的尖子生，推说学校肯定不会放走，实际上，嫌旭日小学是初办学校，怕教学质量低误了孩子，仍旧在原校就读。

去年镇期末统考，两个孩子的语数外成绩都是中等，没有一门上九十分，就平时说，水湾小学对学生的学习抓得远不及以前紧了，她的孩子作业错题也多了，书写也潦草了，黄梅花心里很不高兴。再说，寒假期间，黄梅花遇到了不少熟人。你说旭日小学办得好，抓得紧，教学质量高；他说期末统考就有几个年级为全镇前几名，连那朽木不可雕的学生也变好了。反正说得她耳朵也起茧子了。她们厂有个男孩，原在水湾小学上三年级，是出了名的榆木疙瘩，每学期统考学校找各种借口不让他参加，当然，学习成绩就可想而知了。自从到了旭日小学,作为后进生转化的对象,成绩逐渐提高,期末镇统考学校让他参加。语数成绩居然由期中的不及格上升到全及格了,他的爸爸妈妈高兴得逢人就说,见人就讲。黄梅花到他家里,看见墙上贴着两张奖状,随便翻了翻他写的作业,大吃一惊:不仅书写规范,错题也很少,简直和他家张敏的学习不差上下了。这件事深深打动了她的心,决定让孩子去旭日小学读书。

林娜见她来了十分高兴,亲热地握着她的手拉到办公室,让她坐下拉话。黄梅花把两个孩子的通知书给林娜看,林娜看后问:

"语数外是镇统考成绩?"

"是。"

"你说两个娃学习在班里都是尖子,可是成绩很一般,可能没考好吧?"

"林校长,不瞒你说,我这两个孩子学习远不如以前了。你知道不?水湾小学校长整天泡在麻将摊子里,哪里管学生学习?你肯定知道,统考前五名没一个年级,三年级语文还排在倒数第二,我估计本学期转学学生不少。你办学已经在庄田镇有声望,我这两个娃就转到你们学校,请你们严加管教。"林娜立刻给报了名,叮咛在原校领课本,二十一日早八点到校。

黄梅花回到家里拿了二百元没停脚步去了水湾小学,校园里零零星星有往来走动报名的人。她来到领课本处,从窗眼里看见发课本的是个男老师,左腿搭在右腿上正看报纸,她说:

"我领两套课本,五年级和三年级,总共多少钱?"那个男老师把报纸放在桌面上,看了她一眼说:"先交费领取券票。"

"我的两个孩子原来在这里上学,现在转到别的学校了,课本当然在原学校领。"

"不论转到哪里上学,领课本必须先交费领券,这是学校的规定。要不然,你找罗校长搭话,或者让他写个条子来再领。"

黄梅花没说二话,就找到了罗校长房子。罗校长满脸堆笑地问:

"你的孩子叫啥名字?上几年级?报名没有?"

"大的叫张平,上五年级;小的叫张敏,上三年级,名报了却没领书。"

"报了名就可以领课本,你咋没领?"

"要你写字条填名盖手印,方可领取。"

"报名处没给你发领取券?"

"没报名怎么会拿到领取券?"她嘿嘿笑了,然后挺起胸脯一本正经地说,"我在旭日小学给两个娃报了名,可原来在你校上学,你们预先订了课本,当然应该在原校领取了。请你给发课本的老师说一声,或者写个发课本的字条。"罗校长一听立马拉长了脸半天没吭声,随即又笑着说:

"张平妈,你听我说,你家张平、张敏是拔尖学生,都是我们学校老师培养教育的结果,何苦要转到刚办起来的私人学校呢?你肯定认为,旭日小学去年秋季期末统考有几个年级为镇前五名,教学质量高所以转到那个学校。实际情况

你并不了解。"他弯下身子把椅子朝她面前移动了一下,压低声音继续说,"那是漏了题作弊而获得的名次,路人皆知,你还蒙在鼓里。有人已经告到县教育局,开学初,县上还要下来人调查处理呢。凡事都应该多想一想,一个年级成绩名列前茅还说得下去,一个初办学校,教师水平、办学条件都远远赶不上公办小学,怎么会有几个年级是前五名呢? 鬼才相信! 至于你张平和张敏,我听任课教师说虽然没有过去统考成绩高,可都在七八十分,也不错嘛。智者千虑,必有一失,可能是临场发挥差了一点儿,这不是什么大不了的事。一个学生学习得好坏,既要看他的过去,又要看他的现在。再说,不能因一两次考试成绩差一点儿就给予否定。光看成绩也是片面的,还要看学习态度、劲头、智力、能力等。这两个娃我是清楚的,平时学习态度端正、勤奋刻苦,智力强,有一定的解决问题的能力。你是聪明人,我知道你当过教师。我劝你认真想一想,还是让孩子在咱水湾学校上,给你免去本学期的一半学费,行了吧?"

黄梅花说:"拿免学费拴我的心,你错打算盘了。我再穷,娃上学的学费也出得起。我要的是成绩,要的是让娃娃养成爱学习的良好习惯。我的孩子我最清楚,学习近年来一直走下坡路,作业潦草,错题很少更正,考试成绩越来越差,并不是像你说的这好那好。你别给我戴高帽子,我又不是三岁小孩子,你把旭日小学说得不如一堆狗屎,是狗屎,我不嫌,我偏要孩子到那里上学去,别的我没时间同你讲,你就直说,给我领课本不?"

"不是你两个孩子,凡转学走的一概不给课本——"罗校长觉得不给课本理屈,低头想了想说,"是这样,二十二日你来,有了一定给你。"

"好,那我走了。寻教委说理去,要是教委认为,我不该在原学校领课本,算你有理;要是教委认为,就在原学校领,课本少个角儿也不行。咱就走着瞧。"黄梅花霍地起身就出了门。

下午三点,旭日小学开始给转来的新生报名。报名者拥拥挤挤,争争吵吵,唯恐孩子报不上,因为他们听一个已报了名的新生家长说:林校长有言,各年级总共只收转学的学生二十名。可是报名的人来来往往大概下不了三十人,所以引起了骚动。林娜查了查报名册,除了学前班,外校转进来已报了名的,一年级六人,二年级四人,三年级五人,四年级八人,五年级十二人,六年级七人,总共四十二人。她思前想后,左右为难:继续报吧,转的新生多了,教室如何容纳得下? 如果连老学生算在一起,每个年级人数差不多增加三分之一强,上四十人的年级可分两班,怕只怕两班人数不够,一班又难容纳下。管他三七二十一,收下再说,事到着忙处,总有个出奇处。人家以为你学校办得好,教学质量高,才往你校转孩子,要是拒之门外,不是冷了人家的心? 再说,咱办学就是为多收学生,有些学校想多收,还没有人去哩。她正计算着各年级转进学生的人数,考虑还收不收和收多收少的问题,一个年龄约四十上下,看衣着模样不是个有钱的就是个有一定地位的干部进了她办公室,彬彬有礼地笑着说:"林校长你办学有方,报名的不少。"她瞅了瞅是个陌生人,便让坐下抽烟。那人看了在沙发上坐的两个人一眼,正眼对着林娜说:"我有一件事要告诉你。"那坐着的两个人看人家有事,便出去了。那人从衣兜拿出了一张字条给了林娜,她打开看,上面写着:

林老师:来人是我的挚友,庄田煤矿副经理陈有亮,有一男孩想转你校六年级就读,请办理为盼。王小斌

林娜问:"拿娃的通知书没有?"那人从上衣兜掏出来给了她。林娜看了通知书是个女娃,上四年级,语数两门不及格……她皱着眉头想,又是一个后进生,不收吧,王主任面子上不得过去;收吧,一定要留级,不知家长同意不。于是说:"咱当面锣对面鼓说清楚,要是跟不上就得留级,你看咋样?"那人连连说:"行行行,你看情况,能上四年级就上,不能上就留一级。"林娜叮咛二十一日早八点到校正式上课,课本可到原学校领取。那人满脸是笑,说他的孩子全托,明天就把孩子送来,报完名走了。

下午五点左右,转学报名的人稀了,老半天来不了一个,林娜把外转学生人数再核实了一下,共四十八人。她不由得捂着嘴儿笑了,明天还有一天的报名时间,估计转五十多个没麻达。突然从门外进来一人,是水湾小学的罗校长,他一尻子塌在椅子上,眼窝瞪得像鸡蛋大,瞅着林娜,凶声凶气地问:

"林校长,你柿子拣软的吃,为啥要欺负人?"林娜被问得莫名其妙,一时愣了起来,本想以牙还牙,心想,不管他发多大的脾气,总得问个为什么。

于是和风细雨地问:"罗校长,有啥事慢慢讲,何必生气?我咋拣软的吃,欺负了谁?"

"你是明知故问,就说你为何收原在水湾小学上学的学生?咱们都是一步邻近的兄弟学校,只顾你校学生增加,你高兴,别人心里难受,你想到没有?挖人墙脚拆人台,不是欺负人?算啦,水湾小学停办,你把所有学生和老师都招到你校好了。"

林娜一听,变了脸,针锋相对地说:"你校学生转到我旭日小学一共九名,在哪所学校上学是他们的自由,我收是我的自由,你凭什么管?原在我校就读的学生别说转到本镇其他学校,就是转到省城、外省,我也没有任何理由阻挡,这也是人家的自由,谁管得着?远的不说,咱县中学不就有不少学生转到外县甚至省城去上学,难道校长撵去弄事不成?关键是你把学校办好,教学质量高,学生拿棍子打也打不走;学校办糟了,人家上学白花钱,孩子学不到东西,你就是免去学费甚至倒找钱,人家也要转学走的。话丑理端,你来寻事真叫人笑掉大牙!"罗校长被说得理屈词穷,半天反应不上来,猛一仰脸说:

"你有理,你有理!我看你别高兴过早,咱就骑着毛驴看戏本——走着瞧吧!"说罢,一拧屁股出了门。

第二天早晨,罗校长把镇教委发给学校的期末统考各年级成绩汇总表拿出来,用小刀慢慢地刮去了旭日小学排在前五名的几个年级的成绩和名次,又用

蓝碳素笔依照表格数字笔迹将前五名分数和名次分别降到五名以下,然后骑自行车到庄田镇街上一家复印店印了一份,回校后马不停蹄去了本村陈老五家。老陈是陕北人,家里四口人,两个女儿,老婆是初中文化程度,在家照管不满两岁的小女儿,大女儿叫陈琳,十一岁,在水湾小学上三年级,聪明好学,成绩在全班数一数二,全家就靠老陈一人在外打工过活,日子过得艰难。

罗校长进了门,只有老陈媳妇一人给女儿缝破了口的书包,他扫了一眼房子笑笑说:

"你从陕北来水湾住有几年了?"

"来时,琳琳上一年级,转眼三个年头了。"

"那你可算老户了,看你家果真贫寒,不过东西摆放得很有规整,给人的感觉把哪里的东西另换个地方就不合适了,也十分干净,面瓦瓮抹得能照出人影儿。"

"穷人嘛,不饿肚子就不错了,说不上啥整齐干净,你别笑话。"

罗校长话题一转:"你琳琳在咱水湾小学上了三年学,学习不错嘛,你咋把娃转到旭日小学去了?眼皮底下就是学校,你偏要舍近走远,只有十来岁个娃娃往返要跑三里多路,你不心疼?再说,要翻火车道又不安全,我来的意图是,劝你还是让娃在咱水湾小学上吧。"

"我舌头底下不压话,喜欢直来直去。村上人都说,咱学校把学生放了羊,去年秋季镇期末考试成绩相当差,还有两个年级是倒数名次。反正我琳琳这次统考成绩也一般,远不如往年。大家都说山岔沟办的那所新学校考了几个前五名,再说,在其他学校上学的后进生有不少都被取消了统考资格,转到旭日小学只上了一学期都参加了镇上的统考,成绩也不错,学校还给了奖励。我们几家商量了一下,就都到旭日小学报了名。"

"琳琳妈,你不知道考试就同种庄稼一样,有一年丰收,有一年歉收,这是很自然的,哪能年年都是大丰收?咱们水湾小学去年后季期末统考同往年比差一些,但绝不是一些人说的差得提不起摊子。这些人听说旭日小学考了几个第一,到底是真是假,请你看看这统考表就一清二楚了。"罗校长边说边把表拿到她面前打开,指给她看水湾小学各年级各科的成绩名次。看完后,又指给她看旭日小学各年级各科的成绩名次。琳琳妈在心里说,水湾学校无前五名,成绩平平,倒数还有一个年级。旭日小学总的来说成绩很好,可前五名没一个年级,可见眼见为实耳听为虚。

罗校长笑着问她:"是真猴王、假猴王,这下明白了吧?"琳琳妈点了点头没有出声,心里七上八下。罗校长反对娃转学到旭日小学去,可已经在旭日小学报了名,怎么能返回呢?她一时没了主意。罗校长似乎看出了她的心事,温和地说:

"你是上当了,我一点儿也不怪你。你到咱校报名,我免去你一半学杂费,不必给别人说,你知我知就行了。你娃只是报了个名,没上一天学,她林校长凭啥不给你退学费?要是不退,你就寻教委去,她必然退还。不过,你找个借口好说一点。"琳琳妈听说免去一半学费，旭日小学再退一百八十元，给水湾小学缴过，还剩一百多元，就是买几袋面还吃几个月。再说，毕竟在旭日小学上学不方便，便答应了回水湾小学报名。

罗校长用同样的办法，又走了在旭日小学已报名的原来在本校上学的五个学生的家长，动员他们退学杂费到水湾小学报名。

第二天，琳琳妈去旭日小学，对林娜说："真不好意思，对不起。昨天晚上琳琳她姑来电话，让我琳琳回陕北老家上学，我和琳琳爸商量，同意她姑的意见，请林校长给办理退学手续。"林娜说："既然让娃回老家上学，为什么还要报名？按理报了名走人可以，学费分文不退，原因是有不少人还要朝我们学校转，我全推辞了，给他们说教室有限，一个也不能收了，现在，你报了名又要退，这样，我不是把该来的新生拒之门外？"林娜低头想了想：十有八九是罗校长搞的鬼，反正学校招进来几十名新生，教室是否坐得下还是个问题，走几个无所谓。要站高看远一点儿，不能光看眼前利益，留条后路好了，再说路修宽一点儿，总好走一些。于是说："来了欢迎，走了欢送，学杂费全退好了。"王玉玉说："前头插棒，后头看样，报了名再有转走的咋办，我看只能给退少许学费，或者干脆不退，转走的人可能就少了。"林娜说："来去自由，退了吧。"王玉玉在报名册上找到陈琳的名字，在姓名前画了个"√"号，表示退清了学费。

下午又来了水湾村四个家长要求退学费，说要到原水湾小学报名，林娜二话没说，也给办了手续。

黄梅花又一次去了水湾小学，终于领取了两套课本。旭日小学连续两天的紧张报名，转进新生（学前班除外）六十五人，加上原在校学生和学前班总共二百五十四名。一年级和六年级都分了两个班，一年级各班三十一人，六年级一班三十人，二班二十八人，其他年级大多在三十人左右。由于教室狭小，前排桌子挨着讲桌，最后一排桌子距墙不到一米，有好几个年级是一排两张桌子并在一起，坐五个学生，当然坐在中间的无抽屉，这是没有办法的办法，不然，就要挤到教室外面去了。

第三天上课，还来了一个妇女引着小女儿报名上三年级，林娜婉言推辞：教室小，实实在在收不下了，请你谅解！那妇女苦苦哀求再夹再挤也不在一个娃，无论如何请校长收下，说着说着眼泪在眼眶里打转儿。林娜无奈，只好引她去三年级教室看。她看两个桌子并在一起一排坐五个学生，最前一排差不多和课桌对齐，最后一排座位上的学生离墙只能过去一个人，便快快离去。走时叮咛林娜下学期报名一定给她留个名额，林娜满口应承。

学校工作两头忙，开学前累得人要命。林娜虽说忙得连吃饭的时间都很难挤出来，心里却十分快活，看着一大群活泼的孩子，总是笑呵呵的。清算各年级收的课本、作业本费，修订各种规章制度，开会商讨本学期的教学工作，写教学计划，制订教学活动安排，抓纪律教育……她每天早晨往往比老师们早起半个小时，晚上老师们几乎全都睡眠了，她房间的灯还亮着。

第四十六章　除夕自尽

话说张文央求林娜亲如手足的好友彩霞帮他劝解林娜复婚,可结果是水中捞月一场空。这一气还可以使他理解——毕竟他做了非常对不起她的事;他论年龄多半截子已入了土,唯有一个女儿,即使老伴不答应在一个锅里搅勺把,说啥女儿是他的亲骨肉,一定会认他这个亲生之父。万莫想到,她比她妈的心还硬还狠,一口咬定不认他,让他滚。张文这一气非同小可,心如同刀挖一般疼痛,只觉天旋地转,跌倒在地上,老半天才清醒过来,歇了一会儿,便无可奈何地回到了县中学。

此后,张文把心全放在了黄敏身上。他认为,雪要阳光化,仇要恩去解。黄敏同王坤的暧昧关系再也不提它了,再也放不到心上去了,过去的事就让过去吧,要用一颗真诚的火热的心去暖她冷若冰霜的心。黄敏把衣服脱下来搭在绳子上,他就是工作再忙也要抽空给她洗得干干净净,在院子晒干收回来叠好。晚上睡觉前,他倒半盆热水用手试试温度合适端到她面前。她回到他房子或者灶房,他明明看到她身上没半点灰尘,却笑笑说袖子或肩膀头有粉笔末子,便立刻拿扫炕的小笤帚给扫起来,随后又给舀洗脸水,拿肥皂毛巾。只要见到她,硬是没话找话,问这问那,她绷着脸说讨厌,他还是笑呵呵的。至于去水灶提水、洗锅做饭扫地,当然是他姓张的了。两个多月过去了,张文觉得,他的所作所为并未感化她,并未把她冷若冰霜的心暖热。她对他所持的态度是当着众人的面和颜悦色,从没顶撞他半句。当他们两人在一起时,她总是板着面孔,不主动说一句话,即使张文问她什么,不是像馒头似的冷撅撅给几句,便是哼一声了之。

晚上睡觉,她把被子卷个筒浑身裹得严严的,翻身给个脊背做她自己的甜蜜梦。偶尔张文扯她的被子,她展腿就是一脚。

张文有个习惯,不去操场跟其他老师一起上早操,单独一人走出校门沿河滨马路慢步长跑,做一套广播操,做完后返校到教室辅导学生早读。这些天由于心情抑郁,只在河边马路上溜达一圈就往回走了。他仰头远眺,月亮像害一场大病似的煞白煞白地挂在半天上。他望着望着,心里在说,这月亮不是跟我一样吗?顺口吟出了"人有悲欢离合,月有阴晴圆缺"的佳句。谁说与我相似?

它那白花花的色气只是现在的症候,到了夜间将会痊愈,又以红光满面洒向人间;而我何时会精神焕发幸福如意呢?想到这儿,两道泪水从憔悴的脸上流了下来。他用手抹去眼泪,低着头挪动脚步朝前走了几步,忽然看见不远的河面上有一对儿野鸭子相伴逆水而上,仰着头,是那样轻快,那样自如,那样精神。他不眨眼地盯着水鸭,大概是野水鸭看见了他,扑棱棱地朝前飞去,约有几十米远又落在水面上游水戏耍。

倏然女儿张艳和黄敏同时钻进他的脑海。

张艳蹙着眉头说,爸,给我十块钱去街上买药,感冒了头痛得很。他说,身上没钱,校医看就行了。张艳说,我在校医那里买了两块钱感冒药,吃了不顶用。他说,你先上课去,我上完课到街上给你买。张艳一扭身跺着脚出了房门。

不到十分钟,黄敏进了他房子,偏着头咬着舌尖说她一个老牙痛了一整天,说着张大嘴把一个指头放在那颗牙上让他看。他两眼瞪得四圆加八圆瞅着那颗牙,让她放下指头,用自己一个指头去摸,前后轻轻摇了摇,问是这颗痛不?黄敏哎哟一声,慢慢摇就是那个。他从衣兜掏出三十元钱给了她,让她马上去街道牙科治疗。

张文想起这一桩事,站在河边用牙齿啃着他握紧拳头的指关节,自言自语:艳,你爸愧对你,但你总不能不认爸,你是我的亲骨肉呀!黄敏,你这个昧良心的负心人,见异思迁,见异思迁!我到阴间也饶不了你。

忽而,林娜边跑边喊叫的身影又钻进了他的脑海。那年冬季一天清早起来,林娜生火烧水做饭,火生着了去瓮里舀水,干当当的没有一滴,她喊他去井头担水,他二话没说披了夹袄大踏步朝井头走。林娜想到他只穿了件单衣,连忙从炕上拿起棉袄跑出门。三九天滴水成冰,又飘着雪花,她边跑边喊,等一等,把棉袄穿上!他已快走到井头了,当真觉得冷风砭骨。她跑到跟前,亲手给他穿上棉袄,顿时一股暖流传遍了他全身。这当儿,张文在暗暗自骂:你鬼迷心窍!抛弃了结发妻子,上了贼船……忽然间听到了下早操的电铃声,便迈着沉重的步子向学校走去。

时间如白驹过隙,不觉已放了寒假。黄敏给张文打了个招呼便回了娘家。张文孤零零一人在家过了十几天,眼看年关将近,一点儿年货也没买,只等她回家办理。一天过去了不见人影,两天过去了不见面。一直等到腊月二十六,还是一个孤苦伶仃的他。张文急了便去了岳父家,到家一问,岳母说,谁见她的影子来?你们两口子一定又是吵了架,把我女儿气得不知道去了哪里。转眼就过年了,你说啥也得把敏敏找见叫回来,不然,我和她爸就和你没完没了。张文猜想,黄敏十有八九去了王坤家,因为没有证实,就没有告诉岳父母。只是说,临走时黄敏给他说回娘家,到底到哪儿去了,就不是自己知道的了,反正他找找再说。

张文去渭南王坤家,首先见了王坤的爸爸、妈妈,告诉他同王坤在一个学校工作,关系还相当好。他放假补课结束后也回老家,路过随便转一转。两个老

除/夕/自/尽

人见张文也是上了年纪的人了，比自己小不了多少，正想打听打听黄敏的情况，就是没一个相识的。今天张文的到来，确是难得的机会。老婆又是给烧醪糟打鸡蛋，又是把过年准备的核桃、大红枣、糖、花生、瓜子和水果端上来放在茶几上。老汉给泡了一壶观音王茶，摆了一盒红塔山香烟，边吃边拉话。老汉说：

"请问张老师多大年龄？教的啥课？家里几口人？"

张文说："过罢年就是五十八岁的人了，我教的是语文，家里连我三口人。一个女儿在本县医院干护士工作。敢问你家里几口人？多大年龄？王坤是老儿？有对象没有？"

没等老汉张口，老婆笑呵呵地说："现在三口人，王坤他爸六十四岁，我六十平了。有个女儿出嫁已经五年了，王坤是老小，还没有个对象，我天天念叨，他总是说不要你操心，还早着哩。"她给老汉挤了挤眼，老汉会意，双手把热茶捧到张文胸前，笑着说："张老师，你们中学有个教英语的女教师，二十几岁，叫黄敏，在一个学校肯定熟悉吧！"

"熟悉熟悉，你也认识她？"

"认识。不瞒你说，张老师，我王坤正和她谈着哩，看样子，我儿子不十分喜欢，她缠住王坤不放，他也就同意了。我和老婆还没有答应，终身大事嘛，总得了解了解再说。要是糊里糊涂同意结了婚，他们相处很好，我们当然高兴；假如性格各方面合不来，婚后不好好过日子，争争吵吵，后悔就来不及了，你说呢？"

"你是个饱经沧桑的老人，很精明！说的话很有道理。人常说，好事不要忙，何况是婚姻大事。这黄敏到你家来过几次？现在你家不？"

"两次，今年前半年来了一次，住了一星期。前几天又来了，到今天整整七天，今天吃罢早饭，王坤同她一起上街买灯笼去了。"

"你们二老同她接触了这一段时间，觉得黄老师咋样？她跟你们都说了什么？"

老婆挺了挺腰说："黄敏这娃论人样能赶得上我坤娃，她两个的年龄也上下合适，干净嘴甜，见人扑哈哈的，不叫爸妈不和我老两口说话。不过……不过有一回——"她压低声音走到门口，两手扶着门框子头伸出去拿眼一扫，见院子里没人，转身走回来坐在凳子上瞅着张文，声音又轻又细地说，"有一回——是晚上——我去提尿盆准备睡，从房门口走过，听我坤坤问，敏敏，你肚子的那东西是我的还是那姓张的？敏敏说，你算算日子，不是你的是……后面的话我没听清，就走了过去。"

老汉似乎觉得老婆不该问张老师这样的话，咳嗽一声瞪了她一眼。老婆不知是不听老汉说，还是没有猜到他的心意，仍旧继续说："锣鼓听声，听话听音。这话明明是敏敏已结了婚，要不咋会有个姓张的出来？我问坤坤，敏敏到底结婚了没有？他先是吞吞吐吐，后来说没结婚，好像口有点儿软。从这以后我们两个就有些怀疑了。我想结婚没结婚，你们在一个学校肯定知道。"

"黄敏当真是结婚了，她——"张文一句话只说出了个"她"字，这时，黄敏在前,王坤随后进了门。黄敏一看见张文,顿时愣在那里,站着一动不动,嘴里像塞了个茄子,半句话也说不上来。

王坤的脸唰地红到脖根,低声问:"张老师来了。"

张文吸了一口烟,半天工夫才说:"你没想到,我会来吧?"然后又面向黄敏说,"这就是你回的娘家?你妈说,我寻不见你,和我没完,这下我就好交差了。"他的话使王坤的爸爸妈妈大吃一惊,不知所措,你看着我,我瞧着你,简直是丈二和尚——摸不着头脑。说黄敏是张文的媳妇吧,哪有可能?年龄悬殊如此之大,他做她的长辈也合适;说不是他的媳妇吧,儿子为啥见他满脸通红,黄敏见他噤若寒蝉。他们还没来得及多想,张文又看着王坤的爸爸和妈妈笑着说:

"我就是那姓张的,我同黄敏结婚已两年了。"

"张文,我在家闷得慌,出来到同事家里转转散散心,难道犯了弥天大罪?你别在这里挑拨是非……"不管黄敏说得天花乱坠,王坤的爸爸和妈妈此时已经心明如镜,他爸本来脾气暴躁,看到眼前的情景,气得七窍生烟。从凳子上站起来,照王坤的脸就是一个响亮的耳光:

"你把书念到尻子咧!破人婚事如杀人父兄,你知道不知道?把我和你妈骗到今日,再哄谁,还哄你娘老子!给张老师赔情道歉,让人家回去好好过年!"王坤嗵的一声坐在床上两只手抱着头一声不吭。王坤妈歪着嘴骂老汉:"二屎货!有话好好说,动手打娃干吗呀!"说着硬把儿子拉出门,推到他住的房子。黄敏随后也出了门。

王坤他爸对张文说:"对不起,张老师,我和王坤妈都在黑处。你把敏敏叫回去过年就行了,我在周围上下村里可以说是有头有脸的人,绝对不会做对不起人,让人指脊背的事。你尽管放心,我王坤是不会找黄敏做媳妇的,在我手里就过不去。"

张文皱着眉头长叹一声,心里却暗暗高兴,当即起身走了。黄敏第二天回了娘家,张文又从学校去了岳丈家,这天已是腊月二十七日。爸爸妈妈劝女儿回去过年,她不回去,还和张文美美吵了一架,张文无奈只身又回了学校。

除夕的晚上,家家户户都兴高采烈地过年,到处充满了欢乐的气象。站在县中学的最高层第三层,或者三楼过道上向东北方向远望,整个县城尽收眼底。在一片灯光中,远近的爆竹声噼噼啪啪响彻夜空。青黛色的天空一声巨响,各式各样大小不一的爆竹火花闪现在夜空,瞬间像红雨似的下降消失,此起彼伏,看者目不暇接。

张文过年没置一样年货,连对联也懒得贴,只买了几个馍馍。他心情郁闷,哪有心思享受美酒佳肴呢?

除夕之夜,他馏了两个馍,想烧些豆子小米米汤,又懒得烧。馍馏好了,泡了一小壶茶,独个儿坐在沙发上吃。馍夹咸菜吃了多半个便打饱嗝儿,吃下去的朝上反,端起茶杯喝了两口才将泛至喉咙的食物冲了下去。他只感觉心口膨胀,口中无味,索性把未吃完的馍扔到咸菜碗中,背靠沙发唉声叹气。他拿出来

一盒烟，一根接一根地抽着，淡黄色的电灯光像弱视人的眼照着冰锅冷灶的房间，他站起身看着茶几上放着的馍和咸菜碗想去收拾，又没有动手。鞭炮声刺得他耳孔发痛，头脑发昏，此时，万千思绪犹如乱麻般缠着他痛苦的心，各种往事争着抢着朝心里跑，远近死人活人竞相钻进头脑，他下意识地不愿想那些事，想竭力赶走那些人和事，但无济于事。这件事还未驱逐走，那件事又挤了进来；这个人刚刚闪面还没消失，那个人紧随身后。他翻了个身，看见他死去多年的妹妹从门里进来，走到茶几前说："哥，你一个人孤单单的，过大年吃的喝的都没有。走，到我家去过年。"他说："你回去吧，我谁家都不去，死活不离这屋子。"他妹妹说："你教书是个好样的老师，不过生活经验不足，别说我多嘴，你太固执了！当初你迷上了敏敏，只看她模样儿俊，没看她是个水性杨花、喜新厌旧的人，见了姓张的忘了姓王的，爱上姓刘的又想姓李的。你就是把你身上的肉割下来让她吃了，她也不满足。说起来你娶了个媳妇，还不如说你供奉了个奶奶，从长远看，你和她就是勉强生活在一起，也不会有半点幸福，迟不如早，她要离婚，缰绳放长，让她走吧。我娜娜嫂子，你把她抛弃了，傻子傻子傻子，你现在醒悟了，为何不去求她复婚？"他说："我写了一封信给她，还撺到学校去求她，她断然拒绝了，连艳儿也叫我滚。"妹妹说："这也难怪，女儿家对妈妈心最近也最亲，她妈被无缘无故抛弃了，说啥也不会倒向你的。再说，当初你对艳儿如果有对敏敏的一半关爱，她将会促成你们的复婚，不至于那样恨你。"张文默然，只是把眼泪往肚子里咽。妹妹说："快走，别说了，跟我去吃团圆年饭去，把我给你买的新衣服穿上吧！"张文口里说，我有我有，手却接了过来，掂了掂轻轻飘飘的，仔细看，原来是纸糊的衣裳，大吃一惊，原来是一个梦。心想，妹妹死了连皮三个年头了，哪里叫过我去她家过年？又送给我纸做的衣服，这分明是让我去走她走的路。罢罢罢，我也将近六十的人了，就算活了一世人，如今三块石头夹一疙瘩肉，活受罪，倒不如跟妹妹走了干净。怎么个走法？他忽然看见绳子上搭着黄敏临出门时没有系的一块丝绒纱巾，便起了床，从绳子上拉下来，拿着走到门口，没注意倒在火炉旁边的拖把反把他绊倒了，左手恰好把桌子腿后边放着的一个瓶子撞倒，里面装着半瓶子敌百虫液体，这瓶敌百虫是他前年夏季从一家"庄稼医院"商店购买的，只用了几滴便放在桌子腿后边的旮旯里。他拿着瓶子站起来，拧去盖，一仰脖子喝完，扔了空瓶，赶紧穿了前妻林娜那年给他买的皮夹克上床盖着被子躺下了。

　　他喝了药大约有十来分钟，正是除夕夜十一点左右，在学校住宿的薛老师到他家串门闲谝，看房子的灯亮着，大声喊张老师，无应声；推门进去，不见人；仔细瞧张文在炕上睡着。到面前用手一推，听到喉咙响动，再一看嘴角的涎水流湿了枕头，猛一偏头又看见地上有一个没盖儿的瓶子，拿起来摇了摇，无响声；把瓶口朝下，滴答滴答掉了两点，有一股刺鼻的农药味！他吓得浑身打战，飞跑出门叫来两个老师背着张文出了门，好不容易寻了一辆车，风驰电掣般朝县医院驶去。

第四十七章　美化校园

开学后,旭日小学在林娜的率领下,全体老师忙碌了两个礼拜,各项工作基本上步入正轨。

魏云芳炊事员一个人做饭忙不过来,又雇了一个二十一岁的农村姑娘当帮手,烧火、择菜、舀饭、打扫卫生,同时,做学生的管理工作。

林娜既清了王小斌村主任给学校赊的桌凳钱,又付了两院房东一学期的租赁费,还了上学期的贷款和从个人手里借的一部分钱。另外,还给学校安装了电话。

转眼,清明节到来,春暖花开,草木发芽。

林娜召开了"美化校园"的师生大会,学校一声令下,各班立刻上马。中高年级的班主任根据学生的年龄特点,有上完课下午带学生上山挖树苗的,也有动员学生拿花籽,献各种花株的。五年级班主任任侠让她班学生献花和花籽。

五年级女生石爱花,自报献三盆花和一包花籽,同学们接着纷纷举手,你说拿一株,他说拿两株;你喊拿一个花盆,他喊拿三棵树苗。最后统计献花十六株,花盆五个,树苗七棵。

放午学回到家里,爱花给爸爸妈妈说了学校的活动。

爸爸妈妈都很赞成。妈妈说:"拣不好的花拿去吧,反正都是花。花籽多得是,你就拿一包鸡冠花好了。"

"妈——把好的给自家留下,不好的给学校,真正自私自利!端一盆红月季,一盆红牡丹,一盆夹竹桃,这是我养的,就由我!花籽拿鸡冠花就可以。"

"行行行,我娃养的就有权利端。妈妈给你寻花籽去。"她说着就从一个大竹篮里翻来翻去,翻出一包鸡冠花籽。

爱花要端的三盆花的确倾注了她的血汗,是她精心培育的结果。

四年级的最后一学期,石爱花还在水湾小学就读,爸爸妈妈平时给她的零花钱舍不得用,一角角一元元积攒起来。在庄田镇农历三月初三古会买了红月季、四月红、红牡丹等五种花根和四个塑料花盆带回家。

当天下午,她找着小镢头,拿了一条蛇皮袋子上了山,在几棵橡树底下刨去

橡叶和杂草枯枝，**一锼锼**地把沃土刮成一堆，然后拿手朝袋子里装。装了半袋子，把袋子口扎紧，逮住口使劲往肩头上抡，没抡上去，却跌了个尻子蹲，坐在地上大口大口地端着粗气。她歇了口气，两手紧紧捏着袋子口，喊"一、二"终于抡到了肩上，踏着枯藤杂草沿着羊肠小道往山下走。转过两个弯，下了一道陡坡，路边石崖下有一眼清汪汪的水泉子。她靠近泉水，把袋子放在泉水土坡上，两手拢起来一口气就喝了七八口，顿觉口喉甜润。她稍稍歇了一会儿，又背着花土朝山下走。

她到了家里，紧赶慢赶把土装到花盆里，栽花浇水。从此，早晨起床，先把花盆端出去放在窗台上，然后再上学；晚上刚一踏进门槛，书包还在肩上背着，又把花盆端到屋子里来。

她像妈妈照管婴儿一样，细心周到地照管着心爱的花儿。怕它受冷，怕它受热，一天天过去，叶儿变得水绿水绿的，秆儿长得又粗又壮的，各自到开花的时候开放出了艳丽的花儿，散发出了浓浓的香味。爱花端起花盆，把鼻子靠近花儿闻着：好香！漂亮极了！她用洒壶给叶儿枝儿洒水，看着发出的绿莹莹的枝叶、红艳艳的花儿，笑得合不拢嘴。

石爱花叫了两个同学，每人端一盆到学校去献花。

下午课上完后，五年级利用自习时间召开"爱母校献花卉"的主题班会。讲台上横放着两张桌子，班主任任侠指定了两名同学，写上献花者的姓名，以及花名、数目。有献一株花儿的，有献几株花儿的，有献花籽的，有献花盆带花儿的……一会儿就堆放了一桌子。

任老师点了数：花卉三十株，花籽六包，小树苗七棵，花盆六个。石爱花同学献的花卉多，品种好，质量高。

任老师说："同学们想方设法送来了不少花卉，满怀激情地献给学校，真正体现了你们对学校的热爱，为美化校园添了一份力量。大家看这三盆花。这是石爱花献的，水绿水绿的叶儿，又粗又壮的秆儿，鲜艳夺目的花儿，这盆花中王'红牡丹'将要含苞待放了；她还带来了一大包鸡冠花花籽。"

顿时掌声传遍整个校园。任老师让石爱花同学担任花卉管理小组的组长，由她带领大家选出来的八名组员管理花卉。

几天来，五年级同学又献上了十几盆花儿，管理小组除了给他们班教室窗台和门口放了几盆以外，剩下的盆花赠送给了学前班和一、二年级，没有花盆的栽在了校园的小花园里。

石爱花和她的组员们找了十几个最大的饮料瓶子，把细铁丝烧红在盖子上钻了小小的眼儿，装上水浇花儿，的确比浇花的洒壶和喷雾器还要好。一遇到天气反常，她们就把花盆端进房子，只怕花儿受冷。石爱花告诉同学们，不同品种的花儿用水量的多少也不同。一般地说，一次浇透最少管半个多月。他们把浇花水提前放到桶里在太阳光下照射四五个小时，手伸进去，感觉温温的，这样的水温浇花最好。在他们的精心管理和培育下，花儿一天变个样；叶儿一天比一天绿,枝儿一天比一天壮,花苞一天比一天大。

六年级根据学校的安排,主要是栽树,除栽好学校买的松树、杨树和槐树等,班主任还发动组织个儿大的身体强壮的十二名男同学,利用下午大活动时间,到学校对面的老虎沟两边山洼里挖树苗。大家带着镢、斧头、镰刀、绳子站队出发,班主任王玉玉把人分成四个人一组,总共三组,每组指定一名组长。一、一切行动听指挥;二、注意安全;三、以组为单位,不许个人擅自行动。他们扛着工具站着队,王老师在后面跟着,一路有说有笑地向老虎沟走去。

沟洼盛开的山桃花像火一般红,树木长出了新芽,野草泛着绿色,在阳光下显得更靓丽,一股清香沁人心脾。

王老师紧紧跟在活蹦乱跳的同学们后面,在山洼里上上下下寻觅树苗,走了几处看到的不是稀稀拉拉的幼苗,就是苗子过于粗大,不仅难挖而且不易活。一组组长朱建强两手一拍连笑带喊:

"王老师,你看,下面那小沟渠两岸红红的,肯定是结了花骨朵儿的樱桃树,走! 挖去!"王老师和同学们顺他指的方向看去,的确红红的一大片,大家就高高兴兴地朝那里走去。

眨眼到了,一个小小的沟渠全是含苞待放的樱桃树,有一窝儿十几棵的,也有一窝儿两三棵的,还有一窝儿一棵的;枝干有大人拇指粗细,一般地说,凡枝干细的大多是一年生的,皮色鲜嫩;枝干粗的当然是多年生的了,皮色粗糙,还有些脱落。

一组组长朱建强同学索性脱掉衫子,穿着半截袖抢起镢头在樱桃树的根部挖,夹杂着石块的黄土唰唰往下掉,跟在他后边的组员挽起袖子一个劲喊:"你歇一会儿,我来!"朱建强倔声倔气地说:"你们不行!"他接连挖了七八镢头,已见主根,瞅准根使尽全身气力猛地一镢下去,恰巧挖在老碗大的一块石头上,火星迸溅,镢把震得他手掌发麻,他哎哟一声又准备抢起镢头挖第二下。

组员沈江大喊我来,早把镢把夺了过去,瞅准按稳,不慌不忙一镢下去,把主根挖断。大家看主根要断了,都抓住枝干朝上提,连续提了两次都以失败而告终。

朱建强说:"我喊一、二,大家把劲朝一起使,不信拔不出来。"王老师在沟垴上看见了,忙喊:"把一圈儿的细根再挖几镢自己就出来了,不必下功夫硬拔,小心把人闪倒。"

他们似乎没有听见老师的指导声,组长喊:"一′二,加油!"轰的一声樱桃树拔出来了,可六个人就有四个闪到沟底了。王老师吓得吐舌头,赶忙从沟畔往下溜,还没溜到底,那几个同学早已爬了起来,拍着身上的柴草尘土,哈哈大笑:我们胜利了!

三组组长手拿四棵细长细长的杨树苗朝头上一举:"最终的胜利属于第三组,现在已经挖了四棵苗子,你们失败了! 哈哈哈!"朱建强面朝他大声说:"你别高兴过早,非要同你们组见个高低不可,最少挖十棵!"唯有二组同学一点儿

也不声张,默默地挖着。

王老师看太阳离西山顶顶不到一竿竿高了,两只手搁在嘴上做成个喇叭状:"喂!同学们注意听了,赶快收拾好树苗,在沟垴上集合,准备回校。"

同学们扛着树苗顺着石子山径蹦蹦跳跳朝学校跑,王老师被远远抛在后面。落日的余晖照着他们细长细长的身影,伴随着他们的跳动而跳动。

整整一周里,旭日小学的全体老师和三至六年级同学利用大活动的时间,让校园面貌焕然一新。

三年级教室和六年级班主任王玉玉的门前,用砖砌成了一圈梅花眼儿的椭圆形花园,边沿用水泥粉得像镜子似的平展和光滑,左边花园内栽着一窝樱桃树,枝干有指头粗,含苞待放;右边花园内栽着一棵有锄把粗的挺直的杏树,树的周围都撒下了一年生的薇花籽。

校门前,墙外、墙根下每隔两米多远栽一棵树,有倒垂柳、杨树、槐树等,每棵树都用荆棘绑扎护卫,以防路人和牲畜损坏。待树枝叶繁茂成荫时,校园将会被一片绿色合围。

第四十八章　伪装诬赖

　　吃罢早饭,林娜在校门口路上溜达,忽然看见墙根下新栽的一棵倒垂柳倒在地上,保护的荆棘也被撞倒,有几根被拖到很远的地方。她走到跟前仔细看了半天,发现有车轮轧的痕迹,才明白是被车撞倒了。于是回到房子拿了一把镢头,重新掏土挖坑,终于把树根埋好,又将根部的土砸实,摇了摇,稳稳当当。正在干的当儿,一个学生手举一张纸,边朝她跟前跑,边喊叫:"校长,明明……他妈叫你赶紧到她家里去,明明头痛得厉害。"

　　林娜接过折起来的纸打开,上面写着:

　　　　林校长:
　　　　明明让数学老师打的(得)昏米(迷)不星(醒),不吃不渴(喝),干
　　(赶)快来家。

　　　　　　　　　　　　　　　　　　　　　　赵桂花

　　林娜左看右看,好半天才看清楚。心里咯噔跳了一下,我怎么一点儿不知道,这到底是咋回事? 她立刻回到房子,给值周老师叮咛了几句话,骑上车子就朝明明家赶去。

　　到了回龙沟村,她推着车子从一个 S 形的斜坡上去,朝右一拐到了明明家大门外面。大门敞开着,一眼看到明明在院子的篱笆边玩弹弓。

　　"明明,你咋啦?"问话间,林娜已到了他跟前,把车子撑在篱笆旁。明明突然从篱笆边跑下来,看样子是准备往家里跑。林娜逮住他的手腕,左手在他额上来回摸了摸,并不发热,看脸色也正常,便蹴下问:

　　"哪个老师打你的? 打在哪里? 为的啥事? 你一五一十给我说。"他眼皮朝上一翻,呆呆地瞅着林娜,好像有话,要说却憋着说不出来。林娜再三再四问,他才低头看着地面,噘着小嘴儿轻声慢语地说:

　　"田老师打的。"

　　"为啥打? 打在哪儿?"

　　"打到这儿。"他用右手指着头的右半边,原因一句也没说。林娜打破砂锅问(纹)到底,他仍然像哑巴一样,一声不吭,最终只是微微摇了摇头。

　　这当儿,明明他妈从门里出来,扯起沙哑的尖嗓子骂道:

　　"这挨刀子的二屎货跑得想死了——哎,林校长真来了,好好好! 你们田老师真是个二锤子,把娃的头打了个疙瘩,晌午没吃一口饭,迷迷糊糊睡得刚起来,你校长说咋办呀?"

　　林娜站了起来,看明明妈的头发活似生蛋的母鸡刨乱了窝里铺着的麦草,胡乱罩了一头,上身穿着像是蓝又像是紫色的衫子,靠脖子的纽子扣在从上往下数第三个扣眼里,一个前襟低一个前襟高,把腹部露在外面,趿着一双脏兮兮的布鞋朝林娜面前走。

　　林娜心里说,给娃报名那天,她尽管穿得不新还算整齐,今天咋变成另一个人了。便说:

　　"你甭骂,有话好说,真把娃打下青伤、红伤,学校负责看好,明明到底哪里疼?"

　　"骂还是小,该打! 就说我的猴娃娃犯下甚法咧? 你摸他头烧得烫手哩!"林娜把明明的头从额头到后脖子齐齐摸了一遍,并不烧,别说烫手了,光溜溜的也没有什么疙瘩。

　　"一点也不烧,疙瘩在哪儿? 我摸不来。"

　　"从学校回来那阵子有干核桃大,我揉摸了好半天才小了,反正他头疼、头昏。"她说着瞪了孩子一眼,"给你校长指哪里疼? 头还昏不昏?"

　　明明看了妈妈一眼,噘着嘴慢吞吞地用左手在后脑勺按了一下,缄口不语。这儿是林娜摸过的,无须再摸。林娜面向明明妈说:

　　"不管为啥打的先不说,给娃看要紧。你让明明在家休息一下,我去你们村医疗站先请医生看看。"说完便转身出了大门。

　　明明妈一个指头敲着明明的头,斜着眼训斥道:"就说你是哑巴,校长问你哪里疼,咋不张嘴? 快上炕睡下,医生来了,你就打滚滚喊脑脑疼,记下! 不听妈说,小心捶死你!"明明勉强点了一下头。

　　不大一会儿,林娜同汪医生进了门,只见明明在炕上滚来滚去喊头疼,他妈拉着哭声说:

　　"汪……汪医生,你看娃娃脑疼得不行,叫老师打成这个样,你……你快给看看吧!"

　　林娜说:"对,汪医生仔细诊断,马上用药。"林娜看明明脸色正常,一声声喊头疼却没一滴眼泪,再根据他的表情和他妈的言行,猜想他可能是装病,就是田老师打了,也绝对没有那么重。到底是怎么一回事? 她还摸不着热冷,只待医生诊断好了。

　　她眼睛扫了一下整个屋子,墙壁黯然,炕上铺着一块又黑又脏的蓝条纹布单,拉开的被子疙瘩疙瘩活像母猪肚子里有了小猪崽子,锅灶口四四方方比炕口还要大,紧靠案前面一个小方凳上堆着开口的半袋白面,面的左侧是一塑料桶水,除此别无他物。林娜看了这些东西后忽发恻隐之心,心里说,这家里当真可怜!

汪医生先把体温表揣到明明的胳肢窝,让他夹紧不要动,不要喊叫忍着点。明明立马不滚了,闭着眼仰面躺在床上。汪医生接着摸了摸额头,又分开他乱蓬蓬的头发细细看了半天,用手在头上这头压压问,疼不,那儿压压问,有啥感觉,明明只管摇头。他看了温度计是三十六度,低头想了一下,面朝明明妈说:

"体温正常,头皮不红不肿,豆粒大的疙瘩也没有,到底是啥病,我就说不准了。"汪医生问明明,"老师拿什么打的? 打在哪里? 当时疼不疼? 头昏不昏? 要说真话,不说真话,我就在你头上打针。"

说着从背药的皮包里取出一拃长两根钢针让明明看。明明赶忙说拿一根竹子棍棍打的。林娜插话问有多粗多长? 明明说有筷子粗,表尺长。刚打了不太疼,到家里后——他看了他妈一眼,接着说有点儿疼。

汪医生想,头皮无伤,说不定头内受伤,可细细的竹棍,说啥也不会把头打伤的,反正吊一瓶补脑止疼的液体,也不会有啥坏处。于是挂了一瓶液体开了几样药,给明明妈说,观察观察明天再说,看来没有什么大毛病。林娜给医生叮咛了几句,又安慰明明妈不要心急,不论啥病要好还得有个过程,等到明天再看,要是有事,再想办法。

林娜在返校途中,思前想后觉得事情有些蹊跷,为什么她进了院子,明明在篱笆边玩耍? 为什么摸他的头,一点儿也不发烧? 问他头哪儿疼,昏不昏,他只是摇头呢? 为什么医生到他家后不过半个小时,明明在炕上打滚儿喊头疼头昏,而不见一滴眼泪呢? 为什么医生检查诊断说,没有什么大毛病,明明看妈妈的眼色说疼呢? 不信细细一根竹棍儿能把头打昏打疼,甚至伤了头颅内部,看来是明明妈妈让明明装病诬赖老师和学校。

那么,她为何要这样呢?

反正到学校要把事情弄个水落石出再说。

林娜吃了午饭,一个劲反胃,吃了两大丸摩罗丹和一片西咪替丁,又感觉头晕,上床休息了半个多小时,想睡一会儿又闭不上眼,明明的事儿还在脑子里旋转。她索性起来叫来了三年级的班长和学习委员问了情况,又叫了明明的同桌和左右邻居问了问,他们说法一致:

早晨上语文课,田玲老师正讲到节骨眼处,忽然"妈呀!"一声尖叫。一石激起千层浪,老师的讲课戛然而止,学生们的思维中断了,几十双眼朝喊声方向望去。一个叫王芳的女生站起来泣不成声:

"明明……把……把螃蟹搁……搁到我……脖子上。"

田老师憋着一肚子气,拿着教鞭两步走到王芳座位的侧面,看到一个有五分硬币大的螃蟹在王芳面前的桌面上快速地朝边沿横爬。

"没有干什么,那不是它自己在桌子上面爬吗?"明明瞪大眼睛看着田老师

回答。

"我叫你𫘦,站起来!"教鞭从头顶上劈了下来,然后又一拐在他后颈上敲了两下。明明低着头默默地站着,田老师气呼呼的,上讲台又讲课了。

林娜听了后,觉得学生说的是实话,也再没有去问田玲。忽而明明妈的身影在眼前闪现,家里的摆设又钻入她的脑海。

对了,多半是家贫不想交所欠的学费,所以诬赖学校才让孩子装头疼头昏的。真是这样的话,何必无中生有来这一手? 只要你把困难说清楚,这点儿学费我是会免掉的。一只公鸡能驮走的家当,很可能吃了早饭还不知午饭在哪儿,可怜! 这婆娘与其说可怜,还不如说可憎可恨,心眼坏透了!

学费还是要出,只要明明明天没事按时到校就行了。至于田老师,星期日例会上不点名说说算啦。教育也不是万能的,像明明这样的捣蛋学生,一定要严加管教,那些不吃敬酒吃罚酒的学生,老师也只能给好心不给好脸……

再说医生和林娜走后,明明一骨碌从炕上爬起来又到院子里玩耍,妈妈叮咛他别出院子,在门口玩。她在家里做着家务杂活,心想,还欠学校一百元学费,七十元书和本子费。死鬼男人外出半年,杳无音信,一分钱也没给家里寄,一袋面只有少半袋子了,嘴就要挂起来了,拿啥买面呢? 借钱吧,自己是从陕北来的临时在村里住的新户,虽说认识几个人,但平时又无来往,也不熟悉,谁肯借给你? 就是能借下,拿什么还? 亲戚朋友又没一个,对,就是这个主意:明天把娃带到学校,就说吊针吃药,屁也没顶,让娃装着头疼头昏乱喊乱叫,你学校看不看? 说不好,还非让田老师出看病钱不可。

第二天早读电铃刚响,林娜去各年级教室检查阅读情况,明明妈背着明明已到她的房门口了,正好打了个照面。林娜一惊,问道:

"明明怎么样了?"摆手让背到房子。

明明妈把娃朝床上一搁,高喉咙大嗓门儿喊道:

"林校长,你说,咋办?"林娜没有回答,看明明蓬乱的头发连眼窝耳朵都遮住了,脸蛋儿红扑扑的,走到床前用手把他的头发整了整,问:

"明明,你哪里不舒服给老师说。吊了针吃了药,头还昏?"

"说!"明明妈看着孩子凶神一般下命令,又把目光移向林娜,"哎呀呀,哭呀叫呀的,整得我坐半夜睡半夜,眼窝就睁半夜。"

"说嘛,疼就疼,不疼就不疼,要做诚实的孩子。"林娜摸着他的头温和地说道。明明转面看了妈妈一眼,又转回头看着林娜,轻轻摇了摇头。这时,林娜只听身后呼的一声响,她转过头去,明明妈身子一晃跑出门。

此时,明明妈向三年级教室冲去,林娜知道事情不好,叫上路过的任侠紧跟了过去。走进教室一看,明明妈正拽着田玲的上衣领子,就要动手打。田玲脸色煞白,两腿发软,昏昏然如坠云雾之中,怔怔地站着,不知为何会发生这突如其来的一幕。大部分学生都站了起来,目光全集中在明明妈身上。

说时迟,那时快,任侠抬手先给了明明妈一巴掌,一边骂道:"为啥打人? 滚出去!"明明妈不知是被任侠一个巴掌打得镇住了,还是看到林娜已经站在面前,愣在了那儿。林娜连拉带说,有天大的事到我房子再说,她乖乖跟着林娜又到了房子。田玲和任侠也进来了,明明妈坐在床上,两眼直勾勾地注视着任侠,想说什么又没开口,只是动了动嘴唇。任侠坐在沙发上,对明明妈说:

"我是打了你一巴掌,你都打到了学校来了,有什么话不能好好说?太过分了!"

"明明妈,我到、到……现在还蒙在鼓里,你、你到底为什么要打我?我好冤枉!"田玲流着泪哽哽咽咽地说。

"妈——"此时明明坐不住了,走到田老师面前说,"田老师,是我不好,把螃蟹放在同桌的领口,惹你生气,你一点儿也没打疼我。我妈叫我装头疼头昏,以后上课,我再不捣蛋了。"

田玲说:"才是这么回事,反正都怪我一时生气拿教鞭在明明脖子上敲了两下,才惹下这场祸,我向明明妈赔礼道歉。"

任侠说:"没有道歉的必要!这是你,要是我,早把这捣蛋锤锤拉出罚站了!说不定,还得在他尻蛋子上一顿饱打。你田玲本来就像挠痒痒一样敲了两下,又没青伤红伤,他妈教娃装着头疼脑昏,这样的家长不寻她的事,就算便宜了她,何来赔礼道歉?如果家长都像这样,有理无理打老师,这学还能教成?柿子挑软的吃啊,我可是个山核桃,想吃非崩了你的牙不可!我看你是胸脯痒搔脊背,为啥让你家明明装病?"

明明妈本来理屈,再碰上任侠这颗铁钉子,威风早已降了一多半;尤其是自己的孩子戳了自己的马蜂窝,更让她生气。在无奈之下,她骂明明:

"你在家里头疼得要命,非叫我寻你田老师不可,尔格又说我教你的,看回到家里,我揭你的皮!"

林娜扑哧一声笑了,对田玲和任侠说:"你们俩上课去,这事我来处理。"

任侠拉着田玲出了门,把头伸进来笑着说:"明明妈,对不起。我是个直杠子,舌头底下不压话,你趁早回家吧,让娃上课去,事算啦。"

林娜给明明妈倒了一杯茶放在茶几上,说:"喝茶,现在问题明得像镜子一样,谁是谁非,不需要再谈了吧?我的想法和任老师相同,让明明上课去,过去的事就过去好了,咱们都不提它。"

明明妈半天才开口:"明明来学校时当真头昏头疼,这一阵看样子好些,很难说啥时候又疼,干脆到医院检查一下,做个CT看看,我才放心。"

"没有到医院检查的必要,筷子粗的竹子在脖子轻轻敲了两下,能把头打昏?再说,部位就不在头上咋能伤了头?你到底害的啥病?直截了当说出来,咱们商量解决。"林娜说。

"反正得去医院检查,尔格就走。"明明妈还是不依不饶。

"那咱们可说清楚,要是做CT没有毛病,检查费得你出,学校不付分文。"明明妈低头寻思了一阵,自己掏钱,把做饭锅卖了也凑不够。她抬头看着林娜说:

　　"算啦,不检查了。你们老师打了娃,我什么话也不说,不让你校长为难,把我欠的学费和书本子费免了,咱们就扯平了。"

　　"这才是你的病根,我早就预料到了。我看你日子过得困难,按说,辣子一行,茄子一行,学费、书本费和头昏脑晕是没有任何联系的两回事。今天,你说出来了,就免去你的学费。"

　　林娜从抽屉里取出一沓欠条,明明妈看着欠条,立时双眉舒展。

　　林娜继续说,"你别高兴得过早。还有一件事,你如果答应了,免去学费;要是不同意,还得你出。父母就是孩子最亲近的老师,一言一行,孩子都看在眼里,记在心上照着来。威胁吓唬明明装头疼头昏,诬赖学校老师,已经在他心田里播下了欺骗的种子,必须由你亲手刨出来毁掉,只有这样做,才会对孩子有好处。说透了,这才是你对他真正的爱护,也算你和学校配合起来教育孩子的一次具体行动。你知道不? 什么样的家风就会有什么样的孩子。我们要的是良好的家风,盼你给娃树个好榜样,当个好妈妈!"

　　明明妈问:"你叫我咋样做?"

　　"很容易,你现在就给娃承认错误。一会儿下课了,我把田老师叫来,你给她赔礼道歉。欠条给到你手,让孩子上课好了。"

　　"这这这……明明,妈妈错了,以后再不做错事了。你好好念书,听校长、老师的话。"

　　"妈——一会儿我和你一块儿给田老师认错去!"明明小声对他妈说。

　　"对,咱娘儿俩一块儿认错。"

第四十九章 "娟娟"患病

四年级花卉管理小组成员在组长石爱花的带领下,管理养育着几十盆花儿和两个花园里栽种的花草。

他们像父母对待孩子似的爱护和精心哺育,花叶儿一天比一天绿,枝儿一天比一天壮,有的长出了蓓蕾,有的已开出了鲜艳的花朵。课间休息、大活动,总有三三两两的同学凑到花儿面前一面欣赏着,一面议论:这盆花儿叫红石榴,是某某献给学校的;那盆叫四季果,将来结出麻雀蛋大的又红又圆的果子,红果果绿叶叶才好看哩!说着笑着把鼻子凑近花儿,真香!若有人伸手去摸,要是花卉管理小组的同学看见了,会立马大喊:"只能看,不能摸!"那个伸手还没摸到花儿的同学会笑笑对他说:"花儿就是你的命?你看谁摸来?"

一天下午大活动,石爱花等五名小组成员在水龙头上接了两大桶水放在院子中间,每人手拿一个有盖儿的大塑料空瓶子,这是他们做的浇花草的"洒壶",扭掉盖儿放进水桶里,水咕咚咕咚响着泛着水泡,然后又拧上有几十个小眼儿的盖子,对着花草用手把瓶子两边轻轻一捏,几十个眼儿就喷出了细细的水线洒到上面,给心爱的"宝宝"喝了水。

晓娟给一个"宝宝"喂了水,又去给另一个"宝宝"喂水时,突然大叫一声:"快,'娟娟'生病了(每盆花儿都起有名字)!"大家拿着洒壶飞跑到跟前,天哪!"娟娟"(杜鹃花)的叶儿蔫了,花儿萎谢了,愁眉苦脸地蜷着身子。

石爱花急得端起盆左看右看寻找病根,几个组员围在一起仔细端详,看枝条好端端的没有一点损伤,看沃土也不甚干。究竟患了什么病?你一言他一语都没有充足理由。爱花的眼泪在眼眶打转儿,她说:

"到底为啥能变成这个样儿,咱们都说不清。现在,只有去水湾村请花匠张爷爷给'娟娟'看了。事情紧急,给老师请假,立刻去水湾。"

"对,上活动大概一半时间,跑快点儿说不定上晚读就回来了。"晓娟说。

"行,咱俩去。其他人继续浇水。"爱花边说边拉着晓娟的手去给老师请假。几个浇水的都喊着要去,被爱花阻止了。

爱花和晓娟翻过火车道,穿过杨树林蹚过小河,不到一顿饭的工夫就到了花匠张爷爷家里。不巧的是,张爷爷到女儿家去了。爱花和晓娟像霜打了的茄子一样蔫了下来,急得眼冒火星,连声说:"真倒霉! 这可咋办呀?"

张爷爷的老伴问:"花儿生病后变成啥样的,细细给我说 说。"爱花把花儿患病的大概时间,叶儿花儿的颜色、形状说了一遍。张婆婆想了想,问道:"多长时间浇一次水? 一次浇多少? 怎么个浇法?"

"一周浇一次,都在下午大活动浇。一次浇透,叶秆花一齐浇。"

"花盆装的啥土? 啥时装的?"

"山上的沃土,换上新土大概有一月。"爱花说。

"土晒没晒? 放没放杀虫剂?"

"没晒,也没放啥药粉;挖来就放在花盆里,然后把花儿移在里边。"

"对了,我看就是土的事,里面可能有虫,虫咬断了花根,花儿当然受了症。"

"原来是这样,我们不知道,您说的很有可能。请奶奶跟我们到学校去一趟吧。"张婆婆欣然答应,带了一大包杀虫药粉,太阳压山赶到旭日小学。

张婆婆把盆里的沃土倒在地上,用一根柴棍把土拨散,好家伙! 一条虫子红嘴头胖乎乎的白身子,大小形状同家蚕茧壳里的蛹不差上下。再看"娟娟"的"脚"被咬得七疮八窟。爱花一气之下,一把抓起虫子狠命地摔在地上,她和晓娟同时伸出脚用力去踩,只听一声响,晓娟的脚结果了它的性命。

张婆婆说:

"这虫叫剌草,专咬根。很可能给盆子装沃土时,这虫子就成形了,一天天咬着花根,花瓣枝叶才干枯了。"

爱花忙问:"奶奶,这'娟娟'会不会有生命危险呢?"

"我看不会。要在一天内换上新的沃土,然后把杀虫剂搅拌在里边一小勺子,浇上足够的温水,三两天就变过来了。不过,到底是受了亏,开了的花和花苞很难保住,只要活过来,下次开花不会受到影响。"

晓娟问:"其他盆子的花儿再会不会有这种虫,沃土要不要换?"

"这种虫或别的虫或者虫卵都可能有,也可能没有,给沃土浇水时,把杀虫药粉放一小勺儿搅均匀浇过一两次,不仅长成的虫和虫卵会被杀死,枝叶上的虫也会杀得一干二净。盆土就不必再换了。"

爱花和晓娟请张婆婆到班主任房子去歇息喝水,她们到校门外的山上挖一盆土就回来了。

石爱花、黄晓娟、张磊等四名花卉管理小组的同学提着蛇皮袋子和装垃圾的塑料桶出了校门,沿着学校对面竹马梁七拐八弯的石子小径往上跑。刚刚转过一个拐弯,石爱花就上气不接下气地说:"咱们就在这沟洼洼刨沃土,张婆婆等着呢。"张磊说:"这沟洼土不肥。再转过一个弯,那里大橡树底下一尺多厚的沃土,转眼就挖一桶。上!"他们喘着粗气,鼓足了劲又爬上了一段不长的陡坡,张磊上来后就朝那棵最大的橡树底下跑去。其他人也跟在他的后边,这堆荆棘出,那堆梢子入,麻利得像猴子似的。树下稀稀疏疏长着有指头粗细、一人多高的荆梢,还有铺在地上的黄绿相间的野草,橡树落叶堆积起的厚厚的腐土,围着橡树一圈,有几丈宽。他们几个把装沃土的塑料桶和袋子一甩,跪在上面刨了起来。

太阳快钻山了,几个娃娃满载胜利的果实回到了学校。

"张婆婆,我们把土挖回来了!"爱花喊叫。

"好,来了来了。"刘睿和张婆婆一同出了房子,张婆婆指导大家把沃土里的树叶草根石砾都拣出来,拌上药剂装了多半花盆,又把虫子咬伤的根部剪去,然后栽到盆子里,浇足了水放到窗台上。剩下的杀虫药粉送给了石爱花。

晚霞烧红了西边的半边天。刘睿老师和石爱花把张婆婆送过火车道,望着她远去的背影喊道:"小心点儿,过桥慢点儿。欢迎再来!"

张婆婆转过身子一面摆手,一面笑着喊:"你们回去吧,这桥我过了几百遍,有啥怕的嘛!"

「娟娟」/患/病

第五十章　命途多舛

六年级张春娟同学的母亲李梅英跟人私奔了,爸爸寻了半个多月不见踪影,只好又去外县原来打工的那个私人煤窑继续挖煤。

张莹老师向春娟的爸爸张木头提出她来照管春娟,一来她和李梅英是初中同学,二来她又是春娟的班主任,说啥也不能让一个无人照管的女孩子失学。

春娟在学校灶上吃,晚上同张老师睡在一个床上。开始不习惯,总觉得有点儿拘束,说话做事处处小心,慢慢地也就坦然了。她是个十分聪明的孩子,暗暗告诫自己:学习上要刻苦努力,生活上要积极主动,在姨姨家(称呼张老师)要听话、勤快,不能给她增添很多麻烦。早晨起床,她叫张老师先洗脸刷牙,自己把两床被子叠得有棱有角,然后用被巾盖好;用扫炕笤帚把床单扫得平展展;抹凳、扫地总是先下手,张老师往往落在后边。

一次放午学,张老师送学生回家时,下起了大雨。春娟看天暗了下来,头顶黑云低低垂着,零零星星地滴雨点,就赶快提着张老师的雨鞋,打了一把伞朝路上跑去。霎时大雨滂沱,正好碰上张老师。师生二人打着伞回到了学校。

张莹对春娟的照管可以说胜于妈妈。晚上,春娟趴在放作业本子的条桌上学习,张老师在办公桌子上看书,批改作业或备写教案。春娟遇到"绊脚石"时,总是张老师帮她搬掉;春娟的作文常常是张老师面对面批阅,张老师一般是一个礼拜洗一次衣服,大多在星期六下午或者星期天洗。原先只洗自己的,现在除自己的还洗春娟的衣服,实际上是两人合洗。一般是张老师洗,春娟往晾衣绳上搭。当张老师星期天回家时,春娟就把张老师的衣服晒干叠好压平压展。

这天,春娟收到了一封信,她跑出学校大门,在一棵槐树底下背靠着树身拆开信看:

　　娟:
　　妈想死你了! 我的亲女儿。妈吃了屎,妈喝了迷魂汤,抛弃你远走他乡,让我娃受苦! 妈对不起你,实实在在对不起你,不配做你的母亲。在家里整天泡在麻将摊里,不管你学习,不管你生活,你饥一顿饱一顿、热一顿冷一顿吃了去上学。我该死,该死!

娟,妈没资格劝你好好念书。我知道,你爸忙着干活,现在谁来照管你? 如果不如意的话,就让你班主任张老师照管你,在她那里吃住,一定要听话。我实在不好意思央求她,你替妈说说好了。就说我妈说了,变驴变马迟早要报答她的深恩。我不久就会回到你的身边。

春娟连着看了两遍,发现妈妈的泪水掉在信纸上,那痕迹明显存在。此时,她的眼泪也扑簌簌涌了出来,硬是咬着牙没有哭出声来。她掏出手绢擦了眼泪,悲喜交加地去了班主任房子。

张老师正在批改作业,春娟把信给了她。她接到手里一看,信封上是张春娟的名字,便问道:

"谁给你写的信? 我有必要看吗?"

春娟说:"有必要。"张老师看完信,让春娟对面坐着,把信纸装在信封里,交给春娟。

"你这下可以放心了,妈妈就要回家啦!"张老师说。

"我妈回来?"春娟轻轻摇了摇头表示可能性不大,"说回家,为什么连她在什么地方都没写? 我想不通。"

"有啥想不通的,信上写了地址,你和你爸寻去是有风险的,这实际上,是你妈妈对你爸和你的保护。"春娟低头想了半天觉得张老师说得似乎在理。

只说李梅英跟贺光明私奔的第五天,庄田镇小煤窑矿长才发觉工头老贺骗去了工人们的血汗钱携款出逃,立即将情况报告镇派出所。正在这当儿,张木头也把媳妇跟人私奔的事上报镇派出所。派出所立马派人到煤窑调查。调查结果是:贺光明确实骗走镇小煤窑四万元修建款,未给工人开支分文,同王家坪张木头(原名张昌)之妻私奔老家去了。几个知情的工人只知贺是杭州人,究竟是市内还是郊区,详细地址不明。派出所给杭州方面打电话协助调查此案,半个月后,杭州方面来电查无此人。如此,这个案子便放下了。派出所出面协调小煤窑和工人,商议决定,最后的粉刷工序由该工队工人完工,煤矿给工人开支两万元。竣工后,该矿副矿长拿一万元,煤窑拿一万五千元,由修建单位一次发给民工。

贺光明和李梅英坐火车第二天午后三点到达杭州车站。贺光明说,杭州是好地方,尤其是西湖值得一游,提出住一个礼拜后再回家去,李梅英欣然同意。他们找了一个不显眼的小巷里的私人旅馆住了下来,一连三天游景点,逛街道,大吃二喝。梅英心里在说,不枉到人间天堂来了一趟! 第四天去游览西湖,他俩租了一只小船,坐在里面,船缓缓游动,两边细细的涟漪向外扩散,放眼望去波光粼粼,凉风拂面,心里犹如鸡毛扫过似的舒坦。朝左看,不远处是一小山,上面耸立着一座宝塔。贺光明饶有兴致地讲起了白娘子的故事。梅英边听边看,问这问那。船徐徐而驶,进入一开阔水面,梅英问:

"这里是啥地方?"

"是叫断桥。有一出戏叫《断桥相会》,你看过没有? 许仙和白娘子就在这里会面的。"接着他又胡吹乱扯道,"我前多年到西湖游览还见到许仙送给白娘子的那把雨伞,不知现在那把雨伞在哪儿?"

一个多小时的船上游览,梅英觉得好像到了仙境,高兴得合不拢嘴,认为她眼里有水,瞅了一个有钱的又把自己当宝贝一样的人,真正是掉到福窝窝了!

下了船,他们又在湖滨一家照相馆照了相。两人一前一后站着,他的右手搭在她的右肩上,左手拉着她的左手,眉开眼笑。

照完相,沿着一条光滑的各色石板铺成的小道才走了几步,迎面碰到一人,穿着一身蓝西服,白衬衫,脚上的皮鞋明光光的可照出人影。不足的是麻子脸,秃顶,两瓮瓮粗、一瓮瓮高,走路左摇右摆,站在那里比梅英的肩膀还要矮一头。这人连笑带说:

"老贺,今天碰到你,真没有想到,万幸万幸!"贺光明右手在他的肩膀猛拍了一下,有说有笑:"遇到财神爷了,可喜可喜! 你到杭州又做什么生意?"

"做啥生意嘛,在和平路批发了一些服装,顺便也到西湖游玩游玩。这位是——"老丁瞅着梅英问贺光明。

"她是我新娶的那一口。你看如何?"

"哦,原来是嫂子。一看就是个精干人,恭喜! 恭喜!"三人说说笑笑来到大路上,雇了一辆出租,来到老丁住的万胜路聚缘酒店。老丁花了三百元摆了一桌酒席招待他们两个。吃罢之后,几个人又乘出租车去了他俩住的旅社。当然是贺光明待客了,他买了花生、瓜子、核桃、红枣、水果、软糖等,又买了两盒"红塔山"香烟、几瓶啤酒、饮料,放在柜桌上。他们把桌子抬到两张床中间空隙处,老贺请老丁坐在一边,让梅英挨着老丁坐,他坐在对面的床上。老丁说:"这样安排实在不当,你老哥娶新娘子是大喜事,两口挨着坐在一边,我是客,坐在你们的对面侍候才对。"梅英说:"你来我们这儿才是客,老贺和我陪你才是正理。"三个人都笑了。

老丁首先给老贺斟了一杯啤酒,双手举到他面前。老贺一仰脖子灌了下去,把杯子口朝下,不见一滴。他说:"看见了没有? 不管是谁,滴一点罚三杯。"老丁点了点头,又斟了第二杯,老贺仍旧一饮而尽,半点未滴。老丁又斟了满满一杯,双手毕恭毕敬送到梅英手里,瞅着她笑得眼睛都挤实了说:"嫂子请接兄弟这一杯!"梅英说声好,端起杯子也一饮而尽。老丁又斟了第二杯,梅英看了看笑笑说:"我不习惯喝这个,喝半杯就行了。"老丁说:"你的酒,兄弟的手,舍不得喝,我买酒好了。"梅英方才接住杯子,上下牙对齐只留一条细缝,慢慢地老半天才喝完,把口朝下未见滴点,自豪地猛一下把杯子蹾在老丁面前。老丁自斟自饮也喝了两杯。老贺说停会儿再喝,梅英不习惯喝啤酒,就喝饮料吧。

三个人喝着吃着说着笑着,大概有两个多钟头,已是深夜一点多。梅英两眼不时在打架,身子好像抽了筋似的坐在那里东倒西歪,这时才散了摊子。梅英和衣倒在床上，就打起鼾来了。老贺和老丁商量好明早到城北车站碰头，乘长途客车到老丁家里玩一天。

到了地方，大多家户已吃了午饭，相互串门拉闲话，由于是农历十月下旬，正是夜长天短的日子，太阳的余晖遮盖着整个村庄。

那人姓丁，这里叫丁家峁村。这个村有百十户人家，地处一块半坡的土台之上。村前一条河将村子多半人家包围了，然后又向东流去，站在村子的最高处俯视，河流如同一个巨大的"S"。村民上地赶集大多都坐船，差不多每家每户都有一艘船；村民基本上都姓丁，加上所处高地的地形，所以叫丁家峁村。

老丁家靠河边住，三间平房、四间木板房，家里一共三口人，还有个五岁的小女孩，年近七旬的老母亲。

老丁让老母亲烧了半锅藕汤，做了一锅米饭，以鱼肉为主烧了三个菜，开了一瓶葡萄酒和一瓶白酒。吃喝完毕，坐了大半天，都觉得浑身乏困，便安排早点儿休息了。

老丁将梅英和老贺两人安顿在粉刷一新的平房里，梅英进门一看，心满意足：靠门口是一张新三屉桌子，桌子靠门那头放两把竹圈椅，靠门处是玻璃茶几，草绿色带红花的立柜，上面摆着一台十四英寸的彩电。大立柜后面是一张双人床，铺得厚厚的，红色金丝绒单子平平展展，叠得有棱有角的两床新被子靠在床背上。床前挂着方格布拉帘。整个房间清洁朴素，美而不艳。梅英暗暗称赞：这老丁看人真不起眼，房子摆设还是像样，看来，的确还是个有钱户，难怪老贺初见面就叫他财神爷。

梅英看着猛回头不见老贺，喊道：

"人哩？咋不见影子咧？"门外老丁一脚踏进门，笑着说："嫂子先坐，我和贺大哥去门口船上抬一筐菜，马上就来。"

大概有一顿饭的工夫，还没见老贺和老丁的影子，梅英出门去瞧，老丁从木板房左面的窄巷道走来，笑嘻嘻地说："对不起，让嫂子久等了！老贺上厕所去了，一会儿就到。"他打开电视，梅英坐在沙发上看。老丁转身嗵地把门关上，像碌碡似的滚到梅英跟前，一面搂她的脖子，一面嘿嘿笑着软语温存地说：

"英，乖乖，你是我的媳妇了，我掏了两万——"话还没落点，梅英尖叫一声："天哪！"倒在沙发上不省人事……

再说洛宜县中学除夕晚上十点多，张文老师在他的房子喝了农药。薛老师发现后，立即叫了另外一名老师，寻了司机火速拉往县医院。

到了医院大厅，薛老师喊叫张文，还是没应声，用手电照了一下脸，脸发青，口角涎水直流到脖子。薛老师立刻朝急诊室背，张文浑身软得就像散了骨架似的，头直往一边倒下去。司机说："薛老师，赶快把腰弯下去，让人缓缓趴在脊背上，头挨着你的后颈，我在后面扶着。"薛老师立马低头弯腰，两只胳膊放在身后，让他缓缓趴在自己的脊背上，跑向急诊室门口。医生问："吃了什么，有多

少?"薛老师说:"不知道吃的啥药,药瓶上没有标明,反正瓶子有擀杖头粗,小拇指头长,不知道里面装了多少。我把瓶口朝下,底朝上滴了两滴药水。"

"吃药到现在多长时间?"

"可能是我到他房子前,他才吃的药,到现在有半个多小时。"医生把张文眼睛掰开,照着手电看了看,立刻开了药方,让马上去药房取药。薛老师让司机和另外一个老师看护病人,他拿着药方向药房跑。

这时,那位诊断医生从病房又叫来了一名医生和一名护士,给张文洗胃、吊针,过了大约一个小时,张文脸色由青变黄,人也开始清醒了。你问他话,他心里明白,能摇头表示,但说话还很困难。

薛老师几个人轮流看守,第二天大年初一,去医院门口一家门市买了过年蒸的白馍,又提了一壶开水,就算吃了年饭。

第二天早饭时间,张文就能说话了。不过浑身瘫软,只能躺在床上。腹部同脊背几乎贴在一块儿,差不多只有一手掌厚。薛老师去病号灶房,只有一个炊事员,说病人能回去的都回家过年了,整个医院连你们送来的病号一共三个。薛老师向炊事员讨了一点儿小米和绿豆,动手在小铁锅熬。

三个人留下一个老师照管张文,司机拉上薛老师先去寇校长家汇报张文住院的情况。

寇校长听了,立即派人去黄敏的娘家告知她,让她赶快去县医院。派去的人到了黄敏娘家。她娘听说张文服了毒在县医院,病情严重,生命危在旦夕,先是吃了一惊,随即就心不在焉。既而紧锁眉头,嘴一扁拉着哭声说:"有啥想不通的事,让你去寻短见,有个三长两短,你说咋办呀!"从眼角硬挤出了几滴眼泪以后,这才去了县医院。

张文的病情一周以后有所好转,一天三顿饭,一顿吃半个馍喝一碗米汤。人扶着可以下床走,看望的有本校的老师,还有朋友、学生……黄敏开始几天还能看过眼,张文可以下床拄着棍走了,她差不多是撂了挑子:医生叫家属谈话或者签字,也寻不着她,取药交费也不见她的人影,都推到薛老师身上。

住院半个月,张文病情大有好转,他一心想在开学时回学校工作。过了几天,黄敏和薛老师在开学初都回校了,换了总务上一个闲职人员照管张文。

林娜在开学后的第三周,才知道张文喝药的事,开学第三周星期五,她和女儿张艳去了省人民医院。她叮咛张文心放宽别朝窄处想,等病真正好了再上班。又劝他凡事忍让一点,黄敏毕竟年轻,性子暴一些。你们结婚木已成舟,这辈子好好过下去算了,临走时还给他留了一千元。他泪如泉涌,逮着她的手,一句话也说不出来。临走时,张艳叫了一声爸,张文不知是兴奋还是痛苦,张着口瞪着眼,像木头人一样看着女儿一动不动。

前面说到梅英喊了一声"天哪!"身子从靠背上滑下去昏迷不醒,只听喉咙嗝嗝响动,好像是痰涌在那儿。老丁吓得浑身打战,稀疏的头发像刺猬毛一样根根竖立,抱着又是摇又是叫,又是把一个指头擩进她的嘴里从喉咙掏痰,弄了老半天还是不管用。她紧闭双眼,浑身好像没有骨头似的软瘫在床上。

老丁扯着杀猪般的嗓子喊他妈,他妈从厨房出来,看着浑身软瘫几乎断了气的新媳妇,也吓得面如土色,着急地前后转圈圈。老丁大骂:"你是死人! 还不赶快叫李医生去!"

李医生是丁家峁村人,是本镇中心医院退休的老西医。没有多大工夫,李医生来了。他赶忙用听诊器检查,内脏各器官正常;又摸了脉,低着头想了想,说:"这病是受到了猛烈刺激,气到极点痰涌上咽喉,致使头晕、气流滞塞。痰吐了,静睡一会儿就好了。"

他让老丁把梅英放到沙发上,然后让翻身趴着,腿伸展,胳膊也朝头前伸开。李医生在她的脊背猛拍了两掌,她哇的一声吐了两口清痰。又叫老丁扶她侧面睡着,这时梅英长长嘘了口气,微睁双眼。

突然,梅英坐起来连哭带骂:"贺光明是骡子下的驴生的,我,我要报仇! 要报仇! 要报仇!"她喊叫着跳下床朝出跑。

老丁猛一下搂住她的腰,说:"梅英,你别太冲动! 报仇可以,咱总得商量个报法。我和你一起报仇,一个人咋能成?"梅英又是跳腾又是骂:"商量你妈的狗屁,你们合伙想害死老娘,狼吃的王八蛋! 老娘要走!"

老丁个子小,眼看梅英就要挣脱,便用两只手牢牢逮住她衣服的前襟。她弯腰想咬他的手,嘴伸不到那儿,于是用手狠狠挠抓老丁的手背,顿时老丁手背现出几道血渠,血从手背流到前襟。老丁此时只管用尽吃奶的劲搂抱,哪里感觉到手背疼痛血流不止呢?

李医生听老丁他妈说,儿子娶了个媳妇,进门没一天就得了猛病,够苦命了。他立马背起药箱子到了丁家。

发生的这一幕使他猜到十有八九是老丁从人贩子手里买的。他在肚子里说自古"金娃配银娃,西葫芦配南瓜",老丁这个有粗细没高低的瓮瓮货,竟然能寻到这样一个年轻漂亮的媳妇,肯定是兔子的尾巴——长不了。心里这么想口里却说:

"我姓李,是本村人,退休后又操旧业。别说本村,就是方圆百十里的人差不多都认得我。谁家的饭没吃过? 谁家人有病没看过? 你不了解我,你家老丁知道,我是个路遇不平拔刀相助的人,最同情被人无故欺压之人,也最恨蛮不讲理、行凶作恶之人。你有啥苦衷尽管说,也许我会给你助一臂之力。假若不吃不喝,去寻短见,你的仇怎么报? 那不是一句空话? 老丁这人虽说个子矮一点儿,可不十分低;论本事不拿远处比,在咱们村也是数一数二的;人品最好,扶贫济危,从来没跟任何人红过脖子胀过脸;家里经济宽裕,在村东头办个砖瓦厂,收入可观,谁见了不是老板长老板短的? 他从前那个媳妇没有享福的命,刚到好处出车祸走了。说真的,你跟了老丁也算是掉到福窝里去了。闲话不说了,嫂子,你就把苦水朝出倒吧!"

梅英挣扎了半天，浑身上下乏得没一丝力气，仍旧躺在沙发上一口口喘着气。老丁坐在她跟前，右手逮着她的左手。梅英拿眼看一下医生，然后又把眼闭上，一句话也没有。

老丁说："兄弟，你不是外人，我就把梅英怎样到我家的情况说给你听好了。这个贺光明，他说他是安徽颍上县人，究竟是哪里人，我也不知道。去年开春带了几个人在我的砖厂干了一月半活。时间长了，都熟悉了。一天中午吃罢午饭后，他来我家要求换机砖线，说线旧了，有好几处漏电。我答应他把线买回来，明天上午换。临走时，他对我说，老板，我们几个人干了快二十天的活了，大伙儿都认为，你这人不错，干了三天两后晌，就给每个工人借一百元零花钱；生活也不错，每周最少吃一次肉；谁有个小病，及时把药买回来送到病人手里。说实话，我老贺外出给人干活好几年了，像你这个看得起下苦人的老板还不多。难怪大家干得起劲，两天的活差不多一天就干完了。说来说去，你算个聪明人。不过，听说你失了家，说啥也得再续一个。一个三四岁的小娃让七十多岁的老奶奶抓养，实在够受了。我常出门在外，认的人多，见的世面也广，或是从我安徽老家，反正不管哪里给你瞅一个，老哥，你看如何？我笑了，像我人丑，还有一个小娃，谁会看上咱？你能为老兄着想，谢谢你的好意！我想，出门人嘛，见啥人说啥话，不过说说罢了，只要离开你，肯定忘得一干二净。干了一个多月，活完工了。老贺走后一年多，到底在什么地方，谁也不知道，我也没有必要打问。谁会想到上周星期三晚上，我正准备睡觉，电话铃响了，原来是老贺来的电话。说他在陕西包了一项工程，瞅了个陕北媳妇，人样俊又聪明，三十出头，男人下煤窑身亡，想找一个人品好、家庭富裕、四十岁上下的配偶。我看和你相配，你准备两万元礼钱，这几天我给你带回来，在杭州西湖见面。我拿了两万多元，按老贺说的日子到了杭州，又按他通知的时间准时到了西湖，见面后，我一眼就看中了梅英。晚上，在我住的酒店，我摆了一桌酒席招待老贺和梅英。席后又去了老贺住的旅馆，老贺买了些糖果之类，还有啤酒饮料，我们边吃边喝边拉闲话。梅英乏了，又多喝了几杯饮料，便倒在床上。老贺给我挤眼，摆手示意让我到外面去。我和他走出房子，在饭馆的包间亲手交给他两万元礼金。第二天到了家，这才多大工夫，老贺就溜了。"

老丁说着，梅英听着。根根蔓蔓，酸辣苦甜，百味攻心，恨不得把老贺一口咬死，方解心头之恨。又想，自己已陷进污泥坑了，要是使尽浑身的劲乱扑腾，会越陷越深，以至于稀泥水把我呛死，这恨这仇怎么去报？事到如今，还是慢慢来，暂时把老丁哄住，等我了解了老贺的情况，报了我的深仇大恨以后再做打算。她微微睁开眼瞅着房顶说：

"事情已到了这步田地，要叫我跟你老丁过日子，必须答应我三个条件！"

"只要你梅英做我的媳妇，和我一心一意过日子，别说三个条件，就是三百条，我也答应。你说说哪三个？"老丁拉着她的手和颜悦色地说道。

"第一条，我要有人身自由。比如，到村里家户串门，到街上、县城游玩，你不能阻挡。第二条,把你知道的了解到的老贺的一切真实情况老老实实告诉我。比如,他的真实姓名、住址,都干了啥伤天害理的事。第三条,暂时不能同床。待老贺被公安机关逮捕后,再正儿八经举行婚礼。"

老丁两手搂着头想了半天,第一条给自由可以,她出外走到哪我跟到哪,不信她能长翅膀飞到天上去。第二条要了解老贺的一切,这确实比上天还难。和他在一起的人全部走光了,谁知道他住在天南还是海北,到底是不是叫贺光明,也很难说;至于他做的坏事,我全在黑处,一点儿明缝也没有,就是公安着手,恐怕也一时弄不清楚。这一条不能答应。又一想,答应她也行,就说慢慢来,走一步看一步。第三条不能同床,那我要她干啥? 有了,人是最有感情的动物,以好心买好心,不信不能动她的情,不信钻不到一个被窝里。他想到这里,却未开口,看了李医生一眼,意思是看他对媳妇提出的三个条件有什么看法。

李医生反问道:"你对你媳妇提的条件抱什么态度?"老丁说:"我还没想好,先听听老兄的意见。"

李医生说:"这本不是我来答应的问题。人说'遇官司说散,遇婚姻说合',叫我说,你媳妇提的三个条件并不苛刻,直接间接都是为了跟你结婚。你老丁就爽爽快快答应了吧。凡事都有困难,都会遇到阻力,天大个窟窿,地大个补丁,再大的困难就像一河结冰的水,总有消的时候。有什么可怕的,你就答应你媳妇吧!"

老丁两只手搭在秃顶上猛然向下一抹:"梅英,我答应你提出的三个条件!"

"那好,我暂时就算你的未婚妻了。"这一句话,逗得李医生和老丁都笑了。

丁家峁村的人,男男女女都在私下议论老丁的媳妇李梅英。有人说,老丁上一辈子把香烧到炉里了,娶了一个论人样有人样,论孝心有孝心的媳妇,真是人的命,天注定! 也有人认为,老丁这几年腰粗了,手里有的是钱。那娶来的新媳妇对婆婆比亲生女儿还要好,恐怕是黄鼠狼给鸡拜年——没安好心。哄他的票子到手,就远走高飞了。

梅英进门不到一月,无论是对家里人,还是村上人,都是一团和气。未启口说话先满脸堆笑,话说完了,笑脸还未收敛。

一次,婆婆从地里回来提一筐菜朝回走。梅英知道她去了菜地,估计了回到村里的时间,出门去接。结果在当村里碰见了。她边笑边小步跑边问婆婆:"你临走没看天气要刮风下雨? 我给你拿了夹袄,快穿上!"说着把上衣披在婆婆身上,夺过菜筐自己提上。婆婆喜得合不拢嘴,连笑带说:"不冷,不冷。"村上人见了老婆说:你娶了个好媳妇,比女子都疼你。

开始,梅英有事外出,或者串门到村里谁家,老丁总是跟在屁股后边。梅英上地他上地,梅英上街他上街,反正左右不离,只怕飞了。慢慢地老丁松懈了:一则他很忙,二则有人和他开玩笑说,先人手里没见过好媳妇,你就拴到裤带上,不然,人就跑了。

晚上,梅英对他说:"你就像我的尾巴左右不离,跟来跟去不相信我,我是你

的媳妇还是犯人？我真心要走，你就是用一尺长的大锁子把我锁到房子，锁了身子锁不住心，我上吊抹脖子也就是了。"从此，老丁就很少跟她了，她上地外出，想啥时回来就啥时回来。不过晚上睡觉把被子卷一个筒，两边压在身子底下。老丁去拉她的被子，她猛踢两脚说：逮不住贺光明，休想挨身。所以两个多月来，老丁连她的毛儿也没沾。

梅英在家给女儿张春娟写好了一封信，又给原籍庄田镇派出所写了检举贺光明的材料，都装在裤子兜里。第二天，她给婆婆说，她身上不干净要去县医院看。婆婆满口应承，叫儿子给了三百元钱，送梅英上了车。

梅英把信和材料都用双挂号寄走了，给婆婆买了一双布鞋，给老丁买了一身线衣，在街上溜达了一圈，就乘车回家了。

梅英这次外出以后，婆婆和老丁更放心了，以为她真心实意要做媳妇了，不仅由她随意走动，想去哪儿就去哪儿，还把半个掌柜给了她。

年后农历四月份，李梅英只身逃出丁家，回到了离别将近半年的王家坪村。

第五十一章　硬顶讹诈

旭日小学开学初安排了第二课堂教学活动,每个老师和各年级都发一份表格,贴在办公室和教室墙壁上,师生人人皆知。活动一般是两周开展一次,诸如诗文朗诵、作业展览、数学竞赛、写生字拼音比赛、羽毛球赛及乒乓球赛等。每次活动完毕,都要进行总结,给优胜者颁发奖状,并且奖给字典、油笔、钢笔和本子等学习用品。

第九周星期五下午自习时间,安排三年级生字拼音比赛。语文教研组组长张莹事先让三年级班主任兼语文课的田玲老师拿出具体比赛内容和办法,星期三教研组会议讨论之后,就作为正式比赛的内容。

教研组会议上,田玲把内容和办法宣读了以后,大家热烈讨论开了,基本上是肯定的,个别地方根据大家的意见做了变动。

这个活动的名字叫"三年级写生字、拼音比赛",具体安排是:组长张莹主持,闫红、王玉玉考核,刘睿记分。参赛者分两组,一组是语文学习后进生,一组是除后进生外的全部同学。结束时由组长公布成绩名次,语文老师讲话,优胜者代表讲话,教研组长做总结发言。

星期四下午自习,张莹正在林校长办公室汇报星期五下午要开展的"三年级写生字、拼音比赛活动"安排,突然进来三个人,林校长看了看,全不认识,让他们坐下,问:

"你们是哪个单位的? 有啥事?"

一个瘦长脸高挑个儿回答:"我们几个是咱镇物价所的,来查查学校收学杂费和开支等情况是否合理。"

林娜笑道:"原来是物价所的,一步近邻,不打交道,还认不得呢。"她边说边取烟泡茶。那瘦长脸给林娜把另外两个人也做了介绍,一个是会计兼出纳,叫李军;一个是张林,才调来的。李军接着他的话茬说:"这位是所里办公室主任,姓陈。"

陈主任说:"这是我们的业务工作,希望校长理解配合。"

林娜说:"好,你们要查什么,我取;要听汇报,我说。"

"林校长是爽快人！请把收费证、收学杂费的册子、账本，还有支出收入所有发票都拿来。"陈主任说。

"请看，这是工作证。"李会计把工作证放在茶几上，其他两人也去衣兜摸。林娜瞟了一眼笑了笑说："不看了，虽说我不认识你们。"说着把报名册、账本从抽屉取出来放在茶几上，"请检查！边吃边喝边工作。"

陈主任安排："李军，你看账目，张林看发票，我看报名册。"他拿起报名册还未打开，又看着林娜说，"收费证也拿出来。"

"没有收费证。"林娜靠在办公桌侧面说，"一个人管理几百人的学校，事情千头万绪，忙得人连吃饭的空也没有。整天念叨着去物价局办理，就是抽不出工夫来。不过，你可以看报名册，学前班一个学期学生收学杂费一百元，一至六年级收一百八十元，我认为是合适的，也没出格。

"咱县几所私立小学的收费，我都清楚，举几个例子：南塬乡曙光小学是办得较早的也是较大的私立小学，和我校收费相同。县城向阳私立小学一至六年级二百元，每生比我校高出二十元。你们调查好了。"

陈主任慢慢地一张张翻看着报名册，等林娜说完后，他不紧不慢地说："一个年过半百的人管理一所二百人的学校，当真忙碌辛苦，这我完全相信。不过，再忙也要办收费证，按规定，没有收费证就是不合理的收费，别说每生收一百多元，就是收十元也不合理，没有根据嘛。"

"恕我直言。不以事实为根据，只讲形式，你的看法，我不能苟同。我认为，我校不算超收费，只是没办收费证而已。"

陈主任说："没收费证，就是没根据，没根据就是乱收费，乱收费按规定就要罚款。"

林娜说："要根据可以，我们马上补办，总可以了吧。"

"好，要马上补办。可是补办不能代替今天的罚款，要是在检查前办好，当然就不存在罚款了。"

"你说这话就没道理，存心和我过不去。办什么事情都得从实际情况出发，离开事实都是歪理。别说学校没钱，即使有钱，也绝不接受你……"

林娜还没说完，出纳李军接了话茬："林校长，除了这个本子再有详细的账本没有？"没等林娜回答，他眼皮朝上一翻看着陈主任说，"你看看，只有两笔大的收入，三笔借款，五笔支出，嘿嘿嘿。"

"没有。"林娜说，"学校是我办的，花多花少我心中有数，只记大宗收入、开支，至于块儿八角的开支不用上账，这是烦琐哲学。"

"你说这话就不对。好歹是个单位，不管是国有的、集体的、个人的，哪有没账的道理？"

"我问你一句，"林娜心里说，你家收入、支出大大小小都一笔笔记账不？话到口边却留了三分，拐了个弯变成，"那些家户开支收入都记账吗？"陈主任涨红着脸一时无话回答。

林娜紧追不舍，一口气说下去："我办的学校虽说是个单位，实际跟一家一户的性质相同的，只有心里的账，没有纸上记的账。再说，你们物价所脚大，也还能穿到鞋外边？管了物价，还要管账目，真是服务到家了。"

那个姓张的插嘴说："只要你校长不怕经济混乱，记不记账，倒也无所谓。你不要误解了。陈主任是一片好心，还不是为你们好？"

林娜点了一下头，心里说，黄鼠狼给鸡拜年，当然是一片好心，嘴里却说："谢谢你们。"

陈主任打了个手势，意思是你别再朝下说了，我有话要讲。他问那姓张的："发票齐全不？有无白头发票和白头条据？"

那姓张的打了个哈欠，伸了一下懒腰笑着说："昨天晚上打麻将熬了个通宵夜，上下眼皮直打架。"

说着从烟盒里取出一根香烟点着狠狠抽了一口，接着说，"收入支出发票不少，一部分发票摁有指印，其余的都盖章，这些发票都不是正式的。你看看吧。"他把一沓发票从桌面上推到陈主任面前。

陈主任随便翻了翻，问林娜："咋连一张正式发票也没有？你知道不知道，现在全部用税务所盖章的正式发票？"

"我不知道使用正式发票。你看到了吧，学校买东西，门市打的发票没有一张像你说的正式发票。你们不信，就去问打发票的好了。"林娜回答。

他们三个张口结舌，一时无话可说。那两个瞅着陈主任的脸，陈主任把头仰起来严厉地说：

"林校长，我就袖筒揣棒槌端里端出说了。检查结果，一没收费证，二没正式发票，三没有详细的记账。按规定该罚两千元，不过嘛，不看僧面看佛面，咱们都是一个镇的，就算是邻居，罚一千元算啦。希望后边马上把收费证办好，发票要正式的，要有账本，总之，一切按规定办。"他把左腿搭在右腿膝盖上，轻轻摇晃着说。

林娜说："你们想想。我这个老婆子五十开外的人了，一来不甘寂寞，二来这个偏僻的地方娃娃上学不方便，所以办了这所学校，也因此得到群众的支持。我白手起家，办学仅仅用了一千多元。桌凳有半数是山岔沟和周围村子群众借的，周围几个国有企业和私人煤矿或多或少也给了我资助，我都深表谢意。另一方面，学校教学区和生活区两院房子全是租赁的，一年租赁费五千多元，全从学杂费中开支。学校收学杂费本来就不高，处于全县私立小学收费的中等水平，就这还有四分之一的家长欠账。本学期外欠账还有八千多元。你们说，钱在哪儿？"

"林校长，新办的学校有困难是事实。我们不是和你过不去，公事公办嘛，不罚你的款，我们几个咋向领导交代？算啦算啦，象征性罚一点儿，就是李军说的，我看罚五百元不多吧，这实在是看在你的脸上，够抬举了！"

林娜说："我身上分文没有，还得出外借去。"话没落音，她就扭身出了门。

这几个也没说什么,呆呆地坐在房子等候。其实,林娜也没有借的意思,身上装着三百多元,心里上下翻腾,等一个小时再进房子,就说走了几处都没钱;或者说,只借到二百元,要就拿上,不要拉倒。

她刚出房子门朝左拐从小门出去转了一圈儿,迎面碰见刘睿和任侠,她就同她俩到了刘睿房子,把情况告诉了她们,征求她们的意见。

刘睿说:"到处一个样。我一个远房姑父开了个煤窑,上边经常检查,哪一次不花上千元?大饭店包饭呀,上舞厅呀,吃了喝了要了,临走时还要给送礼,像高级烟酒、毛毯衣物等。不请,人家嘴一歪,这里不安全,那儿设备差,一张口就说罚好几万元。他们既然来了,不可能一点油水不捞。叫我说,多少给倒一瓢,像猪一样就不哼哼了。"

她停了一下又说,"或者你有熟人并且与物价所、物价局领导关系不错,说个人情也顶事。"

任侠说:"人说吃惯的嘴,跑惯的腿,今天轻而易举吃个蒸馍,明天来还想吃碾盘子大的锅盔哩!自古'软处好挖土',今天挖了,以后还会来挖。再说,咱收费很合适,半点儿也不高,行得端走得正,到哪里也能说过去,怕他们什么?只是没办收费证而已,后边补上有何不可?不给就不给,他敢从你兜里掏钱不成?"

大约过了一节课的时间,林娜走进她的房子,腾地一下坐在椅子上长吁短叹:"把鞋底磨透了,嘴唇也磨薄了,东家出西家人的,说不尽的好话,看了人的眉高眼低,一分也没借到。你们看,到镇政府去,还是上县物价局,还是上法庭?你们看着办吧。"

陈主任几个人犹如猛棍打了脑袋,你看着我,我看着你,呆若木鸡,个个脸色阴沉。

陈主任冷言冷语地说:"咱锅小煮不下牛头,回去给领导说清楚,让他来好了。走!"

"走!"那两个人也跟着说。三人像霜打了的茄子,蔫溜溜地走出了房门。

第五十二章　调研考察

　　洛宜县民间办学在二十世纪九十年代中期，好像春季农人不失时机地播种一样，种子经雨露滋润，生根发芽破土而出，顶着风沙干旱，顽强地生长着。小小一个洛宜县，民办私立小学二十所，私立初中一所，约占全县学校总数的三分之一。

　　洛宜县教育局对民间办学形式十分重视，认为如果当"蛮娃娃"看待，全县教育事业就会停滞不前。

　　局委会开会研究决定，在五月中旬对民间办学进行一次调研考察，摸清底子，加强管理，以便解决存在的主要问题。调研组由局长任组长，副局长任副组长，工农办专管民间办学的张平主任也任副组长，下抽督导室、教研室共七人为成员。

　　他们用"看、查、问、听"的方法，对育才、旭日、曙光、小荷等几所学校重点调研，其余小学了解一下办学情况而已。调研的主要内容是办学条件（校舍、教学设备）、师资力量（人数、学历、业务水平）、教学情况、教学质量等。调研时间为三天。

　　李副局长这一组五人又分两摊。

　　一摊三人由张平副组长领队去了秦泰乡育才小学，这是全县办学最早的、规模也较大的一所完全私立小学。

　　另一摊是李副局长和教研室分管小学教学的孙老师两人组成，骑一辆摩托去了庄田镇旭日小学。

　　十一点多，李副局长和孙老师他们沿着胡家沟村南边的河滨沙土小路朝东走，离旭日小学大约再有三里多远了。一来是厚厚的松软沙土，二来半个多月没见一滴雨，毒花花的日头晒得沙子简直要冒出火星子，孙老师衣衫好像从水里捞出来似的湿透了。又热又累，便把摩托撑在路边，去小河里洗洗歇息。孙老师摘下自己的石头眼镜，放在河沿一块青石上，索性脱掉衫子、背心，挽起裤腿跳进河里洗起来。两人歇息了十几分钟，穿好衣服，又骑上摩托匆匆朝旭日小学驶去。

十二点半,他俩到了旭日小学,正赶上吃午饭。午饭是大烩菜,米汤馍馍。

林娜赶忙让炊事员另外做饭,李副局长断然拒绝,说:"白馍米汤大烩菜就是上等饭,还吃山珍海味不成?本次调研有规定,到各校绝不许偏吃另做!"

林娜笑着说:"你们搞突然袭击,我也没做准备,那就吃家常便饭吧。"

孙老师想起了自己的眼镜忘了,便大步出了灶房门,骑了摩托风驰电掣般朝来路驶去。

黄敏在学校领导的决定和督促下,才勉强去医院看护丈夫。与其说是侍奉照管,还不如说是去游玩散心,她大半时间在街上逛,去三朋四友处转。

张文吃饭不能按时,吃药推前拉后。病情稍加好转,张文便拄着棍,楼上楼下跑着取药、上厕所。去医院探望他的老师和朋友实在看不惯,把情况告诉了校长,校长另派了一名后勤人员去照顾他。

在治疗期间,张文给王坤写了一信,言辞激愤。主要内容是:一、黄敏是个恩将仇报、人面兽心之人,我为了她把我的肉割下来让她吃,可她狼心狗肺欲把我置于死地。倘若你王坤娶了她,下场将比我更惨,因为她喜新厌旧,一旦爱上了新人,将会把你这个旧人抛在九霄云外。二、你若不听善言,我便上诉法院告你挑拨他人婚姻…….

王坤收到信后,脑子里好像两个人打架,势均力敌,他亲自到洛宜县医院找到了黄敏。

黄敏望着他,柔软的手逮着他的手表白了内心:天塌地陷、海枯石烂非他不嫁。王坤若要同意,她立马跟张文离婚,与王坤办喜事,互敬互爱,白头偕老。如果不同意,或把肚子里怀着的小孩生下来后交给王坤,或上告王坤挑拨了她和张文的婚姻,或死在他的面前,让他永世不得翻身。

王坤按说对她还有恻隐之心,经她这么一威胁,那颗同情之心摇身一变而为愤怒之情。他想,我是吃粮食长大的,不是被谁吓大的,一个梨分两半,人说你无情无义,一点儿不假!他边想边把手一甩,站了起来,两道眉毛直竖便朝外走。黄敏嘿嘿嘿只管笑,逮住他的胳膊说:"我只不过开了个玩笑,你别生气。"王坤怒气未消,勉强又坐了下来。大约有两分钟,谁也没有开口,好似羊油滴在石板上——凉起来了。

最后,还是王坤打破了这个清冷的场面说:"我同你在一个学校工作,你嫁给张文不到两年,离了婚又同我结伴,别人有什么看法?让人耻笑还是小事,我这脸还要不要?搁在啥地方?能工作下去吗?据我所知,张文为了你把心操尽了,力出完了。你要吃人肉,他也要想方设法给你弄来;你要天上的星星,他都要到处寻登天梯去摘。你待他如何?叫他尿一点,他不敢尿两点;叫他蹲下,他不敢站起。人说山河易改,禀性难移,如果我同意你改嫁了我,我必定是张文第二,你想让我步张文的后尘,我可没那么傻。我爸我妈知道你已结婚,坚决反对我娶你,说破人亲事如杀人父兄,要是我硬要和你成亲,除非他们闭了眼没我这个儿,我也没他这个老子。我爸让我离开你,也是为我的前途着想。我去我们县教育局跑了几趟,已经把我的工作调回县上去了。以后我们就各在一方。我年轻,为你的美色所迷,经不起你的诱惑,做了不应该做的事,对不起张文老师。好不容易从迷途中返回,现在我劝你:咱俩的戏就唱到这里为止,请你回心转意同张文老师好好过日子,像你给我说的互尊互爱,白头到老。倘若你不听我的忠告,总会有一天要吃大亏的。祝你幸福!再见!"

王坤说完,大步流星地出了食堂大门朝当街走去。黄敏撵到食堂大门口,发疯似的喊叫:"王——坤,你——你——"啪地倒下去狼嚎鬼叫,继而猛地爬起来,指着王坤脊背,边撵边嘿嘿地傻笑。王坤停了一下脚步,转身望了一眼,咬了咬牙,径直朝街北头去了。

再说,孙老师骑摩托去寻找他的眼镜,有吃完一碗饭的工夫就到了刚才洗头的河边,赶紧撑起摩托,一步跨过水草到了青石旁,眼镜已不翼而飞了。他还不死心,明明记得眼镜在石头上放着,还拨开石头周围的青草寻来寻去,哪里有眼镜的影子?扭头看见石头后边不远处的青草被人踩踏成一个个窝儿,自言自语地说,明显是被人拾走了,我真是三昏六迷七十二糊涂……骑上摩托快快赶回旭日小学。

吃了午饭,李副局长、孙老师和林娜正在说丢失眼镜的事,只听门外有学生喊报告,进门后是四年级的陈爱花同学。她说,放午学在河边一块石头上捡到一副眼镜,说着从书包里掏出来放在办公桌上。孙老师眼睛一亮,立刻认出是自己的,眉开眼笑地抚摸着爱花的头说:

"好娃娃,你叫啥名字?上几年级?"

"我叫陈爱花,上四年级。"

爱花仰着头,睁着大大的眼睛看着他,李副局长说:"好孩子,你做得对。"又面向林娜说,"这件事充分说明,学校对学生的思想品德教育抓得有成绩。"孙老师忙补充说:"对,窥一斑而见全豹。"

下午自习时间,林娜陪同李副局长和孙老师在各教室、老师房子、学生宿舍、校园内外看了一圈儿。

李副局长说:"现在的条件比我去年开学初来,大大向前迈进了一步。有教学区,有生活区,老师和住校生吃饭的问题解决了。又安了木栏杆,做了个乒乓球案子,还有专门供娃读书看报的阅览室。校门外的平台也拓宽了,像你当初说的,好几个教室都多长了一个眼睛,虽然仍是租赁的房子。"孙老师说:"校园内外有小花园,还栽了不少树,红花绿叶的改变了校容,像个学校的样子了。"

林娜说:"难啊!刚办起来的私立学校像穷人的孩子,只要衣不露体就算不错了,只要娃娃身体健康,跑起来腾腾腾,我就满足了。"李副局长和孙老师被她说的话逗笑了,连连点头称是。

数学辅导和最后一节课,调研组召开了全体教师会。李副局长讲了本次调

研活动的主要内容、方法、时间和意义,最后听取了林娜近一个学年来的教学工作汇报。

晚上八点开始,查看语数外教案和各年级部分作业。孙老师业务水平高,工作从不马虎,丁是丁卯是卯的,查看作业的重担自然落在他的肩上了。

他们边看边记录,一个人还钉不了的"拴牛桩",两人合钉。孙老师看了六年级张春娟第一学期的一篇作文,标题是《老师,我要对你说》,他看完后赞不绝口,认为字里行间都充满了小作者悲愤忧伤的真情实感,唤起了读者的共鸣。老师批语中肯,眉行尾批达十多处。他让李副局长看看有无同感,李副局长看了两遍,点头称赞:"果然是一篇好作文!这孩子的妈妈打麻将成瘾,把女儿的学习生活抛在脑后,她连一顿饱饭也吃不上,难怪她吐露了对妈妈的怨恨之情,不知她妈现在如何?这娃娃的学习生活怎么样?"孙老师说:"这不难,明天见这孩子问问,有空到她家里走一趟。"孙老师在记录本上写下了"老师批改细腻,批语中肯,眉行尾批多达十几处以上,此文书写工整,真实感人……"的话。

第二天午饭后,李副局长和孙老师来到李梅英家,说明了来意,并做了自我介绍,梅英高兴地泡茶取烟招待客人。

李副局长先简要了解了一下村子里的人口、上小学的人数等情况,后问她家的人口、她和娃她爸的职业、经济状况等,梅英满脸堆笑、伶牙俐齿地一一回答。孙老师思忖,这不是一般的农村妇女,是经历过世面的人。李副局长也暗暗称奇,先从哪儿谈起呢?

他问道:"校长和老师是不是经常和家长联系共同管理教育娃娃?请你谈谈具体事实。"

梅英随即说:"我春娟上六年级,去年后季我有事外出数月,就是她班主任张老师照管她的。吃一锅饭,睡一张床,在学习和生活各方面,比我这当妈的还要周到体贴呢,我这一辈子也忘不了她的恩德。我回家半年多了,林校长管几百人那么忙,还来我家两次。她谈到春娟的学习、在校表现,根根梢梢那么清楚,真叫人起敬!"

孙老师说:"社会、学校、家庭组成教育网,缺一不可。哪一方面减弱,都会影响孩子的健康成长。"

李副局长语重心长地说:"家长整天和孩子生活在一起,是孩子最亲近的老师,一点一滴都影响着孩子,好有好影响,坏有坏影响,当家长的要重视啊!"

梅英的脸唰地红到脖根,只是点头。她木然地看着地面,眼泪在眼眶里直打转儿。此时纵有万语千言,也难以启齿。孙老师从她的表情印证了女儿那篇作文是真实的。

李副局长说:"我看了你女儿的作文,写得很好。听说她其他方面也不错,这与你当家长的教育是分不开的。"

李梅英长叹一声:"要说我娃各方面都不错的话,主要是学校教育培养的结果,至于我,咋说哩,现在才给她操了点儿心,我看了她的语数作业,不光写得整齐,错题也很少,错了也能改正。老师也写了许多鼓励性的批语。"

李副局长说:"把心操到孩子身上,就是关心体贴,就是很好的家庭教育,你说到了作业布置多少?你女儿能不能按时完成?遇到解答不了的谁指导?"

梅英说:"语数两门布置的家庭作业,我女儿半个小时差不多就完成了。女儿不会做题,我也两眼墨黑,只能到校问老师。"

十三日晚,调研组向全体教师通报了调研结果,成绩方面主要是:开展"学规范见行动"的活动,大唱《三大纪律,八项注意》等革命歌曲,重视了家庭教育,所以娃娃们的思想品德加强了,辨别是非的能力提高了,涌现出了不少好人好事。开展优质课赛讲活动,提高了老师的课堂教学水平。教学改革实验基本铺开,初见成效。用多种方法抓后进生,多数学习态度端正,有明显转变。师生捡煤,培养娃娃爱劳动的习惯,减轻了家长负担。植树栽花,美化了校园环境。

需要转变的是:作业量较少,尤其是家庭作业少,不利于能力的培养。只有单元和期中、期末考试,应适当增加考试次数。教室狭窄,学生拥挤,教学设备差。眼下亟待解决的是配备图书、各科参考资料、教学光盘和学前班基本活动器材。

李副局长讲罢,请林校长讲话。林娜想:他讲的几点转变,其中作业和考试明明不符合教学实情,怎样改变?不管你怎样讲,我必须从客观实情出发,要说出自己的看法,不然,通报出去将会对私立学校产生不良影响。

于是她说:"我提三点建议,说明一个问题。一是私立学校教师若有转正机会,凡够条件的可以转正,转正后应算正式教师。二是进修和评选先进与公办教师同样对待。三是局里年终应对民间办学进行一次全面考核,评选先进学校给予奖励。公办乡镇中心小学、初中和县办高中可对设备简陋的民间学校捐赠少量有实用价值的教具。一点说明是刚才总结说作业量小,尤其家庭作业布置少,考试次数要适当增多,这个结论,我不能苟同。我们加强了课堂教学,四十分钟开花结果;布置作业少而精,当堂消化所授知识的百分之八十;家庭作业适当布置一些难以消化的硬块,重点是预习新课,把娃娃从题海中解放出来,减轻了沉重的包袱。我校后进生比较多,像患病的娃娃一样,上学期我和各位老师想三天两后晌让娃娃吃成胖子,已经吃饱了硬朝嘴里塞,布置了过量的家庭作业,招来了家长闹事。月检测、中考、末考完全够了,量大必然压得娃娃们喘不过气来,哪有时间搞其他有益的活动呢?总之,'无边作业萧萧下,不尽考试滚滚来'的现象不许出现。有不对之处,请指教!"

林娜说罢,在座的老师们个个喜形于色。再看李副局长,神色尴尬,他吭了一声,挺直身子说:"我谈的几点转变仅供参考,林校长认为不对,就照你们原来的办吧。"

孙老师笑笑说:"作业和考试的问题是部分家长的意见,我们也未深入了解,林校长,你应该抱着有则改之,无则加勉的态度好了。这次调研主要是摸清民间办学的底子,掌握普遍存在的问题,对于合理的要求,局里会设法给予解决的。"

第五十三章　卸后进帽

　　星期三晚上,月亮已西坠,旭日小学三年级学生侠侠趴在桌子上写生字。她已把书后面生字表的生字从第一课写到了十八课,共写了三遍,觉得完全会写了,拼音也差不多掌握了,只是给一些字标的声调还不准确。她从课本里挑了三十个生字,练习注音标调。对每一个字一面用普通话念着,一面注音标调,声调标好后,又去查字典,检查声调是否准确。她按四声念着,时而声高,时而声低,声调标对了的,情不自禁地笑起来;标错了的叹息摇头,好像屋子里有几个孩子在写生字拼音、探讨正误。妈妈拔了一天玉米苗,觉得身困,早早就睡了。她被女儿的声音惊醒了,睡在被窝里喊叫:

　　"侠——死女子,快睡!只顾写,明早晨咋能起来哩。"

　　侠侠说:"你睡你的,保证能起来。把剩下这几个字的声调跟字典对了再睡。"妈妈翻了个身,又打起呼噜。她在睡梦中糊里糊涂听到当啷一声。睁眼看侠侠在洗头,便说:"怕是有一点多了。我说,你这娃白天游四方,晚上熬油补裤裆,快睡!"

　　侠侠翻过来翻过去就是睡不着,她想象中的场面不断跑到脑子里,从这边赶走,又从那边进来。她看到林校长站在台上拿着一张奖状念道:"三年级石侠侠同学在写生字竞赛中,获全班第二名,成绩优良,特发奖状、奖品,以资鼓励。"

　　她仰首挺胸,满脸堆笑,腾腾腾朝主席台走去……

　　她把奖状卷了个筒竖放在书包的一个角儿,把奖的油笔和大红硬皮本子装在里边,然后把两个带儿系紧。放晚学后独个儿一路小跑到家大门口,解开系带,一手拿着奖状,一手拿着油笔本子,飞一般朝屋门口跑去,又是蹦又是跳又是喊叫:"妈——我得奖了!"

　　妈妈被惊醒了:"你半夜三更喊啥哩?"侠侠说:"我梦见写生字得了奖,喊叫你看哩。"妈妈说:"我娃把心全操到写字上面,肯定能得奖!夜深了,快睡快睡,明早晨还要早起哩。""睡睡睡。"侠侠这才蒙头闭眼睡了。

　　太阳的余晖洒在校园里,映照在一百多名学生稚嫩的脸蛋上,他们正看着参赛同学在前面黑板上写字,有的轻声叽叽咕咕说,看谁谁写的字腰吊肋子稀,一点儿也不规范。有的埋怨老师不叫他,要是上去写,准拿第一第二。有的写好字站在那儿半天不见动笔。有的对某某原来后进生的同学出乎意料地更正了八个错别字,还正确注出了这几个的音节,从心眼里赞许和佩服。

田玲老师把学生作文、周记里常出现的常用的十个错别字,用方格纸预先写好,然后贴到黑板上,让参赛的同学更正。她站在黑板的一侧,面对全体同学说:

"十个错别字在黑板上已经贴好,现在抓阄,在前十名的参赛。"轰的一声,三年级半数学生到桌子上抓。任侠老师查看和记录他们的抓号,转眼一至十名的阄号已经定好,让他们同时上场,最后一个号是石侠侠。田玲老师在话筒里讲:

"在限定的三分钟内,要求把正确的字写规范,时间越短,改对的越多,书写又规范的,得分越高。现在开始更正。"一声哨响,参赛者唰唰唰地开始板书了。

下面在座的一百多名学生无不在动脑动手,有些偏着头想着,手在空里比画着;有些拿笔在本子或者废纸上更正,还彼此商量;有些瞅着黑板上的更正,或摇头微笑,或点头默许;有些居然大喊大叫:"改错了!让我上去改!"主赛老师大声喊:"只能看,不能说,更不能乱嚷!"赛场立时安静了许多。

更正错别字的十名参赛者,站在黑板前,若是想来想去必定延长更正时间,即便更正对了,由于超过了限定时间,等于取消了资格。所以个个争分夺秒,既要更正对,还要抓紧时间。石侠侠一溜头更正完了"感、起、点、展、场、直、武、考、心、哼"十个错别字,将粉笔朝桌子上的粉笔盒里一撂,小跑下来坐在位子上。田玲大声说:"十号侠侠同学应记九十分!"接着又有一个后进生更改完毕下去了。田玲以很快的速度看了一遍,面向全体同学说:"给他记了八十分。"

每一轮十名参赛者,时间四分钟,共是十轮。连主赛老师评分,参赛者上下走动的时间算在一起,竞赛差不多用了一个钟头。

最后公布了成绩。后进生侠侠为四个优胜者中的第三名。当她走上主席台领奖状、奖品时,一阵阵热烈的鼓掌声和她激动的心脏跳动的声音发生了共鸣。几个获奖者都挺起胸脯,拿着奖状照相。这当儿,全体师生都朝着他们几个投去了赞许的目光。石侠侠心跳得更厉害了,在伴奏的乐曲声中,她感到幸福和自豪,心里说:"谁说我是后进生?等着瞧,期末统考各门功课都要考到班上的前十名,非把后进生的帽子卸掉不可!"

石侠侠代表获奖同学讲了话,赢得了一阵又一阵的掌声。

第五十四章　你在哪里

　　旭日小学每天点三次学生名：一次是上早操，一次是午饭后第一节数学辅导课，一次是放晚学。前两次是检查学生是否按时到校，也就是掌握学生到校情况，做到心中有数。后一次检查看是否有早退现象。由于严格检查，学生到校情况良好，有时全部到校不短一个。即使某个年级短缺学生也是因事请假。

　　这天是第十三周的星期三，下午第一节数学辅导课，林娜去五年级教室检查人数，缺席三名学生：一名叫张铁蛋，田庄沟小煤窑一民工的儿子，住在煤窑沟口张庄村，离学校二里路。爸爸妈妈是陕北佳县人，到这个小煤窑打工两年多了；一名叫石军建，住在山岔沟沟南，父母都是本地人；一名叫焦涛涛，四年级学生，镰刀湾村人，父亲外出打工，家里只有妈妈和一个小妹。

　　林娜问班干部，班干部摇头不知道。问班主任，班主任说，没有请假。问其他同学，和焦涛涛在一个村里的说放学回家同他一路，下午到校没有相跟，没见面。林娜和班主任等到数学辅导课下了，还是没见人影。班主任倒像没事人，林娜却有点儿心慌，心想，她多次点名这几个娃很少缺席，就是有一次、两次迟到了，不到十分钟就到校了。今天咋搞着哩，一节课后，还不见个影子？这三个很可能是一路，不知去哪里了？会不会有什么意外事故发生？

　　对于路途安全，林娜天天挂在嘴上，要是铁嘴都磨光磨薄了。说啥在路上走，要前看后看小心往来车辆，车过来了，停一会儿，等车过去了再走；或者看到车来了，听到车鸣号，立即朝路边走；在路上不能追跑打闹，站好队走，免得发生交通事故。现在天热了，特别不能上山下河，水火无情嘛！如果安全出了事，就是做出天大的成绩，也一笔勾销了。你们都长着耳朵，一定要牢牢记下！

　　林娜转念一想，镰刀湾村朝学校走的路上有一条河，其中有一段很深，听说有一个人在那里钓鳖，滑下去再没有上来。这几个捣蛋娃会不会……别瞎想乱猜，不可能！也许山上去了……她让五年级两个学生去镰刀湾的路上看看，要是不见人，再到山岔沟村沟南看看石军建在家没有。那两个刚走出学校大门，林娜撵出门再三叮咛快去快回，甭在路上贪玩。那两个说，知道知道，飞快地消失在去镰刀湾村的路上。

林娜心慌意乱,总感觉要出事似的。明明是要到四、五年级班主任处,问这几个迟到学生平时同本班或外班哪些同学往来亲密,很难说没去他们家,谁知走到门口抬头看却是二年级班主任的房子。她笑了,你看,我真是三昏六迷七十二糊涂!又转身朝四、五年级班主任房子走去。

大约有一节课的时间,寻找焦涛涛的两个学生回校了,他们上气不接下气地给班主任和林校长汇报:河边看了,路旁一个瓜庵子也找了,还问了走路的人,都没见人影。去了焦涛涛家,她妈说吃了晌午饭,碗一撂就走了,没到学校能去哪儿?她又出去寻了一圈儿,回来说没见人。我们就回来了。林娜听后沉思了半天,问四年级班主任刘睿:

"你说咋办?下一节就是大活动,恐怕不能再等了。"

"真气人!焦涛涛学习纪律都差,整天戳猫逗狗的,惹了不少事,为他没少操心,今天又逃学,真是朽木不可雕!"刘睿说着,把教本啪一声朝桌子一摔,"我看再等一个小时,晚读不回来再说。"

"眼下就说晒毡,尿床的事先放在脑后。我看,现在要立马寻人,万一有个三长两短,咱们跳到黄河也洗不净。叫你们四年级班长挨门叫老师到我房子开会。"

人到齐了。林娜开门见山把事情给大家说了一遍。田玲认为,无须再问学生,一来有些未必认得这几个;二来小题大做,弄得满城风雨,人人都知,影响不好。说不定放晚学就回来了,或者回到了家里。林娜说:"自己脸上有黑,还怕人看见?人多眼多,说不定有哪个学生看到这几个'宝贝'到哪儿去了,在哪儿干啥。"各班主任到班上问了问,又回到校长房子,都说,谁也没有见到,也没有任何线索。

刘睿说:"听说镇中心小学有些学生逃学,常去电子游戏厅打电子游戏,有时夜不归宿,老板还管吃管睡哩。"

她接着说,"我姑家的娃在镇中心小学上六年级,不好好学习,常去游戏厅。我姑父美美打了一顿,现在好得多了。去街上游戏厅很有可能。"

李萍说:"焦涛涛小偷小摸,上一周大活动钻到学前班教室偷走了半包鸡蛋糕,叫我逮住了。这几个是不是到啥地方偷东西没有到校,也很有可能。"

任侠说:"李萍说的值得考虑。去年秋季,四年级王刚偷了街上一家汽车修理部的钢管和铁钳子到废品回收站卖,老板娘刚巧去废品站卖塑料瓶和旧车外胎,认出来钳子是自家的,没费吹灰之力逮住了王刚等几个。他们几个很可能合伙偷人去了。我看,咱们重点还是去街上各商店摊点处看看。"

林娜尽管心如火燎,外表却从容镇定,边听边思考边下结论。她想:卖书的多给石军建找钱,石军建当场退还,买书的十分感动,要求学校在全体同学面前表扬。为此,学校给他颁发了奖状,难道他会合伙去干偷盗的事?即使那两个有偷人的心,石军建绝不会跟着他们去干那事。他们有可能到游戏厅去玩,这三个都是后进生,老师急于求成,抓得紧、要求严,他们压力大,产生厌学情绪,

恨不得长着翅膀飞出校门。比如，到河里钓鱼，到山上采花、吃野果子。

大家说完了，林娜站了起来说："各位老师都很关心这几个逃学的同学，谈了各人的看法，很好。我认为，去两个地方的可能性大，一个是街上游戏厅；一个是河边山上。事情紧迫，不能再往后拖了。张莹和李萍在校招呼各年级晚读，其余的出去找人。田玲、刘睿去镰刀湾村路旁、河边找，我和任侠去镰刀湾村山上看看，王玉玉和闫红到街上网吧、电子游戏厅等娱乐场所寻。找到找不到八点准时到校。各执其事，马上行动！"

焦涛涛他妈正在家里蒸馍，来了两个学生寻涛涛。他妈赶快把切好的馍放下，抽了火，像没魂似的趔趔趄趄跑出门在村里转了一圈，见人就问，可谁也没见。她站住脚想了想，立刻拔腿去了涛涛常去的村西头石砭底下河边翻螃蟹的地方，也不见人，扯着嗓子喊了半天，听到的只是流水声和石崖底下的回声。

她无奈，绷着脸嘟嘟囔囔骂着回到家又生火蒸馍，口里一个劲念叨：有个三长两短的话，爷爷你说我咋活人哩！忽而昨天晚上做的梦在眼前晃荡：梦见她生了个又白又胖又亲的女娃娃，抱着左亲右亲，直亲得从梦中笑醒。人说梦是反看，即梦到好事必定倒霉，梦到坏事必定走运。她梦见自己抱了个女娃，才有今个不见涛涛的倒霉事！胡思乱想啥呀，梦从心中起，有屁预兆！

这时，涛涛他爸拿着锄头进了门："饭还没做好？你是蒸馍哩？"

"差不多就蒸熟了，你不知道涛涛今后响没上学去，谁知跑到哪儿去了？"

"说啥？涛涛没上学？"涛涛爸说，"这龟儿子能跑到哪里去？我吃了饭去学校看看。"

林娜和各位老师分三路外出寻觅，找了大约三个小时都精疲力竭，却没有任何结果，八点左右回到了学校，决定吃罢晚饭继续找。

出发前，焦涛涛的父母赶到学校。林娜给他俩做了解释，说了些安慰和宽心的话，说了学校前前后后寻娃的情况，现在才吃晚饭，吃罢后再去寻找。

他俩听了松了口气，涛涛妈满脸愁云稍有消散，她噙着泪水拉着哭声说：

"校长，要是我娃有个三长两短，我都要跟上去哩，呜呜呜……"

"你放心，你的娃娃就是我的娃娃。他们三个一块儿外出，就这一点说，不会有啥意外。现在，咱们找人的重点是河边和山上。想来，找到人不会有多长时间。"

"你不放心，就坐在林校长房子等着。"涛涛他爸说，"我跟校长一起去寻。"

涛涛妈说："我也去寻！叫我等，把我都要急疯咧！"

"那好，咱们都走。"涛涛爸虽说心里发慌，表面却很平静，责怪自己的娃不听话不懂事，给学校带来麻烦，谢谢老师们跑前跑后辛苦寻找。

老师们又分两路出发了。一路是镰刀湾村上下游的河边，一路是镰刀湾村东边的竹马梁山上。

涛涛他妈和他爸跟林娜去了镰刀湾沿路河边寻找。小河在山脚下弯弯曲曲朝东流去，顺河形成了"N"形小路，只不过能走架子车罢了。路南一片窄长窄长的玉米地,玉米苗已长到一拃高低。玉米地再朝南是东西方向的铁路,铁路底下是一个菜园子。

林娜一行四人沿小路慢慢地朝前走着寻着,手电忽而照照前方,忽而照照路边沟沟岔岔和丛生的荆棘。

林娜喊:"张——铁——蛋——你在哪里?"路旁石崖发出回音,在沉寂的夜晚是那么清晰。涛涛他爸扯着粗嗓子:"涛——涛——"同样听到瓮声瓮气的回声。他们的心像猫抓一般难受,像火烧一般焦急,又是责怪又是伤心又是思念,恨不得一把逮住就放心了。

人在哪里?都在暗暗地问。快快出来!爸爸妈妈想死你了!

山上的鸟叫声,河水哗哗哗的响声,田地里虫子的啾啾声,风吹树木的摇摆声混杂在一起,感觉刺耳,使人心烦意乱。抬头望到的是一块块凝滞的黑云,月亮好像同寻觅者捉迷藏似的,一会儿从块块乌云之间的缝隙露出脸来,给大地洒下清辉,寻觅者踏着亮光寻找。一会儿又躲在云后,大地立时黑咕隆咚的。

人们只好靠手电的亮光深一脚浅一脚地边走边寻人。林娜在路的拐弯处看到前面左侧一个黑桩桩,拿手电一照,原来是一捆干柴靠在路边。再朝上一照,是上面凸出下面凹进去有一米多深的石岩。找了半天,似乎那三个逃学的藏在岩石的最深处,非照出来不可!涛涛他爸还不甘心,爬到岩石底下用手摸了一回,当然啥也没有摸到,他又爬到岩石的顶端喊了几声,听到的只是风声和小鸟的聒噪。

林娜照着手电看清了那是干泥岩石,一件往事闪电般涌上心头。

一九五一年,十五岁的林娜在隆泉完全小学上五年级。农历八月中旬的一天,她们班30多名学生在班主任和带课老师的带领下,去新村老虎沟挖干泥刷教室。两个男生看到不少同学挖的干泥比他俩多,就悄悄溜到岩石下又挖去了。临走时老师检查人数少了他俩。知道的同学告诉老师,他们又去挖干泥了。两个老师二话没说,拔腿就跑到挖干泥的地方,天哪!不见人影,干泥岩石塌了下来……

两个学生不幸走了,班主任被判一年徒刑,带课老师给了记过处分。

林娜想到这里,同今天的事联系在一起,不寒而栗,可外表像无事人一样。涛涛的妈妈一路唉声叹气,还不时流着眼泪一个劲念叨:"涛涛你到底在哪里?妈寻你,你赶快出来!你把妈急死了!你要有个一差二错,妈就不活人了……"林娜给她宽心,几个娃娃一路跑不会出事,尽放你的七十二个心。哭有啥用,咱们这不是到处寻嘛。反正一句话,不会有生命危险,只是你心急罢了。经她这样一开导,涛涛妈拭干眼泪再没有哭鼻子。

他们顺着石灰岩石的侧面爬了上去,又在山腰里樱桃树林寻了一阵儿,除惊动的山鸟起飞外,没见豆大一个人,又忧心忡忡地下了山坡决定去河边寻找。

几个人穿过玉米地,又上了火车道。林娜又想起了霞霞的奶奶淌着泪水给她说的大孙子超超被转盘和铁丝绳缠死的悲事。心里咯噔一跳,用手电照了照

你／在／哪／里

281

前面不远处的铁转盘和铁绳,下意识地撵走了钻进脑子里的这一桩惨事。

涛涛他爸和他妈一前一后沿着铁道的边沿朝西走了几十步,他爸边走边敲打路旁的草和荆棘,边喊叫涛涛的名字。林娜照着手电说:

"不可能在铁道上。就是在这里玩耍,天黑早到村子里或有人的地方去了。咱们还是去河边看看。"他们又一同去了河边。

那条沮河,上游紧靠山脚随山势而拐来弯去,下游逐渐离开山脚朝铁路南边的田地中间流过。有宽处也有窄处,宽处是衫子的前襟,窄处就是衣袖。有深处也有浅处。深处,大人站在里面看不见头顶,浅处,水齐踝骨。林娜等几个人沿着河朝东走,一面走一面用棍棒拨打着水草,用手电照着水面、河岸,这时上竹马梁山寻觅的那一路没有找着人,下了山也顺着这条沮河朝西寻找,大约寻了不到一节课的时间,在河滨一棵歪脖儿破肚子的老柳树下"会师"了。林娜重新做了部署,分两组从水浅处过河到河那边寻,一组在河这边找。

田玲说:"这几个捣蛋锤锤实在把人整够了!这堆梢子出,那堆梢子入;这个沟沟上,那个坡坡下,我跌了好几跤啦。从那个沟畔走,右脚踏空了,闪得我打了个趔趄,多亏刘睿眼明手快逮住我的一只胳膊,不然,早滚到沟里去了,还会在这儿寻人?"

刘睿接着说:"夜里的深山野岭,不知都是些啥鸟儿虫儿,叽叽叽喳喳喳一个劲叫唤。还有一种鸟叫唤像人在傻笑一样,一阵声大一阵声小,真吓死人!"田玲在她后边走,猛地在她腿上踢了一脚。刘睿转过身子正准备骂,任侠小声说:"焦涛涛他妈在后边走,你说啥捣蛋锤锤呀,她听见了非剥你的皮不可。"田玲猛然醒悟,拿眼把走在林娜前面的涛涛他妈一扫,吐了一下舌头再没开口。任侠说话高喉咙大嗓门,好像打机关枪似的嗒嗒嗒一溜头。林娜在她前面走听见了,笑了笑没吭声。焦涛涛他妈在林娜前面,不断用木棍拨打河岸的水草,不时看看队伍,说:"我涛涛这几个娃就是把人整得够受!你们这些老师都是些年轻娃娃,黑地半夜哪里在山上走过!寻着后看我剥了涛涛的皮!"涛涛爸在河那边,边喊边朝河塄上走,细心地看河畔水草。

寻觅者一溜溜在河两岸寻着喊着走着,都朝着一个方向,前面是一段水马莲滩,水浅石头多,河床又有一点慢下坡,哗哗的流水声和蛙声混在一起,他们觉得比听到铲锅和驴叫的声音还难受。一阵冷风刮来,个个冻得打战。刘睿临走前多加了一件衣服,脱下来让林娜穿,说她年过半百的人了,经不起冻。林娜说,她衫子底下还套了绒衣,感觉不到冻,便披在了焦涛涛妈身上。

月光仍旧忽明忽暗,明朗时隐隐约约看见水马莲滩的上游河心有一小块瓜子形的汀地;用手电照着看汀地中间有一棵碗口粗细的七拐八扭的柳树,周围的青草被践踏成一个个窝儿。

林娜说:"咱们这样办,我和任侠去河当中那水草滩寻,剩下你们几个在水马莲滩上下寻找。有啥情况,相互通报。"刘睿说:"校长,你年岁大了,水冰冷冰冷的,你受不了,还是我和任侠到河心水草滩去。"说着裤腿挽起来了,鞋也脱了,扑通一声踏进水里,同任侠手拉手向小汀地蹚去。

林娜只好和涛涛妈、田玲用木棍在水马莲根下这里戳戳,那里拨拨。打着手电,眼窝瞪得四圆加五圆瞅着,喊叫着,什么情况也没发现。

河水不深,刚没到她俩膝盖处。尽管是春末夏初之际,夜晚的河水却还十分冰冷。刘睿和任侠感觉到水直朝骨头缝里钻,血也凝固了,脚腿发麻好像不是长在自己身上,河床里全是凹凸不平的光滑石砾,只能缓慢移步。刘睿一只脚踩着了一个盆大的圆石头,打了个趔趄,唬得大叫一声,妈呀!幸亏任侠猛地将她手一拉,没有倒下去。任侠和刘睿上了青草滩,两人在柳树下拨着绿草看了看,没有什么。任侠便到水草茂密处,拿手电一照,好像有个啥东西,用脚一踢,欻欻在响动,弯下身子拿起来,是一只全是泥水的娃娃鞋,她一惊,喊叫:"这里有一只娃娃鞋!"刘睿赶快跑到跟前,看后也喊叫:"对,是娃穿的鞋!"

林娜和田玲、涛涛妈听到喊叫都脱鞋准备下河。不知是激动还是恐慌,林娜在慌忙中绊倒在水马莲上,右手被树枝戳破。田玲去拉她,她已站了起来说:

"有鞋!肯定在这里玩过水。咱们过去看看!"三个人眨眼间过河上了青草滩,把任侠围在中间。林娜伸手把鞋夺到手里,照着手电把鞋帮鞋底翻来覆去细细看着,心里想着几个娃娃脚的大小。那是一只十二三岁的娃娃穿的,是男娃鞋还是女娃鞋,是啥个样子还看不清楚。任侠顺手折了一把青草擦去上面的污泥,拿到河水中洗了洗,把鞋旮旯的泥水倒净扭干。几个人照着手电又看了一回,原是一只小黄胶鞋。涛涛妈一把从任侠手里夺过来,放到眼前看了帮子看了底,看了里面看外面,突然拿着鞋惨叫一声坐在草窝里,一把鼻涕一把泪:

"涛涛娃啊!你咋把鞋脱到草窝里……你……你有命还是没命!我的娃啊!娃……"寒风嗖嗖,哭声在寂静的夜晚传得很远很远。田玲、刘睿张口结舌,像木头人一般站在那里一动不动。任侠胆大,一把逮住她的左胳膊朝起扯,林娜逮着她的右胳膊边拉边劝导:

"涛涛妈,你听我说,有啥话,你说。你这一哭,大家就没法寻人了。这只鞋是不是你涛涛的很难确定,毕竟是在晚上,照着手电也看不清。即使是你娃的,咱再找另一只鞋后,才能决定娃在哪里,有没有危险。"

"就是我娃的鞋……我……我娃没命了,我……我也要跟他去。哇——"

"起来!要不起来,我们都走,丢你一个在这里号叫。"任侠说着,使劲朝起猛一拉,她才站起来。林娜问谁装手绢?田玲把手绢掏出来给了林娜,林娜给她擦了眼泪。她停了号叫,只是成串的泪水朝下淌。

河那边张莹和涛涛他爸听到了任侠喊鞋的声音,就朝喊声的地方跑,后来听到涛涛妈号啕大哭,不顾命地跑,涛涛爸鞋也没脱,跳到齐臀部深的水里到了水草小汀地。

林娜把拿着的鞋给他看,他照着手电拃了一拃长短,再看鞋底的号码拉着哭腔说:

"多一半是涛涛的鞋,很像是我去年给买的。"他转身问老婆,"今天上学穿

的啥鞋,你知道不?"

涛涛妈听后又大声哭叫:"我……我娃没……穿……穿啥鞋……我没注意看。"

林娜问:"他们三个其中谁穿的黄胶鞋?"田玲、任侠面面相觑,都说不知道。林娜又说,"我看咱们重新再安排一下,在这草滩和水马莲滩上下寻另一只鞋,有一只就会有一双。同时,在水马莲滩的偏上游处,那里水最深,拿手电照照水面上下周围,说句难听话,真的出了事,尸体就会浮在水面上,或者搁在浅水滩,或者被浮到河边树梢子挡住。发现有什么情况,互相通气。行动吧!"

除林娜和任侠外,大家都疏散在水马莲滩偏上游处,照着手电拿着棍棒开始了搜寻。林娜和任侠在青草滩里缓缓地拨开水草,打着手电仔细寻找另一只鞋,几乎把青草全部踏倒,一圈儿的沙和小石砾踏得溜到水里,有时脚也陷进去了,鞋袜裤腿全湿了,谁管它!寻来寻去还没找到另一只,又去了水马莲滩寻找。

涛涛他爸、他妈还有刘睿、田玲几个用木棍在河岸边这儿戳戳,那儿打打,用手电照照深水处的水面,又照照浅水处的石砾滩,可啥也没有发现。

涛涛妈流着眼泪一个劲念叨:"娃呀,妈寻你来了,你要是还有命的话,就到妈眼前这柳树梢摆动。"说来也怪,风也不大,那棵柳树树梢却使劲摇摆。于是她满脸愁云消散,嘴角挂起一丝苦笑。

田玲照着手电突然叫道:"鞋!"她弯下身子从一半在岸边水里,一半挂在岸边的干柳树梢下捡起一只鞋来。涛涛妈发疯似的跑到田玲面前,不管三七二十一夺过来,照着手电细细看。大家也围在一起看。把两只鞋放在一起,正好是一双,究竟是哪个孩子的不知道。为什么一只放在这里,一只在那里?谁也说不清。大伙儿都似乎感到情况不妙,愁云笼罩心头。寻人一直到十一点半,仍然毫无结果。

林娜等外出寻学生前脚刚出门,张铁蛋的父亲到了学校。留校值班的学前班李萍老师告诉他,林娜和全体老师到周围村子河边和山上寻娃去了。张铁蛋他爸似乎不在乎,好像没事人一样,说没有事,跑够了就回来了,叼着一根烟大摇大摆地出了校门。

涛涛的爸爸和妈妈回到家里已是夜里十二点了,他爸跑饿了,夹着辣子狼吞虎咽咥了两个馍,喝了几缸子浓茶。他妈拿了个馍剥了一根生葱就着,吃了一口咽不下去,第二口说啥也不想吃了,似乎听到涛涛在外面叫妈,她立马出了门,在院子转了一圈啥也没见,又到屋里。涛涛爸说,事有事在,今天寻不着明天寻,想来不会出事。就说你不吃不喝顶屁用,明天咋寻娃?她摇摇头摆着手说,不想吃。晚上她坐半夜,睡半夜,眼窝就睁半夜。

天麻麻亮,涛涛他爸两口子便去街镇上寻高神仙掐算,他娃究竟在啥地方,是不是还活在世上。

这个高神仙原是陕北白云山道士,不知为何被寺院撵走漂泊于陕西诸县,以拆字卖卦为生。后来定居本县庄田镇,开了一家殡葬馆,经营刻石碑、做花圈、卖老衣、帐布、香表等,偶尔也给人占卜、掐算、看坟地。据说,本镇某村有一中年妇女无缘无故两个膝盖疼,平地走常跌跤,去县医院看,吃药针灸无效。有熟人劝她让高神仙看看,就是不顶事也无妨碍。这妇女见到了高神仙,他说早已不干占卜掐算的事了。她求爷爷告奶奶总算搬动了。他去了她家把房子周围看了一圈儿,又到左邻右舍门前看了看,说是半年前煞神进了院子,致使她膝盖疼,走路跌跤。按高神仙说的,她去街上扯了二尺红布、买了几钱朱砂、红黄纸、香表、蜡烛、一面镜子等,又从邻家寻了一个秤锤。吃了晚饭,高神仙用剪刀剪纸人人儿,做准备工作。夜深人静,开始驱逐煞神了。先在她家院子四个角上点了蜡烛,然后在屋子里摆了一张桌子,上面放着一坛酒、剪好的黄纸人、香、表、插香的麦碗,让患者头顶二尺红布,把整个头遮盖得严严实实,站在桌子后边。高神仙把蜡点着蹲在桌子中间,装麦子的碗放在蜡烛前,把香点燃后插在麦碗里,然后烧表烧纸人,奠酒,手拿一张折叠起来的表,在患者头上转着圈儿,口里念念有词,大约一根香烟的时间,把头顶的红布取掉,从折叠表的中间有角的地方,连表扯下一小块揉成蛋蛋,让患者当场服下,算是神灵赐的药。

高神仙又把圆镜挂在窗子上,端端对着她家前面的邻居的高烟囱,在大门内挂着秤锤,说是煞神若再敢进院,秤锤落地会砸死它。又拿一双红筷子"十"字相交固定起来放在碗口上,然后用头顶的二尺红布把碗筷都包裹起来,埋在院子的菜园子里,把煞神钉死。

说来也怪,从此这妇女的膝盖慢慢不疼了,走路也很少跌倒。这事不胫而走,一传十,十传百,一个庄田镇几乎家喻户晓了。

涛涛爸妈二人到高神仙的住处时,门还没开,等了一顿饭的工夫,门开了。两口进了门,见一个头戴两边扁扁的有角儿的黑布帽子,帽子前面绣着"白云山道士"几个红字,身穿黑袍子的男子,看模样有五十左右,长着三绺长长的胡子,正同一个中年男子分别坐在桌子两边谈笑喝茶。涛涛爸看着黑袍子问:

"你就是高神仙?"

"不,我是这殡葬馆的高睿。你是——"

"我姓焦,是镰刀湾村人。"他用嘴指了一下老婆,"她是我娃他妈。我今儿个来要麻烦高老先生办一件事。"

"坐下。啥事?"

涛涛妈拉着哭声半天说不成一句完整的话:"我……我娃上上……学,"她抹了一下眼泪,稍停了停接着说,"昨天下午到现在,还没到校也没回家,请老叔掐算掐算。"他爸接着把旭日小学校长带领老师们去镰刀湾路上、河旁和竹马梁山上寻几个学生至今没有找到的情况说了一遍。又说了他两口子跟着老师寻,在河心一青草滩和岸边寻到了一双黄胶鞋,到底是哪个孩子的,还不能确定。那个高神仙对面坐着喝茶的人说:"高神仙马上要走,给我父亲看坟地,我们离这八十多里,不必再唠叨了!"高神仙可能是被这两口子所说感动了,向那人打

了个手势，意思是，先给这两口子把事办了，再办你的。他问了涛涛生辰属相，也问了他俩的属相年龄，相了相面，看了他们的手纹，然后拿出一个竹筒，里面插满了竹签，在手里摇了摇，让他俩无论是谁抽一根。老婆说，你抽。涛涛爸抽了一根给了高神仙。高神仙看了看，放在桌子上，拿出一方黄纸铺开，再拿出墨汁毛笔，在黄纸上写了"蛇于水中，雕栖楠木"八个字，解释说："这八个字是你抽的签上面写的，还画有圈。'蛇'与舌头的'舌'同音，'水'就是'氵'旁，合并起来是个'活'字，这就是说，贵子生命无危险，现在活着。'雕'本是凶猛的鹰，这个字同你的姓是同音，指你家儿子焦涛涛；'栖'是停留之意，咱们方言说的'卧'；'楠'与'南'同音，指你们家门前的南山；'木'，指树。看来，你儿子是在你村南石山上树下过的夜。好了，这就是掐算抽签的结果。"

老焦两口子听后立时舒展双眉，那忧郁之情跑了多一半，一溜头说了好多千恩万谢的话。

老焦问："叔家，给你多少钱？"高神仙把胡子一捋，两眼盯着他，笑着说："成人之美嘛，不必给了。"

老焦老婆说："叔，那怎么行呢？没多的，就这五十元算是一点儿心意。"说着掏出一张票子放在桌面上。老焦说："娃找着了，我还得重谢你哩。就这点钱拿上！"高神仙把钱拿到手里，胳膊向老焦怀里一伸，说："你拿上吧！"老焦用手一挡，高神仙立马笑眯眯地把钱装到了自己的衣兜里。老焦两口子回到家里，立刻上了村对面的南山。

林娜和老师们回到学校，学前班李萍老师同一个学生家长到林娜房子。那个家长说，他去县医院看病，看完后乘两点的车回家。车到塬畔村有人下车，车门口有高低差不多三个男孩要上车，就是没钱，司机没有拉。他看这三个娃娃好面熟，就是叫不上名字。后来车开走了，他从车侧面玻璃朝外看，三个娃娃朝县城的公路上想走不想走的。回到家里，吃晚饭听女儿说，学校今天下午三个男生逃学不知去了哪儿，学校多数老师外出寻找，放晚学时还没找着。这样一说，提醒了他在塬畔村碰到的这三个娃有可能是旭日小学学生，其中一个好像是镰刀湾村老焦的儿子，他在他家吃过一顿饭，所以有点印象。

林娜十分感谢他提供的很可靠的线索，第二天天亮，就同任侠、田玲、刘睿乘车去了县城。

林娜寻思：这三个学生假使去了县城，县城单位那么多，地方那么大，到底在啥地方，恐怕一时也难寻着，说不定又是猴子捞月亮——一场空。干脆打印几十份"寻人启事"在人多的地方张贴，今天找不到，也为后面打好基础。当初喝了迷魂汤办学校，真是自找苦吃！办学校会出现这么个绊磕，真正有个一差二错，就把我撂倒，八辈子也翻不过身。恐怕这事与老师布置作业量大有关，他们都是后进生，必定不能按时完成作业，或者根本就没有做，或者做得潦草，正确率低。老师可能轻则罚站，重到打骂，逼得他们出走。人寻着了，非把真相弄清楚不可！她又想，印"寻人启事"张贴，又是到处寻人，真是掰尻子扬风，弄得人人皆知,给我这个办学人的脸上抹黑。还是别印为好,万一寻不到人,再印不迟。

这时售票员喊县城大桥到了。林娜才猛然挽住了脑子里野马奔驰的缰绳,同几个老师下了车。

她们先在中心街走了一圈,又去了农贸市场,那里人来人往,叫卖声此起彼伏。她们边走边看边打听,大概有一节课的时间,没有打听出个眉眼,也没见人影儿。

林娜正准备到几家电子游戏厅去看看,忽听有人在身后喊叫:

"林校长,你让我好找!把鞋都磨破了,才在这里。"

林娜转身一看,是镇教委的小刘,问道:"你找我啥事?"

"啥事,你们到县城有啥事?"

"不瞒你说,寻学生呢。"

"买一条红塔山烟,保管叫你见人。"小刘卖开了关子。

"两条都行,快引我去见人。见到人再买不迟。"林娜着急地说。

任侠和小刘最熟悉,平时见面常骂笑。她笑笑说:"给你买个屁,就问你哪颗狗牙想吃烟?干脆把门市的老板认作干爸,你就有吃不完的烟了。"

小刘从脚下捡了一块纸,包了扔在地上的一个桃核向任侠扔去:"你爱吃糖,给你送一块高级糖!"

小刘笑笑说:"这三个娃现在县公安局。早晨八点,公安局给教委打来电话叫引人,到底为啥事在公安局,我就不知道了。主任让我马上通知你,打学校电话无人接,我就到你学校见了李萍,说你们上县城寻人去了,我又乘车到了县城。"林娜说:"这下我们把心放下了! 不管咋说,人身有了安全保障。让你小刘劳心了,真是谢谢你啊!"几个阴沉的脸顿时露出了蓝天。

"走!"大家一声喊,连说带笑去了公安局。

县城关小学位于城北马头山山脚下,它的东边是市民家属区,那里有一家私人黑网吧。

这家地处偏僻的黑网吧,实际上早已被公安局注意到了。五月初的一天,警察突然出现在网吧门口,老板站在门口面朝里两眼直勾勾地看着大家。娃娃们如惊弓之鸟侧身而立有逃离之势,有人慌慌张张在关闭电脑,撞得碟子、碗都发出了响声。一名干警说:"全部到休息室,立即行动!"那些娃娃们一个跟一个走了出来。这些娃娃里,就有着旭日小学的张铁蛋、焦涛涛和石军建。

第二天早晨刚上班,公安局办公室就给庄田镇教委打电话通知学校领学生。

林娜同几个老师到了公安局,说了不少道谢的话,带着三个学生回到了学校。

第五十五章　寻根问底

　　且说焦涛涛他妈和他爸上了村对面的南山寻找儿子，他俩按高神仙说的，翻越了七沟八梁，穿过了大大小小的林子，鞋跑掉了，穿上；腿跑困了，坐下歇歇；渴了，喝两口军用水壶的水；饿了，咬两口冷馍馍；眼瞅涩了，用劲挤挤再睁开，嗓子喊叫哑了，只好压低声音。从太阳冒红上山寻到日头偏西，终无结果，两口子带着撕心裂肺般的痛苦下了山。

　　刚走到家门口，涛涛猛扑到妈妈怀里，险些把筋疲力尽的妈妈撞倒。涛涛妈紧紧搂着他，拉着嘶哑的声音喊叫："涛涛娃……你把妈想死了！你到底去了哪儿……"两道泪水水早从眼窝涌了出来。

　　焦涛涛等三个人回到学校，上完两节课，林娜让他们几个在学校灶上吃了饭，下午又上了一节数学辅导课。数学辅导课下了后，叫他们三个早早回家，好让爸爸妈妈把心放下，免得四处寻找。这样，他们三个都急急地回到了家里。

　　张铁蛋进了大门，他爸妈正在院子菜园子栽辣椒，见铁蛋回来了，他爸怒从心头起，拿着浇水的塑料水瓢从花墙上翻过来。铁蛋见势头不妙，转身就朝大门外跑。他爸撵上一把抓住他的领口，照肩膀上打了一瓢，把瓢脑当地打落，翻着白眼骂道："狗日的，跑到哪里去了！我今儿个非打坏你的腿！叫你跑！跑！"他妈伸着两个泥手，边从菜园朝出跑，边骂道："你真是二屎货！还想再把娃打走吗？没烧熟的砖——生生！回来就行了，就知道打，你一辈子把娃也教育不好！"

　　石军建出走的第一天，吃罢午饭朝学校走时，妈妈李凤英叮咛他放学早早回家，甭在路口贪玩，也不要上山下河，免得妈妈操心："你姑家大小子明天结婚，我要去行礼，最迟，明天下午就回来了。你就在隔壁你婶家吃饭好了，我已经给她说了。"

　　石军建一边朝大路口走，一边不耐烦地应承着。

　　第二天下午四点，李凤英就回到家里，换上旧衣裤旧鞋准备下地拔玉米苗。这时石军建进了院子。李凤英觉得奇怪，问道："不迟不早，咋这个时候回来？"

　　"老师叫回家。"石军建低着头，噘着嘴闷闷不乐地回答。李凤英一眼看出他心里有事,便追问道:"你脸拉得那样长,究竟有什么事?"

李凤英平时虽然溺爱孩子,可并不娇惯,尤其是军建如果做错了事,丝毫也不姑息,总是指出他的缺点,帮助他改正。她家的军建好戳猫逗狗,小小的年纪今天跟这家孩子吵嘴,明天同那家孩子骂仗,给爸爸妈妈闯了不少祸,因而他也没少挨打。在爸爸妈妈面前,特别是在妈妈面前,他确实有几分胆怯。

当妈妈问他究竟出了什么事,他毕恭毕敬,站在妈妈面前,把和张铁蛋、焦涛涛在一起的事一五一十地讲了一遍。说完后偷偷看了妈妈一眼,从妈妈的表情看知道凶多吉少。妈妈问:

"你说的都是实话?我到校问老师、问铁蛋、焦涛涛,有谎话咋办?"

"都是实话,你问去。有半句谎言,你打你骂随便。"

"你知道你哪儿错了?为啥会错?"

"张铁蛋叫我翻螃蟹我就跟着去了。翻完螃蟹浮水,又叫我去街上玩,我说不去,旷课要在全校会上检查。他吓唬我,我怕挨打又跟着他去了县城。反正我错了,以后再不跟他俩在一起玩了。"

"这里有一道深沟,张铁蛋叫你朝下跳,你跳不跳?当你跟着他俩到街上又往县城里走,想没想到老师点名旷课要外出寻人?想没想到家长着急?想没想到记得我临走时再三叮咛你早早回家,在你婶家吃饭。不见你,你婶心慌不?"

"这些我都没有想过。"

"张铁蛋、焦涛涛如果认识错误,变成好学生,你也像陌生人一样不理他们?"石军建一言不发,两眼直愣愣看着地面。李凤英摆手让孩子跟她走,走到房子桌子前边让他看着对面墙上贴的三张奖状:一张是拾金不昧,一张是考试成绩显著提高,一张是爱学校献花卉。她让他念一遍,他只是呆呆地看,就是不张口。老半天才说:"我退步了,对不起老师,对不起同学,对不起妈妈。"

"你是退步了,认识到这一点好。"她转身从立柜取出军建的一个洗得红亮红亮的汗衫,走到他面前说,"这是我前两天给你洗的,右边袖子的缝子开了有一拃长,你穿上好了,不然肚子着凉。"石军建瞪着眼睛,搞不懂妈妈为啥又拿没有补好的汗衫让他穿,一时猜不出谜底。

妈妈问:"你为啥不穿?嫌咋?"

"那破缝子还没有缝上,就让我穿,穿不到三两天就破到头了。"军建说。

妈妈微微一笑,然后一本正经地说:"你说对了,没有补的汗衫穿到身子上不到一周就成两半了,成了废物只好扔掉。这就是俗话说的'小口不补,扯大尺五',你随便出走,让学校兴师动众停课到处寻人,让家长提心吊胆,造成很坏的影响。幸亏你们几个还没出意外,要是有个三长两短,谁来负责?是校长负责,班主任负责,还是家长负责?这正同衣服有了小口子一样,要是不缝不补,扯成大口,就只好扔到垃圾堆去了。妈说的话,有道理不?"

"有道理。"军建流着眼泪点点头,"我错了,以后一定改正。"

妈妈说:"知错就改,就算没错。你马上给我写一份检查,主要写出错在哪

里,错的原因,今后怎样改。写好后我看行,你再抄一份拿上,咱娘儿俩去你们学校向校长、班主任承认错误。"

军建点点头,马上摊开纸拿着钢笔,开始写检查。

张铁蛋、焦涛涛和石军建三个并非十分调皮捣蛋、难以管教的学生,就是学习很差,一旦做语文、数学作业就感到头痛。他们三个都是后进生转化对象,在任课老师的严管狠抓下,学习态度较前端正了,成绩也明显有所提高。尤其是石军建学习成绩较前进步很大,可以说,已经步入班里中上等行列。

为了鼓励他们学习不断进步,学校给他们三个都颁发了学习进步奖。毕竟他们的进步是曲线上升的,时好时坏。尤其学习情绪低落,懒于做作业,或者做了错题的时候,一些老师不能循循诱导他们,轻则挖苦罚站,重则打骂,致使他们厌学,而产生逃学出走的行为。

他们出走的那一天上午,班主任任侠布置了三道语文作业和一篇要求写一百八十字的小作文,离放午学再有二十分钟了,任侠去教室检查完成情况,一眼看到张铁蛋、焦涛涛和石军建趴在一张桌子上照抄他人的作业,气得脸色紫青,没好气地问道:

"谁叫你们照抄他人作业?是给自己学知识,还是给老师完成任务?"

"咋?我们不会就是要照抄!"张铁蛋头猛地一抬头,瞪着眼看着老师回答。这一下,任侠的怒火直上升到头发梢。啪啪扇了铁蛋两下脖子,边扇边骂:"我叫你抄!我叫你抄!"一把抓住铁蛋的领口推到教室门外。石军建吓得一迭声说:"老师,老师,我再不抄人家的了。我错了。"任侠让他们几个站在那里,任侠抱着作业出了门,朝张铁蛋脊背用力推了一把说:"往教室走,完不成,不能回家吃饭。"说罢,回房子了。

这时离放学再有十分钟了。张铁蛋和石军建坐在自己的位置上,与其说在做作业,还不如说咬着钢笔等待放学。下课铃响了,同学们都收拾好学习用具去排队放学。任侠鉴于上学期放午学留学生写作业的教训,去教室看张铁蛋两个站队没有。结果他们还坐在教室里,见老师进来了,都拿着笔装着写。任侠没好气地说:"往回滚!吃了午饭早早来做,赶上课做不完在全班检查。"张铁蛋做了个鬼脸,一溜烟跑到五年级队里,随后石军建两个也走出了教室。

吃了午饭,张铁蛋和焦涛涛在朝学校走的路上,遇见了石军建。张铁蛋说:"离上课还有一阵儿呢,咱们到马莲滩翻螃蟹去,那里螃蟹多得很!"焦涛涛转身向前跨出一步:"走!"石军建说:"老师让咱们去做作业,我不去。"张铁蛋说:"下午还有一节空堂,还能完不成作业?"说着,三个人就朝马莲滩跑,一口气跑到那儿,看到四个男孩在河中心打水仗,三个个儿较低的对付一个高个儿,把高个儿围在中间,用手掌击起的白色水花像雨点打在那高个儿的头上和光光的脊背上。高个儿挤着眼胡乱地往周围刨。那三个边击水边笑边喊:"要是不投降,就叫你灭亡!"高个儿撑不住了,弓着腰冲上岸边。那三个拍着手哈哈大笑:"我们胜利了!我们胜利了!"只见那高个儿提了两只鞋在草滩中间一棵柳树下转了一圈,飞快地把一只扔到河那边,手里拿着一只鞋跑了。那三个低个儿也上了草滩,转圈儿撵了过去。

铁蛋早脱得精溜溜的,纵身一跃,扑通一声跳到水里,水齐他的腰部,他大喊大叫:"美得太太!快下来!"这时,焦涛涛也脱了衣服,从岸边慢慢溜了下去。石军建胆小,站在水岸上看。张铁蛋和焦涛涛又是打水仗又是憋着气钻进水里,从很远的地方钻出水面露出头来,快活极了!

大约玩了半小时,他们上岸穿好衣服,又去翻螃蟹。焦涛涛把他的衫子脱下来,用水草将两个袖口绑起来,石军建提着衣领和前襟,他把翻起来的螃蟹扔到像包袱一样的衫子里,一会儿就翻了大大小小二三十个螃蟹。

此时,他们听到朝学校走的路上有学生叽叽喳喳的说话声。铁蛋小声说:"别站起来,不然,他们看见了给老师告状就糟了。"

石军建说:"咱们赶快往学校走,还要做语文作业呢。做不完游班检查,才丢人哩!"

铁蛋说:"我就问你,你会做不?不会做要检查,做错了还得检查,还不如干脆不做。"

"你不走,我走。"石军建站起来,转身就走。铁蛋一把扯着他的后衣领:"再向前走一步,看我不揍死你!"

崔涛涛拉着石军建的手说:"不如咱们去庄田街上玩,反正作业也做不出来!"

"好!"张铁蛋头一摆喊道。石军建老半天吊着脸,有气无力地从牙缝里挤出了一个字:"行。"

三个娃娃顺小路去了庄田街。在街道里转了一圈,焦涛涛出钱给每人买了一瓶汽水,又沿着大路去了县城。

上了塬,正好碰到塬畔村一个乘客下了班车。他们三个对售票员说,乘车到县城,可只有三元钱,人家不拉。焦涛涛和石军建想返回学校,张铁蛋坚持要去县城,最后三个人还是朝县城摇摇摆摆走去。

再说,李凤英引着石军建到了学校,娘儿俩先去了班主任任侠的房子。军建的妈妈说明了来意,把石军建写的检查保证给任老师看,并把孩子的出走经过说了一遍。石军建耷拉着脑袋,做了保证:以后一定改正错误,遵守纪律,好好学习。任侠对军建妈说:"像你这样严格要求孩子的家长的确不多。你军建各方面都有进步,曾三次受奖励。这次实在出乎我的意料,我相信他会改正的。"李凤英说:"有进步都是你们抓的结果。不过总是个娃娃,进步有反复性,这回让校长和所有老师费了大神。"……她正说着,林娜进了门。任侠把检查递给林娜,她看后连声说:"好!好!"拉着石军建的手说,"校长和班主任相信你会改正错误,再给你妈拿几张奖状回去!"

第五十六章　亡羊补牢

农历四月二十七日晚,即张铁蛋等三个被领回学校的那天晚上,全体教师开会讨论张铁蛋等出走的原因和教训。

林娜说:"我们开的是亡羊补牢会,希望大家消除顾虑、踊跃发言,为管教学生加强纪律献计献策。"

五年级班主任任侠先发言说明情况。她长长叹了一口气,好像卸下了千斤重担:

"总算一场事平平安安过去了,就像航船经历大风大浪后驶进了码头,实在算是我有运气。我的确照张铁蛋脖子上扇了两下,把石军建、焦涛涛推到门口罚站。他们的脑子好像叫狗吃了一样,几次照抄别人的作业。我劝说了好几回,他们就像没长耳朵,反正你说你的,我照抄我的。张铁蛋还说啥,我不会就是要照抄!你说,气人不气人?不会可以问会做的同学,也可以问我,可是他们宁愿不做和做错,就是不问人。我叫他们三个吃罢午饭早点儿到校做作业,还准备让学习委员帮他们做。当时,我在气头上,说赶数学辅导课前做不出来或者做错了要做检查。我想,他们可能是害怕检查吧,结果就出走了。我个人意见,干脆把张铁蛋开除了,其他两个给警告或者什么处分。不然,前头插棒,后头还有看样的人呢。"

"说真的,一个张铁蛋把一个好端端的班搞得乌烟瘴气,可以说,他是屡教不改;如果不开除,恐怕有一天要弄得校无宁日了。我同意任侠的意见。"刘睿说。

"我也同意开除张铁蛋学籍,杀一儆百嘛,不然,还有随便上天的呢。"闫红说。

"我的意见再给张铁蛋一次悔改的机会,人非圣贤,孰能无过?何况是一个小学生呢。再说,铁蛋尽管好出风头,惹是生非,可也有长处,捡煤最舍得出力,所有学生唯有他捡得多。放寒假搞宣传,他打锣儿也最用劲。就说学习吧,也有不少进步,今年开学初还获得成绩提高奖。我看给他警告处分,让他在班里和全体师生面前检查,写出保证,以观后效。"田玲说。

"当老师真难。不严抓严管,成绩上不去,家长有意见。严格要求,轻轻打一下,又随意乱跑,寻死觅活的。要是出了事,管教的老师和校长,我看都脱不了身。说句公道话,事情主要怪张铁蛋几个。不过,任侠的管教方法也不对头,照抄就叫他们照抄去,不该打他,这怕是他们出走的主要原因,干干脆脆把张铁蛋打发了,杀鸡给猴看,以后绝不会有出走的了。"王玉玉说。

老师们你说一套,她讲一堆,围绕处理问题,特别是对张铁蛋的处分意见有分歧,多数人认为应该开除,少数人认为学生年龄小,还应该给留下改正的机会。

会场立时静悄悄的,呼吸的声音彼此都听得清晰。大家都在侧耳倾听校长的裁决发言。林娜扫视了全体老师一眼,略挺了挺胸脯,说:

"今天晚上,这个会开得很好,各位老师以主人翁的态度关心着张铁蛋几个同学出走的事,各抒己见,踊跃发言,谈了自己的看法。很好!这几个同学的出走,我做了调查,既问了他们自己,又问了班上一部分同学,同任侠老师说的如出一辙,我无须再说过程。他们外出的直接原因,从任侠这一方面讲,是任老师一时的气话,并非真要实行。他们几个信以为真,只怕检查丢人。做作业吧,不会;不做吧,又怕检查,干脆外出逃避。这样看来,张铁蛋还有自尊心,思想深处还是想做个学习好的学生。我们不能把张铁蛋一棍子打死,要允许他改正错误。事实上,张铁蛋确实难管教,学习差,整天戳猫逗狗,惹是生非,给带课老师尤其班主任带来不少麻烦。可是,你们看到他思想王国里的闪光点了没有?比如,去年九月初我们在石头滩里捡煤,他最吃苦卖力,一个顶几个。今年三月初,我们拾废砖铺厕所的那一段路,铁蛋和焦涛涛两个捡得最多,手磨破了,也不哼一声。最后总结时,我特别提出给了口头表扬。就学习而言,也在不断进步,听说以前在水湾小学根本就没作业本,何谈去做,每次统考都要被关在门外。到了咱们学校,在你们任课老师的指导和同学们的帮助下,尽管错题多,起码还动手做;就是照抄吧,还要动动手。去年后季期末统考,语数都在四十多分,对他这样一个提起一串子、放下一堆的后进生来说,我看进步就不小了,因此,还给他颁发了学习成绩提高奖。"

任侠插话:"无论在哪一方面,我一旦发现张铁蛋有优点,就给予鼓励表扬,可只管一两天老毛病又犯了,反复无常。哎呀呀实在……实在难教育!"

林娜笑道:"汽车爬山总是顺着 S 形的公路拐来拐去,最后上到山顶,倘若直线跑恐怕就有翻车的可能性。一个小学生各方面的进步,何尝不是如此?甭着急,慢慢来,干啥事都有一个过程。在此,我先做检查。上次抽查六年级个别学生的作业,我对作业存在问题比较严重的三个学生,每人打了三板子,轻轻地打,让其他学生看,要求在我的备忘录本子上填写下次改正几个字。这是我体罚学生的不良行为,带了个坏头,致使一些老师——不光是任侠——严重体罚学生。咱们都要改,改得越快越彻底越好。任侠工作认真,任劳任怨,带班带课都是好样的。我的看法是严格要求学生和体罚学生是两个内涵不同的概念,要

区别开来。'严'就是讲清道理，循循诱导，一次不改，两次三次甚至十次八次，一直到改正为止。'体罚'是以力压人，触及皮肤，像暴雨加冰雹一样毁坏禾苗，学生其实心里不服，往往把事情弄僵。铁蛋他们被体罚出走，不正是心不服把事情弄僵的结果吗？人家想想有道理没有？"

老师们没有吭声，都在想着校长说的话。任侠仰着头看着对面桌子上放的电话，面不改色，似乎认为校长讲的有正确的成分，也有不对的地方。

林娜倒了一杯茶水，一仰脖子喝了下去，把杯子放在桌子上稍微喘了口气，接着说："做任何工作都要有布置、有检查、有总结。有成绩要总结经验，发扬光大；存在问题要吸取教训，及时纠正。张铁蛋等的出走，是我们教学工作的失误，必须从中吸取教训。为此，我们应做到以下几点。"

"这次出走就他们三个说，主要责任是张铁蛋，其次焦涛涛，石军建是逼迫而已，所以张铁蛋在班上和全校师生会上检查，给予记过处分。焦涛涛在班上检查，给予警告处分。石军建主动写了检查，态度诚恳，不给处分。他们的保证书班里保存，张铁蛋的学校保存，以便检查督促。"

"我和五年级班主任任侠老师写出书面检查，本周星期日例会做自我批评。"林娜刚说完，任侠说："我不同意校长检查。这明明是我班出的事，责任在我身上，我做自我批评理所当然，怎么能让校长检查呢？"

接着刘睿、田玲也说不管啥都有一个远近，总不能让教委主任也做检查嘛。林娜说："我是一校之长，学生外出我预先没有估计到；要是有所防备，也许就不会发生学生知道，家长知道，连教委、公安局都知道这样的大事。这不能说剃了个光头，把自己推得光溜溜的。"她下来继续说，"按咱们的教学计划办，课堂上精讲多练，布置的课堂作业当堂争取完成百分之七十。"

"再就是加强思想品德教育。'学规范、见行动'的活动要向纵深发展。中低年级真正读好《小学日常行为规范》各条，高年级要背会，人手一册，以便随时随地学习。班级要建立好人好事风尚簿，成立通讯组，每天下午活动时间广播表扬。班级一周总结一次学规范涌现出的好人好事，学校两周总结一次，给典型的新人新事以物质奖励。除唱其他歌曲外，大唱《学习雷锋好榜样》和《三大纪律八项注意》两支歌，以潜移默化学生的思想。"

"现在夜深了，明天还要早起。大家对我提出的这四点要求，认为还需要补充和修改，请随时随地和我交谈。最迟下周星期二印出来，每人一份，贴到各教室。"

散了会，走出办公室，大家仰头看校门前南山顶上的月亮已经西坠。山上和田地里的鸟虫欢快地歌唱。

第五十七章　排练节目

旭日小学在中考后,把"学规范见行动"的活动推向了一个新的阶段,按林校长提出的四点要求抓教学工作,学校在各方面都焕然一新,同花园的花儿一样艳丽而芬芳。

课堂教学启发学生积极思维,释疑解惑,精讲多练。作业布置从题海中游出来,少而精,大多数学生课堂上能完成作业的百分之七十左右,剩余的作业在课堂以外或自习堂上稍微抓紧就完成了。

家庭作业因人布置,除以少量的题复习巩固所学知识外,增加预习新课的内容,为理解接受新知识打下了基础。这样,师生都从苦教苦学中解放出来,利用其他时间搞有益的活动。

学生娃娃坐在板凳上总是前后晃荡,左右摇摆,往往把凳子腿摇活,拉来摔去,好些凳子只有三条腿或两条腿,只好靠墙休息了。开学以前,林娜请来木匠整整修理了两天。

开学初,各班的板凳按编号,谁损坏了,谁捎回家让家长修理。这样规定,当真起了一定的作用,板凳损坏的情况减少了。

离"六一"仅仅再有二十天时间了,林娜召开了全体教师会议征求大家的意见,具体部署了庆祝"六一"要做的工作:学前班到六年级,每个年级(班)准备六个小节目,唱三支歌,其中《中国少年先锋队队歌》为必唱歌。早操、大活动和音乐课可以排练,不许侵占其他任何时间。具体负责当然是各班主任,总负责李萍老师。李萍除负责学前班和学校文艺队外,主要是对各年级节目的指导。另外,"六一"儿童节要接收一批少先队员,各位老师就是她这个班中队辅导员,李萍为大队辅导员。凡是学习踏实认真、遵守纪律、有错能改的,都可接收为少先队员。"六一"那天由李萍组织负责入队仪式、宣誓,各中队辅导员给各中队队员佩戴红领巾。"六一"那天,除过张莹、王玉玉、刘睿、李萍和校长,由其余老师打分。总分在前三名的,给予班级和指导教师物质奖励。全校再评出优秀演员三名,也给予物质奖励。

林娜最后叮咛:"今年的儿童节是咱们学校首次过的节日,各位老师务必高

度重视。当天要邀请家长、教委有关人员，以及教育局主管私立学校的人员前来观看指导，中午在学校会餐。一句话，再苦再累，也要搞好这次活动。"

这天晚上，李萍又是激动又是忧虑，激动的是校长眼里有她相信她，把庆祝"六一"儿童节的工作让她负责。

说啥她都要把这副担子挑起来，哪怕前进的路上布满荆棘，她都要披荆斩棘，勇往直前。她自信，她一定会把来自各方面的困难嚼碎。校长为了聘请她不畏山高路远，经受狂风暴雨冲打而病了一场，她一定要对得起她，以实际行动和良好成绩报答她。

来校将近两个学期了，虽说干了一些事，也多次受校长表扬，毕竟是小小的成绩，无足挂齿，说心里话，她总觉得埋没了她的艺术天才，这一次，她可以大显身手了。她忧虑的是，既要抓学校文艺队，又要抓她带的学前班，还得指导其他年级的唱歌和节目，就是有三头六臂，恐怕也难抓过来。

深夜一点了，李萍一点儿睡意也没有，反而觉得脑子更清醒了。

她从抽屉里拉出《老歌经典》《舞蹈大全》两本书，又拿了一个小本子，边看边选择边记录。先翻看的是《老歌经典》这本，其中抒情经典名歌挑选了《十五的月亮》《读书郎》两支歌；儿童经典歌曲挑选了《我爱北京天安门》《小螺号》《娃哈哈》……《舞蹈大全》挑选了《七色光之歌》《熊猫咪咪》等四支曲子。

她自言自语：学校文艺队大多是五、六年级学生组成，唱歌和舞蹈要求复杂一些。节目里再增加一个小品和一个独唱，就显得花样多，避免了单调。

李萍主管学校的磁带，上早操放广播操，平时放歌曲，上音乐课放带教歌，学校文艺排练节目放舞蹈歌曲，都是她的事。

她第二天早上去校长房子，汇报整理磁带的情况，说挑选的比赛歌曲和舞蹈歌曲只有几盘带上有，其他带上的还不适合歌咏比赛和排练节目用，是不是需要去街上磁带店看看，挑选十几盘带，咱们排节目用？林娜点头同意，立马从衣兜里掏出一张一百元钱给了她，叮咛要认真挑选，不能超过这一百元，记着开发票。

放了午学，李萍连饭也没顾上吃，借了一辆自行车去了庄田街。

她进了这家在街上算是最大的磁带店，挑来拣去，挑选了十五盘扩音机和录音机使用的磁带，放在机子上试了试，有十二盘音质清亮、歌词清晰；三盘声音低沉，歌词模糊。又换了三盘试，心满意足。

老板说："一盘带按五元算，共七十五元，收你七十元。我给你开九十元的发票，每盘单价按六元算，其实，一点也不过分，我们平时卖八元。你买得多当然优惠，欢迎再次光临！"

李萍掏了钱，老板找了三十元。

她出了店门寻思：再给校长找十元钱，实际自己还多出二十元，买上一条牛仔裤子好了，反正校长又不知道。

到了学校，李萍把发票和十块钱给了林娜。

林娜说："很好，办事利索。抓紧时间，排练出高质量的节目来。"

李萍嘻嘻一笑："反正尽力而为，绝不辜负校长一片心意。"

一周来，从早到晚学校歌声嘹亮，舞姿翩翩。每一个老师、每一个学生都为庆祝"六一"儿童节而积极练习。有的学生把家里的磁带拿来交给班主任，有的把自己家的录音机提来让班上排练节目使用，有的还寻来了歌本和排节目唱歌所需用的道具，校园里洋溢着欢乐的气氛。

早操三十分钟，各年级在操场、校门口、灶房院子……按班排练节目，练习歌曲。晨曦映在他们红扑扑的脸上，个个红光满面，大家整整齐齐排着歌咏比赛的队形，小口儿一张一合地唱着。练习舞蹈节目的，听着录音机播放的歌词，迈着轻盈的步子，摆动着灵活的手臂，扭动着软软的腰身，欢快地跳着。

四年级刘睿班正在合唱《中国少年先锋队队歌》。唱完后，刘睿让体育委员引导大家再练习一下离开比赛场地的队形。她去办公室拿歌本，准备下来练习另一支歌。体育委员说和进场一样，一个跟一个有次序地往出退，不能喊叫，也不能嘻嘻哈哈说话，更不能一拥而下。

四年级有个叫陈勇的同学，外号"蔫蔫怪"，看眉眼是个老实疙瘩，其实，很不老实，常爱惹逗女生，女生们没有不讨厌他的。当体育委员喊"一二一"的当儿，他拉了另外一个男生去了厕所。这时陈勇看到五年级的一个女生进了女厕所，所以去厕所偷看那女生。

男女生厕所中间的隔墙不知是谁取了半块砖，又不知是谁用半块砖把那个窟窿塞了起来。

陈勇在男厕所门口一棵倒柳上扯下一根有小拇指头粗、一米多长的带叶儿的枝条进了厕所，小便完后，把隔墙那块堵窟窿的半块砖取掉，把柳条子伸了过去。那女孩正好蹲在那窟窿下面的坑上小便，感觉有什么在头上戳动，以为是条蛇，吓得"妈呀!"一声喊，提着裤子就跑；转身一看，才是一根细柳条，还听到男生厕所嘻嘻哈哈的笑声。她生气地骂了一句："流氓! 看我不给老师告!"从男厕所腾腾腾跑出去两个男生。那个女生已走出了厕所，她从背影认出是四年级的陈勇和姜文。

刘老师拿着歌本和李萍刚走到四年级散乱的队伍前，陈勇两个正朝队伍里飞跑，刘睿喊："站住!"这时，五年级上厕所那女生也随后走到刘睿面前，把陈勇和姜文挑逗耍笑她的事说了一遍。刘睿气上心头，向前一步抓住陈勇的领口，使劲前拉后搡，陈勇几乎被拉倒。她咬着牙问：

"叫你练歌呢，谁叫你跑到厕所去? 屡教不改的东西，去! 不用你唱歌了，就住到厕所算了!"

两个人低着头，两臂紧贴身子两侧，一句话也没有。刘睿为了抓紧时间练歌，再没有理睬那两个。

练完歌后，刘睿把陈勇、姜文叫到房子，又把那个告状的女生也叫来。她严厉批评了陈勇和姜文，指出了他们如果不早早改过，任其发展，将来总会有一天

被送到县城西山"招待所"。让他俩当面向那个女生赔礼道歉,然后写出检查保证书。

这天,晚霞烧红了半边天,照得大地金黄金黄的。旭日小学教师排练节目的小娃娃都变成小金人了。有的年级在校园里排练,有的在灶房院里排练,有的年级在校门外大树底下练习。录音机声、高音喇叭声、唱歌声、舞蹈声、说笑声汇成了一股股声浪,在校园内外起伏翻腾。

李萍老师在灶房院子正精心指导学校文艺队排练小品《追逃犯》,这个小节目共两个人,即一个警察,一个逃犯。

五年级张铁蛋被选拔到校文艺队,在这个节目里担任逃犯。他越狱逃跑,在街道一小巷里拐来拐去跑得气喘吁吁,满脸汗水。扮演警察的那个同学提着枪紧追不舍,那"犯人"急忙爬到一堆垃圾上面,顺手把一个大纸箱拉来扣住了头和半个身子,两条腿直往垃圾里搐。警察一个箭步上前,用枪头把纸箱挑到丈把远的地方,那逃犯腰一弓,正好被警察死死抓住,两个翻来覆去激烈地搏斗。

大家看着拍手笑着:"演得好!"突然听到有人喊叫李萍,李萍回头一看,是五年级班主任任侠。

任侠问道:"你叫张铁蛋排节目,起码给我打个招呼,这是一般常识,也是对人的礼貌,我们班排练一个重要节目,铁蛋还是里面的主要角色,你知道不知道?"

李萍眼快嘴利地说:"你有礼貌,你是博士,啥都知道。就说我为学校排节目,从你班挑选个人还要给你磕头烧香不成?又不是为我的私事。排练节目先由学校文艺队排人还是由班上文艺队?你说,你说!"

任侠说:"你也知道张铁蛋是后进生,主要是抓他的学习,担任节目的角色多了,必然影响学习。你要人可以,从我们班再挑选,要张铁蛋绝对不行。"

李萍说:"你们班上排节目抽调他,他就不是后进生了?学校排节目要用他,你就后进生长、后进生短的,无非是不同意参加学校文艺队。"

任侠说:"对,就是不同意,除了张铁蛋,再无论抽谁都同意!"

李萍说:"你任侠是想把别人搞垮,自己班获奖,小心奖品把你的腰压坏了。"

任侠听后扑哧一声笑了:"你想咋说,就咋说。能和明白人打一架,不跟糊涂人说一句。铁蛋跟我走!"

"你明白,你明白!"李萍转面又对张铁蛋说:"去留随你!"

张铁蛋看了看李萍,又看了看任侠,似乎又留恋这个节目担任的角色,又有几分害怕班主任,他左右为难,站着不动,最后,还是同班主任任侠走了。

任侠当真是让张铁蛋扮演一个小节目里面的角色,同时,又从班里给学校文艺队物色了一个男同学。李萍本来不想要,先让他试演了一回,结果水平不在铁蛋之下,就留下来了。

无论哪一个班级排练节目和练习歌曲,只要说"请你指导"几个字,李萍便高高兴兴地去了。不过,她同旧社会一些艺人一样,教授徒弟总要留一招,原因是唯恐别班节目超过学校文艺队和学前班,夺走了她终日镌刻在心里的第一名。

　　她给林娜建议:每个老师"六一"儿童节出演一个节目,既增加了节目内容,给演出增添了新的色彩,又鼓励了演节目的同学,把节目演得更好。林娜同意了她的建议,不过认为不要勉强,喜欢出节目当然欢迎,不想出的也行,因为有的老师确实没有文艺细胞,总不能赶着鸭子上架。李萍灵机一动,笑着说,出节目的老师是不是也可以评出一两名来奖励一下。林娜猜透了她的心思,说可以评选出两名给予奖励。李萍想,除了她,谁还演得出色呢? 这个奖她是十拿九稳了,便笑眯眯地离开了校长办公室。

第五十八章　准备服装

学前班到六年级,还有学校文艺队,不论是练歌还是排节目,这一周来,按班主任的规定和要求,家长们都给自己的孩子准备服装。

有借其他孩子的,有扯布缝做的,有把买来穿上时间不长又符合班级规定的衣裳给孩子洗净熨平的,有去街上服装店购买的,也有去街上衣服摊买便宜货的。家长们没有不希望自己的孩子衣帽整齐,穿戴一新,欢度自己的节日的,谁不盼望"六一"这天看看自己的宝宝演出节目?

这天放了晚学,王倩蹦蹦跳跳进了大门,爷爷和奶奶正在园子种菜,她飞也似的跑到爷爷面前,搂着他的腿,一边左右摇晃着身子,一边说:

"快给我买,买买买……"

"买啥吗?你给爷好好说!小心撞倒我这把老骨头。"

"买衣服、扇子、绸子——"

奶奶问:"上一周才给你买了衬衫,穿上没几天又要买,没看你爷是穷鬼?"

王倩放开爷爷,又像猴子一样蹦到奶奶跟前,逮住她的手,身子左拧右拧说:"奶奶,下周星期四'六一儿童节',我要演四个节目,还参加班上歌咏比赛。我老师说,唱歌服装要统一,一律是白衬衫,蓝裤子,新袜子,网球鞋。再说,我演三个舞蹈节目,还要一把扇子,三尺红绸子,还要……"

"甭说了,我记不下那么多。叫老鬼到会上给我娃买,你和他一起去!"

王倩他爷王虎把镢头靠在菜园子墙上,左手一捋山羊胡子说:

"买买买,明天是星期天,又是集会,咱爷儿俩一同上街,要啥给你买啥。好好念书,考试能在班里前五名,爷给我娃买一辆崭新的飞鸽自行车,骑着上学。"

王倩蹦得老高,两手一拍:"我的亲爷爷,我的好爷爷!"

第二天,庄田镇街集会,王虎和老伴、孙女都去了街上。旧农贸市场两边从东到西大约三百多米长,卖服装、布匹,大人小孩各式各样的鞋就占了三分之一多,还不算两旁的服装门市,买衣服、鞋袜的人挤成一疙瘩,看了这家看那家,摸了这件摸那件,双方讨价还价,声音嘈杂。王倩跟在爷爷后面,眼睛直勾勾瞅着,也动手挑拣。

王虎本来上街带了三百元,菜苗又卖了一百多元。走了两家儿童服装店,都有白的确良衫子和深蓝的裤子。王倩她奶奶让王倩把衬衫和裤子都试一下,要是合身,价钱合适就买下了。王倩噘着嘴,就是不试。爷爷亲自把衬衫披在她的肩上,拉长一只空袖子,逮着她的胳膊朝里搋,她胳膊肘朝后一抡说,这家衣服不好,我看不上!卖衣服的笑笑说道:

　　"娃娃,我的衣服质料柔软,颜色鲜艳,这么好还不如你的意?说实话,整个卖儿童服装的再没有第二家了。过了我这摊,再没我这店了。卖给你,少算些钱好了。"

　　"算多少钱?"

　　"一身卖一百元,给你算八十元好了!"

　　"快试试,合身就买下。"奶奶拿了裤子让孙女试。她冲着奶奶嚷道:"我不试,我不试,我就要到那家高档店去买!"

　　"好我的犟牛哩!啥高档、低档。我看这料子就蛮好的,你奶奶就你这么大,浑身还是精溜子,想穿衣服没门。"王倩一扭身顺街朝前跑了。

　　她奶奶喊叫:"死女子,你给我站着,看我不打死你!"王倩哪里听她的,只顾跑。爷爷说:"算啦,你算啦,就到高档门店去买。"奶奶无可奈何,同爷爷跟在王倩尻子搋。奶奶边走边说:"还不是你这老鬼把娃惯成了,这样我看要吃你的肉,你也得割一块下来。"爷爷说:"别嚷,快走!"最终,爷爷和奶奶还是按孙女的要求在高档童装店和鞋店买了王倩要的衫子和鞋。

　　三年级学生明明的节目是说一个快板,说的是当年郝树才开荒种地的故事。班主任田老师要求他的服装是头包白毛巾,身穿白衫子、蓝裤子,脚穿老布鞋。他回家告诉给妈妈,说要她买服装。妈妈没有答应,因为买一袋面的钱都不够,哪有钱给他买服装呢?她告诉孩子:"只要快板说得好,哪在穿什么衣服?"明明点头同意妈妈说的,妈妈给他借了一条包头的毛巾,把他穿的白衫子蓝裤子洗了洗,就撂过手了。

　　四年级文艺委员、指挥歌咏比赛的刘琴同学和妈妈坐着小摩托车,拉着一大笼杏和几十把香菜、韭菜去街上卖。街上卖杏的有八九个,唯有她家的是抢手货。杏子个头儿像鸡蛋大,黄亮黄亮的,蹴在杏笼前就有一股香味扑鼻而来,看得人口水不由得从口里流出来。两个多小时卖得精光,二百多元装到了腰包。

　　刘琴牵着妈妈的衣角儿去了童装门市。在庄田街,这是最大的一家娃娃服装门市,种类繁多,式样新颖,质料最佳,价钱也昂贵。

　　妈妈按女儿说的,上身穿白衬衫,下身穿浅蓝色带双红竖道裤子、白网球鞋。在挂着的一溜儿又一溜儿的服装里,妈妈和刘琴睁大眼睛精心挑选。

　　售货员是个中年妇女,她引着她娘儿俩从这一行进,从那一溜出,边走边介绍:"这件白衬衫是棉线的,质量特好,你娘儿俩摸一摸。"妈妈逮着前襟用拇指和食指捻了捻,说手感不错,又光又厚。刘琴噘着小嘴儿想,我看不好,心里虽

这么想，却把胳膊举了起来。售货员早用钩杆儿取了下来，提着领披在刘琴的肩上，同妈妈一起帮她穿上扯展。

刘琴转过身子面向售货员和妈妈，眼皮往上一翻，抿着小嘴笑了笑，意思是你们看行不行？售货员左瞅右看，笑着说："哎哟，漂亮极了！长短宽窄刚好，这衣服就是专门给你定做的。穿上这衫子把你粉红色的脸蛋儿衬托得越白越俊了。"

妈妈前后转着看了一圈儿也笑着说："合身是合身，大小宽窄长短当真像是给我琴娃做的。就是一点儿不如意：总觉得棉布不好，我想给娃买一件的良或的丝衫子。琴娃你看，行了就把这件买上？"

还没等刘琴开口，售货员笑成一串铃："那你就想错了。如今十人里面穿棉布的有九个，穿的良的丝的只有一个。棉布挨着身又软又绵，不像的良一类凉冰冰、硬邦邦的。你要那种最后一排多得是。"

刘琴赶紧接着说："妈——那就买这件吧。"

妈妈瞅着售货员问："说价，多少钱？"

"明码标价，一百元。"售货员把挂在纽子上的纸牌子拿起来，"你看，写着品牌棉布衬衫，价钱也写着呢。"

妈妈和刘琴都看了看。妈妈说："我也安心买，八十元。"

"哎哟，一分价钱一分货嘛。"售货员摇着头。

最后讨价还价，总算少了十元买下了。妈妈叫刘琴脱下来，从货架上另取了一件叠好装在衣盒里，又去看裤子。

看完了两行童裤，都不见有两条裤腿带竖红道道的。售货员又引她娘儿俩去两侧看，好家伙！一溜挂着三十多条裤子，都是天蓝色带红竖道的。蓝红相配，格外显眼。刘琴换上了新裤子，也是长短宽窄再合适不过了。她去更衣室对着镜子左看右看，出来后扑到妈妈怀里，仰面看着妈妈的脸笑笑："绝对好！就买这条。"妈妈和售货员说来说去，又付了六十元。这回刘琴没有脱下新裤子。售货员给了一个装裤子的空盒子，把旧裤子装在里面了。

娘儿俩出了这家童装店，又去一家儿童鞋店花了五十元买了一双雪白的网球鞋，刘琴蹬在脚上，把旧鞋装在鞋盒里。妈妈笑着用右手食指在她头上一戳说："这女子爱穿好的没瞌睡，瞎雀儿藏不住隔夜食。"

"谁不爱穿好的？又不是傻子！"刘琴笑了。妈妈也笑得咯咯响。

第五十九章　田玲练唱

　　李萍这两周来确实是头发梢绑辣椒——拉红了。这个班请她踏风琴练唱歌,那个班请她指导独唱或舞蹈动作。她兴致勃勃,随叫随到,像腊月二十四的乐人——忙得挤不出吃饭的空来。要给学前班排练,要给学校文艺队排练,别的班还要请指导,又要挤时间练习她的笛子演奏。

　　她练习吹笛子主要在晚上九点左右。校门前对面的半坡里有方方两丈宽的一个簸箕掌掌,中间是支撑起来的足足有五六寸厚的一个碾盘子,这是过去村里人碾米的地方,如今只剩下空碾盘子。它的下面是朝沟口流去的小溪。李萍八点多拿着笛子,在碾盘子上铺好报纸,坐在上面吹了起来。这当儿已暮霭沉沉,抬头望月儿明明,低头看溪水清清,倾耳听鸟虫声鸣,微风轻轻。溪流两边和前后住着几十户农家,他们有的正在院子里喝晚汤;有的吃罢晚饭三三两两坐着乘凉,漫无边际地谝闲传。忽而变化多端的清亮的笛声传到耳朵。有的问,这是谁在吹笛子? 这么好听! 知道的回答,必定是学校李萍老师。你仔细听,笛声是从学校门前飘来的。一个青年竖起了耳朵听了半天说,在这静夜里,欣赏笛声倒是别有风味的一种享受!

　　李萍吹着吹着,突然一个小土蛋儿打在她的胳肘弯上,她停止了吹笛子,弹去了袖子上的土屑,四处张望。

　　正准备骂时,刘睿和田玲已站在她面前。

　　刘睿说:"哪个仙女带着笛子下凡吹得这么动听?"

　　李萍说:"坐坐坐!"她们两个分别坐在她的两边。

　　田玲说:"老师出节目,你十拿九稳是冠军了。要是我打分,给你打 120 分咋样?"

　　李萍照她的肩膀用拳头轻轻捶了一下说:"获得冠军小妹设西瓜宴请你。"

　　刘睿说:"请她不请我,你就是吹得连正飞的鸟儿都驻足听,我也只给你打 10 分。"说罢她们三人都笑得低头弯腰。

　　刘睿笑罢问李萍:

　　"听说为排节目争一个张铁蛋,你同任侠吵得面红耳赤?"

李萍说:"这个任侠仗着林校长看得起她,眼睛长在头顶上,尾巴翘到天上,眼窝里谁也没有。她班学生,她能使用,难道我不能用? 我也是为学校排节目,又不是为了自己的私事。你说,她非把张铁蛋叫走,对不对?"

"我是个直杠子,袖筒撸棒槌端入端出的人。"刘睿说,"我说,你别恼。不管咋样,你给学校文艺队排节目要张铁蛋,总得给班主任打个招呼。你不言不语叫走了人,要是我班里的学生,我也不依。再说,张铁蛋本身学习差,这个你知道,除参加他们班的合唱队外,没有什么节目,还不是为了给他留出充足的时间看书做作业? 听任侠说,原来她给张铁蛋安排一个节目担任主角,想来想去不合适,还是取消了。反正是考虑到他是后进生,你怎么能让他担任节目的角色呢?"

田玲说:"谁的是谁的非,已是过去的事了,提它也没意思。任侠这人,我和刘睿接触多,宽宏大量,心里不记事,今天就是同你打一架,明天照样跟你嘻嘻哈哈的。不是吗? 叫走了张铁蛋,又从她班给你找了个顶替的角色。要是其他人,根本不管。她说你李萍见她走过来,一句话没有,还绕路走。她非要瞅个机会跟你说话,解开你这个生疙瘩不可。"

李萍吭一声笑了说:"她不记,我也不记,我怕撺着跟人家好落个撺上搭不上。她度量大,和人争吵了不记这也是事实。百人百性,这点当真是她高人一筹的地方。"

她停了一下问田玲和刘睿:"你们俩准备出啥节目?"

刘睿说:"我嗓门像破锣,脚手笨得连鳖都逮不住,就不是演节目咻犁上的铧,我没报。不像田玲,人家是天生的好嗓门,报了个独唱。你唱让李萍奏乐给你指导指导。"

田玲站在碾盘子的右侧,清了清嗓门,正要唱时,却返回坐在原地方说:"晚上安静,周围的人听了要笑掉大牙哩! 咱们还是回房子练习的好。"

李萍一边把田玲往起拉,一边说:"这里凉飕飕的,空气又好。你听山上的鸟儿,河边的青蛙,庄稼地里的虫虫哇哇哇唧唧唧啾啾啾,都在清静的夜里争着抢着唱歌,多好听! 就说你跑回房子死呀! 谁爱笑话谁甭听。"田玲才又在刚才站的地方,左脚迈出小半步,双手背在身后又清理一下嗓门。李萍问,唱什么歌? 田玲说,先练唱《流浪歌》吧。李萍把笛子放在口边,手按着指眼。

这时月亮出来了,月光透过树木枝叶的空隙洒在碾盘子和它周围的地面上,好像无数的花瓣。田玲放喉高歌"流浪的人在外想念你,亲爱的妈妈……"李萍的笛音和歌声水乳交融,向校门前四周的天空飘去,钻进山岔沟村民的耳际。由于田玲开首一句声音过高,中间唱不上去,硬是可嗓子唱完。李萍和刘睿笑得肚子疼。

李萍停住笑声,说:"基本没跑调,这是你的长处。叫我看,要唱好一支歌,必须要做到以下三点:一是音的高低要合适。过高最后就唱炸了,就是勉强唱下去,也不会入耳动听;过低,必然是有气无力,好像没吃饭的人一样,也不受欢迎。高低音主要取决于第一句。一般地说,这开首一句稍低一点,可以慢慢高起来,声音就柔和自然。你刚才第一句声音过高,所以唱到中间想降下来,也就难了,只得一直高下去,声音哪会滑润呢? 二是要进入角色。像唱戏一样,你扮演什么角色,一定要摸清这个角色在不同环境中的不同性格、语言、表情、神态、动作。你唱那流浪在外的人,这个角色就要通过面部表情神态,以及走的动作等,表现出忧郁、苦闷和思念家乡、思念妈妈的心情来。你这一点做得不够,不能使观众产生共鸣。三是有伴奏,你就得跟着笛子唱,看来你配合还差一些。一般来说,做到这几点就可以表演独唱了。"田玲静静地听着,频频点头。

刘睿笑着说:"妈呀,唱个歌还就这么不容易! 我看田玲唱得就嫽着哩! 比我要强几十倍。"

田玲说:"胡扯,我哪里如你! 李萍是行家,反正'六一'还有一个星期,我非练出个名堂不可! 我就拜你李萍为师了。"

李萍连说:"不敢当,你好好练,一定会有收获,我预祝你表演成功!"

前文叙述贺光明把梅英骗到丁家峁村老丁家,和老丁商量好,说去村口船上抬一筐菜,其实坐船溜之大吉。

这贺光明身带好几万元去了四川成都,从此再没有干包工搞修建的活路,专门经营拐卖妇女儿童的勾当,从这一省拐来卖到那一省去。两年里,拐骗年轻女子、媳妇、幼儿十一人。其中,媳妇七人,从中牟利十几万。他大半是从经济和文化都比较落后的穷乡僻壤把人拐骗到手,然后又卖到另一经济落后地区,获得的不义之财吃喝嫖赌肆意挥霍,大把大把的票子贿赂贪官,一些贪官给他开放绿灯,因而逍遥法外,迟迟未能归案。但是,他终究未能逃脱法网,贺光明终于在一九九九年八月被抓获,并判处有期徒刑十二年。这时,才知道他的真名叫李有义,四川开县人,说一口普通话,高中文化程度。他高中毕业后高考落榜,去一家建筑单位当小工。由于他心灵手巧,没出一年,粉刷砌墙到普通楼房的设计等,都学到手了,虽然说不精通,一般的活都难不倒他。他先在本地区包工,最后外出到陕西和甘肃、贵州等省包工,大半是给农户盖平房和给单位修修补补。后来同一个拐骗犯打得火热,见人家轻轻松松赚了大钱,于是就改行干起了拐骗的勾当。这些年来,有十来户人家因他而妻离子散,因他而受尽磨难,因他而哭干了眼泪……

第六十章　欢庆六一

　　"六一"这天,天气格外晴朗,瓦蓝瓦蓝的天连指甲盖大的一块云也没有。一清早喜鹊在校门前树上叽叽喳喳地叫着,俗话说"喜鹊叫,客来到",好像给今天来的观众预先报喜似的。太阳刚冒红,三三两两的学生娃穿着红红绿绿的新衣服,戴着红领巾,陆续来到学校。男娃女娃都满脸笑容在校园里活蹦乱跳。

　　灶上七点准时开饭,饭后各个老师各执其事。布置会场、抬桌子搬板凳、放置扩音机、安装高音喇叭;一些班主任给本班学生讲应该注意的事项;或在校门前和房院子训练歌咏比赛列队;或是中队辅导员接收新加入中国少年先锋队的队员红领巾等,忙忙碌碌,跑前跑后。

　　这时,王小斌村主任穿着崭新的蓝西服白衬衫第一个到了学校,帮学校挂上了新做的一面国旗。国旗在蓝天下红得耀眼,随风哗啦哗啦飘扬。接着在已搭好的主席台上正准备挂他从庄田街文化站借的蓝幕帐时,村民王小波来了,他一进大门就笑着说:

　　"今儿个好天气。林校长,老天爷都给你助兴哩!"猛地看见村主任从林娜房子出来抱着幕帐,又高喉咙大嗓门儿说:"我说,我来得早,没想到,第一炮叫我们领导放了。"

　　王小斌边朝台子前走,边说:"快把你那烂嘴闭紧!寻人不如等人,挂幕帐!"

　　王小波笑着几步就走到主席台:"领导一声令下,群众敢不上马?"他俩把幕帐刚打开,从大门里又进来山岔沟村两个家长,几个人三锤两棒子就把幕帐撑好了。

　　这时,一切工作都安排停当。山岔沟村里的村民大部分都来到学校,周围村子和附近单位也来了不少人;百分之九十的学生家长都到学校,主要是自己的孩子唱歌演节目;校门外还摆了几家卖汽水、冰棍和糖果之类的小摊子。人来人往叽叽喳喳比庄田街每年一次的古会还要热闹。林娜预先考虑到来人不会少,专门腾出三年级教室做接待室,备有烟茶,还让高年级两名女生做服务员。

高音喇叭播放着音乐,更给节日增添了活跃的气氛。林娜从办公室边朝出走边说:已经是八点二十多了,还不见教委张老师和局里来人,是等还是……王小斌坐在主席台侧面的板凳上拿一张节目单看着,听林校长说话,猛抬头看见教委张涛老师和教育局李副局长从校大门进来,便同林娜前去握手迎接。他们在林娜房子休息了片刻,便被请到主席台就座。在主席台就座的除林校长和大多数老师外,还有王主任等四五个人。

学生坐在主席台的两侧和离主席台有四米远近的正前面,围成一个开口的长方形,主席台正好在开口处的中央。侧面的两个角儿留有演节目进出的窄巷道。所有观众或坐或站在学生的后面,把一个本来就不大的校园挤得严严实实,水泄不通。

八点半,全场的人起立,旭日小学庆祝"六一儿童节"的活动在庄严的国歌声中开始了。

首先,林娜代表全体师生向前来参加节日庆祝活动的来宾、观众表示热烈欢迎和衷心感谢,接着讲了节目活动内容、要求,并祝儿童们节日愉快和演出成功。在热烈的掌声中,整个活动由李萍主持,六年级女生张春娟任司仪。

第一项活动内容,是向各中队评选出的优秀少先队员颁奖。十二名优秀少先队员穿着节日的服装,戴着红领巾在主席台前排成个大"一"字。林娜在乐声中给颁发了奖状和奖品,他们把奖品让坐在两侧的同学拿上,人人拿着奖状的两边,下面放在胸前,抬头挺胸,喜气洋洋。田玲选择好了角度、地点,蹴在他们前面,把照相机放在眼前说:"别动,注意!"咔嚓一下照好了。

家长和同学们的几百双赞许和羡慕的目光都落在那些获奖的十二个同学身上。爱花他妈坐在侧面的长凳上,看着上台领奖的女儿,抿着嘴笑。站在她旁边的一个中年男子笑着问她:

"你女儿不是在水湾上学,啥时转到这里了?"

"今年前季转来的。你不知道,为转学把难作扎了。在水湾小学上二年级和三年级,娃学习在班里还是前二、三名,后来倒退多了。去年期末统考语文刚及格,数学考了四十来分,把我气得还把娃打了一顿。说怪娃,也不怪娃,水湾学校校长整天在麻将馆混日子,哪里有心抓学生?有啥样校长就有啥样老师,学生作业做好做坏,做和不做,老师很少过问。我一气之下,就把娃转到这个学校了。"

那人又插话道:"你娃在水湾上学和我女子在一班,有两次,我娃把你娃引到我家里,所以我认识。你眼里有水,主意正,转对了。水湾小学纯粹把学生放羊了。听说这个学校办得不错,到底咋样?"

"这是林校长自己办的小学,去年后季统考有好几个年级的语、数在全镇排列在前五名。我爱花才转来时学习差些,到第二第三月考试成绩就提高了不少,中考平均成绩在她班是第三名。不光是学习抓得紧,人家是全面抓哩,教育娃娃做好事、懂礼貌、爱干活,才几个月,我娃就得了三次奖,一次是学习进步

奖,一次是成绩优良奖,一次是学规范见行动奖。"

"学啥规范得了奖?"

"我也说不上来啥规范,反正是管学生娃的条条框框,学校开展学规范见行动的活动,我爱花把规范的各条能熟练地背下来,还能照着做。"

"一次她在上学的路上,一个女娃娃突然脖子僵硬,口吐白沫,翻了白眼倒在路上。恰巧过来一辆出租车,她挡住车拉到庄田街中心卫生院才抢救过来。家长感激不尽,还写了一封感谢信贴到学校。"

"噢,原来是这样。现在又评成优秀少先队员,好好好!"

当这十二个获奖娃娃从主席台前面走下来时,掌声老半天停不下来。

下来是接收中国少年先锋队新队员,三十六个新队员排成三行面对主席台侧面挂着的布帐,上面长方形红布用黄字写着"时刻准备着,为共产主义事业而奋斗"的誓词。辅导员和几个少先队员,一个新队员前站一个,在音乐声中给他们佩戴红领巾。新队员们红扑扑的脸蛋上挂着笑容,都抿着嘴笑,低头看鲜红的红领巾,激动得心几乎要从嘴里跳出来。

同学们的目光多半集中在张铁蛋、焦涛涛、李明明几个新队员的身上,这目光里含着认可、赞许、希望、携手并进,还有一丝嫉妒等复杂的思想情感。因为这几个新队员以前学习又差又顽皮,在全校是出了名的。由于班主任和同学们的热情耐心帮助,加之本人的努力,从总的方面,他们不同程度都有进步。为了鼓励他们不断前进,逐渐转变为一个好学生,在接收新少先队员的会上,校长和辅导员都批准他们加入少先队。

焦涛涛的爸爸和妈妈站在学生的后面,直愣愣地看着新队员们,看着涛涛鲜红的红领巾戴在胸前,红领巾在白衬衫的映衬下更加鲜亮,他们黑里透红的脸上泛起了笑容。

涛涛妈瞅了亮亮爸一眼,扑哧一笑说:"你看,天这么热,你给戴红领巾的几个老师到校门口外买些黑米糕来,一会儿她们下来我就给她们。"

"能成!"涛涛爸转身就朝校门外走。刚挪动脚步,涛涛妈叮咛再给咱娃买一根。

大约有五分钟,红领巾全部戴好了,各中队辅导员以任侠为头,从右边留下的过道朝出走。涛涛妈站在过道外口,一把逮住任侠的手,咯咯笑着说:

"天太热了,我给你们几个老师买了些黑米雪糕,你快拿上给一人散一根。"

观众们都焦急地等待歌咏比赛和节目演出,场地就像着了火一样。个个脸上汗津津的,那些不服热的胖子更是满额汗珠。有人仍旧坐在原位等候,有人跑到有阴凉的地方乘凉去了。

林娜在主席台上站起来大声喊:"同学们坐好,各班主任负起责任,不许随便走动,不许离开会场,自觉遵守场地纪律。歌咏比赛马上开始了。"

几名评分老师人手一份"评分表",先坐在评分位置上,歌咏比赛随之开始了。

各班由体育委员带领，踏着整齐的步子从右边过道进入场地，大多数班都是排着三角形的队列。指挥者有男生有女生，雄壮有力地打着拍子。同学们精神饱满，引吭高歌，整齐而嘹亮的歌声在校园回荡。

　　观众们睁大眼睛看着，竖起耳朵听着，三三两两交头接耳评论着。

　　报节目的走到场地中央，向观众深深鞠了一躬，说："下一个参赛者五年级，二年级准备。"体育委员叫着步子进入场地，转眼间排好了队列。从队列里跑步出来一个身材苗条的指挥者，雪白的上衣，两条裤腿分别有红竖道的天蓝色裤子，颈上系着红领巾，红白相映，显得白的更白，红的更红。一把青丝用白绸子扎着打成蝴蝶结，头发中间上翘，蓬松的发梢垂下形成一个半圆，随着动作微微上下晃动。

　　这个指挥者面对队列身板笔直，队列中的几十双眼睛全盯着她手中的指挥棒。那指挥棒猛地朝下一抢，翻身般又挑了起来。齐刷刷的歌声和脚踏琴的伴奏声同时响起，随拍子跌宕起伏，奔腾澎湃。指挥棒忽左忽右打成躺着的"8"字，犹如凤穿花；倏地如闪电般上上下下，又变成一个竖着的"8"字。观众们张开嘴看得眼花缭乱，如痴如醉地站着。坐在主席台上的王小斌转头向林娜问：这个女娃娃叫啥名字？拍子打得真漂亮！林娜笑笑说叫石爱花，她能歌善舞，学习也好，尤其爱养花草，校园里花卉有不少就是她从家里拿来，亲手养活的。

　　如果说，歌咏比赛是宴席上的一盘素炒豆芽，客人吃得挺香；而心里焦急等待着的更为可口的大菜，陆续端上来了。

　　舞蹈、小品、相声、独唱、快板……这些节目真使观众耳目一新，流连忘返了。

　　"下一个节目：笛子独奏，演奏者音乐教师李萍。"报节目者刚转过身迈出了一步，便听到人声鼎沸，观众们叽叽喳喳，议论不休。

　　"老师演奏了，必定不错。安静下来，好好听！"

　　"哪一个是李萍？"

　　"就是那个带新队员宣誓的老师。"

　　"这几天来，喝了晚汤一听到吹笛子声，我就坐在大门门墩上听，一直听到不吹为止。你说吹得要多好听就有多好听。"

　　"看人样倒很一般，就有这么大的本事？！"

　　"吹好吹坏跟模样儿有啥关系？海水不可斗量，人不可貌相嘛！"

　　李萍老师穿一身蓝西服，脚上穿着白运动鞋，拿着笛子走到场地中央，向观众深深鞠了一躬，左脚朝前右脚朝后挺起胸脯站在那里。然后环视观众一周，不慌不忙地把笛子放到口边，先用舌头舔了舔上口唇，最后嘴对着笛孔，几个指头预先已压在了指孔上，轻轻颤动，悠悠扬扬的笛声便在校园里回荡。

　　观众听着听着，轻风吹动树叶的时断时续的沙沙声和远处流水的哗哗声混在一起。此时观众心平气静，仿佛置身于雨后宁静的月夜，欣赏着那迷人的有韵味的夜景。既而变成小儿受委屈时给妈妈诉说的哽咽声，说一两个字一顿而

又夹杂着小小的哭泣声。一会儿,又宛若结婚娶媳妇时的笑声、说话声、脚步声,搬婚嫁东西的撞击声和噼噼啪啪的放鞭炮声,混杂在一起,千变万化。

此时,演奏者将指头一抹一挑轻轻按住笛孔,那笛声仿佛天鹅站在水里,正在啄食忽而惊动,起飞时鸣叫的那一长声。她弯腰又深深鞠了一躬,转身走下台去。

鼓掌声震得人耳孔发疼,不知是谁在这热烈的掌声中大喊大叫:

"李老师,再吹一个曲子,大家欢迎!"

王小斌离开座位,刚好同朝下走的李萍打了个照面,他笑着说:"莫推辞,再奏一曲!"李萍转身,又吹了一支小小的曲子。这如同餐后可口的"小吃",观众又是点头,又是咂巴嘴,赞不绝口。

节目演出完毕,林娜讲话,王主任也讲了几句。最后大家以热烈的掌声欢迎李副局长讲话。他首先赞扬了学校"六一"活动内容多样,准备扎实,接着评价了旭日小学办学将近一个学年度所取得的优异成绩。鼓励师生再接再厉,争取更大的进步。

休息片刻,全体老师和来宾去灶房便宴。

林娜把王小斌当成自家人,请他支撑酒席场面,应酬客人。酒席间,客主相互酬酢,喜笑言谈,热闹非常,自不必说。

第六十一章　再上台阶

　　"六一"儿童节一过,出溜溜就到了七月初,庄田镇教委向各学校发出了期末调研考试(实际上,就是每学期的期末统考)的通知。林娜接到通知后,在办公室踱着步子,盘算着这至关重要的期末统考。她吸取上学期期末在校复习考试的经验教训,结合本学期教学的实际情况,从时间、内容、方式、管理等诸多方面进行安排。从大的方面讲,可以说她胸有成竹,渠渠道道已有眉有眼,正像一棵大树一样,主干、大枝条已有,只是等待春暖以后长绿叶长小枝枝了。

　　晚上,林娜召开了全体教师会。经过讨论,大家一致认为:从七月二日到十四日停课复习考试,除去中间星期六半天和星期天一天共一天半的休息时间外,剩余十一天半集中精力复习考试。考试科目:英语、语文、数学、常识,英、语、数三科考七次,常识两次。具体时间由各任课教师安排,随堂考,时间九十分钟。当天考试试卷当天阅改完,必须是细心批改。第二天随堂讲评,对讲评务必重视,真正使学生弄通弄懂做错的试题;并且必须对错题认真更正,更正后由任课教师再次批阅,直至做对为止。每次考试成绩都要登记,考试平均成绩在前三名者和后进生成绩显著提高者,学校给予物质奖励。严肃考纪,考生不得交头接耳、左顾右盼、翻阅课本等有关资料。监考老师一定要严管,发现任何作弊行为,试卷按零分计算。学生要预报统考分数,预报分数不能过高,也不能过低,可比平时在校月考平均成绩略高一些。各任课老师也要预报各统考科目的平均成绩,同样,这个成绩也只能比平时月考平均成绩稍高出五至八分,而不能低于它。这样做如同爬山,心里有达到的目标点,从而产生动力,激发攀爬的毅力和勇气。

　　林娜还要求各任课老师务必认真组卷。可参考有关资料,根据本学科的重点、难点和学生掌握知识能力的基本情况,组出高质量的试卷。而不能不加挑选地和盘端来人家已组好的现成试卷。这一关,各任课老师一定要重视,必须把握好。

　　唱歌、体育、微机、画画等非统考科目暂停。早晨一节上午两节,共三节考试时间,每节九十分钟,上午第一节考罢后,增加三十分钟的课间操。由班主任

再／上／台／阶

311

带队参加镇统考,考罢后要回家,必须经班主任同意方可走人。回家途中,不许上山下河,不许走亲串邻,切实注意安全。

以上规定,除在师生大会上宣读外,打印出来各班张贴在教室。

第二天卜午,召开了师生动员大会。林娜宣读了复习考试有关规定,对其中有些条文还做了比较详细的说明。她说:"在农村有这么一句谚语'南风吹麦子黄,大闺女要下床'。下床干什么?大忙季节要龙口夺食。我们的期末统考,就像辛辛苦苦干了一年将要到口的粮食一样,人人都要动起来。全体师生心朝一处想,劲朝一处鼓,千方百计复习好功课,在校预考获得优良成绩,为正式统考奠定基础。同学们!向恩师和家长汇报真实成绩,交上一份满意的答卷!牢牢记住我们的口号:'为校争光,为师争气,为己争誉',努力吧,将诺言变为真实。"

接着任课教师代表、学习优良者学生代表和后进生代表分别表态发言。

繁忙而紧张的在校复习考试于七月十五日结束,整整十一天半的鏖战,师生们都疲劳不堪,为了放松一下,学校放假一天休息。

这天早八点整,由老师带队去庄田镇中心小学参加期末统考。有时一天考一个年级,有时考两个年级,整整五天统考结束了。

七月二十二日早八点半,林娜骑自行车去了镇教委。她一脚踏进教委办公室房子,房子里拥拥挤挤十来个人,办公的张老师正同另一个工作人员黄老师,还有中心小学王主任廉玲老师,拿着一张表指指点点交谈着统考情况;还有乡下学校的几个老师有要统考成绩表的,有的拿着统考表边笑边说边念分数名次的。尽管打开了窗子,房顶吊着电扇,还是热得要命。办公的张老师大声喊叫:"凡是拿到成绩表的可以走人,回校后就当一天的看。这房子人多,简直就像在蒸笼里一样,热得人心里烦躁,我把表内两处都填错了。""张老师下了逐客令,咱们快走!"三个乡下学校的老师拿着表连说带笑出了门。林娜算是这些老师中年龄最大的,差不多是他们的长一辈。张老师看到林娜进了门,把手中笔放下,倒了一杯茶递到她手里,笑笑说:

"林校长,祝贺你校期末统考获得最佳成绩!"

"我就不相信,你怕说了个反话,肯定是名落孙山。"林娜边接茶杯,边笑着说。

"我不哄你,这不是统计表?"他从抽屉取出来递到林娜手里,"你看好了。"统计表是八开纸装订的,一本六张,一张上面一个年级的考试成绩。林娜拿着统计表心怦怦跳动,从低年级到高年级按年级一张张看,一年级语文,任课教师闫红,均分88分,第八名。四年级语文,任课教师刘睿,均分89.4,第一名;五年级数学,任课教师田玲,均分91分,第三名;五年级语文,任课教师任侠,均分85分,第六名;六年级数学,任课教师王玉玉,均分82,第九名,其他年级科目均分差不多都在中等名次上下。林娜心里乐开了花,面部表情却十分严肃,不仅没有丝毫喜悦,还给人一种似乎压力沉重的感觉。正在上报表的张老师看了她一眼,说:

"我不哄你吧？几个第一名？几个第二名？"

林娜说："一个第一名，一个第三名，不十分理想。我的观点是成绩好坏，对一个学校、一个年级、一个学生来说，既要看考试成绩，又不看考试成绩。要全面看，就学生说，爱学习会学习，德智体全面发展才是目标。"

张老师说："你说得对。不过考试成绩优异，足以说明教学质量高，这是大家公认的。像高考成绩就是硬杠子，而其他是软面条子了。我说林校长，你们学校若是被镇教委评为先进集体，或是你被评为优秀校长，可别忘了请客。我俩预先打个招呼。"

林娜说："没问题，设宴还能不请领导？"

"林校长，眼睛不能光朝上看，小心脚下石头绊倒。"正翻看统计表的其他学校的一个中年男教师说，"设宴可别忘了我这小卒子。评选优秀校长，我给你举两个拳头！"说完把表放在茶几上，站起来把两只拳头高高举起。他的言语和举动逗得大家哄堂大笑。

一个穿着粉红短袖的中年女教师说："哎哟！林校长治学有方，一个第一名，一个第三名；大多名次在中等以上，整体成绩良好，这就难了。了不起！要是评选优秀校长的话，我保证投你一票！"

林娜这时才扭头向那穿粉红短袖的女教师瞧去，笑着连连说："原来是廉老师，刚才我进门看到你的背影，没认出是谁。你教几年级的课？考试成绩肯定是名列前茅。"

未等廉老师开口，同她一起看成绩的张老师说："廉老师是县级教学能手，这几年，无论中考还是期末统考，别说在咱们庄田镇，在全县排名也没下前四名。本次期末统考，她带的三年级语文在全镇是第一名，五年级数学是第二名。"

廉玲在张老师背上轻轻打了一下，说："别听他瞎扯，其实很一般。"

林娜说："我看了三年级和五年级的统计表，张老师说得很对，一个第一名，一个第二名。"她把这两个年级的统计表展开让廉玲看，又接着说，"我校刘睿老师代的两门主课本次统考成绩斐然，尤其是四年级语文在全镇考了第一，这同你在教学方面对她的帮助指导是分不开的。我代表刘睿代表学校深表谢意！试考完了，请你到我校玩一玩。"廉玲笑了说："我看了刘睿所教科目当真考得很好，这是她奋斗的结果，与我有啥关系嘛。我们俩好几次在一起相互交流教学经验，彼此取长补短。说真的，我从她那儿也学到了好多东西。你回校代我向她问好。"

林娜连连点头，拿着各年级统考统计表，喜出望外、脚底生风地噔噔噔下了二楼楼梯，骑上车子旋风似的回到学校。

林娜的办公室里，一群老师拿着统考表，围在一起好像得到了什么宝贝似的，看着笑着议论着。

林娜让刘睿、任侠、闫红按奖惩办法算出每一个老师应奖应罚的钱数，各年级前两名的姓名、后进生成绩显著提高者的成绩姓名和名次。

这几个老师看表的看表，算分的算分，眷写的眷写，都精心仔细地完成了校长交给的任务。林娜休息了一会儿，洗了脸，喝了茶，便出了校门信步朝公路走去。公路两旁树木成荫，她喜滋滋地漫步在公路边的阴凉下，一幕幕教学的镜头闪现在脑海。

难怪刘睿老师四年级语文考了个第一。一次她去她房子，正好碰上她吃午饭，她舀了一碗汤面喝了一口，烫得跺脚，于是便放下饭碗，趴在桌子上改月考试卷。接连批改了四份试卷，竟忘记了吃饭，她端起碗时，那碗面已冰凉冰凉的了，只得又在锅里热了一下才吃。至于她虚心请教、深钻教材、大胆尝试新教法，就无须再说了。任侠老师、田玲老师、王玉玉老师、张莹老师都不错，尽管王玉玉所代科目未进镇前五名，可成绩还不错，平时工作踏实细心。任侠虽然长着一张刀子嘴，说话尖刻，给人一种接受不了的感觉，心肠却一片火热。她教课有两大特点：要求严、过得细，因而所教两门主课成绩都不错。

那一次，她抽查中高年级几本较好的作文，其中五年级女生李婷的一篇作文，从头至尾眉批行批尾批，多达十五处，评语也都中肯。多么认真细心！一篇作文的草稿，任侠看了四遍，肯定了优点，指出了毛病，还让那个学生写了四遍，直至满意为止。真是"严师出高徒"！

一个仅仅办了一年两个学期的私立小学，能考出如此令人满意的成绩，这种原因那种原因，归根结底还是调动了各个老师的积极性，是大家把事当事干的结果。大概按奖励办法，本次统考说少也得奖两千多元。这个数字不小啊！就说存的现金来说，还短一千多元，去哪里找？考得不理想，使人生气；考得很好，又愁没钱发奖金，真难死人了！说啥难死人？别说两千多元，就是上了万，只要考得好，给人磕头作揖也要兑现奖金。

第一学期期末统考成绩良好，去街上大张旗鼓宣传，生员才猛增到二百多名。本学期统考成绩从整体看，比第一学期又上了一个台阶，当然给学校增添了光彩，这就更要大力宣传了。水涨船高，从时间上说，可放在开学前半个月内；从具体做法上说，可印上千份招生广告，除在庄田街镇向各单位、各门市分发以外，再雇出租车去塬上的前川、南川、北川三个乡镇挨村散发。或者去县广播电视台，在电视上打广告招生。这样做，何愁生源不上三百人呢？哎呀！想了这头忘了那头，生源大大增加了，难道在操场在院子在马路上上课不成？原来的教室如何容纳下众多学生呢？想到这里，林娜的眉毛拧成疙瘩，转身朝学校的方向望去，映入眼帘的是山岔沟村沟两旁半山腰的农户房子和院落。她又转过身子，远远望见火车道北面靠沮河一大片绿油油庄稼地，那里有一排平房。心里顿生一个念头：要是把那一排平房买下，再盖十多间房子做教室，操场又大，地势平坦，四面八方的娃娃上学正好在中间，这该有多好！这当儿，林娜似乎看到一所崭新的校舍摆在眼前。她正呆呆地望着想着，忽而听到有人喊叫："林校长，你站在那儿看啥哩？"她猛地扭头看是房主唐拴子，推着摩托站在路旁。唐拴子说："走，到学校去，我有事跟你商量。"林娜同他一道朝学校走去。

第六十二章　购建校舍

进了房子,林娜倒洗脸水、泡茶、取烟。唐拴子洗了脸,喝了茶,点着烟,开门见山地说:

"林校长,我很忙,还要早早回去收拾地方。今天来问问,我的地方你买不买?"

"你卖地方?"林娜吃了一惊,"你不在村里住了?"

"是这样,我在秦坪街买了个独家院,修车门面正对街开着,还想办个小商店让媳妇经营,再把我妈接去照管家务。所以要把村里这一院地方卖掉。再说连办商店和买房子也没那么多的钱,还得把这老地方卖掉凑钱。要卖先得卖给你林校长,你租赁办学在先嘛。假如说给其他人卖十块钱,你买的话,出八块钱就可以了。我妈常念叨你是个大大的好人,住在一个院子帮了她很多忙。比如,让学生抬水、劈柴、扫院;她有个头疼脑热,你还亲自给买药端饭烧汤。我从心里边感谢你! 你说呢,林校长?"

林娜听说唐拴子要卖地方,简直是冷水浇在头顶上,凉到了脚后跟。她好不容易把房子粉刷一新,几间牛毛毡房和两间厦子糊了顶棚,修了厕所,校园内外栽了树、种了花草,刚刚两个学期,这不是砍掉了她的手脚? 掏钱买,谈何容易! 哪里去弄几万元? 再租赁校舍,又无合适的地方。她表面却很平静,笑笑问:

"你要卖多少钱? 我听听你的口气大小。"

"这地方院子在村里是最大的,你知道,房子也多,四万元不算多吧?"

"四万?"她看了他一眼低下头沉思了一会儿说,"我觉得太贵,起码多要近万元。"

"其实,你不了解咱们庄田镇房子的行情。"唐拴子嘿嘿一笑,"比得买,比得卖,就我这一院地方给别人卖,就当前的行情最少四万五到五万元。说心里话,卖给你少几千元哩。你别失主意,过了这个村,就很难找到这个店了。"

林娜说:"四万元可以,说成后先交一万元,下学期开学时再交一万,剩余的两万到明年前季开学交清。你觉得行,咱们就写合同。"

"好校长哩,我刚才说了,买房子和办门市还短几万元,当真是鸡尻子掏蛋吃。不然,赊到后年也行,别说明年。"

"那这事嘛——等我考虑考虑再说。十天后再见话。"

放暑假的第五天,王小斌村主任从砖瓦厂去了林娜那里。林娜把期末各年级的统考表给他看,他看后很高兴,赞扬林娜,姜还是老的辣。他估计后季生源三百没麻达,问林娜怎样宣传怎样招生?

林娜说:"宣传办法有的是。目前有件事迫在眉睫,我思前想后拿不定主意,正想同你商量,你来得正好,听听你的意见。"

林娜又说:"唐拴子要卖他家的地方。学生收得再多,没个窝儿怎么下蛋!"接着,她把唐拴子卖房子的事说了一遍。

王主任说:"原来这样,拴子卖房子这事,我一点也不知道。那你到底买不买? 买,他要的那个价,你觉得是高是低? 手头有多少钱,买起买不起,要是不买,打算怎么办?"

林娜说:"为这事我想了几天,还没有个主意。买吧,没钱,外欠账还有三两千元未还呢,哪有几万元去买房子? 再是租赁校舍,咱们村上还没有拴子这么多房子,院子也都小。想办法另盖校舍,要买地基,要买材料,要出工钱,真个难于上青天! 一来没钱,二来离开学不满一月,修建不成,学生在哪儿上课? 你说咋办? 拴子来说卖房的那天晚上,我想来想去一夜没有合眼,谁料到办学途中遇到这么厚一堵墙挡住去路? 这真是……"

"天无绝人之路!"王主任点了一根香烟,长长吸了一口,脊背朝沙发一靠,吐了个烟圈,然后又挺直身子,看着林娜说:

"这堵墙就是铁的铜的也能推倒。是这样,把拴子这地方买下,他张口要四万,咱开到卯给他三万。这事,你甭担心,我找他说话。总之,你腰里没铜板,不然村上给你划个地基,盖一所像样的小学。这是以后的事,咱先搁起。叫我说,三万元能买到手的话,就赶紧买下,就目前房价看,他这一院地方四万元值。你不买,别人买去,那就没戏了。你买下后,把砖窑和平房留下,厦子和牛毛毡房全部拆掉,想方设法弄到一万元,盖四间瓦房做教室,就是有三五百学生也容得下,这不是一河冰冻的水开了?"

"像你说的三万元买下,再盖几间教室,总共也得四万多到五万吧。这些钱又得借,恐怕还得贷款。"

"我看几间教室有五千元足够了,小工咱村上派,寻一两个大工就行了,你说能花多少钱? 至于砖瓦门窗这些材料咱因陋就简,想想办法也完全可以解决。活人总不能让尿憋死!买房的款子——"

王主任背靠沙发,仰头微闭双目,稍停了停,忽而端坐,伸出一只手接着说:"从这五种渠道解决:一是你出一点,一是借一点,一是贷一点,一是集资一点,一是向教委、教育局写申请报告拨一点,不是解决了?"

林娜频频点头,心里盘算这几种办法可以试试,未必能见效。像贷款可能性就很小,十有八九落空,因为要抵押,没钱没物抵押就要寻保人,谁情愿担保?向教育局申请拨修建款,那才是白日做梦,私立学校根本就不在拨款范围内。

她这样想着却没说出口。拐了个弯说:"人说你是饸饹床子——百眼开,名副其实。这几种办法,我却没有想到。反正这一次又要你出力帮忙了。"王主任说:"我请你到咱们村办学,有困难,我岂能袖手旁观?"他说到这里,忽而站了起来,右手按了一下额头:"有了有了有了!"

"有什么?"林娜急着问。

"檩条、砖瓦、门窗这些材料现成摆着,我一时忘记了,猛然想起。走!咱俩看看去!"话落音就朝门口走。林娜锁了门,跟着他就走。

从山岔沟村出发,朝北去庄田镇街,沿着弓背小路走到沮河南面菜园子地的西头,东西方向有一排千疮百孔的破旧瓦房,原是十年前某县办的一个汽车修理、电焊、卖钢材、洗车等杂活厂。由于生意不济,六年前厂子已经倒闭。开始无人照管,场地放着的钢管、小机械等被贼偷光;房子的铁窗、木门、木檩,甚至机瓦等一部分也不翼而飞。

领导看了一次,后来派了一个姓黄的人看守。虽然有人看管,却同无人看管一样,因为这姓黄的是麻将迷,白天夜里大半时间在庄田街麻将馆赌博。有人摸清了底细,乘他外出明目张胆地行窃。老黄无奈只好向领导汇报,领导严肃批评了一顿,让他把破房卖掉,好歹给几个钱了事。

王主任同老黄有一面之交,虽不十分熟悉,一月前听王家坪村一个熟人说废铁厂老黄卖破房子,本想去拾个便宜,由于忙于砖厂和在镇政府开了几天会,到底没有去。现在突然想起了这件事,便和林娜一同前往。

有吸一两根香烟的工夫就到了杂活厂。一眼看到卖掉房子的地方被夷为平地,地基上全是破瓦断砖朽木椽。场地蒿草有一人高,几只鸡在里面啄食,一只扑棱棱飞起来,把林娜吓得倒退了一步。剩下的房子从外表看,像衣衫褴褛的老太婆;唯独大门口左上方一间平房还新一些,像衣着朴素的中年媳妇,显然这一间是住着看门的老黄。王主任走在前边,林娜随后,朝那间平房门口走。快到门口了,王主任喊:

"黄师,在家不?"随着喊声,从门里走出一个五十上下的男子,穿着满是油腻的蓝短袖和灰色半截裤衩,光溜溜的脑袋在阳光下闪闪发亮。他咧开大嘴笑着说:

"哎呀,原来是王主任光临寒舍,欢迎欢迎!"

"黄师是有功之臣,领导信任,可敬可敬!"他俩双手紧紧握在一起,三人都进了房子。老黄端着茶缸泡茶,王主任说不渴不渴,一点儿也不渴。老黄拉了一条长凳让客人坐下,又去抽屉取出一盒"延安"牌香烟,抽出一根说:不喝茶,就吸烟。王主任立马从短袖兜掏出一盒"红塔山"香烟说:"来,吸老弟的。"给了老黄一根,自己掏出了一根,然后连盒子放在桌面上。老黄寻打火机,半天没找到;王主任早打着了他的打火机,先给老黄点着,然后点着自己的。大家都坐

了下来,王主任向林娜努嘴,问老黄认识不认识?老黄瞅着林娜笑笑说面很熟,想不起在哪里见过。

林娜赶紧自我介绍:"我叫林娜,山岔沟村旭日小学教书。"王主任补充说:"旭日小学校长,也是我的老师。"老黄笑着说:"听说旭日小学办得很好,在全镇都享有声望。"

王主任吸了一口烟,说:"黄师,我也忙,咱就直说。我叫林校长来不为别的事,听说你出售房子,给学校卖几间。"

"一共十间,卖了四间,再剩下六间了。你们要几间?"

"咱先看房子再说。"林校长说,"价格合适,就全买了。"他们从西头第一间房子开始朝东看着走着说着。一会儿从敞着的房门进去仰面仔细看檩条和盖着的木板标皮。王主任心里说,多好的檩条!大多有碗口粗、丈二长,干当当,端溜溜,又是松木,盖房再好不过了。上面棚着的板标皮虽说不新,却未发朽,完全可以用。一会儿又从房门出来,看檩条露在墙外一尺多长的椽头是否腐朽。他用一根细钢筋在椽头上上下下戳戳,十根有八九根未见掉小木屑。再看窗子全是厚钢板焊的铁窗,窗都是正方形,边长差不多有一米二,分两扇,每扇三个格框。一间房两个窗子,数了数共八个铁窗,其余只剩下空窟窿了。

林娜说:"这铁窗倒结实坚固,可惜是正方形,做教室窗子不仅小,而且也很难看,只有卖废铁了。"王主任说:"没用没用,做教室窗一点儿也不雅观。"老黄紧跟在他俩后边,说:"你们不要就留下,我卖废铁。"他们围着整个房子看了一圈。二四砖墙靠地面一尺高有不少砖已是豁豁牙牙。

看罢后,都去了老黄房子。王主任说:"就那一堆货,咱都看了。你要卖多钱,实话实说。"

"前面四间一间二百,卖了八百元,你看——"老黄把话咽到肚子。

王主任说:"囊子囊子,掏了囊子钱。叫我说,就这六间给你七百憋得像锲楔。檩条虽说是丈二,外面起码有五寸腐烂了,截掉后能落丈一,有何用?况且有些只有钵钵口粗,显得过细。你也看见,窗台以下差不多有一半砖墙碱得坑坑洼洼,纯粹不能用。六间房只有四间有门,门框子也有些陈腐。说到铁窗是方形,做教室窗既小又不美观,只能当废铁卖,你还想一间卖二百,做梦去吧。说真的,一百元上下还看谁寻谁。"

林娜说:"王主任说的是实话,就按他刚才说的六间给七百元好了。"

老黄说:"挑刺的是买家,这我知道。不过,也不像你王主任说得那么严重,没有一样是好的。就说檩条,外面的椽头百分之九十都没烂,烂了的不过几个。我的东西,我不清楚?反正一间房少不了一百五十元,要是再少,我就不敢卖了。领导骂我败家子,打了饭碗可不是玩的。"

王主任从凳子上站起来拍了拍老黄的肩膀说:"好坏不说了,就按我开始说的价,总共七百元行了。一会儿我请你到街上喝酒,咱兄弟俩一醉方休!"

老黄抿着嘴笑,只是不语。林娜说:"黄师,行了。就当你给我办学助了一臂之力,有孩子来上学不收学费。"

老黄一仰头说:"把话说到这儿,七百就七百。不过——哎,六间七百,你叫我咋给领导汇报哩?"王主任眼珠一转:"嘿嘿,这还不容易?你就给领导说,先卖的四间好,剩下这六间是人家挑过的七窟窿八眼睛、缺胳膊短腿的破烂货,所以就少卖钱了。"

老黄说:"行行行,卖几个钱总比塌了强。"

"你老黄算个干脆爽快的人,我从来见不得那丝丝蔓蔓油梁压在背上放不出一个屁的人。还有啥心事尽管说,我姓王的能办到的一定办。"

"如今办事嘛——是这——你打五百元一张条子,我回去报账交差,好歹让我落二百元。"老黄把恳求的目光从王主任脸上移到林娜脸上。没等主任开口,林娜已开了腔:

"这个容易,我打五百元的条子。"当下,林娜回学校取钱。王主任同老黄拉闲话。

没吃一顿饭的工夫,林娜来了。她打了五百元的条子,给了老黄七百元。老黄点了数笑眯眯地把条子和钱装在兜里,又从桌子抽斗里寻了一个大头针别住,并用手按了按,上厕所去了。

王主任说:"逮鳖不在水深浅,只要碰到手跟前。说句公道话,这几间房买得再便宜不过了。就是掏两千元也划得来。不说砖瓦别的,就檩条要是在林场办手续买,也得千元上下。我刚才说,窗子是正方形,做教室窗子无用,实在不是心里话。把一扇铁窗横着焊在方形窗子的下面,不是变成长方形了?的确是长有长宽有宽的好窗子。就这一个窗从木业社买,说少也得八十元,哪里有铁窗牢固?"林娜听得心花怒放,给他使了个眼色,压低声音说:"不说了,老黄来了。"王主任说:"如今已把羊圈到咱窑掌里,就在他当面说,也无所谓。"他刚说完,老黄进了门。

"走,老弟说话算数,请你到街上去喝酒!"王主任说。

"走就走!"老黄拿起锁子,边说边朝出走,三个人一路说笑去了庄田街。

却说唐拴子回到家里,把林校长想买他家地方的事告诉了他妈,并说,他最少要卖四万元,一次交清房价,林校长当时没答应,说让她考虑考虑,想好了七天内给他打电话。

她妈听后劝儿子说:"林校长这人不错,为人厚道,去年后季在家里住,头疼脑热,吃水烧水等,多亏林校长照管,真比亲生女儿还要好。再说,咱们蓝儿上学期在林校长的学校上学,人家没收一分钱学费。赁地方是斌娃子说话的,他现在又是村主任,说不定以后还有用人家处。不管干啥事都看长远一点儿,别只看到指头梢,留条后路要紧。这老院子给别人卖四万,给林校长少三万五行不行?你看我身子不如往年,一场病过后,这儿不疼那儿就疼,是有今日没明日的人了。你就当给我积福,让我多活两年,给你再照管几年家务。我说的不一定完全在理,你想想吧!"

这拴子是生意人,精打细算,嗜钱如命。按说老母亲的话是听不进耳的,但这次点了点头表示默许。过了几天,林娜打电话说买他的地方,让他到学校商量价钱写合同,唐拴子便同一个朋友一起去了学校。

林娜房子一共四个人。她这边是王主任,那边是拴子和他的朋友,买卖两方各有一个说话人。讨价还价,争论了半天,最终以三万五千元定局。从当天算起,第三天在林娜房子给两万五千元,剩下的一万元开学初付清。当天写了买卖房子契约,四个人都摁了指印。林娜在村里食堂摆了一桌饭招待不提。

事后,王主任同林娜一起去了庄田街农业银行,由王主任担保贷了一万元。另外,王主任又给她借了一万元。

林娜又去本村张矿长家,恰好张矿长在家,他和老婆非常热情,花生、核桃、软糖、杏子、香蕉摆了一桌子,端起盘子朝林娜手里抓,眉开眼笑地说:"她姐妹俩统考成绩很好,这才是真实成绩。不说别的,从开学到放假写的所有作业,老师们都保存下来,让娃带回家堆起一尺多高。叫人看了喜欢。你林校长是好样的,谁不夸你学校办得好?谁不夸你管理学校有办法?"

林娜笑笑说:"要是有成绩的话,这都是老师们的事业心强,工作负责;更是群众的支持,家长的配合,你们两个孩子学习又踏实又学得灵活,又遵守纪律,积极参加学校开展的各项活动,所以被评为'三好学生'。"张矿长说:"谢谢校长的培养,你在办学中有啥困难尽管说,我能帮助的尽力帮助。"他这样一说,倒使林娜不好意思张口借钱了。她想,既然来了,怎能空手回去?于是说了她买下了拴子的地方,一共多少钱,又欠多少,借多少。张矿长一口答应给借一万元,立马让老婆打开箱子取出给到林娜手里。林娜走时,他还叮咛要是不够言传一声,我再给你弄点儿。以后有啥困难,只要你开口,我尽量解决。

第三天,唐拴子又来学校。林娜除付清二万五千元房价外,还剩五千元。她屈指一算,离开学再有二十八天了,急得团团转。心想,校舍收拾不好,必然影响招生。两天内,一定要把买的房子拆掉,砖瓦、檩条这些材料运到学校;同时,必须先买一部分水泥、灰粉,今天或明天必须去街上买。她托王主任等几个熟人找工队,最迟四天内就要开始修建。吃罢午饭她去街上建材门市买了二十袋水泥,十袋灰粉,门市用车送到学校。

这时,已是下午五点半了,她喝了一杯水,吃了个冷馍馍夹辣子,便匆匆去了王主任家。一来是想托他派几个村民第二天拆房雇车拉材料;二来想让他找个工队。不料王主任不在家,大门锁着,也没见他媳妇的面。问邻家,邻家说,她姑家娃娃结婚,走了已经两天了,吃晚饭可能回来吧。林娜回到学校,晚上八点又去了一趟,大门上还是挂着锁子。她只有唉声叹气又回到学校。

第二天清早,太阳冒红,她又去了王主任家。刚出校门顺着大路朝沟里走了不远,听沟里有三轮车嗒嗒嗒的响声由远而近。她朝沟里路上望去,两辆三轮车迎面开来,每辆车上不算开车司机还坐两个人。车离林娜不远了,她才看清前边车上坐着王小波和拴柱。王小波也看见了林娜,站起来一只手按着车厢前面的铁边桄子，一只手举起一扬，高喉咙大嗓门喊叫：

"林校长，你到哪达去？先站着，有话要说。"林娜站在路边，车开到她面前停了下来。

小波说："我们奉王主任之令到菜园子废铁厂拆房子，拉运砖瓦木料。叫给你说一声。你要是忙，就不必去了，他外出寻工队去啦。忙不忙，不忙上车走！"

林娜说："亏王主任想得周到，你们是及时雨。走，我跟你们一块儿去。"一面说，一面上了车。

拴柱说："王主任有令，今天一定要把房拆完，材料全部运到学校，哪怕干到半夜三更。看来，非豁出老命熬膏药不可！"

林娜说："又不是机器人，不知乏困，今天干不完，明天再干。"

王小波说："保证干完，只要酒足饭饱。大热天，你就提几捆子啤酒添添劲。"

"能成，能成！一定叫你喝得喉咙眼齐。"林娜说。大伙嘻嘻哈哈，眨眼间就到了地方。

先上房顶卸瓦放檩条，霎时间尘土飞扬，呛得人不断咳嗽，眼睛难以睁开。林娜和其他两个人在房檐下接瓦，那两个一次抱将近二十块，林校长开始抱八九块，越抱感觉越沉。

拴柱在房上说："林校长，你有年纪了，一次抱三四块就行了。甭多抱，脚踏稳小心绊倒。"王小波跟声说："我说，林校长，教书你一个顶十个；干这出力活，你十个也顶不住我们一个。只要大家手放快些，脚跑欢些，把你抱的砖瓦就挤出来了。你站在一边监工去！或去街上提一捆啤酒，口干得舌头也拉不动了！"林娜边走，边笑着说："添个驴屎蛋轻一半，咋能说我不顶人用呢？喝啤酒没问题，保管叫你喝得打饱嗝。"那个长脖子、外号叫"老鹳"的李三说："你小波干活腰吊肋子稀，还想喝啤酒？喝凉水都没多的！口渴了，我给你尿一壶喝咋样？"王小波在房顶上给他扔了个小土蛋儿，正好打在他的背上，哗的一声全成碎末儿，逗得小波咧着满是灰尘的嘴大笑。

天气酷热，房顶上干活风头高，稍凉一些；而在下面抱瓦的个个汗流满面，也顾不上擦。他们似乎不知道乏困，说说笑笑快快活活地干着。王小波光着上身，把镢朝腿左边未拆的房顶上一扔，两手叉腰，扯着铲锅的刺耳尖嗓子唱："青杨树长得高，你看上妹妹哪达好？妹妹好来实在好，白生生的大腿，软溜溜的腰。"拴柱在他旁边说："看妹妹把你想死了，你真是铲锅驴叫唤，快干！想喝啤酒，完不成任务，喝尿都没多的。"小波说："喝啤酒不喝啤酒没关系，你把嫂子叫来站到这儿，兄弟干活一个顶两个，日头落保证完成。"说罢，得意扬扬连连"哟呼呼……"喊了几声。

日升中天，六间房的机瓦全部卸完了，摆了半人高一长溜子。

林娜说："该到喂肚子的时候了。"她看了看手表十二点十分了，就说："咱们就坐拉砖车去街上吃饭。"

这是一家卖炒菜棍棍面的饭馆，分楼上楼下，楼上餐厅有个小包间。老板给他们倒了几脸盆水，服务员倒了茶，王小波说："人渴得要命，这么烧，又不是烫猪。"林娜喊服务员提两捆啤酒来，要两盘热菜，两盘凉菜，热菜是醋熘小豆芽、粉条煎豆腐，凉菜是猪耳朵、煮花生拌黄瓜片。上好了菜，林娜给每人倒了一杯啤酒，又给自己倒了一杯，起身端起杯说："天热活重，大家干得挺起劲，这杯酒一饮而尽。"相互碰杯后，都一仰脖子一口气下到肚里，把空杯子放在自己面前。林娜又一一给斟满，大伙吃着喝着说着，不时发出阵阵笑声。

肉炒面端上来了，大伙儿都不说话了，口唇挨着碗沿接二连三往嘴里刨。大家都饿坏了。

下午，首先是把檩条放下来堆在一边，然后把墙推倒，由于是泥缝子，倒下后干泥差不多十有八九被震掉。接着装车朝学校运材料。太阳压山时，把机瓦、檩条，板标皮全部运到了学校，堆放起来。

林娜吃罢早饭，正准备去装砖，王主任和工头李占明进了房子。王主任说："这个师傅姓李，他领的工队一共十一人，在塬上给一家盖平房，目前，四个人搞粉刷，剩下的人明天就到。今天来看看修建情况，然后再写修建契约。现在离开学满打满算再有二十六天了，应该马上动工。"

他们三人在校园细细看了一圈，量了尺寸，商议结果是：四间拆掉，对面平房盖四间教室，每间长两丈二尺，前面开两个门，安四个窗，每个窗子下面三格固定，上面开两扇，每扇三格安装玻璃；牛毛毡房拆除，面西盖同对面平房大小相同的一个教室；三小间是老师房子，房顶全使檩条，上铺板标皮，二四砖墙，水泥缝子，水泥沿台。所有材料甲方供给，乙方只管修缮，最后由甲方验收合格完工。其中修建工钱总共为三千元，竣工后，甲方满意，一次交二千五百元。若一年内房子未走样，屋顶不漏，交清所余五百元。双方在合同上签名盖章。

第二天动工，来了七个人。工头指定一个姓冯的师傅管事。一天工夫，就将厦子和牛毛毡房全部拆除掉了。连续干了五天，房子所有墙壁（中间隔墙在内）全部做起，大轮廓出来了，林娜看后喜出望外，因为墙壁不仅端正，还省下不少水泥。她不止一次叮咛：墙要做坚固，还要省材料，能用上去的断砖尽量用；掉在地上的水泥，即使有核桃大一块，也要捡起来。

一个工人说："你这个校长，要叫马儿好，还要叫马儿不吃草，当真比上天还要难哩！"她笑笑说："一人省一口，千人省一斗。"又说，"省下的就是挣下的，要知道材料来之不易啊。就是有钱买下，还要人朝车上装朝回运哩。"所以，那些工人把和好的水泥小心翼翼地抹在砖上。

林娜每天烧几铁壶开水，提到工地。壶里放着茶叶，摆几盒烟，让工人们吸烟喝茶。她有时转来转去看看，自己认为有做得不如意处，便和工人商量拆除返工。有时还干递砖等零活。到做门窗的那一天，林娜有事去了庄田街，回校后到工地一看，两个教室的门框子和窗框子已经做好了。"天哪！"她惊叫了一声，直起腰朝进走，门框的顶端离头大约有一拃远近。走出来再去看窗框子，窗台离地面一尺多高。她突然变了脸，没好气地对管事的冯师说："你们咋搞的？有眼窝没眼窝？门框子一人高低，门窗朝哪里安？再说，窗台离地面一尺多高，还不如就地安窗好了。到底是咋回事？"

冯师傅正站在隔墙架子上做墙，拿着瓦刀站着说："林校长，你对安门窗不懂。本来外边墙低，要是在门脑上再安窗，门就要锯去一尺多长了，实在难看！要是安脑窗，外墙就要整个提高三四砖，这样房子没有坡度出水不利。窗朝上提，窗台往高升，窗上边的一格玻璃会被房檐遮住，教室就显得暗。"

林娜倔声倔气说："你下来，拿米尺量量，我就不信门脑上安不下脑窗。脑窗也不过四五十厘米高的样子，哪里还要锯门？"冯师下了架子，同林娜走到门框前，林娜亲眼看着他用铁卷米尺量，门按一百九十厘米高，脑窗按四十厘米高，量下来稍欠一点，只要把门下的地面下五厘米就够了。这时，冯师傅瞪了眼闭了嘴，老半天想了想说："林校长，地面下五厘米深安门，娃娃小朝教室走容易闪脚腕子。按说，当初应把内外墙再做高十厘米就好了，一来好安门窗，二来教室明，光线也好，你同意做这么高，现在又要返工……不过，话又说回来了，外墙低一些，房子坡度大，出水利，叫我说再改就不容易了，干脆门上不安脑窗，房子暖和；窗子高低我看合适，也不必改变。"

林娜越听越生气，提高嗓门冲着老冯说："我问你，是盖教室还是盖牛棚？门无脑窗既不美观，教室又暗。少一个窗子能暖和多少？难道冬季教室不用生火？现在门和窗立即重做！按我说的安门处再下五厘米深，窗子下面再往高做三层砖！"

"哎！工头老李眼窝叫鸡屎糊住了，好歹四五个教室才包了三千元，赔到尻门子上了。"一个砌砖的工人说。另一个接着他的话茬说："赔是赔了他姓李的，该给咱的工钱，一分也少不了。"又一个接着他的话茬说："老李咬了牙，你不知道？二十天就要完工，还要保质保量，质量不过关，甲方不满意，推迟一天每人要扣工资的百分之三十呢！"

林娜听他们七嘴八舌说话，更是生气，硬是克制住没跟他们论高论低。临走时严厉地说："太阳快压山，天眼看黑了，说啥明天也得按我说的把门窗返工。"

晚上九点多钟，冯师傅来到她房子，赔情道歉的话说了一溜头，并且保证第二天按林娜的要求把门窗做好。接着要她先预借五百元，原因是工头家里有急事回去了，说不定十天八天回来，而他们吃的米面像狗舔过一样，总不能饿着肚子干活儿。林娜说啥也不给借，因为合同明明写着竣工后开支。可她又想，工头不在无人给钱，给自己干活，没米没面吃，怎么能行。再说，尽管约上写得清楚，完工时付工钱，可现在预借多少，结工时扣多少，反正总要给人家付工钱，况且满打满算，也不过二十几天。为了鼓励把活儿干好，按时完工，先预借给四百元好了。想到这儿，她让冯师傅打了借条，摁了指印，付给了他。冯师傅再三道谢走了。

第二天早晨，林娜起了床，开了大门让工人进来。谁知十分钟过去了，半个钟头过去了，一个钟头过去了，工地上还是空无一人。她隐隐觉得事情不妙，便去工人吃住的地方看个究竟。这几个工人在山岔沟村东头住，在两孔闲土窑洞里起灶吃饭住宿。当她走到院子朝土窑洞张望，听不见动静，就朝窑洞走去，推开门大吃一惊：锅灶床板不见了，地上乱七八糟扔着废纸，烧了的半截柴头，还有一双破布鞋。她像木偶人似的呆呆站着，顿时感到头晕，稍稍静了静神，清醒了过来，连连说："上当了！上当了！这群骗子，骗走了我四百元，神不知鬼不觉地溜了！"心想，还是工价低了，干下去挣不到钱赔本而偷跑了？还是我坚持教室门要安脑窗，窗子要往高提，他们不想返工，又不得不返，生气走了？林娜摸不着热冷，这怎么办？离开学仅剩半个多月，修建推迟日期，如何按时开学？

林娜又气又急，乘车去了塬上工头老李干活的村子，找到那修平房的人家。几个工人正搞粉刷，他们告诉林娜，工头老李家里有事回去了，给她修建的工人没有来，不知去哪儿了。

林娜心想：罢罢罢，七个人干了五天借走四百元，按干的活也值，没有多拿，当真修建包价低一些，那你老冯就该直说，中途还可以增加工价，为什么撂了挑子逃跑？我这说啥也不会亏待下苦的啊。紧要的是修建房子一天也不能朝后拖。到开学时不能结工，必然影响招生。现在又去哪里寻工队？一两天是否能找到？她急得像热锅里的蚂蚁，二话没说，立马离开这修建的人家，在公路上搭了班车回校。

王主任由于村上修建菜棚，好几天没有去学校看修建情况。回家吃午饭时，他顺路捎带看看，走到学校大门口，听里边静悄悄的。进了大门，朝东看，垒起的砖墙全做起来了，却不见工人。心想：肯定是去灶房吃午饭了，便信步走到墙跟前，里里外外细细看了看几间房框子，觉得墙起得还端，从表面看，水泥使得多少也合适，地面上只是掉了一点干水泥末，再看窗框和门框，摇摇头表示不合适不像样。窗框太低了，窗台离地面一尺多高；门框上面怎么没留脑窗，不至于忘了吧。他心里在骂，做下个屁！眼窝长到鸡架上了，这群王八蛋！一定要给林校长点明，不然做好了返工就难了。他离开工地朝林娜房子走。刚走了几步，林娜从门里出来看见他说："小斌，你来得正好，我有话跟你说。"

进了房子，林娜将昨天下午的事说了一遍。晚上冯师花言巧语如何骗走了四百元钱，猜想他们是嫌工价低偷偷跑了；她又去塬上寻工头，工头家有急事回去了，只留几个粉刷工人，也不知道冯师等人的去向。没等王主任开口，她又接下去说："我急得转圈圈，心里像火燎一样，扳指头算离开学连皮只有二十一天了，这房咋能盖起来？反正吃屎喝尿开学前都要完工。倒霉到极点了！你说，又到哪里寻工队去？"她瞅着王主任问。王主任说："滚滚滚！不干了滚蛋！走了穿红的再来穿绿的，总不能把事情烂下了。咱关着门说话哩，老李这次包这活路，反正要挣没多大油水，本身就包赔了。说句公道话，就是包四千五百元，也不多。我是工头，包这活最少下不了这个价。"他说到这里，两只手捂着脸，脸膊肘放在膝盖上沉思了一会儿，头一摆："庄田街有个大工队，正修商贸大厦。他们买的就是咱村上的砖，我给价钱算得很合适，说一声，他不能不来。人家是盖几十层大楼的料子，咱这小活来几个人三锤两棒子就成了，最多给他们出两千元工钱。"林娜说："那就又得麻烦你跑一趟了。"

吃了午饭，王主任骑摩托去了庄田街。他把情况给那个大工头说了一遍，大工头告诉他，我们包了两处活，人实在拉不开栓，还要聘几个大工，招收十多个小工哩。他打电话问了一个在庄田街给人家盖平房的小工队，那头电话说，让来人具体商议。王主任按这个工头说的地址去了那个盖平房的小工队，他把情况说了之后，便用摩托带着工头去了学校。

这个工头姓杨，叫杨治军，原来跟王主任寻找的大工头干大工活。接连干了五年，手艺高了，包工的渠渠道道也懂得了不少，总觉得寄人篱下出力的人有的是，毕竟挣不了大钱，便脱离了大工头，自己当工头招聘大工、小工包揽活路。三人一同看了修建起来的内外墙，一起商量写了修建合同，总价二千二百元，竣工缴一千七百元，押五百元，一年后房子未变形，不漏，保持原样，再全部缴清。

第二天，来了四名工人，按林娜的要求把门窗框子返工做好，第三天就上檩条了，连续四天檩条上好，板标皮铺成。林娜在房子里抬头看，檩条粗细搭配匀称，标皮板铺得平整，站在房子外面从较远的地方看，整个房上表面很平，坡度刚合适。她暗暗高兴，肚里寻思：好事里有坏事，坏事里有好事。要不是老冯一伙儿偷着跑了，怎么会来这个工队？真正让老冯干下去，不一定会令人满意，很可能这里没做好，那里有问题。

房顶上泥和机瓦时，又增添了两名工人，共是六个人。两天就完成了上瓦的工序。房脊全用新砖砌成一条又直又端的横梁，在两头砌上了林娜买的两个雪白的瓷和平鸽子，鸽子的身子稍微向校门外倾斜，仰头欲飞。从校门外公路上看过来，房子素雅美观。

下来一道工序是粉刷。粉刷第一遍时有个姓武的大工，年纪五十开外，过来过去找不到他使用的铁泥板和瓦刀。一个工人说："你买一盒'红塔山'香烟来，立马就找到了。"管事的说："你知道在哪里让他拿去，甭耽误干活了。"那个工人说："快半年没回家，想老婆了不是？丢三落四的。那天一个斧头就寻了老半天，今儿个又忘记泥板放的地方。就说你朝房东边脊梁看，那上面放的不是泥页是啥？"姓武的仰头看去，果然泥板和瓦刀都放在那里。他笑笑说："人老了没记性了，昨天下午做房脊放在那里。"说着便捎了铁梯子靠在右边三合墙上。上去后，拿着工具从梯子朝下走，一脚踩在空处，身子斜着摔了下来，妈呀！其他几个人正粉墙，听到老武的喊声，紧赶慢赶跑到跟前，他侧面躺在地上，身下是一把铁镐。大伙儿扶腰的扶腰，逮胳膊的逮胳膊朝起拉。其中一个逮着他的右胳膊猛一拉，老武疼得乱弹腿，大叫一声："我的妈呀！甭动这只胳膊。"于是大家又扶着腰和左胳膊，让他慢慢站了起来。早有人从林娜房子端出一把椅子让他坐下，林娜赶快跑出房子到跟前，逮着老武的手问，摔得咋样？哪里疼？老

武用左手摸右胳膊说，这里疼得厉害，恐怕坏了。大伙儿缓缓把右胳膊袖子挽起来。天哪！骨头把肉皮撑得老高，坏了坏了，赶紧朝医院拉！

林娜拿了八百元，众人把他搀扶到校门前公路上。一会儿过来一辆出租车。林娜同一个工人把老武送往县医院。

进了医院，立刻透视拍片子，右胳膊肘骨折。医生让住院治疗，先缴押金三千元，后面边看边缴。林娜问痊愈大概用多长时间，总共能花用多少？医生回答最少半个月出院，医疗费六千元左右，林娜脸色蜡黄，一个工队偷跑了，一个工队出了事，本来搞修建借了一河滩钱，恨不得把一分钱掰成两半使用。如今出了事，恐怕跌倒总要沾些"泥"，尽管是他自己不小心所致。这真是屋漏偏逢连阴雨！现在身上只有八百元，剩下这两千多元从何而来。再说，当下垫上，以后工队或他本人不给怎么办。俗话说"还钱把人叫爷哩"。是这样，女儿在医院工作，不看僧面也要看佛面，托女儿说情先缴上这八百元，等回去再和工队商议让他们出钱好了。林娜找到女儿张艳，把事说了一遍。张艳搭话，又垫了二百元。总共押金一千元就算住了院。那个工人留下照管老武，林娜又叮嘱张艳多加关照，按医生确定的方案治疗不提。

林娜同工头杨治军在她房子就老武骨折住院医疗费的事争执不休，半个钟头过去了，还没定下个拴牛桩。

工头说："不管咋说，给你干活，事情发生在工地，你就非出不可。走到天尽头，我也说得过去。"林娜说："给我干活，出了事不假。谁让他上房拿工具下梯子不小心，跌成骨折了，难道是我把他从梯子上掀下来不成？反正我只出我在医院时一千元押金，再多一分也没有。"工头本来说话口吃，一气之下，脸红脖子粗："我……我……我……我说的话，你……你……你是知识分子，就……就……就一点道理也不讲。你、你去问问其他工队，遇到工人干活受伤的事，主家管还是不管？"林娜说："我没管？出了事我送到医院，跑前跑后安排住了院，还缴了一千元押金，是你管的？再说，合同也没有写安全这一条，假如我要求写上发生安全事故，甲方概不负责，你让谁出钱？"老杨半天没有开口，低头看看地面，猛一仰头说："写上的话，我屁也不放，工队出好了。没写上，那你就得出一半。"林娜说："分析出事的原因，首先怪老武粗心大意，丧失安全意识，所以，他本人最少自付一半医疗费。其次，是你们工队的人，你们平时的安全教育不够，所以剩余工队出。这是我的看法。尽管如此，我已经出了一千元，当然不会给你们要了。你觉得如何？"

工头老杨觉得林娜说得也有理，也就勉强同意了。

转眼离开学只有一周了，四个教室和三小间老师房子盖起来了，还用断砖铺了院子，做了两个小花园。工程告竣，林娜满意，按合同付了工钱。

第六十三章　秋季招生

一波刚平，一波又起。林娜忙忙碌碌准备开学工作。她通知了刘睿、任侠、田玲、王玉玉四个老师提前到校帮忙。首要的是招生宣传。学校雇了一辆出租车，先去南川、北川和塬上三个乡镇招生。一个乡镇跑一天，带着打印好的《旭日小学教师简介》和《招生简章》、新生记录本等。

一个乡镇走大部分村子，一个村子到部分家户里，除散发出所带材料外，还简要说明办学情况，询问村子学龄儿童的大概数目，本村是否有学校，无学校又去哪所学校读书；去远处学校上学，家长为了照管，是否跟随孩子做饭，做饭又给家庭带来什么困难；看了《教师简介》和《招生简章》后，有何想法，是否同意让孩子去旭日小学就读，凡同意全托上学的，都有较详细的记录。

早晨八点出发，下午七点回校，林娜和田玲走访庄田街一些单位、门市和住户。当天返校后，汇报座谈，以便相互沟通，取长补短，促进招生宣传工作。

一天，刘睿、任侠、王玉玉三人乘出租车去庄田镇北塬隆泰乡宣传招生。上了塬去了一个村子跑了几家，乘车正准备去另一村子，车患了猛"病"，躺倒了。他们付了车费，坐在路旁等出租车。大概等了有一个小时，只有三辆班车朝县城开。这时已是下午两点，是去其他村宣传，还是返校，她们犹豫不决。再走几个村子吧，无车，烈日炎炎，步履艰难，况且去不了几个村子；回校吧，天气尚早，未完成任务，如何向校长交代。王玉玉说："咱们还是回校吧，天热得要死，俗话说，响雷暴雨三后响，你听，又响雷了，倘若淋了雨，就更糟糕了！"

任侠说："只是西边有一块黑云，哪来的暴雨？我看是这样，马上到村里看看，或坐摩托或小蹦蹦车，再走几个村子如何？"刘睿说："能成，先到这个村子雇车，要是雇不下再回不迟。"

三人一路又返回刚才去的村子，雇了一辆大运摩托车，价钱是五个钟头三十元，又顺着大路开往另一个叫李家庄的村子。

李家庄是隆泰乡南塬的一个大村子，全村一百二十户人家，近六百人，主要产业是经营苹果。哪一家在银行储蓄不在十来万元？摩托就有三四十辆，小汽车也有好几辆，在南北二塬称得上富裕村庄了。

　　村上有一所小学，原来是一至六年级，后来集中合并，只剩一至三年级了，中、高年级学生全部集中在乡政府所在地的中心小学就读。家长或是因孩子年龄小、自理能力差，或是担心学校管理不严，相当一部分家长在学校周边租赁房子，自己做饭管娃娃上学。

　　这样出现了不少问题：一则给家里造成不少困难，尤其是没有老人的家庭，孩子的妈妈给孩子做了饭，就不能干家里的活，如此少了一个劳力，当然劳动效益就受到一定的影响。年轻媳妇给孩子做饭，孩子上学以后，一些人就在麻将馆打麻将。开始还能按时做饭，逐渐为麻将所迷，常常误了自己的本分工作，不是随便胡乱做饭，让孩子填饱肚子，就是买点零食吃了充饥。

　　更有甚者，个别媳妇又迷上跳舞，半夜三更还不归宿。时间长了，就同社会上一些游手好闲、寻花问柳的闲人挂上钩了，而她们的男人却蒙在鼓里。

　　李家庄一个姓张的，媳妇在中心小学附近租了房子给娃做饭，家里雇了几个人给苹果树打药。男人实在忙不过来，便骑摩托去叫媳妇回家帮忙，他万万没有料到，大白天媳妇关着门和一雇工亲热，被碰个正着。男人一气之下，操起锅台上放着的铁勺，照那人头上猛击，那人太阳穴顿时裂了一个月牙儿形的大口子，血肉模糊。从此孩子退了学回到家里，两人天天闹离婚。经人劝解，总算没离，可婚姻笼罩上了难以磨灭的阴影。

　　刘睿等人下了车，恰巧去了这个姓张的家里。姓张的同媳妇正准备去苹果园给果树打药，见来了几个女的，问她们有何贵干？刘睿把《招生简章》和《教师简介》，以及上学期期末各年级统考表给他们看。

　　任侠问："你贵姓？家里几口人？"媳妇说："我姓王，娃他爸姓张，叫张强。家里三口人，娃刚才到外边玩耍去了。""男娃还是女娃？几岁了？上学没有？"任侠接着问。张强把材料拿着大略看了一下，然后面向媳妇说："是几位老师，快给上茶。"张强媳妇倒了三杯茶，一一递到手里。张强又端来一盘又红又大的富士苹果，说让茶晾着，先吃这个。昨天才摘的新果子，水甜水甜的。

　　几个人正说着呢，看到一个头发上扎着两个羊角辫儿的八九岁的小姑娘，一面拍手一面喊着："你拍一我拍一，咱们的朋友在哪里？"看见家里坐着三个陌生人，猛地扑倒在床边坐着的妈妈怀里，搂着她的腿，仰头摆动着腰。她妈推开她说："咋不问你老师，兰儿？你老师叫你上学哩。"小姑娘转身抿着嘴笑着看着刘睿三人，腼腆而不开口。

　　任侠站起来拉着她的手问道："你叫啥名字，几岁了？上几年级，在哪所学校上？"她说："我叫张兰，九岁了，没有上学。"她说完看了看爸爸和妈妈，似乎是埋怨他们让她退学。张强不好意思地说，原来在隆泰中心小学读三年级，今年前季……他停了一下，眼珠一转说："病了，再没上学。"说完又绷紧了一张脸，两眼直勾勾盯着地面，没有说话。

　　他们的表情眼神，任侠都看在眼里，心想，绝非患病没让孩子上学，到底是何因由？当然任侠三人都不知道。任侠拿出来一份统考表和教育局全县期末考试各年级前十名成绩公布表,指着调研表让张兰他妈看。她边看边说:"旭日小学四年级的语文成绩是全县第一名,不简单呀!"张强说:"你们都是好老师,像这两个看起来年龄不大,竟然有这么大的本事!"孩子他妈问:"全托学生吃住咋个样?伙食费每月多少?"

王玉玉说:"挺可以。今年前季天长,每天三顿饭,主食白米细面,常变花样,什么包子、蒸饺、炸油饼。稀的是小米米汤,里边放着花生豆、红豆、绿豆等。吃菜嘛,早上是大头咸菜、凉调小豆芽;中午豆腐、洋芋、粉条、白菜一锅熬的大烩菜,晚上同早上一样。伙食费每月二百元。说起住宿,两孔窑洞,一个是女生宿舍,一个是男生宿舍。有专人管理,一周晒两次被褥,星期天洗一次衣服。学校雇了一个年轻女娃,除帮灶择菜淘菜外,还管上灶学生和打扫院落卫生。"

兰儿忽而看着妈妈,忽而又把视线转向爸爸说:"我要上学!我要上学!"又面向刘睿三人:"就在你们学校上。"刘睿站起来抚摸着她的头耍笑说:"今天就跟我们走,行不行?""能行!"兰儿头一摆瞅着刘睿扑闪着大眼睛说。大家都笑了。任侠说:"我就是班主任,调皮捣蛋不好好学习,把你的手打肿,端不成碗,害怕不?"兰儿说:"我不调皮也不捣蛋,努力学习,看你打不打。"她妈说:"不对就打,我从不埋怨老师。不严不成器嘛。"两口子当下就同意让女儿到旭日小学就读。任侠记下了她的姓名、年龄、年级和爸爸妈妈的基本情况。同时请求他们去学校看看。

临走时,张强说:"我们村在外边上学的小学娃娃还不少,算起来有二三十个,我再给你们活动活动,说不定,还会有不少娃去你校上学哩。你们把拿的材料给我留一些,让家长看看。"刘睿又给了他几份。

任侠说:"你跑了腿,磨了嘴,费了心,只要你能活动十个娃娃报了名,校长就免去你娃的学杂费。"

张强说:"办了屁大个事,还免啥学费呀?只要娃学到本事,比啥都强。我今后晌不去苹果园了,引你们几个老师到村里看看。"

张强做向导走了好几家。家长看了《招生简章》《教师简介》和统考成绩表,询问了学校有关情况,都十分感动,认为一所初办的私立小学能办成这个样,实属不易。其实,最根本的还是校长本身过硬,教师齐心协力把事当事地干。当场就有七八个家长表态让孩子到旭日小学上学。

刘睿几个又乘车去了两个村子,日头落山了,才凯旋回校。

在开学前的几天里,前往旭日小学了解情况的家长们川流不息。

林娜热情接待,引着他们看教学区的每一个教室和生活区的师生灶房、学生宿舍,边看边解说提出的每一个问题,介绍办学一年来取得的主要成绩和遇到的困难,诚心诚意地征求家长们对今后办学的建议和意见。

有一部分家长只怕接收学生数量有限,容纳不下那么多学生,预先就给孩子报了名。

同以前一样,开学前,林娜忙忙活活把开学的一切工作都准备停当,万事俱

备,只等开学的东风了。

　　紧张、匆忙、热闹的九日一日和二日两天报名过去了。旭日小学共收学生(包括学前班)三百二十名,其中一年级六十四名,分两班;六年级六十名分两班;学前班五十名,分小班、大班。其他年级均为单班,聘请了十名教师,加上校长十一名。上灶学生六十四人,男三十人、女三十四人。雇了三名炊事员,两名做饭,一名主要管理上灶学生,打扫宿舍、院子卫生,兼帮灶等。任命年轻教师任侠担任教务主任,刘睿任语文教研组组长,王玉玉任数学教研组组长。教委会由四人组成,即校长、主任、两个教研组长。购置桌凳四十套,床板八块、三台电脑、一台二十四英寸的彩电和一台 VCD 机子。学前组买了儿歌、游戏、语言和数学光盘,各年级都买了语文、数学光盘,三至六年级还买了英语和作文光盘,做辅助教学。新做了一个钢管栏杆(由于操场小安装半篮)和一个小钢管秋千(供学前班和一、二年级学生使用)。还购置了篮球、排球等体育活动器材若干。

　　每个教师的工资在原基础上向上浮动四十到七十元。这样,最高月工资为三百二十元,最低为二百六十元,较本县其他私立小学教师月工资平均高出四十元。

　　开学后的一周多内,从校长到每一名老师都忙忙碌碌,忙得有兴趣,忙得愉快。每天入夜,村子里大多农户已安然入眠,教师们的房间里的灯还睁着眼。除备写教案和批改作业外,有通读教材制定教学进度表和准备写教学计划的,有根据年级特点和班上的实际情况思考编写班级工作安排的。两个教研组长征求了本组教师的意见,写教研活动安排,在一起探讨教改,准备写本学期如何进行教改实验的。林娜更是一个人忙成几个人了,要清算各班报名时所收课本和作业本费,还要根据学校的学情征求教师们的意见和建议,修改补充各种规章制度,尤其是经过师生们的讨论,征求部分家长的意见,连续几个晚上写本学期教学教研工作计划,往往熬到凌晨一两点。

　　九月十日教师节即将来临,林娜决定把开学典礼和教师节放在一起举行。她觉得新学期要有新气象,修建购建了校舍,发展事业有了根基,生源增多了,教职员工增加了,教学设备较前齐全了,还了所欠大部分外债,购置了电脑等教学仪器。全体教师拧成一股绳,心往一处想,劲朝一处使,新学期一开始,就呈现出生机勃勃的景象。她欲乘此东风答谢所有支持她办学的单位和个人,扩大影响,让刚迈出第一步的旭日小学,在全镇乃至全县小学中绽开一束艳丽的鲜花。

第六十四章　双喜盈门

　　为了迎接眼前的开学典礼和教师节,林娜让女儿张艳请假两天,去省城给教师购置了节日礼物、师生奖品,还给资助办学的单位定做了几面锦旗,上绣"资助办学,千秋功绩"八个大字,自己还总结了办学一年来的教学工作经验和本学期教学工作计划,召开教师会讨论,征求意见,最后进行了修改,作为开学典礼和教师节的汇报。

　　任侠、王玉玉、田玲三人,晚上熬到十一点多完成了上学期奖惩明细,交给了林娜。林娜又让王玉玉老师写奖状,她欣然答应,利用午饭和休息时间挥毫一口气写成。林娜亲自上阵,晚上又写好了对联、横幅。第二天天亮又到村子里叫了王小波和拴柱,两个人骑着摩托给邀请的单位、个人送请柬。

　　九月十日是个不平凡的日子,旭日小学的校园里异常红火,师生和来宾都沉浸在欢乐的气氛中。

　　蓝蓝的天幕下,红朗朗的太阳照在校园里,一面鲜红的国旗在校园中央的上空迎风飘扬。五年级教室门口是会场主席台,两旁木桩上贴着"团结奋进,再上台阶,戒骄戒躁,更铸辉煌"的对联,横幅是"欢庆教师节暨开学典礼"的金色大字。台前摆着几张条桌,上面铺着红梅花图样的蓝塑料布。桌子两边分别摆放着牡丹花和四季果。从左到右排头桌面上是包装着五颜六色的被子和毛毯,是给教师们的节日礼物。还有给学生们奖励的《新华字典》《成语词典》《小学生数学题解》《字词句浅析》、钢笔、油笔、铅笔、塑料皮本子等。

　　林娜校长、县教育局专管民办学校的张平主任和镇教委陈主任的两侧,坐着的是应邀出席的单位代表和个人。后面坐着的是全体教师。主席台前,学生们围坐成一个"凹"字形,中间留着一块空间。

　　开会前,各班相互拉歌子,热闹非常。四年级文艺委员张爱花挥拳高呼:"五年级!"她班里的同学齐应:"来一个! 谁唱得好! 五年级!"

　　五年级学生像一锅沸腾的水,顿时骚动起来。有喊叫唱的,有喊叫不唱的,有催文艺委员赶快起歌的。文艺委员从队列里走出来站在她们班学生前面大声说:"全体起立!"全班同学唰地站了起来。她挺起胸,右臂朝上伸出了中指,

说:"《三大纪律，八项注意》，注意!"她猛地将右手朝下一摆，全班同学唰唰唱了起来，简直比"六一"儿童节歌咏比赛还唱得好。刚刚唱罢，四年级班长霍地站起来面向五年级用力一挥胳膊:

"谁唱得好!"

"五年级!"

"嫽不嫽!"

"嫽!"

"再来一个要不要!"

"要要要!"四年级同学把嗓子喊哑，五年级同学却稳如泰山。六年级学生集体呼喊:"叫你唱你不唱，扭扭捏捏不像样!"五年级班主任从座位上站起来，笑着让文艺委员再起一支歌。文艺委员正准备走到第一排前面起歌时，主持老师任侠一声哨响:"准备开会!"全场顿时鸦雀无声。

第一项鸣炮。啪啪啪的鞭炮声持续了有十几分钟，震得人耳膜发麻，烟雾呛得人不时咳嗽，大约有四五分钟烟气消散。第二项，全体起立唱国歌。高音喇叭播放出了庄严的国歌，全体师生跟随着歌唱，歌声在校园内外荡漾。第三项，任侠报告会议内容和意义。第四项，林娜总结一个学年度的教学工作和宣读本学期教学计划。

"来宾们! 全体师生们!

"我校自创办至今一个学年度。在县、镇教育部门领导的关怀下，在校周边一些单位和群众的支持协助下，尤其是山岔沟村村干部和村民们像精心管理禾苗一样，支持援助着我们学校的各个方面。我校全体师生员工坚持贯彻党的教育方针，团结奋进，在荆棘丛生的征途中跋涉，克服了来自方方面面的阻力，取得了可喜的成绩，在此，我代表旭日小学全体员工表示真诚的谢意和崇高的敬礼!"

一阵热烈的掌声中断了林娜的讲话。掌声过后，她又汇报了以下几方面的工作:

"一、规范为镜，常照行为;二、开展赛讲，相互学习;三、转化后进生，成绩斐然。我校生源不同于公办学校，一个显著特点是后进生较多，约占总人数的三分之一强，给教学工作带来了很大困难。要质量立校，必须把后进生的转化工作放在首位，作为教学的重点。只有将后进生抓出成效，才能真正说明我校教学质量高，只有后进生的学习态度端正，对学习产生兴趣，成绩逐渐提高了，才会使群众对我校刮目相看，我校才会享有一定的声誉。我们采取了诸多办法狠抓后进生，如'开小灶''手把手''结对子''多鼓励'等，后进生们逐渐产生了学习的兴趣，尝到了甜头，成绩不断提高。有相当一部分后进生在其他学校上学从未参加过镇统考。到我校后，全部参加统考。他们的自尊心增强了，大大调动了学习的积极性。目前，各年级后进生中有一部分的成绩在不断提升，如五年级的张铁蛋、四年级的王倩、二年级的陈刚等。其余的也不同程度有进步、有提高……"

林娜讲话结束，任侠主任宣读上学期期末统考各年级位于全镇、全县的班级名次、获奖老师。总分为全镇前五名的学生名次；主科、单科成绩为全班前五名的学生名次；后进生跃到班级中等和上等的学生名次；比在校期末考试总成绩高出二十分以上的后进生姓名。最后一项是颁发节日礼物和奖状。

在乐曲声中，五名教师走上主席台，站了一排，五年级少先队员每人拿一朵菜碟子大小的红花戴在获奖老师胸前，台下几百双眼睛望着哺育他们成长的获奖教师，爱戴、尊敬、感激之情油然而生。

接下来是给期末统考总成绩为全镇前五名的学生颁奖。完毕后，给后进生成绩显著提高者颁奖。主持老师叫着他们名字，他们一个个喜气洋洋，踏得地面噔噔响，霎时间在主席台前站成一排。人人喜形于色，个个抿着嘴儿笑成了花儿，几百名师生和家长的目光都注视着他们。

后进生的进步是有反复的。正像人的一生曲曲折折，跌倒爬起，爬起跌倒拐来拐去朝目标奋进。就张铁蛋来说，第二学期"六一"前夕，旧病复发，同本班两名同学出走，害得老师们半夜三更上山下河寻人，终于从县公安局把他们领回学校。通过严肃的批评教育，铁蛋等三人认识了错误，在班上做了检查，这就等于在成长的道路上跌了一跤，爬起来又继续向前迈进。从此，张铁蛋在学习、生活、纪律诸方面，比以前又迈进了一大步。第二学期期末统考语数外全都及格，其中数学提高到 72 分。因而被评为后进生成绩显著提高者，学校予以物质奖励。

第六十五章　座谈晚会

　　这天晚上,教师节座谈会开始了。

　　五年级教室除原有的日光灯外,还挂了个一百瓦的灯泡,照得旮旮旯旯明如白昼。这新盖的教室面积挺大,桌凳摆了一圈,桌面上摆了几堆吃的东西,有苹果、甜梨、红枣、核桃、花生、瓜子、软糖等,每堆还放上饮料。一个椭圆形灰色录音机和话筒放在最后一排中间的桌子上。

　　所有教职员工全部到场坐好了。林娜首先讲话,讲了教师职业的意义,简要地谈了办学一个学年度来做的主要教学工作、取得的成绩、存在的问题,今后奋斗的方向等。大家似乎心不在焉,半听不听地吃着喝着小声说着。讲完后,林娜请大家不拘一格随便谈谈,一句不少,万言不多。老半天工夫,只有两个老师发言,都是枣核解板——两句(锯)。林娜发话:"娱乐开始,尽情狂欢吧!"

　　"咦——"大家兴奋地举起右手伸出一个指头,任侠站起来说:

　　"不论是唱歌、跳舞、口技、笑话、猜谜、弹奏乐器等,反正一人最少一个节目。大家说,从哪里开始?"你说,从门口第一个桌子开始,她说,从最后一排开始,也有说,从校长、主任开始的,可谁也不主动打第一炮。

　　闫红说:"抓纸蛋,谁抓到谁打第一炮,然后从挨着第一炮的左边按顺序出节目。"

　　"玩耍还抓纸蛋,破天荒的!"任侠霍地站起来,手一挥,"我看咱们来个击锣传花,花儿到谁面前,谁出节目,又热闹又不相互推诿,好不好?"

　　"好!"有几个大声喊着。

　　任侠说:"选个打锣人,我去拿铜马锣。"选来选去选了王玉玉打马锣。任侠从她房子拿来了铜马锣和她获奖的大红绸子花,把马锣给了玉玉,把花给了紧挨玉玉坐着的刘睿。锣声当当当响着,红花呼呼呼跳着,锣声高敲得紧凑,红花传递得疾速。大家眼睛瞪得四圆加八圆盯着花儿在谁门前落脚儿,笑声、锣声、扔花儿手击桌子声汇成了一支时急时缓起伏跌宕的乐曲。当! 锣声停止,红花落在林娜面前,大伙儿连嚷带笑:

　　"校长出节目了!"

"欢迎欢迎!"不知谁喊了一声,顿时掌声响起。

林娜站起来笑呵呵地说:"看来,我被大家推到火炉上了,想下来难呀! 老啦,骨头硬邦邦,臂来腿不来,都不听使唤,跳不好,别见笑。"

说完,她朝中间场地走去,又是一阵响亮的掌声。

"我跳的舞蹈是《毛主席的光辉》!"右脚稍稍向后一拉,身子转了一圈,给大家鞠了一躬,然后抬头挺胸。李萍赶忙打开录音机,林娜随着播放的歌声翩翩起舞,面带笑容轻轻唱着,脚步轻盈,手臂灵活,动作配合协调。大家也跟着唱,有节奏地拍着手:"毛主席的光辉……"

大家看着林娜的表情动作,微笑着点头赞许:多美的舞姿! 难怪听人说,她上中学时,是全校出名的舞蹈演员呢。

林娜唱着跳着,当跳到最后一段时,两臂平肩伸开,掌心向下,右肩头朝前,左肩朝后同时抖动两下,使人感到这个动作不仅蕴藏着藏族农奴如今幸福生活的无限喜悦之情,还把对毛主席的爱戴和深深的感激情怀倾注在里面了。

"咋都看呆了?"任侠把两只手举到额前做了个鼓掌的手势,大家才从如痴如醉中惊觉过来,鼓掌的声浪把林娜唱歌的声音全淹没了。

林娜跳罢,给大家深深鞠了一躬,朝后转向座位走去。

闫红喊:"好不好? 再跳一个要不要?"

"好好好!""要要要!"大伙儿齐声喊。

林娜还未坐下去,站着摆手,笑笑说:"我是抛砖引玉呢。请看下面的节目好了。"

"谁叫你唱得那么好听,舞姿那样动人,难怪大伙儿说'要要要'。要是我出个节目,恐怕刚张口,刚动脚,大家必定掩耳不听,闭眼不看。"刘睿说。

林娜说:"你跳一个,看大家是不是像你说的掩耳闭目。要是当真不听不看,就让别人出节目取而代之。大家说,让刘睿表演好不好?"

刘睿万没料到林娜把她套住了,忙说:"校长有年龄了,歇歇再出节目。咱们还是打锣传花吧,要是花儿落在我面前,我就出节目!"任侠说:"行行行,接着击锣传花。"

锣声响起来了,红花又传开了。花儿刚好跳动了一圈半,锣声戛然而止,红花正好落在刘睿面前。她飞快地把花捡起来传到惠惠的面前。惠惠眨眼拉起又扔到她面前,并连声喊:"不许赖,不许赖!"任侠说:"锣声刚停,红花正好落在刘睿面前,不光我看得清楚,大家都看清了,是你睿睿有意扔给惠惠的。你快出节目!"刘睿无话可说,笑着点头:

"我嘴笨,手笨,脚笨,唱不会唱,跳不会跳,生就无文艺细胞,叫我出啥节目呀!"本学期受聘到学校的杨云云看着刘睿笑着说:"你说,你没文艺细胞,不会这不会那,学一声狗叫怎么样?"她这样一说,逗得大家都笑了。刘睿嘿嘿笑着,转过身子在杨云云肩膀上打了一下:"你是狗,你叫你叫!"杨云云说:"要是红花落到我面前,保证痛痛快快出个节目——学狗叫。"

杨云云为啥能想到学狗叫的口技表演呢？她上高中同刘睿是一班同学。

一次是星期天，她俩忙着复习历史，一个问，一个答，答不准确或不完全，另一个补充或更正。复习时间长了，便商量到另一个同学家里玩玩，看看这个同学家里养的花儿，清醒清醒脑子。

到了这个同学家里，刚坐在沙发上，从门外飞也似的跑进来一只大黄狗，猛地扑到刘睿的身上，"汪汪"叫了两声。刘睿和杨云云哪里有防备？吓得刘睿大叫一声："妈呀！"杨云云也吓得跳了起来。

后来一提起这件事，刘睿就有点儿心惊胆战，并且学着那大黄狗汪的一声叫，杨云云当面取笑说：你学得真像！

现在，刘睿说啥也不表演这个口技。

闫红说："叫你唱你不唱，扭扭捏捏不像样！"

任侠说："睿睿，不管啥来一个，就过关了。要是在你这儿断了弦，后面的不是看样了？"

刘睿慢吞吞站起来："嗯——"清了一下嗓门，说，"我唱一支青海民歌《在那遥远的地方》吧。"

李萍说："稍等一下。"赶忙从一堆磁带里寻到了有那支歌的带放进录音机，乐曲响了起来。刘睿的心怦怦乱跳硬是镇静下来。开始一句"在那遥远的地方，有位好姑娘"，由于音调过高，唱了几句只好降下来，反而过低；音高时，好像把水龙头放到了最大处，哗哗的水流四处飞溅；音低时，就像把龙头拧到最小处，比筷子头还细的一股水缓缓往下流。

刘睿嗵的一声坐下，说："真是赶着鸭子上架！不会唱唱不了！"

任侠说："好也罢，不好也罢，总算过关了。睿睿，你来打锣，把玉玉换下来，她早等着表演哩。"

铜锣打响红花奔跳，花儿转了一圈，锣儿继续敲着。有的人唯恐锣声停红花落在自己面前，当接到花儿时飞速传递给下一个；也有的实在想拿到红花，以显示自己的文艺才能。杨云云和姜莉就是想露一手的人，李萍也想在这个场合显示自己。似乎打锣的长了一双 X 射线的眼，看清了姜莉和李萍的心思。当姜莉刚接到红花时，锣声立止。姜莉走到场子中间，拿起话筒深深地向大家鞠了一躬，笑眯眯地说：

"我唱一支陕北民歌《走西口》，唱得不好，请各位海涵。"

李萍说："没有那歌的带，配不上乐曲了。"

姜莉说："我唱，你们轻轻地拍手，就当配的音乐好了。"说罢，眉头稍蹙，唱道：

> 哥哥你走西口，
> 妹妹我心里忧。
> 手拉着哥哥的手，

泪水水往下流。

大家缓缓地轻轻地拍着手,看姜莉神情抑郁,眼角儿下滑,声调如同凄风苦雨缓缓吹来,让人油然而生出淡淡的忧伤之情。

泪水水往下流,
送到村头头。
舍不得丢哥哥的手,
带着泪珠儿亲口口。

一阵掌声过后,大家请求她再唱一支歌。姜莉欣然答应,又唱了一支歌,还跳了个小舞蹈。

任侠说:"我们又发现了'新大陆'——一位文艺人才,真可与李萍媲美了!"

姜莉说:"在各位面前,我是小巫见大巫。"

李萍看着姜莉,竖起大拇指笑成一串铃说:"我甘当姜莉的小学生!"

这时,大家听到门口一阵笑声,随之王小斌进了门,高喉咙大嗓门说:"把你们的高兴劲给我姓王的分上一些,不能光叫你们喜欢嘛,也叫我享受享受教师节晚会的欢乐!"

大家都站了起来欢迎。林娜把核桃、花生、枣捧了一掬让王主任吃。

王主任拣了几个枣子面对林娜说:"有件紧要的事要告诉你。"林娜说声好,同他出了门向自己的房子走,刚朝前走了一步又返回到教室说:"已经十点多了,明天还要上课,再玩一会儿就散伙。任侠,你看情况。"

林娜走后,大家又继续打锣传花,因为还有几个人未出"笼"呢。有两个老师合唱了一首《流浪歌》,又跳了《北京的金山上》舞蹈。李萍大大方方地用口琴吹了几个曲子,虽比不上她吹笛子动听,却也悦耳动听,同样赢得了热烈的掌声。

最后,两个一对跳起了集体舞,到十一点半才收场散伙。

第六十六章　拒买资料

　　王小斌进了林娜房子,开门见山地说:"镇物价所办公室陈刚推销学生考试试卷,寻我给你说一声,给咱校学生留一部分。各年级语数外留了一套,你看一看,要是适合学生用,能帮这个忙,就帮了吧。"林娜说:"原来是这么一回事,你把资料拿来先让我看看。"王主任把胳肢窝夹的一卷资料给了林娜,她打开把各年级语数外测试题大概翻了翻,每科都有课课测试、单元测试和期末测试。这些测试题同学校从新华书店购买的《天天练》《单元检测试卷》上面的练习和考试题大同小异,甚至有些题就是从这些书上面翻印来的。

　　她把这些测试题放在桌面上说:

　　"上面的题同学校从新华书店订购的那些试卷、练习册上的题没有什么差异;再说,老师课堂还布置有一定数量的作业,已经够这些小娃娃'吃'的了;要是再多加半勺,恐怕把他们肚皮胀破了。你觉得该不该……"

　　王主任看了她一眼,没有回答她的问话,低着头看着地面思量:林校长说得也在理,不过,陈刚是为张所长办事来找我,这么件小事咱办不到,见了张所长,怎么好意思呢……

　　王主任的妻妹子在庄田镇街上办了一个烟酒茶门市,生意虽不兴隆,但在街道所有烟酒门市中还算中等。一次,镇工商所和物价所一行数人对街上所有商店进行突查,两个所的头头当然任检查组的正副组长。他们检查是否有假劣商品,是否有不按具体规定私自抬高价格的行为,若有假冒商品,不仅当场销毁没收,并且按情节轻重罚款。结果查出王主任妻妹子的商店假酒一百二十瓶,三种假烟一百五十条,按她店里的出售价折合三千四百元,烟酒当场没收销毁。处理结果是罚款两千元,三天内将罚款上缴镇工商所。

　　这可把王主任的妻妹子和女婿气破了肚皮。其实,这是他们为了占便宜,低价从他人手里购买的。

　　假货销毁对他们来说就是重重挨了一棍,再加上罚款实在等于要了他们的命。男人唉声叹气地说:"罚几千元,几千元呀,到哪里去借?"媳妇眼泪在眼窝里打转儿,用手一抹指着男人的鼻子:"你枉长个男人脑,给姐夫打个电话,说不定,这罚款能免了呢。"一句话提醒了男人,他知道王主任在庄田镇大小单位一尺拉丈五,说情免去罚款,可算小菜一碟,他于是给姐夫打了电话。王主任在电话里美美训了他们两口子一顿,卖假货想一口吃个蒸馍,结果连一粒米也没吃上,反而伤了肉!可毕竟是至亲,到了难处,他姓王的不管谁管?他旋即骑摩托到了物价所见了张所长说明了情况,张所长同工商所所长在电话里一商量,免去了两千元罚款。

王主任把给妻妹子说情免去罚金的情况说了一遍,接着又说:"陈刚说,张所长很忙,托他找我办这件事。所长的儿子从省城弄到这些供小学娃娃学习、考试的资料,已在本县其他乡镇小学和本镇中心小学售出了三分之二,最多剩三分之一了。那些老师们看后很满意,说单元测试和期末考试题分三个层次:基础知识层面对所有学生,特别是中下等学生,考查基础知识掌握情况。再升一个层次,主要考查中上等学生分析问题、解决问题的能力,试题大半未超出课本。最后一个层次是检测尖子学生的智力和实际应用能力,试题超出课本,当然,还是用课本中的知识解答。我是门外汉,也没有看这些材料什么的,你看后觉得如何?"

林娜说:"目前各种测试题大致都分为这三个层次。据我看,你拿的这三科试题未必像陈刚说得那么好!我也没有细看,总觉得有不少试题是抄来的。现在贩卖学生学习资料的人不少,那些东西五花八门,大多质量差,有的错别字满纸。贩卖者只顾赚钱,哪管学生负担轻重!"

王主任说:"那就推了算啦,不过,张所长面子上不好看。"

林娜说:"这个张所长,我听说过他的名字,却不认识。你说,今天这事怎么办?"林娜没有正面回答他,说:"前季期末考试时,我看了《教师报》有一篇短评标题是《减负是必走之路》,讲到了目前中小学学生负担过重,尤其是小学学生。其中,各种辅导资料、各种练习题、各种试卷压得学生喘不过气来。小学生书包里鼓鼓的,背来背去,几乎要压断腰。究竟看了多少?究竟做了多少题,做对了多少题?究竟学到了哪些知识?究竟开发了什么智力?究竟培养了什么能力,能解决什么实际问题?不值得我们深思吗?"

"我在狠抓教学的过程中,尤其是在抓后进生方面,也走了一些弯路,过量的作业让学生半夜三更还伏案不起,引起了家长的不满,甚至还出现了王虎闹学的事情。"

"今天,他陈刚推荐的资料,别说是吃别人嚼过的'馍',就是自己煞费苦心蒸的又白又大的'馍',白送我吃,我也不会要的。"

"你问这事咋处理?我的意思是告诉陈刚,旭日小学已经买好了语数外检测题。你迟到了一步,对不起,另寻学校去吧。"

王主任说:"对,咱俩不谋而合,就这么办!"

第六十七章　转意宽恕

　　旭日小学开学典礼暨教师节放在了一起。林娜给她的挚友彩霞去了电话请她参加。可她哪里知道，老同学也在这一天把教师节和开学典礼放在一起进行，忙得团团转，所以未能前往。过罢教师节后的第三天是星期日，彩霞清早乘七点的班车从秦泰镇汽车站出发，八点出头就到了旭日小学。

　　挚友相见，久别重逢，亲亲热热。林娜陪同她把各个教室、教师房子和整个校园转了一圈。她俩边走边看边笑着拉话。彩霞说：

　　"娜姐，你白手起家，一年里就扩建校舍，师生有三百多人，的确不容易啊！每向前迈出一步，都流出了劳心费神的汗水。"

　　林娜把暑假买房搞修建，工队中途撂下挑子，又另寻工队，在将要竣工时一个工人又把腿摔坏，她和工头磨牙叨嘴的事说了一遍。

　　彩霞说："磕磕碰碰不顺利，这是必然的。我看房椽还不错，粗细刚好全是松木的，好像不是新的，从哪里买的？"

　　林娜说："说来我运气好，王主任同我去离学校不到半里路的一废杂活厂买了六间破房，砖瓦、檩条、木椽、铁窗这些材料都有了，你猜几间破房多钱买的？"

　　彩霞说："六间拆掉这么多材料，说少还不得三五千元。"

　　林娜笑了："还不到一千元哩！"

　　彩霞说："拾了便宜，这些材料甭说别的，就木椽到林场买，少说也得一两千元吧。"她们缓缓移动脚步，进了微机室，两台微机放在靠房子左边的两张学前班学生坐的桌子上，桌子前面放着两行学前班学生坐的矮板凳，每行三条，共六条。除此以外，别无他物，房子显得空荡荡的。

　　彩霞说："房子这么大，只有两台微机，再摆几张桌子、凳子，再做个阅览室完全可以。下午大活动由一个老师照看，中、高年级学生看看书报，扩大知识面，多好哇！"

　　林娜点头："你说得不错，不过，学校只订两份报，书也不多。"

　　彩霞说："看过的报纸保存好可放在阅览室，至于图书，学校可以买一部分，发动学生拿一部分，那数量就可以了。以后逐渐发展嘛。"

她们在校园里转了一圈儿，彩霞说："娜姐，上次我来厕所这里只是几堵墙，这次你给戴上'帽子'了，看来，这'帽子'不牢，有被风吹走的可能。"

林娜低头想了想，上面全是水泥瓦，咋会被风刮跑？她说："不可能吧。"

彩霞说："我看上面棚着钢管，只是把钢管的两头用铁丝固定在墙上，水泥瓦上面压了两溜砖，没有固定在钢管上，要是刮大风，尤其是二三月里的大风，会把瓦掀到地上。瓦打碎算个屁，要是伤了人，就是大乱子了。"

林娜说："还是你看得细，想得周到。我粗心大意，修建厕所的也没提醒我，出个安全事故就把天戳个窟窿了。下一周马上寻人戴上'安全帽'。"

彩霞说："这很容易，在水泥板上用钻头钻上眼，用铁丝紧紧拧在钢管上就行了。一块最好有两处，上面再压上砖，保管安全。"

姐妹俩回到房子休息了一会儿，彩霞把带的"礼物"一件件摆了出来：半新旧篮球、排球各一个，乒乓球拍子五副，小娃看的画书三十本，还有《陕西教育》《小学生语数》等杂志若干本。

最后，彩霞从裤兜里掏出五张"领袖像"放在茶几上。

林娜说："霞霞，你带的礼物，我收了，钱，我说啥也不能收，我知道你手头儿也紧，再说，我还欠你三千元没还，哪有吃饱不知丢碗的道理？"

彩霞说："你购建了校舍，花了好几万，哪里紧，你先还哪里。我那一点钱推到明年再说。这五百元就算我们学校资助你的（其实，是她自己的），你嫌少就算了；不嫌少，就放下好了。"林娜只得收下，又取出一条毛毯赠给彩霞。

吃罢午饭后，林娜把她写好的各种制度的草稿拿出来让彩霞看，希望她给予斧正。彩霞看后问她，同老师们见面没有？林娜说，这些制度在教师会上讨论了一次，大家一致表示同意，还在开学典礼上向全体师生和来宾读了一遍。彩霞认为，制度从学校的实际情况出发，制定得具体细致，高低分寸适宜，个别地方谈了自己的看法和建议。林娜虚心采纳，默默记在了心里。

看完各种规章制度后，姐妹俩又谈了管理学校和教学改革等方面的事，谈着谈着，林娜忽而想起一件事，从书架一本书里取出张文第二次给她写的信，说："你看看，奇文共欣赏。"彩霞接过信封，看了一眼封面，从字体就猜想是张文写的信，她打开信封取出信，读了起来：

娜娜爱妻：

我在病危中，你和女儿亲往医院看望，这胜于十副良药，我病情立马减去大半，我再次表示深深的感激和谢意！

娜娜，我告诉你一件天大的喜事：黄敏同王坤已分道扬镳了。王坤调回家乡一所中学，黄敏仍在本校。据我了解，他们不会再鬼混在一起了。如今的她待我同以前比较，其可恶狠毒的态度有增无减，现已分房而居，只是留下个空外壳而已。

根据有关文件规定，我向学校写了申请，今年秋季内退，倘能破镜

重圆,有罪的我愿协助你办学,减轻你的负担,岂不是美事? 俗话说"前悔容易后悔难",我后悔了! 当真后悔极了! 后悔的我再次向你请罪! 恳求宽宏大量的你宽恕。我在梦中每每和你谈笑风生,觉醒后茕茕孑立的我依然躺在床上涕泗横流。

…………

我很想艳儿,几次想去医院,却犹豫未决。艳儿是个烈性女子,请爱妻代我做做她的思想工作,就说我向她赔罪,请求她的宽恕谅解,毕竟她是我的亲骨肉……

我想再次前往看望你,你答应我吗? 急待佳音! 看来,破镜重圆好像月亮那样遥远,看得见,够不上! 可有罪的我,以最大的毅力和勇气,天天在够! 天天在够!

彩霞看完了那字字辛酸泪、句句凄切情的书信,确实使她对张文产生了恻隐之心。

她说:"我这次来,就有把一个已经掰开的馍合在一起的想法,娜娜姐,你先把心里话朝出倒,是打算把掰开的馍粘在一起,还是永远各分两半?"

林娜说:"我看这两半馍很难合成一个浑的。"

彩霞说:"钢条断成两截能焊接好,腿断了能接起来,你两个就不能合二而一? 袖筒擩棒槌——你就直来直去说,同意复婚还有什么要求? 不同意什么原因? 让我听听。"

林娜说:"要复婚,一是他必须同黄敏离婚。"

彩霞说:"那是当然的,还有啥条件?"

"二是立约发誓收去花心,走完最后一段路。"

彩霞说:"这个不难,他既然一而再、再而三要复婚,必定会和你走完人生的最后旅途,立约有何不可? 还有什么条件?"

"等待时机成熟后再复婚,必须取得女儿的同意。"

彩霞说:"好,那就让我把你们这座断了的'桥'重新搭好吧!"

林娜说:"你知道张文抛弃了我跟黄敏结合,艳儿受到了很大的伤害,再说,这女子脾性比牛还犟,心比铁还硬,比冰棍还冷,她未必想得通。"

彩霞说:"姐姐放心,艳艳思想的疙瘩我去解,坚硬冰冷的心我去化。"

"妈——姨啥时来的?"艳艳手提一个黑布提包进了门,边往茶几上放,边笑呵呵地问。彩霞去拿茶壶给她倒了一杯茶端到面前说:"一年多没见,艳艳胖了,肉皮红是红白是白,出息得多了。"

张艳赶忙接着茶杯,说还要姨倒,我自己来。林娜也说,自己喝自己倒,你坐你的。三人说说笑笑,张艳喝了茶洗了脸,把提包里的湿核桃、黄元帅苹果、甜梨、大红枣一样拾了一碗,放在茶几上,三人无拘无束团团围着连吃带拉话。从学校拉到医院,从学生老师扯到医生……亲热得如同一家人,说到有趣时,笑声串串。

张艳说："昨天后半夜了来了个重危病人，她睡得正香，护士长把她们三个叫了起来，从三点半直到今天早饭后九点，病人才转危为安，她们三个护士跑前跑后，瞌睡得走路都打盹儿。睡了四个小时，头脑才清醒了。明天歇班，下午五点到医院也不迟。"

林娜说："在医院干下咧工作把娃也劳扎咧，今晚睡下去，明天吃早饭再起床，把你的瞌睡睡完！"

彩霞说："回家好好歇两天，好好给你做些可口的饭，等精力恢复了再去上班。"心里却在想，本该我今天下午就要回去，干脆不走了，晚上夜静，好熔化她钢铁般的心肠。

吃罢午饭已是下午，张艳骑车子去街上称肉去了。七点整，在任侠房子召开教师例会。林娜刚离开房子，张艳回来了。她说："姨呀，称了二斤纯瘦肉包饺子吃，你和面，我剁馅子。"彩霞说："你坐下，姨告诉你一件事，然后再说包饺子。"张艳洗了手，坐在沙发上，看着姨姨，猜不到葫芦里卖的啥药。彩霞从抽屉里取出张文写的信给了张艳。张艳先看了看封面，从字体认出了是她爸给她妈的信，脸上的肌肉猛烈地抽搐了一下，然后抽出信看，白嫩的脸蛋一时涨起来变得通红。看完后，把信扔在茶几上，两只手抱着右膝盖，面朝书架冷言冷语地说：

"我没有他这个爸，他也没有我这个女儿，还有脸给我妈写信。复婚，想得美！哼！当初我妈和我劝他万万不能做出无情无义的事，多亏是肉嘴，要是铁嘴都磨薄了，他就是听不进去！如今那婊子折磨得他半死不活，还服毒自杀，活该！姨呀，张文他逼得我妈从阴间走了一回；对我造成了莫大的伤害，那一段日子叫我出门抬不起头，见不得人，说不起话。我和我妈不知流了多少眼泪，不知把多少苦水水朝肚里咽。现在见我和我妈缓过了气，睁开了眼，想又一次伤害我娘儿俩，没门！绝不会上他的当！"

张艳一溜头说了一大串，眉毛直竖，眼窝里喷出了火一般的光。

彩霞说："你说受到了极大的伤害，我相信我理解，无论是谁，都会一碗麻籽恨出两碗油来。艳艳，你从信里看到了，他眼下的处境十分困难，良心叫狗吃了的黄敏整天给尻子不给脸，逼他自杀，他的确难活下去，总不能见死不救！他生活在沸水里，当然会思念一个锅里搅勺把几十年的老伴，何况，你妈滴滴点点都待他体贴入微呢。张文两次给你妈写信，一次撺上门负荆请罪，恨他吃了屎不听老伴和女儿的话跳进火坑里，致使今日活得人不像人鬼不像鬼。他口口声声说，很想你，对不起你，请求女儿宽恕为怀。艳艳，你说，他伤害了你，你是不是一旦想到他抛弃了你妈同黄敏结合，就对他恨之入骨呢？"

张艳说："一想起来，说实话，我就对婊子和他恨得咬牙切齿，浑身打战。我是不会同情他的。你肯定知道，我妈目前是什么态度？"

彩霞说："你妈的态度是既憎恨你爸的过去，又同情他可怜的现在。要把掰

开的两半馍合成一个整体,一是必须和黄敏离婚,二是真心实意复婚,三是你这个女儿必须同意。"

张艳说:"我说,我妈没志气,好了伤疤忘了疼。反正我不同意,要重新结合我就走我的路好了。"

彩霞说:"艳,姨觉得你这话说得不在理。你妈好赖同你爸生活了几十年,百日的不好,总有一日的好,人说'一日夫妻百日恩',咋会不怜悯呢?尽管他在婚姻上严重伤害了你妈,可他现在彻底悔悟了,又是写信,又是撵上门赔情认罪,不应该同情?再说,同情宽恕是人的美德,它不但是原谅他人的错,更是让自己从那些伤害自己的情绪中解放出来。不论我们多么有理,如果不宽恕别人,便会伤及自己,气愤、仇恨、恼怒、痛苦、报复——这一切都会产生,甚至变成死神的精灵。恕我直言,你由于缺少同情、宽恕的美德,对黄敏无比仇恨,幸亏她脖子上伤势轻微,抢救了过来;再说,你年轻无知,如果当真毁了她的脸,你非坐牢不可!直到现在像你说的,一旦想起你爸热恋黄敏,抛弃你妈你就气愤、恼怒,这不是在折磨自己?你要是能宽恕你爸和黄敏,别说对别人有什么好处,起码你消除了痛苦而快乐。你说姨说得有道理不?"

张艳说:"你说得没错。对犯了一般错误的人来说,我们宽恕同情,肯定有利于他纠正错误,有利于团结同志,于人于己都好。可黄敏对我和我妈来说就是敌人,我爸不算敌人,也算严重伤害了我们母女两个,还值得宽恕吗?"

彩霞说:"值得!我看过一个材料,抗日战争结束后,中国人民以德报怨,帮助百万日侨重返家园,还将几千名日本战争遗孤抚养成人,显示了中国人民的博大胸怀和无疆大爱。因为日本人民也是那场战争的受害者。日本侵略中国,给中国人民带来了深重灾难。按说把日侨、遗孤杀尽斩绝才解中国人民心头之恨,可我们却没有那样做。这不仅仅是宽恕,而是最大的爱。就说你艳儿受到的伤害能同抗战时期中国人民所受的灾难相比吗?你对你爸爸还有多大的仇恨而不值得宽恕吗?别说你血管里毕竟流着的是他的血液,他和你妈复婚后,两个人同心协力办学不是省得你劳心费神?"

张艳点了点头,脸上微微泛起了笑容。

第六十八章　花好月圆

　　教师节和开学典礼过后，正好是第三周，旭日小学的教学工作按本学期的计划安排正从开学初的忙乱状态逐渐进入了正轨。老师们精心备课、上课、批改作业；学生们按时到校，课堂认真听讲，努力完成作业。早晨东方泛白，同学们陆续来到学校，宁静的校园旋即沸腾了。

　　这一周是第三周的星期五，下午2点林娜接到镇教委的电话，内容是为了在全县开展向劳动模范学习的活动，县组织部从全县各行业选拔县、市、省级做出显著成绩的劳动模范组成报告团，在县城和各乡镇巡回报告，林娜是报告团成员之一，特此通知。

　　林娜是教育局向组织部推荐的教育战线上的先进人物。在局委会上，一共是四个人选，经过反复比较，充分发表意见，最后表决上报两名，林娜就是其中的一名。从她执教三十多年的教学历程看，一来是她在未离岗前就被评为市级劳模，曾在全县中小学教师会上报告过她的劳模事迹，感人至深。二来她离岗后，办起了私立小学，在曲曲折折的创业途中，经历了千难万险，做出了可喜的成绩。上报组织部后，经研究确定了她作为教育界的模范人物。

　　电话明确通知：材料要翔实，事例要典型，重点是当下。务必于九月二十八日下午三点带材料到县武装部三楼十三号报到。

　　林娜放下电话，忧喜交加，坐在沙发上，泪花儿模糊了视线。我是什么样的人，究竟干出了什么成绩，却获得这么大的荣誉，值得在全县宣讲？我办了这么一点事业，不过是给这穷乡僻壤的娃娃上学带来了一些方便，况且这事业刚刚迈出了一步，以后的路还长着哩，怎么在大庭广众中报告呢？要说过去，虽然被评为市级劳模，这只是微不足道地做了一个共产党员应该做的一点工作，这点工作算是成绩的话，也归功于学校领导和上级的领导，归功于群众的帮助和支持。不过时过境迁，这工作是十年前的事了，还值得一提吗？

　　秦泰镇管辖南北二塬，一条川百十个村庄，是本县最大的乡镇，人称秦半县。全镇三所完全小学，两所校址在本镇两个最大的村子，一所在镇政府所在地秦泰街上，名为"秦泰镇中心小学"，学校共有学生一千二百多名，教职员工八

十多名。

十年前,即一九八五年,林娜在秦泰镇中心小学任教,教两班高年级语文,担任语文教研组组长。她写了两篇教学论文,一篇是《我是怎样运用启发式教学的》,一篇是《板书的妙用》送到县教育局教研室。教研室主任郭华老师看了这两篇论文,认为很好,让在教研室办的小报《教改动态》登出来。

郭华是林娜初中的老师,从此,他们往来密切。她常去教研室拿一些教学教改方面的资料学习,郭华主任等如果到秦泰中心小学,总要同她谈谈教学工作,还听了她两次课。一九八五年农历十月,教研室通知林娜去武汉大学学习黎世发教授的"一单元六课型"的教学方法,她欣然前往。这次学习共三人,有郭华主任、中学一名数学老师,她是代表小学教师去学习的。

学习时间是半个月,主要是听取黎教授的报告,分组讨论。学习时间是早晨八点半开始,下午两点结束,然后吃午饭。午饭后自由支配。学习的老师们来自几个省,下午大半去逛街巷、游览名胜。林娜却不然,她只是去东湖玩了一次,其他时间就在宾馆房间阅读各种教改资料,整理所听笔记。暗暗下决心,返校后搞教学改革实验,不出成绩不罢休。

林娜很想同黎教授面谈一次,让黎教授解答某些问题和疑惑。

一天,黎教授讲完课,她跟到他的车前,把自己的想法告诉给他。他热情地说,很好很好!让林娜上车到了他的家里。他老伴又是泡茶又是取水果,问长问短,热情招待她这个来自北方的客人,这让她一下由拘束变得放松。

黎教授虽年近六旬,却红光满面,声如洪钟,问她是哪省哪里人?教中学还是小学?叫什么名字?她一一回答。

黎教授直截了当地问:"有什么问题尽管道来,咱们共同探讨,相互学习。"

林娜说:"我们实验这种教学法,是否完全按您讲的六个环节去做?"

"具体情况,具体对待,"黎教授笑呵呵地说,"一切都得从学生这个实际情况出发,哪能生搬硬套呢?'橘生淮南则为橘,橘生淮北则为枳',在这里适用此法,那里不一定适用,只要其精髓不要变,就行。"

林娜洗耳恭听,紧跟着问:"黎教授,那你说,什么是这种教法的精髓?"

"调动学生学习的积极性,对学习产生兴趣,培养自学能力。"

"我带小学高年级语文课,请您具体指导指导我怎样实验'一单元六课型'的教学法呢?"

"其实,我在报告中讲得很清楚。"他点着香烟吸了一口,两眼盯着她似乎在想该怎么回答好,老半天才说,"你先按这六个课型去做,搞一个学期,看情况如何,然后再决定下一步棋的下法。六个课型是一个整体,是相辅相成的关系。当然也有重点,就是自学课课型。这一环做好了,进行其他几个环节,才有基础和根基。"

"是不是按这个方法革新,教学质量必然会提高?"

"干什么事都有一个适应过程。很可能在开始实验的一个阶段,学生成绩反而下降。只要能坚持下去，不断摸索改进，最终是会有良好的效果的。"

林娜和黎教授谈了约一个小时，临走时，黎教授还给她赠送了很多资料，其中相当一部分是各地实验"一单元六课型"的教学法的信息。黎教授和她互相留下了联系地址，送她下了楼，紧紧握住她的手，亲切地说："等待佳音，预祝你实验成功！"

学习结束了，毗邻几个县学习的教师们有乘火车，也有乘船的去江南游山玩水。郭主任同林娜商量去不去？她说学校很忙，不能把几十个娃娃撂下独个儿去享受，郭主任也只好打消了游玩的念头。

返校后，林娜在全校教师会上传达了学习的收获。那些老师听后半信半疑，多数没有教改的具体行动，基本上还是满堂灌的传统教法。

林娜把带的所有资料去粗取精认认真真仔细地看了一遍，下定决心要搞实验，但还是心有余悸。要是教学质量下降了，怎么办？必然招来众人的非议！"失败是成功之母"，没有失败哪有成功？

她把自己搞实验的打算告诉了校长。校长大力支持，让她先走一步，遇到什么困难，需要什么，学校解决。有了成绩，然后逐步推广。

对她的实验，老师们也持不同的态度：一种是少数老师搞其他教革实验，当然不会中途辍停，另换门路；一种是观望。听林娜说黎教授的教法这好那好，全国各地都有人实验。毕竟耳听为虚，眼见为实，等林娜出了成果再说；一种是对任何新的教改都持否定态度。有人说，谁说传统教法弊端尤多，出了那么多的人才，难道从启蒙教育都是采用新教法吗？一步一个脚印，踏踏实实教学才是正经。这样改那样改，名目繁多，都是耍洋花子哩！

林娜是语文教研组组长，她想让她们组内有几个志同道合的一起实验"一单元六课型"教法，哪怕有一个也行。这样在改革的途中有伴，共同探讨摸索，也许少出问题，少走弯路，从而早出成果。她开教研会让大家报名，没一个人报。她只好单枪匹马出战了。

她将一个单元的五篇课文通读了数遍，除教学参考外，还看了《字词句篇讲解》《天天练》等相关的多种资料和学生做的练习题，自以为教材熟悉了。然后在教案上编写自学提纲。

一个单元大大小小各种类型的题编写了四十多道，十六开纸满满写了三张。自学提纲要人手一份，一个班五十多个娃娃就得五十多份。她去商店买了二十多张有光纸，又去教导处拿了蜡纸，搬来了油印机。

尽管她的钢笔字写得很硬实，在全校都是数一数二的，可从未使用过钢板刻字。她在钢板上小心翼翼工笔正楷地刻着，一张蜡纸刻了一个多钟头，字与字几乎挤成疙瘩，总算一张纸装下了自学题。她又自己动手印，又用了将近半个小时印好了。从八点开始，到十点结束，还不算列自学提纲用了三个小时。

她在心里说，我的妈呀！平时我一课一课教，整个备案用不到两个小时；如今一个自学提纲就用了多半天时间，当真要我的命了。不过，万事开头难，想来

摸着规律了,就会节省时间的。慢慢来,总不能打退堂鼓。真的收了兵,别人是会笑掉大牙的。前边就是火海,也得闯过去!

就这样,她执着地实验着,工作量比以前增加了一倍还要多。

星期天,其他老师洗衣服呀,打扫房子呀,或者三三两两一起到街上逛商店,去菜市场买菜……林娜都在看书备课,编写自学提纲。

丈夫张文理解她,支持她,自觉地挑起了操劳家务的担子。平时像犟牛似的女儿张艳,她妈说一句,她就要顶三句。自从她搞了教改实验,女儿听话多了,往往主动扫地、择菜、倒水,替妈妈干些零碎活,让她忙学校的事。

林娜一头扑在教改上,八头牛也拉不回头。

正像她说的,这也是逼上梁山的结果,碌碡拽到半坡里——非上不可。原来一课一课教,讲析课文,运用多种方式点播启发学生释疑解惑。就是最长的课文,最多三个教时就结束了,一般只用一两个教时。可如今的“启发讲析”课型甚至得用三四个教时。不只是课时拉得长,更使她头疼的是,许多“拦路虎”挡住去路,欲罢不能,欲走无路。这其中的缘由是她给学生打气,让在课堂上畅所欲言,多质疑。开始质疑的不多,逐渐地提问的人多了,讲话自由了。

这当儿,一个一个“拦路虎”现身了。除了自学提纲里的“小老虎”外,还往往跃出了她预料不到的当时实在打不退的“大老虎”,便发动学生依靠集体的智慧和力量才驱走了“老虎”。确实无法赶走的,她只好对大家说,让我下去想想“缚虎”之法,或者去请教其他老师。

林娜任六年级语文课,经过一段时间的实验后,进行了一次学月检测,成绩平平,同教改前比较还稍有下降。好的方面是大多数学生对语文学习产生了兴趣,自学能力增强了,质疑的人多了,都感到语文课生动活泼。

期末,县教育局对全县小学六年级进行了摸底考试。

她教的两班语文课平均成绩81.5分,名列全县三十八个班的第四名。这好像一树挂满枝头的果子,虽说没有过大的,却很繁,大多是75分到80分左右。学生们全部及格,获得了乙等奖。

林娜尝到了教改的甜头,在全县小有名气。本校教师对她也刮目相看了。不仅语文组有一半教师开始向她请教实验“一单元六课型”教法,数学组也有一些老师开始搞这种教改实验了。

林娜根据学情不断改进,去粗取精,去伪存真,初步确立了适合个人教学实情的四步(也可以说四个课型)教学法:提纲自学、启发讲析、复习小结、作业测试。这种教法是将一个单元的教材疏散融注于这四步,一般有五个课时就结束了,最多不超过六课时。六年级语文一个单元一般是四至五课,要是按未改革前一课上完再上下一课的教法,如果一单元是四篇课文,一课两个课时,也得八课时。

这“四步”法大大减少了课时,节省了时间;学生学得轻松活泼,培养了自学能力,开发了智力,解决问题的能力也提高了。

林娜深深感觉不足的是,她身上的担子加重了许多——要想方设法解决学生的质疑——以前担八十斤,现在说少也在百十斤以上,简直压得她弯腰曲背!即使如此,她仍然在不断地探索,寻找减轻重负的良方。

林娜几次去教研室同郭主任商谈教革的事。郭主任也曾到她校听她的教改实验课,认为基本是成功的,尤其是她的"启发讲析"这一课型,让郭主任很满意。为了推动全县小学课堂教改实验,郭主任决定让林娜担任一节全县小学教师的观摩课。这让林娜很感动,但她很担心,讲不好无良好收效让人耻笑,反正不想挑起这副她认为挑不起的担子。郭主任多方面开导,她才勉强答应。

为讲好这一节启发课,她费尽了心机,凡是有关这一单元各课的参考资料,她全看了,教材娴熟到一字不误地流利地背下来,还听取了本校和外校几位语文老师的课文分析课,召开了她所教课班级上中下部分学生座谈会,鼓励他们给自己的启发讲析课增添智慧和力量,又召开了一次教研组会议,她把初备的教案让大家看,帮助她备好这节观摩课。

观摩课那天,天气晴朗,满满两辆班车听课的教师下车后,秦泰中心小学沸腾了,人声鼎沸,来往行人像蚂蚁过道一样。

这上百人听课者先在会议室休息了半个小时,吃烟喝茶,等待听课。离上课再有十分钟了,老师们提着提包拿着笔记本一溜一串朝教室走。三分钟预备电铃拉响了,听课者黑压压坐了一教室,教室两侧前后中间过道都坐着人,每张桌子也最少加一人;教室前后门打开,门口也被堵塞得水泄不通。他们都静静地等待着。不认识林娜的,心里暗暗想,是"名演员",还是普通"戏子",一会儿便见分晓了。

林娜独个儿在她的房子,做好了一切准备,她来回踱着步子,告诫自己:冷静一点儿,把听课者看成一堆草,不在眼里,不在话下。

她听到预备铃声后,心里怦怦跳动,拿起课本和教案教具,长长地嘘了口气,才平静下来。她尽管吃粉笔末子将近二十年,也多次担任过公开课、观摩课,可那阵势小多了,在本校进行,听课者只是少许教师,有时有教研室个别同志。这次是大战场,全县百十名教师听课呀,天外有天,人上有人,怎能不临阵心怯呢? 她心情平静之后,便迈开步子朝六年级(2)班教室走去。

讲完课后,郭主任让她乘车同大家一起到教育局会议室评课。由于人多,分四组评议,要求各组将评议的结果整理汇报教研室。

林娜参加第二组的评议。大家各抒己见,踊跃发言,总之认为,这是一堂成功的启发讲析教改课,为全县各小学的课堂改革起到了启迪和示范作用。当然,也还有不到之处,今后还要不断改进提高。

教研室把各组评议整理后登在局《教改动态》上,向全县各小学分发学习。

从此,林娜在全县小学教师中享有很高的声望,知名度大大提高了。随后,教育局给她颁了奖,并评为县级"教学能手"。

林娜带的六年级两个班将近百人参加升初中考试,名列全县第四名。秋季

又被选拔参加了地区组织的"小教赛讲课",获乙等奖。第二年春季,她又被评为教育行业的地区劳模。

秦泰中心小学的教师们很多人羡慕她,认为她被评为劳模是当之无愧的;也有人妒忌她,在背后讥讽她是幸运儿,交了好运,坐着直升飞机上去了。